암 병동 1

Раковый корпус

세계문학전집 337

암 병동 1

Раковый корпус

알렉산드르 솔제니친

이영의 옮김

민음사

차례

1부

일러두기

1. 번역 대본으로는 모스크바 바그리우스 출판사의 2003년도 판본을 사용하였다.
2. 러시아어 고유명사의 한글 표기는 개정된 외래어표기법을 따르는 것을 원칙으로 하되 몇몇 예외를 두었다.

1부

1
절대 암이 아니다

암 병동에는 '제13'이라는 번호가 달려 있었다. 파벨 니콜라예비치 루사노프는 지금껏 미신을 믿어 본 적이 없고, 앞으로도 믿을 생각이 없지만 자신의 입원 서류에 '제13병동'이라고 쓰여 있는 것을 보자 가슴이 철렁했다. 외과 병동이나 소화기 내과 병동이었다면, 누구도 '13'이라는 번호를 붙일 생각은 못했을 것이다.

그러나 이 공화국에서 지금 그를 도울 수 있는 곳은 이 병원이 유일했다.

"저, 의사 선생님! 설마 제가 암에 걸린 것은 아니겠죠? 암은 아니죠?" 파벨 니콜라예비치가 오른쪽 목에 부풀어 오른 꺼림칙한 종양을 가만히 만지며 간절한 눈빛으로 물었다. 날이 갈수록 종양은 점점 더 부풀어 올랐지만 겉으로는 아직 건강해 보이는 흰 피부에 싸여 있었다.

"아니에요, 물론 아닙니다." 여의사 돈초바는 벌써 열 번도 더 그를 진정시키며 활달한 필체로 진료 차트를 써 내려갔다. 그녀는 모서리가 둥근 사각 안경을 쓰고 차트에 기록한 다음 기록이 끝나자 바로 안경을 벗었다. 이미 젊은 여성으로는 보이지 않는 그녀의 얼굴은 몹시 창백하고 지쳐 보였다.

며칠 전에 외래 진료실에서 있었던 일이다. 보통 외래 진료를 받던 환자들은 암 병동으로 옮기라는 지시가 떨어지면 당황해서 밤잠을 설치기 마련인데, 돈초바가 파벨 니콜라예비치에게 즉시 입원하라는 지시를 내린 것이다.

이 주일 전까지만 해도 전혀 예상하지 못했고 아무런 징후도 없었던 병마가 갑자기 평탄하고 행복했던 그를 회오리바람처럼 덮친 것이다. 그러나 정작 파벨 니콜라예비치를 힘들게 한 것은 이 병이 아니라 예전에 한 번 입원했을 때 당했던 것처럼 일반 사람들과 같은 병실을 사용해야 한다는 점이었다. 그는 서둘러 예브게니 세묘노비치와 셴쟈핀, 그리고 울마스바예프에게 연락을 취해서, 되는대로 전화를 걸어 병동에 혹시 특실이 있는지, 아니면 작은 방이라도 좋으니 임시로 별실을 마련할 수 있는지 알아봐 달라고 부탁했다. 그러나 병원이 하도 좁아 다른 방법이 없었다.

간신히 원장을 통해 환자 대기실과 욕실, 탈의실을 따로 쓸 수 있게 해 주겠다는 약속만 받아 냈다.

유라가 청색 모스크비치 자동차에 아버지와 어머니를 태우고 13병동 입구까지 운전을 하고 왔다.

날씨가 몹시 추운 날이었는데도, 석조로 된 바깥 출입구 앞에 낡은 무명 가운만 걸친 두 여자가 몸을 움츠리고 서 있는 것이 보였다.

　파벨 니콜라예비치는 여자들의 꾀죄죄한 가운뿐만 아니라 눈에 보이는 병원의 모든 것이 몹시 불쾌했다. 오가는 사람들의 발에 닳고 닳은 출입구의 시멘트 바닥이며, 환자들의 손때가 묻어 칙칙해진 문의 손잡이, 칠이 다 벗겨진 대기실의 마룻바닥, 올리브색 패널을 붙여 놓은 벽보판이며(올리브색이 아주 불결해 보였다.) 얇은 널빤지를 이어 만든 의자 등이 모두 그랬다. 그나마 빈 의자가 없어 마룻바닥에 앉아 있는 환자들도 있었다. 그들은 대부분 우즈베크인들로, 멀리 떨어진 지방에서 온 사람들이었다. 우즈베크 남자들은 솜을 넣어 누빈 외투를 입고, 노파들은 흰색 숄을 걸쳤으며, 처녀들은 연보랏빛이나 붉은색, 녹색 숄을 두른 채 하나같이 모두 장화나 덧신을 신고 있었다. 의자 하나는 러시아 청년 하나가 독차지하고 누워 있었는데, 단추가 풀린 외투 자락이 마룻바닥까지 늘어져 있었다. 앙상한 몸에 배만 불룩 부풀어 오른 그는 고통스러운 비명을 계속 질러 댔다. 그의 비명 소리를 듣자 파벨 니콜라예비치는 정신이 아찔해졌다. 마치 자신을 대신해 울부짖는 것 같아 신경이 곤두선 것이다.

　파벨 니콜라예비치는 입술이 파랗게 질린 채 멈춰 서며 중얼거렸다.

　"여보, 카파! 아무래도 여기에 있다간 죽고 말겠어. 안 되겠어요. 돌아갑시다."

　카피톨리나 마트베예브나는 남편의 손을 꼬옥 잡으며 말

했다.

"여보, 파셴카! 어디로 돌아가겠다는 거예요? 그다음에는 어떻게 하려고요?"

"뭐, 모스크바에서 치료할 만한 곳을 찾아보면 되지 않겠어요?"

카피톨리나 마트베예브나는 커다란 머리를 남편을 향해 돌렸다. 풍성한 갈색 곱슬머리를 짧게 잘라 머리가 유난히 커 보였다.

"파셴카! 모스크바라니. 그러면 앞으로 이 주일은 족히 기다려야 하는데, 그때까지 어떻게 기다려요? 종양은 하루가 다르게 커지고 있는데!"

그의 아내는 힘을 북돋으려는 듯 그의 손을 꼭 잡았다.

파벨 니콜라예비치는 공적인 일이나 업무를 처리할 때는 결단력이 있었지만 이상하게 가정 문제는 항상 아내의 결정에 맡기곤 했다. 그러는 편이 마음도 편하고 기분도 좋았다. 그녀는 중요한 집안일을 모두 빠르고 정확하게 처리하곤 했다.

의자에 누워 있는 청년이 몸을 뒤틀며 비명을 질러 댔다.

"저, 의사를 집으로 불러서 치료를 받으면 어떻겠나? 왕진료를 주면……." 파벨 니콜라예비치가 자신없는 말투로 얼버무렸다.

"파셴카!" 남편의 마음을 잘 안다는 말투로 그녀가 그의 말을 가로막으며 말했다. "나도 처음에 그런 생각을 해 보지 않은 건 아니에요. 왕진료를 주고서라도 왕진을 청해 볼까 생각했어요. 그래서 알아봤더니 이 병원 의사들은 돈을 아무리 많이 줘도 왕진을 다니지 않는다고 해요. 치료에 필요한 기구가 모두 병원에 있기 때문에 불가능하대요."

파벨 니콜라예비치 자신도 그 일이 불가능하다는 것은 알고 있었다. 다만 혹시나 해서 말했던 것뿐이다.

암 병동 원장의 말로는 정확히 오후 2시, 지금 어떤 환자 한 명이 목발을 짚고 조심조심 내려오고 있는 이 계단 앞에서 병동 수간호사가 그들을 안내할 것이라고 했다. 하지만 언제나 그렇듯이 수간호사의 모습이 보이기는커녕 계단 아래 있는 그녀의 작은 방마저도 자물쇠가 잠겨 있었다.

"이 사람들은 도대체 약속을 지키는 법이 없어!" 카피톨리나 마트베예브나가 버럭 화를 냈다. "이 사람들은 월급을 왜 받는 거야!"

카피톨리나 마트베예브나는 복도에 "외투를 입고 들어올 수 없습니다."라는 안내문이 붙어 있음에도 아랑곳하지 않고 은여우 두 마리로 만든 모피를 어깨에 두른 채 복도로 걸어 들어갔다.

파벨 니콜라예비치는 대기실에 그대로 남아 있었다. 그는 머리를 오른쪽으로 살짝 젖히고 쇄골과 턱 사이에 자라난 종양을 조심스레 만져 보았다. 집에서 나오기 전에 목도리를 두르면서 마지막으로 거울을 본 후 이제 겨우 삼십 분이 지났을 뿐인데, 그사이에 종양이 더 커진 것 같아 심장이 덜컥 내려앉았다. 파벨 니콜라예비치는 힘이 쭉 빠져 어디 앉을 곳이 있는지 둘러보았다. 그러나 의자가 더러워 꺼림칙했고, 더구나 숄을 두른 노파가 기름때에 전 자루를 바닥에 내려놓고 두 다리로 끼고 앉아 있어 자리를 좁혀 달라고 부탁하기도 마땅치 않았다. 자루에서 나는 악취가 좀 떨어져 있는 파벨 니콜라예비치에게까지 풍겨 왔다.

도대체 이 사람들은 언제나 깨끗하고 제대로 된 가방을 들고 다니려나!(하기야 지금 그게 다 무슨 상관인가, 내 종양이 문제지.)

루사노프는 예의 청년의 신음 소리며 눈앞에서 벌어지는 광경들, 코를 찌르는 이상한 냄새 때문에 몹시 어지러워 벽 모서리에 의지해 간신히 서 있었다. 그때 어떤 사내가 라벨이 붙은 반 리터들이 유리병을 들고 대기실 안으로 들어왔다. 병에는 누런 액체가 가득 차 있었다. 그는 병을 감추려 하기는커녕, 오히려 오랫동안 기다리다 드디어 자기 잔에 맥주라도 받아든 사람처럼 당당하게 병을 치켜들고 있었다. 그가 파벨 니콜라예비치 바로 앞까지 다가와 병을 내밀려다가 멈칫했다. 무슨 말인가를 물으려다가 그의 물개 가죽 모자를 힐끔 보고는 다른 사람을 물색하더니 목발을 짚은 환자 쪽으로 돌아섰다.

"이보슈! 이건 어디로 가져다줘야 하는지 알아요?"

그러자 절름발이 환자가 손으로 검사실 출입구를 가리켰다.

파벨 니콜라예비치는 구역질이 울컥 치밀었다.

그때 출입문이 열리며 하얀 가운을 입은 간호사가 들어왔다. 그녀의 얼굴은 썩 예쁘지 않은 데다 아주 길쭉하기까지 했다. 그녀는 파벨 니콜라예비치를 바로 알아보고 그에게 다가왔다.

"죄송합니다." 그녀가 립스틱을 바른 입술만큼이나 빨갛게 상기된 얼굴로 급히 달려와 말했다. "정말 죄송합니다! 기다린 지 오래되셨나요? 하필 약품이 도착해서 인수하느라 늦었어요."

파벨 니콜라예비치는 호통을 치려다가 겨우 참았다. 이제라도 왔으니 그나마 다행이라고 생각했다. 그때 유라가 음식이 든 가방과 트렁크를 들고 다가왔다. 유라는 운전할 때 차림새 그대로 모자도 쓰지 않고 정장만 입고 있었다. 아마색 앞머리를 이마 위로 길게 늘어뜨린 그는 매우 침착해 보였다.

"가시죠!" 수간호사가 계단 밑에 있는 그녀의 작은 방으로 안내했다. "니자무친 바흐라모비치의 말씀으로는 환자분께서 개인 속옷을 입겠다고 하셨다던데, 파자마는 가져오셨나요? 입던 것을 가져오신 것은 아니죠?"

"지금 막 상점에서 사 온 겁니다."

"반드시 그러셔야 합니다. 그렇지 않으면 소독을 해야 하거든요. 무슨 뜻인지 아시죠? 자, 여기서 갈아입으시면 됩니다."

그녀가 합판으로 만든 문을 열고 불을 켰다. 비스듬하게 천장이 기울어진 작은 방에는 창문도 없고, 벽에는 색색의 색연필로 그린 많은 도표들이 붙어 있었다.

유라가 말없이 옷이 든 트렁크를 안으로 들여다 놓고 나가자 파벨 니콜라예비치가 옷을 갈아입기 위해 안으로 들어갔다. 수간호사는 그사이 잠깐 다른 볼일을 보려는지 서둘러 나가려 했다. 그때 카피톨리나 마트베예브나가 다가왔다.

"아가씨! 지금 바쁜가요?"

"네, 조금······."

“이름이 어떻게 되지요?”

“미타예요.”

“이상한 이름이네요. 러시아 출신이 아닌가요?”

“독일 출신이에요.”

“우리가 오래 기다렸다는 것은 알죠?”

“죄송합니다. 제가 다른 일도 맡고 있어서요.”

“내 이야기 잘 들어요, 미타! 미리 말해 두어야 할 것이 있어요. 우리 집 양반은…… 고위직에 있는 분이에요. 아주 중요한 직무를 맡고 있답니다. 이름은 파벨 니콜라예비치예요.”

“파벨 니콜라예비치……. 네! 잘 기억해 두겠습니다.”

“알다시피 이분은 어디서나 특별 대우만 받던 분인데, 어쩌다 이런 몹쓸 병에 걸리게 되었네요. 그래서 말인데 이분에게 전담 간호사를 붙여 줄 수는 없을까요?”

그렇지 않아도 당혹스러워하던 미타의 얼굴이 굳어졌다. 그녀가 고개를 저었다.

“이 병동에서는 수술실을 제외하고 간호사 세 명이 예순 명의 환자를 돌보고 있어요. 밤에는 간호사 두 명이 돌보고요.”

“네……. 그래서 이렇게 부탁하는 거예요. 여기서 사람이 죽어 가고 비명을 지른들 누가 알겠어요?”

“왜 그런 생각을 하세요? 위급한 상황이면 누구에게나 바로 달려갑니다.”

‘누구에게나’라고! ‘누구에게나’ 달려간다고 말하는 간호사에게 더 이상 무슨 말을 한단 말인가?

“그리고 간호사들은 얼마만에 교대를 하지요?”

“열두 시간마다 교대합니다.”

“그건 너무 심하군요! 이렇게 무책임하게 간호를 하다니! 나와 딸이 교대로 간호할 수밖에 없겠네요! 자비로 개인 간병인을 둘 수 있다고 들었는데…… 안 될까요?”

“제 생각에는 안 될 것 같아요. 그런 전례가 한 번도 없었거든요. 더구나 병실에는 의자 하나 들여 놓을 곳도 없어요.”

“맙소사! 병실이 어떤지 알 만하네요! 병실을 좀 살펴봐야겠어요! 병실에 침대는 몇 개나 있어요?”

“아홉 개가 있어요. 지금 병실에 바로 들어가 누울 수 있는 것만 해도 운이 좋은 거예요. 우리 병동에 새로 들어오는 환자들은 보통 자기 차례가 될 때까지 계단이나 복도에 한동안 누워 있어야 하니까요.”

“아가씨! 꼭 좀 부탁할게요. 아가씨는 여기 직원들을 잘 아니까 간호사나 청소부들에게 부탁해서 우리 집 양반을 특별히 잘 보살펴 달라고 해 줘요.” 그러더니 그녀는 커다란 검은색 핸드백을 열어 50루블[1]짜리 지폐 세 장을 꺼냈다.

말없이 옆에 서 있던 그녀의 아들이 고개를 돌렸다.

미타는 두 손을 뒤로 감추었다.

“안 돼요, 이러시면 안 됩니다! 그런 부탁은…….”

“이건 아가씨한테 주는 게 아니에요!” 카피톨리나 마트베예브나는 약간 구겨진 지폐를 간호사의 가슴께에 집어넣었다. “법대로 하면 아무것도 할 수 없어요……. 이건 일에 대한

---

1) 소련의 화폐 단위.

대가로 지불하는 겁니다! 그냥 잘 보살펴 달라고 이야기만 해 줘요!"

"안 된다니까요!" 간호사가 쌀쌀하게 말했다. "우리는 그런 짓을 하지 않아요."

그때 삐걱하고 문이 열리더니 파벨 니콜라예비치가 작은 방에서 나왔다. 그는 녹색과 갈색이 섞인 파자마를 입고 가장자리에 털이 달린 따뜻하고 폭신한 실내화에, 머리카락이 거의 없는 머리에는 검붉은 타타르풍의 새 모자를 쓰고 있었다. 겨울용 외투의 깃과 목도리를 풀고 나니 목 옆에 달린 주먹만 한 종양이 훨씬 더 흉측해 보였다. 그는 벌써 고개를 똑바로 들지 못하고 약간 옆으로 기울이고 있었다.

아들은 벗어 놓은 옷가지를 트렁크에 챙기기 위해 안으로 들어갔다. 그의 아내는 재빨리 돈을 거두어 핸드백에 넣으며 걱정스러운 표정으로 남편을 바라보았다.

"여보! 춥지 않겠어요? 따뜻한 가운이라도 가져올 걸 그랬네. 다음에 올 때 가져와야겠어요. 아, 여기 목도리가 있네요." 그녀는 그의 호주머니에서 목도리를 꺼냈다. "이걸 둘러요. 감기에 걸리면 안 돼요." 은여우 모피를 입은 그녀는 남편보다 두 배는 더 커 보였다. "이제 병실로 가서 누워요. 음식은 잘 보관해 놓고 더 필요한 것은 없는지 살펴봐요. 나는 여기 앉아서 기다리고 있을게요. 나중에 이리 내려와서 말해 주면 저녁에 모두 챙겨 올게요."

그녀는 항상 침착했고, 준비성이 철저했다. 그녀는 인생의 진정한 반려자였다. 파벨 니콜라예비치는 한편으로는 고마운 마음과 한편으로는 괴로운 마음으로 아내를 바라보다가 고개를 돌려 아들을 향해 말했다.

"그건 그렇고 유라! 너는 오늘 출발할 예정이지?"

"네, 밤 기차를 탈 거예요, 아빠." 유라가 가까이 다가왔다. 그는 아버지에게 항상 공손하기는 했지만 언제나 그랬듯이 아버지를 병원에 남겨 두고 떠나는 지금도 아무 감정이 없었다. 무슨 일이든 그는 담담하게 받아들였다.

"그래, 이번이 내 아들의 첫 출장이구나. 처음부터 엄격한 태도로 임하거라. 너 그렇게 행동하면 안 돼. 너그러운 태도가 너를 망친다! 너는 유라 루사노프라는 개인이 아니라 국가의 법적 대리인이라는 것을 항상 명심해라. 알았지?"

유라가 이해를 했든 못 했든 파벨 니콜라예비치는 그 이상의 적당한 다른 말을 찾기가 힘들었다. 미타는 옆에서 안절부절못하고 조바심을 내고 있었다.

"나도 여기서 어머니와 함께 기다릴게요." 유라가 미소를 지었다. "지금 헤어지는 것도 아니잖아요. 어서 병실로 가요, 아빠."

"혼자 걸으실 수 있죠?" 미타가 물었다.

"어머! 간신히 서 있는 사람에게 그러면 어떻게 해요? 침대까지 부축해 줘요. 가방도 좀 들어 주고요!"

파벨 니콜라예비치는 허전한 눈빛으로 아내와 아들을 바라보다가 미타의 부축을 거부한 채 난간을 붙잡고 계단을 올라가기 시작했다. 그의 심장이 쿵쿵 뛰기 시작했다. 계단을 올라가느라 힘들어 그런 것이 아니었다. 한 계단 한 계단 올라갈 때마다 계단 꼭대기에 단두대가 자신을 기다리고 있을 것 같은 기분이 들었기 때문이다.

수간호사는 앞장서서 그의 가방을 들고 계단을 올라가 마리야에게 큰 소리로 뭔가 지시하고는, 파벨 니콜라예비치가 아직 첫 번째 층계참을 오르기도 전에 벌써 카피톨리나 마트베예브나에게 당신 남편은 괜찮을 테니 걱정하지 말라는 몸짓을 해 보이고는 곧바로 반대쪽 층계로 사라져 버렸다.

파벨 니콜라예비치는 오래된 건물에서나 볼 수 있는 넓고 긴 층계를 천천히 올랐다. 중간 층계참에는 환자가 누워 있는 침대 두 개와 침대에 딸린 머릿장이 놓여 있었지만 사람들이 지나다니는 데는 전혀 방해가 되지 않았다. 환자 한 사람은 상태가 심각해 보였는데, 몹시 쇠약해 보이는 데다 산소 호흡기까지 쓰고 있었다.

루사노프는 고통으로 일그러진 그 환자의 얼굴을 보지 않으려고 애쓰며 몸을 돌려 시선을 위로 향한 채 올라갔다. 다음 층계참에 올라섰을 때에도 상황은 별반 다르지 않았다. 간호사 마리야가 그곳에 서 있었다. 그녀의 거무스름하고 성상처럼 엄격한 얼굴에서 미소나 호의 따위는 찾아볼 수 없었다. 키가 크고 깡마른 데다 가슴이 밋밋한 그녀는 마치 군인 같은 자세로 그를 기다리다가 곧바로 위층 대기실로 가더니 그쪽으로 오라고 손짓했다. 그 병실에는 몇 개의 문이 있었고, 문이 없는 곳에는 환자가 누워 있는 침대가 빙둘러 놓여 있었다. 창문이 없는 한쪽 귀퉁이에는 항상 불이 켜져 있는 탁상용 스탠드가 놓인 간호사의 책상과 처치대가 있었고, 그 옆에는 뿌연

유리 위로 적십자 표시가 된 진열장이 나란히 있었다. 마리야
는 책상을 지나고 침대 옆을 지난 다음 야위고 긴 손가락으로
한쪽을 가리키며 말했다.

"창문 쪽에서 두 번째 침대입니다."

그러고는 벌써 서둘러 나가려고 했다. 통상 병원의 불쾌한
특징은 바로 이런 것이다. 잠시라도 서 있거나 대화를 나누는
법이 없다는 것.

두 짝으로 된 병실 문은 항상 활짝 열려 있었는데도 파벨 니
콜라예비치가 문지방을 막 넘어서는 순간 답답하고 눅눅한
데다 가뜩이나 예민한 그의 후각을 자극하는 약 냄새까지 섞
인 이상한 냄새가 확 풍겨 왔다.

침대는 병실 가운데를 중심으로 양쪽 벽 앞으로 꽉 들어차
있었고, 옆 침대와의 간격은 간신히 머릿장이 들어갈 정도밖
에 되지 않았다. 방을 가로지르는 중간 통로 역시 겨우 두 사
람이 비켜 갈 정도였다.

가운데 통로에는 분홍 줄무늬 파자마를 입은 땅딸막한 키
에 어깨가 떡 벌어진 환자 한 명이 서 있었다. 그는 귀 아래쪽
으로 목 전체를 붕대로 두껍고 단단하게 감고 있었다. 바퀴처
럼 둘둘 말린 붕대 때문에 머리카락이 텁수룩하게 자란 무겁
고 뻣뻣한 머리를 자유롭게 움직이지 못했다.

그는 침대에 누워 귀를 기울이고 있는 다른 환자들을 향해
쉰 목소리로 이야기를 하고 있었다. 그때 루사노프가 들어서
자 쉽게 고개를 돌릴 수 없었던 그는 루사노프 쪽으로 몸 전체
를 돌려 싸늘한 시선을 보내며 말했다.

"오! 여기 암 환자가 한 명 더 납셨군."

파벨 니콜라예비치는 무례한 그의 말에 대꾸할 필요가 없다고 판단했다. 병실에 있던 모든 환자들이 자신을 쳐다보고 있다는 것은 알았지만 우연히 만난 이 사람들에게 눈길을 돌릴 이유도 없고, 인사를 나눌 필요는 더더욱 없다고 생각했다. 그는 가운데 서 있던 텁석부리 환자에게 좀 비켜 달라는 손짓만 해 보였다. 텁석부리 환자는 파벨 니콜라예비치가 지나가도록 몸을 비켜 주고는 뻣뻣한 고개와 몸을 다시 돌려 그를 쳐다보았다.

"이봐요, 형씨! 당신은 무슨 암이에요?" 그가 쉰 목소리로 물었다.

자기 침대 쪽으로 가까이 다가서던 파벨 니콜라예비치는 그의 질문을 듣자 온몸에 소름이 돋았다. 그는 애써 흥분을 감추고(그러나 어쩔 수 없이 어깨가 움찔했다.) 그 무뢰한을 쳐다보며 말했다.

"아무 암도 아니에요. 절대 암이 아닙니다."

텁석부리는 한숨을 내쉬고는 병실의 다른 사람들을 둘러보며 단호한 어조로 말했다.

"이런 바보를 봤나! 암이 아니라면 왜 이리 보냈을까?"

2
학문이 지혜를 더해 주지는 않는다

입원한 첫날 저녁, 병실에서 몇 시간을 보낸 파벨 니콜라예비치는 몹시 울적했다.

어느 날 갑자기, 아무 이유도 없이 아무짝에도 쓸모없고, 아무도 원하지 않는 딱딱한 이 종양 덩어리가 마치 낚싯바늘이 물고기를 낚아채듯 그를 여기로 끌고 오더니 스프링은 삐걱대고 매트리스는 얄팍한 비좁고 허접한 이 철제 침대 위에 내동댕이쳐 버린 것이다. 계단 밑에서 옷을 갈아입고 가족들과 헤어져 이 병실로 올라오자마자 이전의 모든 삶은 순식간에 끝장나고, 이제는 종양 자체보다도 더 견딜 수 없는 불쾌감이 그를 덮쳐 왔다. 이젠 보고 있으면 기분이 좋아지고 마음이 편해지는 것만 골라서 볼 수도 없게 되었고, 자신도 신세가 똑같아진 저 초라한 여덟 명의 환자들을 어쩔 수 없이 마주 대하고 있어야만 했다. 하나같이 몸에 맞지도 않고 색이 누렇게 바랜 데다 해져서 군데군데 기웠거나 구멍이 숭숭 뚫린 분홍색 줄무늬 환자복을 입은 저들 말이다. 그뿐만이 아니었다. 이제는 듣고 싶은 것만 들을 수도 없게 되었다. 파벨 니콜라예비치에게는 전혀 상관도 없고 흥미도 없는 무지한 이 사람들의 지루한 이야기도 꼼짝없이 들어야 할 판이었다. 저들을 향해 입 닥치라고 쏘아붙이고 싶은 마음이 굴뚝같았다. 그중에서도 특히 머리를 산발하고 목에는 붕대를 칭칭 감아 고개를 뻣뻣하게 들고 있는 저 불쾌한 녀석은 더욱 그랬다. 그는 나이도 적지 않아 보였는데, 사람들은 예프렘이라고 그의 이름을 함부로 불렀다.

예프렘은 잠시도 가만히 있지 못했다. 침대에 눕지도 않고 병실 밖으로 나가는 법도 없었다. 그냥 병실 안의 통로만 초조하게 왔다 갔다 했다. 이따금 이마를 찌푸리거나 주사라도 맞는 것처럼 얼굴을 찡그리기도 했고, 가끔 머리를 쥐어뜯기도 했다. 그러다가 걸음을 옮겨 루사노프의 침대 바로 앞에 와서 멈춰 서더니 잘 구부러지지 않는 상체를 간신히 굽히고는 마마 자국이 있는 크고 음흉한 얼굴을 바짝 들이밀며 나직하게 속삭였다.

"이봐요, 형씨! 이제 당신은 끝장이에요. 다시는 집으로 돌아갈 수 없단 말이죠. 알아들었어요?"

병실 안이 따뜻해 파벨 니콜라예비치는 파자마와 타타르풍 모자만 쓴 채 이불 위에 누웠다. 그는 금테 안경을 한 번 올리고는 최대한 근엄한 눈길로 대답했다.

"이봐요! 나한테 왜 이러는 거요. 왜 그렇게 겁을 주는 겁니까? 당신한테 물어본 적도 없는데.”

그러자 예프렘이 심술궂은 표정으로 코웃음을 쳤다.

“당신이 물어보든 물어보지 않든 다시는 집으로 돌아갈 수 없다는 말이지. 그 대신 이 안경은 되돌려 보내시구려. 이 새 파자마도 함께 말이야.”

이렇게 거친 말을 내뱉은 그는 뻣뻣한 상체를 다시 세우고는 귀신에 흘린 듯 통로를 따라 왔다 갔다 했다.

물론 파벨 니콜라예비치는 그가 다시는 그런 말을 하지 못하게 혼쭐을 낼 수도 있었지만 이제는 그럴 힘도 의욕도 사라져 버렸다. 붕대를 친친 감은 마귀 같은 녀석의 말에 그만 맥이 풀려 버린 것이다. 무언가 의지할 것이 필요했다. 그런 것이 없으면 깊은 구렁텅이에 빠져 버릴 것만 같았다. 이곳에 온 후 몇 시간 사이에 루사노프는 자신의 직위라든가 지금까지 이룬 업적, 장래의 계획 따위를 송두리째 잃어버리고 그저 내일을 알 수 없는 70킬로그램의 희고 뜨뜻한 고깃덩어리로 변해 버린 것이다.

예프렘은 통로를 몇 번 왔다 갔다 하다가 고통스레 일그러지는 그의 얼굴을 보고는 그의 앞에 멈춰 서서 조금 부드럽게 말을 건넸다.

“설사 집으로 간다고 해도 오래 있지 못해요. 금방 이리 돌아오고 말지. 암이란 놈은 사람을 좋아하거든. 그놈은 누구든 한번 물면 죽을 때까지 놓지 않아.”

파벨 니콜라예비치는 대꾸할 힘이 없었다. 예프렘은 다시 걷기 시작했다. 그래, 이 병실 안의 누가 저 사람을 막을 수 있단 말인가! 하나같이 죽은 듯 누워 있거나 러시아어도 모르는 사람들뿐이니. 벽난로가 툭 튀어나온 맞은편 벽 쪽으로는 침대가 네 개밖에 들어갈 수 없었다. 통로를 가운데 두고 루사노프의 침대 맞은편에 발을 맞대고 있는 침대가 예프렘의 침대였고, 나머지 침대 세 개에는 젊은 청년들이 누워 있었다. 벽난로 바로 옆 침대에는 거무스름한 얼굴에 평범해 보이는 청년이 누워 있었고, 그 옆에는 목발을 짚고 다니는 우즈베크인 청년이 누워 있었다. 그리고 창가 침대에는 얼굴이 누런 청년이 신음 소리를 내며 회충처럼 바짝 야윈 몸을 갈고리처럼 웅크리고 누워 있었다. 파벨 니콜라예비치의 침대가 놓인 쪽에는 왼편으로 소수 민족 출신의 두 사람이 있고, 출입구 쪽에는 머리를 박박 깎은 키가 큰 러시아 청년이 책을 읽으며 앉아 있었다. 루사노프의 침대 오른쪽, 창문 옆 침대에는 러시아인처럼 보이긴 하지만 어찌나 얼굴이 험상궂게 생겼는지 가까이 하기도 싫은 사내가 누워 있었다. 어쩌면 얼굴에 생긴 흉터 때문이거나(입술 가장자리에서 왼쪽 뺨을 거쳐 거의 목까지 흉터가 나 있었다.) 위와 옆으로 뻣뻣하게 곤두선 산발한 머리카락 때문일 수도 있었고, 거칠고 사나워 보이는 인상 때문인지도 몰랐다. 그런데 이 불한당은 고상한 취미가 있는지 지금 책 한 권을 거의 읽어 가고 있었다.

벌써 불이 들어왔다. 전장에서는 밝은 선등 두 개가 빛을 발하고 창밖에는 땅거미가 지고 있었다. 저녁 식사 시간이 되었다.

"이 병원에 영감님이 한 분 계신데……." 예프렘이 잠시도

가만히 있지 않고 말을 이었다. "바로 아래층에 누워 있어. 그런데 내일 수술을 받는다는 거야. 1942년에 작은 종양이 생겨 수술을 했는데, 그때는 다 괜찮으니 아무 걱정 하지 말라고 했다는 거야. 알겠어?" 예프렘은 아무렇지 않게 말했지만 마치 자기가 수술을 받기라도 하는 것 같은 목소리였다. "그 후 십삼 년 동안 그는 병원은 까맣게 잊고 보드카를 마시고 여자 꽁무니를 졸졸 따라다니는 한량으로 살았다는 거야. 그런데 그동안 종양이 말도 못하게 커져 버린 거지!" 예프렘은 그것 보라는 듯이 혀까지 끌끌 찼다. "수술대에서 곧장 시체실로 갈지 아무도 몰라."

"됐어요! 그런 불길한 이야기는 그만해요!" 파벨 니콜라예비치가 손사레를 치며 고개를 돌렸다. 그의 목소리는 스스로도 이상하게 여기리만치 애처롭게 들렸다.

모두 아무 말이 없었다. 맞은편 창가 쪽에 자리하고 있는 바싹 마른 청년은 여전히 몸을 뒤틀며 고통스러워하고 있었다. 그는 앉지도 눕지도 못한 채 가슴팍에 두 무릎을 끌어안고 몸을 웅크린 불편한 자세로 뒤척이다가 나중에는 베개에서 머리를 들어 침대 모서리에 기댔다. 그는 애써 신음 소리를 억누르고 있었지만 경련이 일고 잔뜩 찌푸린 표정에서 그가 얼마나 고통스러울지는 짐작하고도 남았다.

파벨 니콜라예비치는 고개를 돌리고 침대 아래로 다리를 내려 슬리퍼를 신더니 느닷없이 자기 머릿장을 점검하기 시작했다. 먹거리가 가득 들어 있는 머릿장을 열었다 닫기도 하고 전기면도기와 세면도구가 들어 있는 위 칸 서랍을 살펴보기도 했다.

예프렘은 여전히 팔짱을 끼고 서성거리며 이따금 주삿바늘에 찔리기라도 한 것처럼 움찔거리며 장송곡의 후렴구 같은 소리로 울먹였다.

"처량한 우리 신세…… 어찌 이리 처량한가……."

그때 파벨 니콜라예비치의 등 뒤에서 무엇인가를 가볍게 탁 치는 소리가 들렸다. 그는 고개를 움직일 때마다 통증이 심했기 때문에 조심조심 그쪽으로 고개를 돌렸다. 그와 이웃한 산적 같은 사내가 책을 다 읽었는지 표지를 탁 하고 덮고는 털이 부시시한 커다란 손으로 책을 빙빙 돌리고 있었다. 진한 청색 표지와 책등에는 이미 빛이 바랜 금박 글씨로 작품 제목이 박혀 있었다. 파벨 니콜라예비치는 누구의 작품인지 짐작하기 어려웠지만 그렇다고 저따위 인간에게 묻고 싶은 마음은 전혀 없었다. 그는 옆 침대의 사내에게 어울릴 만한 별명이 무엇일까 하고 속으로 생각했다. 오글로예드[2]는 어떨까? 썩 어울리는 별명이다.

오글로예드는 침울한 눈빛으로 책을 살펴보다가 병실이 다 울리도록 큰 소리로 불쑥 말을 꺼냈다.

"책장에서 좀카가 골라 오긴 했지만 왠지 이 책은 하늘이 우리에게 특별히 보내 주신 것 같단 말이야."

"좀카가 어쨌다고요? 그게 무슨 책인데요?" 책을 읽고 있던 출입구 쪽의 녀석이 물었다.

---

2) '뼈를 갉아 먹다.'라는 뜻의 러시아어.

"온 도시를 다 뒤져도 이런 책은 구하기 힘들 거야." 오글로 예드는 예프렘의 넓고 둔해 보이는 목덜미(머리카락이 붕대 안으로 들어갈까 봐 오랫동안 머리를 자르지 않았다.)를 힐끗 쳐다보고는 상기된 그의 얼굴을 보며 말했다. "예프렘! 이제 그만 투덜대고 이 책이나 가져다가 읽어 봐."

그러자 예프렘이 갑자기 걸음을 멈추고 황소처럼 멍하니 그를 쳐다보았다.

"대체 뭣 때문에 책을 읽으라는 거야? 모두 죽을 날이 얼마 남지도 않았는데."

오글로예드의 흉터가 실룩거렸다.

"바로 그거야! 곧 죽을 테니 빨리 읽으라는 거야. 자, 어서."

그렇게 말하며 그는 예프렘에게 책을 내밀었다. 그러나 예프렘은 그대로 서 있었다.

"책은 얼마든지 있어. 읽고 싶지 않을 뿐이지."

"아! 자네, 글을 못 읽나?" 오글로예드는 더 이상 권하려 하지 않았다.

"천만에. 읽는 건 잘하지. 나한테 필요하다면 말이야."

오글로예드는 창문턱을 더듬어 연필을 찾아 들고는 책의 마지막 페이지를 펼친 다음 작은 제목들을 찬찬히 읽고 나서 몇 군데에 표시를 했다.

"겁먹을 필요 없어. 모두 짤막한 이야기들이니까 말이야. 여기 표시한 몇 가지만 읽어 봐. 당신이 투덜대는 소리는 이제 진절머리가 나니까. 자, 책이나 읽어."

"그걸 겁낼 예프렘이 아니지!" 그는 책을 건네받아 자기 침대 위에 던졌다.

그때 젊은 우즈베크인 아흐마드잔이 문을 열고 목발 하나에 몸을 의지한 채 절뚝거리며 들어섰다. 병실에서 유일하게 쾌활한 인물이었다. 그가 큰 소리로 말했다.

"숟가락을 모두 전투태세로!"

그러자 벽난로 옆에 자리한 가무잡잡한 얼굴의 환자도 생기를 띠며 말했다.

"여러분, 저녁 식사가 온답니다!"

하얀 가운을 입은 배식 담당 아주머니가 식판을 어깨 위까지 높이 들고 나타났다. 그러고는 식판을 앞쪽으로 옮겨 들고 침대 사이를 돌아다니기 시작했다. 통증 때문에 지칠 대로 지친 창문가의 젊은이만 빼고 모두들 부산하게 그릇을 챙겼다. 원래 머릿장은 병동에 있는 모든 사람에게 하나씩 나누어 주었지만 어린 좀카는 배당을 받지 못해 몸집이 큰 카자흐인과 반씩 나누어 쓰고 있었다. 카자흐인은 입술 위에 암갈색 부스럼 딱지가 부풀어 올랐는데도 붕대를 감지 않아 보기 흉했다.

파벨 니콜라예비치는 입맛이 전혀 없었다. 집에서 가져온 음식도 마찬가지였다. 그런데 이곳에서 주는 저녁 식사는 한눈에 봐도 너무 형편없어 보였다. 끈적한 노란 소스를 묻힌 고무 같은 네모난 보리빵이며, 손잡이가 두 군데나 휜 더러운 잿빛 알루미늄 숟가락을 보니 병원이라는 곳이 어떤 곳인지, 또 여기에 입원하겠다고 동의한 자신이 얼마나 큰 실수를 했는지 새삼 후회가 되었다.

신음 소리를 내던 청년을 제외하고는 모두 즐겁게 식사를 했다. 파벨 니콜라예비치는 손으로 그릇을 잡아당기려고 하지도 않고 접시 가장자리를 손톱으로 툭툭 치며 '이걸 누구에게 주나?' 하고 주위를 둘러보았다. 몇 사람은 그와 나란히 앉아 있었고, 몇몇은 등을 지고 앉아 있었다. 그때 출입구 옆에 자리한 청년과 눈이 마주쳤다.

"자네 이름이 뭔가?" 파벨 니콜라예비치가 목소리를 낮춰 (자기한테만 들릴 정도였다.) 물었다.

숟가락 소리가 요란했지만 청년은 자기에게 말을 건넸다는 것을 눈치채고 기다렸다는 듯 대답했다.

"프로시카라고…… 그러니까 프로코피 세묘느이치라고 합니다."

"그렇군. 이것 가져다 먹게."

"정말 그래도 괜찮아요?" 프로시카가 다가와 그릇을 가져가며 감사의 표시로 고개를 끄덕했다.

파벨 니콜라예비치는 턱 밑에 달린 딱딱한 종양 덩어리를 의식하고는 갑자기 이곳에 있는 환자들 중에서 자신이 경증 환자에 속하는 것은 아님을 깨달았다. 모두 아홉 명의 환자가 있었는데, 그중에서 예프렘만 목에 붕대를 감고 있었다. 그런데 우연히도 그 위치가 파벨 니콜라예비치가 절개할지도 모르는 부위와 같았다. 그리고 심한 통증을 느끼는 환자는 오직 한 명뿐이었다. 또 옆쪽 침대의 건장한 카자흐인만 짙은 적자색의 부스럼 딱지를 달고 있었다. 목발을 짚은 저쪽 젊은 우즈베크인은 오히려 목발이 거추장스러워 보이기까지 했다. 나머지 사람들도 겉으로는 종양이 보이지도 않고, 심각해 보이지도 아픈 사람처럼 보이지도 않았다. 특히 프로시카는 병원이 아니라 집에서 쉬고 있는 것처럼 화색이 돌았고, 먹성도 좋아서 벌써 그릇을 깨끗하게 싹 비운 참이었다. 오글로예드는 안색이 좋지는 않았지만 자유롭게 걸어 다니고 활기차게 대화하고 먹성도 좋아서 꾀병을 부리는 것은 아닐까, 국가에서 환자들에게 무상 급식을 해 주니까 국가에 기식하려는 것은 아닐까 하는 의심까지 들 정도였다.

파벨 니콜라예비치의 종양 덩어리는 머리를 세게 압박하며 고개조차 돌리기 힘들게 하는 데다 한 시간 한 시간 지날 때마다 쑥쑥 자라는 것 같았다. 그나저나 여기 의사들은 도대체 시간관념이 있는지 없는지 점심때부터 저녁이 될 때까지, 아무도 루사노프를 진찰하러 오지 않고 아무 조치도 하지 않았다. 그렇다면 의사 돈초바는 뭣 때문에 곧바로 치료를 시작해야 한다며 그를 이곳으로 끌어들였단 말인가. 이건 아주 무책임한 행동이고 심각한 직무 태만에 해당한다. 루사노프는 그녀의 말만 믿고 이 비좁고 악취 나는 더러운 병실에서 황금 같은 시간을 쓸데없이 낭비한 것이다. 그러지만 않았더라면 벌써 모스크바에 전화를 걸어 알아보고 비행기를 타고 날아갔을 것 아닌가.

자신이 잘못된 결정을 했다는 후회와 방치되었다는 모욕감에 종양으로 인한 고통이 더해지며 니콜라예비치는 가슴이 터질 것 같았다. 그릇에 부딪치는 숟가락 소리를 비롯해, 이런 철제 침대며 허접한 침구들, 벽, 전등 그리고 이런 부류의 사람들을 모두 쳐다보고 있어야 한다는 사실을 그는 견딜 수가 없었다. 어떤 함정에 빠져 다음 날 아침까지는 꼼짝없이 갇혀 있어야 할 때와 같은 심정이었다.

견딜 수 없는 비참한 감정에 휩싸인 그는 자리에 누워 천장의 불빛과 다른 모든 것을 외면하려는 듯 집에서 가져온 수건으로 눈을 가렸다. 그는 조금이라도 마음을 달래 보려 집과 가족을 떠올리고는 가족들은 지금 무엇을 하고 있을지 머릿속에 그려 보았다. 유라는 벌써 기차에 탔을 것이다. 이번이 그의 첫 번째 감독관 실습이다. 제대로 실력을 보여 줘야 한다. 그런데 끈기도 없고 어리숙한 유라가 창피나 당하지 않을지 걱정이다. 그리고 아비에타는 지금쯤 모스크바에서 방학을 보내고 있을 것이다. 극장을 돌아다니며 즐기는 것도 좋은 일이다. 하지만 항상 직장을 염두에 두는 것이 중요하다. 무엇을 어떻게 할지를 잘 살피고, 가능하면 인맥을 찾아보아야 한다. 벌써 대학의 마지막 학년이 되었으니 자기 인생을 구체적으로 설계해야 할 때가 된 것이다. 아비에타는 아마 유능하고 적극적인 기자가 될 것이다. 물론 모스크바로 가야겠지. 이곳은 그 애에게 너무 좁다. 그 애는 우리 가족 중 누구보다 영리하고 재능이 있다. 물론 아직 경험이 많지는 않지만 얼마나 영특한지 놀라울 정도다! 그리고 라브리크는 장난끼가 좀 있고 공부는 그저 그렇지만 운동에는 천부적인 소질이 있어 리가로 원정을 간 적도 있다. 그곳에서 어른처럼 혼자 호텔에 묵은 적도 있다. 게다가 벌써 자동차 운전도 한다. 지금은 소연방 군사후원회의 교습소에서 면허증을 따기 위해 공부도 한다. 이사분기 시험에서는 두 과목이나 2점을 받았기 때문에 다음에 꼭 재시험을 통과해야 한다.[3] 그리고 마이카는 아마 지금쯤 집에 돌아와 피아노를 치고 있을 것이다.(가족 중에 피아노를 치는 것은 그 애가 처음이다.) 복도 양탄자 위에는 줄리바르츠가 엎드려 있겠지. 지난해 파벨 니콜라예비치는 아침마다 개를 데리고 산책을 다녔는데, 건강에 큰 도움이 되었다. 지금은 라브리크가 데리고 산책을 다닐 것이다. 그 애는 장난기가 많아 지나가는 사람들을 놀래키고는 "놀라지 마세요, 제가 붙잡고 있어요!"라고 말하곤 했다.

루사노프의 단란하고 모범적인 가정, 모든 것이 안정된 생활, 나무랄 데 없이 좋은 아파트, 이 모든 것이 단 며칠 사이에 루사노프에게서 사라져 버렸고, 그는 종양의 저편에 홀로 남겨졌다. 아버지가 어떻게 되더라도 그들은 여전히 지금처럼 살게 되고, 또 살아갈 것이다. 지금 이 순간 가족들이 아무리 괴로워하며 걱정하고 눈물을 흘려도 종양이 벽처럼 그를 가로막아, 여기 홀로 남겨진 것이다.

가족들에 대한 이런저런 생각도 그에게는 별 도움이 되지 않았다. 파벨 니콜라예비치는 국가적인 문제를 생각하면 좀 나아질까 싶어서 생각을 돌렸다. 이번 토요일에는 소연방 최고 위원회가 열릴 것이다. 무슨 특별한 의제는 없고 예산안만 심의할 것이다. 오늘 집에서 병원으로 오는 길에 라디오를 들으니 중공업 육성 방안에 대한 대대적인 보고가 방송되고 있

---

3) 러시아의 학기는 일 년에 4학기이며, 평가 점수는 5점까지 있다. 3점 이상이어야 통과한다.

었다. 그러고 보니 이 병실에는 라디오조차 없었다. 복도에도 없었다. 그래, 잘하는 짓이다! 그렇다면 《프라우다》만이라도 빠뜨리지 않고 읽어야겠다. 오늘은 중공업 육성 방안에 대한 보고가 있었고, 어제는 축산업 진흥에 대한 보고가 있었다. 그렇다! 국가 경제는 잘 발전해 가고 있다. 그리고 물론 다양한 행정과 경제 분야의 대대적인 조직 개편도 예상된다.

파벨 니콜라예비치는 공화국 전체와 이 지역에서 구체적으로 개혁되어야 할 것은 무엇인지 머릿속에 그려 보았다. 보통 이러한 조직 개편이 있을 때는 괜스레 마음이 들떠서 한동안은 일상적인 일이 손에 잡히지 않았고, 서로 전화로 혹은 직접 만나서 어떻게 일이 진행될지 토론을 하기도 했다. 개편이 어느 쪽으로 이루어지든지 간에, 그리고 이따금 예상과는 반대로 이루어진다 해도 파벨 니콜라예비치를 포함해 아무도 좌천되는 일이 없었고 모두가 승진하곤 했다.

하지만 이런 생각에도 기분 전환이 되지 않았고 기운도 나지 않았다. 목 아랫부분이 계속 찌르는 듯 아팠다. 비정한 종양이 소리도 없이 몸속으로 파고 들어와 그를 모든 세상과 단절시켜 버렸다. 그 순간 국가 예산이니 중공업이니 축산업이니 개편이니 하는 것들은 모두 종양의 저편으로 사라지고 이편에는 파벨 니콜라예비치 루사노프만 남은 것이다. 오직 혼자만.

그때 병실 안으로 쾌활한 여자 목소리가 울려 퍼졌다. 파벨 니콜라예비치는 오늘 하루 좋은 일이라곤 하나도 없었지만 그 목소리만은 아주 기분 좋게 들렸다.

"자, 체온 잴 시간입니다!" 마치 사탕이라도 나누어 주려는 듯한 목소리였다.

루사노프는 얼굴에서 수건을 치우고 몸을 약간 일으킨 다음 안경을 찾아 썼다. 오, 아주 대단한데! 이 아가씨는 좀 전의 침울하고 까무잡잡한 마리야가 아니라 몸매도 풍만하고 산뜻하게 차려입은 젊은 아가씨로, 금발 머리에는 간호사용 삼각모가 아니라 의사용 모자를 쓰고 있었다.

"아조프킨 씨! 아조프킨 씨!" 그녀가 쾌활한 목소리로 창가에 놓인 침대 앞에 서서 청년을 불렀다. 그는 아까보다 더 이상한 자세로 누워 있었다. 그는 배 밑에 베개를 괴고 침대 위에 비스듬하게 납작 엎드려, 마치 개가 머리를 올려놓듯 매트리스에 턱을 올려놓고, 침대의 쇠창살을 통해 쳐다보고 있었다. 그 모습은 마치 우리에 갇혀 있는 것처럼 보였다. 그의 축 늘어진 얼굴에는 고통스러운 마음의 음영이 드리워 있었다. 그리고 한쪽 팔은 마룻바닥에 축 늘어져 있었다.

"자, 똑바로 누워 봐요!" 간호사가 핀잔을 주었다. "자, 힘을 내서 체온계를 직접 잡아 봐요."

그는 마룻바닥에 늘어진 한쪽 팔을 우물에서 두레박을 끌어 올리듯 간신히 들어 올려 체온계를 잡았다. 얼마나 병마에 시달리고 쇠약해졌는지 지금 그의 나이가 열일곱 살을 갓 넘었다고는 전혀 믿어지지 않았다.

"조야!" 그가 신음 소리를 내며 애원했다. "제발 보온기를 좀 줘요."

"그러면 병이 더 악화된다는 것 몰라요?" 조야가 단호하게 말했다. "지난번에도 보온기를 주었더니 주사 맞은 곳이 아니라 배에 대고 있었잖아요."

"그러면 좀 낫거든요." 그가 애원하며 계속 고집을 부렸다.

"그러면 종양을 더 키우는 거라고 선생님들이 설명해 주었잖아요. 종양 치료에는 절대 보온기를 쓰지 않는데도 그때는 특별히 준 건데……."

"주지 않으면 주사를 맞지 않을 거예요."

그러나 조야는 그의 말을 무시하고 벌써 오글로예드의 빈 침대를 손가락으로 톡톡 두드리며 물었다.

"코스토글로토프 씨는 어디 계세요?"

(그게 정말인가! 파벨 니콜라예비치가 별명을 잘도 지어 냈다! 코스토글로토프[4]라니! 오글로예드라는 별명이 딱 맞았다!)

"담배를 피우러 갔어요." 출입구 쪽에서 좀카가 대꾸했다. 그러고는 계속 책을 읽었다.

"담배를 피운단 말이지!" 조야가 혼잣말을 했다.

정말 멋진 아가씨다! 파벨 니콜라예비치는 꼭 끼는 옷 속의 탱탱하고 풍만한 몸매와 살짝 튀어나온 눈동자를 기분 좋게 바라보았다. 그렇게 아무 생각 없이 황홀한 눈으로 그녀를 바라보고 있자니 마음이 약간 누그러지는 것 같았다. 드디어 그녀가 미소를 지으며 그에게 다가와 체온계를 내밀었다. 그녀는 종양이 있는 쪽에 서 있었지만, 종양을 보고 징그러워하거나 놀라는 내색도 전혀 하지 않았다.

"나에게 무슨 조치를 하라는 말 없었어요?" 루사노프가 물

---

4) '뼈를 삼키는 사람'이라는 뜻의 성씨.

었다.

"아직 아무것도 없어요." 그녀가 미소를 지으며 유감을 표했다.

"왜죠? 의사는 어디 있나?"

"지금은 근무 시간이 끝났어요."

조야에게 화를 낼 필요는 없었지만 루사노프를 치료하지 않고 방치해 둔 것에 대해서는 분명 누군가 책임을 져야 할 것이다! 반드시 무슨 조치를 취해야 한다! 루사노프는 소극적인 행동이나 흐지부지한 성격을 경멸했다. 조야가 체온계를 가지러 다시 오자 그가 물었다.

"시내로 전화를 해야 하는데, 전화는 어디 있어요? 전화를 하려면 어떻게 해야 합니까?"

어쨌든 지금이라도 결정을 내리고 오스타펜코 동지에게 전화를 하면 될 것 아닌가! 단지 전화를 한다는 생각만으로도 파벨 니콜라예비치는 익숙했던 세계로 다시 돌아온 것 같았다. 그리고 용기도 생겼다! 그렇게 생각하니 새삼스레 자신이 전사로 느껴지기까지 했다.

"37도입니다." 그녀가 미소를 지으며 말하고는 침대 다리에 매달아 놓은 새 체온 기록표에 그래프를 시작하는 점을 찍었다. "전화는 서무과에 있어요. 하지만 지금은 갈 수 없어요. 서무과는 다른 병동에 있거든요."

"잠깐 기다려요, 아가씨!" 파벨 니콜라예비치는 몸을 일으켜 세우고는 어이없다는 표정을 지었다. "어떻게 병동에 전화가 없단 말인가? 만약 지금 당장 무슨 일이라도 생기면 어떻게 할 겁니까? 예를 들어 나한테 무슨 일이라도 생긴다면 말이에요."

"달려가서 전화를 하면 돼죠." 조야가 아무렇지도 않게 말했다.

"만약 눈보라나 호우라도 쏟아지면 어떻게 할 거요?"

조야는 벌써 옆 침대의 나이 든 우즈베크인 환자에게 가서 그의 체온 그래프를 그리고 있었다.

"낮에는 바로 갈 수 있는데, 지금은 안 돼요."

호감은 가지만 불손한 데가 있는 아가씨였다. 그녀는 이야기를 끝까지 듣지도 않고 벌써 카자흐인에게 가 있었다. 파벨 니콜라예비치는 자기도 모르게 목소리를 높여 그녀의 등에 대고 소리를 질렀다.

"그렇다면 다른 전화라도 있어야 할 것 아닌가! 전화가 없다는 것이 말이 됩니까?"

"전화는 있어요." 조야는 카자흐인 침대 옆에서 무릎을 굽힌 채로 대답했다. "하지만 원장님 서재에 있어서요."

"그것이 무슨 문제가 됩니까?"

"좀카 36도 8부⋯⋯. 사무실 문이 잠겨 있어서요. 니자무친 바흐라모비치 원장님이 싫어하셔서⋯⋯."

그녀는 그러고는 가 버렸다.

바로 그런 이유였군. 물론 당사자가 없을 때 자기 방에 드나드는 것이 기분 나쁘겠지. 하지만 병원에서는 뭔가 대책이 있어야 할 것이 아닌가⋯⋯.

외부 세계로 통하는 가느다란 줄이 한순간 흔들리더니 뚝

끊겨 버렸다. 턱 밑에 자란 주먹만 한 종양이 온 세상을 다시 차단해 버린 것이다.

파벨 니콜라예비치는 손거울을 꺼내 비춰 보았다. 이런, 언제 이렇게 커졌지? 자기 눈에도 그렇게 보이는데, 다른 사람들에게는 얼마나 흉측해 보일까! 이런 것은 좀처럼 보기 드문 일 아닌가! 아무리 주변을 둘러봐도 이런 사람이 없는데! 사실 사십오 년간 살아오면서 파벨 니콜라예비치는 한 번도 이런 흉측한 것을 달고 다니는 사람을 본 적이 없었다!

그는 더 이상 종양의 크기를 살펴볼 마음도 없어 거울을 집어넣고는 머릿장에서 먹을 것을 조금 꺼내 씹기 시작했다.

병실에서 가장 무례한 두 사람인 예프렘과 오글로예드는 어디로 나갔는지 병실에 없었다. 창가 자리의 아조프킨은 자세를 다시 바꿔 돌아누우면서도 신음 소리를 내지 않았다. 나머지 사람들은 모두 조용했고 이따금 책장 넘기는 소리만 들려왔으며, 몇몇은 이미 잠자리에 들었다. 루사노프도 잠을 청해 보려 했다. 오늘 밤은 아무 생각 하지 말고 우선 자고 일어나서 내일 아침에 의사들을 문책하면 될 것 같았다.

그는 옷을 벗고 이불을 덮고 누웠다. 그러고는 수건으로 얼굴을 가리고 잠을 청했다.

사방이 고요해지자 어디선가 속삭이는 소리가 들려왔는데, 마치 파벨 니콜예비치의 귀에 대고 이야기하는 것 같아 신경이 곤두섰다. 그는 견딜 수가 없어 얼굴에서 손수건을 치우고는 아픈 목을 건드리지 않도록 조심조심 몸을 일으켜 세워, 소리를 낸 장본인이 바로 옆 침대에 있는 우즈베크 노인이라는 것을 알아냈다. 노인은 바짝 말라 홀쭉한 데다 구릿빛 얼굴에 짧고 검은 삼각 수염을 기르고 있었으며, 머리에는 터키풍의 둥근 갈색 모자를 쓰고 있었다.

그는 등을 대고 반듯하게 누운 채 손으로 머리를 받치고 천장을 쳐다보며 중얼대고 있었다. 아니, 저런 바보 같은 노인네가 기도문이라도 외우는 건가?

"이보세요, 악사칼!⁵⁾ 조용히 좀 해요. 다른 사람에게 방해가 되잖아요!" 루사노프가 손가락을 흔들어 그에게 주의를 주었다.

그러자 노인이 입을 다물었다. 루사노프는 다시 누워 수건으로 얼굴을 가렸다. 그런데 이번에는 천장에 달려 있는 갓도 제대로 씌우지 않은 투명 전구 두 개에서 쏟아지는 빛이 그의 잠을 방해했다. 불빛은 수건을 그대로 통과해 눈을 똑바로 비췄다. 파벨 니콜라예비치는 헛기침을 하고는 종양이 아프지 않도록 조심조심 베개를 짚으며 다시 몸을 일으켰다.

전등 스위치 옆에 자리한 침대 옆에 서서 프로시카가 옷을 벗기 시작하는 참이었다.

"이봐, 젊은 친구! 불 좀 꺼요!" 파벨 니콜라예비치가 명령조로 말했다.

"하지만…… 약을 아직…… 안 가져왔는데……." 프로시카가 주저하며 스위치로 손을 가져갔다.

---

5) 중앙아시아에서 주로 나이 든 사람을 지칭하는 말이지만, 여기서는 흉내쟁이 지빠귀를 뜻한다.

"불을 끄라니, 그게 무슨 말이야?" 루사노프 뒤에서 오글로예드가 소리쳤다. "그것 참, 어지간히 까다롭군. 여기가 당신 혼자 쓰는 방도 아니고 말이야."

파벨 니콜라예비치는 몸을 바로 하고 앉아, 안경을 썼다. 그리고 종양을 건드리지 않도록 조심스레 몸을 돌렸다. 침대 스프링이 삐걱 소리를 냈다. 그가 말했다.

"좀 점잖게 말하면 안 돼요?"

그러자 무뢰한이 얼굴을 잔뜩 찡그리며 목소리를 내리깔고 응수했다.

"헛소리 집어치워요. 내가 당신 부하도 아니잖아."

파벨 니콜라예비치가 분노에 찬 눈길로 그를 노려보았지만 오글로예드는 아랑곳하지 않았다.

"다 좋아요. 하지만 지금 불을 켜 둘 필요는 없잖아요?" 루사노프가 약간 누그러진 말투로 말했다.

"무슨 똥구멍 후비는 소리야." 코스토글로토프가 욕지거리를 내뱉었다.

파벨 니콜라예비치는 병원에 들어온 순간부터 가슴이 답답하긴 했지만 그 소리를 듣는 순간 숨이 꽉 막히는 것 같았다. 이런 망나니는 이십 분 내에 병원에서 당장 쫓아내 일터로 보내야 한다! 하지만 지금 당장은 별 뾰족한 수가 없었다.

"책을 읽거나 다른 볼일이 있으면 복도로 나가면 될 것 아니에요." 파벨 니콜라예비치가 조목조목 따지며 말했다. "왜 당신이 모든 일을 맘대로 결정하려고 합니까? 여기는 다양한 환자들이 있어요. 각자 차이가 있으니……."

"그렇지 않아도 차이가 날 거요." 망나니가 이를 쓱 드러내며 말했다. "나중에 당신 추도사에는 '고인은 당원으로 몇 년 동안 근속했으며……'라고 쓰겠지. 하지만 우리 같은 것들은 발로 걷어차 곧장 무덤 속으로 떨어뜨릴 테니 말이야."

파벨 니콜라예비치는 지금껏 한 번도 자신에게 이렇게 무례하게 굴거나 방자하게 행동하는 것을 본 적도 들은 적도 없었다. 그는 몹시 당혹스러웠다. 앞으로 어떻게 대응한단 말인가? 간호사에게 불평을 늘어놓을 수도 없는 일 아닌가. 아무튼 지금 당장은 상대를 하지 않는 것이 상책일 것 같았다. 파벨 니콜라예비치는 안경을 벗고 조심스레 몸을 눕힌 다음 수건으로 얼굴을 가렸다.

그는 자신이 이런 병원에 누워 있다는 사실에 화도 나고 서글픈 생각도 들어 가슴이 찢어지는 것 같았다. 하지만 내일 당장 퇴원을 하면 다 괜찮을 것이라고 생각했다.

시계를 보니 8시가 넘어가고 있었다. 지금으로서는 모든 것을 참을 수밖에 없다는 결론을 내렸다. 시간이 좀 지나면 모두 조용히 잠들겠지.

그러나 또다시 침대 사이를 삐그덕거리며 왔다 갔다 하는 소리가 들렸다. 그 소리는 예프렘이 돌아왔다는 뜻이었다. 그의 발소리가 오래된 병실 바닥에 울리면 그 소리가 침대와 베개를 통해서 루사노프에게 전달되곤 했다. 그러나 파벨 니콜라예비치는 더 이상 신경 쓰지 않고 참기로 마음을 먹었다.

이렇게 야비한 성품이 어떻게 우리 민중들 사이에 아직 남아 있단 말인가! 이 야만적인 민중을 어떻게 새로운 사회로 이

끌어 가야 한단 말인가!

밤은 길고도 길었다! 간호사가 다녀가기 시작했다. 한 번, 두 번, 세 번, 네 번. 첫 번째 환자에게는 물약을, 두 번째 환자에게는 가루약을 주고, 세 번째, 네 번째 환자에게는 주사를 놓고 갔다. 아조프킨은 주사를 맞으며 비명을 질렀고, 종양을 삭여야 한다며 또다시 보온기를 달라고 떼를 썼다. 예프렘은 여전히 안정을 찾지 못하고 서성거렸다. 아흐마드잔과 프로시카는 각자 자기 침대에 누워 이야기를 주고받았다. 모두들 이제야 비로소 되살아난 것 같았고 아무 걱정도 없고 치료할 필요도 없는 사람들처럼 보였다. 심지어 좀카마저 잠자리에 눕지 않고 코스토글로토프의 침대로 다가가 앉더니 파벨 니콜라예비치에게까지 들리도록 지껄여 댔다.

"가능하면 책을 많이 읽으려고 합니다. 지금은 시간이 있으니까요. 대학에 들어갈 생각이거든요." 좀카가 말했다.

"그건 좋은 일이지. 하지만 알아 둬야 할 것이 있어. 학문이 지혜를 더해 주는 것은 아니야."

(아직 어린 사람에게 무슨 말을 하는 거야, 오글로예드!)

"왜 그렇죠?"

"그냥 그렇다는 거야."

"그럼 우리에게 지혜를 주는 것은 무엇일까요?"

"인생이지!"

좀카는 잠깐 생각에 잠겨 있다가 대꾸했다.

"동의하기 어려운데요."

"내 말 잘 들어 봐. 우리 부대에 파시킨이라는 군사 위원이 있었어. 그는 늘 입버릇처럼 학문이 지혜를 더해 주지는 않는다고 말하곤 했어. 물론 사람의 지위가 지혜를 더해 주는 것도 아니지. 어떤 사람들은 별을 하나 달 때마다 지혜도 그만큼 많아진다고 생각하지만 그건 아니야."

"그럼 학문을 연구할 필요가 없단 말인가요? 저는 동의하기 어려운데요."

"왜 필요가 없겠어? 물론 배워야지. 하지만 이걸 기억해야 돼. 지혜는 배워서 얻을 수 있는 것이 아니라는 걸 말이야."

"그러면 어디서 지혜를 얻을 수 있어요?"

"어디서냐고? 귀를 믿지 말고 자기 눈을 믿으면 돼. 그건 그렇고 자네는 어떤 학부에 지원하려고 하나?"

"음…… 아직 결정을 못 했어요. 역사학부도 좋고 어문학부도 좋아요."

"공학부는 어때?"

"싫어요."

"이상하군. 우리 때야 물론 역사나 문학을 선호했지만 지금 젊은이들은 공학을 선호하는 것 같던데. 자네는 다른가?"

"저는…… 일반 사회 문제에 관심이 매우 많아요."

"일반 사회 문제? 아이코 이런, 좀카! 기술을 익혀야 안정된 삶을 살 수 있는 거야. 라디오 고치는 기술이라도 배워 두는 게 좋을걸."

"안정된 삶에는 관심이 없어요……. 지금 여기서 두 달 누워 있게 되면, 9학년에서 배우지 못한 것을 2학기에 모두 따라잡아야 해요."

"그럼 교과서는 가져왔나?"

"네, 두 권 있어요. 그런데 입체 기하학은 너무 어려워요."

"입체 기하학이라! 그것 좀 이리 가져와 봐!"

젊은 녀석이 책을 가지러 갔다가 돌아오는 소리가 들렸다.

"그렇지, 그래……. 키슬레프가 쓴 『입체 기하학』……. 오 랜만에 보는군. 예전과 똑같아……. 서로 평행하는 직선과 평 면이……. 만약 한 직선이 한 평면 위에 있는 다른 직선과 평 행하는 경우 그 직선은 평면과도 평행하고……. 이런, 제기랄, 정말 대단한 책이야! 안 그래, 좀카? 글은 바로 이렇게 써야 되는 거라고! 전혀 군더더기가 없잖아, 그렇지? 그런데도 여 기에 엄청난 의미가 들어 있거든!"

"일 년 반 동안 이 책을 공부해야 합니다."

"나도 이 책으로 공부했지. 아주 잘했어!"

"그게 언제였어요?"

"그러니까 언제였더라…… 9학년 2학기 때였으니까…… 1937년이나 1938년이었지, 아마. 지금 이 책을 들고 있자니 묘한 기분이 드는군. 나는 이 과목을 가장 좋아했지."

"다음에는 어떻게 됐어요?"

"다음이라니?"

"고등학교를 졸업한 다음에요."

"대학에 들어갔어. 지구 물리학과라는 대단한 학과였지."

"어디에 있었는데요?"

"레닌그라드였어."

"그다음에는 어떻게 됐어요?"

"그러니까 내가 1학년을 마치던 1939년 9월에 '만 19세 징병법'이 통과되었어. 그때 나도 끌려갔지."

"다음에는요?"

"다음엔 현역으로 근무했지."

"그리고 어떻게 됐어요?"

"다음에 무슨 일이 일어났는지 모르나? 전쟁이 터졌어."

"장교였나요?"

"아니, 하사로 근무했지."

"왜요?"

"왜라니? 모든 군인이 장군이 되겠다고 하면 전투에는 누가 나가겠어……. 만약 어떤 평면이 다른 평면과 평행하는 직선을 통과하여 이 평면과 교차하면 교차해서 생긴 이 선은……. 이것 봐, 좀카! 나랑 매일 입체 기하학 공부나 할까? 오, 어때? 한번 해 보자고!"

"좋아요."

(그런데 지금 이 작자들이 남의 귓전에서 뭐 하는 수작이야……)

"좋아, 내가 가르쳐 주지."

"그래요."

"그러면 괜히 시간 낭비할 필요가 없겠지? 지금부터 바로 시작하자고. 자, 이 세 가지 공리(公理)부터 보기로 하지. 이 공리들은 보기에는 간단해. 하지만 나중에 모든 정리(定理)에 보이지 않게 포함돼 있어. 그것이 어디에 있는지 알아야 해. 그 첫 번째는 이거야. 만약 동일한 직선상의 두 개의 점이 같은 평면 위에 있을 때, 그 직선상에 있는 모든 점들은 그 평면 위에 있다. 이 말은 무슨 뜻일까? 자, 이 책이 평면이라고 가정하고 이 연필을 직선이라고 해 보자고. 이렇게 두 개를 놓으면……."

그들은 공리니 증명이니 지루한 이야기를 계속하면서 수군거렸다. 그러나 파벨 니콜라예비치는 참기로 결정한 터라 못마땅하다는 듯 그들을 등지고 돌아누워 버렸다. 얼마 후 드디어 공부가 끝났는지 조용해지더니 각자 제자리로 돌아갔다. 2회분의 수면제를 털어 넣은 아조프킨은 잠이 들었는지 조용했다. 그때 파벨 니콜라예비치와 얼굴을 마주하고 누워 있던 예의 악사칼이 기침을 하기 시작했다. 전등불은 이미 꺼졌는데도 망할 놈의 기침을 계속해 대는 것이다. 쇳소리가 섞인 기침소리는 금방이라도 숨이 넘어갈 것 같아 듣는 내내 불쾌하기짝이 없었다.

파벨 니콜라예비치는 이번에는 그를 등지고 누웠다. 그는 얼굴에서 수건을 치웠다. 여전히 불빛이 남아 있었다. 복도에서 불빛이 새어 들어오고 소란스러운 말소리와 발소리가 들리는가 하면, 타구와 양동이를 달그락거리는 소리까지 소란스럽게 들려왔다.

그는 도저히 잠을 이룰 수가 없었다. 종양이 계속 그를 압박했다. 그토록 행복하고 건강했던 삶이 이제 벼랑 끝에 놓인 것이다. 그런 자신이 너무 가련했다. 살짝만 건드려도 금방 눈물이 쏟아질 것만 같았다.

그런데 예프렘이 때마침 기회를 제공했다. 그는 어둠 속에서도 잠을 자지 않고 옆 침대에 있는 아흐마드잔에게 말도 안 되는 옛날이야기를 늘어놓고 있었다.

"사람이 백 년까지 살 필요가 있을까요? 그럴 필요가 없어요. 이런 옛날이야기가 있대요. 언젠가 알라신이 모든 동물에게 수명을 오십 년씩 나누어 주었답니다. 그것으로 충분하니까요. 그런데 인간이 맨 나중에 도착했어요. 그때 하필 알라신에게는 수명이 이십오 년밖에 남아 있지 않았어요."

"25루블짜리 지폐 한 장인 셈이군요?" 아흐마드잔이 대꾸했다.

"그렇지요. 인간은 너무 짧다고 불평했어요. 그러자 알라신이 '그거면 충분해.'라고 했답니다. 그런데도 인간은 부족하다고 계속 불평을 했어요. 어쩔 수 없이 알라신은 인간에게 직접 다른 동물들을 찾아가 여분의 수명이 있으면 얻어 보라고 했답니다. 그래서 인간은 수명을 구하러 갔어요. 처음 만난 동물이 말이었어요. '이봐! 내 수명이 좀 모자라는데, 나눠 줄 수 있겠나?'라고 했더니, '자! 이십오 년을 나눠 줌세.'라고 하더랍니다. 그런 다음 인간은 다시 길을 가다가 개를 만났답니다. '이보게! 나에게 수명을 좀 나눠 줄 수 없겠나?' 그랬더니 개가 '자! 이십오 년을 가져가게.'라고 했답니다. 다시 길을 나서 원숭이를 만나 이십오 년을 얻어 알라신에게 돌아왔더니 알라신이 이렇게 말했답니다. '자, 네가 스스로 선택한 삶이니 앞으로 이렇게 살 것이다. 처음 이십오 년은 사람답게 살고, 그다음 이십오 년은 말처럼 일하게 될 것이다. 그리고 다음 이십오 년은 개처럼 짖으며 살고, 마지막 이십오 년은 원숭이처럼 남의 웃음거리가 되어 살 것이다.'"

3
꿀벌

조야는 총명하고 민첩해서 자신이 담당하는 2층의 책상과 환자의 침대 사이사이를 재빠르게 오가며 일을 처리했지만 오늘은 정해진 시간 안에 할 일을 모두 끝낼 수 있을 것 같지가 않았다. 그래서 그녀는 남자 병실과 여자 병실에서 할 일을 마치고 불을 끄기 위해 부지런히 서둘렀다. 서른 개가 넘는 침대가 들어선 아주 커다란 여자 병실의 환자들은 불을 끄든 끄지 않든 제시간에 조용해지는 법이 없었다. 장기 입원 환자들이 많은 데다 모두들 병원 생활에 지쳐 있고, 불면증에 시달리고 답답했기 때문이다. 게다가 창문을 여닫는 사소한 문제로도 끊임없이 싸움이 벌어지곤 했다. 몇몇 수다쟁이 여자 환자들은 귀퉁이 여기저기에 모여 수다를 떨어 댔다. 밤 12시, 1시가 되도록 최근 물가나 식료품과 가구, 아이들과 남편, 이웃들에 대해서, 심지어는 외설스러운 이야기까지 이러쿵저러쿵

말이 많았다.

오늘은 청소부 넬랴가 아직 그곳의 마루를 닦고 있었다. 그녀는 눈썹이 굵고 입술이 두툼한 아가씨였는데, 엉덩이가 크고 목소리가 괄괄했다. 청소를 시작한 지가 꽤 되었는데도 환자들의 이야기마다 참견하느라 여간해서 일을 끝마칠 것 같지 않았다. 그동안 남자 병실 입구에 놓인 침대에 누워 있던 시브가토프는 자기 대야에 물을 가져다주기를 기다리고 있었다. 시브가토프는 병원에 입원한 지 가장 오래되어 환자가 아니라 병원 직원 같았지만, 등에서 불쾌한 냄새를 풍기는 것도 미안하고 저녁마다 대야를 사용해 씻어야 했기 때문에 자진해서 입구에 자리를 잡았다.

조야는 여자 병실을 빠르게 들락거리며 넬랴에게 두어 번 똑같은 주의를 주었지만 넬랴는 투덜거리기만 할 뿐 여간해서 서두르지 않았다. 그녀는 조야보다 나이가 많았기 때문에 나이 어린 아가씨의 지시를 받는 것을 기분 나쁘게 생각했다. 아침에 기분 좋게 일하러 나온 조야는 청소부의 반발 때문에 몹시 기분이 상했다. 조야는 모든 사람이 자유를 누릴 권리가 있고 직장이라고 해서 녹초가 되도록 일을 하라는 법은 없지만 어느 정도는 도리를 지켜야 하고, 더구나 환자들을 대할 때는 더더욱 그래야 한다고 생각했다.

드디어 조야는 필요한 것을 모두 나눠 주고 일을 마쳤다. 넬랴도 마루 닦는 일을 마쳤다. 여자 병실의 불을 끄고 2층 대기실의 불을 켰다. 넬랴가 1층에서 더운물을 준비해 시브가토프의 대야에 담아 가져왔을 때는 11시가 넘었다.

"아휴, 정말 죽을 지경이군." 그녀가 큰 소리로 하품을 했다. "잠깐 어디 가서 눈 좀 붙여야겠네. 이봐요, 환자 양반! 다 끝나려면 한 시간은 족히 걸리겠죠? 나는 못 기다리겠어요. 볼일이 끝나면 물은 직접 아래층에 갖다 버려요. 알았죠?"

(대기실이 넓은 데다 이 육중하고 오래된 병원 건물의 2층에는 배수 시설이 없었다.)

샤라프 시브가토프가 예전에 어떤 사람이었는지는 짐작할 수도 없었고, 그럴 만한 실마리도 없었다. 투병 생활이 오래 계속되다 보니 과거에 어떻게 살았는지 기억조차 나지 않았다. 삼 년 전부터 중병을 앓아 온 이 젊은 타타르인은 이제는 이 병동에서 가장 유순하고 공손한 사람이 되었다. 그는 항상 이렇게 오래 남의 신세를 지는 것이 죄송스럽다는 듯한 미소를 짓고 있었다. 그가 넉 달만, 여섯 달만…… 하면서 입원해 있는 동안 병동의 모든 의사들과 간호사들, 심지어 청소부들까지 알게 되었고, 병동에서 그를 모르는 사람이 없었다. 넬랴만이 이곳에 들어온 지 몇 주밖에 안 되어 그의 사정을 잘 몰랐다.

"정 그렇다면…… 힘들긴 하지만……." 시브가토프가 나직하게 대답했다. "어디에 버려야 하는지 말해 줘요. 그러면 내가 조금씩 갖다 버리죠, 뭐."

그러자 그 옆에 놓인 책상에 앉아 있던 조야가 그 말을 듣고 펄쩍 뛰었다.

"지금 무슨 말을 하는 거예요? 이 환자는 등을 구부릴 수 없는데, 당신 대신 대야까지 갖다 놓으라니 말이 돼요?"

조야는 화를 냈지만 목소리를 낮춰 이야기해서 세 사람 외에는 아무도 그들의 이야기를 듣지 못했다.

"뭐가 잘못됐다고 그러는 거예요? 나도 지금 녹초가 됐다고요."

"그게 당신 할 일이잖아요! 월급은 왜 받는 거예요!" 조야가 더욱 목소리를 낮추며 말했다.

"애개, 월급 같은 소리 하시네! 그게 얼마나 된다고? 방직 공장에서 일해도 그보다는 더 많아요."

"쉿, 조용히 해요!"

"아휴……." 넬랴는 넓은 대기실이 다 울리도록 한숨을 크게 내쉬며 신음 소리를 냈다. "아, 베개가 그립구나. 왜 이렇게 졸릴까……. 어젯밤 운전사들과 데이트를 했더니……. 그렇다면 좋아요, 환자 양반! 나중에 다 씻고 나면 대야는 침대 밑에 넣어 둬요. 아침에 갖다 버리지, 뭐."

그리고 하품을 크게 한 번 하고는 입을 벌린 채 조야에게 말했다.

"저기, 회의실 소파에 좀 누워 있을게요."

그러고는 조야가 허락하기도 전에, 한쪽 구석에 있는 문 쪽으로 갔다. 그곳에는 의사들이 회의를 하거나 잠깐 모임이 있을 때 사용하는 작은 방이 있었는데, 푹신한 소파가 놓여 있었다.

그녀는 아직 해야 할 일이 많이 남아 있었다. 환자들의 타구도 씻어야 했고, 대기실 마루도 닦아야 했다. 그러나 조야는 그녀의 널찍한 등짝만 쳐다보며 치밀어 오르는 화를 애써 참

앉다. 조야 역시 이곳에서 일을 시작한 지 얼마 되지 않았지만 이런 경우의 불합리한 이치를 어느 정도 이해하기 시작했다. 말하자면 성실하게 일하는 사람은 한 사람의 몫만큼 성실하지만 게으른 사람은 두 사람의 몫만큼 게으르다는 사실 말이다. 결국 내일 아침 교대하는 옐리자베타 아나톨리예브나가 자기 몫뿐만 아니라 넬랴의 몫까지 치우고 닦아야 할 판이었다.

이제 혼자 남겨진 시브가토프는 엉치뼈를 드러내고 침대 옆 마루에 놓인 대야 위에 엉거주춤 걸터앉아 오랫동안 같은 자세로 가만히 있었다. 조금만 움직여도 뼈마디가 아프고 상처난 피부에 뭔가 닿기만 해도, 심지어는 속에 입은 내의가 조금 스치기만 해도 타는 듯이 아팠다. 자기 등에서 무슨 일이 일어나고 있는지 그는 한 번도 보지 못했고, 손가락으로 가끔 만져 보는 것이 고작이었다. 재작년 그가 들것에 실려 병원에 왔을 때는 일어설 수도, 발로 서서 움직일 수도 없었다. 처음에는 여러 의사들이 그를 진찰하기도 했지만 치료는 계속 류드밀라 아파나시예브나가 전담했다. 그 후 넉 달이 지나자 통증이 사라졌다! 자유롭게 걸을 수도 있고 몸을 구부릴 수도 있게 되었으며, 다른 아무 문제도 없었다. 퇴원하는 날, 그는 류드밀라 아파나시예브나의 손에 입을 맞추었다. 그날 그녀는 그에게 단단히 주의를 주었다. "샤라프! 조심해야 합니다. 뛰거나 어디에 부딪히면 안 돼요!" 하지만 퇴원 후 그는 적당한 일자리를 찾을 수 없어 다시 운송 일을 할 수밖에 없었다. 운송 일을 하는 사람이 차에서 땅으로 뛰어내리지 않고 어떻게 일을 한단 말인가? 어떻게 짐꾼이나 운전사를 돕지 않고 모르는 척한단 말인가? 물론 우연히 발생한 한 사건만 아니었다면 괜찮았을지도 모른다. 어느 날 자동차에서 굴러떨어진 통이 하필이면 샤라프의 아픈 곳을 친 것이다. 그때 다친 곳에 생긴 상처가 곪기 시작했다. 상처는 계속 아물지 않았다. 그 이후로 시브가토프는 사슬에 묶인 것처럼 다시 암 병동에 갇히게 되었다.

조야는 여전히 불쾌한 기분으로 책상에 앉아서 잉크로 그어 놓은 검은 선들이 번진 질 나쁜 종이 위에 예의 번지기 쉬운 잉크로 또다시 선을 강조해 그리고는 모든 처치를 기록했는지 한 번 더 확인해 보았다. 이런 보고서를 쓰는 것은 무의미한 일이었고 조야의 기질에도 맞지 않았다. 그녀는 청소부들을 관리하는 일도 힘들었는데, 특히 넬랴는 그녀가 어떻게 할 수가 없었다. 잠을 좀 자는 것이 나쁠 것은 없었다. 괜찮은 청소부와 함께 당직을 섰더라면 조야도 한밤중에는 잠시 눈을 붙일 수 있을 터였다. 하지만 오늘은 자리를 꼬박 지켜야 할 상황이었다.

그녀는 자신이 쓴 보고서를 살펴보면서도 한 남자가 다가와 그녀 옆에 멈춰 서는 소리를 들었다. 조야가 고개를 들어 쳐다보았다. 코스토글로토프였다. 아무렇게나 헝클어진 새까만 머리카락에 바싹 마른 체구의 그는 환자용 가운에 달린 작은 옆주머니에 커다란 손을 살짝 걸치고 서 있었다.

"취침 시간이 지난 것 같은데 어디를 돌아다니시는 거예요?" 조야가 핀잔을 주었다.

"좋은 저녁입니다, 조엔카." 코스토글로토프가 다정한 목소리로 말꼬리를 한껏 길게 늘이며 말했다.

"네, 안녕히 주무세요." 조야는 살짝 웃었다. "좋은 저녁이라는 인사는 당신 체온 재러 갔을 때에나 맞는 것 아닌가요?"

"그건 근무 때나 통하는 겁니다. 너무 나무라지 마요. 지금 나는 사적인 볼일이 있어 온 겁니다."

"그래요?(이런 때는 보통 속눈썹을 내리깐다든가 눈을 동그랗게 뜨는 것이 보통인데, 그녀는 이런 행동을 하지 않았다.) 왜 꼭 지금 사적인 일을 보러 온 거예요?"

"왜냐하면 야간 당직 때마다 당신은 교과서를 보고 있었는데, 오늘은 보이지 않아서요. 시험이 다 끝난 모양이죠?"

"와, 잘 아네요. 시험은 끝났어요."

"몇 점 받았어요? 하긴 그게 중요한 건 아니지만."

"4점을 받았어요. 그런데 왜 점수가 중요하지 않다는 거죠?"

"나는 그저, 당신이 3점을 받았다면 말하기 쑥스러워할까 봐 그런 겁니다. 그럼 이젠 방학이군요?"

그녀는 유쾌한 표정으로 가볍게 윙크했다. 윙크를 하며 그녀는 사실 시무룩해할 이유가 전혀 없다는 생각이 들었다. 앞으로 이 주 동안은 방학이다. 신나는 일이다! 병원 근무 외에는 아무 곳도 갈 필요가 없다! 당직을 서는 날에는 책을 읽을 수도 있고, 이렇게 한가하게 수다를 떨어도 된다.

"그렇다면 내가 때맞춰 놀러 온 셈이군요?"

"아무튼 앉아요."

"조야! 내 기억으로 우리 때는 1월 25일에 방학이 시작되었던 것 같은데."

"맞아요, 가을이면 우리는 목화를 따러 가곤 했거든요.[6] 매년 있는 일이에요."

"앞으로 졸업 때까지 몇 년 남았죠?"

"일 년 반 남았어요."

"졸업하면 어디서 일하게 되죠?"

그녀는 동그란 어깨를 한 번 들썩했다.

"우리 나라는 워낙 넓잖아요."

두 눈이 약간 튀어나온 그녀의 눈동자는 가만히 바라보고 있을 때도 눈꺼풀 속에 들어가지 않고 금세 밖으로 튀어나올 것 같았다.

"이 병원에 자리가 나지는 않을까요?"

"물론 안 날 거예요."

"그럼 가족과 떨어질 수도 있겠네요?"

"가족이라니요? 내게는 할머니 한 분뿐이에요. 할머니와 단둘이 살아요."

"부모님은?"

조야는 한숨을 쉬었다.

"엄마는 돌아가셨어요."

코스토글로토프는 그녀를 쳐다보고는 아버지에 대해서는

---

6) 중앙아시아에서는 목화를 따는 일손이 부족했다. 매년 가을 학생들이 일손을 도우러 갔기 때문에 코스토글로토프가 학교를 다닌 레닌그라드보다 학기가 늦게 시작되어 방학도 늦어졌다.

더 이상 묻지 않았다.

"그럼 원래 이 지방 출신이에요?"

"아니요. 나는 스몰렌스크에서 왔어요."

"그래요? 그럼 이곳으로 온 지는 오래됐어요?"

"후퇴할 때였어요."

"그렇다면 그때가…… 아홉 살 정도 되었겠네요?"

"그렇죠. 그곳에서 2학년을 마쳤으니까……. 그다음에 할머니와 함께 이곳으로 피난 와서 계속 머물게 되었어요."

조야는 벽 옆의 마룻바닥에 놓인 밝은 오랜지색의 커다란 가방에서 거울을 꺼내더니 의사용 모자를 벗고 모자에 눌린 머리를 약간 풀어헤치고는 동그랗게 자른 금빛 앞머리를 살짝 빗어 내렸다.

그러자 금빛 머리카락의 잔영이 코스토글로토프의 딱딱한 얼굴에 어른거렸다. 그는 마음이 편안해지는 것을 느끼며 흐뭇한 표정으로 그녀를 바라보았다.

"그건 그렇고, 당신 할머니는 어디 계시죠?" 거울을 집어넣으며 조야가 농담을 던졌다.

"우리 할머니는 어머니와 함께 봉쇄 때 돌아가셨어요." 코스토글로토프가 갑자기 심각한 표정으로 대답했다.

"레닌그라드 봉쇄 때 말이죠?"

"으응, 여동생도 그때 포탄에 맞아 죽었어요. 여동생도 간호사였어요. 아직 신참내기이긴 했지만."

"그렇군요." 조야가 한숨을 쉬었다. "봉쇄 때 얼마나 많은 사람이 죽었는지, 망할 놈의 히틀러!"

코스토글로토프는 쓴웃음을 지었다.

"히틀러가 죽일 놈이라는 건 두말할 필요가 없지요. 하지만 나는 레닌그라드 봉쇄가 그자 한 사람의 책임은 아니라고 생각해요."

"아니, 왜요? 어째서요?"

"왜라니요? 히틀러는 우리를 전멸시키려고 쳐들어왔어요. 그런 자가 봉쇄당한 시민들에게 쪽문을 살짝 열어 주며 '자, 밀지 말고 한 사람씩 차례로 나오시오.'라고 말할 리가 없잖아요? 전쟁 중이었고, 그는 적군이었어요. 그러니까 봉쇄의 책임은 다른 누군가가 져야 하는 것이죠."

"그게 누군데요?" 흠칫 놀란 조야가 목소리를 낮추며 물었다. 조야는 그런 이야기를 들은 적도 없고, 생각해 본 적도 없었다.

코스토글로토프가 검은 눈썹을 찡그렸다.

"히틀러가 설령 영국, 프랑스, 미국과 연합을 했다 하더라도 전쟁 준비를 했어야 하는 우리 쪽의 이런저런 사람들을 말하는 겁니다. 레닌그라드의 전술적 위치라든가 방위 등을 미리 점검하지 않은 채 몇십 년 동안 월급만 축낸 놈들 말이에요. 앞으로 얼마간 폭격이 있을지를 예상하고 지하에 식량 창고를 구축했어야 하는데, 그것을 예상하지 못한 놈들 말입니다. 그놈들이 바로 히틀러와 함께 내 어머니를 죽인 셈이죠."

이것은 단순한 사실처럼 들렸지만 처음 듣는 무서운 이야기였다.

시브가토프는 두 사람이 앉아 있는 곳 뒤쪽 구석에 놓인 자기 대야에 조용히 앉아 있었다.

"그렇다면…… 그렇다면 그들을…… 심판해야겠네요?" 조야가 귓속말로 물었다.

"나도 모르지요." 코스토글로토프가 그렇지 않아도 험상궂게 생긴 입술을 씰룩거렸다. "나도 잘 모르겠어요."

조야는 더 이상 모자를 쓰지 않았다. 맨 위 단추가 풀린 그녀의 가운 속으로 금색이 섞인 회색 원피스 칼라가 살짝 드러나 보였다.

"조엔카…… 사실은 부탁이 있어요."

"아하, 그러면 그렇지!" 조야의 눈썹이 파르르 떨렸다. "그런 일이라면 낮에 담당자에게 말하세요. 그리고 지금은 자야 합니다! 그런데 좀전에는 사적인 볼일로 오셨다고 하지 않았나요?"

"맞아요, 환자로서가 아니라 사적인 문제 때문에 왔어요. 그러니까 아직 당신이 때가 묻기 전에, 정식 의사가 되기 전에 인간적인 도움의 손길을 청하는 겁니다."

"의사 선생님들이 그런 도움을 주지 않았다는 거예요?"

"선생님들의 손길은 당신의 손길과 전혀 다르니까……. 아니, 아예 손을 내밀지도 않아요. 조엔카, 바보 취급을 받으며 살긴 싫다는 것이 내 평생소원이에요. 여기서는 나를 치료하긴 하지만 아무것도 설명해 주지 않아요. 나는 그것이 불만입니다. 예전에 보니 『병리 해부학』이란 책을 갖고 있는 것 같던데, 맞죠?"

"네, 맞아요."

"거기에 종양에 대한 이야기도 있죠?"

"네."

"그래서 말인데, 제발 그 책 좀 빌려 줘요! 책을 보고 이것저것 알아봐야 할 게 있어요. 나 자신에 대해서 말이에요."

조야는 입술을 꽉 다물고 고개를 저었다.

"환자들이 의학 서적을 읽는 것은 금지되어 있어요. 우리 의과 대학 학생들도 어떤 질병을 공부할 때는 모두…….."

"다른 사람에게는 금지되어 있어도 나에게는 아니에요!" 코스토글로토프가 커다란 손바닥으로 책상을 탁 내리쳤다. "나는 지금껏 살아오면서 수도 없이 놀라운 일을 겪어 이젠 더 놀랄 일도 없어요. 예전에 시골 병원에 있을 때였어요. 그날이 섣달 그믐이었는데 나를 진찰한 고려인 외과 의사가 나한테 내 병을 설명해 주려 하지 않았어요. 내가 의사에게 '말해 주세요!'라고 했더니 그가 '환자에게 말하지 않는 것이 우리 규칙입니다!' 하더군요. 내가 '말해 주세요. 뒷일은 제가 책임지겠습니다! 부탁입니다, 집안 문제를 정리해야 할 것이 있어서 그럽니다.' 그랬더니 그는 주저주저하면서 '앞으로 석 주는 살 수 있습니다만 그 이후는 장담 못 합니다.' 하더군요."

"그가 무슨 권리로 그런 말을 한단 말이에요?"

"잘한 겁니다! 그것이 인간적이지요! 나는 그의 손을 힘주어 잡았지요. 나는 꼭 알아야 했으니까! 그때까지 반년을 고통 속에서 지내 왔는데 마지막 달에는 어찌나 아픈지 눕지도 앉지도 서지도 못했어요. 잠이라고 하루에 고작 몇 분밖에 자지 못했어요. 그러면서 곰곰이 생각해 봤어요! 그리고 그해 가을에 뭔가 깨닫게 된 것이 있어요. 아직 살아 있지만 이미 죽음의 세계에 들어가 있을 수도 있다는 사실이죠. 몸속에 아직 피가 돌고 위장은 소화를 시키고 있는데도, 마음은 벌써 죽음에 대한 준비를 끝낸 겁니다. 이미 죽음을 경험하는 거죠. 즉 주변에 보이는 모든 것을 관 속에서 바라보듯 냉담하게 바라볼 수 있게 되죠. 비록 기독교인이 아니라 하더라도, 심지어 기독교를 거부한다 하더라도 자신을 모욕했던 모든 사람들을 용서하고 자신을 학대한 모든 사람들에 대한 원한이 사라지는 것을 경험하게 됩니다. 모든 것이 단순해지고 모든 것에 무관심해져요. 무엇인가를 고치려고 애쓸 필요도 없고, 아까울 것이 아무것도 없어요. 내 생각으로는 아주 안정적인 상태, 아주 자연스러운 상태였다고 할 수 있을 것 같아요. 지금은 그런 상태에서 벗어나긴 했지만, 그것이 기쁜 일인지는 모르겠어요. 좋든 나쁘든 모든 갈망이 다시 생겨났으니까 말이죠."

"잘된 일인데요, 뭘! 그보다 더 기쁜 일이 어디 있겠어요? 당신이 이곳으로 왔을 때가…… 그러니까 얼마나 되었죠?"

"열이틀째 되었어요."

"아, 그래요. 여기 대기실 소파에서 몸을 웅크리고 있었지요. 그때 당신의 모습은 정말 끔찍했어요. 얼굴은 죽은 사람처럼 보였고, 아무것도 입에 대지 않고 체온은 아침이나 저녁이나 38도나 되었죠. 그런데 지금은 어때요? 이렇게 놀러 다니고 있잖아요. 사람이 열이틀 만에 이렇게 되살아난다는 것은 정말 기적이죠! 여기서 그런 일은 흔하지 않아요."

실제로 그때 그의 얼굴에는 계속된 긴장으로 깊게 팬 잿빛 주름이 마치 끌로 새겨 놓은 것처럼 가득했었다. 그러나 지금은 그 주름이 어디로 갔는지 많이 줄고, 색도 엷어졌다.

"방사선 치료를 잘 견뎌 낸 덕분인 것 같아요."

"정말 흔한 일이 아니죠! 행운이에요!" 조야가 따뜻한 눈길로 말했다.

코스토글로토프는 쓴웃음을 지었다.

"내 인생에 행운이란 것은 없었는데, 방사선 치료가 그 보상을 해 준 셈이군요. 요즘에는 꿈을 꿀 때도 분명치는 않지만 뭔가 기분 좋은 것들이 보이지 뭐예요. 완전히 회복될 징조 같아요."

"정말 그럴 거예요."

"그래서 더욱 내 병을 알고 이해해야겠다는 생각을 하게 되었어요! 치료 방법은 어떤 것이 있는지, 어떻게 치료가 될지, 합병증은 어떤 것이 있는지 알아야 한다는 것이죠. 상태가 이렇게 좋아졌으니, 치료를 더 이상 하지 않아도 될지도 모르고요. 바로 이런 사실들을 알고 싶은 거예요. 류드밀라 아파나시예브나도 베라 코르닐리예브나도 마치 원숭이를 치료하듯 나에겐 아무 설명도 해 주지 않아요. 그러니 조야, 제발 부탁합니다. 책을 좀 빌려 줘요! 절대 당신에게 피해가 가지 않도록 하겠어요."

그는 기대를 갖고 계속 졸라 댔다.

조야는 약간 망설이더니 책상 서랍 손잡이를 잡았다.

"거기에 있군요." 코스토글로토프가 눈치를 채고 말했다. "조엔카, 제발 빌려 줘요!" 그러면서 그는 손을 내밀었다. "다음 당직이 언제죠?"

"일요일 낮이에요."

"그때 돌려줄게요! 그럼 됐죠? 약속해요!"

금빛 앞머리와 통방울눈을 가진 이 아가씨는 얼마나 마음이 여린가?

그러면서도 그는 정작 자신이 얼마나 처량한 환자의 몰골을 하고 있는지 전혀 의식하지 못했다. 머리통에 붙은 검은 머리카락은 베개에 눌려 마구 헝클어져 사방으로 뻗쳐 있고, 가운 속에 받쳐 입은 배급용 옥양목 셔츠의 칼라는 목 단추마저 풀린 채 삐쭉 나와 있었다.

"그렇지, 그래." 그는 책장을 넘겨 목차를 읽어 내려갔다. "음, 좋아. 모두 나와 있군. 정말 고마워요. 누가 알겠어요, 괜히 치료만 질질 끌지. 의사들이야 그래프만 그리면 그만이지. 어쩌면 치료를 그만해도 될지 모르겠군. 약을 좋아하면 수명이 단축된다는 옛말도 있으니까."

"그것 보세요!" 조야는 손뼉을 탁 쳤다. "당신한테 책을 빌려 준 내가 잘못이죠! 실수했어요, 당장 돌려주세요!"

조야는 처음에는 한 손으로, 나중에는 두 손을 뻗어 책을 붙잡으려 했다. 그러나 그는 가볍게 책을 움켜잡았다.

"도서관에서 빌린 것인데 찢어지겠어요! 돌려주세요!"

동그랗고 통통한 그녀의 어깨와 팔은 가운이 꼭 끼어 금방이라도 밖으로 삐져나올 것 같았고, 그녀의 목은 가늘지도 통통하지도, 짧지도 길지도 않게 균형을 이루고 있었다.

두 사람은 서로 책을 잡으려고 실랑이를 벌이다가 얼굴을 가까이 마주쳤다. 그의 보기 흉한 얼굴에 웃음꽃이 피었다. 그러자 그의 얼굴의 흉터도 그다지 험상궂게 느껴지지 않았고, 창백해 보이는 그의 얼굴은 본래 안색이 그런 것 같았다. 책을 잡은 그녀의 손가락을 다른 손으로 가볍게 떼어 내면서 코스토글로토프가 속삭이는 목소리로 달랬다.

"조엔카, 당신이 무지한 사람은 아니라고 생각해요. 교양 있는 부류에 속하는 사람이라고 봐요. 그런 사람이 지식을 구하려는 사람을 방해하진 않겠죠? 그리고 치료를 그만둔다는 말은 농담이었어요."

그러나 그녀 역시 엄한 어조로 나직하게 말했다.

"그래서 당신은 책을 읽어서는 안 된다는 거예요. 어떻게 당신은 지금껏 자신을 그렇게 방치하고 있었죠? 왜 더 일찍 오지 않고 초주검이 되어서야 병원에 온 거죠?"

"음, 음, 그러니까……." 코스토글로토프는 크게 한숨을 쉬었다. "교통편이 없었어요."

"도대체 그곳이 어딘데 교통편이 없었다는 거예요? 비행기를 타고 오면 되잖아요! 무엇 때문에 다 죽을 때까지 버티고 있었던 거냐고요? 왜 조금 더 일찍 큰 도시로 옮기지 않았어요? 당신이 있던 곳에도 의사나 보조 의사 정도는 있었을 것 아니에요?"

그녀는 책에서 손가락을 뗐다.

"의사는 있었지요. 그런데 산부인과 의사였어요. 두 사람이나……."

"산부인과 의사가 둘씩이나? 그곳에 여자들만 있었단 말예요?" 조야가 놀란 목소리로 말했다.

"그 반대였어요. 여자는 얼마 없었죠. 산부인과 의사만 두 사람이 있었고, 다른 의사는 없었어요. 검사실도 없었어요. 그래서 혈액 검사도 할 수 없었어요. 내 혈침 반응이 60이나 되었는데도 아무도 몰랐으니까요."

"세상에! 그런데도 다시 치료를 할까 말까 망설인단 말이에요? 본인은 그렇다 쳐도, 가족이나 아이들 생각을 해야죠!"

"아이들이요?" 코스토글로토프는 언제 책을 가지고 서로 유쾌한 실랑이를 벌였느냐는 듯 예의 굳은 표정을 다시 지으며 천천히 입을 열었다. "나는 자식이 없어요."

"부인은요? 부인은 있을 거 아니에요?"

그러자 그는 더 천천히 이야기했다.

"아내도 없어요."

"남자들이란 늘 아내가 없다고 하죠. 그럼 당신이 고려인 의사에게 집안 문제를 정리해야 한다고 했던 말은 무슨 뜻이었어요?"

"그건 그를 속이려고 했던 거예요."

"지금 저한테도 거짓말하는 것 아니에요?"

"아니, 그건 아니에요." 코스토글로토프는 이내 얼굴이 어두워졌다. "내가 성격이 좀 까다로운 편이라서."

"부인이 당신의 성격을 참을 수 없었던 모양이군요." 조야는 동정을 표하며 고개를 끄덕였다.

"아예 결혼한 적이 없어요."

그러자 조야는 이 남자가 몇 살이나 되었을지 가늠해 보았다. 그녀는 입술을 들썩여 질문을 하려다가 입을 다물었다. 잠시 후 다시 말을 꺼내려다 그만두고 말았다.

코스토글로토프는 시브가토프를 등지고 앉아 있던 조야와 마주 보고 앉아 있었기 때문에 시브가토프가 정면으로 보였다. 시브가토프가 두 손으로 허리를 잡고 간신히 대야에서 몸을 일으켜 물기를 말리고 있었다. 극심한 통증으로 그는 기진맥진해진 것 같았다. 지금은 최악의 고통에서 벗어났지만 세상 그 어떤 것에도 기쁨을 느낄 수 없을 것처럼 보였다.

코스토글로토프는 숨 쉬는 것조차 무척 힘이 드는 듯 숨을 크게 들이쉬었다가 길게 내뱉었다.

"아아, 담배 생각이 간절하군. 여기서 담배를 피우면 안 될까요?"

"절대로. 특히 당신에게 담배는 바로 죽음이에요."

"무조건 절대 안 되나요?"

"무조건 절대 안 돼요. 특히 내 앞에선."

그녀는 그렇게 말하면서도 미소를 지었다.

"하지만 딱 한 대라면 어떻게 안 될까요?"

"환자들이 자고 있어요, 절대 안 돼요!"

그래도 그는 비어 있는 기다란 수제 파이프를 꺼내 뻐끔거렸다.

"이런 이야기 들어 봤어요? 젊은이들은 결혼을 서두르지만 나이 든 사람들은 느긋하다는 이야기 말이에요." 그는 조야의 책상 위에 양 팔꿈치를 대고, 파이프를 잡은 채 손가락으로 머리카락을 움켜쥐었다. "전쟁이 끝난 후, 결혼할 뻔한 적이 있어요. 나와 그녀는 학생이었지만 상관없이 결혼하려고 했어요. 그런데 그만 일이 틀어지고 말았어요."

조야는 그다지 호감 가지는 않지만 강인해 보이는 코스토글로토프의 얼굴을 물끄러미 쳐다보았다.

"일이 제대로 안된 모양이군요?"

"그녀는…… 어떻게 말해야 하나…… 파멸당했다고 해야 하나?" 그는 얼굴을 찌푸리며 한쪽 눈을 감고 한쪽 눈으로 그녀를 쳐다보았다. "파멸당했어요. 그러나 아직 살아 있어요. 작년에 몇 차례 편지도 주고받았지요."

그는 눈을 가늘게 떴다. 그러고는 파이프를 든 손가락을 쳐다보다가 호주머니에 그것을 다시 찔러 넣었다.

"나는 편지에 쓴 몇 구절을 보고 갑자기 생각해 보았어요. 당시에 내 눈에 보인 것처럼 그녀가 실제로 그토록 완벽했을까? 아니면 그렇지 않았을까? 겨우 스물다섯 살이었던 우리가 뭘 알았겠어요?"

그러고는 흑갈색 눈으로 조야를 뚫어져라 쳐다보았다.

"예를 들어 지금 당신이 남자에 대해 무얼 알겠어요? 아무것도 모른다고 봐야지."

조야는 깔깔 웃으며 대꾸했다.

"어쩌면 잘 알지도 모르죠."

"절대 그렇지 않아요." 코스토글로토프가 단언했다. "당신이 지금 알고 있는 것은 제대로 아는 것이 아니에요. 결혼해 봐요. 분명히 잘못 알았다는 것을 알게 될 테니."

"대단한 예언이시네요!" 조야가 머리를 흔들면서 커다란 오렌지색 가방에 손을 집어넣더니 조그만 천을 끼운 수틀을 꺼냈다. 천 위에는 초록색 학이 수놓아져 있었고, 여우와 주전자는 밑그림만 그려져 있었다.

코스토글로토프가 놀란 눈으로 그녀를 쳐다보았다.

"수를 놓아요?"

"왜 그렇게 놀라요?"

"상상도 못 했어요. 요즘 세상에 의과대 여학생이 수를 놓다니."

"여자들이 수놓는 걸 본 적이 없어요?"

"아주 어렸을 때 본 뒤로는 못 봤어요. 1920년대쯤이었을 거요. 그때만 해도 부르주아적이라고 비판을 했지요. 그때였다면 이 일로 콤소몰[7] 위원회에서 비판을 받았을 겁니다."

"요즘엔 이게 유행이에요. 못 봤어요?"

그는 고개를 저었다.

"그래서 뭐가 잘못되었나요?"

"천만에요! 그 모습이 얼마나 사랑스럽고 편안해 보이는지 몰라요. 아주 보기 좋아요."

매료된 듯 바라보는 그 앞에서 조야는 한 땀 한 땀 수를 놓았다. 그녀는 수틀을 바라보고 그는 그녀를 바라보았다. 노란 전등 빛이 그녀의 눈썹을 밝은 금빛으로 물들이고 펼쳐진 원피스도 노랗게 물들였다.

---

[7] 러시아 혁명 후 청년들에 대한 공산주의 사상 교육과 당원 양성을 위해 설립된 소련의 공산주의 청년 정치 조직.

"당신은 앞머리를 기른 꿀벌 같군요." 그가 속삭였다.

"뭐라고요?" 그녀는 고개를 수그린 채 눈썹만 살짝 추켜올렸다.

그가 다시 반복해서 말했다.

"아, 그래요?" 조야는 칭찬이나 그 이상을 기다렸다는 듯말했다. "당신이 살던 곳에 수를 놓는 사람이 아무도 없었다면 물리네를 얼마든지 살 수 있겠네요?"

"그게 뭔데요?"

"물, 리, 네, 이 실들 말이에요. 초록색, 파란색, 붉은색, 노란색 실들이요. 여기에선 구하기가 아주 힘들거든요."

"물리네…… 잘 기억하고 있다가 알아보겠어요. 만약 구하게 되면 꼭 보내 주고. 만약 그곳에 물리네가 아주 많으면 아예 우리 고장으로 이사 오는 것은 어때요?"

"당신이 사는 곳이 어디인데요?"

"그러니까 개척지라고나 할까?"

"당신이 개척지에 산다고요? 당신이 개척자라는 거예요?"

"물론 처음 그곳에 갔을 때는 아무도 그곳을 개척지라고 하지 않았죠. 그러다가 요사이 그곳을 개척지라고 부르게 되었고. 그 후에 개척자들이 그곳으로 우르르 몰려왔어요. 지금 땅을 분배하고 있으니 당신도 지원해요! 아마 거절하지 않을 거예요. 틀림없이 받아 줄 거예요."

"그렇게 척박한 곳이에요?"

"전혀 그렇지 않아요. 좋은 것과 나쁜 것에 대한 사람들의 기준이 바뀐 것뿐이지요. 요즘에는 머리 위에서 쿵쿵거리고 걸어 다니는 소리까지 다 들리는 오 층짜리 닭장 같은 집을 살기 좋은 곳이라고 하고, 사방에서 라디오 소리가 울려 대는 곳은 선호하지 않죠. 멀리 떨어진 초원의 진흙 집에서 농사를 지으며 사는 것은 아주 불행한 일이라고 생각하니까……."

그의 말은 전혀 농담으로 들리지 않았고, 더 이상 무슨 말이 필요하겠느냐는 듯한 안타까운 생각이 묻어났다.

"그런데 그곳은 초원이에요, 아니면 황무지예요?"

"초원이죠. 언덕 하나 없이 수많은 풀들이 자라는 곳. 낙타들이 먹는 잔탁이라는 식물도 자라는데, 알아요? 엉겅퀴의 일종인데 7월이면 장밋빛 꽃이 피고 향기도 아주 좋아요. 카자흐인들은 이것으로 백여 가지가 넘는 약을 만들어요."

"그곳이 카자흐스탄에 있나요?"

"맞아요."

"지명이 뭔데요?"

"우시테레크라고 해요."

"지역 이름인가요?"

"지역 이름이기도 하고, 그곳의 중심지라고도 할 수 있어요. 그곳에 병원도 있어요. 다만 의사들이 부족하지요. 그리로 와요."

그가 눈을 찡긋하며 말했다.

"그 외에 다른 식물은 없어요?"

"왜 없겠어요? 관개 작물들이 있어요. 사탕수수, 옥수수도 있고, 없는 것이 없어요. 다만 일하기가 힘들어요. 보습을 사용해야 하거든요. 시장에 가면 그리스인들이 항상 우유를 팔고 크루드인들은 양고기를, 독일인들은 돼지고기를 팔지요. 정말 그림 같은 풍경이에요. 당신에게도 보여 주고 싶군요. 다들 자기 민족의 고유 의상을 입고 낙타를 타고 모여들어요."

"당신은 농학자인가요?"

"아니, 농지 정리사요."

"그런데 어쩌다가 그곳에 살게 되었어요?"

코스토글로토프가 콧등을 긁었다.

"그곳의 기후가 아주 마음에 들었어요."

"교통은 불편하다고 했잖아요?"

"왜요, 자동차가 얼마나 많이 다니는데."

"그렇다고 내가 그곳으로 갈 이유는 없잖아요?"

조야가 살짝 흘겨보았다. 이렇게 서로 수다를 떠는 동안 코스토글로토프의 얼굴은 훨씬 다감하고 부드러워졌다.

"당신이 가야 할 이유?" 그는 마치 건배사라도 떠올리듯 이마에 주름을 지었다. "조엔카, 누가 그걸 알겠어요? 당신이 어디에 있어야 행복하고 어디에 있으면 불행해질지 말이에요. 누가 자신의 행복과 불행이 무엇인지 알 수 있으며, 그것을 확신할 수 있겠어요?"

4
환자들의 고민

병동 2층에는 종양 제거 수술을 받아야 하는 1층 환자들이 입원실이 부족해 방사선 요법과 화학 요법을 받는 '방사선과 치료 환자들'과 뒤섞여 누워 있었다. 그렇다 보니 2층 병실에서는 매일 아침 회진이 두 차례씩 있었다. 한 번은 방사선과 환자들에 대한 회진이고, 한 번은 외과 환자들에 대한 회진이었다.

그런데 2월 4일은 금요일이고, 수술이 있는 날이라 외과 환자들에 대한 회진이 없었다. 방사선과 주치의 베라 코르닐리예브나 간가르트도 일명 '오 분 아침 회의' 후 바로 회진을 하지 않고 남자 병실 문 옆에서 잠깐 안을 들여다보기만 했다.

여의사 간가르트는 작은 키에 아주 늘씬했는데, 허리를 졸라매 강조해서 더 늘씬해 보였다. 유행에 맞지 않게 뒤로 묶은 그녀의 머리는 검은색보다는 밝고 짙은 갈색보다는 어두운

색이었다. 이런 색깔의 머리를 검은색과 갈색의 중간인 흑갈색이라고 하는데, 보통 '샤첸카'라고 했다.

그녀를 보고 아흐마드잔이 반갑게 고개를 끄덕했다. 코스토글로토프도 두꺼운 책을 읽다가 고개를 들고 멀리서 인사했다. 그녀는 두 사람에게 미소를 지어 보이고는 마치 아이들에게 자기가 없는 동안 얌전히 있으라고 말하듯 손가락을 위로 치켜들었다. 그러고는 그곳을 떠나 어디론가 사라졌다.

오늘은 방사선과 과장인 류드밀라 아파나시예브나 돈초바와 함께 회진하는 날이었다. 그런데 암 병동 원장인 니자무친 바흐라모비치가 류드밀라 아파나시예브나를 호출해서 회진이 늦어지고 있었다.

돈초바는 보통 일주일에 한 번 방사선과 회진에 참석하는 날에만 방사선 진단을 건너뛴다. 평소 다른 날에는 눈이 가장 잘 보이고 머리가 맑은 오전에 두 시간 정도씩 그날 당직한 전문의와 함께 방사선 판독기의 스크린 앞에 앉아 있곤 했다. 그녀는 자기가 하는 일 가운데 이 일이 가장 어렵다고 생각했다. 그녀는 이십 년이 넘는 임상 경험을 통해 지금 같은 때에 사진을 잘못 보고 진단하면 얼마나 심각한 문제가 발생하는지 잘 알고 있었다. 그녀가 담당하는 방사선과에는 세 명의 의사가 있었고, 모두 여의사였다. 돈초바는 세 여의사를 외래 환자 진료실과 방사선실, 병실 담당 순서로 석 달씩 교대시켜 모든 분야를 골고루 경험하고 진단 능력을 기르도록 신경을 썼다.

지금 간가르트는 세 번째 순서인 병실 담당이었다. 이 일에서 가장 중요하고 위험하기도 하며 가장 연구가 덜 된 부분이 방사선의 적정 조사량이었다. 종양에 가장 치명타를 주면서 다른 신체 조직에는 해를 주지 않는 방사선 조사량과 강도가 얼마인지를 계산하는 공식이 아직 없었기 때문이다. 공식은 없었지만 일련의 경험과 직감 그리고 환자의 상태로 조사하는 방법은 있었다. 이 역시 외과적인 수술이지만 오직 방사선에만 의지해야 하는, 답답하고 시간이 많이 걸리는 방법이었다. 현재로서는 건강한 세포를 상하게 하거나 죽이지 않을 다른 도리가 없었다.

그 밖에 병실 담당 의사가 해야 할 일은 절차적인 것뿐이었다. 적절한 때에 조직 검사를 실시하도록 지시하고, 결과를 확인한 다음 진료 차트상의 서른 가지 병력 항목에 기록하는 일이었다. 어떤 의사도 진료 차트의 수많은 항목에 일일이 기록하는 일을 좋아할 리 없지만 베라 코르닐리예브나는 석 달 동안 그들을 자기 환자라고 생각하며 이런 일들도 기꺼이 감수했다. 그녀는 환자를 스크린에 비치는 밝은 부분과 어두운 부분으로 이루어진 생기 없는 덩어리에 불과한 존재가 아니라 그녀를 신뢰하고 그녀의 목소리와 눈길을 기다리는 살아 있는 존재로 인식했다. 병실 담당에서 다른 임무로 교대할 때가 되면 미처 치료하지 못한 환자들과 헤어지는 일이 항상 그녀를 가슴 아프게 했다.

머리가 희끗희끗한 중년의 나이에 당당한 체구로, 외모로 보면 의사보다 더 위엄 있어 보이는 당직 간호사 올림피아다 블라지슬로보브나가 병실을 돌며 방사선과 치료 환자들에게 대기하라고 통보했다. 커다란 여자 병실에서는 마치 그 순간을 기다렸다는 듯 똑같은 회색 가운을 입은 환자들이 하나 둘씩 계단으로 몰려나와 아래층 어딘가로 사라졌다. 어떤 이들은 사워크림을 파는 할아버지나 우유를 파는 할머니가 왔는지 알아보러 나가기도 하고, 어떤 이들은 병원 출입구에 서서 수술실 창문을 들여다보기도 했다.(흰색으로 칠한 창문 아래쪽은 보이지 않았지만 창문 위쪽을 통해서 외과 의사와 간호사 들의 모자 그리고 천장의 환한 전등 빛이 보였다.) 또 어떤 이들은 개수대로 가서 병을 씻거나 다른 환자를 방문하러 가기도 했다.

수술을 앞두고 있다는 이유도 있겠지만 깨끗이 세탁을 해도 너무 낡아 허름해 보이는 무명 회색 환자복 때문에 여자 환자들은 여성성과 여성적 매력을 상실해 버렸다. 여자 환자복은 조잡하기 이를 데 없었다. 아무리 뚱뚱한 여자라도 쉽게 입고 벗을 수 있게 헐렁했고, 커다란 나팔 모양 소매가 보기 흉하게 달려 있었다. 남자 환자복의 장밋빛 줄무늬 상의도 이보다는 볼품이 있었는데, 여자 환자들에게는 원피스형 환자복이 아니라 단추도 단춧구멍도 없는 가운만 달랑 지급되었던 것이다. 여자들은 밑단을 줄이기도 하고 늘이기도 했지만 하나같이 능직 허리띠를 허리에 졸라맨 채 속옷이 보일까 봐 한 손으로 가슴을 여미고 있었다. 병마에 시달리고 볼품없는 환자복까지 걸친 여자 환자들은 초라해 보였고, 그녀들도 그것을 알았다.

한편 남자 병실에서는 루사노프만 제외하고 모든 환자들이 꼼짝 않고 조용히 회진을 기다리고 있었다.

집단 농장의 수위 일을 하던 우즈베크 노인 무르살리모프는 여느 때처럼 낡아 빠진 타타르풍의 모자를 쓰고 침대 위에 반듯이 누워 있었는데, 다행히 기침이 멈춰 상태가 좋아 보였다. 지금은 가쁘게 숨을 쉬는 가슴 위에 두 손을 얹고 천장의 한 점을 응시하고 있었다. 그의 앙상한 두개골을 짙은 구릿빛 살가죽이 싸고 있었고, 콧등과 광대뼈, 삼각 수염 밑으로 툭 튀어나온 뾰족한 턱뼈가 눈에 띄었다. 그의 귀는 어찌나 얇은지 납작한 물렁뼈처럼 보였다. 그는 조금만 더 마르고 검어지면 바로 미라가 될 것 같았다.

옆 침대에는 중년의 카자흐인으로 양치기 출신인 예겐베르지예프가 자리하고 있었다. 그는 침대에 눕는 대신 자기 집 펠트 양탄자 위에 앉은 것처럼 양다리를 포개고 앉아 있었다. 크고 억센 손바닥으로 넓적하고 둥근 자기 무릎을 잡고 미동도 없이 반듯하게 앉아 있는 그의 모습은 마치 공장의 굴뚝이나 탑처럼 보였다. 그의 탱탱한 양어깨와 등은 가운 밖으로 터져 나올 것만 같았고, 굵은 팔목 위의 소매 단추는 금방이라도 떨어져 나갈 것 같았다. 처음 병원에 왔을 때만 해도 그다지 크지 않았던 입술 위의 부스럼은 이곳에서 방사선을 쬔 후 커다란 검붉은 딱지로 변했다. 그것이 입술을 덮어서 먹고 마시는 데 여간 곤혹스러운 것이 아니었다. 그러나 그는 서두르거나 수선을 떠는 법도 없이 아무 소리도 내지 않고 침착하게 그릇에 담긴 음식을 모두 해치운 다음 먼 산을 보며 몇 시간씩 조용히 앉아 있곤 했다.

병실 입구 가까이에 있는 침대 위에는 열여섯 살 된 죠마가 앉아 있었다. 그는 아픈 한쪽 다리를 길게 펴고 통증이 느껴지는 정강이 부분을 손바닥으로 살살 문지르고 있었다. 다른 발은 새끼 고양이처럼 꼭 오므린 채 주변에서 일어나는 일에는 전혀 관심을 두지 않고 책만 보고 있었다. 그는 잠을 자거나 치료를 받으러 갈 때를 제외하고는 항상 책을 읽었다. 모든 조직 검사가 이루어지는 검사실에는 검사실장 소유의 책과 책장이 있었는데, 죠마는 그곳을 자유롭게 출입할 수 있고, 다른 환자들이 책을 가져가기 전에 본인이 직접 빌려 가도 된다는 허락도 받았다. 지금도 표지가 푸른색인 잡지를 읽고 있었다. 낡아서 해지고 빛이 바랜 철 지난 잡지였는데, 검사실장의 책장에서는 새 잡지라곤 찾아볼 수가 없었다.

다음으로는 프로시카가 두 다리를 바닥에 내린 채 주름 하나 없이 반듯하게 정리한 침대 위에 단정히 앉아 건강한 사람처럼 진득하게 자기 차례를 기다리고 있었다. 사실 그는 건강한 상태였다. 어디가 불편하다거나 고통스러워하는 것 같지도 않았고, 뺨은 가무잡잡하게 건강미가 넘쳐흐르고, 이마에는 앞머리가 부드럽게 늘어져 있었다. 이 청년은 무도회든 어디든 금방이라도 달려 나갈 수 있을 것처럼 보였다.

그 옆에는 아흐마드잔이 담요 위에 장기판을 펴 놓고 상대를 찾지 못해 혼자 장기를 두고 있었다.

각반을 두른 듯 목에 붕대를 감고 있어 고개도 마음대로 돌리지 못하는 예프렘은 통로를 서성거리거나 불평을 늘어놓지도 않고 침대 위에 베개 두 개를 쌓고 등을 기댄 채 어제 코스토글로토프가 건네준 책에 푹 빠져 있었다. 하지만 책장을 넘기지 않는 것으로 보아 졸고 있는 것 같았다.

아조프킨은 어제처럼 계속 고통스러워하고 있었다. 그는 간밤에 한숨도 못 잔 듯했다. 창문턱과 머릿장 위에는 그의 소지품이 어지럽게 흩어져 있고 침대 위도 엉망이었다. 그의 이마와 관자놀이는 땀으로 범벅이고 누렇게 뜬 얼굴에는 그의 몸속 깊은 곳에서 스며 나오는 고통의 그림자가 서려 있었다. 그는 침대를 팔꿈치로 짚고 간신히 바닥으로 내려와 잠시 등을 구부리고 서 있다가 갑자기 두 손으로 배를 한 번 움켜잡더니 그 위에 손을 대고 서 있었다. 그는 벌써 며칠째 말을 건네도 아무 대꾸도 하지 않고, 자신이 말을 거는 법도 없었다. 간호사나 의사에게 여분의 약이 있으면 달라고 청할 때에만 겨우 입을 열 뿐이었다. 그러고는 가족이 면회를 올 때마다 이곳에서 알게 된 약을 사 오라고 성화를 댔다.

창밖은 바람 한 점 없이 음침하고 잔뜩 흐린 날씨였다. 코스토글로토프는 오전에 방사선 치료를 받고 돌아와 파벨 니콜라예비치에게 묻지도 않고 머리 위의 창문을 열었다. 그러자 그리 차지는 않았지만 축축한 공기가 새어 들어왔다.

파벨 니콜라예비치는 찬 기운이 종양에 해로울지 몰라 목에 목도리를 두르고 벽 쪽으로 다가앉았다. 하나같이 정말 멍청하고 바보 같은 얼간이들 아닌가! 아조프킨을 제외하면 여기 있는 모두가 진짜 아픈 것 같지도 않았다. 고리키가 말한 대로 "오직 자유를 위해 싸운 자만이 자유를 누릴 권리가 있다." 건강을 되찾는 일도 마찬가지다. 파벨 니콜라예비치는 이미 오늘 아침에 결정적인 한 걸음을 내디뎠다. 서무과의 문이 열리자마자 달려가 집으로 전화를 걸어 아내에게 자신이 밤사이에 내린 결심을 전한 것이다. 그는 여기서 위험을 무릅쓸 필요도 없고 이렇게 죽을 수도 없으니 모든 알음알이를 동원해서 모스크바로 갈 수 있도록 조치를 해 달라고 말했다. 카파는 추진력이 뛰어나기 때문에 이미 행동을 개시했을 것이다. 종양에 겁을 먹고 여기에 입원한 것은 너무 성급한 결정이었다. 이곳에는 그의 종양이 커지는지 어쩐지 말해 줄 사람조차 없었다. 어제 오후 3시 이후로 진찰을 하거나 살펴보러 온 사람도 아무도 없었다. 심지어 약도 주지 않았다. 체온 기록표를 걸어 놓은 것은 바보들을 속이려는 술수에 불과했다. 이럴 수는 없다. 국립 의료 기관의 기강을 더욱 바로 세워야 한다.

드디어 의사들이 모습을 드러냈다. 그러나 병실 안으로 들어오지는 않고 출입구 옆에 멈춰 서더니 시브가토프의 침대 앞에 죽 늘어섰다. 그는 의사들을 향해 등을 내밀고 보여 주었다.(그사이 코스토글로토프는 보던 책을 매트리스 밑에 감추었다.)

마침내 의사들이 병실 안으로 들어왔다. 여의사 돈초바와 간가르트에 이어 당당한 체구의 백발 간호사가 팔꿈치에 수건을 걸고 두 손에 진료 차트를 든 채 들어왔다. 흰 가운을 입은 몇 사람이 한꺼번에 들어서면 환자들은 순간 경계심과 공포, 한편으로는 희망을 갖고 술렁대곤 했다. 의사들의 가운과 모자가 희면 흴수록, 그들의 얼굴이 굳어 있으면 굳어 있을수록, 이 세 가지 감정은 더 강해지곤 했다. 그들 중에서도 간호사 올림피아다 블라지슬로보브나가 가장 굳은 얼굴이었고 표정도 근엄했다. 그녀에게 회진은 마치 부제(副祭)가 미사를 드리는 일과 같았다. 그녀는 의사를 보통 사람보다 지체가 높은 사람으로 생각하며 의사들은 모든 것을 알고 절대 실수하는 법이 없으며, 잘못된 지시를 내리지 않는다고 굳게 믿는 간호사였다. 물론 요즘 젊은 간호사들은 아무도 그러지 않지만 그녀는 지금도 모든 지시 사항을 기꺼운 마음으로 진료 차트에 기록했다.

의사들은 병실에 들어온 후에도 여전히 루사노프의 침대로 서둘러 오지 않았다! 평범하고 얼굴선이 굵은 류드밀라 아파나시예브나는 몸집이 큰 여자로, 이미 희끗해진 곱슬머리를 짧게 자르고 있었다. 그녀는 모든 환자들을 향해 나직하게 "안녕하세요?"라고 인사한 다음 맨 먼저 죠마의 침대 옆에 서더니 한참이나 그의 얼굴을 찬찬히 살펴보았다.

"죠마! 무슨 책을 읽고 있니?"

(좀 더 적당한 질문을 생각해 낼 수는 없었을까! 지금은 근무 시간 아닌가!)

죠마는 사람들이 습관적으로 하듯이, 아무런 대꾸를 하지 않고 책을 덮어 빛바랜 푸른색 표지를 그녀에게 보여 주었다. 돈초바가 눈을 가늘게 떴다.

"오! 옛날 잡지네. 재작년에 나온 것인데, 이런 걸 왜 읽고 있지?"

"여기에 나온 논문이 아주 흥미로워서요." 죠마가 진지하게 대답했다.

"그래? 무슨 논문인데?"

"성실성에 관한 논문이에요!" 그가 설명을 덧붙였다. "성실성이 없는 문학에 대해서……."

그가 아픈 다리를 바닥으로 내리자 류드밀라 아파나시예브
나가 급히 제지했다.

"그럴 필요 없어! 그냥 바지만 걷어올려 봐."

그가 바지를 걷어올리자 의사는 그의 침대에 앉아 조심스
럽게 환부의 가장자리부터 손가락으로 몇 번이나 촉진했다.

베라 코르닐리예브나가 뒤에 서서 침대에 기댄 채 어깨 너
머로 그를 쳐다보며 나직하게 말했다.

"열다섯 번 조사(照射)했고, 3000뢴트겐[8]입니다."

"여기 아프니?"

"아파요."

"그럼 여기는?"

"더 아파요."

"그런데 왜 말을 하지 않니? 참을 필요 없어. 어디서부터 아
픈지 말해 봐."

그녀는 통증이 시작되는 경계를 찾으려고 조심스럽게 촉진
했다.

"가만히 있을 때도 아프니? 밤에는 어때?"

죠마의 보송한 얼굴에는 아직 수염도 나지 않았다. 그러나
계속되는 긴장 때문인지 아주 성숙해 보였다.

"낮이나 밤이나 쑤셔요."

류드밀라 아파나시예브나가 간가르트를 쳐다보며 눈길을

---

8) 물체가 받는 엑스선이나 감마선의 양 또는 세기를 나타내는 단위.

주고받았다.

"음…… 그러면 요즘 들어 더 심해진 것 같니 아니면 덜한 것 같니?"

"잘 모르겠어요. 더 나아진 것 같기도 하고 나아지지 않은 것 같기도 해요."

"혈액은?"

류드밀라 아파나시예브나가 묻자 간가르트가 진료 차트를 보여 주었다. 류드밀라 아파나시예브나는 진료 차트를 보고 나서 소년을 바라보았다.

"입맛은 어때?"

"밥은 항상 잘 먹어요." 죠마가 의젓하게 대답했다.

"요즘엔 정해진 양보다 더 주고 있어요." 마치 유모처럼 베라 코르닐리예브나가 부드럽게 말하며 죠마를 보고 미소 지었다. 소년도 따라서 미소를 지었다. "수혈은 어떻게 해야 할까요?" 진료 차트를 돌려받으며 간가르트가 불쑥 돈초바에게 낮은 목소리로 물었다.

"그럼 죠마! 방사선 치료를 계속할까?" 류드밀라 아파나시예브나가 다시 그의 얼굴을 살피며 물었다.

"물론 계속해야지요!" 소년이 대답했다.

그리고 감사하는 표정으로 그녀를 바라보았다.

그는 방사선이 수술을 대신하는 치료일 거라고 생각했다. 그리고 돈초바의 말이 그런 의미일 거라고 생각했다.(그러나 돈초바는 골육종을 수술하기 전에 방사선으로 골육종의 활동을 억제시켜 병독(病毒) 전이를 막을 계획이었다.)

예겐베르지예프는 벌써 모든 준비를 하고 그들을 예의 주시하다가 류드밀라 아파나시예브나가 옆 침대에서 일어서자마자 자신도 벌떡 일어나 통로에 서더니 군인처럼 꼿꼿한 자세로 가슴을 쫙 폈다.

돈초바는 그를 보고 미소를 지으며 다가가 그의 입술에 난 부스럼을 관찰했다. 그녀에게 간가르트가 작은 소리로 무슨 숫자를 읽어 주었다.

"아, 아주 좋네요!" 류드밀라 아파나시예브나는 러시아어를 모르는 사람들에게 항상 하던 습관대로, 필요 이상의 높은 톤으로 쾌활하게 말했다. "모든 것이 잘되고 있어요, 예겐베르지예프! 곧 집으로 갈 수 있을 겁니다!"

그때마다 아흐마드잔이 당연히 자신이 해야 할 일인 것처럼 그에게 우즈베크어로 통역을 해 주었다.(아흐마드잔과 예겐베르지예프는 서로 상대방의 말을 이상하게 생각했지만 이해하는 데는 별 무리가 없었다.)

예겐베르지예프는 희망과 확신에 찬 시선으로 류드밀라 아파나시예브나를 감탄스러운 듯 바라보았다. 순박한 사람들은 이렇게 좋은 교육을 받고 다른 사람들에게 진정한 도움을 주는 사람을 보면 그런 감탄의 시선을 보내는 법이다. 그러면서도 자신의 부스럼을 손으로 가리키며 물었다.

"전보다 더 커지지 않았나요? 부었어요?" 그러자 아흐마드잔이 또 통역을 해 주었다.

"붓기는 점점 가라앉고 있어요! 걱정할 필요 없어요!" 돈초바가 큰 소리로 힘주어 말했다. "좀 있으면 붓기는 다 가라앉을 겁니다! 석 달 정도 집에서 휴식을 취하세요. 그리고 병원에 오세요!"

그녀는 다음 차례인 무르살리모프 노인에게로 자리를 옮겼다. 그는 미리 침대 아래로 다리를 내리고 앉아 있다가 그녀를 맞으며 일어서려 했다. 그녀가 그를 만류하며 옆에 나란히 앉았다. 비쩍 마른 구릿빛 얼굴의 노인 역시 존경과 신뢰가 담긴 시선으로 그녀를 쳐다보았다. 그녀는 아흐마드잔을 통해 그의 기침 상태가 어떤지 묻고 나서 셔츠를 걷어올리게 한 다음 그의 가슴을 여기저기 눌러 보며 아픈 곳을 살폈고, 다른 손으로 두드려 보기도 했다. 그녀는 베라 코르닐리예브나에게 방사선 조사 횟수와 혈액 주사 등에 대해 물어본 다음 말없이 진료 차트에 적혀 있는 병력을 살펴보았다. 건강한 몸일 때는 모든 것이 다 필요하고 모든 것이 각각의 자리를 차지하고 있었지만 지금은 모든 것이 쓸모없어지고 뒤죽박죽되어 버렸다. 모든 신경 마디마디, 뼈 마디마디가······.

돈초바는 그에게 다른 주사를 더 놓을 거라고 말하고 나서 지금 어떤 약을 먹는지 머릿장에 든 약들을 꺼내 보라고 말했다.

무르살리모프는 빈 종합 비타민제 약병을 꺼냈다. "언제 구입했어요?" 돈초바가 물었다.

아흐마드잔이 통역을 했다. "사흘 전에 샀답니다."

"약은 어디에 있어요?"

"다 먹었습니다."

"다 먹다니요?" 돈초바가 놀라서 물었다. "한꺼번에 모두 먹었단 말이에요?"

"아니요, 두 번에 나눠서 먹었어요." 아흐마드잔이 통역을
했다.

그러자 의사들과 간호사 그리고 러시아인 환자들과 아흐마
드잔이 모두 깔깔거리며 웃어 댔다. 영문을 모르는 무르살리
모프도 이를 드러내며 따라 웃었다.

그러나 파벨 니콜라예비치만은 그들의 실없고 엉뚱한 웃음
에 분노가 치밀었다. 그는 당장 그들을 혼내 주어야겠다고 마
음먹었다! 그는 어떻게 해야 좀 더 위엄 있게 의사들을 대면할
수 있을지 이런저런 자세를 궁리하다가 반쯤 누운 자세가 좋
겠다고 결론지었다.

"괜찮아요, 괜찮아!" 돈초바가 무르살리모프를 안심시켰
다. 그리고는 그에게 비타민 C 정제를 더 복용하라고 지시한
다음 간호사가 때맞추어 내민 수건에 손을 닦고는 어두운 표
정으로 다음 침대로 향했다. 창문 쪽으로 얼굴을 돌린 채 가까
이 다가오는 돈초바의 안색이 창백하고 몹시 피로해 보였다.
오히려 그녀가 환자처럼 보였다.

대머리에 타타르풍의 둥근 모자를 쓰고 안경을 쓴 파벨 니
콜라예비치는 침대 위에 위엄 있는 자세로 앉아 있었다. 그의
모습이 학교 선생님 같은 인상을 풍겼다. 그것도 수백 명의 제
자들을 길러 낸 연륜 있는 교사 같았다. 그는 류드밀라 아파나
시예브나가 자기 침대 가까이 오기를 기다렸다가 안경을 치
켜세우며 말했다.

"이봐요, 돈초바 동무! 보건부에 이 병원의 실정을 보고해

야겠어요. 오스타펜코 동무에게 전화를 해야겠습니다."

그녀는 그 말을 듣고 놀라거나 하얗게 질리기는커녕 오히려 얼굴색이 어두워졌다. 그녀는 꽉 조이는 멜빵 때문에 갑갑한 어깨를 펴고 싶은데 잘 안된다는 듯 어깨를 동그랗게 뒤트는 동작을 해 보였다.

"그래요? 보건부에 직통 전화를 할 수 있는 연줄이 있거나 오스타펜코 동무와 통화를 하실 수 있다면 제가 몇 가지 사정을 더 알려 드리고 싶은데, 괜찮으세요?" 그녀가 주저 없이 맞받아치고 나섰다.

"더 알아야 할 필요가 뭐가 있어요! 당신들이 보여 준 것 같은 무관심한 태도는 지금껏 본 적이 없습니다. 이젠 다 필요 없어요! 지금까지 열여덟 시간을 기다렸는데 아무도 나를 치료하지 않았단 말이에요. 알다시피 나는……."

(그는 더 이상 말을 잇지 못했다! 그녀도 잘 알고 있으리라!)

방 안의 모든 사람이 입을 다물고 루사노프를 쳐다보았다. 놀란 것은 돈초바가 아니라 간가르트였다. 그녀는 잘못된 행동을 보고도 바로잡을 수 없어 안타까운 듯 입술을 꽉 다물고 인상을 쓰며 이마를 찌푸렸다.

그러나 커다란 체구의 돈초바는 그의 말에 전혀 개의치 않고 앉아 있는 루사노프 위에 떡하니 버티고 서서 어깨를 한 번 더 돌리고는 나직이 말했다.

"그래서 제가 이렇게 왔잖아요."

"이젠 늦었어요!" 파벨 니콜라예비치가 말을 가로막았다. "벌써 이곳의 실태를 다 알아보았으니까. 여기서 나갈 테니 그렇게 알아요! 아무도 관심을 보이지 않고 진찰도 안 했잖아요!"

그의 목소리가 자신도 모르게 떨리고 있었다. 그는 정말로 화가 많이 나 있었다.

"환자분에 대한 진단은 이미 나와 있어요." 돈초바가 두 손으로 그의 침대 난간을 잡고 차분하게 설명했다. "그리고 당신은 갈 곳이 아무 데도 없어요. 이 병원 외에는 우리 공화국 어디에서도 당신의 병을 고칠 수 없어요."

"당신들 입으로 암이 아니라고 벌써 이야기하지 않았습니까? 그래서 어떤 진단이 나왔다는 건지 말해 봐요!"

"환자에게 병명을 반드시 이야기해 줘야 할 의무는 없습니다. 하지만 당신이 꼭 알아야 마음이 편하다면 말해 드리죠. 림프육종입니다."

"그러면 암이 아니라는 거잖아요!"

"네, 아니에요." 그녀의 얼굴과 목소리에는 보통 이런 언쟁에서 나타나기 마련인 적의가 전혀 나타나지도 않았고 벌써 그녀는 그의 턱 밑에 달린 주먹만 한 종양을 살펴보고 있었다. 도대체 누구에게 화를 낸단 말인가? 종양을 보고 화를 낼 수는 없지 않은가? "아무도 이곳에 입원하라고 강요한 적은 없습니다. 지금 당장이라도 퇴원할 수 있습니다. 그러나 한 가지 기억해 둘 것은……." 그녀는 잠시 주저했다. 그러고는 조심스럽게 경고했다. "사람이 꼭 암으로만 죽는 것은 아니라는 겁니다."

"그게 무슨 말이죠? 지금 겁주는 겁니까?" 파벨 니콜라예비치가 고함을 쳤다. "무엇 때문에 나를 위협하는 겁니까? 그것은 올바른 태도가 아니에요!" 그는 더욱 크게 소리 질렀지만 죽는다는 말에는 간담이 서늘해졌다. 그래서 그는 조금 누그러진 목소리로 물었다. "그렇다면 선생님 말씀은 제가 그렇게 위험한 상태라는 겁니까?"

"만약 당신이 이 병원 저 병원으로 옮겨 다니면 그렇게 될 수도 있습니다. 목도리를 풀어 보세요. 그리고 한번 일어서 보세요."

그는 목도리를 풀고 바닥으로 내려섰다. 돈초바는 조심스럽게 종양을 눌러 보고 종양이 없는 반대쪽 목과 비교해 보았다. 그리고 고개를 뒤로 젖힐 수 있는 만큼 젖혀 보라고 지시했다.(고개를 조금 젖히자 이내 종양이 당겨서 젖히기 힘들었다.) 다음에는 고개를 얼마나 숙일 수 있는지, 좌우로는 어느 정도 돌릴 수 있는지 살펴보았다.

어떻게 이런 일이 일어난단 말인가! 이제 그의 머리는 사람들이 항상 누리면서도 의식하지 못했던, 그토록 가볍고 놀랍던 운동의 자유를 상실한 것이다.

"상의를 벗어 보세요."

그의 녹갈색 파자마 상의는 커다란 단추가 달려 있는 데다 품도 넉넉해서 힘들이지 않고도 쉽게 벗을 수 있었다. 그러나 파벨 니콜라예비치는 팔을 빼려다 목에 힘이 가해지자 신음 소리를 냈다. 정말 사태가 심각해진 것 같았다!

백발이 성성한 위엄 있는 간호사가 그를 도와 소매에서 팔을 빼 주었다.

"겨드랑이 아래쪽은 아프지 않나요? 움직일 때 괜찮으세요?" 돈초바가 물었다.

"그럼 거기까지 나빠질 수 있다는 뜻인가요?" 힘이 쭉 빠진 루사노프의 목소리가 류드밀라 아파나시예브나의 목소리보다 작아졌다.

"양팔을 옆으로 쭉 펴 보세요." 그녀는 힘을 주어 겨드랑이 밑을 찬찬히 누르며 촉진했다.

"어떤 치료를 할 계획이죠?" 파벨 니콜라예비치가 물었다.

"이미 말한 대로 주사를 놓을 겁니다."

"어디에 말입니까? 바로 종양에 놓을 겁니까?"

"아닙니다. 정맥 주사예요."

"자주 맞습니까?"

"일주일에 세 번 놓을 겁니다. 이제 옷을 입으셔도 됩니다."

"그럼 수술은요? 불가능할까요?"

("불가능할까요?"라고 묻기는 했지만 그 역시 수술대 위에 눕는 것이 무엇보다 두려웠다. 다른 모든 환자들처럼 아무리 시간이 오래 걸리더라도 수술을 하는 것보다는 주사를 맞는 편이 나을 것 같았다.)

"수술은 아무 소용 없어요." 간호사가 내민 수건에 손을 닦으며 그녀가 말했다.

소용이 없다니, 잘된 일 아닌가! 파벨 니콜라예비치도 동의했다. 어쨌든 카파와 상의는 해야 한다. 진찰을 받는 것도 간단한 일이 아니었다. 상대방의 기를 꺾으려고 고자세를 취했지만 그것도 전혀 먹혀들지 않았다. 게다가 오스타펜코 동무에게 전화를 거는 것도 쉽지 않은 일이었다.

"생각을 좀 해 보겠어요. 내일까지 결정하면 됩니까?"

"안 됩니다." 돈초바가 강경한 어조로 말했다. "오늘 안에 결정하세요. 내일은 토요일이라 주사를 놓을 수 없습니다."

또 규정을 들먹이는군! 규정은 어기라고 있는 것 아닌가!

"토요일이라 안 된다는 말은 또 무슨 뜻입니까?"

"주사를 맞은 다음 날 환자의 반응을 자세히 관찰해야 하기 때문입니다. 토요일에 주사를 맞으면 다음 날이 일요일이라 살펴볼 수가 없으니까요."

"주사가 그렇게 심각한 거예요?"

류드밀라 아파나시예브나는 대답하지 않았다. 이미 그녀는 코스토글로토프의 침대로 옮겨 갔다.

"월요일까지 미루면 안 되겠습니까?"

"루사노프 동무! 열여덟 시간 동안 당신을 방치해 두었다고 불평한 것 기억나지 않으세요? 그런 분이 결정을 내리는 데 일흔두 시간이 걸린다는 거예요?(이미 승리를 거둔 그녀는 그를 완전히 굴복시켰다. 이제 그는 아무 힘도 없었다!) 치료를 받을지 말지, 둘 중 하나를 고르세요. 치료를 받을 거면 오전 11시에 첫 번째 주사를 맞으세요. 치료를 받지 않으려면 퇴원 수속을 밟으시고요. 퇴원 허가서는 바로 써 드리죠. 우리는 사흘 동안이나 치료를 하지 않고 기다릴 수 없어요. 회진을 마칠 때까지 생각해 보고 결정해서 이야기해 주세요."

루사노프는 두 손으로 얼굴을 감쌌다.

턱 밑까지 가운으로 온몸을 감싼 간가르트는 말없이 그의 침대 옆을 지나쳤다. 올림피아다 블라지슬로보브나도 그 옆으로 기선처럼 유유히 지나갔다.

입씨름을 한 돈초바는 피로감을 느꼈고, 다음 환자에게 가서 기분 전환을 해야겠다고 마음먹었다. 그녀와 간가르트의 얼굴에는 벌써 미소가 떠올랐다.

"자, 코스토글로토프 씨는 어떠신가요?"

코스토글로토프는 덥수룩한 머리를 조금 가다듬고는 쾌활한 목소리로 크고 당당하고 대답했다.

"아주 좋습니다, 류드밀라 아파나시예브나! 더 이상 바랄 것이 없습니다!"

두 여의사는 서로 눈길을 주고받았다. 베라 코르닐리예브나의 입술에 미소가 살짝 떠올랐고 눈은 기쁨으로 반짝거렸다.

"음…… 기분이 어떤지 말해 보세요. 요즘 들어 어떤 새로운 변화가 있나요?" 돈초바가 그의 침대에 걸터앉으며 물었다.

"네, 당연히 말씀드려야지요!" 코스토글로토프가 유쾌하게 대꾸했다. "두 번째 방사선 조사를 받은 후부터는 통증이 점차 줄었습니다. 그리고 네 번째 조사 후로는 통증이 아주 사라졌습니다. 그리고 체온도 내려갔어요. 요즘엔 잠도 잘 자고 있습니다. 매일 열 시간씩 자고 있으니까요. 어떤 자세를 취해도 이젠 아프지 않습니다. 예전에는 통증으로 잠을 잘 수가 없었거든요. 전에는 음식을 보기만 해도 싫었는데, 지금은 뭐든지 잘 먹고 더 달라고 합니다. 아무리 먹어도 아프지 않아요."

"아프지 않아요?" 간가르트가 웃었다.

"오, 그래서 더 주던가요?" 돈초바도 웃었다.

"가끔은요. 그리고 또 뭐가 있을까요? 음, 기분이 아주 좋아졌어요. 처음 왔을 때만 해도 거의 죽어 가고 있었는데, 지금은 완전히 살아났어요."

"구역질은 나지 않나요?"

"안 나요."

돈초바와 간가르트는 마치 교사가 모범생을 바라보듯 코스토글로토프를 흐뭇한 마음으로 쳐다보았다. 학생의 지식이나 경험보다 우선 크고 똑똑한 대답에 흡족했다. 이런 학생이 선생의 귀여움을 독차지하는 법 아닌가.

"그런데 종양이 느껴지긴 하지요?"

"지금은 아무렇지도 않아요."

"하지만 종양이 있다는 느낌은 들지요?"

"음…… 누워 있을 때 뭔가 당기는 느낌이 드는데, 찌릿찌릿해요. 하지만 아무렇지도 않아요!" 코스토글로토프가 다시 한 번 강조하며 말했다.

"자, 누워 보세요."

코스토글로토프는 익숙한 동작으로(최근 한 달 동안 여러 분야의 병원 의사들과 수련의들까지 그의 종양을 진찰하러 왔고, 다른 병동의 의사들까지 와서 진찰을 하곤 했다.) 침대 위에 다리를 올린 다음 베개를 치우고 반듯이 누워 무릎을 구부리며 배를 내보였다. 그는 자기 인생의 동반자인 내장 속의 종양 덩어리가 어딘가 깊은 곳에 자리해 압박하는 것을 느꼈다.

류드밀라 아파나시예브나는 그의 옆에 앉아서 손가락으로 살살 동그라미를 그려 가며 점차 종양 쪽으로 촉진해 갔다.

"긴장하지 말고 힘을 빼세요." 그녀가 주의를 주었다. 그래야 한다는 것은 그도 잘 알았지만 어느새 무의식적으로 긴장해 촉진을 어렵게 하곤 했다. 말랑말랑해진 복부 끝을 누르고 나서 그녀는 마침내 위 속의 깊은 곳에서 종양의 끝 부분을 확실하게 감지하고 전체 윤곽을 따라 처음에는 약하게, 두 번째는 강하게, 세 번째는 더 강하게 손가락을 움직여 갔다.

간가르트는 그녀의 어깨 너머로 그 모습을 바라보았다. 코스토글로토프도 간가르트를 쳐다보았다. 그녀는 아주 인기가 좋았다. 그녀는 환자들에게 냉정하게 대하려고 했지만 잘 되지 않았고, 어느새 환자들과 친해지곤 했다. 그녀는 엄격해 보이려고 노력했지만 그것도 어려웠다. 그녀에게는 어떤 소녀 같은 감수성이 있었다.

"지금도 또렷이 만져지네요." 류드밀라 아파나시예브나가 진찰을 마쳤다. "물론 조금 작아진 것은 확실해요. 더 안으로 들어가서 위가 편해지긴 했어요. 그래서 아프지는 않았을 거예요. 더 부드러워지긴 했지만 모양은 예전과 마찬가지네요. 직접 만져 볼래요?"

"아닙니다. 저는 매일 만져 보고 있어요. 간격을 좀 두고 만져 봐야죠."

"혈침 반응은 25, 백혈구 수치는 5800, 분절 운동……. 자, 직접 한번 보세요."

그때 루사노프가 얼굴에서 손을 내리며 간호사에게 조용히 물었다.

"저…… 주사는 많이 아픈가요?"

코스토글로토프도 동시에 질문을 던졌다.

"류드밀라 아파나시예브나! 얼마나 더 방사선을 조사받아야 하나요?"

"지금으로서는 뭐라고 확정하기 어려워요."

"그래도 대략 언제쯤 퇴원할 수 있을까요?"

"뭐라고요?" 그녀가 진료 차트를 들여다보다가 고개를 들면서 물었다. "뭐라고 하셨어요?"

"언제쯤 퇴원하게 될지 물었어요." 손으로 무릎을 감싸고 앉은 코스토글로토프가 태연하게 또박또박 다시 물었다.

순간 돈초바는 모범생에게 보내던 호의적인 시선을 싹 거두었다. 이 사람 역시 어쩔 수 없이 고집 세고 다루기 힘든 보통 환자에 불과하다는 생각이 든 것이다.

"치료는 이제 막 시작되었어요!" 그녀가 그를 나무랐다. "지금 막 치료가 시작되었다고요. 지금까지는 간단한 조사였을 뿐이에요."

그러나 코스토글로토프는 고집을 피웠다.

"류드밀라 아파나시예브나! 제 이야기 좀 들어 주세요. 아직 치료가 끝나지 않았다는 것은 저도 알아요. 그리고 저는 완전히 낫기를 기대하지도 않아요."

드디어 환자의 본색이 드러났다! 환자는 모두 똑같다! 류드밀라 아파나시예브나는 보통 화가 날 때 하던 습관대로 이맛살을 찌푸렸다.

"지금 무슨 소리를 하는 겁니까? 당신 제정신이에요?"

"류드밀라 아파나시예브나!" 코스토글로토프가 커다란 손으로 손사례를 치며 침착하게 대꾸했다. "현대인의 정신이 정상인지 아닌지 논의하려면 아주 복잡합니다. ……저는 몸이 호전된 것에 대해 선생님께 진심으로 감사하고 있습니다. 그래서 이 상태로 조금이라도 살아 보고 싶은 겁니다. 계속 치료만 받다가 어떻게 될지 누가 알겠습니까……." 그가 말하는 동안 류드밀라 아파나시예브나는 입술을 깨물며 당황해서 어쩔 줄 모르는 표정이었다. 간가르트는 눈썹을 찌푸린 채 두 사람을 번갈아 보며 어떻게든 분위기를 수습하려고 애썼다. 올림피아다 블라지슬로보브나는 경멸하는 눈초리로 반항자를 쳐다보았다. "그러니까 저는 먼 미래에 대한 희망 때문에 지금 너무 많은 희생을 치르고 싶지는 않다는 뜻입니다. 육체의 자연적인 저항력에 의지해 살아 보고 싶습니다."

"그 알량한 육체의 저항력을 믿다가 우리 병원에 네 발로 기어 들어온 것 잊었어요!" 돈초바가 날카롭게 쏘아붙이며 그의 침대에서 일어섰다. "당신이 지금 무슨 장난을 치겠다는 건지 알고 하는 말이에요? 더 이상 말할 필요 없어요!"

그녀는 손을 과감하게 내저으며 아조프킨의 침대 쪽으로 몸을 돌렸다. 코스토글로토프는 검은 개처럼 담요 위에 무릎을 구부리고 엎드린 채 수긍할 수 없는 듯 쳐다보았다.

"류드밀라 아파나시예브나! 제발 제 이야기 좀 들어 주세요! 선생님은 이 실험이 어떤 결과를 낳을까 하는 문제에 관심이 있지만 저는 잠시나마 조용히 살고 싶습니다. 일 년 동안만이라도요. 그것뿐입니다."

"좋아요." 돈초바가 어깨 너머로 대답했다. "나중에 당신을 따로 부르지요."

여전히 화난 목소리와 표정으로 그녀는 아조프킨을 바라보았다.

아조프킨은 일어나지 않고 배를 움켜잡고 앉아 있었다. 겨우 얼굴만 들어 의사를 맞았다. 그의 두 입술은 고통으로 일그러져 멍하니 벌어져 있었다. 그는 아무 도움도 줄 수 없는 사람에게 간절히 애원하는 눈빛을 보냈다.

"왜 그래, 콜랴?" 류드밀라 아파나시예브나가 그의 어깨를 감싸 안았다.

"너무 아파요." 조금만 건드려도 배 속 종양에 충격이 가해지기 때문에 그는 애써 공기를 천천히 내뱉으며 겨우 대답했다.

반년 전만 해도 그는 집단 농장 일요 노동단의 선두에 서서 삽을 어깨에 메고 행진하며 목청껏 노래를 부르곤 했다. 그런데 지금은 아프다는 말조차 입 밖으로 겨우 내는 처지가 된 것이다.

"콜랴! 그럼 우리 생각 좀 해 보자." 돈초바도 목소리를 낮추며 말했다. "음…… 지금 치료받는 것이 힘드니? 병원 생활이 지겨워진 거야? 그래?"

"네……."

"집이 이 근처였지, 아마? 이렇게 하면 어떨까? 집에 가서 좀 쉬는 거야. 어때? 한 달이나 한 달 반 정도 쉬어 보는 거야."

"다음에…… 다시 받아 주실 거예요?"

"물론 당연히 받아 주지. 너는 이제 우리 환자야. 주사도 맞지 말고 좀 쉬어 봐. 그 대신 약국에서 약을 사서 하루에 세 번씩 꼭 혀 밑에 물고 있어야 해."

"시네스트롤⁹⁾ 말이죠?"

"그렇지."

돈초바와 간가르트는 몰랐지만 아조프킨은 최근 몇 달 동안 상근 간호사들과 야간 당직 의사들에게 자신에게 처방된 약과 주사를 제외하고도 여분의 수면제와 진통제, 각종 가루약과 알약을 더 달라고 졸랐다. 그는 약들을 헝겊으로 만든 자루에 담아 놓고, 의사들이 자신을 포기하게 될 날을 나름대로 대비해 왔다.

"좀 쉬어야 해, 콜렌카! 쉬는 게 좋아……."

병실이 조용해지자 루사노프가 숨을 크게 내쉬는 소리가 들렸다. 그가 두 손으로 가리고 있던 얼굴을 들더니 말했다.

"내가 졌어요, 의사 선생. 주사를 놓아 줘요!"

---

9) 합성 세포 호르몬으로 갱년기 장애나 전립선암 등에 쓰이는 약제.

5
의사들의 고민

이런 것을 뭐라고 표현해야 하나? 기분이 엉망진창이라고 해야 하나? 아니면 힘이 쑥 빠졌다고 해야 하나? 눈에 보이지는 않지만 답답하고 갑갑한 안개 같은 것이 가슴으로 파고들어 온몸을 휘감고 가슴 한가운데를 압박해 오는 것 말이다. 답답하고 언짢은 기분만 느낄 뿐, 우리를 압박하는 것이 무엇인지 전혀 알 수 없는 느낌 말이다.

베라 코르닐리예브나는 회진을 마치고 돈초바와 함께 계단을 내려오면서 이런 기분을 느꼈다. 아주 기분 나쁜 느낌이었다.

보통 이런 경우에는 원인이 무엇인지 곰곰이 생각해 보고 찾아보면 된다. 그런 다음 대책을 세우면 해결되기 마련이다.

우선 무슨 일이 있었는지 생각해 보아야 한다. 방사선과 세 여의사들은 류드밀라 아파나시예브나를 '마마'라고 불렀다.

그녀를 마마라고 부르는 이유는 다른 의사들이 모두 서른 남짓한 나이인 데 비해 그녀는 쉰 가까이 되었기 때문이기도 하고, 특히 아랫사람들에게 일에 대한 열정을 불러일으키는 그녀의 카리스마 때문이기도 했다. 그녀는 열정적으로 일에 몰두하는 집요한 성격이었고, '세 딸'이 모두 그런 열정과 집요함을 갖기를 바랐다. 그녀는 방사선과의 진단법과 치료법에 정통한 최고의 권위자에 속했고, 더구나 전공 분야가 세분화되는 시대적 흐름에도 불구하고 자기 휘하의 수련의들이 두 분야를 모두 섭렵하기를 원했다. 자신만의 치료 비법을 몰래 감추는 일도 없었다. 베라 간가르트가 여러 부분에서 자신보다 더 뛰어나고 예리한 능력이 있다는 것을 알게 되었을 때도 마마는 기뻐해 주었다. 베라는 의과 대학을 졸업한 후 팔 년째 줄곧 그녀 밑에서 일하고 있었다. 그리고 그녀가 지금 보여 주는 모든 에너지, 도움을 요청하는 환자들을 죽음에서 구해 내는 그 모든 에너지는 류드밀라 아파나시예브나에게서 물려받은 것이다.

그런데 이제 루사노프라는 인물이 마마를 계속 불쾌하게 할지도 모를 일이었다. 목을 붙이기는 어렵지만 베기는 쉬운 법이라는 옛말도 있지 않은가.

루사노프뿐이 아니다! 이런 일은 몰상식한 환자들에게서 종종 일어나곤 한다. 자고로 한번 입 밖으로 나온 중상모략은 좀처럼 사라지지 않고 사방으로 퍼져 나가게 마련이다. 그것은 물 위로 퍼져 사라지는 것이 아니라 기억에 아로새겨지는 홈 같은 것이다. 단순한 홈이라면 모래라도 뿌려 평평하게 할 수 있겠지만 이것은 달라서 누군가가 술이라도 취해 "의사들을 베어 버리자!" "기사를 베어 버리자!" 하고 외치면 모두들 몽둥이를 들고 달려들게 되어 있다.

의혹의 파편들은 여기저기 잠복해 있다가 사방으로 튀어 나가곤 한다. 얼마 전에 보위부에 근무하는 운전사 한 사람이 위에 종양이 생겨 병원에 입원한 일이 있었다. 그는 외과 환자였기 때문에 베라 코르닐리예브나와는 아무 상관이 없었지만 어쩌다가 야간 당직을 서면서 저녁 회진을 돌게 되었다. 그가 불면증을 호소했다. 그녀는 그에게 수면제를 처방했는데, 간호사한테서 1회분으로는 부족하다는 이야기를 듣고 "그러면 2회분의 가루약을 한꺼번에 주세요!"라고 했다. 이 환자는 약을 받아 갔고, 베라 코르닐리예브나도 그에게서 특별한 기미를 느끼진 못했다. 그냥 그렇게 넘어갈 일이었는데, 공교롭게 병동의 임상 검사실 여직원이 운전사와 아파트 이웃이었던 탓에 그를 면회하러 오게 되었다. 그런데 그녀가 헐레벌떡 베라 코리닐리예브나에게 달려와 말하는 것이었다. 운전사가 가루약을 먹지 않고 '왜 2회분을 한꺼번에 먹으라고 했을까?' 생각하느라 밤새 한숨도 못 잤다며 이렇게 물었다는 것이다. "그녀의 성은 왜 간가르트[10]일까요? 그녀에 관해 자세히 이야기해 주세요. 아무래도 나를 독살할 생각이었던 것 같아요. 무슨 조치를 취해야겠어요."

베라 코르닐리예브나는 그 후 몇 주 동안 자신에 대한 조치

---

10) 독일계 성.

가 취해지기를 기다렸다. 그러면서도 의연하게 한 치의 실수도 없었을 뿐 아니라 심사숙고해 진단을 내리고 정확하게 방사선 조사량을 측정했으며, 악명 높은 암 병동에 들어온 환자들에게 따뜻한 미소와 시선을 건네며 의욕을 북돋아 주었다. 하지만 모든 환자들로부터 '그래도 넌 독살범 아니야?' 하는 시선을 느껴야만 했다.

그런데 오늘 회진은 그때와 유사한 일로 인해 더욱 힘이 들었던 것이다. 가장 빠르게 호전되는 환자이며, 베라 코르닐리예브나가 무슨 이유에서인지 특히 호의를 갖게 된 코스토글로토프가 마마에게 자신을 어떤 악의적인 실험의 대상으로 삼는 것이 아닌지 의심하며 질문을 던진 것이다.

회진으로 지칠 대로 지친 류드밀라 아파나시예브나는 발걸음을 옮기며 폴리나 자보드치코바라는 말썽 많은 중년 여자와 있었던 불쾌한 사건을 떠올렸다. 환자는 그녀가 아니라 그녀의 아들이었는데, 그녀도 아들과 함께 병원에 누워 있었다. 아들의 체내 종양을 수술한 후, 복도에서 외과 의사를 마주친 그녀는 아들의 종양 한 조각을 달라고 요구했다. 만약 상대가 레프 레오니도비치가 아니었다면 그것을 건네주었을지도 모른다. 그랬다면 그녀는 그것을 다른 병원으로 가져가 진단을 해 달라고 부탁해 돈초바가 처음 내린 진단과 다른 결과가 나올 경우 돈을 뜯어내거나 소송을 걸 심산이었던 것이다.

모두에게 그런 일은 한두 번 있는 일이 아니었다.

회진이 끝나자 환자들 앞에서는 할 수 없었던 내용을 토론하고 결정하기 위해 회의실로 들어갔다.

13병동은 장소가 협소해 방사선과 의사들을 위한 방이 따로 없었다. 감마선 장치가 있는 외과 의사의 방이나 12만 볼트와 20만 볼트 대형 방사선 장치가 두 대나 있는 방에는 그들을 위한 공간을 마련할 수 없었다. 방사선 검사실에는 자리가 있었지만 그곳은 항상 어두웠다. 그래서 방사선과 의사들은 소형 방사선 장치가 있는 진료실에 책상을 들여놓고 일상적인 업무를 보거나 진료 차트와 그 밖의 서류들을 작성하는 공간으로 사용하고 있었다. 의사들은 여러 해 동안 방사선에서 풍기는 구역질 나는 공기와 독특한 냄새가 가득 찬 이 방에서 일을 하면서도 전혀 신경 쓰지 않았다.

그들은 방으로 들어와 대패질도 거칠고 서랍도 없는 커다란 책상을 두고 마주 앉았다. 베라 코르닐리예브나는 남자와 여자 입원 환자의 차트를 분류한 다음 자신이 처리해야 할 환자들의 진료 차트와 두 사람이 같이 의논해야 할 환자의 진료 차트로 분류했다. 류드밀라 아파나시예브나는 음울한 눈빛으로 앞에 놓인 책상을 응시하며 아랫입술을 쑥 내민 채 연필로 책상을 탁탁 두드려 댔다.

베라 코르닐리예브나가 걱정스러운 눈빛으로 그녀를 바라보았다. 그녀는 루사노프나 코스토글로토프에 관한 이야기를 꺼내야 할지 아니면 의사들의 고단한 신세 한탄이나 해야 할지 결정하지 못하고 있었다. 사실 그런 뻔한 이야기는 반복할 필요도 없고, 노골적으로 이야기하기도 조심스럽고 민감한 것이라 자칫하면 위로는커녕 더 상처가 될 수도 있기 때문이다.

그때 류드밀라 아파나시예브나가 먼저 이야기를 꺼냈다.

"우리가 이렇게 무능력하다는 사실에 화가 나는군. 그렇지 않아?"(이것은 오늘 우리가 진찰한 많은 환자들에 대한 이야기일 것이다.) 그녀는 그러면서 연필로 계속 책상을 탁탁 두드렸다. "하지만 어떤 실수도 없었어."(이것은 아조프킨과 무르살리모프에 대한 이야기인 것 같다.) "우리가 처음 진단할 때는 혼란스러운 점이 없지 않았지만 치료는 제대로 됐어. 조사량을 더 줄일 수는 없었거든. 대형 기계가 우리를 궁지로 몰아넣은 거지."

아, 바로 그거다! 그녀는 시브가토프에 대해 생각하고 있었던 것이다! 새로운 의료 기구와 치료법을 다 동원해도 도저히 환자를 구할 수 없는 불치병이 있다. 시브가토프가 들것에 실려 처음 병원에 왔을 때 엑스선 사진상으로는 엉치뼈가 모두 손상되어 있었다. 혼란스러웠던 점은 모 교수와 상담까지 했는데도 처음 그를 진단했을 때는 골육종이라는 진단만 나왔는데 시간이 지나면서 뼈에 걸쭉한 액체가 생기고 모든 뼈가 젤리질 조직으로 변한 다음에야 골수종이라는 것을 알게 되었다는 점이다. 그런데 우연히 치료가 된 것이다.

엉치뼈는 주춧돌과 같아서 없앨 수도, 빼낼 수도 없었다. 치료법은 방사선 치료밖에 없었는데, 그것도 적은 양의 방사선으로는 효과가 없었기 때문에 한꺼번에 많은 양의 방사선을 조사해야 했다. 다행히 시브가토프는 건강을 되찾게 되었다! 엉치뼈가 단단해진 것이다. 그런데 문제는 건강은 되찾았지만 많은 양의 방사선 조사로 인해 주변을 둘러싸고 있던 조직들이 극도로 예민해져 새로운 악성 종양이 쉽게 발생할 수 있는 위험한 상태가 된 것이다. 그러다가 타박상을 약간 입자 상피 세포에 종양이 생겼다. 그 후로 혈액과 조직이 방사선에 부작용을 보이며 새로운 종양이 확산되고 있었다. 하지만 그것을 없앨 방도가 전혀 없고, 더 이상 커지지 않도록 억제하는 것만이 유일한 방책이었다.

상황이 이렇게 되면 의사는 심한 무력감과 치료의 한계를 느끼고, 감정적으로는 동정심, 가장 일반적인 동정심을 갖게 되는 법이다. 바로 시브가토프가 그런 경우였다. 그토록 온순하고 예절 바르며 모든 것에 감사할 줄 아는 슬픈 운명의 타타르인에게 고작 해 줄 수 있는 것이 고통을 연장시키는 것뿐이었던 것이다.

오늘 아침 니자무친 바흐라모비치가 돈초바를 부른 것은 병동의 침대 회전율을 높이기 위해 완치될 가망이 없는 환자들을 불가피하게 퇴원시키는 문제를 특별히 상의해야 했기 때문이다. 돈초바도 그 의견에 동의했다. 대기실에는 항상 환자들이 기다리고 있었다. 그중에는 벌써 며칠째 기다리는 경우도 있고, 지역 종양 관리소에서는 환자를 수용해 달라는 요구가 빗발쳤다. 그녀 역시 이런 원칙에 동의했고, 이 원칙에 첫 번째로 해당되는 환자가 시브가토프였다. 그럼에도 불구하고 그녀는 그를 퇴원시킬 수 없었다. 바로 그 한 환자의 엉치뼈를 치료하기 위해 얼마나 오랫동안 힘겨운 싸움을 해 왔는지 모른다! 그런데 이제 와서 그런 일반적인 원칙을 그에게 적용하기가 쉬운 일이 아니었고, 죄는 죽음에 있는 것이지 의사에게 있는 것이 아니라는 비겁한 변명으로 대충 치료를 끝내는 것도 용납할 수 없었다. 돈초바는 시브가토프 때문에 의학적인 관심 분야도 바꿀 정도였다. 시브가토프를 구하겠다는 일념으로 골격 병리학에 심취하게 된 것이다. 물론 대기실에는 더 급한 환자가 기다리고 있을 수도 있다. 그런데도 그녀는 시브가토프를 내보낼 수 없어 어떻게든 원장에게 둘러댈 말을 찾아야 했다.

물론 니자무친 바흐라모비치가 회복될 가망이 없는 환자들을 내보내라고 하는 데는 다른 이유도 있었다. 그런 환자들을 가능하면 병원 안이 아니라 병원 밖으로 나가서 죽게 하는 것이 여러모로 유리했다. 그래야 병실 침대의 회전율도 좋아지고, 남아 있는 환자들의 공포심도 덜어 줄 수 있으며, 통계상으로도 유리했다. 그런 환자들의 퇴원이 사망에 의해서가 아니라 '증세 악화'로 인해서라고 기록하면 그만이기 때문이다.

오늘 아조프킨이 퇴원하는 것도 이런 사정 때문이었다. 그의 병상 일지는 한 달 동안 두툼한 노트 한 권이나 되었다. 희끄무레한 나무 찌꺼기가 군데군데 섞여 있어 펜촉이 자주 걸리는 누런 종이로 조잡하게 만들어진 노트는 자주색과 청색으로 쓴 숫자들과 글자들로 빼곡하게 차 있었다. 풀로 붙여 놓은 이 노트를 보기만 해도 두 여의사의 눈에는 이 도시 출신의 청년이 죽음이 드리워진 침대 위에 땀범벅이 되어 고통스럽게 웅크리고 있는 모습이 선하게 떠오르곤 했다. 그러나 나직하고 가냘픈 목소리로 읽어 내려가던 숫자들은 아무도 항거할 수 없는 법정의 선고 같았다. 2만 6000뢴트겐의 조사량 중에서 1만 2000뢴트겐은 최근에 연속으로 조사된 양이며, 50회의 시네스트롤 주사와 일곱 번의 수혈에도 불구하고 백혈구 수치는 여전히 3400에, 적혈구 수치도……. 전이 세포들은 탱크처럼 방벽을 쳐부수고 이미 흉격과 척추 사이의 중격에 진지를 구축하고 폐장에도 모습을 드러냈으며, 쇄골 마디에도 염증이 나타났지만 그의 몸은 이 공격을 막아 낼 어떤 증원군도 확보하지 못했다.

의사들은 아직 정리하지 못한 진료 차트를 차례로 살펴보며 부족한 부분을 보충해서 기록하고, 방사선과 간호사는 외래 환자들을 계속 치료하고 있었다. 이때 간호사가 파란 원피스를 입은 네 살짜리 여자아이와 엄마를 데리고 처치실로 들어왔다. 아이의 얼굴에는 붉은 혈관 종양이 솟아났는데, 아직은 작고 악성도 아니었지만 더 커지거나 번지지 않도록 방사선을 조사하기로 했다. 정작 아이는 그토록 작은 입술에 무거운 죽음의 추가 달려 있을 수도 있다는 사실을 알지 못한 채 두려워하는 빛이 전혀 없었다. 아이는 이번이 처음이 아니었기 때문에 전혀 무서워하지 않았던 것이다. 아이는 재잘거리며 니켈로 도금한 방사선 기계의 부품을 만져 보기도 하며 번쩍거리는 방 안의 세계에 흥미를 보였다. 조사 시간은 겨우 사 분에 불과했지만 아이에게는 그것이 고역이었다. 정확한 시술을 위해 좁은 방사선 관 밑에 환부를 드러내고 가만히 앉아 있어야 하는데 아이에게는 그것이 몹시 어려운 일이었다. 계속 몸을 뒤틀거나 구부리는 바람에 그때마다 방사선 기사가 짜증을 내며 스위치를 껐다가 다시 방사선 관을 아이에게 돌려놓곤 했다. 아이 엄마는 장난감을 들고 아이의 주의를 끌면서 얌전히 앉아 있으면 다른 선물도 사 주겠다고 달래곤 했다. 다음번에는 침울한 표정의 노파가 들어왔다. 그녀는 목도리를 풀고 스웨터를 벗는 데 한참이나 걸렸다. 이어서 회색 가운을 입은 여자 환자가 들어왔다. 그녀는 발바닥에 거무칙칙한 종양이 동그랗게 생겨 실내화를 신으면 못에 찔리는 듯한 통증을 느끼는데도 어찌 된 일인지 의사들은 1센티미터 정도밖에 안 되는 작은 종양을 도려내려고 하지 않았다. 그래서 그녀는 이것이 악성 종양의 여왕이라고 불리는 흑색종이라는 사실을 전혀 모른 채 간호사와 수다를 떨어 댔다.

의사들이 환자들에게 관심을 보이며 환부를 살펴보기도 하고 간호사에게 주의를 주기도 하는 동안 시간이 많이 흘러 루사노프에게 엠비퀸[11] 주사를 놓으러 가야 할 시간이 되었다. 베라 코르닐리예브나는 미리 챙겨 둔 코스토글로토프의 진료 차트를 류드밀라 아파나시예브나 앞에 꺼내 놓았다.

"아주 방치된 상태였는데도 초기 치료가 잘되고 있어요." 그녀가 말했다. "그런데 고집이 좀 세다는 것이 문제예요. 정말로 퇴원하겠다는 건 아닐 거예요."

"퇴원할 테면 하라지!" 류드밀라 아파나시예브나가 신경질적으로 말했다. 코스토글로토프의 병은 아조프킨과 같은 것이었다. 다만 기적적으로 치료가 잘된 경우인데, 감히 치료를 거부하려 드는 것이다!

"네, 선생님께 감히 그래서는 안 되지요." 간가르트가 동의

---

11) 화학적으로 인위적 돌연변이를 유도하는 질소 머스타드계의 약제.

했다. "하지만 저로서는 그를 설득하기가 쉽지 않네요. 선생님께 부탁드려도 될까요?" 그녀가 손톱에 묻은 티끌을 파내며 물었다. "저는 이상하게 그 환자를 대하기가 어려워요. 단호하게 대할 수가 없어요. 왜 그런지 잘 모르겠어요."

그들의 관계는 처음 만날 때부터 어려웠다.

비가 내리는 음산한 1월의 어느 날이었다. 그날 밤 간가르트는 병실 담당 당직이었다. 밤 9시쯤에 뚱뚱하고 건장한 체구의 1층 담당 청소부가 그녀에게 달려와서 불평을 했다.

"선생님! 환자 한 명이 영 말을 듣지 않아요. 제가 어떻게 할 수가 없어요. 무슨 조치를 취하지 않으면 큰일 날 것 같아요."

곧바로 베라 코르닐리예브나가 나가 살펴보았다. 1층의 넓은 층계참 옆에는 자물쇠가 잠긴 수간호사의 작은 방이 있었는데, 그 옆 마룻바닥에 호리호리한 체구의 남자가 드러누워 있는 것이 보였다. 그는 장화를 신고 색이 바랜 군복 외투를 입고 있었으며, 머리에는 귀덮개가 달린 작은 민간인 모자를 눌러쓰고 있었다. 잡동사니가 담긴 배낭을 머리 아래 괴고 누운 모양새를 보니 잠이라도 자려는 것 같았다. 간가르트는 가느다란 다리에 굽이 높은 신을 신고(그녀는 항상 단정한 차림새였다.) 그에게 가까이 다가가서 엄한 눈초리로 그를 쏘아보았다. 그녀의 시선에 수치심을 느껴 일어나게 할 생각이었다. 그런데 그는 그녀를 보고도 전혀 동요하는 기색 없이 오히려 귀찮다는 듯 눈을 감아 버렸다.

"이봐요, 당신 도대체 누구예요?" 그녀가 물었다.

"사람이죠." 그가 낮은 톤으로 태연하게 대답했다.

"입원 허가증은 있어요?"

"네."

"언제 받은 거예요?"

"오늘 받았죠."

그의 옆구리 밑의 마룻바닥이 젖은 것을 보니 그의 외투가 다 젖은 것 같았다. 그러고 보니 장화와 소지품이 담긴 배낭도 모두 젖어 있었다.

"하지만 여기 이렇게 있으면 안 됩니다. 이곳은…… 누워 있어선 안 되는 곳입니다. 그리고 불편하기도 하고……."

"전혀 불편하지 않아요." 그가 간신히 입을 열었다. "자기 조국 땅인데 부끄러울 일이 뭐가 있습니까?"

베라 코르닐리예브나는 당황했다. 이 사람에게는 야단을 칠 수도, 일어나라고 명령할 수도 없겠다는 생각이 들었다. 전혀 말을 들을 것 같지 않았다.

그녀는 대기실 안에 마땅한 자리가 있는지 살펴보았다. 대기실은 낮에는 차례를 기다리는 환자들과 문병객들로 붐볐다. 그곳에 놓인 의자 세 개는 환자들과 가족들이 면회하는 곳이었지만 병원 문을 닫는 밤이면 갈 곳 없는 외래 중환자들의 차지가 되었다. 지금은 대기실에 의자가 두 개만 놓여 있었는데, 하나는 이미 노파 한 명이 차지하고 있었고, 다른 의자도 알록달록한 머릿수건을 쓴 젊은 우즈베크 여자가 아기를 눕히고 그 옆에 앉아 있었다.

대기실 마룻바닥에라도 누워 있게 할 수는 있지만 그곳은 사람들의 통행이 많아 더러웠다.

더구나 그곳은 병원 가운을 입었거나 환자복을 입은 사람들만 출입하는 곳이었다.

베라 코르닐리예브나는 모르는 척 누워 있는 막무가내의 야위고 예민해 보이는 환자에게 다시 고개를 돌렸다.

"이 지역에 아는 사람이 아무도 없어요?"

"없어요."

"호텔에는 가 봤어요?"

"가 봤어요." 그는 이미 지칠 대로 지쳐서 대답하기도 힘들어했다.

"시내에 호텔이 다섯 개나 있는데요."

"아예 상대도 해 주지 않아요." 그는 더 이상 말하고 싶지 않은지 눈을 감아 버렸다.

"조금만 빨리 왔더라면 좋았을걸!" 간가르트가 아쉬워했다. "우리 병원의 청소부들 중에 환자들을 자기 집에 숙박시키는 사람도 있거든요. 돈도 많이 받지 않아요."

그는 여전히 눈을 감은 채 누워 있었다.

"일주일이라도 여기 누워 있겠다고 하네요!" 당직 청소부가 불쑥 끼어들었다. "통로 한복판에 말이에요! 침대를 내줄 때까지 시위를 하자는 거야, 뭐야! 이봐요, 억지 부리지 말고 일어나요. 여기는 소독도 다 했어요." 청소부가 그에게 다가섰다.

"그런데 왜 의자가 두 개밖에 없어요?" 간가르트가 이상하다는 듯 물었다. "하나 더 있을 텐데."

"의자 하나는 저쪽으로 가져가 버렸어요." 청소부가 유리 문 너머를 가리키며 말했다.

아, 맞다! 그 문으로 나가면 방사선실로 가는 복도가 있는데 낮에 방사선 치료를 받으러 오는 환자들이 대기할 수 있도록 의자 하나를 그곳으로 옮겨 놓은 것이다.

베라 코르닐리예브나는 청소부에게 그곳의 문을 열라고 지시하고는 환자에게 말했다.

"좀 더 편한 곳으로 옮겨 드릴 테니, 일어나 보세요."

그는 처음에는 믿을 수 없다는 표정으로 그녀를 쳐다보았다. 그러더니 통증을 참으며 간신히 일어났다. 조금만 움직여도 옆구리에 심한 통증을 느꼈다. 그는 간신히 일어났다가 바닥에 놓인 배낭을 들어 올리려고 다시 힘겹게 허리를 굽히려 했다.

그러자 베라 코르닐리예브나가 가볍게 허리를 숙여 하얀 손가락으로 더럽고 축축한 그의 배낭 자루를 들어 올려 그에게 건네주었다.

"고맙습니다." 그는 얼굴을 찡그리며 웃어 보였다. "기다린 보람이 있네요."

기다랗게 젖은 자국이 그가 누워 있던 마룻바닥에 남아 있었다.

"비를 맞은 모양이군요?" 그녀는 동정 어린 눈길로 그를 쳐다보았다. "저쪽 복도는 따뜻하니까 외투를 벗으세요. 오한은 없나요? 열을 좀 재 볼까요?" 털가죽 귀덮개가 달린 낡은 검은색 모자에 그의 이마가 가려 있었던 탓에 그녀는 그의 이마 대신 뺨에 손을 가져갔다.

손을 살짝만 댔는데도 열이 있다는 것을 금방 알 수 있었다.

"혹시 드시는 약이 있나요?"

그는 극도로 사람을 꺼리던 이전의 태도를 바꾸어 그녀를 똑바로 쳐다보았다.

"아날긴¹²⁾을 복용하고 있습니다."

"지금 가지고 있어요?"

"예."

"수면제를 좀 드릴까요?"

"네, 가능하다면……."

"아, 잠깐만요!" 그녀가 갑자기 생각난 듯 말했다. "입원 허가증을 좀 보여 주시겠어요?"

그는 웃는 것인지 아니면 통증 때문인지 입술을 씰룩거렸다.

"허가증이 없으면 빗속으로 다시 내쫓을 건가요?"

그는 외투의 위쪽 단추를 풀고 속에 입은 작업복 주머니에서 오늘 아침 외래 환자 진료소에서 발행해 준 입원 허가증을 꺼내 보여 주었다. 그녀는 허가증을 읽어 보고는 그가 방사선과 환자임을 확인했다. 그녀는 허가증을 손에 들고 수면제를 가지러 가려고 돌아섰다.

"수면제를 가져올 테니 누워 계세요."

"잠깐만, 잠깐만요!" 그가 급하게 그녀를 불렀다. "허가증

---

12) 하얀 가루약으로 된 해열제.

은 돌려주세요! 그런 수작에 넘어가지 않아요."

"왜 그러시죠?" 그녀가 화를 내며 돌아섰다. "지금 저를 못 믿겠다는 말인가요?"

그가 당황한 표정으로 그녀를 쳐다보고는 중얼거렸다.

"당신을 어떻게 믿습니까? 수프 한 그릇 나눠 먹은 적도 없는 사이인데……."

그러고는 다시 잠자리로 갔다.

그녀는 화가 났는지 자신이 직접 가지 않고 청소부에게 수면제와 허가증을 가져다주라고 지시했다. 허가증의 위쪽 부분에 'cito'[13]라고 적고는 밑줄을 그은 다음 느낌표를 붙였다.

그녀는 한밤중에 그가 누워 있는 곳을 지나가게 되었다. 그는 잠들어 있었다. 의자는 떨어질 염려 없이 편하게 만들어져 있었는데, 등받이와 앉는 자리가 모두 약간 구부러져 홈이 파여 있었다. 그는 젖은 외투를 벗기는 했지만 다리에서 어깨까지 그것을 뒤집어쓰고 있었다. 장화 앞부분은 의자 밖으로 삐죽 나와 있었고, 장화 밑창은 성한 곳이 없어 검붉은 그의 발바닥이 밑창을 대신했다. 장화의 앞코에는 금속 테가 둘러져 있고, 뒤축 창에는 징이 박혀 있었다.

다음 날 아침 베라 코르닐리예브나는 수간호사에게 2층 층계참에 그의 자리를 마련해 주라고 지시했다.

사실 그날 이후로는 코스토글로토프도 더 이상 그녀에게 무례하게 굴지 않았다. 그는 보통 도회지 사람들이 쓰는 말투

---

13) '위급'이라는 뜻의 라틴어.

로 그녀에게 정중하게 말했고, 먼저 인사를 건네기도 하고 호감을 보이며 미소를 짓기도 했다. 그러나 그녀는 그가 언제 돌출 행동을 할지 몰라 긴장을 놓을 수 없었다.

그저께만 해도 그녀가 혈액형을 검사하기 위해 그의 팔 정맥에서 피를 뽑으려고 빈 주사기를 갖다 댔을 때, 그가 갑자기 걷어올린 소매를 다시 내리며 단호하게 말하는 것이었다.

"베라 코르닐리예브나! 유감스럽지만 다른 방법으로 혈액형 검사를 해 주십시오."

"왜 그러세요, 코스토글로토프 씨?"

"제 몸에서는 피를 뽑을 수 있는 만큼 다 뽑았습니다. 더 이상은 싫어요. 피가 넉넉한 사람한테서나 뽑아요."

"어떻게 그런 말을 하죠, 창피하지도 않아요? 남자가 말이에요!" 그녀는 남자들이 참기 어려운, 여자 특유의 조소를 보내며 그를 쳐다보았다.

"저에게 무슨 문제라도 있나요?"

"네, 경우에 따라 수혈을 할 수도 있어요."

"저에게 수혈을 한다고요? 그만두세요! 뭣 때문에 제가 다른 사람의 피를 받는단 말입니까? 다른 사람의 피는 필요 없어요. 그리고 제 피 역시 한 방울도 줄 수 없습니다. 제 혈액형을 알려 드릴 테니 적으세요. 군대에 있을 때 검사했어요."

그녀가 아무리 설득을 해도 그는 이런저런 이유를 대며 고집을 꺾지 않았다. 그는 그런 모든 것이 불필요하다고 확신하고 있었다. 그녀는 몹시 기분이 상했다.

"그러면 정말 곤란합니다. 마지막으로 한 번만 더 부탁할게요."

그순간 그녀가 이렇게 저자세로 나간 것은 실수였다. 그에게 특별히 부탁까지 할 필요는 없지 않았을까?

그러나 그는 바로 소매를 걷어올리고 팔을 내밀었다.

"개인적으로 선생님을 위해서라면 3밀리리터라도 드리겠습니다."

그런 일이 있은 후 엉뚱한 사건이 한 번 더 있었다. 코스토글로토프가 이런 질문을 한 것이다.

"선생님은 독일 사람처럼 보이지 않아요. 간가르트라는 성은 남편 성을 따른 건가요?"

"네." 그녀는 무심코 그렇게 대답했다.

그녀는 왜 그렇게 말했을까? 무슨 이유 때문인지 모르지만 굳이 아니라고 대답하기도 어색했다.

그는 더 이상 아무것도 묻지 않았다.

원래 간가르트라는 성은 아버지와 할아버지한테 물려받았다. 그들은 독일에서 러시아로 귀화한 독일인이었던 것이다.

그렇다고 다른 대답을 할 수는 없었다. "나는 미혼입니다."라고 말했어야 하나? 아니면 "전 결혼한 적이 없어요."라고 했어야 하나?

굳이 그런 말을 하고 싶지는 않았다.

6
조직 검사 이야기

류드밀라 아파나시예브나는 여자 환자가 막 치료를 끝내고 나간 방사선실로 코스토글로토프를 들여보냈다. 이곳에서는 아침 8시부터 천장 틀에서 아래로 늘어뜨린 18만 볼트의 방사선 조사관이 계속 작동되고 있었다. 환기창이 닫혀 있어서 방 안 공기는 약간 달짝지근하고 약간 메스꺼운 방사선 열기로 가득했다.

보통 이런 열기는(단순한 열기가 아니다.) 그처럼 6회나 10회 정도 방사선 치료를 받은 환자의 폐에는 매우 불쾌하게 느껴지겠지만 류드밀라 아파나시예브나는 아무렇지도 않았다. 돈 초바는 방사선 조사관에 아무 보호 장치도 없었던 맨 처음부터 이십 년이 넘도록 여기서 일해 오면서(그녀는 고압선에 닿아 하마터면 죽을 뻔한 적도 있었다.) 방사선실의 공기를 매일 들이마시고 거의 허용 시간이 넘도록 검사실에 앉아 있곤 했다. 비록 차단판이나 보호 장갑을 끼고 있었다고는 하지만 그녀는 참을성이 좋은 그 어떤 중환자들보다도 훨씬 많은 방사선에 노출되었을 것이 분명했다. 그러나 아무도 그 방사선 양을 측정하거나 계산해 볼 생각은 하지 못했다.

그녀는 서둘렀다. 빨리 나가야 하기도 했지만 방사선 장치를 그냥 놀려 둘 수도 없기 때문이었다. 코스토글로토프를 방사선 조사관 밑에 있는 딱딱한 나무 침대에 눕게 하고 배를 내보이라고 지시했다. 그런 다음 배에 무슨 선을 그리거나 숫자를 쓰는지 차갑고 간지러운 붓을 휘둘렀다.

그리고 방사선 여기사에게 사분원 방식을 설명한 다음 사분원 하나하나에 방사선 조사관을 어떻게 맞춰야 하는지 설명했다. 그리고 다시 그에게 엎드리라고 지시한 다음 등에도 같은 표시를 하고 나서 이렇게 말했다.

"방사선 조사가 끝나면 저한테 잠깐 들르세요."

그리고 그녀는 방을 나갔다. 여기사는 그에게 다시 배를 위로 향하고 눕게 한 다음 첫째 사분원의 위치에 시트를 덮고, 납을 입힌 무거운 고무 덮개들을 가져와 방사선이 직접 닿으면 안 되는 부분을 모두 덮었다. 유들거리는 고무 덮개가 묵직하고 기분 좋게 그의 몸을 감쌌다.

여기사는 문을 열고 나가서 두꺼운 벽에 뚫린 작은 구멍으로 그를 지켜보았다. 윙 하는 소리가 낮게 울리며 보조 전구에 불이 켜지고 중앙 방사선 조사관이 달아올랐다.

강한 방사선이 드러난 그의 복부의 피부 세포를 지나, 피하지방과 본인도 모르는 여러 기관을 지나, 종양의 본체를 지나고 위와 장을 지나 동맥과 정맥을 따라 흐르는 혈액 속을 지난 다음 다시 림프관을 지나고 상피 세포를 지나 척추와 작은 뼈들을 지나고 등쪽의 피하 지방과 혈관, 그리고 피부를 지난 다음 침대의 판자를 지나서, 4센티미터 두께의 마루바닥을 지나고 받침대를 지난 다음 콘크리트 바닥을 지나 더 깊은 곳에 있는 바위와 땅속으로 흘러들었다. 이 광선은 인간의 머리로는 상상할 수 없는 전자장의 벡터, 말하자면 관통하는 동안 만나는 모든 것을 파괴하고 구멍을 뚫는 양자(量子)의 포탄 같은 것이었다.

소리도 없고 당하는 사람의 인체 조직에 아무런 느낌도 주지 않는 이 거대한 양자의 야만적인 포격이 열두 번째 진행되는 동안 코스토글로토프는 드디어 삶의 의지와 감각, 식욕과 유쾌한 기분까지 되찾게 되었다. 두 번째, 세 번째 조사를 받고 나서 그때까지 견딜 수 없던 통증에서 벗어나자 그는 이렇게 모든 것을 관통하는 포탄이 어떻게 육체의 다른 부분은 건드리지 않고 종양만 파괴할 수 있는지 알아야겠다고 결심했다. 코스토글로토프는 방사선 치료법의 원리를 이해하고 신뢰할 수 있기 전에는 방사선 치료에 동의할 수가 없었다.

그래서 그는 베라 코르닐리예브나에게 방사선 치료 원리를 알아내려고 애를 썼다. 층계참에서 처음 그녀를 만난 순간, 소방대원이나 경찰에 끌려 나갔으면 나갔지 제 발로 나가지는 않겠다고 작심하고 있던 그 순간에 그의 편견과 경계심을 풀어 준 친절한 의사였기 때문이다.

"걱정하지 말고 설명해 주세요." 그가 그녀를 안심시키며 말했다. "이래 봬도 저는 분별력을 가진 전사입니다. 당연히 전투의 문제점을 알고 있어야 하지 않겠습니까? 그걸 모르는 채 싸울 수는 없습니다. 방사선이 몸의 다른 조직은 건드리지 않고 종양만 파괴한다는 것을 어떻게 납득할 수 있겠습니까?"

베라 코르닐리예브나는 모든 감정이 눈보다는 특히 예리하고 날렵한 입술에 가장 먼저 나타나곤 했다. 그런 그녀의 입술에 동요의 빛이 나타났다.

(네 편 내 편 가리지 않고 마구 쏘아 대는 무차별적인 이 포수에 대해 그녀가 그에게 할 수 있는 말이 있을까?)

"음, 이런 이야기를 해선 안 돼요. 하지만 좋아요, 설명해 드리죠. 방사선은 사실 모든 것을 파괴한다고 보면 됩니다. 다만 정상적인 신체 조직은 빠르게 회복되는 반면 종양 조직은 그러지 못하지요."

그것이 거짓이든 사실이든 이 설명은 코스토글로토프에게 상당히 설득력이 있었다.

"아, 그렇군요! 그런 거라면 기꺼이 치료를 받겠어요. 감사합니다. 이젠 건강을 회복할 수 있을 것 같아요!"

그렇게 그는 거짓말처럼 회복되었다. 그는 기꺼이 방사선 조사관 아래 몸을 눕히고 방사선을 쐬는 동안 종양 세포가 파괴되고 있다고 믿었으며, 이 종양 세포들이 박멸되리라고 기대했다.

어느 때는 방사선 조사관 아래 누워 이런저런 공상에 잠기기도 하고, 어느 때는 졸기까지 했다.

지금도 그는 천장에 늘어져 있는 수많은 관들과 도선들을 두 눈으로 휘둘러 보며 저것들은 왜 저렇게 많이 필요한지, 또 저곳에 있는 냉각기는 물을 사용하는지 기름을 사용하는지 연구하기도 했다. 하지만 생각을 그것에 집중할 수 없었기 때문에 어떤 결론을 내릴 수는 없었다.

그가 골똘히 생각한 것은 베라 간가르트였다. 그토록 상냥한 여자는 자신이 지내던 우시테레크에서는 한 번도 만나 본 적이 없었다. 설사 있다고 해도 그런 여자들은 대부분 결혼했을 것이다. 그런데도 그는 베라를 생각할 때면 그녀의 남편은 괄호 안에 넣어 둔 채 싹 무시해 버렸다. 이야기를 잠깐 주고받는 게 아니라 병원 뜰이라도 거닐며 오랫동안 이야기를 나눌 수 있다면 얼마나 좋을까 하고 생각하기도 했다. 가끔씩 엉뚱한 이야기를 하면 그녀는 깜짝 놀라겠지. 복도에서 우연히 마주치거나 병실에 들어올 때 항상 그녀가 보여 주는 미소에는 따스한 햇볕처럼 온기가 스며 있었다. 그녀는 직업적으로가 아니라 천성적으로 선량한 성품을 가지고 있었다. 그리고 그녀의 입술 역시…….

방사선 조사관이 가볍게 진동하며 윙 하는 소리를 냈다.

그는 베라 간가르트에 대해 생각하다가 문득 조야를 떠올렸다. 아침에 잠에서 깨자마자 선반처럼 양쪽에서 봉긋 솟아오른 조야의 젖가슴에 충격을 받은 어젯밤 일이 머리에 떠올랐던 것이다. 어제저녁에 두 사람은 이야기를 나누고 있었다. 그들 옆에는 책상이 있고 그 위에 커다란 자가 하나 놓여 있었다. 그것은 도표를 그릴 때 사용하는 것으로 꽤 무게가 나가는 것이었는데, 베니어판이 아니라 통나무를 대패질해서 만든 것이었다. 코스토글로토프는 자를 들어서 그녀의 선반 같은 젖가슴에 올려놓으면 미끄러져 내릴지 어쩔지 시험해 보고 싶다는 강력한 생각이 내내 머릿속에서 가시지 않았다. 그는 미끌어져 내리지 않으리라는 결론을 내렸다.

그는 또 자신의 아랫배를 덮고 있는 납을 입힌 묵직한 덮개도 고맙다는 생각이 들었다. 덮개가 그를 덮고 "내가 보호해 줄 테니 겁먹을 필요 없어!"하며 그를 기분 좋게 안심시켜 주는 것 같았다.

그런데 만약 안심할 수 없는 상태라면 어쩌지? 혹시 두께가 충분치 않다면 어떻게 될까? 그리고 가려야 할 부분을 정확하게 가리지 않았다면 또 어떻게 될까?

물론 코스토글로토프는 지난 열이틀 동안 단순히 식욕이 되살아나고 몸을 자유롭게 움직일 수 있게 되고 기분이 좋아진 것만이 아니었다. 코스토글로토프는 지난 몇 달 동안 통증 때문에 완전히 잃어버린 감각, 특히 인생에 있어서 가장 중요한 감각을 되찾았다. 그렇다면 납을 입힌 덮개가 제대로 방어를 해 주었다는 의미인데!

그러니 몸이 아직 온전할 때 이 병원을 벗어나야 한다.

그는 윙윙거리던 소리가 멈추고 붉은 도선이 식고 있는 것도 몰랐다. 그때 여기사가 들어와 그를 덮고 있던 고무판과 시트를 벗기기 시작했다. 그가 나무 침대 아래로 발을 내리고 서자, 그의 배에 그려져 있던 자주색 격자무늬와 숫자들이 선명하게 눈에 보였다.

"이건 씻어도 되겠죠?"

"먼저 의사 선생님의 허가를 받아야 해요."

"무엇이든 자기들 편한 대로 하는군. 허가가 없으면 한 달이라도 이대로 두란 말이에요?"

그는 돈초바를 찾아갔다. 그녀는 소형 방사선 장치가 있는 방에 앉아 커다란 엑스선 사진을 불빛에 비춰 보고 있었다. 두 개의 방사선 장치는 꺼져 있었고, 통풍창 두 개가 열려 있었다. 방에는 그녀 혼자였다.

"앉으세요." 돈초바가 무뚝뚝하게 말했다.

그가 앉았다.

그녀는 엑스선 사진 두 장을 계속 비교하며 살펴보았다.

코스토글로토프는 그녀와 언쟁을 하기는 했지만 그것은 불필요한데도 규정상 어쩔 수 없이 해야 하는 치료라면 거부하겠다는 그의 의지를 보여 준 것이었다. 그가 류드밀라 아파나시예브나를 신뢰하는 것은 그녀가 가진 과감한 결단력이라든가 어두운 방사선실 안에서도 정확한 지시를 내린다든가 연륜이라든가 자신의 일에 혼신의 힘을 기울인다는 사실뿐만 아니라 처음 그를 진찰하던 날 손가락으로 종양의 희미한 윤곽을 찾아내어 점차 중심부로 좁혀 들어가 마침내 정확한 위치를 찾아냈다는 사실 때문이었다. 종양에도 어떤 감각이 있는지 의사의 촉진이 정확하다는 사실은 종양 자체가 입증해 주었다. 의사가 종양을 정확히 짚었는지 여부는 오직 환자만이 알 수 있는데, 돈초바는 엑스선 검사가 필요 없을 정도로 정확하게 종양을 발견한 것이다.

엑스선 사진을 탁자 위에 내려놓고 안경을 벗으며 그녀가 말했다.

"코스토글로토프 씨! 당신의 진료 차트를 보니 아주 핵심적인 부분이 빠져 있네요. 종양의 초기 증상에 대한 정확한 정보가 꼭 필요한데 말이죠." 돈초바는 의학적인 이야기를 꺼내면 말이 아주 빨라졌다. 장황한 어구와 전문 용어가 순식간에 튀어나왔다. "재작년에 받았다는 수술에 대한 당신 이야기를 들어 보니 지금 전이 상태로 보아 우리가 내린 진단과 일치하네요. 하지만 다른 가능성을 결코 배제할 수는 없어요. 지금 치료를 어렵게 하는 부분이 바로 그거예요. 당신도 알겠지만 지금 전이된 부위에서는 조직 견본을 채취할 수가 없거든요."

"오히려 다행이네요, 저도 원하지 않으니까요."

"내가 이해할 수 없는 것은 왜 종양 초기 단계의 조직 견본이 없느냐는 겁니다. 그 당시에 조직 검사를 한 것은 분명하죠?"

"네, 확실합니다."

"그렇다면 왜 당신에게 결과를 알려 주지 않았을까요?" 돈초바가 사무적인 어조로 빠르게 말했다. 몇 마디는 대충 짐작으로 알아들어야 했다.

그러나 코스토글로토프는 오히려 서두르지 않고 대답했다. "어떤 결과가 나왔느냐 하면⋯⋯. 류드밀라 아파나시예브나! 사실 그때 많은 사건이 있었습니다. 솔직히 말씀드리면⋯⋯ 상황이 그랬습니다. 제 조직 검사 결과가 어떻게 나왔는지 물어보기가 아주 어려운 상황이었거든요. 그러다가 잊어버렸지요. 더구나 조직 검사를 왜 하는지 이해할 수도 없었어요." 코스토글로토프도 의사들과 이야기할 때면 전문 용어를 즐겨 사용했다.

"물론 당신은 이해하지 못할 수도 있어요. 하지만 의사들이 심심풀이로 조직 검사를 하는 게 아니라는 걸 알았을 텐데요."

"의사들이요?"

코스토글로토프는 뽑지도 않고 염색도 하지 않은 그녀의 흰 머리카락을 바라보았다. 그녀는 광대뼈가 살짝 튀어나온 얼굴을 찡그리며 사무적인 표정을 짓고 있었다.

도대체 어떤 삶을 살아왔기에 같은 세대이자 동포이며 옆에 나란히 앉아 그를 동정해 주고 같은 러시아어를 사용하는 그녀에게 가장 단순한 사실 하나도 설명할 수 없단 말인가. 그녀를 이해시키기 위해 아주 오래전 이야기부터 모두 해야 하나, 아니면 일찌감치 그만두어야 하나.

"류드밀라 아파나시예브나! 그때 의사들은 아무것도 할 수 없는 상황이었습니다. 저를 수술하기로 했던 첫 번째 의사는 우크라이나인이었는데, 수술을 하려고 모든 준비를 해 두었지만 그 전날 밤에 호송되어 가 버렸습니다."

"그래서요?"

"그래서라니요? 데려가 버렸다니까요."

"하지만 그에게 미리 이야기하지 않았을까요? 그랬다면 그가……."

코스토글로토프는 어이없다는 듯 웃음을 터뜨렸다.

"언제 호송을 하겠다고 아무도 미리 이야기해 주지 않습니다, 류드밀라 아파나시예브나! 호송은 사람을 갑자기 데려가는 데 목적이 있으니까요."

돈초바가 넓은 이마를 찌푸렸다. 코스토글로토프의 말이 상식적으로 이해되지 않았던 것이다.

"그렇지만 수술 환자가 있는데 어떻게……"

"말도 마세요! 저보다 위급한 환자들도 얼마든지 있었으니까요. 어떤 리투아니아인은 식당에서 쓰는 알루미늄 숟가락을 삼키기도 했습니다."

"아니, 왜요?"

"일부러 그랬지요. 독방에서 나오려고요. 설마 외과 의사를 데려가리라고는 그 사람도 상상을 못 했을 테니까요."

"그래서…… 어떻게 되었나요? 당신 종양이 급속하게 자랐겠군요?"

"그렇지요. 아침저녁으로 쑥쑥 자랐어요, 심각했답니다. 그러고 나서 닷새가 지난 후 다른 수용소에 있던 외과 의사를 데려왔더군요. 카를 표도로비치라는 독일인이었지요. 어쨌든…… 새로운 장소에 그가 좀 익숙해지기를 기다리느라 하루를 더 보낸 후에 수술을 했습니다. 하지만 아무도 악성 종양이니 병독 전이니 하는 말은 입 밖에 내지 않았습니다. 그래서 저는 전혀 모르고 있었지요."

"하지만 조직 검사를 한다고 하지 않던가요?"

"그 당시 저는 조직 검사니 뭐니 하는 것은 전혀 몰랐습니다. 수술이 끝난 뒤 모래주머니를 올려놓고 누워 있었을 뿐입니다. 일주일 정도 지난 후에 침대에서 다리를 내리고 겨우 설수 있게 되었는데, 그때 수용소에서 갑자기 700여 명에 이르는 소위 '반역자'들을 색출해서 다른 수용소로 또 호송을 해갔습니다. 그중에 선량하기 짝이 없는 우리 카를 표도로비치도 끼어 있었습니다. 마지막으로 환자들을 회진할 시간도 없이 수용소 막사에서 곧장 붙잡아 갔습니다."

"정말 야만적인 짓이군요!"

"그 정도는 약과지요." 코스토글로토프가 갑자기 더 의기 양양해져서 말했다. "그때 한 친구가 달려와 저에게 귀띔해 주기로는, 호송자 명단에 저도 포함되어 있다는 거였습니다. 위생 부대의 책임자인 마담 두빈스카야가 동의를 해 줬다고 합니다. 수술하고 아직 실밥도 풀지 않았다는 것을 알면서도 허가를 했다니, 그런 못된 할망구가 어디 있겠습니까! 아이고 이런, 선생님 앞에서 죄송합니다. 어쨌든 저는 마음을 단단히 먹었습니다. 실밥도 풀지 않은 채 가축 수송용 차량에 실려 가다가는 상처가 곪아서 곧 죽게 될 것 같았거든요. 만약 저를 데리러 오면 '이 침대에서 나를 쏴요. 나는 아무 데도 가지 않겠어요. 절대로 못 가요!' 하고 말하려고 결심했어요. 그런데 이상하게 데리러 오지 않았어요. 마담 두빈스카야가 마음을 바꿔 그런 것은 아니었습니다. 왜냐하면 그녀는 오히려 나를 데려가지 않자 놀랐으니까요. 아마도 조사·관리 분과에서 제 형기가 채 일 년이 안 남았다는 것을 알고 그런 조치를 한 것 같습니다. 아무튼 저는 호송에서 제외되었습니다. 일이 그렇게 풀린 저는 창문가로 다가가 밖을 내다보았습니다. 창문에서 20여 미터 떨어진 곳에 판자로 만든 병원 담장이 있었는데, 그 담장 밖으로 소지품을 들고 줄을 선 사람들을 호송대로 몰고 가는 것이 보였어요. 그 줄에 서 있던 카를 표도로비치가 창문 안의 저를 발견하고는 이렇게 소리쳤습니다. '코스토글로토프 씨! 창문 좀 열어 봐요!' 그러자 간수가 그에게 '입 닥쳐, 이 멍청아!'라고 하더군요. 그런데도 그는 '코스토글로토프 씨, 꼭 기억해 둬요! 아주 중요한 문제예요! 당신의 종양 박편은 조직 검사를 하기 위해 옴스크로 보냈어요. 병리 해부학과 검사실로.' 그 와중에…… 그는 끌려가고 말았습니다. 바로 이런 사람들이 선생님을 만나기 전에 저를 치료했던 의사들입니다. 그들이 무슨 잘못을 했습니까?"

코스토글로토프는 의자에 등을 기댔다. 그는 매우 흥분해 있었다. 지금 그의 머릿속은 이곳이 아니라 당시 병원에 대한 생각으로 가득 차 있었다.

돈초바는 잡다한 이야기 중에서 중요한 부분만 골라 들은 다음(환자들의 이야기에는 불필요한 것이 많은 법이다.) 자기가 원하는 방향으로 이야기를 이어 갔다.

"그래서 옴스크에서는 뭐라고 하던가요? 회답이 왔어요? 당신에게 알려 주었나요?"

코스토글로토프는 앙상한 어깨를 으쓱했다.

"아무도 말해 주는 사람이 없었습니다. 왜 그때 카를 표도로비치가 나를 보고 그렇게 소리쳤는지도 몰랐어요. 다만 지난가을 유형지에서 제 몸이 몹시 쇠약해지자 알고 지내던 나이 많은 산부인과 의사 한 분이 자꾸 저더러 사정을 알아보라고 하더군요. 그래서 제가 있던 수용소로 편지를 썼습니다. 그러나 답장은 받지 못했어요. 그래서 수용소 관리소에 진정서를 보냈습니다. 두 달쯤 지나자 이런 답변이 왔습니다. '귀하에 대한 서류를 상세히 검토해 보았으나 조직 검사 결과는 확인할 길이 없습니다.' 그때 저는 종양 때문에 구토가 심해져 편지를 보내는 것도 그만두려고 했어요. 그런데 사령부에서 계속 요양 허가를 내주지 않아 옴스크에 있는 병리 해부학과 검사실로 무작정 편지를 보냈습니다. 얼마 지나지 않아 답장이 왔습니다. 그러나 그때는 이미 저를 이곳으로 보낸다는 결정이 내려진 1월이었습니다."

"바로 그거예요! 그 소견서가 필요해요! 그게 어디 있느냐는 겁니다!"

"류드밀라 아파나시예브나! 그때가 1월이었는데 이미 저는 이곳으로 오게 되었습니다. 그것은 더 이상 필요없게 되었다니까요. 소견서라고 해 봐야 직인도 없고, 공식 서류도 아니었어요. 검사실 여직원이 보낸 편지였을 뿐입니다. 친절하게도 그녀는 제가 이야기한 바로 그 날짜에, 그 지역에서 보낸 조직 견본을 받아 검사했으며, 그 결과 우리 쪽에서 의심했던 바로 그 종양이 맞는다는 사실을 확인해 주었습니다. 그리고 당시에 문의를 해 왔던 병원, 즉 제가 있던 수용소의 병원으로 답신을 보냈다고 하더군요. 그러나 그곳 상황을 짐작해 보면, 그 이야기가 충분히 이해가 되더군요. 수용소에서는 답신을 받았지만 아무 필요가 없다고 생각하고 마담 두빈스카야가 아마……."

어떻게 그런 일이 있단 말인가! 돈초바로서는 그런 상황을 도저히 이해할 수 없었다! 그녀는 초조한 모습으로 팔짱을 낀 채 손바닥으로 팔꿈치를 탁탁 두드렸다.

"답장을 받은 즉시 바로 방사선 치료를 받았어야 했는데!"

"누가 말입니까?" 코스토글로토프는 장난스럽게 눈을 찌푸리며 류드밀라 아파나시예브나를 바라보았다. "방사선 치료라니요?"

그렇다, 그가 벌써 십오 분 동안이나 설명을 했는데도 그녀는 도대체 그가 무슨 말을 하는지 아직도 이해하지 못하는 것이다.

"류드밀라 아파나시예브나!" 코스토글로토프가 목소리를 높이며 말했다. "물론 선생님은 그런 세계를 상상하기가 쉽지 않을 겁니다. 그 세계는 일반적인 상식으로는 절대 이해하기 힘든 곳이니까요! 허허! 언감생심 방사선 치료라니요! 저는 여기 아흐마드잔처럼 수술한 자리가 아직 아물지도 않았는데 일반 작업장에 나가 콘크리트 작업을 했습니다. 그것을 불평할 엄두조차 낼 수 없었어요. 시멘트 반죽이 담긴 기다란 통을 두 사람이 들어 올리려면 얼마나 무거운지 아십니까?"

그녀가 고개를 숙였다.

"그건 그렇다고 합시다. 그런데 병리학과 검사실에서 보냈다는 답장은 왜 공식 문서가 아니라 개인적인 편지 형식이었을까요?"

"개인적인 편지 형식이라 할지라도 감사할 따름이지요!" 코스토글로토프가 말했다. "좋은 검사원에게 걸린 거지요. 제가 보기에 남자보다는 여자들 중에 좋은 사람이 더 많은 것 같아요. 개인적인 편지를 보낼 수밖에 없었던 것은 이 나라의 몹쓸 비밀주의 때문입니다! 검사원은 '보내온 종양 조직 견본에는 환자에 대한 언급이나 성명이 기재되어 있지 않은 상태였습니다. 그래서 우리는 당신께 공식적인 소견서를 보낼 수도 없고 조직 견본을 보낼 수도 없습니다.'라고 썼더군요." 코스토글로토프가 흥분하자 그의 표정이 바로 바뀌었다. "그것이 무슨 국가적인 대단한 비밀이라도 됩니까! 멍청한 작자들 같으니! 어느 수용소의 죄수인 코스토글로토프란 사람이 병에 걸렸다든가, 어느 검사실에서 그것을 알고 있다든가 하는 사실을 비밀에 부쳐야 할 이유가 뭐란 말입니까? 지금이 루이 왕조 시대도 아닌데 말입니다! 물론 답장을 쓴 그 익명의 사람은 편하겠지만 그 때문에 선생님은 저를 어떻게 치료해야 할지 골머리를 앓고 계시지 않습니까? 바로 그 비밀주의 때문에 말입니다!"

돈초바가 굳은 표정으로 그를 똑바로 쳐다보았다. 아무리 해도 그녀는 자신의 뜻을 굽히려 하지 않았다.

"그럼 그 편지라도 당신의 진료 차트에 첨부합시다."

"좋습니다. 집으로 돌아가는 즉시 그 편지를 보내 드리겠습니다."

"아니요, 서둘러야 합니다. 친구라는 산부인과 의사에게 부탁해서 보내 달라고 하면 어떨까요?"

"찾으려면 찾을 수는 있을 겁니다. 그건 그렇고 저는 언제쯤 집으로 갈 수 있을까요?" 코스토글로토프가 그녀를 힐끗 쳐다보며 물었다.

"당신이 돌아갈 수 있을 때는⋯⋯." 돈초바가 의미심장한 목소리로 말했다. "치료를 중단할 필요가 있다고 판단될 때입니다. 그것도 잠깐 동안만."

코스토글로토프는 대화를 하면서 바로 이 순간을 기다리고 있었다! 싸워 보지도 않고 이 기회를 그냥 놓칠 수는 없었다!

"류드밀라 아파나시예브나! 저를 그렇게 어린아이 대하듯 하지 마시고 어른으로 대해 주시면 안 될까요? 진지하게 말입니다. 저는 오늘 선생님께서 회진하실 때⋯⋯."

"회진 때 당신은⋯⋯." 돈초바의 커다란 얼굴에 단호한 표정이 나타났다. "어처구니없는 행동을 했어요. 왜 그랬죠? 그러면 환자들이 얼마나 불안해하는지 알아요? 왜 환자들의 머리를 복잡하게 만듭니까?"

"왜 그랬느냐고요?" 그는 애써 흥분을 가라앉히며 의자 등받이에 등을 바짝 붙이고 앉은 다음 심각한 표정으로 말했다. "저는 단지 자기 목숨은 스스로 결정할 권리가 있다는 것을 알려 드린 것뿐입니다. 모름지기 인간이라면 자기 목숨은 스스로 결정할 권리가 있지 않겠습니까? 선생님도 그 권리를 인정하시지 않습니까?"

돈초바는 그의 거무스름한 흉터 자국을 바라보며 입을 다물었다. 코스토글로토프가 말을 이었다.

"선생님은 잘못된 관점을 갖고 있습니다. 선생님은 일단 환자를 받고 나면 다음부터는 환자를 대신해 선생님께서 모든 것을 결정하려고 합니다. 다음엔 선생님의 지시 사항들과 오

분간의 회의가, 그리고 치료 계획과 과정이, 마지막엔 이 병원의 명예가 환자를 대신해 환자의 운명을 결정한단 말입니다. 그렇게 되면 저는 수용소에 있을 때와 마찬가지로 한낱 모래알에 불과하고 스스로는 아무 결정도 할 수 없는 것 아닙니까?"

"그래서 병원에서는 수술 전에 환자에게 동의서를 받잖아요." 돈초바가 이의를 제기했다.

(왜 수술 이야기를 꺼내는 걸까? 앞으로 수술에는 절대 동의하지 않을 작정이다!)

"고맙네요! 그것에 대해선 감사합니다! 물론 병원에서 그렇게 하는 것은 책임 소재 때문일 수도 있겠지만요. 그러나 수술 외에는 환자에게 어떤 것도 물어보지 않고 아무것도 설명해 주지 않습니다! 방사선만 하더라도 그것에 어떤 문제가 있는지 설명해 주지 않았어요!"

"어디서 방사선에 대한 이야기를 들었나요?" 돈초바가 짐작이 간다는 듯 말했다. "혹시 라비노비치에게 무슨 이야기를 들었어요?"

"저는 라비노비치가 누구인지도 모릅니다!" 코스토글로토프는 단호하게 고개를 저었다. "저는 그저 원칙적인 이야기를 하는 겁니다."

(그녀의 말이 맞았다. 바로 라비노비치에게 방사선 치료 후유증에 대한 음울한 이야기를 들었지만 그 사실을 발설하지 않겠다고 약속했다. 라비노비치는 벌써 200회 이상 방사선을 조사받은 외래 환자였다. 그는 방사선을 조사받을 때마다 견딜 수 없는 고통에 시달릴

뿐만 아니라 회복되기는커녕 점점 더 죽어 가고 있다는 느낌이 든다고 했다. 그의 가족이나 주변의 이웃들, 그가 사는 지역의 그 누구도 그를 이해하지 못했다. 건강한 사람들은 자나 깨나 이리저리 뛰어다니며 자기가 중요하다고 생각한 어떤 것이 과연 성공했느냐 실패했느냐에 관심을 가질 뿐이었다. 심지어 가족들마저도 지쳤다. 암 병동의 지붕 아래 있는 환자들만이 몇 시간이든 그의 이야기를 들어 주고 그를 안타깝게 여길 뿐이었다. 그들은 방사선을 조사받은 부위마다 딱딱한 흉터가 남고 삼각형의 '멍에'를 씌운 부분이 굳어졌다는 것이 무엇을 의미하는지 알았다.)

그는 그 알량한 원칙에 대해 말하고 있다! 그녀와 수하의 의사들이 치료 원칙에 대해 환자들과 토론하느라 하루를 보낸다는 것이 말이 되는가! 그러면 치료는 언제 한단 말인가!

그러나 이 사람이나 라비노비치처럼 병의 진행 상황에 대해 설명해 달라고 괴롭히는 지적 호기심이 많고 고집스러운 환자들은 쉰 명당 한 명꼴로 있기 마련이고, 그런 환자들에게는 일일이 설명해 줘야 하는 성가신 일을 피할 도리도 없었다. 코스토글로토프의 경우에는 의학적으로도 특별한 경우였다. 그녀에게 오기 전 거의 죽어 가고 있었을 정도로 병을 방치했다는 사실과 방사선 치료를 받고는 아주 빠르게 병이 나았다는 점이 그랬다.

"코스토글로토프 씨! 당신은 열두 번의 방사선 조사 덕분에 죽음에서 살아났어요. 그런데 어떻게 방사선을 의심할 수 있어요? 수용소와 유형지에서 치료도 제대로 못 받고 방치되어 있었던 걸 불평해야지, 당신을 치료해 주고 이렇게 돌봐 준 것을 불평하는 거예요? 그런 논리가 어디 있어요?"

"비논리적이라고 할 수 있습니다." 코스토글로토프가 검은 곱슬머리를 흔들었다. "하지만 류드밀라 아파나시예브나! 이것은 논리와는 상관없는 것입니다. 인간이란 원래 아주 복잡한 존재이니까요. 인간이 반드시 논리학이니 경제학이니 생리학이니 하는 것들로 설명되어야 할까요? 물론 맞습니다. 저는 초주검 상태로 이곳에 왔고, 선생님께 애원하며 계단 옆 마룻바닥에 누워 있었습니다. 그래서 선생님은 제가 어떤 대가를 치르더라도 살려 달라는 뜻으로 선생님께 온 것이라는 논리적 결론을 내린 겁니다. 그런데 저는 어떤 대가라도 치르겠다는 생각은 없습니다! 이 세상에 어떤 대가라도 기꺼이 치를 만한 것은 아무것도 없으니까요!" 돈초바가 그의 이야기를 중지시키려 하자 그는 평소와 달리 말을 서둘렀다. 아직 할 이야기가 많이 남아 있었던 것이다. "제가 여기에 온 것은 고통을 덜기 위해서입니다! 저는 그때 '몹시 아픕니다! 도와주세요.'라고 말했습니다. 그런데 지금은 아프지 않습니다. 고맙습니다! 감사해요! 선생님은 저의 은인이십니다. 하지만 제발 부탁드리건대 저를 이제 놓아 주십시오! 개처럼 제 우리로 돌아가 거기 드러누워 몸이나 핥으며 살게 해 주시라는 겁니다."

"그러다가 다시 상태가 나빠지면 그땐 또 이리 기어 들어올 건가요?"

"그럴 수도 있지요. 다시 이리 기어 들어올 수도 있어요, 선생님."

"그리고 우리는 당신을 또 받아 주어야 하고요?"

"네! 선생님은 친절한 분이시니 아마도 그럴 겁니다! 선생님은 무얼 걱정하시는 겁니까? 완치율입니까? 보고서예요? 의학 학술원에서 60회 이상을 조사하라고 권고하는데 15회만 조사하고 저를 퇴원시켰다는 보고서를 쓸 수 없기 때문입니까?"

그녀는 아직껏 이런 바보 같은 억지를 한 번도 들어 본 적이 없었다. 보고서 때문이라면 '빠른 회복'이라는 이유로 지금 바로 퇴원시키는 것이 오히려 유리하다. 방사선을 50회나 조사한 후에 그런 이유를 댈 수는 없지 않은가.

그런데도 그는 여전히 엉뚱한 소리를 지껄여 대는 것이다.

"정말 감사합니다. 종양을 막고 이쯤에서 멈추게 해 주신 것 말입니다. 종양은 지금 방어 태세를 갖추고 있습니다. 그리고 저 역시 방어 태세를 취하고 있습니다. 정말 대단하지요. 방어 태세를 갖추고 있을 때 병사들의 생존율이 가장 높거든요. 그리고 '완치'될 때까지 치료한다는 것도 결국 불가능한 일 아닙니까? 암을 완치한다는 것은 불가능한 일이니까요. 모든 자연의 이치는 수확 체감의 법칙을 따르게 됩니다. 노력을 기울일수록 결과는 적다는 뜻입니다. 처음에는 종양이 빠르게 파괴되다가 지금은 속도가 느려지지 않았습니까? 부탁이니 아직 목숨이 붙어 있을 때 저를 보내 주십시오."

"어디서 그런 지식을 얻었는지 모르지만 매우 흥미롭네요?" 돈초바가 실눈을 뜨며 쳐다보았다.

"이래 봬도 제가 어릴 때부터 의학 관련 서적을 즐겨 읽었습니다."

"아…… 그런데 당신은 우리 치료의 어떤 부분을 두려워하는 거죠?"

"류드밀라 아파나시예브나! 무엇을 두려워하는지는 저도 모릅니다. 제가 의사는 아니잖아요. 그것은 선생님은 아시면서 저에게는 설명하지 않는 부분입니다. 예를 들어 베라 코르닐리예브나는 포도당 주사를 놓아야 한다고 하지만……."

"꼭 필요합니다."

"그런데 저는 싫거든요."

"왜 싫다는 거죠?"

"첫째, 그것은 자연스럽지 않습니다. 포도당이 필요하다면 제가 직접 섭취하면 되지 않습니까! 20세기의 발명이라는 것이 고작 모든 약을 주사로 놓는 것에 불과합니까? 자연계에 그런 일이 어디 있습니까? 동물들이 그럽니까? 앞으로 백 년이 지나면 우리를 미개인이라고 비웃을 겁니다. 둘째, 주사를 놓는 것은 또 어떻습니까? 어떤 간호사는 단번에 찾아내는데, 어떤 간호사는 팔꿈치 관절을 여기저기 찔러 댑니다. 싫어요! 그리고 또 하나, 수혈을 하실 계획인 것 같은데……."

"기뻐해야 할 일입니다! 누군가 당신에게 피를 기꺼이 나눠 주는 것이잖아요! 그것은 건강, 즉 생명을 주는 것이나 마찬가지입니다!"

"그런데 저는 싫습니다! 어떤 체첸인이 제 눈앞에서 수혈을 받았습니다. 그러더니 '불완전 적합' 증상이라면서 세 시간 동안이나 침대에 실신해 있었습니다. 또 어떤 사람은 혈액이 정맥 밖으로 흘러 들어가 팔이 퉁퉁 부어 오르기도 했어요. 한 달 내내 난리를 치더니 지금은 찜질을 하고 있더군요. 저는 싫습니다."

"수혈을 받지 않으면 많은 양의 방사선을 조사할 수 없습니다."

"그러면 방사선 조사를 안 하면 됩니다! 왜 선생님이 타인의 운명을 대신 결정하려고 하십니까? 이거야말로 정말 무서운 권리 아닙니까! 그런 권리가 좋은 결과를 낳기는 어려운 일입니다. 그것을 경계해야 합니다! 저는 의사에게 그럴 권리가 있다고 생각하지 않습니다."

"그것이 바로 의사에게 주어진 권리입니다! 최우선적으로 의사에게 권리가 있어요!" 잔뜩 화가 난 돈초바가 단호하게 말했다. "그런 권리가 없다면 어떤 의료 행위도 불가능합니다!"

"그렇다면 앞으로 어떻게 될지 볼까요? 선생님은 얼마 지나지 않아 방사선 후유증에 대한 보고서를 쓰게 될지도 모릅니다!"

"그것을 어떻게 알았죠?" 류드밀라 아파나시예브나가 깜짝 놀랐다.

"그건 어렵지 않습니다. 제 짐작으로는······."

(탁자 위에 타자기로 친 두툼한 서류철이 아무렇게나 놓여 있었다. 서류철의 표제는 코스토글로토프 쪽에서 보면 거꾸로 놓여 있긴 했지만 이야기를 나누는 동안 그것을 보고 짐작했다.)

"······쉽게 짐작할 수 있습니다. 새로운 병이 나타나면 그것에 대해 보고해야 하니까요. 선생님은 아마 이십 년 전에 코스토글로토프 같은 누군가에게 방사선을 조사했을 겁니다. 그는 치료가 두려워 완강히 거부했겠지요. 그런데 선생님은 절대로 안전하다고 확신했을 겁니다. 왜냐하면 그때까지 방사선 치료의 후유증에 대해서는 알려지지 않았으니까요. 지금 제가 그 꼴입니다. 저는 지금 무엇을 두려워해야 하는지도 모르고 있지 않습니까? 그러니 저를 내보내 주세요! 저는 자연적으로 건강을 회복하고 싶습니다. 갑자기 아주 건강해질지 누가 알겠습니까, 네?"

의사에게도 철칙이 있다. 환자에게 겁을 주어서는 안 되며, 환자의 기운을 북돋아 주어야 한다. 하지만 코스토글로토프 같은 성가신 환자에게는 반대로 강한 충격을 주어야 했다.

"좋아진다고요? 절대 아니에요!" 그녀는 파리채로 파리를 내려치듯 네 손가락으로 탁자를 탁 내려쳤다. "절대 낫지 않아요! 당신은……." 그녀는 반격을 대비해 한 번 더 위협을 가했다. "죽게 됩니다!"

그러고는 그가 공포에 떠는 모습을 보려고 그를 쳐다보았다. 그런데 그는 가만히 있었다.

"당신 역시 아조프킨과 같은 운명을 맞이하게 될 거예요. 잘 보셨죠? 아조프킨과 당신은 같은 병입니다. 악화된 정도도 거의 비슷해요. 아흐마드잔은 치료가 될 겁니다. 왜냐하면 수술 후에 곧바로 방사선을 조사받기 시작했으니까요. 그런데 당신은 이 년이나 시간을 허비했어요. 그 점을 잘 생각해 봐요! 그리고 림프샘 절제 후에 곧바로 두 번째 수술이 필요했는데, 하지 못했어요. 그것을 생각해 보란 말입니다! 그래서 전이가 된 거예요! 당신의 종양은 암 중에서도 가장 위험한 종류입니다! 전이가 매우 빠르고 악성이라서 위험해요. 아주 빠르다는 점이 그래요. 최근 조사에 따르면 사망률이 95퍼센트에 이른다고 합니다. 자, 여기 이걸 보세요."

그녀는 서류 더미에서 서류철 하나를 꺼내 그 내용을 찾기 시작했다. 코스토글로토프는 말이 없었다. 잠시 뒤 완전히 태도가 달라진 그는 힘없는 목소리로 가만히 말했다.

"솔직히 말해서 저는 삶에 집착하지 않습니다. 앞으로도 삶에 집착할 특별한 이유가 없고, 과거에도 집착해 본 적이 없어요. 앞으로 반년이라도 더 살 수 있다면 그동안만 살면 됩니다. 십 년이나 이십 년 후의 계획은 세우고 싶지도 않습니다. 불필요한 치료는 불필요한 고통을 낳을 뿐입니다. 방사선 치료를 계속하다 보면 구토가 나고 메스꺼워지기 시작하겠지요. 뭣 때문에 그렇게 살아야 합니까?"

"아, 여기 있네요! 보세요! 이것이 우리가 낸 통계예요." 그녀는 노트를 양쪽으로 펼쳐 보여 주었다. 그곳에는 위쪽에 그의 종양 명칭이 커다랗게 쓰여 있고, 왼쪽에는 "이미 사망", 오른쪽에는 "아직 생존"이라고 쓰여 있었다. 각기 다른 시기에 사망한 사람들의 이름이 연필과 잉크로 세 줄로 쭉 나열되어 있었다. 왼쪽 명단에는 말소한 흔적이 없었지만 오른쪽에는 지우고 또 지우고 또 지운 흔적이 남아 있었다. "자, 보셨죠? 환자가 퇴원할 때면 오른쪽에 기록했다가 나중에 왼쪽으로 옮겨 기입합니다. 어쨌든 오른쪽에 계속 남아 있는 운 좋은 사람도 있긴 합니다. 보이죠?"

그녀는 직접 읽고 생각해 보라는 듯 그에게 명단을 건네주었다.

"지금 당신은 건강이 회복되었다는 생각이 들 거예요!" 그녀가 다시 힘을 내서 말했다. "하지만 당신은 여전히 환자입니다. 지금도 이곳에 처음 왔을 때와 똑같다는 뜻이에요. 다만 확실한 것은 종양과 한번 싸워 볼 만하다는 것뿐입니다! 아직 완전히 사망한 것은 아니라는 사실뿐이라고요. 이런 중요한 시점에 퇴원하겠다는 겁니까? 나가요, 나가 봐요! 오늘이라도 퇴원시켜 드리죠! 지금 당장 퇴원 수속을 해 줄 수 있어요. 그리고 이 노트에 이름을 올려 두지요. '아직 생존' 쪽에 말입니다."

그는 입을 다물었다.

"어떡하겠어요? 결정해요!"

"류드밀라 아파나시예브나!" 코스토글로토프는 힘이 쭉 빠져 대안을 제시했다. "만약 어느 정도의 방사선 조사가 필요하다면, 그러니까 5회에서 10회 정도는……."

"5회나 10회는 아무 소용 없어요! 그러려면 아예 하지 마세요! 할 거라면 얼마가 되든 필요한 만큼 해야 됩니다! 예를 들어 오늘부터 1회가 아니라 2회씩이라도 필요하다면 해야 하는 거예요. 그리고 어떤 치료든 해야 한다면 반드시 해야 해요! 담배도 끊어요! 그리고 한 가지 더 중요한 조건이 있어요. 우리를 절대로 신뢰해야 할 뿐 아니라 적극적으로 협조해야 합니다! 적극적으로 말입니다. 당신은 그래야만 나을 수 있어요!"

그는 고개를 떨구었다. 하지만 어느 정도는 그의 요구가 받아들여진 셈이었다. 수술을 해야 하는 건 아닌가 내심 걱정했는데 수술에 대한 이야기는 없었다. 방사선 치료는 아직 견딜 만하니 괜찮다. 코스토글로토프는 나중에 어쩔 수 없이 자신이 살던 벽지로 돌아가게 되면 스스로 치료할 생각으로 비밀약을 감춰 두었는데, 그것은 이식쿨¹⁴⁾에서 생산되는 약초 뿌리였다. 그 뿌리가 있는데도 이곳 암 병동에는 그냥 시험 삼아 온 것이었다.

돈초바 박사는 자신의 승리를 확신하며 좀 누그러진 어조로 말했다.

"좋아요! 포도당 주사는 놓지 않겠어요. 대신 다른 근육 주사는 놓아야겠어요."

코스토글로토프는 씩 웃었다.

"그건 제가 양보하지요."

"그리고 빠른 시일 내로 옴스크에서 보냈다는 편지를 보내 달라고 하세요."

코스토글로토프는 그녀의 방을 나오며 두 개의 영원 사이를 걷는 기분이 들었다. 한쪽은 죽을 운명에 처한 이들의 명단이고 다른 한쪽은 영원히 추방된 자의 명단이었다. 별처럼, 은하수처럼 영원히.

---

14) 키르기스 공화국 동부에 있는 호수.

7
치료할 권리

만약 코스토글로토프가 지금 놓는 것이 무슨 주사인지, 주사가 왜 필요한지, 꼭 필요한 것인지, 도의적으로 용납되는 것인지 꼬치꼬치 캐묻고 류드밀라 아파나시예브나가 어쩔 수 없이 이 새로운 치료법의 효과와 예상되는 결과에 대해 일일이 설명했더라면 그는 틀림없이 치료를 거부했을 것이다.

그러나 여기서 그의 대단한 논거가 바닥을 드러내자 그는 그만 항복하고 말았다.

그녀가 교묘하게 머리를 굴려 주사가 아무것도 아니라는 듯 이야기하며 넘어간 것은 일일이 설명하기도 지쳤고, 실제로 방사선이 환자에게 미치는 영향에 대한 연구가 이루어진 요즘 현대 의학계 권위자들이 이런 유형의 종양에 강력하게 추천하는 새로운 방법으로 종양을 타격할 때가 되었다고 확신한 때문이기도 했다. 그녀는 코스토글로토프의 치료에 상당한 진척이 보이자 그의 주장에 흔들리지 않고 자신이 믿는 모든 치료 방법을 시도해 볼 참이었다. 물론 발병 초기의 조직 견본은 없지만 그녀의 직관이나 관찰, 기억 등을 토대로 판단했을 때 그의 종양은 기형종이나 육종이 아니라 악성 종양이 틀림없었다.

돈초바는 바로 이런 종류의 종양에 나타나는 병독 전이에 관한 박사 논문을 쓰는 중이었다. 물론 지속적으로 쓰고 있다고는 할 수 없었다. 처음에 시도했다가 중간에 한동안 중단했고, 지금 다시 쓰는 중이다. 동료들은 매우 훌륭한 논문이 나올 것이라고 격려도 해 주었지만 여러 가지 사정으로 연구가 진척되지 않았고, 피로가 누적되어 논문을 마칠 수 있을지도 막막한 상황이었다. 그녀의 경험이나 자료가 부족한 것이 아니라 그녀가 해야 할 일이 너무 많았기 때문이다. 하루에도 몇 번씩 방사선실로, 검사실로, 병실로 호출을 당했을 뿐 아니라 엑스선 사진을 선별하고 기록하고 정리해서 체계화하는 작업도 해야 했고, 박사 논문 자격 시험까지 치러야 했기 때문에 인간의 힘으로는 도저히 역부족이었던 것이다. 반년 정도 안식년을 요청할 수도 있었지만 병원 환자들이 모두 그런 여유를 허락할 만한 상태가 아니었고, 더구나 세 명의 젊은 의사들을 지도하는 일을 접어 두고 쉴 수 있는 상황이 아니었다.

류드밀라 아파나시예브나는 언젠가 레프 톨스토이가 자신의 형에 대해 했다는 이야기가 떠올랐다. 그의 형은 작가로서의 모든 능력을 가졌지만 작가가 되는 데 필요한 결점은 갖추지는 못했다는 것이다. 어쩌면 그녀 자신도 박사가 되는 데 필요한 결점을 갖추지 못한 것인지도 몰랐다. 그녀는 사람들이 "저 의사 선생님은 보통 의사가 아니라 의학 박사님이셔!"라 며 뒤에서 소곤대는 말을 듣고 싶은 욕심이 없었다. 또한 그녀 의 논문 앞에(그녀의 논문은 20여 편 이상 출판되었고, 소논문이기 는 하지만 모두 실제 임상 내용을 담았다.) 작은 활자로 덧붙여지 는 명예로운 직함에도 관심이 없었다. '돈이란 아무리 많아도 부족한 법'이라는 말도 있지 않은가. 아무튼 한번 일이 꼬이자 여간해서 풀리지 않았다.

학위 논문 외에도 여러 가지 학술적, 사회적 활동이 적지 않 았다. 병원에서는 잘못된 진단과 치료에 대해 검토하고, 새로 운 치료법을 보고하는 임상 회의가 자주 열리곤 했는데, 돈 초바는 그때마다 반드시 참석해서 주도적으로 토의에 임했 다.(그렇지 않아도 방사선과 의사들과 외과 의사들은 혹시라도 오 진이 있는지 매일 검토하고 새로운 치료법을 수용했지만 임상 회의 는 그 나름대로 의미가 있었다.) 그 외에도 지역 방사선과 의사회 가 있었는데, 여기에서도 임상 보고를 하고 시범을 보여야 했 다. 그리고 얼마 전에는 종양학자들의 모임이 결성되었는데, 돈초바는 일반 회원이 아니라 간사직을 맡게 되었다. 모든 모 임의 초반 작업이 그렇듯이, 이 일도 매우 번거로웠다. 그 외 에 의사들의 연구와 수련을 위한 연구소 활동도 해야 했다. 그 러는 중에도 방사선학 학회지와 종양학 학회지, 의학 학술원, 정보 센터 등에 글을 기고하고 있었다. 뛰어난 모든 학문적 업 적이 모스크바와 레닌그라드에 집중되어 있고 여기 의사들은 단지 치료만 하면 될 것 같아도 연구를 도외시하고 치료만 할 수 있는 날은 하루도 없었다.

오늘이 바로 그런 날이었다. 그녀는 조만간 해야 하는 발표 문제로 방사선과 의사회 의장에게 전화를 해야 했다. 잡지에 실을 두 편의 소논문도 급하게 읽어야 했다. 그리고 모스크바에 보낼 회신도 써야 했다. 또한 시골에 있는 종양 상담소에서 설명해 달라며 보낸 질의서에 대한 답장도 써야 했다.

그리고 잠시 후면 오늘 수술을 마친 외과 과장이 부인과 환자 한 명을 데리고 돈초바에게 진찰을 받으러 오기로 약속되어 있었다. 게다가 외래 환자 접수가 끝날 때쯤 되면 같은 분과 의사 한 명과 소장에 미세한 종양이 의심되는 타샤우즈[15] 출신 환자를 진찰하러 가야 했다. 그 외에도 자신이 직접 지시한 일이기는 하지만 더 많은 환자를 처리하기 위해 어떤 방식으로 작업 능률을 높일지 방사선과 기사들과 상의도 해야 했다. 물론 루사노프에게 엠비퀸 주사를 놓는 일도 잊어서는 안 되며 그에게 꼭 들러야 한다. 예전 같으면 루사노프 같은 환자는 모스크바로 보냈을 텐데, 얼마 전부터는 이곳에서 직접 치료하고 있었다.

사정이 이런데도 오늘 그녀는 고집 센 코스토글로토프와 쓸데없는 논쟁을 하느라 시간을 낭비한 것이다! 고의적인 응석에 불과했는데도 말이다. 그들이 한창 논쟁을 벌이는 동안에도 감마선 조사 장치를 추가로 설치하던 기술자들이 두 번이나 문을 열고 기웃거렸다. 그들은 견적에는 포함되지 않았

15) 투르크멘 공화국의 한 도시.

지만 꼭 해야 하는 어떤 작업을 돈초바에게 설명하고 서명을 받아 원장의 허락을 받을 계획이었다. 그들이 그녀를 앞세우고 원장에게 가던 도중 복도에서 만난 간호사가 그녀에게 전보를 전해 주었다. 그것은 노보체르카스크[16]에 사는 안나 자치르코에게서 온 것이었다. 그들은 십오 년 동안이나 만나지 못했고 연락도 전혀 주고받지 못했다. 그러나 그녀는 예전에 돈초바와 친했던 친구로, 1924년 의과 대학에 입학할 때까지는 그녀와 함께 사라토프에 있는 산부인과 대학에 다녔다. 안나는 전보에서 그녀의 큰아들인 바짐이 오늘이나 내일 지질 조사대에 참가했다가 잠깐 그 병원에 들러 그녀를 만날 예정이니 잘 돌봐 달라고 부탁하며 그의 증상을 솔직하게 써서 보내 달라고 했다. 깜짝 놀란 류드밀라 아파나시예브나는 기술자들을 그냥 내버려 둔 채 오늘 밤 안으로 아조프킨의 침대를 바짐 자치르코의 명의로 확보해 달라고 부탁하러 갔다. 언제나처럼 수간호사 미타는 병원 이곳저곳을 돌아다니고 있었기 때문에 찾기가 쉽지 않았다. 간신히 그녀를 찾아 바짐의 자리를 마련해 주겠다는 약속을 받았다. 그런데 그녀가 류드밀라 아파나시예브나에게 다른 고민거리를 또 안겨 주었다. 방사선과의 유능한 간호사인 올림피아다 블라지슬로보브나를 시에서 주최하는 노동조합 회계 세미나에 열흘 동안이나 참가시키라는 요청이 왔다는 것이다. 그러려면 열흘 동안 누군가가 그녀의 일을 대신 해야 하는데, 그것은 있을 수도 없고 절

---

16) 남러시아 로스토프 서북쪽에 있는 도시.

대 불가능한 일이었다. 그래서 다시 돈초바와 미타는 결연한 태도로 많은 병실을 지나 서무과로 가서 조합의 지구 위원회에 전화를 걸어 세미나 참가는 불가능하다고 통보하기로 했다. 하지만 처음에는 이쪽에서 통화 중이었고, 다음에는 그쪽이 통화 중이었다. 나중에 간신히 전화가 연결되었지만 그들은 문제를 조합의 지역 위원회로 떠넘겼다. 그런데 그쪽에서는 오히려 병원 관계자들이 정치적으로 너무 무관심하다고 질책하며 조합의 회계는 그냥 방치해도 된다는 이야기냐며 역정을 냈다. 지구 위원회든 지역 위원회든 자신이나 가족 중 아무도 종양에 걸린 적이 없고, 앞으로도 그러리라고 생각하는 것일까? 류드밀라 아파나시예브나는 내친김에 방사선과 의사회에도 전화를 걸었다가 문득 생각이 나서 이 문제를 해결해 달라고 원장에게 부탁하려 했지만 마침 그는 외부 사람들과 함께 건물 한쪽의 개축 계획을 세우고 있었다. 돈초바는 아무것도 해결하지 못한 채 오늘 진료가 없었던 방사선 검사실을 지나 자기 방으로 들어갔다. 검사실은 휴식 시간이었기 때문에 검사원들이 붉은 램프 아래서 검사 결과를 기록하고 있었다. 그들은 류드밀라 아파나시예브나를 보자 지금 이대로 가다가는 석 주 후에 엑스선 필름이 바닥날 것 같다고 보고했다. 이것은 심각한 위기 상황이었다. 통상 필름을 주문하면 도착하는 데 한 달 이상 걸리기 때문이었다. 그렇다면 돈초바로서는 오늘이나 내일 안에 약국 담당자와 원장이 같이 책임지고 발주를 하게 할 수밖에 없었다. 물론 이것도 쉬운 일은 아니었다.

그 후 그녀는 복도에서 만난 감마선 장치 기술자들이 내민 서류에도 서명을 해야 했다. 또 내친김에 그녀는 방사선 기사들에게도 들렀다. 그녀는 그곳에 잠깐 앉아서 직접 계산을 했다. 예전부터 기계의 조건상 방사선 장치를 한 시간 가동한 후에는 삼십 분을 멈춰야 했지만 이미 오래전부터 그런 조건을 무시하고 모든 방사선 장치들을 쉴 새 없이 아홉 시간씩 가동하는 바람에 규정보다 1.5배나 가동되고 있었다. 기계를 그렇게 혹사시키고 숙달된 방사선 기사들이 아무리 빠르게 조사관 밑의 환자들을 교체해 보아도 필요한 만큼 방사선 조사를 다 하기는 어려웠다. 종양에 강한 타격을 주고 침대의 회전율도 높이기 위해서는, 외래 환자들의 경우 하루에 1회씩, 몇몇 입원 환자들의 경우는 하루에 2회씩은(오늘부터 코스토글로토프에게 하기로 한 것처럼) 방사선 조사를 해야 했다. 그래서 기술자들의 눈을 피해 전류를 10밀리암페어에서 20밀리암페어로 올렸다. 덕분에 속도는 두 배 빨라졌지만 방사선 조사관도 두 배 빨리 마모되어 갔다. 그렇게 해도 모든 환자를 처리할 수는 없었다! 그래서 오늘 류드밀라 아파나시예브나는 피부를 보호하는 1밀리미터짜리 구리 필터를 사용하지 않아도 되는 환자가 누구인지(이렇게 하면 조사 시간을 반으로 줄일 수 있다.) 또 어떤 환자에게 0.5밀리미터 필터를 사용할지를 명단에 표시하려고 들른 것이었다.

일을 마친 그녀는 주사를 맞은 루사노프의 상태가 어떤지 보기 위해 2층으로 올라갔다. 그러고는 다시 환자들에게 방사선을 조사하는 소형 방사선 장치가 있는 방에 들러 논문과 몇

군데 보내야 할 답장을 쓰려던 찰나에 옐리자베타 아나톨리
예브나가 가만히 문을 두드리고는 상의할 일이 있다며 조심
스레 들어왔다.

옐리자베타 아나톨리예브나는 방사선과에서는 그냥 '청소
부'였지만 그녀를 섣불리 "이봐!" 하고 부르는 사람은 아무도
없었다. 젊은 의사들도 고참 청소부를 부를 때처럼, '리자'라
고 이름을 부르거나 '리자 아줌마'라고 부르지도 않았다. 그녀
는 교양 있는 여성인 데다 야간 근무를 할 때 잠시 쉴 틈이 생
기면 프랑스어 책을 읽곤 했다. 그런데 무슨 이유인지 암 병동
의 청소부로 일했으며, 그것도 아주 열심이었다. 사실 그녀는
다른 곳보다 이곳에서 월급을 1.5배나 받았고, 예전에는 방사
선 위험 수당으로 50퍼센트를 추가로 받은 적도 있었다. 그러
나 지금은 청소부에게 지급하는 추가 임금이 15퍼센트나 깎
였는데도 옐리자베타 아나톨리예브나는 계속 병원에 남아 있
었다.

"류드밀라 아파나시예브나!" 아주 예의 바른 사람들이 보
통 그러듯이 그녀는 죄송하다는 뜻으로 몸을 굽히며 말했다.
"바쁘실 텐데 괜한 일로 선생님을 귀찮게 해 드려 정말 죄송
합니다만 어쩔 수가 없어서요! 걸레가 모두 떨어졌답니다. 하
나도 없어요! 무엇으로 청소를 해야 할지 모르겠어요!"

사실 이런 것도 다 문제가 되었다! 보건부에서는 암 병동에
필요한 라듐 바늘이라든가 감마선 조사 장치, 자동 전압 안전
장치나 최신 수혈 기구, 새로 나온 합성 조제약 등은 모두 공
급해 주었다. 그러나 그런 중요한 품목의 목록에 이런 하찮은

걸레나 솔 등을 기재하기가 어려웠다. 이 문제에 대해 니자무친 바흐라모비치는 "보건부에서 그런 부분을 고려하지 않는데, 내가 사비로 사 줄 수는 없지 않습니까?" 하고는 모르는 척했다. 어쩔 수 없이 얼마 동안 낡은 시트 등을 잘라 사용했더니 경리부에서 그것을 두고 새로운 시트를 요구할 목적으로 꼼수를 쓰는 것 아니냐고 의심하는 바람에 그것도 그만두었다. 지금은 낡은 시트라도 모두 지정된 곳에 제출해야 했고, 담당 위원회의 심사를 거친 다음에야 잘라서 사용할 수 있게 되었다.

"제 생각에는……." 옐리자베타 아나톨리예브나가 말했다. "방사선과에 근무하는 모든 직원에게 집에서 걸레를 한 장씩 가져오게 하면 해결되지 않을까 해요."

"글쎄요." 돈초바는 한숨을 내쉬었다. "할 수 없지요, 뭐. 그렇게 합시다. 올림피아다 블라지슬로보브나에게 직접 이야기를 해 보세요."

아 참! 올림피아다 블라지슬로보브나 문제를 해결하러 가야 했다. 가장 유능한 간호사를 열흘씩이나 병원에서 빼 간다는 것은 말도 안 되는 일이다.

그녀는 전화를 걸기 위해 당장 나갔다. 하지만 일이 뜻대로 되지 않았다. 그래서 곧바로 타샤우즈에서 온 환자를 보러 갔다. 처음 한동안은 눈이 어둠에 익숙해질 때까지 가만히 앉아 있었다. 그런 다음 환자의 가는 소장에 들어 있는 바륨액을 살펴보았다. 일어서 보게도 하고 방호 스크린을 책상처럼 더 내려서 살펴보기도 했으며, 환자를 이쪽저쪽으로 눕혀서 사진을 찍기도 했다. 마지막으로 류드밀라 아파나시예브나는 고무장갑을 끼고 환자의 배를 꾹꾹 눌러 보면서 환자가 아프다고 지르는 비명 소리와 필름 위에 보이는 모종의 불분명한 반점들과 음영의 차이를 종합하여 진단을 내렸다.

이렇게 일하다 보면 어느새 점심시간이 지나가 버리곤 했지만 그녀는 전혀 개의치 않고 여름에도 샌드위치를 들고 뜰로 나가 본 적이 없었다.

일이 끝나자마자 상의할 일이 있으니 응급실로 오라는 전갈이 왔다. 응급실로 가자 외과 과장이 류드밀라 아파나시예브나에게 황급히 환자의 병력을 설명했고, 이어서 두 사람은 환자를 진찰했다. 돈초바는 목숨을 구할 수 있는 유일한 길은 난소 적출 수술이라고 결론을 내렸다. 겨우 마흔 정도 된 여자 환자는 그 이야기를 듣자 울음을 터뜨렸다. 한동안 그녀가 울도록 내버려 두었다. "이젠 제 인생도 끝이네요! 남편에게 버림받을 거예요."

"무슨 수술인지 남편에게 말하지 않으면 되잖아요!" 류드밀라 아파나시예브나가 그녀에게 귀띔을 했다. "남편이 어떻게 알겠어요? 절대로 그 사실을 모를 거예요. 감추려면 얼마든지 감출 수 있어요."

목숨, 오직 목숨을 구하도록 운명 지워진 이 병동에서는 사는 것이 가장 중요하며, 나머지는 모두 하찮은 것이었다. 류드밀라 아파나시예브나는 목숨을 구할 수 있다면 그 어떤 대가라도 치러야 한다고 확신했다.

그러나 오늘은 병동을 돌아다니는 내내 무언가가 자신의

신념과 책임감, 권위를 흔들었다.

그녀의 위장 근처에서 선명하게 느껴지는 어떤 통증 때문이었을까? 한동안 사라졌다가 또 어느 때는 약하게 느껴지기도 했는데, 오늘은 이상하게 통증이 심하게 느껴졌다. 만약 그녀가 종양 전문의가 아니었더라면 이런 통증을 대수롭지 않게 생각할 수도 있고, 아니면 반대로 곧바로 검사하러 달려갔을지도 모른다. 그러나 그녀는 이런 문제의 실마리를 어떻게 풀어야 하는지 잘 알았기 때문에 가족이나 직장 동료들에게 상의하기를 주저하고 있었다. 아무것도 아닐 수도 있고, 신경이 예민해진 탓일지도 모른다고 생각하며 러시아인 특유의 낙천적인 태도로 견디고 있었다.

그런데 아니다, 그것이 아니었다. 뭔가에 찔린 듯이 하루 종일 그녀를 혼란스럽게 하는 것이 있었다. 그것은 막연하지만 아주 집요한 것이었다. 그녀가 자신의 책상으로 돌아와 앉으며 눈치 빠른 코스토글로토프에게 들킨 「방사선 후유증」이라는 원고 뭉치를 집어 들었을 때에야 비로소 오늘 온종일 마음이 불안하고 꺼림칙했던 이유를 깨달았다. 바로 치료할 권리에 대해 그와 나눈 언쟁 때문이었다.

아직도 그의 이야기가 귓가에 맴돌았다. "선생님은 아마 이십 년 전에 코스토글로토프 같은 누군가에게 방사선을 조사했을 겁니다. 그는 치료가 두려워 완강히 거부했겠지요. 그런데 선생님은 절대로 안전하다고 확신했을 겁니다. 왜냐하면 그때까지 방사선 치료의 후유증에 대해서는 알려지지 않았으니까요."

그녀는 얼마 후 실제로 방사선과 의사회에서 '방사선 후유증에 대하여'라는 주제로 보고를 하기로 되어 있었다. 코스토글로토프가 지적했던 사실과 거의 일치하는 내용이었다.

바로 얼마 전, 그러니까 일이 년 전부터 그녀가 경험한 경우와 마찬가지로, 처음에는 알 수 없었던 이런 사례들이 이 지역뿐만 아니라 모스크바와 바쿠 등에서 여러 방사선과 의사들에 의해 발견되기 시작했다. 그러자 방사선에 대한 의심이 생겨났다. 그러다가 사태를 짐작하고 의사들끼리 서신을 주고받게 되었다. 학회에서 정식으로 발표되지는 않았지만 학회가 열리는 중간이나 쉬는 시간이면 이 문제에 대해 서로 토론했다. 그러다가 누군가 미국 잡지에 발표된 연구 보고서를 읽고 미국에도 이와 유사한 사례가 있다는 것을 알게 되었다. 같은 사례가 점차 늘어났고, 점점 더 많은 환자들이 고통을 호소했다. 그러다가 결국 이 증상을 '방사선 후유증'이라고 명명하게 된 것이다. 이 문제는 이제 학회에서도 논의되어야 했고, 어떤 해결책이 나와야 할 때가 되었다.

십 년 전이나 십오 년 전에 대량의 방사선 치료가 아무 탈 없이 성공적으로 큰 효과를 발휘하다가 이제야 방사선 치료를 받은 부위의 조직이 괴사하고 기형적인 변화가 나타난 것이다.

만약 오래전에 행해진 방사선 조사가 악성 종양 환자에게 국한된 것이었다면 사실 억울할 것도 없고 어떤 경우라도 정당화될 수 있을 것이다. 그런 경우라면 오늘날의 관점에서 보더라도 뾰족한 다른 방법이 없기 때문이다. 어차피 소량의 조사로는 환자들에게 아무 도움도 되지 않았고, 환자들을 죽음에서 구할 수 있는 유일한 길은 대량 조사였다. 지금 그 환자가 어떤 손상을 입었다손 치더라도 지금까지 덤으로 살아온 시간과 앞으로 얼마 동안이라도 더 살 수 있는 시간에 대한 대가라고 생각하면 별 문제가 아니었기 때문이다.

'방사선 후유증'이라는 병명조차 없었던 십 년이나 십오 년, 십팔 년 전만 해도 방사선 치료야말로 가장 직접적이고 효과적인 확실한 치료법이며 현대 의학 기술의 위대한 성취로 평가되었기 때문에 이 치료법을 거부하고 다른 유사한 길이나 우회적인 방법을 찾는 것은 시대에 뒤떨어진 것이며, 근로 대중에 대한 사보타주라고까지 여겼던 것이다. 처음 방사선 치료가 시작될 때만 해도 뼈와 조직에 심각한 손상을 끼칠지도 모른다는 우려가 있긴 했지만 당시에는 이것을 피해 가는 데만 급급했다. 그러고는 방사선 조사가 행해졌다! 아주 대대적으로 행해졌다! 심지어는 양성 종양에도 조사하고 아주 어린 아이들에게까지도 조사했던 것이다.

어린 시절 방사선 치료를 받은 아이들이 자라 청년이 되고, 처녀가 되고, 결혼도 하게 되었다. 그런데 방사선을 조사받은 이들의 신체 조직에 돌이킬 수 없는 손상이 나타나기 시작한 것이다.

작년 가을 열다섯 살 난 한 소년이 찾아왔다. 그는 원래 암 병동이 아닌 외과 병동으로 왔는데, 류드밀라 아파나시예브나가 그의 이야기를 전해 듣고 자진해서 진찰했다. 그는 한쪽 팔과 다리의 성장이 늦어지고 머리뼈도 성장이 늦어지는 바람에 머리부터 발까지 몸이 활 모양으로 휘어져 마치 풍자만화에 나오는 캐릭터처럼 보였다. 류드밀라 아파나시예브나는 예전의 진찰 기록을 살펴보았다. 소년이 이 년 육 개월 된 아기였을 때 어머니가 이곳 병원에 데려온 적이 있다는 것을 확인했다. 아기는 원인을 알 수 없는 다발성 골 이상과 신진대사 이상을 앓고 있었지만 본질적으로는 종양과 전혀 관계가 없었다. 그런데 혹시 운이 좋아 방사선이 도움이 될지 모른다고 판단해 당시 외과 의사가 돈초바에게 보냈다. 돈초바는 그에게 방사선을 조사했고 효과가 나타났다! 얼마나 다행이었던지, 그 어머니는 기쁜 나머지 눈물을 흘리며 평생 은혜를 잊지 않겠다고 말했다.

이번에는 그가 혼자 왔다. 어머니는 이미 이 세상 사람이 아니었고, 아무도 그를 돌봐 줄 사람이 없었기 때문이다. 게다가 이제는 아무도 어린 소년의 뼈에서 예전에 조사한 방사선을 제거할 수가 없었다.

바로 얼마 전인 1월 말경에는 젊은 산모가 젖이 나오지 않는다며 찾아온 적이 있었다. 처음에 그녀는 여러 병동을 옮겨 다니다가 마지막에야 암 병동으로 오게 되었다. 처음 만났을 때, 돈초바는 그녀를 기억하지 못했다. 다행히 이 병원은 환자들의 진료 기록을 영구 보관하게 되어 있었던 터라 창고에 가서 진료 기록을 뒤져 1941년에 진료를 받은 적이 있는 이 여성의 차트를 찾아냈다. 진료 차트에 의해 양성 종양을 앓는 소녀에게 아무 의심 없이 방사선을 조사했다는 사실이 밝혀졌다. 물론 지금이라면 누구도 방사선을 조사하지 않을 터였다.

돈초바가 할 수 있는 일이라고는 오래된 그녀의 진료 차트에 연조직이 수축되고 여러 측면에서 방사선 후유증이 나타나고 있다는 소견을 덧붙이는 것뿐이었다.

몸이 휜 소년이나 젖이 나오지 않는 산모에게 어린 시절의 잘못된 치료로 부작용이 생긴 것이라고 말해 줄 사람은 아무도 없었다. 설사 그 사실을 알려 준다고 해도 본인에게 아무 소용이 없었고, 사회적으로는 국민들로 하여금 보건 당국을 불신하게 할 뿐이었다.

그러나 이런 사건들은 류드밀라 아파나시예브나에게 돌이킬 수 없는 죄를 지었다는 죄책감과 충격을 안겨 주었다. 그런데 오늘 코스토글로토프가 바로 이 부분을 물고 늘어진 것이다.

그녀는 팔짱을 낀 채 작동을 멈춘 두 대의 방사선 장치가 놓인 마룻바닥을 따라 창문과 출입문 사이를 계속 서성댔다.

치료할 권리가 의사에게 있느냐는 질문을 하는 것이 과연 타당한 일인가? 만약 타당하다면 오늘은 과학적으로 인정받은 모든 치료법이 내일은 불신당하고 거부당할지도 모른다고 의심한다면 다음에 무슨 일이 일어날지 누가 알겠는가! 아스피린을 먹고 죽는 경우도 있지 않은가. 태어나서 처음으로 아스피린을 먹었는데, 즉사한 것이다! 그러면 치료라는 것을 아예 해서는 안 되는 것이다! 그리고 보편적인 복지도 불가능해지는 것이다!

사실 이것은 보편적인 법칙이다. 모든 행위는 어떤 결과와 그 반대되는 결과, 말하자면 선과 악을 낳게 마련인 것이다.

다만 어떤 경우는 선을 더 많이 낳고, 어떤 경우는 악을 더 많이 낳을 뿐이다.

그녀가 지금껏 행한 모든 진료에서 오진으로 인한 경우나 너무 늦게 손을 쓴 경우, 혹은 잘못된 치료를 한 경우 등의 불행한 사례는 모두 합해야 2퍼센트도 안 되며, 오히려 그녀 덕분에 병이 치료되어 생명을 얻고, 구원을 받고, 완치된 수많은 젊은이와 노인, 여자와 남자 들이 지금 논과 밭을 오가고, 초원과 아스팔트 위를 오가며, 하늘을 날고, 전봇대를 오르고, 목화를 수확하고, 도로를 청소하고, 상품 진열대 앞에 서 있으며, 사무실이나 찻집에 앉아 있기도 하고, 육군에서 복무하고, 항해를 하고 있다는 사실을, 그리고 수많은 사람들이 그녀를 잊지 않고 잊을 수도 없으리라는 사실을 그녀 자신도 잘 알았고, 또 그것으로 위안을 삼기도 했다. 그러나 좋은 결과를 얻고 어렵사리 이룬 성공들은 모두 금방 잊히고, 운명의 수레바퀴에 깔린 불행한 몇몇 환자들에 대한 기억은 무덤에 갈 때까지도 잊히지 않는다는 사실을 그녀는 잘 알았다.

이것이 바로 그녀의 독특한 기억법이었다.

안 되겠다. 벌써 근무 시간이 끝나 간다. 오늘은 발표문을 준비하기 어렵다.(서류 뭉치를 집으로 가져가야 하나? 아니다, 벌써 수도 없이 집으로 가져가 보았지만 모두 허사였다.)

하지만 꼭 마무리해야 할 일이 있다. 이번《방사선학》에 게재된 논문은 반드시 읽어야 하고, 타흐타쿠피르 지역의 인턴이 보낸 질의서에 답장하는 일이다.

창밖에 어둠이 내리자 이내 방 안이 어두워졌다. 그녀는 책상 위에 있던 스탠드를 켜고 자리에 앉았다. 수련의 한 사람이 벌써 가운까지 벗고 문을 열고 들여다보았다. "류드밀라 아파나시예브나! 아직 퇴근 안 하세요?" 그러고 난 뒤 베라 간가르트도 들렀다. "퇴근 안 하세요?"

"루사노프는 어때요?"

"지금 자고 있어요. 구토 증세는 없는 것 같아요. 열은 좀 있네요." 베라 코르닐리예브나가 밋밋한 가운을 벗었다. 그러자 직장에는 어울리지 않는 화려한 회녹색의 호박단 원피스가 드러났다.

"병원에 입고 다니기 아까운 옷이네?" 돈초바가 턱으로 옷을 가리키며 말했다.

"모셔 둘 필요도 없잖아요? 아껴 둘 필요도 없고요." 간가르트는 미소를 지었지만 어쩐지 표정이 쓸쓸해 보였다.

"맞는 말이야, 베로치카! 그런데 말이야, 다음번에는 루사노프에게 10밀리그램을 모두 주사하도록 해." 류드밀라 아파나시예브나는 필요 없는 말을 할 때면 으레 그러듯 서둘러 말을 마친 다음 인턴에게 보낼 답장을 쓰기 시작했다.

"그런데 코스토글로토프는 어떻게 되었어요?" 간가르트가 문으로 다가가다가 넌지시 물었다.

"처음엔 세게 나오더니 이내 풀이 죽어 조용해졌어." 류드밀라 아파나시예브나가 웃음을 터뜨렸다. 그 순간 또다시 위장 근처에서 찌르는 듯한 통증이 느껴졌다. 그녀는 지금 베라한테라도 이 사실을 털어놓을까 생각하며 힐끗 베라를 쳐다보았다. 베라는 컴컴한 한쪽 구석에서 어디 극장에라도 가는 사람처럼 벌써 외출복에 하이힐을 신고 있었다.

다음 기회로 미뤄야 할 것 같았다.

모두 퇴근하고 그녀는 혼자 책상에 앉아 있었다.

매일 방사선이 조사되는 이 공간에 삼십 분씩이나 더 앉아 있는 것이 좋을 리 없지만 그녀는 항상 이렇게 일에 매달리곤 했다. 그 때문에 휴가철이 될 즈음이면 그녀는 안색이 매우 창백해지고 일 년 동안 계속 떨어지던 백혈구 수치가 2000까지 낮아지곤 했다. 누구도 수치가 그렇게 내려가게 내버려 두면 안 되었다. 방사선과 의사는 보통 하루에 세 차례만 위 투시를 하게 되어 있었지만 그녀는 하루에 열 차례씩이나 했고, 전쟁 때는 스물다섯 차례를 한 적도 있었다. 그러다 보니 휴가철이면 오히려 본인이 수혈을 받아야 할 처지가 되었다. 물론 일 년 동안 혹사한 몸을 휴가 기간 동안 만회하기는 어려웠다.

그러나 일에 대한 열정은 그녀를 쉽게 놓아주지 않았다. 그녀는 근무가 끝날 무렵이면 끝내지 못한 일 때문에 늘 초초해하곤 했다. 지금 일을 하는 동안에도 여전히 시브가토프의 심각한 상태를 걱정하는가 하면, 의사회에 참석해 오레셴코프 박사를 만나 상의할 문제를 메모하기도 했다. 오레셴코프 박사는 그녀가 지금 병원에서 수련의들을 지도하듯 전쟁이 나기 전까지 그녀를 이끌어 주고 자상하게 가르쳐 주었으며, 폭넓은 세계관을 심어 준 분이었다. "류도치카! 절대로 지나치게 전문적인 방향으로만 나가면 안 돼." 그는 이렇게 주의를 주었다. "온 세상이 전문화되는 추세라고 해도 자네는 자신을 지켜야 돼. 한 손으로는 방사선 진단학을, 다른 손으로는 방사선 요법을 붙잡고 있으라고! 자네가 맨 마지막까지 남더라도 자네 자리를 지켜!” 그는 아직 생존해 있고 이 도시에 살고 있었다.

그녀는 전등을 끄고 나서다가 다시 책상으로 돌아와 내일 해야 할 일을 메모했다. 푸른색 외투를 챙겨 입고도 다시 원장의 서재로 향했지만, 방문은 벌써 잠겨 있었다.

마침내 그녀는 층계를 내려와 포플러가 양쪽으로 죽 늘어선 병원 경내의 가로수 길을 따라 걸었다. 하지만 아직도 머릿속은 온통 병원 문제로 가득 차 있었고, 그것을 애써 떨쳐 내려 하지도 않았다. 그녀는 날씨가 어떤지도 느끼지 못했다. 아직 어두워지기 전이었다. 가로수 길을 걸으며 수많은 낯선 얼굴과 마주쳤지만 누가 어떤 옷을 입고, 어떤 모자를 쓰고, 어떤 신을 신었는지는 눈에 들어오지 않았다. 류드밀라 아파나시예브나는 여성이라면 누구나 자연스럽게 관심을 갖는 것들에 전혀 관심이 없었다. 그녀는 미간을 찌푸리고 발걸음을 옮기며 오늘은 숨어 있지만 언제 모습을 드러낼지 모르는 종양의 국소를 꿰뚫어 보기라도 하듯 지나가는 사람들을 날카로운 시선으로 바라보았다.

그녀는 병원 구내 찻집과 매일 이곳에서 신문지로 만든 삼각 봉지에 아몬드를 담아 파는 우즈베크 소년 옆을 지나 정문에 이르렀다.

수다스럽고 괄괄한 데다 덩치도 큰 여자 문지기가 정문을 지키고 서 있었다. 그녀는 건강한 민간인들은 통과시키고, 환자들이 나가려고 하면 큰 소리를 쳐서 돌려보내곤 했다. 정문을 지나면 드디어 그녀도 직장에서 가정의 영역, 자기 가족의 영역으로 옮겨 가는 것이라고 생각했다. 그러나 아니었다. 그녀의 시간과 정력은 직장과 가정 사이에서 확실하게 구분되지 않았다. 깨어 있는 시간의 절반을 병원에서 보내고 드디어 정문을 벗어났는데도 병원에 대한 생각이 꿀벌처럼 그녀의 머릿속에서 오랫동안 뱅뱅 맴돌았다. 아침이면 정문에 도착하기 훨씬 전부터 그런 현상이 나타나곤 했다.

그녀는 타흐타쿠피르로 보내는 편지를 부쳤다. 그리고 길을 건너 전차 종점으로 갔다. 그녀가 타야 할 전차가 신호음을 내며 다가왔다. 앞뒤 출입문으로 사람들이 비집고 들어갔다. 류드밀라 아파나시예브나도 서둘러 자리를 잡았다. 그 순간 그녀는 인간의 운명을 관장하는 신탁자의 위치에서 이리저리 밀리는 전차의 평범한 승객으로 바뀌었다.

그러나 낡은 단선 선로를 따라 덜컹거리며 달리는 전차 바퀴의 소음이나 전차가 오랫동안 정류장에 정차해 있는 것에도 무관심한 채 멍하니 창밖을 내다보는 류드밀라 아파나시예브나의 머릿속은 온통 무르살리모프의 폐 전이와 루사노프에게 주사가 미칠 영향에 대한 생각으로 가득 차 있었다. 오늘 아침 회진 때 루사노프의 불쾌한 설교와 협박은 계속 다른 감정들과 마구 뒤섞여 일이 끝난 지금까지도 가슴을 답답하게 했다. 저녁이 되고 밤이 되어도 이런 기분은 나아질 것 같지 않았다.

류드밀라 아파나시예브나 역시 다른 많은 여자 승객들처럼, 작은 여성용 핸드백 대신 커다란 장바구니를 들고 있었다.

장바구니는 하나같이 살아 있는 새끼 돼지 한 마리나 커다란 빵 덩어리 네 개는 족히 들어갈 만한 크기였다.

창밖으로 스쳐 지나가는 정류장과 상점 들을 바라보면서 류드밀라 아파나시예브나는 차츰 집과 집안일을 떠올렸다. 집안일은 모두 그녀의 몫이었다. 남편에게는 아무것도 기대할 수 없었다. 아들도 마찬가지였다. 한번은 모스크바에서 열린 학회 때문에 며칠간 집을 비운 적이 있었는데, 일주일이나 설거지를 하지 않고 쌓아 두었다. 일부러 그녀에게 이런 일을 떠맡기려고 한 것이 아니라 매일 반복되는 단조로운 집안일에는 전혀 관심이 없었기 때문이다.

류드밀라 아파나시예브나에게는 딸도 있었다. 결혼해서 아기도 있지만 이미 이혼 이야기가 나온 터라 독신이나 마찬가지였다. 오늘 하루, 딸 생각이 떠오른 건 지금이 처음이었다. 머릿속에 딸을 떠올리자 이내 기분이 우울해졌다.

오늘은 금요일이다. 류드밀라 아파나시예브나는 이번 일요일에는 밀린 빨래를 꼭 해야겠다고 생각했다. 그러려면 다음 주 초에 먹을 음식은(그녀는 일주일에 두 번 요리를 했다.) 토요일 저녁에 해 놓아야 한다. 세탁할 내의는 오늘 밤 잠자리에 들기 전에 물에 담가 두어야 한다. 그 외에도 이미 늦은 시간이지만 지금 바로 중앙 시장에 다녀와야 한다. 몇몇 상인들은 저녁까지도 남아 있을 것이다.

그녀는 전차의 환승 정류장에서 내렸다. 그러나 그 근처 상점 유리창에 '식료품점'이라고 쓰여 있는 것을 보자 잠깐 들러야겠다고 생각했다. 육류 코너는 이미 텅 비어 있었고, 점원도 벌써 나가고 없었다. 생선 코너에는 청어와 소금에 절인 넙치와 통조림뿐이고 살 만한 것이 없었다. 그녀는 그림처럼 화려한 포도주병들을 피라미드 모양으로 쌓아 놓은 곳을 지나 소세지 모양의 기다란 갈색 치즈가 진열된 둥그런 진열대를 지나다가 식료품 잡화 코너에 가서 해바라기씨유(예전에는 면실유밖에 없었다.) 두 병과 오트밀을 사야겠다고 생각했다. 그래서 한적한 상점 안을 가로질러 계산대로 가서 기름 값을 지불한 다음 영수증을 들고 식료품 잡화 코너로 돌아왔다.

그녀는 줄을 서 있는 두 사람의 뒤로 가서 차례를 기다렸다. 그때 갑자기 상점 안이 소란해지더니 사람들이 상점 안으로 밀고 들어와 가공식품 코너와 계산대 앞에 줄을 섰다. 류드밀라 아파나시예브나도 잠깐 망설이다가 식료품 잡화 코너에서 물건을 받기 위해 기다리는 대신 재빠르게 가공식품 코너 계산대 줄에 합류했다. 둥그스름한 플라스틱 판매대 뒤쪽에 아직은 아무것도 보이지 않았지만 밀고 당기는 여자들의 말에 따르면 다진 햄을 한 사람당 1킬로그램씩 판매한다고 했다.

나중에 줄을 한 번 더 서 볼 수도 있으니 오늘은 정말 운이 좋은 날이었다.

8
사람은 무엇으로 사는가

목에 생긴 암만 아니었어도 예프렘 포드두예프는 지금이 남자로서는 절정기였을 것이다. 나이가 아직 쉰도 안 된 데다 떡 벌어진 어깨며 튼튼한 다리에 생각도 아주 건전한 사나이였다. 규정된 여덟 시간의 노동을 하고 나서도 가뿐하게 여덟 시간을 더 일할 수 있을 정도로 성격과 체력이 강인했다. 젊은 시절에는 카마 강[17]에서 100킬로그램 정도의 자루를 져 나르는 일도 했다. 지금도 예전의 근력이 남아서 다른 노역자들과 콘크리트 믹서를 돌리는 일 정도는 가볍게 해냈다. 철거 일도 하고, 땅 파는 일도 하고, 짐꾼 노릇도 하고, 건축 일도 하는 등 여기저기 돌아다니며 안 해 본 일이 없었지만 10루블 이하의 잔돈은 무시해 버릴 만큼 호탕했고, 보드카는 반 리터를 마

---

17) 볼가 강의 지류.

셔도 끄떡없었지만 그 이상을 마시는 법은 없었다. 그렇게 살다 보니 그는 자신이나 자기 주변에 어떤 경계나 한계가 있으리라고는 꿈에도 생각지 못했고, 영원히 그렇게 살 것이라고 생각했다. 힘은 비록 장사였지만 전투에는 나가 본 적이 없었다. 특수 건설 요원 대접을 받았던 그는 후방에서 일을 했기 때문에 전투에서 상해를 입은 적도 없고, 병원에 누워 본 적도 없었다. 병에 걸려 아픈 적도 없었고, 심각한 병은커녕 감기에 걸린 적도 없었으며, 전염병이나 심지어는 치통도 앓아 본 적이 없었다.

그러던 사람이 재작년에 난생처음 병이 났는데, 바로 이 병이었다.

암이었다.

지금은 아무렇지 않게 '암'이라고 말하지만 처음에는 '대수롭지 않을 거야.' '별것 아닐 거야.' 하면서 방치했고, 견딜 수 없는 통증에 시달리면서도 시간을 끌며 좀처럼 의사에게 가려고 하지 않았다. 그러다 이 병원 저 병원을 전전하게 되었고 결국에는 이곳 암 병동까지 온 것이다. 물론 이곳에서는 어떤 환자에게도 암이라고 말하지 않기 때문에, 예프렘도 굳이 자기 병이 무엇인지 알려 하지 않았고, 이성을 믿기보다는 자신이 믿고 싶은 대로 자신은 암이 아니고, 곧 나으리라고 믿었다.

처음 발병한 곳은 예프렘의 혀였다. 민첩하고 매끄러우며, 눈에 잘 띄지는 않지만 살아가는 데 매우 유용한 혀에 문제가 생긴 것이다. 그는 오십 년을 살아오면서 수없이 혀를 부려 먹었다. 일은 하지 않고 임금만 받아 낸 것도 혀 덕분이었다. 자신이 하지도 않은 일을 했다고 우기는 것도 혀가 해 주었다. 확신도 없는 일에 고집을 부릴 수도 있고, 상사에게 대들 수도 있었다. 노역자들에게 욕설을 퍼붓고, 성스러운 것이나 고귀한 것들을 비웃고 경멸했으며, 꾀꼬리처럼 신나게 노래를 즐길 수도 있었다. 그뿐 아니라 음담패설을 늘어놓기도 했다. 물론 정치적인 것은 예외였다. 볼가 민요도 읊어 댔다. 가는 곳마다 아낙네들에게 자기는 아내도 없고 자식도 없으니 다음 주에 일터에서 돌아오면 바로 살림을 차리자고 거짓말도 했다. 언젠가 어느 아낙이 "으이그, 그놈의 혓바닥! 확 오그라 붙어 버렸으면 좋겠네!" 하며 저주를 퍼부은 적이 있었다. 하지만 예프렘의 혀가 오그라 붙은 것은 술에 잔뜩 취했을 때뿐이었다.

그런데 언제부터인가 혀가 점점 부풀어 오르기 시작했다. 혀가 이에 걸리적거리기 시작했다. 급기야 혀는 더 이상 촉촉하고 부드러운 입속에 들어앉아 있을 수 없게 되었다.

그러나 예프렘은 여전히 동료들 앞에서 위세를 부리고 허풍을 떨었다.

"포드두예프가 누군가? 이 세상에 아무것도 무서울 게 없는 사람이야!"

그러면 동료들이 말했다.

"그래, 그렇지! 포드두예프만큼 힘센 장사가 어디 있겠어?"

그러나 그렇게 허세를 부린 것은 힘이 세어서가 아니라 공포감 때문이었다. 공포 때문에 그는 일에 몰두했고, 가능한 한 수술을 미루었던 것이다. 포드두예프는 평생 삶을 대비하며 살아왔지만 죽음을 대비하지는 못했다. 죽음을 향해 가는 길은 그에게 무척이나 힘들었고, 어떻게 방향을 바꿔야 할지도 알 수 없었다. 그래서 죽음을 떨쳐 버리려고 매일 일을 하러 나갔고, 일터에서 자신의 힘을 과시하지 않고는 견딜 수가 없었다.

본인이 수술을 원하지 않았기 때문에 치료는 침으로 시작했다. 그는 지옥에 떨어진 죄인처럼 혀에 침을 꽂은 채로 며칠씩이나 그대로 있어야 했다. 예프렘은 그것으로 문제가 해결되기를 간절히 바랐다. 하지만 허사였다. 혀는 점점 더 부어올랐다. 더 이상 버틸 힘이 없었던 그는 황소 같은 머리통을 진찰실의 하얀 책상 위에 떨군 채 결국 수술에 동의했다.

레프 레오니도비치가 수술을 집도했고, 결과는 성공적이었다! 기대했던 대로 혀가 짧아지고 작아져 원래대로 회복되었다. 물론 발음이 확실하지는 않았지만 예전처럼 말도 할 수 있게 되었다. 그는 침으로 더 치료한 다음 드디어 퇴원하게 되었다. 레프 레오니도비치가 그를 부르더니 이렇게 말했다. "석 달 후에 다시 오세요. 목 수술을 한 번 더 해야 합니다. 그 수술은 간단합니다."

그러나 포드두예프는 그런 종류의 '간단한' 수술을 많이 보았던 터라 정해진 날짜가 되어도 가지 않았다. 병원에 오라는 소환장이 날아왔지만 그는 아무 대응도 하지 않았다. 그는 원래 한곳에 오래 정착하는 성격이 아니라 콜리마 강[18]이나 하

---

18) 시베리아 북동부에 있는 강.

카스[19] 쪽으로 가 보면 어떨까 하고 생각하는 중이었다. 어디를 가든 그를 붙잡아 둘 재산도, 집도, 가족도 없었다. 그는 자유로운 삶을 즐겼고, 호주머니에 약간의 돈만 있으면 만족했다. 그런데 병원에서 보낸 소환장에 만약 병원에 오지 않으면 경찰을 보내 데려오겠다는 경고가 쓰여 있었다. 당시의 암 병동 의사들은 얼마나 위세가 당당했는지 환자에게는 암이라는 말도 하지 않으면서 그렇게 행동하곤 했다.

하는 수 없이 그는 병원으로 갔다. 물론 그는 수술을 거부할 수도 있었다. 하지만 레프 레오니도비치가 그의 목을 진찰하고 나서 왜 이렇게 늦게 왔느냐며 호되게 나무랐다. 그러고는 강도가 칼을 휘두르듯 예프렘의 목을 좌우로 돌려 가며 도려냈다. 그런 다음 목에 붕대를 감고 한동안 침대에 눕혀 놓더니 고개를 절레절레 흔들며 퇴원하라고 했다.

다시 그는 자유로운 생활로 돌아왔지만 예전의 감각을 되찾지는 못했다. 일을 하거나 돌아다녀도, 술을 마시거나 담배를 피워도 예전처럼 즐겁지 않았다. 목은 좀처럼 나아지지 않았다. 삐걱거리고, 당기고, 찌르고, 심지어는 머리까지 쿡쿡 쑤셔 왔다. 병마가 목에서 귀까지 번진 것이다.

그러다가 한 달 전쯤 그는 이음새 부분에 쩍쩍 금이 간, 회색 벽돌로 지은 오래된 이 건물로 다시 들어왔다. 양쪽으로 포플러가 줄지어 서 있고, 수많은 사람들의 발에 닳고 닳은 층계참으로 그가 들어서자 외과 의사들은 마치 가족이라도 맞이하듯

---

19) 시베리아 남부의 지역.

곧바로 그를 데려갔다. 그는 줄무늬 환자복을 입고, 창밖으로 뒤쪽의 담장이 내다보이는 수술실 옆의 병실에 누워 목 수술로는 두 번째이고, 모두 합하면 세 번째인 수술을 기다리는 중이었다. 예프렘 포드두예프는 이제 더 이상 자신을 속일 수가 없었고, 속일 생각도 없었다. 자신이 암에 걸렸음을 인정했다.

자신도 이제 다른 사람과 똑같다는 사실을 받아들인 그는 다른 환자들에게도 모두 암 환자라고 거리낌 없이 말하곤 했다. 그리고 그 누구도 이곳을 벗어날 수 없다, 모두 결국에는 이곳으로 돌아올 수밖에 없다고 했다. 그가 이렇게 한 것은 다른 사람들에게 겁을 주거나 놀라게 하기 위해서가 아니라 모름지기 자신을 기만해서는 안 되며 모두가 진실을 알아야 한다고 생각한 때문이었다.

세 번째로 대수술을 했다. 그러나 수술 후 목의 붕대를 가는 의사들의 표정이 썩 좋지 않았다. 러시아어가 아닌 말로 서로 대화를 주고받았으며, 점점 높고 두껍게 붕대로 목을 감아 올려, 급기야는 머리와 몸통을 고정시켜 버렸다. 머리의 통증은 점점 잦아지고 점점 강해지더니 이제는 끊임없이 계속되었다.

이제 와서 더 이상 부정한들 무슨 소용이란 말인가? 이 년 동안이나 모르는 척 부정해 온 암을 인정하고 이젠 그다음의 문제, 바로 그가 뒈질 때가 되었다는 사실도 받아들여야 할 때가 온 것이다. 이렇게 죽는다는 말 대신 '뒈진다.'라고 험악하게 말을 뱉고 나니 마음이 훨씬 가벼워지는 것 같았다.

물론 말은 그렇게 할 수 있지만 어떻게 그것을 이성적으로 판단하고 받아들일 수 있단 말인가? 예프렘에게 어떻게 그런 일이 일어날 수 있단 말인가? 앞으로 어떻게 될까? 이젠 무엇을 해야 한단 말인가?

그동안 직장에서나 다른 사람들과 어울릴 때 왜 그렇게 기만적으로 행동했을까? 그 모든 것이 이제 하나씩 목의 붕대로 변해 그를 압박해 왔다.

병동이든, 복도든, 아래 층이든, 위층이든 그는 주변의 어디에서도, 그 누구에게서도 도움이 될 만한 이야기를 들을 수 없었다. 모두 하나같이 이제껏 수없이 듣던 이야기이고 맞지도 않는 이야기뿐이었다.

그래서 그는 병실 출입문과 창문 사이를 하루에 다섯 시간이나 여섯 시간씩 왔다 갔다 했다. 그것은 무엇이든 도움이 될 만한 것을 찾는 몸짓이었다.

예프렘은 지금까지 사는 동안 어디에 있든(그는 대도시에서 살아 본 적은 없었지만 변방이라면 가 보지 않은 곳이 없었다.) 자신과 다른 사람들 모두, 인간이라면 무엇이 필요한가에 대한 판단이 분명했다. 인간에게는 뛰어난 전문 지식이나 노련한 수단이 있어야 한다. 그런 것이 있어야 돈도 버는 법이다. 사람들이 서로 인사를 나누면 통성명을 하고 나서 곧바로 무슨 일을 하는지, 수입은 얼마나 되는지 묻는다. 수입이 적으면 그는 바보이거나 불운한 사람이라는 의미이고, 하찮은 인간이라는 뜻이다.

포드두예프는 지금까지 보르쿠타[20]나 예니세이 강 유역,

---

20) 우랄 산맥 근처에 있는 지역.

극동 지역과 중앙아시아 등지에서 살아오는 동안 바로 이런 단순한 삶을 경험했을 뿐이다. 사람들은 그저 죽어라 돈을 벌어 토요일이나 휴가 때면 몽땅 써 버리는 것이 전부였다.

암이나 불치병에만 걸리지 않는다면 이런 인생도 썩 나쁘다고 볼 수는 없으며, 괜찮을 수도 있다. 하지만 일단 병에 걸리면 전문 지식도, 노련한 수단도, 직업도, 수입도 아무 소용 없어지는 것이다. 그들이 무력감에 빠지고 자기는 암이 아니라고 끝까지 자신을 속이는 것을 보면 그들 모두 연약한 존재들이며, 무언가 놓치고 살아왔다는 사실이 분명해졌다.

그것이 무엇일까?

예프렘은 젊어서부터 자신과 동시대 젊은이들이 기성 세대들에 비해 더 영악해졌다는 사실을 익히 들어 왔고, 알고 있었다. 나이 든 세대들은 죽을 때까지 자신이 태어난 고향 밖으로 나가 본 적이 없고 나가려고 하지도 않았지만 예프렘은 열세 살 때부터 산지사방을 돌아다니고 연발 단총을 쏘아 대다가 쉰 살에 이르자 아낙을 더듬듯이 방방곡곡을 다 꿰고 있었던 것이다. 그러던 그가 지금은 병실을 서성이며 그의 고향 카마 강에서는 러시아인, 타타르인, 우드무르트인 할 것 없이 노인들이 어떻게 죽어 갔는지 떠올리고 있었다. 그들은 누구 하나 죽음 앞에서 거드름을 피우거나 거부하거나 저항하는 법 없이 조용히 죽음을 받아들였다. 청산해야 할 것이 있을 때는 뒤로 미루지 않았다. 암말은 누구에게 물려주고 새끼 말은 누구에게 물려줄지, 겉옷은 누구에게, 장화는 누구에게 물려줄지를 미리 생각해 두고 모든 것을 조용히 준비했다. 그러다가 때가 되면 다른 오두막으로 이사가듯 가볍게 떠나곤 했다. 그들은 암에 걸리는 일도 없었겠지만 설사 암에 걸렸다 해도 놀라지 않았을 것이다.

그런데 이곳 병동에서는 산소 호흡기를 끼고 눈동자 하나제대로 굴리지 못하는 인간이 혀만 살아서 "나는 안 죽어!" "나는 암이 아니야!"라고 하는 것이다.

모두 닭이나 같은 꼴 아닌가. 금방 목이 잘릴 처지인데도 닭들은 여전히 꼬꼬댁거리며 모이를 쪼아 댄다. 한 마리 한 마리끌려 나가 머리가 잘리는데도 다른 닭들은 아무렇지 않게 모이를 쪼는 것이다.

포드두예프는 매일 이렇게 오래된 마룻바닥을 삐걱거리며서성댔지만 어떻게 죽음을 맞이해야 할지 도무지 알 수 없었다. 아무리 생각해도 답이 떠오르지 않았다. 누구도 가르쳐 줄수 없었다. 책 속에서 답을 얻는다는 것은 더더욱 기대하기 어려웠다.

그도 예전에 대학 4년 과정을 마쳤고, 건설 분야 학원에서공부를 한 적도 있지만 개인적으로 특별히 책을 읽어 본 적은없었다. 신문을 읽는 대신 라디오를 들었고, 일상생활에서 책이란 전혀 필요없는 것이라고 생각했다. 순전히 임금을 좀 더받기 위해 오지를 헤매며 돌아다니면서도 책 읽는 사람을 본적이 거의 없었다. 포드두예프가 읽은 것이라곤 생산 경험의교류를 위한 팸플릿이라든가 기중기의 구조 설명서나 근무훈령과 교시 그리고 『소련 공산당 소사』의 4장까지가 전부였다. 책을 사느라 돈을 낭비하거나 일부러 도서관에 다니는 것은 바보짓이라고 생각했다. 멀리 여행을 가거나 누군가를 기다릴 때 뭔가 손에 잡히는 읽을거리가 있었다고 해도 이삼십 페이지를 읽고 던져 버리곤 했다. 그런 것들은 일상생활에 전혀 유용하지 않았던 것이다.

물론 병실 탁자 위나 창턱에도 책이 놓여 있었지만 한 번도 책에 손을 댄 적이 없었다. 푸른 바탕에 황금색 제목이 붙은 문제의 그 책 역시 읽어 볼 생각은 추호도 없었다. 그런데 너무 허전하고 심란한 그 저녁에 코스토글로토프가 강제로 책을 떠안긴 것이다. 예프렘은 베개 두 개를 등에 기대 놓고 책을 살펴보기 시작했다. 만약 그것이 장편 소설이었다면 절대로 읽지 않았을 터였다. 그런데 그 책에는 대여섯 쪽의 짧막한 단편들이 들어 있었고, 심지어 어떤 것은 한 쪽짜리도 있었다. 목차를 보니 작은 제목들이 자갈처럼 빼곡하게 쓰여 있었다. 포드두예프는 제목들을 훑어보고는 대충 어떤 이야기들이 나올지 바로 알아차렸다. 「노동과 죽음과 질병」, 「제일의 법칙」, 「원천」, 「한번 타오른 불은 쉽게 끌 수 없다」, 「세 노인」, 「빛이 있는 동안 걸어라」 등이었다.

예프렘은 가장 짧은 단편을 골라 읽어 내려갔다. 그러다가 골똘히 생각에 잠겼다. 한동안 그는 계속 생각에 잠겨 있었다. 그러고 나서 그것을 다시 한 번 읽어야겠다고 생각하고 또 읽었다. 다시 깊은 생각에 잠겼다. 생각이 계속되었다.

그런 행동은 두 번째 이야기를 읽고 나서도 똑같이 반복되었다.

불을 끌 시간이 되었다. 그러자 예프렘은 혹시 누가 가져가면 어쩌나, 잃어버리면 어쩌나 걱정이 되어 자기 침대 밑으로 책을 밀어 넣었다. 그러고는 불이 꺼진 어두운 병실 안에서 아흐마드잔에게 옛날 우화를 들려주었다. 알라신이 동물들에게 어떻게 수명을 나누어 주었는지, 어쩌다가 인간의 수명이 쓸데없이 길어지게 되었는지 등등의 이야기였다.(물론 그도 건강할 때는 어떤 경우에도 자신에게 긴 수명이 필요없다고 생각하지는 않았다.) 그리고 나서도 잠들기 전까지 자신이 읽은 이야기를 계속 생각했다.

그러나 머리의 통증이 심해져 더 이상 생각을 할 수 없었다.

금요일 아침, 바깥은 잔뜩 흐렸고, 어느 병원에서나 마찬가지로 침울한 아침이었다. 이 병실의 아침은 예프렘의 침통한 목소리로 시작되곤 했다. 예프렘은 누군가 희망이나 바람의 말이라도 할라치면 곧바로 찬물을 끼얹으며 윽박지르곤 했다. 그러나 오늘은 웬일인지 입을 꾹 다물고 조용하고 평온하게 책에 푹 빠져 있었다. 거의 뺨까지 붕대를 감아올려 세수를 할 필요도 없고, 아침 식사는 침대 위에서 해결되며, 게다가 오늘은 외과 회진도 없었다. 예프렘은 투박하고 두꺼운 책장을 천천히 넘기며 조용히 책을 읽고 다시 생각에 잠겼다.

방사선과 회진이 진행되는 동안 금테 안경을 쓴 예의 그 환자가 의사에게 불평을 해 대는가 싶더니 이내 풀이 죽어 주사를 맞았다. 코스토글로토프는 권리를 들먹이며 밖으로 뛰어나가더니 다시 들어왔다. 퇴원 결정이 내려진 아조프킨은 작별 인사를 한 다음 배를 움켜쥔 채 허리를 구부리고 병실을 나갔다. 나머지 사람들은 방사선을 조사받거나 수혈을 받기 위해 불려 나갔다. 그러나 포드두예프는 예전처럼 침대를 내려와 통로를 걸어 다닐 생각도 하지 않고 조용히 책만 읽었다. 그는 지금껏 누구와도 나누어 본 일이 없는 대화를 책과 나누는 데 열중해 있었다.

그는 평생을 살아오면서 이렇게 깊은 뜻이 담긴 책을 본 적이 한 번도 없었다.

지금 여기 침대에 누워 있는 신세만 아니었다면, 머리까지 전해지는 목의 통증만 아니었다면 그가 이렇게 책에 열중하는 일은 없었을 것이다. 그리고 건강한 사람이었더라면 이런 이야기에 그토록 감동을 받지도 않았을 것이다.

특히 예프렘은 어제 「사람은 무엇으로 사는가」라는 단편을 발견했다. 제목은 마치 예프렘 자신이 쓴 것처럼 공감이 갔다. 병실 바닥을 왔다 갔다 하면서 줄곧 생각은 했지만 미처 이름 붙일 수 없었던 것, 지난 한 주 내내 자신이 생각해 온 것이 바로 '사람은 무엇으로 사는가' 하는 것이었다.

이 단편은 짧지는 않았지만 처음부터 쉽게 이해되고 진솔하고 감동적으로 가슴을 울렸다.

"어떤 구두장이가 아내와 아이들을 데리고 농가에 세 들어 살고 있었다. 그는 작은 집 한 칸, 밭뙈기 하나 없이, 구두를 만들어 하루하루 살고 있었다. 빵 값은 비싸고 벌이는 신통치 않아 하루 벌어 하루 먹고사는 신세였다. 구두장이와 아내는 재산이라곤 외투 한 벌이 전부였고, 그나마 낡아서 너덜너덜했다."

모든 것이 아주 쉽게 이해되고 다음 줄거리도 어떻게 될지 알 수 있었다. 주인공 세묜은 빼빼 말랐고 그의 조수인 미하일도 삐쩍 말랐다. 그런데 귀족은 달랐다.

"그는 마치 딴 나라에서 온 사람 같았다. 얼굴은 살이 통통 올랐고 혈색도 좋았다. 목은 황소 같고, 온몸은 동상처럼 튼튼했다. ……그처럼 안락한 생활을 누리는 사람에게는 아무런 불행도 없고 죽음도 감히 가까이 오지 못할 것 같았다."

예프렘도 그런 사람들을 많이 보아 왔다. 석탄 산업 단지 책임자인 카라슈크가 그런 부류에 속하고 안토노프, 체체프, 쿠흐치코프도 마찬가지다. 예프렘 자신도 그런 부류의 사람이 되려고 애를 쓰지 않았던가?

천천히, 한 마디 한 마디를 곱씹으며 포드두예프는 이야기를 마저 읽었다.

벌써 점심때가 되었다.

예프렘은 걸어 다니기도 싫고 말도 하기 싫었다. 마치 무엇인가가 그의 마음속에 들어와 그를 완전히 바꾸어 놓은 것 같았다. 지금까지 눈이 있던 자리에 이제는 눈이 사라져 버리고 없었다. 지금까지 입이 있던 곳에 이제는 입이 없어진 것이다.

병원은 예프렘의 거친 표피를 벗겨내 주었고, 이제는 다듬는 일만 남은 것이다.

예프렘은 여전히 베개 두 개에 등을 기대고 양쪽 무릎을 끌어당겨 그 사이에 책을 끼운 채 아무것도 없는 하얀 벽을 우두커니 바라보았다. 햇빛이 비치지 않는 흐린 날이었다.

예프렘의 침대 맞은편에는 얼굴이 하얀 요양객 같은 환자가 주사를 맞고 잠들어 있었다. 오한이 나는지 두꺼운 담요를 뒤집어쓰고 있었다.

바로 옆 침대에서 아흐마드잔이 시브가토프와 장기를 두고 있었다. 그들은 각자의 모국어로는 말이 통하지 않아 서투른 러시아어로 이야기를 나누었다. 시브가토프는 등의 통증 때문에 몸을 구부리지도 숙이지도 못한 채 엉거주춤 앉아 있었다. 그는 아직 젊은 나이였는데도 머리카락이 많이 빠져 정수리가 휑했다.

그러나 예프렘은 아직 머리카락이 빠지지도 않고, 어찌나 덥수룩했는지 마치 헤쳐 나가기 힘든 수풀처럼 보였다. 얼마 전까지만 해도 그는 여자들의 꽁무니를 쫓아다니느라 정신이 없었다. 그러나 지금 생각해 보면 모두 부질없는 일이었다.

그는 관계를 가진 여자가 몇 명이나 되는지 세기도 힘들었다. 처음에는 아내가 몇 명이나 되는지 세어 보기도 했지만 나중에는 그것도 귀찮아졌다. 첫 아내는 아미나란 여자였는데, 얼굴이 하얀 타타르인이었다. 옐라부가[21] 출신으로 아주 예민한 성격의 여자였다. 피부가 어찌나 얇은지 약간만 스쳐도 피가 날 정도였다. 게다가 고분고분하지도 않았던 그녀는 나중에 딸을 데리고 아예 나가 버렸다. 예프렘은 그 후로 더 이상 굴욕을 당하지 않으려고 항상 자기 쪽에서 먼저 여자를 차 버렸다. 그는 철새처럼 떠돌며 자유롭게 생활했고, 어느 때는 임시직으로, 어느 때는 정규직으로 일했지만 가정을 꾸리기에는 여의치 않았다. 물론 어디를 가든 집안일을 해 줄 여자

---

21) 타타르 공화국의 도시.

는 쉽게 만날 수 있었다. 그 외에 그가 만났던 수많은 여자들은 과부든 유부녀든 이름조차 알려고 하지 않고 약속한 돈만 던져 주고 끝이었다. 지금은 그들의 얼굴이나 행실이나 당시의 상황들이 뒤죽박죽되어 아주 특별한 경우가 아니면 전혀 기억나지 않았다. 특별히 기억에 남아 있는 여자는 기술자의 부인이었던 예브도시카라는 여자였다. 그때가 전쟁 중이었는데, 그는 알마아타 제1 플랫폼에 정차해 있던 기차에 타고 있었다. 그런데 기차 창문 아래서 그녀가 유난히 꼬리를 치고 아양을 떨어 댔다. 한 무리의 인부들이 새로운 지역을 개척하기 위해 일리[22]로 가게 되었고, 조합에서 나온 직원들이 배웅하는 중이었다. 그곳에서 그리 멀지 않은 곳에 서 있던 좀 어리숙해 보이는 그녀의 남편은 누군가에게 무언가를 설명하는 중이었다. 기차가 덜컹거리며 움직이기 시작할 때였다. "이봐!" 예프렘이 그녀에게 손을 내밀며 소리쳤다. "내가 마음에 들면 이리 올라타! 같이 가자고!" 그 말을 들은 그녀는 자기 남편과 배웅 나온 동료들이 보는 앞에서 기차 창문으로 올라타 그를 따라왔다. 그리고 두 주 동안 함께 살았다. 기차 안으로 예브도시카를 끌어들인 사건 같은 것은 예프렘도 아직 기억하고 있었다.

이렇게 살아오는 동안 예프렘은 여자들을 귀찮은 존재로 여겼다. 여자를 얻기는 쉬웠지만 떼어 버리기는 쉽지 않았다. 사방에서 '남녀평등'을 이야기하고 예프렘도 굳이 그것을 반

---

22) 알마아타 북부의 도시.

대하지는 않았지만 마음속으로는 첫 아내 아미나를 제외하면 한 번도 여자를 완전한 인간으로 생각해 본 적이 없었다. 혹시라도 어떤 남자가 그것이 여자에게 잘못한 것이라고 진지하게 이야기했다면 납득할 수 없었을 것이다.

그런데 기이하게도 이 책은 예프렘이 전적으로 잘못했다는 점을 깨닫게 해 주었다.

점등 시간보다 일찍 불이 들어왔다.

턱 밑에 혹이 달린 결벽증 환자가 이불 밖으로 대머리를 쏙 내밀며 얼른 안경을 썼다. 안경을 쓴 그는 교수처럼 보였다. 그는 곧바로 모두를 향해 유쾌한 어조로 "주사가 대단한 줄 알았더니 별것 아니네." 하고 말했다. 그러고는 서랍장을 열어 닭고기를 꺼냈다.

예프렘은 저렇게 비실비실한 놈에게는 닭고기나 줘야지, 양고기라도 주면 "왜 이렇게 고기가 질겨?"라고 말할 거라고 생각했다.

예프렘은 다른 사람을 보려면 몸을 전부 돌려야 했다. 그래서 어쩔 수 없이 앞만 보고 있자니 닭 뼈다귀를 물어뜯기 시작한 저 바보 같은 놈이 눈에 들어왔다.

포드두예프는 끙끙대며 조심스럽게 오른쪽으로 고개를 돌렸다.

"여러분!" 그가 큰 소리로 말했다. "짤막한 이야기가 하나 있는데, 제목이 '사람은 무엇으로 사는가'라는 거요." 그러고는 픽 웃었다. "사람은 무엇으로 사느냐고 물으면 여러분은 어떻게 대답하겠어요?"

시브가토프와 아흐마드잔이 장기를 두다가 고개를 들었다. 회복기의 환자답게 아흐마드잔이 유쾌한 어조로 당당하게 말했다.

"보급으로 살지요. 식량 보급이나 일용품 보급 말이에요."

그는 군대에 가기 전까지 자기 마을을 벗어난 적이 없었고 우즈베크어를 사용했다. 그는 러시아어와 사고방식, 규율과 무절제 등을 모두 군대에서 배웠다.

"또 다른 사람은?" 포드두예프가 쉰 목소리로 물었다. 그가 책에서 본 예상치 못한 이 수수께끼는 다른 사람들에게도 물론 쉽지 않았다. "사람이 무엇으로 사는지 이야기해 볼 사람 또 없나?"

나이가 많은 무르살리모프가 누구보다 쉽게 대답할 수 있었을지 모르지만 아쉽게도 그는 러시아어를 못 했다. 대신 그에게 주사를 놓으러 온 견습생 투르군이 대답했다.

"월급이지 뭐겠어요!"

얼굴이 가무잡잡한 프로시카는 한쪽 구석에서 상점의 진열장이라도 쳐다보듯 얼굴을 내밀며 입을 약간 달싹였지만 말을 하지는 않았다.

"자, 각자 이야기들 해 봐요!" 예프렘이 부추겼다.

좀카는 읽던 책을 내려놓고 질문에 대해 생각했다. 예프렘이 읽은 책을 병실로 가져온 사람이 좀카였지만 그도 책을 다 읽지는 않았다. 말귀가 어두운 상대방이 질문을 받고 엉뚱한 대답을 하듯 이 책에는 구체적인 내용이 들어 있지 않았다. 구체적인 답변을 요구하는데, 오히려 무기력하고 혼란하게 만들 뿐이었다. 그래서 그는 「사람은 무엇으로 사는가」를 끝까지 읽지 않았고, 예프렘이 던진 질문의 답도 얼른 떠오르지 않았다. 그래도 자기 나름대로 답변을 생각해 보았다.

"옳지, 말해 보게, 젊은 친구!" 예프렘이 부추겼다.

"제 생각으로는……." 좀카는 칠판 앞에 선 교사처럼 혹시라도 실수를 할까 봐 심사숙고하며 천천히 말했다. "무엇보다 우선 공기가 필요하지 않을까요? 그다음은 물, 그다음은 음식이겠지요."

만약 예전의 예프렘에게 그 질문을 했다면 그 역시 똑같이 대답했을 것이다. 한 가지를 더 추가한다면 술이었을 것이다. 하지만 책에서는 전혀 다른 방향으로 이야기가 흘러갔다.

그는 혀를 끌끌 찼다.

"자, 또 다른 사람 없나?"

프로시카가 용기를 내서 말했다.

"자격증으로 살아가지 않을까요?"

그것도 맞는 말이다. 지금까지는 예프렘도 그런 생각으로 살아왔다.

그때 시브가토프가 크게 한숨을 내쉬고는 조심스레 말했다.

"자기 고향이라고 할 수 있지."

"그게 무슨 말이죠?" 예프렘이 깜짝 놀랐다.

"그러니까 자기 고향 땅을 기반으로 산다는 말이에요. 태어난 곳에서 살아간다는 뜻이지."

"그도 그렇지요. 하지만 반드시 그렇지는 않아요. 나는 젊어서 고향인 카마 강을 떠나왔어요. 그곳과 지금 내가 무슨 상관이란 말이에요? 강은 강일 뿐이지. 나와 아무 상관 없어요."

"고향 땅에서는……." 시브가토프가 자기주장을 고집하며 나지막한 목소리로 말했다. "고향 땅에서 살면 병이 생기지 않아요. 고향에서는 모든 것이 편안하거든."

"하긴 그럴 수도 있겠군요. 누구 더 이야기할 사람 없나요?"

"무슨 말이에요? 뭐라고 했습니까?" 루사노프가 관심을 보이며 끼어들었다. "무슨 이야기들을 하고 있었던 겁니까?"

예프렘은 신음 소리를 내며 어렵사리 왼쪽으로 고개를 돌렸다. 창문 쪽 침대들은 비어 있었고, 환자 한 명만 남아 있었다. 루사노프는 두 손으로 닭다리를 잡고 물어뜯고 있었다.

그들은 마치 악마가 일부러 심술이라도 부린 듯 서로 마주 보며 앉아 있었다. 예프렘이 얼굴을 찌푸렸다.

"선생 나리! 내 말은 사람이 무엇으로 살아가느냐 하는 겁니다."

파벨 니콜라예비치는 전혀 당황해하는 기색 없이 여전히 닭고기를 씹어 댔다.

"그런 것은 물어볼 필요도 없습니다. 잘들 기억해 둬요. 사람은 이념과 공공복지에 의해 살아가는 겁니다."

그러고는 가장 맛있는 부위인 물렁뼈를 물어뜯었다. 이제 남은 부분은 닭발의 거친 껍데기와 늘어진 힘줄 그리고 뼈다귀뿐이었다. 그는 서랍장 위에 놓인 종이 위에 뼈다귀를 내려놓았다.

예프렘은 아무 대꾸도 하지 않았다. 저런 엉터리 같은 인간이 교묘하게 핵심을 피해 간 것이 못마땅했다. 이념이라는 말이 나오면 그만 입을 닫는 것이 상책이었다.

그는 다시 책을 펼치고 그 속으로 빠져들었다. 그러고는 스스로 어떤 대답이 옳은지 곰곰이 생각해 보았다.

"그게 무슨 책이에요? 무엇에 대해 썼어요?" 시브가토프가 장기를 두다 멈추고 물었다.

"자, 한번 들어 봐요." 포드두예프가 첫 문장을 읽었다. "어떤 구두장이가 아내와 아이들을 데리고 농가에 세 들어 살고 있었다. 그는 작은 집 한 칸, 밭뙈기 하나 없이……."

그는 소리 내어 읽기도 힘들었고, 너무 길었다. 베개 두 개에 기댄 채 그는 줄거리를 다시 상기하며 시브가토프에게 알기 쉽게 이야기하기 시작했다.

"그러니까…… 구두장이는 술주정뱅이였어. 그가 술에 취해 집으로 돌아오다가 길가에서 얼어 죽어 가던 미하일을 집으로 데려왔어. 가난한 살림에 입 하나가 더 늘었으니 마누라가 노발대발하지 않았겠어? 하지만 미하일은 일을 하기 시작했어. 허리를 펼 새도 없이 말이야. 그래서 주인보다 더 훌륭한 구두장이가 되었지. 그러던 어느 겨울날, 어떤 귀족이 값비싼 가죽을 가져와서 신발을 주문했어. 비틀어지거나 터지는 곳이 없도록 장화를 잘 만들어 달라면서 말이야. 만약 가죽을 망치기라도 하면 가죽 값을 물리겠다고 했어. 그런데 미하일이 이상한 미소를 짓는 거야. 귀족의 등 뒤쪽 구석에서 무언가를 보았던 거지. 미하일은 귀족이 나가기가 무섭게 가죽을 재단했는데, 아주 이상하게 해 놓은 거야. 그렇게 재단하면 장화는 만들 수 없고, 겨우 슬리퍼나 만들게 생겼거든. 그래서 구두장이는 머리를 싸매며 '네가 나를 죽일 셈이냐? 도대체 무슨 짓을 한 거야?' 하고 소리쳤지. 그러자 미하일이 이렇게 대답하는 거야. '오늘 저녁에 죽는다는 것도 모르고 일 년 후의 일을 걱정하네요.' 그런데 그 말대로 집으로 돌아가는 길에 귀족이 고꾸라진 거야. 귀족의 부인은 구두장이에게 사람을 보내 이젠 장화가 필요 없으니 서둘러 슬리퍼를 만들어 달라고 했어. 죽은 사람이 신는 슬리퍼 말이야."

"저, 저, 저런, 무슨 말도 안 되는 헛소리야!" 루사노프가 'ㅈ' 소리를 세게 내서 말하며 씩씩거렸다. "그렇게 판에 박힌 소리 좀 그만둘 수 없나? 우리의 도덕관념과는 멀어도 한참 먼 이야기잖아요. 그래서 책에서는 사람이 무엇으로 산다고 합니까?"

예프렘은 입을 다물고는 툭 튀어나온 눈으로 대머리를 쳐다보았다. 그는 말귀가 어두운 대머리 사내에게 화가 났다. 사람은 개인의 이기심이 아니라 사랑으로 살아간다고 책에는 쓰여 있는데, 저 엉터리 같은 사내는 공공복지로 살아간다고 하지 않는가.

그것도 어느 정도는 맞는 말이었다.

"무엇으로 사느냐고?" 왠지 말로 표현하기 어려웠다. 이야기하기도 쑥스러웠다. "말하자면 사랑으로……."

"사랑으로 살아간다고! 아니, 그건 말도 안 돼! 우리의 도덕관념이 아니야!" 금테 안경이 비웃었다. "이봐요! 그 이야기를 쓴 사람이 도대체 누구요?"

"뭐라고 하는 거야?" 포드두예프가 중얼거렸다. 이야기가 자꾸 본질에서 멀어지는 것 같았다.

"누가 썼느냐고 물었어요. 작가가 누구냐고? ……그 책 첫 장의 위쪽을 살펴봐요."

아니, 여기서 작가의 이름이 무슨 상관이란 말인가? 작가의 이름이 이야기의 본질과 무슨 관계가 있고, 자신의 병과 삶, 죽음과 무슨 관계가 있단 말인가? 예프렘은 책을 볼 때면 위에 쓰인 작가의 이름을 본 적이 없었고, 보았다고 해도 금방 잊어버리기 일쑤였다.

그는 책의 첫 장을 펼쳐 들고 큰 소리로 읽었다.

"톨스……토이."

"그럴 리가 있나!" 루사노프가 이의를 제기했다. "내 말 잘 들어요. 톨스토이는 긍정적이고 애국적인 작품만 쓴 작가요. 그렇지 않았다면 출판되었을 까닭이 없지. 『빵』, 『표트르 1세』 같은 이야기들 말이에요. 그는 스탈린상을 세 번이나 받은 작가요.[23] 내 말 알겠어요!"

"이 사람은 그 톨스토이가 아니에요!" 좀카가 구석 자리에서 소리쳤다. "우리가 이야기하는 작가는 레프 톨스토이예요."

"아아, 다른 사람인가?" 루사노프는 한편으로는 안심이 되고, 다른 한편으로는 불만스러운 표정을 지으며 말했다. "그렇군, 다른 톨스토이였어. 그럼 러시아 혁명의 거울이자 쌀로

---

23) 루사노프는 소련 정권을 지지한 작가 알렉세이 톨스토이(1883~1945)로 착각했다.

만든 커틀릿을 먹으라고 했던[24] 그 사람인가? 그 톨스토이는 참 괴상한 소리를 했지! 그는 이해력이 상당히, 아주 상당히 부족한 사람이었어요. 악에는 대항해야 하는 것 아닌가요, 여러분! 악에는 맞서 투쟁해야 합니다!"

"저도 동감이에요." 작은 소리로 좀카가 말했다.

---

24) 레프 톨스토이의 채식주의를 빗대어 레닌이 했던 말이다. 톨스토이는 또한 무저항주의를 고수했다.

9
심장 종양

외과 전문의 예브게니야 우스치노브나에게 외과 의사 같은
데라고는 없었다. 보통 외과 의사라면 완고한 눈빛, 강한 의지
가 엿보이는 이마의 주름살, 강한 턱선 등으로 묘사되곤 하는
데, 그녀에게서는 그런 전형적인 특징을 전혀 찾아볼 수 없었
다. 예순 살이 넘은 나이였지만 머리를 뒤로 넘기고 의사용 모
자를 쓰고 있으면 뒷모습만 보고 곧잘 "이봐, 아가씨!" 하고
부를 정도였다. 그러나 얼굴을 돌리면 지친 표정에 축 늘어진
피부와 움푹 팬 눈자위가 나타났다. 그녀는 그것을 감추려고
늘 밝은 톤의 립스틱을 발랐지만 담배 때문에 지워지곤 해서
하루에도 몇 번이나 다시 바르곤 했다.

그녀는 수술이나 응급 조치를 할 때, 그리고 병실에 있을 때
를 제외하면 항상 담배를 피웠다. 일을 하다가도 틈만 나면 달
려 나가 굶주린 사람처럼 담배를 피워 물었다. 그녀는 회진 때

도 이따금 집게손가락과 가운뎃손가락을 입에 갖다 대는 버릇이 있어서 회진이 끝나고 나면 몇몇 환자들은 그녀가 회진 때 담배를 피웠네, 안 피웠네 하며 입씨름을 하곤 했다.

작은 체구에 나이가 지긋한 이 여의사는 팔이 길고 키가 훤칠한 외과 과장 레프 레오니도비치와 함께 병원의 모든 수술을 도맡아 하고 있었다. 그녀는 사지를 절단하고 기관 절개 수술 후에 목구멍에 관을 삽입하고, 위를 잘라 내고, 장 속을 여기저기 들쑤시고, 골반 속까지 잠입해 들어가곤 했다. 수술 일과가 다 끝나가는 시간에라도 암이 퍼진 유선 적출 수술이 생기면 한두 번 정도는 더 익숙한 솜씨로 수술을 해치우곤 했다. 화요일이든 금요일이든 예브게니야 우스치노브나가 유방을 적출하지 않은 날이 없을 정도였다. 언젠가 그녀는 창백한 입술로 담배를 피우며 수술실을 청소하는 청소부에게 자신이 떼어 낸 유방을 모두 한데 모으면 작은 산 하나는 족히 될 거라고 말했다.

예브게니야 우스치노브나는 평생을 오로지 외과 의사로 수술밖에 모르고 살아왔지만 톨스토이 소설에 나오는 카자흐 여자 예로시카가 서구의 의사에 대해 언급했던 말을 잊은 적이 없었고, 그 의미도 잘 알고 있었다. "그 의사들은 그저 자르는 것밖에 몰라요. 완전 바보들이라니까. 민간요법 의사들이야말로 진짜야! 약초를 쓸 줄 알거든."

그저 자르는 것밖에 모른다? 그렇지 않다! 예브게니야 우스치노브나는 절대 외과 의사가 그렇다고 생각하지 않았다! 예전에 의과 대학 학생 시절에 저명한 외과 의사가 수업 중에 이런 말을 한 적이 있었다. "외과 의사는 무뚝뚝해서는 안 되며 친절해야 합니다! 아픔을 주는 대신 아픔에서 벗어나게 해주어야 합니다! 라틴 속담에 '아픔을 달래 주는 것이 신의 임무다.'라는 말이 있습니다!"

그러나 아픔을 없애기 위한 첫 시도인 마취, 이 마저도 아픔을 주게 된다.

예브게니야 우스치노브나가 수술을 선호하는 것은 수술이 근본적이고 확실하며 새로운 기술이라는 점 때문이 아니라 오히려 더 섬세하고 더 친절하며 더 이성적인 분별력을 발휘할 수 있다는 점 때문이었다. 그녀가 가장 행복한 순간이라면 수술을 앞둔 전날 밤, 반쯤 잠이 든 상태에서 엘리베이터를 타고 있는 듯한 기분에 싸여 있을 때 진료 차트에 기록해 둔 것보다 수월한 새로운 수술 방법이 갑자기 머리에 떠올랐을 때였다. 그럴 때마다 정신이 번쩍 든 그녀는 얼른 일어나 메모를 해 두곤 했다. 그런 다음 아침이 되면 결정적인 순간에 수술 방법을 바꾸는 위험을 감수하곤 했다. 그녀의 훌륭한 수술들은 대체로 이런 경우가 많았다.

만약 내일이라도 수술이나 메스를 대신해 방사선 요법이나 화학 요법, 약초 요법, 혹은 어떤 광선 요법, 색채 요법, 텔레파시 요법 등이 환자들을 구하고 외과 의사는 더 이상 인간을 치료할 수 없게 된다고 해도 예브게니야 우스치노브나는 절대 서운해하지 않을 것이다.

왜냐하면 제아무리 훌륭한 수술이었다 할지라도 그녀가 해서는 안 되는 수술이었을지도 모르고, 환자에게 가장 좋은 수술이라고 할지라도 얼마든지 바꾸거나 피하거나 연기할 수 있기 때문이다. 그 점에서 예로시카의 주장은 옳다고 할 수 있다! 바로 그것이 그녀가 항상 염두에 두고 찾는 것이기도 했다.

그런데 이제는 그것을 잃어버렸다. 삼십여 년간 메스를 들고 일하다 보니 그녀 역시 고통에 익숙해졌다. 그리고 무덤덤해지고 지쳐 갔다. 전날 밤 수술 방법을 바꾸는 일도 이미 오래전에 그만두었다. 점차 모든 수술이 특별하게 느껴지지 않고 점점 획일화되어 갔다.

바로 그런 것이 인간을 구속하고 질식하게 하는 것 아닐까. 말하자면 인생의 중반쯤에 이르면 전혀 새로운 직업을 찾아 전혀 다른 인생을 시작해 볼 가능성이 없어진다는 사실 말이다.

회진은 보통 서너 명이 하곤 했는데, 그녀와 레프 레오니도비치 그리고 전문의 중 한두 명이 함께 했다. 레프 레오니도비치는 며칠 전에 흉강 수술 세미나 참석차 모스크바로 떠나고 없었다. 그런데 웬일인지 그녀가 이번 토요일에는 다른 수련의도 대동하지 않고, 더구나 간호사도 없이 혼자서 2층의 남자 병실에 들른 것이다.

그녀는 바로 들어오지 않고 기둥에 비스듬히 몸을 기댄 채 문지방에 발을 걸치고 서 있었다. 이런 자세는 보통 소녀들이나 하는 것이었다. 젊은 아가씨들은 등이나 어깨나 머리를 반듯이 펴고 서 있기보다 이렇게 비스듬이 서 있는 편이 훨씬 사랑스러워 보일 것이라고 생각하기 때문이다.

그녀는 생각에 잠긴 채 뭔가에 열중해 있는 죠마를 물끄러미 쳐다보았다. 죠마는 아픈 다리를 침대 위에 쭉 뻗고 성한

다리는 구부린 채 책상 대신 그 위에 책을 펼쳐 놓고 양손으로 긴 연필 네 자루를 갖고 어떤 형체를 만들고 있었다. 이리저리 그것을 살피고 있을 때 그를 부르는 소리가 들렸다. 그는 연필을 한데 모으고 고개를 들었다.

"죠마! 무엇을 만들고 있니?"예브게니야 우스치노브나가 음울한 목소리로 물었다.

"정리(定理)예요!" 필요 이상 큰 목소리로 그가 대답했다.

두 사람은 이런 이야기를 하면서도 상대방을 예의주시하며 이것이 핵심이 아니라는 것을 분명히 알고 있었다.

"시간은 계속 흘러가는데……." 죠마는 이렇게 이야기했지만 작고 기운 없는 목소리였다.

그녀가 고개를 끄덕였다.

그녀가 계속 문설주에 말없이 기대서 있었던 것은 소녀 같은 감성적인 이유 때문이 아니라 지쳐 있었기 때문이었다.

"잠깐 살펴봐도 될까?"

항상 신중한 죠마가 평소보다 더 강하게 거부했다.

"어제 류드밀라 아파나시예브나가 진찰했어요! 좀 더 두고 보자고 하셨어요!"

예브게니야 우스치노브나가 고개를 끄덕였다. 그 모습에는 슬프고도 안타까운 감정이 드러났다.

"그건 좋아. 하지만 나도 한번 봐야겠는걸."

죠마는 인상을 찌푸렸다. 그러고는 『입체 기하학』 책을 내려놓고 그녀가 앉을 수 있도록 자리를 비키고는 아픈 다리 쪽 바지를 무릎까지 걷어올렸다.

예브게니야 우스치노브나가 그 옆에 나란히 앉았다. 그녀는 가운과 안에 입은 원피스의 소매를 팔꿈치까지 가볍게 걷어올렸다. 가늘고 여린 그녀의 팔이 죠마의 다리를 따라 마치 살아 있는 두 마리의 생물처럼 움직였다.

"여기 아프니? 여기는?" 그녀는 계속 물어보기만 했다.

"네, 네……." 그가 점점 더 얼굴을 찌푸리며 대답했다.

"밤에 잘 때면 다리에 감각이 느껴지니?"

"네……. 하지만 류드밀라 아파나시예브나가……."

예브게니야 우스치노브나는 알고 있다는 듯 고개를 끄덕이며 어깨를 가볍게 토닥였다.

"좋아! 계속 방사선 조사를 받기로 해."

그러고는 서로 눈길을 주고받았다.

병실이 아주 조용해져서 그들의 말이 모두 들릴 정도였다.

예브게니야 우스치노브나가 일어서며 뒤를 돌아보았다. 그쪽 벽난로 옆은 프로시카의 자리였는데, 어젯밤에 창가 쪽으로 옮겼다.(죽은 사람의 침대에 누우면 안 된다는 미신이 있기는 했지만.) 지금 벽난로 옆에 놓인 침대는 헨리 페데라우라는 환자가 차지하고 있었는데, 그는 머리와 눈썹이 희고 키는 작달막하며 조용한 성격으로, 벌써 사흘이나 계단에 누워 있었기 때문에 새로운 환자라고는 할 수 없었다. 그는 곧바로 일어나서 손을 허리에 딱 붙이더니 존경스러운 시선으로 예브게니야 우스치노브나를 반기며 쳐다보았다. 그는 그녀보다도 키가 작았다.

그는 아주 건강했다! 아픈 데가 하나도 없었다! 첫 수술 후에 완치되었다. 그가 암 병동에 다시 나타난 것은 아파서가 아니라 그의 철두철미한 성격 때문이었다. 그의 진료 수첩에는 1955년 2월 1일에 재검을 받으라고 적혀 있었다. 그는 교통 사정도 좋지 않은 아주 먼 곳에서 몇 번씩 차를 갈아타고, 1월 31일도 아니고 2월 2일도 아닌, 정해진 바로 그날 병원에 나타났다. 달의 월식처럼 정확했다.

그런데 어찌 된 일인지 페데라우는 다시 입원해서 치료를 받고 있었다.

그는 오늘 퇴원하기를 몹시 고대했다.

키가 크고 무뚝뚝한 마리야가 흐리멍텅한 눈으로 다가와 수건을 내밀었다. 예브게니야 우스치노브나는 손을 닦았다. 그러고는 팔꿈치까지 걷어올린 두 손을 들어 올려 긴장된 자세로 손가락을 놀리며 페데라우의 목을 오랫동안 촉진했다. 그러고는 윗도리 단추를 풀어 쇄골 위의 오목한 부분과 겨드랑이 밑까지 조심스레 촉진을 하고 나서 말했다.

"페데라우 씨! 다 좋습니다! 모두 정상입니다."

그러자 그는 큰 상이라도 받은 것처럼 얼굴이 밝아졌다.

"다 좋아요." 그녀는 말꼬리를 늘이며 다정하게 말하고는 다시 한 번 환자의 턱 밑을 만져 보았다. "간단한 수술만 한 번 더 하면 괜찮을 것 같아요."

"네? 그게 무슨 말씀이세요?" 페데라우의 얼굴이 새하얗게 변했다. "괜찮다고 하시고는 무슨 수술을 한단 말입니까, 선생님?"

"완벽을 기하기 위해서입니다." 그녀가 창백한 얼굴로 미소를 지었다.

"여긴가요?" 그가 손바닥으로 목을 비스듬하게 베는 시늉을 했다. 그의 온순한 얼굴에 근심스러운 빛이 역력했다. 듬성듬성 나 있는 머리카락은 희끗희끗해 보였고, 눈썹 역시 희끗희끗했다.

"바로 거기예요. 걱정할 필요 없어요. 전혀 악화되지 않았어요. 이번 화요일에 수술할 수 있도록 준비하세요.(마리야가 날짜를 기록했다.) 2월 말이면 집으로 돌아갈 수 있고, 다시는 이곳에 올 일이 없을 거예요."

"그래도 '검사'는 또 받아야 하지요?" 페데라우가 어색하게 미소를 지었다.

"그래도 검사는⋯⋯." 그녀도 미안해하며 애써 미소를 지었다. 그에게 용기를 줄 수 있는 것이라고는 그녀의 지친 미소밖에 없었다.

그는 한참을 서 있다가 자리에 앉으며 생각에 잠겼다. 그녀는 그런 그를 남겨 두고 다음 환자에게 갔다. 아흐마드잔 옆을 지나면서는 그에게 살짝 미소를 보냈다.(석 주 전에 아흐마드잔의 샅굴 부위를 수술했었다.) 그러고는 예프렘의 침대 앞에서 멈췄다.

그는 푸른색 장정의 책을 옆에 내려놓고 아까부터 그녀를 기다리고 있었다. 넓은 어깨 위로 목을 붕대로 칭칭 감아올려 이상하게 비대해진 커다란 머리와 침대에 엉거주춤 꿇어앉아 있는 모습이 난쟁이처럼 기이하게 보였다. 그는 공격이라도 기다리는 사람처럼 눈을 치켜뜨고 그녀를 쳐다보았다.

그녀는 그의 침대 등받이에 팔꿈치를 대고 마치 담배를 피우듯 두 손가락을 입에 댔다.

"포드두예프 씨! 기분이 좀 어때요?"

지금 기분이 어떠냐며 수다를 떨 때인가! 빨리 말하고 어서 가 버렸으면! 아예 방에서 나가 주면 좋으련만.

"수술은 이제 지겨워요." 예프렘이 다짜고짜 말했다.

그녀는 어떻게 수술을 지겹다고 할 수 있는지 의아해하며 눈썹을 추켜올렸다.

그러고는 아무 말도 하지 않았다.

그 역시 더 이상 할 말이 없었다.

두 사람은 마치 싸우고 토라진 사람들처럼 아무 말도 하지 않았다. 마치 이별을 앞둔 사람들처럼.

"같은 곳을 또 수술하는 거죠?" 물어볼 필요도 없다는 투로 예프렘이 말했다.

(그는 사실 "전에 수술을 어떻게 했길래 또 수술을 한다는 거예요? 도대체 어떻게 할 생각인데요?" 하고 묻고 싶었다. 하지만 윗사람이고 뭐고 대들기 잘하는 그였지만 예브게니야 우스치노브나에게는 그렇게 하지 않았다. 그녀 스스로 알아차리기만을 바랐다.)

"그 옆 부위예요." 그녀가 정정해 주었다.

(가엾은 그에게 아랫입술에 생긴 암과 설암은 다른 것이라고 어떻게 말할 수 있단 말인가? 턱 아래의 림프샘을 적출해도 어느새 림프관 깊은 곳까지 전이되곤 한다. 그렇다고 미리 적출할 수도 없는 것 아닌가.)

힘이 없어 팔을 앞으로 뻗지도 못하며 그가 컥컥거렸다.

"필요 없어요. 아무것도 필요 없습니다."

그녀도 달리 설득할 힘이 없었다.

"수술하고 싶지 않아요. 더 이상 아무것도 필요 없어요."

그녀는 말없이 바라보았다.

"퇴원시켜 주세요!"

그녀는 그의 갈색 눈을 똑바로 쳐다보았다. 무시무시한 공포를 겪은 뒤 이제는 더 이상 무서울 것이 없다는 눈빛이었다. 그녀도 동감이었다. 그래! 무엇 때문에 또 수술을 한단 말인가? 메스가 그의 암의 전이를 따라잡을 수 없다면 무엇 때문에 그를 괴롭힌단 말인가?

"포드두예프 씨! 그럼 월요일에 붕대를 풀고 살펴봅시다. 아셨죠?"

(그는 퇴원시켜 달라고 했지만 한편으로는 그녀가 이렇게 말해 주기를 바랐다. "당신 정신 나갔어요? 퇴원시켜 달라니 무슨 뜻입니까? 당신을 꼭 완치시킬 겁니다! 우리가 당신을 낫게 해 줄 거예요!" 그런데 그녀가 동의한 것이다. 가망이 없다는 뜻이다.)

그는 알았다고 고개를 끄덕이는 표시로 온몸을 흔들었다. 고개만 따로 끄덕일 수가 없었기 때문이다.

다음으로 그녀는 프로시카에게 다가갔다. 그는 그녀를 맞으려고 일어나며 미소를 지었다. 그녀는 진찰은 하지 않고 질문을 던졌다.

"기분이 좀 어때요?"

"아주 좋습니다." 그가 더 활짝 웃었다. "이 약들이 많은 도움이 되었습니다."

그가 종합 비타민제가 들어 있는 병을 보여 주었다. 그는 어떻게 하면 그녀가 만족할지, 어떻게 그녀를 설득해서 수술을 피할 수 있을지 생각해 낼 수 없었다!

그녀가 약을 살펴보았다. 그런 다음 한쪽 손을 그의 왼쪽 가슴에 대며 물었다.

"여기 아파요?"

"네, 조금."

그녀가 고개를 끄덕였다.

"오늘 퇴원해도 좋아요."

프로시카는 뛸 듯이 기뻐했다! 그의 검은 눈썹이 올라갔다.

"그럼 다 나았어요? 수술은 안 해도 돼요?"

그녀가 창백한 얼굴로 미소를 지으며 고개를 저었다.

일주일 내내 진찰을 하고, 이리저리 눕히고, 앉히고, 들어 올렸다 내렸다 하면서 방사선을 네 번씩이나 조사하고, 흰 가운을 입은 어떤 나이 든 사람에게 데려가 진찰도 받게 해서 그는 내심 중병에 걸린 것은 아닌지 걱정했는데, 갑자기 수술도 하지 않고 퇴원을 하라는 것이다!

"그럼 제가 건강하다는 거예요?"

"꼭 완쾌되었다고는 할 수 없지만……."

"이 약들이 도움이 됐군요, 그렇죠?" 그의 검은 눈동자는 이제야 알았다는 듯 감사의 눈빛으로 반짝였다. 병이 나아서 자신뿐만 아니라 의사까지도 기쁘게 해 주었다는 사실에 그는 아주 기분 좋았다.

"앞으로 그 약은 약국에서 직접 사 드세요. 그리고 나도 약을 처방해 줄 테니 같이 복용하고요." 그러고는 간호사를 향해 아스코르브산을 처방했다.

마리야는 얼굴을 숙이고 진지한 자세로 진료 차트에 그것을 기록했다. "반드시 하루에 세 번만 복용해요! 그것이 중요해요!" 예브게니야 우스치노브나가 격려해 주었다.(그것이 약 자체보다 중요한 것이다.) "그리고 아주 조심해야 해요! 절대 빨리 걸으면 안 되고, 무거운 것을 들어 올려서도 안 돼요. 몸을 구부려도 아주 위험해요."

프로시카는 세상 물정에 어두운 이 여의사가 아주 우습게 느껴졌다.

"저는 트랙터 운전사인데 무거운 것을 들지 말라니요?"

"당분간은 일을 쉬어요."

"그럼 어떻게 하죠? 병결 신청을 할 수 있을까요?"

"우리 병원의 진단서를 첨부해서 '노동 능력 상실자'로 신청해요."

"노동 능력 상실자라고요?" 프로시카가 깜짝 놀라며 그녀를 쳐다보고 물었다. "아니, 제가 왜 노동 능력 상실자라는 거예요? 그럼 제가 살 수 없다는 겁니까? 저는 아직 젊어요. 일하고 싶어요."

그는 일하기를 원하는, 거친 손가락 마디로 이루어진 커다란 손을 내밀었다.

그러나 그런 행동도 예브게니야 우스치노브나를 설득하지는 못했다.

"삼십 분 후에 처치실로 와요. 진료 카드를 준비해 놓겠어요. 그때 설명하지요."

그녀가 밖으로 나가자 무뚝뚝하고 깡마른 마리야도 그 뒤를 따라 나갔다.

그러자 병실은 갑자기 몇몇 사람들의 말소리로 떠들썩해졌다. 프로시카는 '노동 능력 상실자'가 무슨 말인지를 젊은 사람들과 이야기해 보려 했지만 그들의 화제는 온통 페데라우에 대한 것이었다. 하얗고 깨끗하고 아무 이상도 없는 데다 전혀 아프지도 않은 목을 수술한다는 것은 모두에게 납득할 수 없는 이야기였다!

포드두예프는 다리를 오므리고 양손을 침대 위에 짚은 채 몸통을 빙그르르 돌리더니(그러자 마치 다리가 없는 것처럼 보였다.) 얼굴을 붉히고 화를 내며 소리쳤다.

"그 말에 넘어가선 안 돼요, 헨리! 멍청한 짓 하지 마요! 한번 칼을 대기 시작하면 수술을 계속해야 돼요! 나처럼."

그러나 아흐마드잔은 다른 의견을 내놓았다.

"수술해야 해, 페데라우! 의사들이 괜히 수술한다고 하지는 않을 거야."

"아프지도 않은데 왜 수술을 하라는 거죠?" 죠마가 언성을 높였다.

"그래, 그 말이 맞아." 코스토글로토프가 목소리를 낮추고 말했다. "아무렇지도 않은 목을 수술하는 것은 미친 짓이지."

루사노프는 와자하게 떠들어 대는 소리에 눈살을 찌푸렸지만 아무 말도 하지 않았다. 어제는 주사를 맞을 때 특별히 힘들지 않아서 기분이 아주 좋았다. 그러나 어젯밤부터 아침까지 내내 목의 종양 때문에 고개를 움직이기 힘들었고, 종양의 크기도 전혀 줄어들지 않아서 오늘은 다시 기분이 침통해졌다.

사실 간가르트 박사는 여러 번 다녀갔다. 그녀는 파벨 니콜라예비치에게 어제 낮과 밤 그리고 오늘 환부의 상태가 어떤지, 또 환부가 어느 정도 누그러졌는지를 자세하게 물었고, 주사를 한 번 맞았다고 종양이 바로 줄어드는 것이 아니며, 그것이 정상적이라고 설명해 주었다. 그래서 그는 어느 정도 마음이 안정되었다. 그는 간가르트를 자세히 살펴본 후에는 꽤 영리해 보인다는 생각까지 하게 되었다. 이 병원이라고 모두 무능력한 의사들만 있다고 할 수 없고, 경험도 있을 테니 그들을 잘 다루기만 하면 괜찮을 수도 있겠다는 생각이 들었다.

그러나 그런 안도감도 오래가지 않았다. 의사가 나가자 턱밑의 종양이 지끈거리며 압박해 왔다. 그런데 완전히 건강한 사람의 목을 수술해야 한다면서 떠들어 대는 것이 아닌가. 정작 루사노프 자신의 목에는 이런 혹이 달려 있는데도 수술을 하지 않고 수술하자는 말도 없는 것이다! 수술할 필요조차 없을 정도로 심각하다는 말인가?

파벨 니콜라예비치는 그제 병동에 처음 들어올 때만 해도 자신이 이렇게 빨리 이들과 동질감을 갖게 되리라고는 상상도 못 했다.

아무튼 지금 화제는 목에 대한 것이다. 목에 문제가 있는 사람은 모두 세 사람이었다.

헨리 야코보비치는 매우 실망했다. 다른 사람들의 충고를 모두 듣고 나서 난감한 미소를 지었다. 다른 사람들은 모두 그에게 어떻게 하라고 자신 있게 말했지만 정작 본인은 어떻게 해야 할지 막막했다.(그들도 자신의 일이라면 이렇게 막막할 것이다.) 수술하는 것도 위험하고 수술하지 않는 것도 위험하다. 그는 지금 예겐베르지예프가 그런 것처럼 지난번 아랫입술에 방사선 치료를 받을 때 병원에 여러 번 문의도 하고 충분히 검토도 했다. 그 후에 입술이 부풀어 올랐다가 딱지가 지고 그것이 떨어져 나갔지만 그는 왜 경선(頸腺) 수술을 해야 하는지 알았다. 암세포가 다른 곳으로 전이되지 않도록 하려는 것이다.

그러나 저 포드두예프는 수술을 두 번이나 했다. 그렇다면 수술이 무슨 도움이 된다는 말인가?

암세포가 꼭 전이된다는 법도 없지 않은가? 또 이미 암세포가 사라져 버렸을지도 모르는 일 아닌가?

어쨌든 아내와 특히 가족 중에 가장 결단력 있고 지혜로운 딸 헨리에타와 상의할 필요가 있었다. 하지만 병원은 페데라우가 이 침대를 차지하고 누워서 가족과 편지를 주고받을 때까지 기다려 주지 않을 터였다.(더구나 정류장에서 페데라우의 가족들이 사는 초원 골짜기까지는 우편물을 일주일에 두 번밖에 배달하지 않았고, 그나마도 날씨가 좋을 때에 한해서였다.) 그렇다고 가족들과 상의하기 위해 퇴원해서 집으로 가기란 더욱 어려운 일이었다. 이곳 의사들이나 그렇게 쉽게 충고를 하는 다른 환자들이 생각하는 것보다 훨씬 더 어려운 일이었다. 집에 다녀오려면 우선 이 도시의 감독 조사국에 가서 얼마 전에야 간신히 얻은 휴가원을 반납하고 임시 거주 명단에서 이름을 지운 다음에 출발해야 한다. 우선은 지금처럼 가벼운 차림새로, 외투에 반장화를 신고 작은 정거장까지 기차를 타고 가야 한다. 그곳에 도착하면 어떤 친절한 사람에게 맡겨 놓은 반코트와 펠트 방한화를 찾아 갈아 신고(왜냐하면 그곳은 여기와 달리 세찬 바람이 부는 겨울 날씨이기 때문이다.) 집에서 가까운 이 MTS[25]가 있는 곳까지 150킬로미터를 기차를 타고 가야 한다. 기차에 객실이 없으면 화물칸이라도 얻어 타고 흔들거리며 가야 한다. 집에 도착하자마자 바로 지방 감독 조사국에 도착했다는 편지를 보내 이 주가 되든, 삼 주가 되든, 사 주가 되든 병원으로 가도 된다는 허가서가 다시 나올 때까지 기다려야 한다. 허가가 나오면 직장에 휴가원을 신청해야 한다. 그때 하필 눈이라도 녹기 시작하면 길이 진창이 되어 자동차가 다닐 수 없게 된다. 어찌어찌해서 겨우 작은 정거장에 도착하면 하루에 두 번 지나는 기차가 일 분씩 정차하는데, 그 틈에 각 객차를 뛰어다니며 차장에게 태워 달라고 부탁해야 한다. 어렵사리 다시 이곳에 도착하면 이 도시의 감독 조사국으로 가서 임시 거주 등록을 하고 병원으로 와서 자리가 날 때까지 며칠이든 기다려야 하는 것이다.

그때 모두들 화제를 프로시카에게 돌렸다. 그것 보라고! 재수 없는 침대에 누웠다고 하더니 쓸데없는 미신이잖아! 이렇게 모두들 축하해 주고 '노동 능력 상실자' 증명서를 준다고

---

25) 집단 농장에 농기구를 지원해 주던 트랙터 본부.

할 때 얼른 받아 두라는 충고도 했다. 줄 때 받아야 한다! 준다는 것은 그것이 필요하다는 의미인 것이다. 주었다가 나중에 다시 가져갈지도 모른다고도 했다. 그러나 프로시카는 일하고 싶다며 거절했다. 이런 바보 같은 녀석이 어디 있나? 앞으로 평생 일할 기회는 얼마든지 있는데 말이다!

프로시카는 진단서를 받으러 갔다. 병실 안은 조용해졌다.

예프렘은 보던 책을 다시 펼쳐 들었다. 그러다가 문득 글자를 읽으면서도 무슨 내용인지 깨닫지 못하고 있었다는 것을 알아차렸다.

그는 병실이나 복도에서 일어나는 일들로 마음이 초조해지고 흥분한 때문이라고 생각했다. 책에 적힌 이야기를 이해하기 위해서는 이제 더 이상 자신이 아무것도 할 수 없다는 점을 깨달아야 했다. 아무것도 바꿀 수 없다는 것을. 아무도 설득할 수 없다는 것을. 그리고 자신에게 남아 있는 나날을 잘 갈무리하는 일만 남았다는 것을.

그렇게 마음을 정리하자 책 속의 문장들이 눈에 들어오기 시작했다. 문장들은 하얀 종이 위에 검은색의 보통 활자들로 인쇄되어 있었다. 그러나 얕은 식견으로 그것을 이해하기에는 역부족이었다.

진단서를 받고 기뻐하며 계단을 올라오던 프로시카는 2층 입구에서 코스토글로토프와 마주쳤다. 그가 코스토글로토프에게 진단서를 보여 주며 말했다.

"제대로 적혀 있는지 이것 좀 봐 줘요!"

서류 한 장은 철도국에 보내는 것으로, 수술 직후의 환자이니 순서에 상관없이 열차표를 제공해 달라는 요청서였다.(만약 수술 환자라는 이야기를 하지 않으면 기차역에서 환자를 일반인들의 줄에 세워 이삼 일이나 기차를 타지 못하는 일도 있었다.)

다른 서류 한 장은 그의 거주지에 있는 의료 기관에 보내는 진단서로 다음과 같이 쓰여 있었다.

tumor cordis, casus inoperabilis.

"이게 무슨 뜻인지 모르겠어요." 프로시카가 손가락으로 글자들을 쿡쿡 찌르며 말했다. "뭐라고 적혀 있어요?"

"어디, 잠깐 생각 좀 해 봅시다." 코스토글로토프가 미심쩍은 표정으로 얼굴을 찌푸렸다.

프로시카는 짐을 챙기러 갔다.

코스토글로토프는 난간에 기대어 층계참 밖으로 고개를 내밀었다.

그는 지금껏 살아오면서 라틴어는커녕 다른 어떤 외국어도 배운 적이 없고, 측량학을 제외하고는 어떤 학문도 제대로 배운 적이 없었다. 측량학도 군대의 하사관 교육 과정에서 배운 것이 전부였다. 언제나 그는 교양 교육을 노골적으로 비웃었지만 정작 자신은 교양 교육을 받을 기회가 있으면 한 번도 그냥 놓치는 법이 없었다. 1938년에는 지구 물리학 과목을 들었고, 1946년에서 1947년까지는 측지학 과목을 들었지만 그 와중에 군대도 가고 전쟁에도 나가느라 전 과정을 마치지는 못했다. 공부를 할 여건이 되지 않았던 것이다. 그러나 코스토글로토프는 사랑하는 할아버지가 입버릇처럼 말하던 속담을 항상 기억했다. "미련한 자는 가르치기를 좋아하고 지혜로운 자는 배우기를 좋아한다." 심지어는 군대에서도 알아 두면 좋을 것은 언제나 받아들였고, 자기 연대의 장교든 다른 연대의 장교든, 아니면 같은 소대의 졸병이라도 상관하지 않고 쓸 만한 이야기는 항상 귀 기울여 들었다. 그는 모든 신경을 귀에 곤두세우면서도 자존심을 상하지 않으려고 듣지 않는 척했다. 하지만 어떤 사람을 새로 사귈 때면 자신을 먼저 소개하거나 설명하는 법이 없었고, 대신 상대방이 어떤 사람인지, 누구와 어울리는지, 어디서 왔는지, 무슨 일을 하는지 등을 재빨리 살펴보았다. 이런 태도가 그의 견문을 넓혀 주었다. 그런 기회는 전쟁 후 초만원을 이루던 부트이르 감옥에서 아주 많았다. 그곳에서는 매일 저녁 방마다 대학 교수나 박사 들, 지식인들이 모여 원자 물리학이나 서구의 건축술, 유전학, 시학, 양봉술 등의 강연을 하곤 했는데, 코스토글로토프는 이런 강연을 가장 열심히 들었다. 크라스나야 프레스냐 감옥의 벙커 아래에 있든, 화물 열차의 널빤지 위에 있든, 야영지의 맨바닥에 앉아 있든, 수용소의 대열 속에 있든지 간에 그는 언제나 할아버지의 그 말을 기억하고 대학 강당에서 배우지 못한 것들을 얻으려고 노력했다.

언젠가 수용소 위생실에서 서류를 대필하기도 하고 뜨거운 물을 나르는 심부름도 하던 중년의 소심한 의료 통계인을 알게 되었는데, 나중에 보니 그는 레닌그라드 대학의 고전 인문학과 고대 문학 교수였다. 코스토글로토프는 그에게 라틴어를 배워야겠다고 결심했다. 그러려면 엄동설한에 수용소 울타리 쪽으로 나가 왔다 갔다 해야 했다. 연필도 종이도 없었기 때문에 그는 가끔 장갑을 벗고 손가락으로 눈 위에 글씨를 쓰곤 했다.(그는 아무런 대가도 바라지 않았다. 그 짧은 순간에는 그도 자신을 인간으로 느낄 수 있었던 것이다. 물론 코스토글로토프도 대가로 지불할 것이 아무것도 없었다. 그런데 정작 대가는 다른 곳에 치러야 했다. 간수가 그들을 각자 불러들여 심문했다. 그들이 수용소를 탈출하기 위해 눈 위에 탈출 계획도를 그렸다고 의심한 것이다. 라틴어를 배웠다는 말은 믿어 주지 않았다. 라틴어 수업은 그렇게 끝이 났다.)

코스토글로토프는 그때 배운 글자 중에서 'casus'라는 단어가 '사례'를 뜻하며 'in'은 부정 접두사라는 것을 알았다. 그리고 'cor', 'cordis'도 그때 알게 되었는데, 만약 몰랐다고 하더라도 카르디야그람[26]과 어근이 같다는 것을 어렵지 않게 알 수 있었다. 그리고 'tumor'는 조야에게 빌려 보았던 『병리 해부학』에 자주 나오던 단어였다.

그렇다면 이제 프로시카의 진단서 내용은 쉽게 알 수 있다.

"심장의 종양, 수술을 할 수 없는 사례."

그에게 비타민을 처방했다는 것은 수술을 할 수 없는 상태일 뿐만 아니라 어떤 치료도 할 수 없다는 뜻이다.

층계 난간에 기대선 코스토글로토프는 라틴어의 뜻이 아니라 어제 자신이 류드밀라 아파나시예브나에게 주장했던 원

─────────────

26) 심전도.

칙, 즉 환자가 모든 것을 알아야 한다는 원칙을 머릿속에 떠올렸다.

하지만 그러한 원칙도 자신처럼 세상 물정을 잘 아는 사람에게나 맞는 원칙일 것이다.

그런데 프로시카에게는 어떨까?

프로시카는 짐이라고 할 만한 것이 없었다. 개인 소지품이 아무것도 없었다. 시브가토프와 죠마, 아흐마드잔이 그를 배웅했다. 세 사람 모두 조심스럽게 걸었다. 한 사람은 등을 조심해야 하고, 한 사람은 다리를 조심해야 하고, 한 사람은 양쪽에 지팡이를 짚고 있었기 때문이다. 프로시카는 하얀 이를 반짝이며 경쾌하게 걸어갔다.

이렇게 자유를 찾은 누군가를 배웅하는 것은 거의 드문 일이었다.

그런데 지금 저 밖에서 그를 다시 체포하려고 기다리고 있다고 어떻게 말을 한단 말인가?

"그 서류에 뭐라고 쓰여 있던가요?" 프로시카가 옆을 지나치며 태평하게 물었다.

"그걸 어떻게 알겠어?" 코스토글로토프가 입을 실룩거리자 얼굴의 상처도 같이 실룩거렸다. "의사들이 어찌나 교활한지 무슨 뜻인지 도통 알 수가 없어."

"그럼 모두들 완쾌하세요! 젊은 여러분도 모두 완쾌하세요! 자, 집으로, 아내한테로 가요!" 프로시카는 모든 사람들과 일일이 악수를 하고 계단을 내려가다 몇 번씩이나 뒤를 돌아보며 기쁜 표정으로 손을 흔들었다.

그러고는 당당하게 계단을 내려갔다.

죽음을 향해.

10
아이들

그녀는 좀카의 종양을 손가락으로 만져 보기만 하고 어깨를 가볍게 토닥이더니 다음 환자에게 갔다. 좀카는 그것에 어떤 결정적인 의미가 담겨 있다는 것을 알아챘다.

그는 곧바로 알아채지는 못했다. 병실에서 프로시카에 대해 이런저런 이야기를 나누고 그를 배웅한 다음 그는 이제 행운의 침대가 된 창가 침대로 옮길 참이었다. 그곳은 햇빛이 잘 들어 책을 읽기에도 좋고 코스토글로토프와 가까워 입체 기하학 공부를 하기에도 안성맞춤이었던 것이다. 그런데 그때 새 환자가 들어왔다.

검게 그은 얼굴에 칠흑 같은 검은 머리를 말쑥하게 빗어 넘긴 청년이었다. 나이는 스물이 훨씬 넘어 보였다. 그는 책을 왼쪽 겨드랑이에 세 권, 오른쪽 겨드랑이에 세 권 끼우고 있었다.

"여러분! 안녕하세요!" 문지방 앞에 서서 그가 인사했다. 좀카는 솔직한 태도와 순진해 보이는 그의 얼굴이 마음에 들었다. "제 침대는 어느 것입니까?"

그렇게 물으면서도 그는 침대 쪽은 보지 않고 벽을 쳐다보았다.

"책을 많이 읽어요?" 좀카가 물었다.

"네! 항상 책을 읽어요!"

좀카는 잠깐 생각했다.

"직업상 필요한 책인가요, 아니면 취미로 읽는 거예요?"

"직업상 필요합니다!"

"그렇군요! 저쪽 창가에 있는 침대를 써요. 금방 시트를 갈아 줄 거예요. 그런데 그건 무슨 책이에요?"

"지질학 책이에요." 새 환자가 대답했다.

좀카는 그중 한 권을 살펴보았다. '광산의 지구 화학적 탐사'라는 제목이었다.

"창가 쪽 침대로 가요. 그런데 저어…… 어디가 아파서 온 거예요?"

"다리요."

"아! 나도 다리가 아픈데."

그러고 보니 새 환자는 한쪽 다리를 조심스레 움직이고 있었다. 하지만 그의 몸은 빙판에서 춤이라도 출 수 있을 것처럼 보였다.

새 환자의 시트를 갈아 주자 그는 책을 읽으려고 병원에 온 사람처럼 다섯 권의 책은 창턱에 올려놓고 나머지 한 권을 들고 열심히 읽기 시작했다. 그는 아무것도 묻지 않고 아무에게도 말을 걸지 않은 채 한 시간 정도 책을 읽다가 진찰실로 불려 갔다.

좀카도 책에 집중해 보려고 노력했다. 먼저 『입체 기하학』 책을 펴서 읽으며 연필을 이용해 형태를 만들었다. 그러나 정리(定理)가 머릿속에 영 떠오르지 않았다. 도면상의 모양은 잘린 직선 조각과 파편화된 평면이 들쭉날쭉해 좀카에게는 모두가 동일해 보였다.

그래서 조금 더 가벼운 책을 읽어 보려고 스탈린상을 받은 『살아 있는 물』이라는 책을 집어 들었다. 수많은 책이 출판되었지만 모든 책을 읽을 수 있는 사람은 아무도 없을 것이다. 어떤 책은 읽고 나서 시간을 허비했다는 생각이 들 때가 있다. 그러나 좀카는 가능하면 스탈린상을 받은 책은 모두 읽어 보려고 노력했다. 그런 책들이 한 해에 마흔 권에 달했다. 물론 그 책들도 다 읽지는 못했다. 좀카는 책의 제목까지 혼동하기도 했다. 내용도 이해하기가 쉽지 않았다. 예를 들어 대상을 객관적으로 보라는 말은 사물을 현실의 삶 속에서 있는 그대로 보라는 의미라는 것을 겨우 이해하자마자 갑자기 다른 책에서는 어떤 여성 작가를 "객관주의의 어설프고 해로운 구렁텅이에 빠졌다."라고 비난하기도 했다. 좀카는 『살아 있는 물』을 읽으면서 마음이 답답하고 괴로웠지만 그 이유가 무엇인지는 알 수 없었다.

그의 마음 깊이 고통과 피로감이 몰려왔다. 누군가에게 물어보면 어떨까? 푸념이라도 해 보면 나아질까? 아니면 그저 인간적으로 대화를 나누고 약간의 동정이라도 구해 볼까.

물론 동정이란 상대를 무시하는 감정이며, 동정하는 쪽이나 동정받는 쪽이나 모두 무시당하는 것이라고 책에서 읽은 적이 있고, 사람들도 그렇게 말했다.

하지만 누군가에게 동정받고 싶은 마음이 드는 것은 어쩔 수 없었다.

이 병실에서 이야기를 주고받거나 이야기를 듣는 것도 흥미로웠지만 지금 그는 다른 것을 원했다. 지금처럼 남자들을 대할 때는 남자로서의 체면을 지켜야 했기 때문이다.

이 병동에는 여자 환자들도 상당히 많았다. 그러나 죠마는 소란스러운 여자 병실 안으로 들어가 보고 싶은 생각은 없었다. 만일 어느 정도 건강한 여자들이 있었다면 그 옆을 지나가다가 궁금해하며 그쪽으로 눈길을 돌렸을지도 모른다. 그러나 병든 여자들의 소굴에서 혹시라도 이상한 것을 보게 되지는 않을까 겁이 나서 눈을 돌려 버렸다. 여자들의 병은 단순한 수치심 이상의 어떤 비밀 장막 같은 것이었다. 계단이나 진료실 같은 데서 가끔 여자 환자들을 마주친 적도 있었다. 그들은 파리하고 지친 모습에 퀴퀴한 냄새가 나는 환자복을 입고 있었고, 환자복 속의 가슴께와 허리 아래로는 속옷이 드러나 보이기도 했다. 이런 모습을 보면 그는 몹시 언짢았다.

그래서 그는 여자 환자들을 보면 항상 피하게 되었다. 물론 이곳에서 여자 환자와 알고 지내는 것도 쉬운 일은 아니었다.

하지만 스쵸파 아줌마는 그쪽에서 먼저 알은체를 해서 이야기를 나누었고, 그 후로 친해졌다. 스쵸파 아줌마는 자식도 있고 벌써 손자도 보았다. 그녀는 보통 할머니처럼 주름살도 있고, 타인의 허물도 너그러이 이해하는 인상 좋은 얼굴이었지만 목소리만은 남자 같았다. 죠마는 스쵸파 아줌마와 함께 2층 층계참 같은 곳에 앉아 오랫동안 이야기를 나누곤 했다. 지금껏 그 누구도, 그 어느 곳에서도 그렇게 자상하게 죠마의 이야기에 귀를 기울여 준 사람은 없었다. 그녀는 마치 자신도 가까운 가족이 없는 처지인 것처럼 그의 이야기에 귀를 기울였다. 그는 그녀에게 자기 이야기를 허심탄회하게 털어놓았고, 아무에게도 말한 적이 없는 엄마에 대한 이야기까지 했다.

좀카가 두 살 되던 해에 아버지가 전사했다. 그 후에 의붓아버지와 같이 살게 되었는데, 별로 다정한 성격은 아니었지만 착실한 사람이어서 함께 사는 데 무리가 없었다. 하지만 엄마가(스쵸파에게도 그 이야기를 꺼내기는 쉽지 않았고, 그는 오랫동안 그 이야기를 마음속에 감추고 입 밖에 낸 적이 없었다.) 바람을 피웠다. 의붓아버지는 엄마를 내쫓았다. 당연한 일이었다. 그 후 엄마는 죠마와 같이 살던 단칸방으로도 남자들을 끌어들여 술을 마시고(그들은 죠마에게도 술을 권했지만 그는 거부했다.) 한밤중이나 아침까지 있다가 가곤 했다. 방 안에는 칸막이도 없었고, 창밖에서 비치는 가로등 불빛으로 방 안이 훤히 다 보였다. 그래서 죠마는 또래 소년들이 환상을 갖는 일에 극도의 혐오감을 갖게 되었다.

5학년과 6학년을 이렇게 보낸 좀카는 7학년이 되면서 학교 수위로 있던 어느 노인의 집에서 살게 되었다. 하루에 두 끼는 학교에서 먹었다. 그런데도 그의 엄마는 그를 데려갈 생각을 하기는커녕 오히려 혹이 떨어졌다고 좋아했다.

죠마는 엄마에게 쌓인 울분을 터뜨리며 몹시 흥분했다. 스쵸파 아줌마는 고개를 끄덕이며 이야기를 모두 듣고 나서 약간 이상한 결론을 내렸다.

"이 세상에는 온갖 사람이 다 있어. 그리고 모든 사람에게 인생은 한 번뿐이야."

죠마는 작년부터 야간 학교가 딸린 공장촌으로 옮겨 기숙사에 들어가게 되었다. 공장에서 선반 견습공으로 일하면서 2급 자격증을 땄다. 일이 쉽지는 않았지만 술을 마시거나 유혹에 빠지지 않고 열심히 공부했다. 그 결과 우수한 성적으로 8학년과 9학년 1학기를 마쳤다.

유일한 놀이는 가끔 친구들과 축구를 하는 것이었다. 그런데 그토록 작고 유일한 즐거움에 운명의 신이 저주를 내린 것이다. 한창 게임을 하다가 누군가가 실수로 죰카의 종아리를 축구화로 찼다. 죰카는 이를 대수롭지 않게 여기고 한동안 절뚝거리며 다녔고, 나중에는 괜찮아졌다. 그런데 가을이 되면서 다리가 아파 왔다. 그래도 죰카는 의사에게 진찰을 받지 않고 그냥 내버려 두었다. 그러다가 점차 상태가 나빠졌다. 그제야 바통이 넘겨지듯 그 지역 의사들에게 차례로 치료를 받다가 결국 이곳까지 오게 된 것이다.

죰카는 스쵸파 아줌마에게 운명이란 것이 왜 이렇게 불공평하냐고 물었다. 어떤 사람들은 평생 아무 탈 없이 평탄하게 보내는데, 어떤 사람들의 운명은 왜 이렇게 뒤틀리는지 알 수 없었다. 운명이란 자신에게 달려 있다고 말하지만 전혀 그렇지도 않은 것 같았다.

"신의 뜻이지." 스쵸파 아줌마는 그렇게 받아들였다. "신은 모든 것을 보고 계셔. 죠마, 신에게 순종해야 한단다!"

"만약 신의 뜻이라면, 신이 모든 것을 보고 계신다면 왜 저 혼자만 나락으로 떨어진 걸까요? 좀 더 공평하게……."

물론 순종해야 한다는 것은 맞는 말이다. 그것을 거슬러서는 안 된다. 순종하지 않고 달리 무슨 도리가 있단 말인가?

스쵸파 아줌마는 이 도시 출신이라서 딸과 아들, 며느리 들이 자주 문병을 오고 음식도 가져왔다. 아줌마는 음식을 아끼지 않고 주변의 환자들이나 병원 청소부들에게 나누어 주고, 그를 병실에서 불러내 달걀이나 만두 등을 먹이기도 했다.

죠마는 항상 배가 고팠다. 그는 한 번도 배부르게 먹어 본 적이 없었다. 항상 허기져 있다 보니 실제보다 더 심하게 허기를 느꼈다. 그러나 스쵸파 아줌마한테 달걀과 만두를 모두 받기가 미안해서 달걀이든 만두든 한 가지만 먹고 나머지는 애써 사양했다.

"먹어, 어서 먹어!" 그녀가 손사래를 쳤다. "이건 고기가 든 만두야. 육식기[27] 동안에 먹어 둬!"

"그럼 나중에는 고기를 먹을 수 없어요?"

"물론이지. 아니, 여태 그걸 몰랐단 말이야?"

"육식기가 지나면 어떻게 돼요?"

"다음엔 사육 주간이지, 뭐긴 뭐야?"

---

27) 슬라브 정교에서 크리스마스부터 사육 주간 이전까지의 기간.

"그럼 더 좋잖아요, 스쵸파 아줌마! 사육 주간이면 더 좋은 거 아니에요?"

"뭐가 더 좋은지는 사람마다 다르겠지만 어쨌든 육식은 금지야."

"하지만 사육 주간도 언젠가는 끝나잖아요?"

"물론이지. 일주일이 지나면 끝나지."

"그다음에는 어떻게 되는데요?" 죠마는 자기 집에서 한 번도 먹어 본 적이 없는 가정식 고기만두를 먹으며 기분 좋게 물었다.

"이런, 요즘 아이들은 아무것도 모르니, 원! 그다음에는 대정진기[28]야."

"대정진기는 왜 있는 거예요? 정진기면 정진기지, 왜 대정진기라고 해요?"

"죠마! 그건 말이야…… 자고로 배가 질질 끌리면 땅바닥에 고꾸라지는 법이야. 항상 배가 부르면 못써! 가끔은 굶주림도 필요하단다."

"굶주림이 왜 필요해요?" 지금껏 굶주리며 살아온 죠마는 이해할 수 없었다.

"머리를 맑게 하려고 굶는 거야. 배가 고플수록 머리가 맑아지는 법인데…… 그것도 몰랐어?"

"몰랐어요, 스쵸파 아줌마! 그런 생각은 한 번도 해 본 적이 없어요."

---

28) 부활절 전의 일주일.

죠마는 아직 글자를 알기도 전인 1학년 때부터 종교는 마약이며 반동적인 가르침이자 협잡꾼들에게나 이로운 것이라고 배워 왔고, 그렇게 믿었으며, 그것이 머리에 각인되어 있었다. 그래서 어떤 나라에서는 종교 때문에 노동자들이 아직 착취에서 벗어나지 못하고 있으며, 종교에서 해방되기 위해 무기를 들고 싸워 자유를 쟁취해야 한다고 생각했다.

그렇다면 고리타분한 옛날 명절이나 따지고, 말끝마다 하느님을 찾고, 음울한 이곳의 병실에서조차 태평하게 미소를 지으며 고기만두를 먹는 스쵸파 아줌마가 반동적인 인물이란 말인가.

점심 식사를 마친 토요일 오후, 의사들은 모두 퇴근하고 환자들은 제각각 시름에 잠겨 있는 바로 그 시간, 아직 병실에는 흐릿한 석양빛이 비치고 있었지만 현관과 복도에는 벌써 전등불이 켜진 그 시간, 그저 참아야 한다는 이야기 외에는 어떤 구체적인 충고도 해 줄 수 없는 스쵸파 아줌마를 찾아 죠마는 다리를 절뚝거리며 여기저기 돌아다녔다.

어떻게 해야 다리를 빼앗기지 않을까? 어떻게 하면 다리를 자르지 않을까? 어떻게 해야 다리를 보존할 수 있을까?

잘라야 하나? 자르지 말아야 하나? 잘라야 하나? 자르지 말아야 하나?

이렇게 심한 통증에서 벗어나려면 자르는 편이 더 나을지도 모른다.

스쵸파 아줌마가 갈 만한 곳은 다 찾아보았지만 도무지 찾을 수가 없었다. 대신에 죠마는 아래층 복도의 폭이 넓어지면서 작은 홀이 만들어져 병원 식구들이 상좌[29]라고 부르기도 했던, 간호사의 낮은 책상과 약품이 진열된 진열장이 놓여 있던 곳에 서 있는 어떤 아가씨, 아니 아가씨라기보다는 작은 소녀를 발견했다. 소녀는 주름진 회색 환자복을 입고 있었지만 영화배우처럼 보였다. 보기 드문 황금빛 머리카락이나 머리카락이 살랑거리며 흩날리는 모습이 무척 신비로워 보였다.

사실 소녀를 처음 본 것은 어제였고, 아주 잠깐 봤을 뿐인데, 그 순간 죠마는 소녀의 황금빛 머리카락에 눈이 아찔했다. 그는 너무 아름다운 소녀의 모습에 눈도 똑바로 뜨지 못한 채 고개를 돌리고 그냥 지나쳐 버렸다. 물론 이 병동에서 그녀와 가장 비슷한 또래는 죠마였지만(다리를 자른 후르한이 있기는 하지만) 소녀에게 접근할 엄두는 나지 않았다.

오늘 아침에도 그는 소녀의 뒷모습을 보긴 했다. 환자복을 입고 있었지만 풀잎 같은 소녀의 모습은 바로 눈에 띄었고 소녀의 황금빛 머리채가 하늘거렸다.

지금 죠마가 찾던 사람은 소녀가 아니었다. 그리고 그는 소녀에게 인사를 건넬 용기도 없었다. 설사 말을 건다고 해도 입이 굳어 무슨 헛소리를 하거나 엉뚱한 소리를 할 것 같았다. 그러나 소녀를 보자 가슴이 쿵쿵 뛰었다. 그는 절뚝거리지 않고 어떻게든 자연스럽게 걸으려 애를 쓰며 상좌 쪽으로 다가가 공화국에서 발행하는《프라우다》신문철을 뒤적이기 시작했다. 신문철은 포장지나 다른 용도로 쓰려고 환자들이 신문

---

29) 성상을 모셔 놓는 방의 입구 맞은편 오른쪽 구석 자리.

을 찢어 가는 바람에 얄팍했다.

무명 탁자보가 덮여 있는 책상의 절반은 스탈린의 청동 흉상이 차지하고 있었다. 머리와 어깨가 보통 사람보다 훨씬 더 큰 것이었다. 스탈린 동상 옆에는 그에 뒤질세라 비대한 체구에 입술이 두툼한 청소부 아줌마가 서 있었다. 그녀는 보통 토요일에는 한가해서 책상 위에 신문지를 펴고 느긋하게 해바라기 씨를 부어 놓고 까먹었다. 손도 대지 않고 신문지 위에 해바라기 씨의 껍데기를 뱉는 품이 아주 능숙했다. 잠깐 그곳에 들렀다가 아예 눌러앉아 계속 해바라기 씨를 까먹고 있는 듯했다.

벽에 걸린 확성기에서 둔탁한 댄스 음악이 흘러나왔다. 그 옆에 놓인 다른 작은 책상에서는 환자 두 사람이 장기를 두고 있었다.

죠마는 곁눈질로 살짝 소녀를 보았다. 소녀는 벽에 기대 놓은 의자에 멍하니 앉아 있었다. 등을 반듯하게 펴고 한쪽 손으로 환자복의 깃을 여미고 있었다. 여성 환자복은 직접 매단 경우가 아니라면 앞섶에 단추가 없었다. 소녀는 손에 닿기만 하면 금방 사라져 버릴 것 같은, 머리카락이 황금빛인 천사 같은 모습으로 앉아 있었다. 아! 한마디 말이라도 건넬 수 있다면 얼마나 좋을까! 하다못해 다리 이야기라도…….

좀카는 바보 같은 자신에게 화를 내며 신문을 훑어보았다. 게다가 머리카락을 다듬는 데 드는 시간을 절약하려고 기계로 빡빡 밀어 버린 것이 후회막급이었다. 소녀의 눈에 그의 머리는 목각 인형의 까까머리처럼 보일 것이 분명했다.

그때 갑자기 천사가 말을 건넸다.

"너는 왜 그렇게 소심하니? 어제도 보고 오늘도 봤는데 계속 모르는 척할 거니?"

죠마는 깜짝 놀라 주위를 둘러보았다. 그렇다! 그 외에 다른 사람은 아무도 없었다. 자신에게 말을 건넨 것이다!

꽃의 관모(冠毛) 같기도 하고 무슨 깃털 같기도 한 것이 그녀의 머리 위에서 팔랑거렸다.

"왜…… 놀라? 의자 하나 가져와서 이리 앉아. 인사나 하자."

"놀라긴 누가 놀랐다고 그래." 이렇게 말했지만 그의 목이 꽉 막혀 소리가 잘 나오지 않았다.

"그럼 의자를 이리 가져와."

그는 애써 태연하게 걸으며 의자를 들어 벽 앞에 그녀와 나란히 의자를 붙였다. 그러고는 한 손을 내밀었다.

"난 죠마라고 해."

"난 아샤." 그녀가 가냘픈 손을 내밀었다 거둬들였다.

그는 자리에 앉으며 마치 신랑 신부처럼 나란히 앉은 것이 좀 우습게 느껴졌다. 그런데 그렇게 앉으니 소녀를 마주 보기가 쉽지 않았다. 그는 일어나 소녀를 보기에 더 편한 위치로 의자를 옮겼다.

"왜 여기 이렇게 멍하니 앉아 있는 거야?" 죠마가 물었다.

"그럼 뭘 해야 하는데? 그리고 나는 지금 멍하니 있는 게 아니야."

"그럼 뭘 하고 있는데?"

"음악을 듣고 있어. 그리고 머릿속으로 춤을 추고 있어. 너는 춤을 출 줄 아니?”

“머릿속으로 말이야?”

“발로 추는 춤이라도…….”

좀카는 부정의 뜻으로 혀를 찼다.

“소심한 네가 그럴 줄 알았어. 너랑 같이 춤을 추면 좋을 텐데.” 아샤가 주위를 둘러보았다. “춤 출 곳이 없네. 하긴 춤은 무슨 춤이야. 그냥 가만히 있기가 너무 답답해서 이렇게 음악을 듣는 것뿐이야.”

“어떤 춤을 좋아하는데?” 좀카가 관심을 보이며 말을 걸었다. “탱고?”

아샤는 한숨을 푹 쉬었다.

“탱고는 무슨 탱고. 그건 할머니들이나 추는 거야. 요즘 유행하는 춤은 로큰롤이야. 여기서는 아직 안 추지만 모스크바에서는 못 추는 사람이 없어.”

죠마는 그녀가 하는 이야기를 전부 이해할 수는 없었지만 함께 이야기를 나누고 가까이서 바라볼 수 있다는 것만으로도 기분 좋았다. 그녀의 눈동자는 이상하게도 초록색이었다. 눈동자를 물들일 수는 없으니 원래 태어날 때부터 그런 것이었으리라. 아무튼 그는 날아갈 것 같은 기분이었다.

“오오, 굉장한 춤곡이야! 나도 본 적이 없어서 정확하게 보여 줄 수는 없지만 말이야. 그런데 너는 한가할 땐 어떻게 시간을 보내니? 노래는 잘해?” 아샤가 말했다.

“아니, 노래도 못 불러.”

“우리는 노래를 부르곤 해, 심심할 땐 말이야. 그럼 너는 무얼 하니? 아코디언 연주할 줄 아니?"

"아니……." 좀카는 부끄러워하며 대답했다. 그녀와 말을 이어 가기가 힘들었다.

그렇다고 자신이 사회 문제에 관심이 있다고 말할 수도 없는 노릇이었다.

아샤도 그를 이해하기 힘들었다. 정말 특이한 사람 아닌가!

"너 혹시 운동은 잘하니? 이래 봬도 나는 5종 경기를 잘해. 140센티미터에 13.20이야."

"나는 잘 못해……." 좀카는 그녀 앞에서 자신이 너무 무능해 보이는 것 같아 씁쓸했다. 사람들은 이렇게 자유롭게 자기 삶을 누리는데! 좀카는 지금껏 그런 삶을 누려 본 적이 없지 않은가……. "축구를 조금 했지만……."

그것마저 할 수 없게 되어 버렸다.

"그러면 혹시 담배는 피울 줄 아니? 술은?" 아샤는 여전히 희망을 갖고 물었다. "아니면 맥주라도?"

"맥주라면……." 좀카는 크게 한숨을 내쉬었다.(그는 사실 맥주를 입에 대 본 적도 없었지만 끝까지 창피를 당할 수는 없었다.)

"오오!" 그녀는 명치를 얻어맞은 것처럼 소리를 질렀다. "어쩜 너는 이렇게 유치하니? 아직 애송이구나! 운동도 전혀 할 줄 모르고! 우리 학교에도 그런 애들이 있었지. 지난 9월에 우리가 남학교로 이동했거든.[30] 그런데 학교 교장이 약골 범생이들만 그 학교에 남겨 놓은 거야. 괜찮은 남자애들은 모두

---

30) 소련에서는 1954년에 남녀 공학으로 바뀌었다.

여학교로 보내고 말이야."

그녀는 그를 모욕하려고 한 것이 아니라 가여워서 한 말이었지만 어쨌든 그는 약골이란 말에 자존심이 상했다.

"너는 몇 학년인데?"

"10학년이야."

"그런데 그런 머리 모양은 학교에서 허락했어?"

"허락할 리가 없지! 절대 금지야! 그래서 우리도 반항하는 거지!"

그녀는 툭 터놓고 말했다. 그녀가 냉소를 보내고 주먹으로 친다고 해도 이렇게 같이 이야기를 나눌 수 있다는 것만으로도 마냥 즐거웠다.

댄스 음악이 끝나고 아나운서가 굴욕적인 파리 협정에 대한 여러 나라의 반대 투쟁을 뉴스로 전했다. 프랑스인들은 이 협정에 대해 프랑스를 독일에 넘겨주는 위험한 결정이라고 주장하고, 독일인들은 독일을 프랑스에 넘겨주는 것이라고 주장한다는 것이었다.

"그런데 너는 무슨 일을 하니?" 아샤가 꼬치꼬치 캐물었다.

"나는 선반공으로 일했어." 좀카가 당당하게 말했다.

하지만 아샤는 선반공이란 말에도 그다지 놀라지 않았다.

"월급은 얼마나 받는데?"

좀카는 자신의 월급을 땀 흘려 번 자랑스러운 것으로 생각했다. 그러나 지금 자신이 얼마를 받는지 이야기하는 것은 좀 껄끄럽다는 생각이 들었다.

"물론 얼마 되지는 않아." 그가 마지못해 대답했다.

"어쨌든 그런 일은 너무 시시해!" 아샤가 딱 잘라 말했다. "차라리 운동선수였다면 훨씬 좋았을 텐데! 재능 있어 보이는데."

"하지만 그런 걸 할 줄 알아야지……."

"할 줄 모르다니? 모든 사람이 운동선수가 될 수 있어! 물론 열심히 연습해야 하지만! 운동선수들이 돈을 얼마나 많이 버는데! 교통비도 공짜지, 하루에 30루블이나 되는 식대도 제공되고, 호텔도 이용할 수 있고. 게다가 상금도 받고, 많은 도시로 여행도 다니잖아!"

"넌 어디에 가 봤어?"

"레닌그라드에도 가 보고, 보로네시에도……."

"레닌그라드는 어땠어?"

"아, 정말 굉장했어! 아케이드며 백화점! 양말만 전문으로 파는 가게도 있고, 가방만 전문으로 파는 곳도 있어!"

그런 것이 있다고는 전혀 상상도 못 했던 좀카는 부러운 생각이 들었다. 이 소녀가 그렇게 평가한다면 당연히 모든 것이 굉장히 훌륭한 좋은 곳일 터였다. 그가 줄곧 머물러 왔던 이런 벽지와는 완전히 다를 것이다.

책상 위에 있는 스탈린 동상 옆에 나란히, 마치 기념비처럼 한참을 서 있던 청소부 아줌마는 여전히 고개도 숙이지 않고 해바라기 씨 껍데기를 신문지 위에 뱉어 내고 있었다.

"그렇게 운동을 좋아하는 네가 여기는 왜 왔어?"

그는 어디가 아픈지 물어볼 엄두가 나지 않았다. 그것은 예의에 벗어나는 일이었다.

"응, 나는 검사를 하러 온 거야. 사흘 정도 걸려." 아샤가 손 사래를 쳤다. 그녀는 앞가슴이 벌어지지 않도록 한 손으로 줄곧 환자복의 가슴께를 여미고 있었다. "이 환자복은 정말 형편없지 뭐야. 입고 있기가 부끄러워! 이런 곳에 일주일만 있어도 아마 미쳐 버릴 거야. 너는 여기 왜 온 거야?"

"나?" 좀카는 입맛을 다셨다. 그는 자기 다리 문제에 대해 누군가와 진지하게 상의를 하고 싶다는 생각도 했지만 갑자기 물어 오니 당황스러웠다. "내 다리가……."

지금까지 '내 다리'는 그에게 아주 중대하고 고통스러운 의미를 가지는 말이었다. 하지만 이렇게 재기발랄한 아샤 앞에서는 그것이 뭐 그토록 어려운 일인가 하는 의구심마저 들었다. 그는 부끄러워하면서도 이미 월급에 대해 말했듯이 다리에 대해서도 이야기했다.

"그래서 의사 선생님이 어떻게 해야 한다고 했어?"

"그러니까 그게…… 아무 말도 안 했어. 그런데 아마 잘라야 한다고 생각하는 것 같아."

좀카는 어두운 얼굴로 아샤의 환한 얼굴을 쳐다보았다.

"그게 무슨 말이야!" 아샤는 마치 친한 친구에게 하듯 그의 어깨를 툭 쳤다. "어떻게 다리를 자른다는 거야? 그 사람들 미친 거 아니니? 치료해 줄 생각을 해야지! 절대 잘라서는 안 돼! 다리 없이 사느니 차라리 죽는 게 나아. 무슨 그런 말이 있어? 절름발이로 살아야 하다니! 말도 안 돼! 우리가 사는 것은 행복해지기 위해서잖아!"

그렇다, 역시 그녀의 말이 옳다! 목발을 짚고 어떻게 산단 말인가? 가령 여기 이렇게 그녀와 나란히 앉아 있다면 목발은 어디에 둔단 말인가? 불구가 된 다리는 또 어떻게 하고 있으란 말인가? 그가 지금처럼 의자를 직접 가져올 수 없다면 그녀가 가져와야 한다는 말인가? 아니야, 다리 없이는 살 수 없어.

인생은 행복을 위해 있는 것이다.

"여기 온 지는 오래되었니?"

"그러니까 벌써……." 죠마는 계산을 해 보았다. "석 주가 지났어."

"정말 끔찍하구나!" 아샤가 어깨를 움츠렸다. "얼마나 답답했을까! 라디오도 없고 아코디언도 없이! 게다가 사람들이 병실에서 떠들어 대는 이야기들이라니……. 상상이 돼!"

죠마는 매일 열심히 공부하고 있다는 이야기를 하고 싶지 않았다. 그가 소중하게 생각하던 모든 것이 아샤의 입에서 나오는 세찬 입김에 부딪히면 곧장 왜곡되거나 아주 사소한 것이 되어 버리곤 했기 때문이다.

죠마는 냉소를 지으며(마음속으로는 전혀 냉소할 수 없는 입장이지만) 말했다.

"우리 병실에서는 '사람은 무엇으로 사는가' 하는 문제를 놓고 토론을 했어."

"뭐라고? 그게 무슨 말이야?"

"그러니까…… 아마 왜 사느냐는 말이겠지?"

"아하!" 아샤는 무슨 말에든 척척 대답할 수 있을 것처럼 보였다. "우리 학교에서도 그런 주제로 작문을 하라고 한 적이 있었어. '인간은 무엇을 위해 사는가?' 여러 가지 실례를 보여 주었어. 목화 따는 사람 이야기, 우유 짜는 사람 이야기, 내전[31]의 영웅 이야기, 파벨 코르차긴[32]의 업적과 그에 대해 어떻게 생각하는지, 또 마트로소프[33]의 업적과 그에 대해 어떻게 생각하는지……."

"어떻게 생각하느냐고?"

"그래, 어떻게 생각하느냐고 물은 것은 그런 상황이 되면 너도 그렇게 하겠느냐고 묻는 거지. 반드시 그것을 물어보곤 했어. 물론 언제나 우리도 따라 하겠다고 썼어. 시험관에게 나쁜 인상을 줄 필요가 없잖아? 그런데 사시카 그로모프란 학생이 이렇게 질문했어. '요구되는 답과 다른 자기 생각을 써도 되나요?' 하고 말이야. 어디 '네 생각대로' 한번 써 보시지! 그랬다간 최하점을 면하지 못할 테니! 또 어떤 여학생이 재미 삼아 이렇게 쓴 적이 있었대. '저는 아직 조국을 사랑하는지 사랑하지 않는지 잘 모르겠습니다.' 그러자 선생이 이렇게 호통을 쳤다는 거야. '어떻게 그런 황당한 말을 할 수 있지! 어떻게 조국을 사랑하지 않을 수가 있느냔 말이야?' '아마 사랑할 겁니다. 하지만 잘 모릅니다. 시험을 해 봐야 알지요.' '시험은 필요 없어! 네가 엄마 젖을 빨 때부터 조국에 대한 사랑도 함께 빨면서 자랐어! 다음 시간까지 전부 다시 써 와!' 이 여선생

---

31) 1917~1923년에 옛 러시아 영토를 둘러싸고 여러 당파와 세력 사이에서 교전이 벌어진 국내전.
32) 니콜라이 오스트로프스키의 소설 『강철은 어떻게 단련되는가』의 주인공.
33) 독소 전쟁 시 적의 총알을 자기 몸으로 막고 열아홉 살에 전사한 영웅.

님의 별명은 두꺼비야. 교실에 들어와서 한 번도 웃은 적이 없어. 이제 이해가 되니? 노처녀였어, 사생활이 없는 분이었어. 그래서 우리한테 히스테리를 부린 거야. 특히 예쁜 여자애들을 아주 미워했지."

아샤는 자기 외모를 의식하면서 이렇게 말을 툭 던진 것이 분명했다. 그녀는 한 번도 아파 본 적이 없고, 고통이나 불쾌감, 식욕 부진이나, 불면증 같은 것은 경험해 본 적이 없어 보였고, 지금도 생동감이 넘치며 얼굴은 홍조를 띠었다. 소녀는 사흘 동안 건강 검진을 받기 위해 스포츠센터나 무도회에서 지금 막 빠져나온 것처럼 보였다.

"하지만 훌륭한 선생님도 있지 않아?" 좀카가 물었다. 그는 그녀를 바라볼 기회를 만들기 위해 그녀에게 계속 말을 시키려고 했다.

"전혀 없어! 모두들 한결같이 고약한 칠면조들뿐이었다니까! 아무튼 학교라는 건 정말…… 말하기도 싫어!"

그녀의 명랑하고 생기 넘치는 기운이 좀카에게도 전해졌다. 그는 그녀의 수다에 감사했다. 어느새 수줍음도 가시고 마음도 편안해졌다. 그는 그녀와 논쟁하고 싶지 않았기 때문에 자신의 신념에 반대되는 이야기라 할지라도 그녀의 모든 이야기에 동의했다. 인생이란 행복을 추구하는 것이므로 다리를 잘라 내서는 안 된다는 이야기였다. 다리가 쑤시지만 않았다면 다리를 잘라 내야 한다느니, 또 얼마나 잘라 내야 한다느니, 정강이 한가운데쯤일까, 아니면 무릎, 아니면 허벅지쯤일까 하는 생각 따위는 잊어버렸을 것이다. 바로 이 다리 때문에

"사람은 무엇으로 사는가?"라는 질문을 특별히 제기한 것이었다. 그가 물었다.

"그러면 사람이 무엇을 위해…… 산다고 생각하는데?"

그렇다. 이 소녀는 모든 것을 확실히 알고 있다! 그녀는 좀카가 장난으로 이런 질문을 하는지 정말로 진지하게 묻는지 의아해하며, 초록색 눈동자로 그를 쳐다보았다.

"무엇을 위해 사느냐고? 물론 사랑을 위해 살지!"

사랑을 위해서……. "사랑을 위해서"라고 톨스토이도 말했다. 그런데 그것이 무슨 의미일까? 그녀의 학교 여선생님도 "사랑을 위해서"라는 대답을 요구했다면 그것은 무슨 의미일까? 좀카는 본래 무엇이든 끝까지 파고들어 스스로 결론을 내리고야 마는 성격이었다.

"그렇지만……." 그가 쉰 목소리로 말했다.(이제는 스스럼없는 사이가 되었는데도, 아직 모든 것을 털어놓기는 쉽지 않았다.) "사랑이라는 것이…… 사실 인생의 전부는 아니잖아. 그건 가끔 있는 일이지. 또 어느 정도 나이가 들어야 하고. 그리고 일정한 때가 되어야……."

"그때가 언제라고 생각하는데, 응?" 마치 그가 모욕을 주기라도 한 것처럼 아샤가 벌컥 화를 내며 추궁했다. "우리 나이는 모든 것이 다 좋을 때야. 그런데 대체 언제를 말하는 거야? 인생에 사랑 말고 또 다른 것이 있을까?"

추켜올린 눈썹에 나타난 그녀의 믿음이 너무 확고해 부정하면 안 될 것 같았다. 좀카는 부정하지 않았다. 그는 반대하기보다는 가만히 듣고 있는 편이 낫겠다고 생각했다.

그녀는 그를 향해 몸을 돌려 얼굴을 내밀고는 실제로 한 손은 가슴을 여미고 있었지만 지상의 모든 장벽을 밀어낼 듯이 두 팔을 앞으로 뻗는 자세를 취했다.

"그것은 언제나 우리의 것이야! 바로 오늘이야! 아무리 누가 뭐라 해도 무시해 버려! 사랑, 그것이 전부야!"

그녀는 서로 이야기를 나눈 지 백 일도 넘은 사람들처럼 그에게 솔직하게 말했다. 만약 해바라기 씨를 먹고 있는 청소부 아줌마나 간호사들, 바둑을 두는 사람들이나 복도를 왔다 갔다 하는 환자들만 없다면 그녀는 지금 당장이라도 구석에서 가장 좋은 시절에 사람이 무엇으로 사는지를 그에게 가르쳐 줄 준비가 된 사람처럼 보였다.

끊임없이, 심지어는 꿈속에서조차 쑤셔 오던 죠마의 다리는 언제 아팠느냐는 듯이 통증이 전혀 느껴지지 않았다. 죠마는 풀어헤쳐진 아샤의 가슴을 보고 입이 벌어졌다. 그의 어머니로 인해 그토록 혐오감을 느꼈던 바로 그것이, 이제는 세상에서 가장 순수하고 고결한 것으로, 아니, 오히려 이 지상의 모든 추한 것을 뛰어넘는 지고한 것으로 난생처음 인식된 것이다.

"너 혹시……." 아샤가 안타까운 표정을 지으며 금방 웃음을 터뜨릴 듯한 목소리로 소곤거렸다. "너 그럼 아직……. 이런 등신, 그러니까 너 아직……."

마치 도둑질이라도 하다가 들킨 사람처럼 죠마의 귓불과 얼굴과 이마가 온통 불에 덴 듯 화끈거렸다. 그녀와 이야기를 나눈 지 불과 이십 분 만에 지금껏 수년 동안 쌓아 왔던 모든 것이 한순간에 허물어져 버린 것을 느낀 그는 마치 무슨 잘못이라도 저지른 듯 어색한 목소리로 물었다.

"그럼 너는?"

환자복 사이로 드러난 그녀의 속옷처럼 젖가슴이든 마음이든 아무것도 감추려 들지 않던 그녀는 어떤 말도 감추려 들지 않았고, 또 감춰야 할 이유도 전혀 없었다.

"후훗, 우리 여학생들의 절반은 아마도 이미! 8학년 때 임신한 애도 있었거든! 어떤 애는 자기 집에서 돈을 받고 하기도 했다니까. 상상이 가니? 그리고 예금 통장까지 가지고 있었어! 어떻게 발각되었는지 알아? 그 사실을 써 놓은 일기장을 잃어버린 거야. 선생님이 발견했지. 아무튼 빠르면 빠를수록 더 재미있어! 기다릴 필요가 있을까? 지금 같은 원자 시대에!"

11
자작나무의 암

　어찌 됐든 토요일 저녁이면 암 병동 환자들은 특별한 이유가 없는데도 항상 어떤 안도감 같은 것을 느끼곤 했다. 물론 그 이유가 무엇인지 정확히 알 수는 없다. 일요일이 된다고 갑자기 병이 낫는 것도 아니고, 병에 대한 걱정이 없어지는 것도 아닌데 말이다. 그저 의사의 진찰이나 힘든 치료에서 벗어나는 것뿐이다. 이런 걸 보면 인간의 마음속에는 언제나 어린애 같은 천진난만함이 잠재해 있는 것이 분명하다.

　좀카는 아샤와 헤어진 뒤 더욱 통증이 심해진 한쪽 다리를 가까스레 내딛으며 층계를 올라 병실로 돌아왔다. 웬일인지 병실 안이 떠들썩했다.

　병실에는 모든 환자들과 시브가토프 그리고 아래층 다른 병실에서 올라온 환자들도 있었다. 그중에는 낯익은 사람도 있었는데, 방사선 치료실을 이제 막 벗어난 나이 든 고려인 이

(李)도 있고(혀에 라듐 침을 꽂고 있는 동안 그는 은행의 귀중품처럼 자물쇠로 잠긴 방에 갇혀 있었다.) 처음 보는 얼굴들도 있었다. 그중에는 당당한 풍체에 백발을 곱게 빗어 넘긴 러시아인도 있었다. 그는 목이 아픈지 작은 소리로 이야기하며 좀카의 침대에 걸터앉아 있었다. 모두가 귀를 기울여 이야기를 듣고 있었고, 러시아어를 모르는 무르살리모프와 예겐베르지예프까지도 귀를 귀울이고 있었다.

연설을 하는 사람은 코스토글로토프였다. 침대가 아니라 창턱에 앉아 있는 그의 품을 보니 아주 중요한 이야기인 것처럼 느껴졌다.(만약 당직 간호사의 성격이 까다로웠다면 그곳에 앉지 못하게 했겠지만 오늘 당직은 성격이 너그러운 남자 간호사인 투르군이었다. 그는 창턱에 좀 앉았다고 의학이 무너지지는 않는다는 것을 잘 아는 사람이었다.) 코스토글로토프는 양말을 신은 한쪽 다리를 침대에 걸치고, 그 위에 다른 쪽 다리를 마치 기타처럼 구부려 올린 채 흥분에 싸여 몸을 떨며 온 병동이 울리도록 큰 소리로 비난을 퍼부었다.

"예전에 데카르트라는 철학자가 모든 것을 의심해 보라고 했습니다!"

"하지만 그 말은 우리 현실에 맞지 않아요!" 루사노프가 손가락을 치켜들며 반박했다.

"물론 그럴 수도 있습니다." 코스토글로토프가 반대 발언을 듣고 놀라며 말했다. "하지만 제가 드리고 싶은 이야기는 마치 토끼처럼 의사가 하는 말을 전부 믿어서는 안 된다는 겁니다. 여기 제가 읽고 있는 이 책은……." 그는 책장을 펼쳐 둔 두꺼운 책을 창턱에서 집어 들며 말했다. "아브리코소프와 스트루코프가 쓴 『병리 해부학』이라는 의과 대학 교과서예요. 여기에는 종양의 진행과 중추 신경 활동의 관련성에 대해서는 아직 해명된 것이 거의 없다고 되어 있어요. 하지만 그 관련성은 놀라울 정도입니다! 여기에 분명히 쓰여 있어요!" 그는 인용 문구를 찾아 읽었다. "'드물긴 하지만 자연 치유되는 경우도 종종 있다!' 여러분, 이 문장을 이해하시겠어요? 치료를 하는 것이 아니라 치료가 된다는 겁니다. 아시겠어요?"

그러자 병실 안이 갑자기 술렁거리기 시작했다. 펼쳐진 커다란 책장에서 금방이라도 자연 치유라는 무지갯빛 나비가 손에 잡힐 듯 날아오르고 병실 안의 사람들은 이마나 뺨을 내밀어 축복을 받으려는 것 같았다.

"자연적으로 치료된다는 겁니다!" 코스토글로토프가 책을 덮고 다리를 여전히 기타처럼 구부려 올린 채 두 손을 활짝 폈다. "그것은 바로 이런 뜻입니다. 그러니까 어느 날 갑자기 아무 이유 없이 종양이 역방향으로 진행된다는 뜻입니다! 종양이 점점 줄어들다가 말라붙은 다음 어느 순간에 완전히 사라진다는 것이지요! 어떻습니까?"

모두들 할 말을 잊고 동화 같은 그 이야기에 입이 벌어졌다. 종양이, 바로 자기 종양이, 자신의 모든 인생을 망쳐 놓은 이 치명적인 종양이 어느 날 갑자기 줄어들고 약해지다가 결국 사라진다고?

모두들 숨을 죽이고 무지갯빛 나비를 향해 이마를 내밀고 있을 때, 무뚝뚝한 포드두예프가 침대를 삐걱거리면서 절망에 찬 얼굴을 찌푸리며 쉰 목소리를 냈다.

"그렇게 되려면 아마…… 양심이 깨끗해야 될 거야."

모두들 그가 지금까지의 이야기를 듣고 하는 말인지, 아니면 혼잣말을 하는지 알 수 없었다.

예전과는 달리 심각한 표정으로 오글로예드의 이야기를 들으며 공감을 표하던 파벨 니콜라예비치가 손사래를 치며 말했다.

"갑자기 여기서 양심이 왜 나와요? 말도 안 되는 소리 하지 마세요, 포드두예프 동지!"

그러나 코스토글로토프가 포드두예프를 지지하고 나섰다.

"예프렘, 자네가 잘 말했네! 잘했어! 모든 가능성은 열려 있어! 무엇과 관련이 있는지는 아무도 모르지. 예를 들어 내가 전쟁 후에 어떤 잡지를 읽었는데 말이야…… 재미있는 이야기가 있었어. 사람에게는 뇌로 들어가는 두뇌혈의 막이 있는데, 사람을 죽이는 어떤 물질이라든가 세균 같은 것이 이 두뇌혈의 막을 통과하지 못하는 동안은 인간이 살아 있다는 거야. 그렇다면 과연 이것과 관련된 것이 무엇일까?"

이 병실에 들어오면서부터 줄곧 책을 들고 있던 젊은 지질학자도 코스토글로토프 가까이 있는 다른 쪽 창문가 침대 위에서 책을 읽으며 이따금 고개를 들고 그 논쟁에 관심을 보였다. 그리고 이 병실 환자들은 물론 다른 병실에서 온 환자들까지 이야기에 귀를 기울였다. 벽난로 옆에 자리한 페데라우도 아직 깨끗하고 하얗기는 하지만 이미 운명이 결정된 목을 베개에 올려놓고 몸을 웅크린 채 누워 이야기를 듣고 있었다.

"……두뇌혈의 막이 뚫리느냐, 뚫리지 않느냐는 칼륨염과 나트륨염의 관계에 달려 있다는 것이 밝혀졌어요. 어떤 염이 었는지는 정확히 기억나지 않지만 예를 들어 나트륨염이 더 많으면 막을 침투할 수 없기 때문에 사람이 살고, 반대로 칼륨염 쪽이 더 많아지면 막을 침투해 들어가서 사람이 죽는다는 겁니다. 그렇다면 칼륨염과 나트륨염은 무엇과 관련이 있을까? 바로 이것이 가장 흥미로운 점이란 말이지요! 이들의 관계는 바로 사람의 컨디션에 달려 있다는 겁니다! 이해가 돼요? 말하자면 인간이 아주 원기 왕성하고 정신적으로 강하면 나트륨염이 압도적으로 우세해서 어떤 병도 그를 죽일 수 없다는 거죠! 그러나 반대로 정신력이 약해지면 칼륨염의 분비가 많아지고 못자리나 찾아야 한다는 겁니다!"

지질학자는 진지하고 냉철한 표정으로 이야기를 들었다. 그 모습은 마치 수업 시간에 다음에는 칠판에 무슨 내용이 적힐지 미리 아는 우등생 같은 모습이었다. 그러다가 이야기에 동의를 표했다.

"낙천주의자들의 생리학이군요. 이론상으로는 아주 그럴듯하네요."

그러고는 괜히 시간 낭비했다는 듯 보던 책으로 다시 눈을 돌렸다.

파벨 니콜라예비치는 전혀 반박하지 않았다. 오글로예드의 이야기가 충분히 과학적이라는 판단이 들었다.

"나는…….." 코스토글로토프가 말을 이었다. "앞으로 백 년쯤 지나서 또 세슘염인지 뭔지가 양심에 거리낌 없는 사람의 생체에는 분비되고, 남을 괴롭힌 사람에게는 분비되지 않는다고 해도 놀라지 않을 것입니다. 세슘염의 존재 여하에 따라 세포가 종양으로 커 가느냐 사라지느냐 하는 결정이 내려진다고 해도 말입니다."

예프렘이 답답하다는 듯 한숨을 내쉬었다.

"내 경우에는 여자들을 많이 울렸어. 심지어 아이도 버렸지. 나 때문에 많은 사람들이 울었으니…… 내 종양은 사라질리가 없겠네."

"무슨 뚱딴지같은 소리요?" 파벨 니콜라예비치가 불쑥 끼어들었다. "그런 말은 중놈의 염불에 지나지 않아요, 포드두예프 동지! 당신은 쓸데없는 잡동사니를 너무 읽어서 사상적으로 타락한 거요! 앞으로 도덕적 완성이니 뭐니 하는 망발을 또 했다간……."

"당신은 왜 도덕적 완성이라는 말에 그렇게 신경을 곤두세우는 겁니까?" 코스토글로토프가 반박하고 나섰다. "도덕적 완성이라는 말에 그토록 예민하게 반응할 이유라도 있습니까? 그것에 민감하게 반응하는 사람은 어떤 사람일까요? 바로 도덕적 파탄자 아니겠어요!"

"당신 말이에요, 이걸 잊어서는 안 돼요!" 금테 안경을 번쩍이며 파벨 니콜라예비치가 반듯하고 꼿꼿하게 고개를 세웠다. 그 순간에는 오른쪽 목 아래 종양이 달려 있다는 것도 잊어 버린 것 같았다. "몇 가지 질문에 대한 해답은 이미 정해져 있어요! 당신이 그것을 왈가왈부할 수는 없어!"

"왜 그래서는 안 된다는 겁니까?" 코스토글로토프가 검은 눈동자로 루사노프를 쏘아보며 말했다.

"아아, 이제 그만들 합시다!" 다른 환자들이 그들을 달래며 말했다.

"그런데 여러분……." 좀카의 침대에 앉아 있던 목이 쉰 환자가 말을 걸었다. "아까 여러분이 차가[34]에 대한 이야기를 하셨잖아요."

그러나 루사노프도 코스토글로토프도 뒤로 물러서지 않았다. 서로 상대에 대해 전혀 모르는데도 그들은 서로에게 증오의 눈길을 보냈다.

"무슨 말을 하려면 좀 알고 해야지!" 파벨 니콜라예비치가 말 한 마디 한 마디에 힘을 주며 상대방을 몰아세웠다. "레프 톨스토이와 그 일파가 주장한 도덕적 완성에 대해서는 이미 레닌이 최종적인 결론을 내렸어요! 그리고 스탈린 동지도, 고리키도!"

"죄송하지만 말입니다!" 코스토글로토프가 애써 마음을 진정시키고 손을 가로저으며 상대방의 말을 막았다. "최종적인 결론은 이 세상 누구도 내릴 수가 없는 법입니다. 그렇게 되면 삶은 멈추지요. 그리고 모든 다음 세대는 할 이야기가 아무것도 없어지지요."

파벨 니콜라예비치는 말문이 막혔다. 하얗고 예민한 그의 귓등이 점점 붉게 달아오르고, 뺨에도 군데군데 붉은 반점이 생겼다.

---

34) 자작나무에 기생하는 약용 버섯.

(토요일 밤이라고 해서 이렇게 옥신각신 논쟁이나 하고 있을 필요는 없다. 대신 이자가 누구이고 어디서 왔는지, 어디 소속이고 이런 위험한 사고가 그의 직장이나 하는 일에 해를 끼치지는 않는지 조사해 볼 필요가 있다.)

"사실 나는……." 코스토글로토프가 서둘러 이야기를 끌어갔다. "사회 과학을 공부할 기회도 없었고, 잘 안다고도 할 수 없어요. 그러나 내가 이해하기로는 레닌이 톨스토이의 도덕적 완성을 비난한 것은 그것이 당시에 한창 진행되던 혁명과 전제 정치와의 투쟁을 기피하게 할 수 있다는 측면에서만 비난한 겁니다. 바로 그런 이유였어요. 그런데 당신은 왜 이 사람의 입을 틀어막는 겁니까?" 그가 커다란 두 손으로 포드두예프를 가리키며 말했다. "죽음 앞에서 이제 인생의 의미를 되새겨 보려는 사람에게 말입니다! 이 사람이 톨스토이를 읽는다는데, 당신이 그렇게 화를 낼 이유가 뭡니까? 그것이 누구에게 해를 끼치기라도 합니까? 아니면 톨스토이 책을 모두 걷어 불태워 버리기라도 해야 한단 말이에요? 아마 정부의 종교 회의[35]에서도 그런 결정을 내리지는 못했을 겁니다!" 사회 과학에 밝지 못한 그는 교회를 정부로 혼동해서 이렇게 말했다.

급기야 파벨 니콜라예비치의 두 귀가 새빨개졌다. 이런 태도는 정부 기관에 대항하는 직접적인 공격이라고 볼 수 있는 것이다.(물론 어떤 기관인지는 확실하지 않다.) 더구나 제대로 조

---

35) 제정 시대에 슬라브 정교를 관리하던 곳. 톨스토이는 1901년 러시아 정교회의 교리 감독 기관인 종무원으로부터 파문당했다.

직되지 않은 이런 군중 앞에서는 사태가 더 악화될 뿐이니 이 논쟁을 재치 있게 끝내야 한다. 그리고 코스토글로토프에 대해서는 서둘러 조사를 해 봐야 한다. 그런 생각으로 파벨 니콜라예비치는 고상한 원칙론은 당분간 접어 두기로 하고 포드두예프를 향해 말했다.

"오스트로프스키의 책을 읽어 보라고 하세요. 그에게 훨씬 유익할 겁니다."

그러나 코스토글로토프는 파벨 니콜라예비치의 그런 제안에도 아랑곳하지 않고 어리둥절해하는 청중들 앞에서 자신의 의견을 거침없이 말했다.

"무엇 때문에 사람이 생각하는 데 방해를 하려 듭니까? 결론적으로 우리의 인생철학이 무슨 필요가 있죠? '아, 인생이란 얼마나 아름다운가! ……인생이여, 그대를 사랑하노라! 인생은 행복을 위해 존재하는 것이다!' 얼마나 대단한 철학이에요? 하지만 이런 이야기는 우리뿐만 아니라 다른 동물들도 할수 있어요, 닭이나 고양이나 개도 말이에요."

"제발! 제발 그만합시다!" 파벨 니콜라예비치가 이제는 시민의 의무로서가 아니라 인간적으로 애원했다. "죽음에 대해서는 이야기하지 맙시다! 아예 생각하지도 맙시다!"

"나한테 부탁한들 아무 소용 없어요!" 코스토글로토프가 삽처럼 커다란 손을 휘저으며 말했다. "아니, 여기서 죽음에 대해 말하지 않으면 대체 어디서 한단 말이에요? '아, 우리는 영원히 살리라!' 하고 말할까요?"

"그러지 않으면 어쩌라는 겁니까?" 파벨 니콜라예비치가 반론을 재기했다. "그래서 당신은 어떻게 하자는 겁니까? 하루 종일 자나 깨나 죽음을 생각하고 이야기하자는 겁니까! 그러면 그 칼륨염인지 뭔지가 생긴다고 합디까?"

"하루 종일은 아니고……." 코스토글로토프는 자신의 모순을 자각하고 약간 소리를 낮추며 말했다. "하루 종일 하라는 말이 아니라 어느 정도는 생각해야 한다는 겁니다. 그러는 것이 유익하다는 거지요. 그렇다고 평생 동안 똑같은 설교만 듣고 살 수는 없지 않습니까? 너는 집단의 일원이다! 너는 집단의 일원이다! 그나마 이것은 살아 있는 동안에 국한되는 겁니다. 죽을 때가 되면 우리는 그를 집단에서 내보냅니다. 그는 같은 집단의 일원이었는데, 죽을 때는 혼자 죽게 된단 말입니다. 종양은 집단의 모든 일원에게 생기는 것이 아니라 한 사람 한 사람에게 생깁니다. 바로 당신 말입니다!" 그는 무례하게도 루사노프를 손가락으로 가리켰다. "자, 말씀해 보세요! 지금 당신이 가장 두려워하는 것이 무엇입니까? 바로 죽음입니다! 무엇에 대해 말하는 것이 가장 두려운 겁니까? 죽음에 대해서지요! 이것이 도대체 뭐라고 보십니까?"

파벨 니콜라예비치는 그와 논쟁하는 것에 흥미를 잃고 더 이상 그의 말을 들으려 하지 않았다. 그는 논쟁하느라 아픈 목을 조심하지 않았기 때문에 목과 머리가 아파 왔고, 이런 얼간이들을 계몽하고 그들의 헛소리를 모두 바로잡아 줄 힘도 더 이상 없었다. 어쨌든 그가 이 병동에 들어온 것은 우연일 뿐이고 병을 치료해야 할 귀중한 시간을 그들과 실랑이를 하며 보낼 필요는 없었다. 그러나저러나 가장 중요하고도 무서운 것은 어제 주사를 맞은 다음에도 종양이 거의 줄지 않았고 더 부드러워지지도 않았다는 사실이었다. 이런 생각이 들자 그는 등골이 오싹해졌다. 오글로예드가 죽음에 대해 저렇게 당당하게 말하는 것은 그가 건강해지고 있기 때문일 것이다.

좀카의 침대에 앉아 있던 풍채 좋고 목이 쉰 남자는 아픈 목을 감싸 쥔 채 몇 번이나 논쟁에 끼어들어, 우리는 지금 모두 역사의 주체가 아니라 객체일 뿐이라고 말하며 논쟁을 중지시키려 했지만 목소리가 너무 작아 들리지 않았다. 그는 더 크게 말해 보려 애썼지만 힘이 들어 소리를 낼 수 없자 두 손가락으로 목을 꽉 누르며 통증을 줄여 소리를 내 보려고 안간힘을 썼다. 혀와 목에 질환이 생기면 특히나 말을 할 수 없다는 압박감을 느끼게 되고, 이 압박의 흔적이 얼굴 전체에 나타나게 마련이다. 그는 손을 크게 휘저으며 논쟁에 열중하는 사람들을 제지하려 하다가 급기야는 통로까지 나와 말했다.

"동무들! 동무들!" 그가 쉰 목소리로 말했다. 그의 목소리는 듣는 것만으로도 고통스러웠다. "그런 음울한 이야기는 그만두세요! 우리는 그렇지 않아도 병마에 시달리지 않습니까! 그리고 이봐요, 당신!" 그가 통로를 따라 걸어 나오며 거의 애원조로, 마치 신을 향해 애원하듯 한 손을 내밀며(다른 손은 목을 감싸고 있었다.) 높이 걸터앉은 머리가 부스스한 코스토글로토프를 향해 말했다. "당신이 말한 차가에 대해서나 계속 이야기를 해 줘요. 어서 이야기해 줘요!"

"자, 자…… 올레크! 차가 이야기를 계속해 줘! 거, 뭐라고 했더라?" 시브가토프도 그 이야기를 듣고 싶어 재촉했다.

그러자 구릿빛 피부의 이(李)도 지난 수술 때 한쪽을 잘리고 나머지는 통통 부은 혀를 힘들게 달싹거리며 부탁했다.

다른 사람들도 한목소리로 그를 재촉했다.

코스토글로토프는 쓸쓸하면서도 통쾌한 기분이 들었다. 그는 오랜 기간 동안 손을 뒤로 묶이고 고개를 떨군 채 수감 생활을 해 왔기 때문에, 마치 등이 굽은 채 태어난 사람 같았고, 지난 일 년간은 유형 생활로 좀 더 나아졌는데도 그때의 습관이 남아서 일반인들 앞에서 말을 쉽게 하지 못했다. 그는 병원 뜰을 산책하면서도 손을 뒤로 하고 다녔고, 지금도 그 자세가 더 편하게 느껴질 정도였다. 그런데 오랫동안 죄인이었던 그와 대등하게 이야기를 나눈다거나 무엇인가 인간의 본질에 대한 문제를 진지하게 토론하는 것마저 철저히 금지되었고, 악수를 하거나 편지를 주고받는 것조차 금지되었던 일반인들이 태연하게 지금 창턱에 걸터앉아 있는 자신 앞에 아무 의심 없이 모여 앉아 자신들의 희망의 단초를 듣기 위해 기다리고 있는 것이다. 올레크는 이제 예전처럼 세상 사람들과 동떨어져 있는 것이 아니라 그들과 동병상련을 경험하는 것이었다.

특히 그는 다양한 모임이라든가 회의, 집회 등과 같이 많은 사람들 앞에 갑자기 나서는 일이 거의 없었다. 그런데 지금 얼떨결에 연설가가 된 것이다. 코스토글로토프는 마치 꿈처럼 기이하게 느껴졌다. 앞으로 어떻게 될지 알 수는 없지만 일단 달리기 시작한 빙판 위에서는 멈출 수 없듯 그는 자신의 우연한, 그러나 확실한 회복기인 지금의 상태에 힘입어 일단 시작된 연설을 계속해 나갔다.

"여러분! 이것은 정말 놀라운 이야기입니다. 제가 이 병원에 입원하기 위해 차례를 기다리고 있을 때, 검사를 받으러 온 어떤 외래 환자한테서 그 이야기를 들었습니다. 그때 저는 잃을 것이 아무것도 없었던 터라 이 병원을 반송처로 적어 엽서를 보냈어요. 그런데 드디어 오늘 답장이 온 겁니다! 열이틀 만에 답장이 온 것이지요! 마슬레니코프 박사님이 답장이 늦어 미안하다고 용서해 달라고까지 했어요! 하루 평균 열 통 이상의 편지를 써야 해서 늦었다는 겁니다. 자세하게 답장을 쓰다 보면 한 통 쓰는 데 삼십 분은 족히 걸리는 법이지요. 그러니까 하루에 꼬박 다섯 시간씩 편지를 쓰는 셈입니다! 그렇다고 보수를 받는 것도 아닌데 말입니다!

"오히려 하루에 우표 값으로 4루블이나 들겠네요." 죠마가 덧붙여 말했다.

"네, 그렇지요. 하루에 우표 값으로 4루블이라니. 그럼 한 달이면 얼마입니까? 120루블이나 되네요! 더구나 그 일이 박사님의 직업도 아니고 의무도 아닌데 말입니다! 그냥 전적으로 선의에서 하는 일입니다! 그게 아니면 달리 뭐라고 하겠습니까?" 코스토글로토프가 루사노프를 향해서 말했다. "인도주의라고 해야 할까요?"

그러나 파벨 니콜라예비치는 신문에 나온 예산 보고서를 살펴보면서 짐짓 이야기를 못 들은 척했다.

"박사님은 조수도 비서도 없어요. 모두 근무를 마치고 나서 하시는 일이지요. 그렇다고 그에게 무슨 명예가 주어지는 것도 아니에요! 그저 우리 같은 환자들에게 나룻배의 사공과 같은 역할을 하시는 겁니다. 어느 순간엔 필요하지만 그때가 지나면 또 순식간에 잊어버리는 존재입니다. 그리고 완쾌된 사람은 그 편지마저도 버립니다. 그는 편지 끝에 이렇게 탄식했어요. 박사님이 특별히 치료해 준 환자가 더 이상 소식도 전해 주지 않는다고 말입니다. 약의 복용량이라든가 그 결과에 대해 전혀 알려 주지도 않는다는군요. 그러고는 저에게 이렇게 부탁했어요. 자세하게 답장을 써서 보내 달라고 말입니다! 정말이지 우리는 그의 발아래 엎드려 절이라도 해야 하지 않겠습니까!"

"그건 됐으니 어서 본론으로 들어가요, 올레크!" 시브가토프가 애써 미소를 지으며 재촉했다.

그는 얼마나 병이 낫기를 바랐던가! 몇 달, 몇 년에 걸친 고통스러운 치료에도 불구하고 이제는 거의 절망적이었는데, 갑자기 완전히 나을 수 있다는 희망을 갖게 된 것이다! 등의 상처를 모두 치료하고, 몸도 반듯하게 펴고, 자신이 얼마나 젊고 남성적인지 느끼면서 당당하게 걸어가고 싶었다! "안녕하세요, 류드밀라 아파나시예브나! 저는 이제 다 나았습니다!"라는 말을 얼마나 하고 싶었던가.

사실 모든 환자들이 병원 의사들은 모르는 어떤 기적의 명의라든가 치료약에 대해 얼마나 알고 싶어 하는지! 어떤 사람들은 그런 것이 있다는 것을 믿고 어떤 사람들은 믿지 않지만 마음 깊은 곳에서는 모두 얼마나 그것을 바라는지 몰랐다. 그런 명의, 그런 명약을, 아니면 어딘가 비법을 아는 어떤 노파가 살고 있으리라는 사실을 믿고 싶어 했다. 그곳이 어디인지 찾아내서 그 약을 구하기만 하면 그들은 구원될 것이었다.

이미 그들의 운명이 결정되었다고 속단해서는 안 된다! 절대 그래서는 안 된다!

우리가 힘이 있고 건강하고 행복하게 살 때는 기적을 비웃지만 인생이 불행하고 짓밟히는 날이 오면 우리는 오직 기적만을 바라고, 오직 기적만을 믿게 되는 법이다!

귀를 쫑긋 세우고 이야기를 듣는 동료들의 간절한 소망에 한껏 고무된 코스토글로토프는 처음 편지를 읽었을 때보다 지금 이 순간 훨씬 더 자신의 말을 확신하며 열정적으로 이야기를 시작했다.

"샤라프! 자초지종을 말하면 이렇습니다. 마슬레니코프 박사님에 대해 이야기해 준 그 환자 말로는 모스크바 근교의 알렉산드로프 지방에 나이 많은 시골 의사가 있는데, 그는 십 년 동안 같은 병원에서 환자를 치료했대요. 예전에는 그것이 관행이었지요. 모든 의학 서적에는 암에 대한 사례가 점점 많아지는데, 그 농촌의 환자 중에는 암 환자가 없었다는 거예요. 그러니 그 원인이 무엇인지 궁금했겠지요."

(정말 어떤 이유였을까? 오래전 어린 시절 처음에는 아무것도 보이지 않던 매끄러운 벽을 손으로 만지자, 점차 누군가의 어깨가 나타나고 넓적다리가 나타나기 시작할 때의 느낌처럼 어떤 비밀을 접했을 때 경이로움에 몸을 떨지 않을 사람이 누가 있겠는가? 그러나 우리는 어느덧 어떤 비밀도 끼어들 수 없는 개방적이고 이성적인 일상을 살아가게 되고 마는 것이다. 그러던 어느 순간 그것이 불쑥 나타나 말을 건다. 내가 여기 있다! 그걸 잊지 마라!)

"……그는 계속 연구하고 연구했지요." 코스토글로토프가 만족스러운 듯 재차 강조했다. "그러다가 드디어 중요한 사실을 알아냈답니다. 그 지역 남자들이 차를 살 돈을 아끼려고 보통 차 대신 차가를 끓여 마셨답니다. 차가는 원래 자작나무에서 자라는 버섯인데……."

"그러니까 자작나무 버섯이었군?" 포드두예프가 끼어들었다. 최근 며칠 동안 절망에 사로잡혀 울적해하던 예프렘은 이렇게 흔하고 구하기 쉬운 약재가 있었다니 반갑기 그지없었다.

그러나 이곳 환자들은 대부분 남쪽 지방 출신이라 자작나무 버섯은커녕 자작나무도 본 적이 없었고, 코스토글로토프가 하는 말을 이해할 수도 없었다.

"아니야, 예프렘! 자작나무 버섯이 아니야. 정확히 말하면 자작나무에서 자라는 버섯이 아니라 자작나무의 암이라고 해야 할 거야. 혹시 기억할지 모르겠는데, 오래된 자작나무를 보면…… 흉하게 생긴 혹 같은 것이 달려 있어. 겉은 까맣고 속은 암갈색인데……."

"오, 원숭이의자버섯을 말하나?" 예프렘이 덧붙였다. "예전에 부싯돌을 만들던 것 말이야?"

"아마 그럴 거야. 그래서 세르게이 니키치치 마슬레니코프 박사님은 이런 생각을 하셨다는 거야. 혹시 이곳 러시아인들이 오랫동안 차가를 마셔서 자기도 모르게 암에 걸리지 않은 것이 아닐까 하고 말이지."

"말하자면 암을 예방했다는 이야기군요." 젊은 지질학자가 고개를 끄덕였다. 그는 저녁 내내 책에 집중할 수 없었지만 이야기는 매우 유익한 내용이었다.

"하지만 짐작만으로는 부족했지요. 확인을 해야 했습니다. 오랫동안 이 차를 마신 사람과 마시지 않은 사람을 관찰해 봐야 했어요. 그리고 암에 걸린 환자들을 대상으로 시험도 해 봐야 했지요. 다른 치료 방법을 모두 중단하고 말입니다. 몇 도로 끓여야 하는지, 얼마만큼 넣고 끓여야 하는지, 끓어오를 때까지 끓여야 하는지 아닌지, 혹은 몇 컵을 마셔야 하는지, 부작용은 없는지, 어떤 암은 더 잘 낫고 어떤 암은 잘 낫지 않는지. 그런 연구를 모두 했더니……."

"그래서 지금, 지금, 어떤 결과가 나왔다는 거예요?" 시브가토프가 흥분해서 물었다.

죠마는 그 순간 마음속으로 '그게 정말 내 다리를 치료해 줄 수 있을까? 정말 낫게 해 줄까?' 하고 기대에 부풀었다.

"그러니까 지금…… 여기 이렇게 편지에 쓰여 있어요. 다음과 같이 치료를 하라고 말입니다."

"주소를 갖고 있나요?" 여전히 쉭쉭거리는 목을 한 손으로 감싸 쥔 채 소리를 내지 못하는 환자가 성급하게 물었다. 그러고는 벌써 한 손으로 겉옷 호주머니에서 종이와 펜을 꺼냈다. "혹시 목에 난 종양에도 효과가 있다고 합니까?"

파벨 니콜라예비치가 아무리 의연한 체하고, 옆 환자들을 무시한다 해도 이 이야기만은 그냥 흘려 버릴 수가 없었다. 1955년 최고회의 회기 때 제출된 국가 예산안의 의미나 숫자는 더 이상 눈에 들어오지 않았고, 어느새 그는 신문을 접으며 차츰차츰 고개를 오글로예드 쪽으로 돌렸다. 어느새 그도 이

민간요법으로 암을 치료할 수 있을지 모른다는 희망을 갖게 된 것이다. 모든 적대감은 벌써 잊고 가능하면 오글로예드의 기분을 상하지 않게 하려고 애를 썼지만 본색을 완전히 감추지는 못하고 이렇게 물었다.

"그래서 그 치료법이 공식적으로 인정을 받았어요? 의학적으로 어떤 기관의 검증을 받았느냐는 겁니다!"

창턱에 앉아 있던 코스토글로토프는 그를 내려다보며 비웃었다.

"글쎄요…… 의학적으로 검증이 됐는지는 잘 모르겠지만 이 편지에는……." 그는 누르스름한 작은 종이에 녹색 잉크로 쓰인 편지를 허공에 흔들었다. "실질적인 이야기만 쓰여 있어요. 원료를 어떻게 가루로 만들고 물에 타야 하는지에 대해서 말입니다. 아마 의학적 검증을 받았다면 벌써 간호사들이 우리에게 한 컵씩 가져다주지 않았을까요? 아마 계단에 한 통씩 갖다 놓았겠죠. 알렉산드로프 지방으로 편지를 보낼 필요도 없었을 테고."

"알렉산드로프 지방이라." 목소리 없는 환자는 벌써 종이에 주소를 썼다. "그리고 어느 우체국입니까? 거리 이름은 뭐예요?" 그는 서둘러 요점만 물었다.

아흐마드잔 역시 흥미를 갖고 이야기를 들었다. 중요한 부분은 작은 목소리로 무르살리모프와 예겐베르지예프에게 통역도 해 주었다. 물론 이미 완쾌된 자신에게는 차가가 필요 없다고 생각했다. 하지만 그는 나름의 의문을 갖고 물었다.

"만약 그렇게 좋은 버섯이 있다면 왜 의사들이 사용하지 않을까요? 왜 약으로 사용하지 않느냐는 겁니다?"

"아흐마드잔! 그것은 긴 설명이 필요한 문제요! 어떤 사람들은 믿지 않기도 하고, 어떤 사람들은 생각을 고치기가 어려워 반대하기도 하고, 또 어떤 사람들은 자기 약을 계속 사용하게 하기 위해서 반대하기도 하지요. 그런데 환자들에게는 선택할 권리가 없는 거죠."

코스토글로토프는 루사노프와 아흐마드잔의 질문에는 대답했지만 목소리가 나오지 않는 환자의 물음에는 대답하지 않았다. 주소를 말하지 않은 것이다. 그는 질문을 못 들은 척하며 대답을 피했지만 사실은 박사의 주소를 가르쳐 주고 싶지 않았다. 목소리가 나오지 않는 이 환자는 외모나 풍채로 보면 은행장이나 남미의 어느 작은 나라의 총리처럼 직위가 아주 높은 인물로 보였지만 어딘지 모르게 꼬치꼬치 물고 늘어지는 기질이 엿보였다. 올레크는 나이도 많고 성실하기 그지없는 마슬레니코프 박사가 가엾다는 생각이 들었다. 그렇지 않아도 낯모르는 환자들에게 편지를 보내느라 지쳐 있을 텐데, 목소리가 안 나오는 거머리 같은 남자까지 보태 주고 싶지는 않았다. 물론 다른 측면에서 보면 인간적인 목소리를 소유한 보통 사람들로서는 그 소중함을 전혀 알 수 없는 목소리를 상실한 이 남자가 불쌍하지 않은 것은 아니었다. 하지만 제삼자의 관점에서 보면 코스토글로토프 자신은 이미 자기 병의 전문가가 다 되다시피 했고, 자기 병에 모든 힘을 쏟아부었다. 『해부 병리학』까지 통독하고 간가르트와 돈초바에게 온갖 질문을 던지고 해명을 들었으며, 마슬레니코프 박사에게 답장까지 받은 입장이었다. 수년 동안 모든 권리를 빼앗긴 채 살아온 자신이 무엇 때문에 지금껏 자유롭게 살아온 인간들에게 불행을 피할 방법을 알려 줘야 한단 말인가? 지금 그의 성격은 "네가 아는 것을 말하지 말라, 네 손에 들어온 것을 보여 주지 말라."라는 교훈과 규칙이 지배하는 곳에서 얻은 것이다. 게다가 모든 사람이 마슬레니코프에게 편지를 쓰면 코스토글로토프가 다시 답장을 받을 수 있을지도 알 수 없는 노릇이었다.

이런 생각은 아주 짧은 순간, 그러니까 목소리가 나오지 않는 남자의 말을 못 들은 척하고 루사노프로부터 흉터 난 턱을 돌려 아흐마드잔을 향하는 바로 그 순간 떠오른 것이었다.

"편지에 사용법이 나와 있어요?" 지질학자가 물었다. 그는 책을 읽을 때면 항상 연필과 종이를 옆에 놓아 두곤 했다.

"사용법을 읽을 테니 모두 받아 적어요. 자, 시작합니다." 코스토글로토프가 말했다.

각자 연필과 종이를 찾느라 잠시 소란이 일었다. 파벨 니콜라예비치는 아무것도 없어서(그의 집에는 펜대 안으로 펜촉이 들어가는 신식 만년필도 있는데…….) 그는 좀카에게 연필을 빌렸다. 시브가토프, 페데라우, 예프렘, 이(李) 등이 모두 쓸 준비를 했다. 준비가 다 되자 코스토글로토프가 편지를 보고 천천히 불러 주기 시작했다. 차가를 바싹 말리지 말고 어느 정도 말려야 하는지, 어떻게 가루를 내는지, 물은 어느 정도 끓여야 하는지, 어떻게 우려내고 거르는지, 얼마나 마셔야 하는지를 설명까지 곁들여 이야기했다.

빨리 쓰는 사람도 있고, 느리게 쓰는 사람도 있다 보니 늦게 쓰는 사람이 다시 물어보곤 해서 몇 번이나 다시 이야기를 해줘야 했다. 병실 안은 화기애애했다. 그동안 그들은 서로 얼마나 으르렁거리고 티격태격해 왔던가? 아마 그것은 서로 나눌 것이 없었기 때문이었는지도 모른다! 그러나 지금은 공동의 적인 죽음이 그들 앞을 가로막고 있다. 만약 한날한시에 모든 인간 앞에 죽음이 닥쳐온다면 그 어떤 것도 지상의 인류를 서로 떼어 놓을 수는 없을 것이다!

이야기를 다 받아쓴 죠마가 제 나이에 어울리지 않게 걸걸한 목소리로 조심스럽게 말했다.

"저…… 그런데 자작나무를 도대체 어디서 찾아야 합니까?"

그러자 모두들 한숨을 내쉬었다. 오래전에 러시아를 떠난 이들이나(그중에는 자발적으로 떠난 사람들도 있을 것이다.) 아니면 한 번도 러시아에 가 본 적이 없는 이들의 머릿속에 작열하는 햇볕에 노출된 적이 없는, 기후가 온난하고 평온한 나라의 풍경이 떠올랐다. 버섯을 키우는 보슬비가 장막처럼 드리우고, 봄이면 얼었던 눈이 녹아 범람하고, 들판과 숲으로 오솔길이 끝없이 이어지는 평온한 땅, 그곳은 도처에 흔한 나무 하나도 인간에게 꼭 필요한 역할을 하고 봉사하는 곳이었다. 그 땅에 사는 사람들은 가끔씩 자신의 조국을 제대로 이해하지 못하고 선명한 푸른 바다나 바나나를 동경하지만 진정으로 인간에게 필요한 것이 무엇인지 생각해 보라. 바로 하얀 자작나무 줄기에 생겨난 검고 보기 흉한 혹, 자작나무의 상처, 자작나무의 암을 말이다.

무르살리모프와 예겐베르지예프만이 자신들에게 필요한 것이 이곳 들판과 산에 분명히 있을 것이라고 믿었다. 모든 땅에는 그 땅에 사는 사람들에게 필요한 것이 반드시 있기 때문이다. 그것을 찾아내고 사용법을 배우면 되는 것이다.

"차가를 구해서 보내 줄 사람을 찾아봐야겠네." 지질학자가 좀카에게 말했다. 지질학자도 차가 이야기에 솔깃한 모양이었다.

그런데 정작 이 사실을 이야기해 준 코스토글로토프 자신은 차가를 구해 줄 만한 지인이 러시아에 없었다. 어떤 사람들은 벌써 죽었고, 몇 사람은 연락이 끊겼으며, 또 몇몇은 부탁하기가 여의치 않고, 어떤 사람들은 도시 출신이라서 자작나무라든가 차가를 찾기가 어려웠다. 비밀의 약초를 알아내고 스스로 자기 병을 고친다는 개처럼 몇 달이든 숲 속으로 들어가 차가를 구해 잘게 썰어 모닥불에 끓여 마시고 동물처럼 건강을 되찾을 수 있다면 그보다 더 기쁜 일이 어디 있을까. 다른 일은 아무것도 하지 않고 오직 건강을 되찾는 일에 혼신의 힘을 다하며 몇 달이든 숲을 돌아다닐 수 있다면 그보다 좋은 일이 어디 있을까.

그러나 그에게는 러시아로 가는 것이 금지되어 있다.

그런데 정작 러시아에 갈 수 있는 사람들은 일상생활을 기꺼이 희생할 지혜, 즉 중요한 것 외에는 모든 것을 벗어던질 의지가 없었다. 그들의 눈에는 장애물들만 보였다. 차가를 따라 가려면 병가를 내야 하나, 아니면 그냥 휴가를 내야 하나? 지금까지의 생활 방식을 어떻게 포기하고, 가족들과는 어떻게 헤어진단 말인가? 돈은 어디서 구할 것인가? 어떤 옷을 입어야 하며 어떤 물건을 가지고 가야 할까? 어느 역에서 내려야 하고, 그다음에는 어떻게 해야 하는지, 누구에게 문의해야 하는지 등등.

코스토글로토프는 편지를 흔들어 보이고 이렇게 덧붙였다.

"박사가 알려 준 바로는 차가 상인도 있다고 합니다. 그들은 장삿속이 밝은 사람들로 차가를 따서 말린 다음 돈을 받고 판다는군요. 하지만 워낙 비싸다고 해요. 1킬로그램에 15루블씩 받는데, 한 달에 6킬로그램은 필요하답니다."

"아니, 그들이 무슨 권리로 그런 장사를 한다는 겁니까?" 파벨 니콜라예비치가 화를 내며 말했다. 그의 표정이 어찌나 관리같이 엄한지 차가 상인이 모두 겁을 집어먹을 것 같았다. "아무리 양심이 없어도 그렇지! 자연에서 그냥 따는 것을 돈을 주고 판다는 거요?"

"조용히 쫌 할 쑤 없어요!" 예프렘이 그에게 핀잔을 주었다.(그는 약간 이상하게 발음하곤 했는데, 일부러 그러는 것 같기도 하고 혀가 잘 돌아가지 않아서 그러는 것 같기도 했다.) "생각을 좀 해 보세요! 그것을 따기가 좀 쉬울 것 같아요? 그것을 따려면 자루를 등에 메고 도끼를 들고, 또 겨울이면 스키를 타고 숲을 헤매고 다녀야 합니다."

"하지만 1킬로그램에 15루블이라니…… 너무 심한 것 아니에요? 나쁜 장사치들 같으니라고!" 루사노프는 물러설 기미를 보이지 않았고, 얼굴에는 붉은 반점들이 다시 생겼다.

이것은 아주 심각한 문제였다. 해가 갈수록 루사노프의 머릿속에 더욱 분명하고 확고한 생각이 자리를 잡았는데, 그것은 러시아의 모든 결함, 미완성, 엉터리, 불합리한 측면은 바로 이 암상인들 때문이라는 생각이었다. 길거리에서 양파나 꽃을 팔거나 시장에서 우유나 달걀을 파는 여자들, 정류장에서 사과를 팔거나 털양말을, 때로는 생선을 쪄서 허락 없이 개인적으로 매매하는 피라미 암상인들과 더 나아가서는 국고에서 트럭째 물건을 실어 내 어디론가 빼돌리는 거물급 암상인들 말이다. 만약 이런 암상인들을 제거할 수만 있다면 조국의 경제는 금방 정상을 되찾고 월등하게 성장할 수 있을 것이다. 인민들이 국가에서 지급하는 많은 임금과 연금으로 자신의 물질적 수준을 높이는 것은 전혀 뭐라고 할 수 없다.(파벨 니콜라예비치는 은근히 개인연금을 기대하고 있었다.) 이런 경우, 자동차나 별장 같은 것도 개인의 근로 대가로 볼 수 있다. 그러나 똑같은 상표가 붙은 자동차나 똑같은 표준형의 별장이라도 부정한 돈으로 구입한 것이라면 전혀 다른 문제이며, 그것은 범죄 행위인 것이다. 파벨 니콜라예비치는 그런 암상인들에 대한 공개 처형 제도를 주장하고 있었다. 공개 처형 제도는 우리 사회를 빠르고 완벽하게 건전하게 만드는 제도였다.

"그렇다면 좋아요." 예프렘이 화를 내며 말했다. "그만 입 다물고 직접 그곳으로 가서 차가 따는 단체라도 만들면 되겠네요. 국영 조합을 만들든지 협동조합을 만들든지 원하는 대로 해 보시라고요. 15루블이 비싸면 안 사면 그만이잖아요."

루사노프는 그것이 바로 약점이라는 것을 알고 있었다. 그는 암상인들을 미워했지만 현재로서는 아직 의학 아카데미에서 인정을 받은 것도 아니고 중부 러시아 협동조합이 지속적으로 그것을 조달해 줄 수 있는 것도 아니지 않은가. 그렇다고 파벨 니콜라예비치의 종양이 그때까지 기다려 줄 것도 아니었다.

목소리 없는 신참 환자가 무슨 유명 신문사의 기자나 된 것처럼 수첩을 가지고 코스토글로토프의 침대에 바짝 다가오더니 쉰 목소리로 속삭이듯 물었다.

"판매자의 주소는 갖고 있어요? 편지에 주소가 나와 있지 않나?"

파벨 니콜라예비치도 주소를 받아 적을 준비를 했다.

그러나 코스토글로토프는 웬일인지 대답하지 않았다. 그 편지에 주소가 있는지 없는지도 대답하지 않은 채 창턱에서 내려와 침대 밑에서 장화를 찾기 시작했다. 그는 모든 환자에게 장화를 신는 것이 금지되어 있는데도 산책할 때 신을 요량으로 장화를 감춰 두고 있었다.

죠마는 받아 적은 처방을 서랍장에 감추어 넣고는 더 이상 아무것도 묻지 않고 한쪽 다리를 조심스럽게 침대 위로 올렸다. 그렇게 많은 돈이 그에게 있을 리도 없고 앞으로도 없을 터였다.

자작나무 차가가 모두에게 효과가 있으라는 법도 없지 않은가.

루사노프는 웬지 마음이 편치 않았다. 오글로예드와 다툰 후 벌써 사흘째 얼굴을 붉히던 루사노프는 그의 이야기에 강한 흥미를 보이며 주소까지 알려 달라고 청했다. 파벨 니콜라예비치는 무의식적으로 어떻게든 오글로예드를 달래 보려고 그랬는지 그들의 공통 화제를 불쑥 꺼내며 아주 진지하게 말을 건넸다.

"맞아요! 이 세상에 이보다……(암인가? 그러나 그는 암이 아니었다!) 이런…… 종양…… 그러니까 보통 암보다 더 무서운 것이 없지요!"

그러나 코스토글로토프는 나이로 보나 사회적 지위로 보나, 아니면 경험으로 보더라도 더 위인 자신이 말을 건네는데도 전혀 감동하지 않았다. 장화 위에 돌돌 말아 놓았던 갈색 각반을 다리에 감고 여기저기 낡은 인조 가죽으로 덧대어 꿰맨 장화를 신으며 그가 퉁명스레 말했다.

"암보다 무서운 것이 뭐냐고요? 나병입니다!"

두렵고 위협적인 단어가 마치 일제 사격을 가하듯이 병실 안에 크게 울려 퍼졌다.

파벨 니콜라예비치는 애써 감정을 억누르며 얼굴을 찌푸렸다.

"글쎄, 그럴까요? 왜 나병이 더 무섭다는 거요? 병이 더 천천히 진행되는데."

코스토글로토프는 음울하고 적대적인 시선으로 파벨 니콜라예비치의 반짝이는 안경과 눈을 쏘아보았다.

"아직 살아 있는데도 세상과 격리시키니 더 두려울 수밖에요. 가족들과 강제로 떨어져서 철조망 안에 갇히게 된다고 생각해 보세요! 당신은 그것이 암보다 낫다고 보십니까?"

파벨 니콜라예비치는 허름한 차림새에 지저분한 남자의 음울하고 번뜩이는 시선을 가까이서 정면으로 마주 대하자 당황스러워 어쩔 줄 몰랐다.

"내 말은 그저, 저주받을 병이……."

보통 상식적인 사람이라면 가까이 다가와 이야기를 나누려고 했을 것이다. 그런데 오글로예드는 그런 상식적인 행동도 전혀 모르고 있었다. 파벨 니콜라예비치의 사교술이 그에게는 통하지 않았던 것이다. 그는 호리호리한 몸을 일으켜, 산책할 때 입는 발뒤꿈치까지 늘어진 더러운 잿빛의 여성용 가운을 걸치고 나서 학자연하며 아주 오만하게 말했다.

"어떤 철학자가 병을 앓아 본 적이 없는 사람은 자신의 한계를 알 수 없다고 했습니다."

그는 가운의 호주머니에서 돌돌 말아 놓은 군용 혁대를 꺼냈다. 손가락 네 개 정도의 폭에 오각형의 버클이 달려 있었다. 그는 종양이 있는 곳을 피해 낡은 가운 위에 조심조심 혁대를 맸다. 그러고는 불이 잘 꺼지는 값싸고 질 나쁜 담배 한 개비를 손으로 비비면서 출구 쪽으로 걸어 나갔다.

목소리 없는 남자는 침대 사이의 통로에 서 있다가 코스토글로토프에게 얼른 길을 비켜 주며 은행장이나 총리 같은 풍채와는 어울리지 않게 애원하는 투로 물었다. 종양학의 대가인 코스토글로토프가 지금 막 이곳을 영원히 떠나 버리기라도 할 것처럼.

"그런데 말입니다. 목에 종양이 생긴 사람 중에서 몇 퍼센트 정도가 암인지 물어봐도 될까요?"

"아마 34퍼센트 정도 될 겁니다." 코스토글로토프가 옆으로 비켜 가면서 웃음 띤 얼굴로 대답했다.

출입구 밖의 계단에는 아무도 없었다.

올레크는 바람 한 점 없는 축축하고 차가운 공기를 느꺼운 기분으로 한껏 들이마시고는 신선한 공기가 아직 몸속으로 들어가기도 전에 담배에 불을 붙였다. 담배가 없다면 완전한 행복을 누릴 수가 없는 법이다.(비록 돈초뿐 아니라 마슬레니코프까지 편지에 담배를 끊어야 한다고 당부했지만 말이다.)

바람도 전혀 없고 그다지 춥지도 않았다. 얼음이 녹은 거무스름한 웅덩이가 어느 창문에선가 흘러나온 불빛에 드러나 보였다. 이제 겨우 2월 5일인데, 벌써 봄처럼 느껴졌고, 이 시기에 이런 날씨는 드문 일이었다. 대기 중에는 안개라고 할 수도 없을 것 같은 연무가 드리워져 있었다. 멀리 있는 가로등과 창문의 불빛이 옅은 안개에 약간 희뿌옇고 부드럽게 보였다.

올레크 왼편으로는 피라미드 모양의 포플러 네 그루가 마치 다정한 네 형제처럼 지붕보다 높이 솟아 있었다. 반대쪽에는 한 그루의 포플러만 외롭게 서 있었지만 가지도 적지 않고 키도 그에 못지않았다. 그 나무 바로 뒤로 수많은 나무들이 울창하게 들어선 공원이 이어져 있었다.

난간이 없는 13병동의 돌층계에서 몇 계단만 내려가면 비스듬하게 경사진 아스팔트 길이 이어져 있었다. 길 양쪽은 산울타리로 둘러싸여 있었다. 지금은 나뭇잎이 모두 떨어지고 없지만 굵은 나무들은 여전히 생기 있어 보였다.

올레크는 산책을 나섰다. 그는 공원의 가로수 길을 따라 한 걸음 한 걸음 힘차게 다리를 내디디며 걷는 기쁨, 건강한 다리를 갖고 건강하게 살아 있다는 기쁨을 맛보며 산책을 하곤 했다. 그러나 오늘 그는 층계참에서 내려다보이는 광경에 걸음을 멈추고 서서 담배를 마저 피웠다.

드문드문 서 있는 가로등과 맞은편 건물의 창문에서 흘러나오는 불빛이 희미하게 빛났다. 벌써 가로수 길에는 인적이 끊기고 없었다. 뒤쪽의 가까운 철로에서 요란한 굉음이 들리지 않을 때면 빠른 물살을 일으키며 쉴 새 없이 흐르는 강물 소리가 이곳까지 들려왔다. 강물은 옆 병동의 뒤편에 있는 벼랑 아래로 거품을 내며 굽이쳐 흘러갔다.

벼랑을 지나고 강을 따라 더 걸어가면 도심 공원이 하나 더 나타났다. 그곳에서 들려오는 건지(날씨가 춥기는 했지만) 아니면 열어 놓은 클럽 창문으로 흘러나오는 건지 취주 악단이 연주하는 댄스 음악이 들려왔다. 토요일이라 그런가…… . 사람들이 춤을 추고 있는 모양이다. 누군가는 짝을 지어 춤을 추고 있을 것이다.

사실 올레크는 자신이 그토록 많은 이야기를 하고 사람들이 자신의 이야기를 경청했다는 사실에 매우 고무되어 있었다. 두 주 전만 해도 영원히 삶의 저편으로 밀려나 버렸다고 생각했는데, 갑자기 되찾은 활력에 그는 흠뻑 도취되었다. 사실 그의 삶은 대도시 사람들이 갈망하며 죽어라 찾아 헤매는 아파트라든가 재산 혹은 사회적 성공, 돈 같은 것으로 채워지진 않았지만 대신 그가 한 번도 잊은 적이 없는 다른 본질적인 기쁨을 누릴 수는 있었다. 아무도 강제하지 않고 자유롭게 대지를 걸을 권리, 집단으로가 아니라 혼자 있을 권리, 울타리

안에 밤새 켜진 가로등에 가려 보이지 않던 별들을 마음껏 바라볼 권리, 밤이면 불을 끄고 어둠 속에서 잠들 권리, 우체통에 편지를 부칠 권리, 일요일에는 쉴 권리, 강에서 수영을 할 권리, 그 외에도 그러한 권리는 수없이 많았다. 그리고 여자와 이야기할 권리도 있다. 건강을 회복하자 손으로 다 셀 수도 없는 기적 같은 권리가 그에게 주어진 것이다. 그는 그곳에 선 채 담배를 피우며 행복에 잠겼다.

공원에서 음악이 들려왔다. 댄스 음악이 올레크의 마음속에서는 차이코프스키 교향곡 4번처럼 울려 퍼졌다. 어딘가 불안하면서도 중압감을 느끼게 하는 이 교향곡 도입부의 놀라운 첫 멜로디였다. 멜로디를 들으며(올레크는 그렇게 해석했다.) 그는 마치 주인공이 갑자기 살아 돌아왔다든가 앞을 보지 못하던 맹인이 어느 날 시력을 되찾아 손으로 사물을 더듬어 만져 보고 소중한 이들의 얼굴을 만져 보면서도, 사물들이 진짜로 존재하며 정말 눈으로 볼 수 있게 되었다는 사실이 믿기지 않을 때처럼 모든 것이 꿈만 같았다.

12
모든 정열이 되살아나다

일요일 아침, 출근 준비를 서두르던 조야는 다음 당직 날도 금회색 원피스를 꼭 입고 오라던 코스토글로토프의 부탁이 기억났다. 그날 저녁, 가운 밑으로 살짝 드러난 원피스의 옷깃을 본 그는 한낮의 햇빛에서는 어떻게 보이는지 보고 싶다고 했다. 그런 천진난만한 부탁을 들어주지 않을 이유가 없지 않은가. 더구나 그것은 휴일이나 마찬가지인 오늘 같은 분위기에 잘 어울리는 옷이었다. 낮에는 일도 그리 많지 않을 테고, 코스토글로토프가 들러서 재미있는 이야기를 들려줄 것이라는 기대도 했다.

그녀는 부탁받은 옷으로 재빨리 갈아입고 나서 손바닥에 향수를 뿌려 옷을 몇 번 두드린 다음 앞머리를 빗었다. 그러다가 시간이 급해 서둘러 외투를 걸치며 문을 열고 나섰다. 할머니는 서두르는 그녀를 간신히 붙잡아 샌드위치 봉투를 외투

주머니에 찔러 넣어 주었다.

아직 쌀쌀한 날씨였지만 전혀 겨울 같지 않은 습한 날씨였다. 러시아에서는 이런 날씨에는 보통 레인코트를 입기 마련이지만 이곳은 남부 지역이라 추위나 더위의 개념이 러시아와는 약간 달랐다. 더울 때는 모직 정장을 입고, 가능하면 빨리 외투를 꺼내 입었으며, 외투는 한번 입으면 좀처럼 벗으려하지 않았다. 모피 코트가 있는 사람들은 추운 날이 며칠만 계속되면 바로 꺼내 입곤 했다.

조야는 집을 나서다 자기가 타야 할 전차를 발견하고는 한 구간이나 헐레벌떡 뛰어가 마지막으로 간신히 전차에 올랐다. 숨이 차서 얼굴이 상기되어 바람이 잘 통하는 뒤쪽 승강구쪽으로 가서 섰다. 도시를 오가는 전차는 하나같이 느려 터진데다 요란한 소리를 냈으며, 모퉁이를 돌 때는 철로에 닿아서 금속성 굉음을 내곤 했다.

숨이 가쁘고 가슴이 아파 와도 젊고 건강한 몸이라면 그것마저 즐거운 법이다. 모든 것이 금방 진정되고 건강하고 명랑한 기분으로 바뀌기 마련이니까.

대학이 방학에 들어가면 한 병원에서 일주일에 세 번 반 정도 당직을 서곤 했는데, 그녀에게는 별로 어렵지 않았고, 거의 쉬는 것이나 마찬가지였다. 물론 당직 날이 없으면 더 좋았겠지만 조야는 이미 두 가지 일을 하는 데 익숙했다. 벌써 이 년째 학업과 일을 병행하고 있었던 것이다. 사실 병원에서 하는 실습은 학업에 별 도움이 되지 않았다. 조야는 실습을 위해서가 아니라 그저 돈을 벌기 위해 일을 하고 있었던 것이다. 할머니가 받는 연금은 식료품을 사기에도 모자라 조야의 학생 연금은 금방 바닥나곤 했다. 아버지는 어떤 형태로든 한 번도 도움을 준 적이 없었고, 조야도 그것을 원하지 않았다. 그런 아버지였기 때문에 도움을 청하고 싶지도 않았던 것이다.

지난 야간 당직을 마치고 이틀간 휴가를 받았지만 조야는 시간을 그냥 보내지 않았다. 그녀는 어린 시절부터 게으름을 피워 본 적이 없었다. 일하지 않는 동안 가장 먼저 한 일은 지난해 12월 월급으로 사 두었던 프랑스산 견으로 내년 봄에 입을 블라우스를 만드는 것이었다.(할머니는 "썰매는 여름에, 마차는 겨울에 장만해라."라는 말을 입버릇처럼 하곤 했다. 속담처럼 상점에서는 겨울에만 가장 좋은 여름 상품을 구할 수 있었다.) 그녀는 할머니의 낡은 '싱거' 재봉틀(스몰렌스크에서 가져왔다.)로 옷을 지었다. 옷 견본도 할머니 것을 사용하다 보니 구식이라서 눈치껏 재단과 재봉 강습을 받는 이웃이나 지인들한테서 보고 배워서 옷을 지었다. 조야는 그런 강습회에 나갈 시간이 거의 없었다. 이틀 동안 조야는 블라우스를 완성하지는 못했지만 대신 세탁소를 몇 군데 돌아다닌 끝에 낡은 여름 겉옷의 얼룩을 세탁해 두었다. 그 외에도 감자와 채소를 파는 시장에 가서 악착같이 가격을 흥정해 채소를 산 다음 양손에 무거운 장바구니를 들고 돌아왔다.(할머니는 줄을 설 수는 있었지만 무거운 것을 들지는 못했다.) 그리고 목욕탕에도 다녀왔다. 집에서 뒹굴며 책을 읽을 만한 시간은 전혀 없었다. 그리고 어제저녁에는 동기생인 리타와 함께 클럽에 춤을 추러 갔다.

사실 조야는 이런 클럽보다는 좀 더 건전하고 유익한 곳을 원했다. 그러나 이런 클럽 외에는 젊은이들과 어울릴 수 있는 문화도 없고 단체나 모임도 없었다. 그녀가 다니는 학과나 대학에는 러시아 여학생이 많았지만 남학생들은 거의 대부분 우즈베크 출신이었다. 그래서 모임에도 참석하고 싶지 않았다.

리타와 함께 갔던 클럽은 널찍하고 깨끗한 데다 난방도 잘되었다. 기둥과 계단은 대리석으로 만들어졌고, 걷거나 춤을 출 때면 멀리서도 자기 모습이 비치는 청동 틀의 커다란 거울도 있었다. 게다가 아주 값비싼 안락한 소파(다만 커버가 씌워져 앉을 수 없다는 점이 좀 아쉬웠다.)도 놓여 있었다. 그러나 조야는 지난 송년 모임 때 기분이 상한 뒤로는 그곳에 가지 않았다. 그때 가장무도회가 열렸는데, 가장 멋진 복장을 한 참석자에게는 상도 주어졌다. 조야는 꼬리가 아주 멋진 원숭이 복장을 직접 만들어 입었다. 머리 모양이라든가 얼굴 분장, 잘 어우러진 색감 등이 모두 아주 재미나고 예뻐서 경쟁자가 많았지만 내심 최고상을 받을 것이라고 굳게 믿었다. 그런데 상을 결정하기 직전, 못된 남자애들이 칼로 그녀의 꼬리를 잘라서 이 사람 저 사람에게 돌리다가 나중에는 감추어 버렸다. 조야는 울음을 터뜨렸다. 남자애들의 장난 때문이 아니라 그 모습을 보고 주변 사람들이 깔깔대며 재미있다고 웃었기 때문이었다. 꼬리가 없는 원숭이 복장은 너무 밋밋했다. 조야는 기분이 몹시 상한 데다 상도 받지 못했다.

아직 그때의 나쁜 인상이 남아 있어서인지 어젯밤 클럽에서도 기분이 썩 좋지 않았다. 하지만 아무도 예전의 그녀의 원숭이 복장이나 사건을 기억하지 못했고, 상황도 그때와는 달랐다. 그곳에는 각 대학의 학생들과 공장 노동자들을 비롯해 많은 젊은이들이 모여 있었다. 조야와 리타는 마주 보고 춤을 출 수 있는 상황이 아니었기 때문에, 세 시간 내내 서로 떨어져 악단의 음악에 맞춰 빙글빙글 돌며 몸을 흔들고 발을 구르며 춤을 추었다. 마치 몸 자체가 이런 움직임과 회전과 율동을 원하기라도 한 것처럼 아주 자연스럽고 즐거웠다. 춤을 춘 상대들은 거의 말이 없었고, 농담을 걸어와도 조야의 수준에 맞지 않는 시시껄렁한 것들이었다. 댄스 파티가 끝나고 건축 기사인 콜랴가 그녀를 바래다주었다. 집으로 돌아오는 길에 두 사람은 인도 영화와 수영 이야기를 나누었다. 그런 상황에서 어떤 진지한 대화를 나누는 것이 오히려 어색한 일이었을 것이다. 아파트 입구에 이르러 두 사람은 어두운 골목 구석에 서서 키스를 했다. 그는 조야의 가슴에 집요하게 키스를 퍼부었다. 언제 어디서든 남자들의 마음을 흔들어 놓는 것이 바로 가슴이었다. 콜랴는 흥분해서 그녀의 가슴을 격렬하게 만지다가 다른 곳으로 손을 가져갔다. 조야는 야릇한 기분이 들었지만 이내 냉정을 되찾았다. 내일은 일요일이라 일찍 일어나야 했으므로 이렇게 시간을 낭비해서는 안 된다는 생각이 들어 그를 돌려보내고 서둘러 낡은 계단을 걸어 올라갔다.

　조야의 여자 친구들, 특히 의과 대학의 친구들 사이에서는 인생을 살아가는 데 좋은 것일수록 빨리 받아들여야 한다는 사고방식이 퍼져 있었다. 이런 분위기에서 1학년, 2학년, 3학년이 되도록 한 분야의 전문 지식만 쌓으며 남자 경험 없이 남아 있기는 불가능했다. 조야 역시 여러 남자들과 다양한 순간을 경험했다. 조금씩 허락하다가 나중에는 완전히 사로잡혀 함락되고 만 순간도 있었고, 폭탄이 집에 떨어진다 해도 멈출 수 없는 격정의 순간도 있었으며, 마루와 의자 위에 던져 놓은 옷가지들을 집어 들던 흡족하고 노곤한 순간 그리고 서로 상대에게 절대 보이고 싶지 않았던 속옷들도 아무렇지 않다는 듯 상대가 보는 앞에서 태연하게 입을 때도 있었다.

조야는 3학년 때 노처녀의 범주에서 벗어났지만 그것이 중요한 것은 아니었다. 그 속에는 삶을 지탱하고 유지해 주는 본질적인 요소가 결여되어 있었다.

조야는 겨우 스물세 살이었지만 이미 다양한 경험을 했고, 그것을 마음에 새겨 두었다. 스몰렌스크에서 피난을 오면서, 처음에는 화물차를 타고 다음에는 화물선을 타고 다시 화물차를 타고 긴 여행을 한 일과 같은 화물차 안에서 옆자리에 있던 남자에 대한 기억은 오래 남아 있었다. 그는 판자로 된 간이침대를 자로 꼼꼼하게 재더니 조야네 가족이 자리를 2센티미터 더 차지하고 있다고 항의했다. 그 외에도 전쟁 상황에서 두려움에 떨며 굶주렸던 일, 대화라고는 오직 배급표와 물가에 대한 것뿐이던 암시장에서의 일, 페쟈 아저씨가 조야네 찬장에서 조야 가족의 한 끼 식량인 빵을 훔쳐 간 일 그리고 지금, 이 병원의 환자들이 겪는 비극적 운명의 고통과 파멸적인 삶, 음울한 이야기들과 눈물 역시 기억했다.

이런 경험을 떠올리다 보면 키스나 포옹, 다음에 일어나는 행위라는 것이 한낱 인생이라는 짜디짠 바다에서 달콤한 몇 방울의 물에 불과하다는 것을 깨닫곤 했다. 그 몇 방울로 갈증을 풀기에는 역부족이었다.

그렇다면 빨리 결혼을 해야 할까? 결혼하면 행복해질 수 있을까? 조야가 사귀고 춤을 추고 함께했던 젊은 남자들은 하나같이 잠시 쾌락을 맛보고 도망갈 궁리만 했다. 그리고 자기들끼리는 이렇게 말하곤 했다. "결혼을 해도 안 될 건 없지만 하루나 이틀 밤을 함께 보낼 여자를 언제든 만날 수 있는데 굳이 결혼할 필요가 있을까?"

시장에 대량으로 물건이 들어왔는데 돈을 세 배씩이나 요구할 수 없듯이, 주변에서 모두 헐값에 파는데 자기만 고집을 피우고 있을 수는 없는 노릇이었다.

혼인 신고서도 해결책이 될 수는 없었다. 조야의 동료인 우크라이나 간호사 마리야를 보며 그것을 배웠다. 마리야는 혼인 신고서를 믿었는데, 결혼한 지 일주일 만에 남편이 그녀를 버리고 집을 나가더니 소식이 끊어졌다. 그녀는 혼자서 아이를 낳아 칠 년이나 길렀고, 지금까지도 유부녀로 간주되었던 것이다.

그래서 조야는 위험한 날에 술이 있는 파티에 가면 지뢰가 묻힌 땅을 밟는 공병처럼 극도로 조심스럽게 행동했다.

마리야보다 좋은 예가 조야에게도 있었다. 조야는 부모의 불행한 인생을 보며 자랐다. 그녀의 부모는 싸웠다가 화해했다가, 헤어졌다가 다시 합쳤다 하면서 평생을 서로 괴롭히며 살았다. 엄마의 실수를 반복한다는 것은 조야에게 황산을 마시는 일이나 마찬가지였다.

혼인 신고서가 아무 도움도 되지 않는다는 것을 증명해 주는 사례였다.

조야는 자신의 몸과 각 기관의 상호 관계에서뿐 아니라 자신의 성격과 인생관에서도 전체적으로 균형과 조화를 느끼며 살아왔다. 오직 이러한 영혼의 조화를 통해서만 그녀의 인생의 모든 것이 넓게 펼쳐질 수 있으리라.

어젯밤의 콜랴처럼 손으로 그녀의 육체를 더듬으며 시시한 이야기를 건넨다든가 천박한 말을 한다든가 영화에서 본 이야기를 따라 한다면 이미 조화를 상실한 사람으로, 그녀는 그런 사람을 진정으로 좋아할 수 없었다.

조야는 차표가 없는 젊은이에게 차장이 호통을 치는(그는 꾸중을 들으면서도 차표를 사려 하지 않았다.) 전차 뒤쪽에 선 채 흔들리며 종점에 다다랐다. 전차는 둥글게 원을 그리며 반대쪽으로 돌았다. 그쪽에서 전차를 타려고 기다리던 사람들이 우르르 몰려들었다. 예의 그 젊은이는 창피한 듯 전차가 멈추기도 전에 재빨리 뛰어내렸다. 한 소년이 뒤따라 뛰어내렸다. 조야도 덩달아 용케 뛰어내렸다. 이곳에서 내리는 것이 더 가까웠기 때문이다.

벌써 8시 1분이 지나고 있었다. 조야는 병원 구내의 구부러진 아스팔트 길을 내달렸다. 간호사들처럼 그녀 역시 뛰어서는 안 되었지만 아직 학생이므로 충분히 용서되는 일이었다.

그녀는 암 병동을 향해 달려가는 와중에 외투를 벗고 가운을 걸치며 위층으로 향했다. 벌써 8시 20분을 지나고 있었다. 만약 올림피아다 블라지슬로보브나가 당직을 섰다면 그냥 좋게 넘어가지는 않았을 것이다. 마리야의 경우라도 조야가 십

분이라도 늦으면 마치 당직 시간의 절반이라도 지난 것처럼 험한 말을 했을 것이다. 그러나 다행히도 어젯밤은 카라칼파크[36) 출신의 학생인 투르군이 당직을 섰다. 그는 원래 너그러운 성격인 데다 특히 그녀에게는 더 관대한 태도를 취했다. 그는 늦은 벌로 그녀의 엉덩이를 한 대 치려고 했지만 그녀가 살짝 피하는 바람에 서로 깔깔대며 웃었다. 그러고는 오히려 그녀가 그를 계단 쪽으로 밀어냈다.

투르군은 아직 학생이었지만 소수 민족 출신의 요원으로 벌써 지방 병원의 주치의로 임명되었고, 여기서 이렇게 자유로운 시간을 보내는 것도 앞으로 몇 달 남지 않았다.

투르군은 조야에게 수간호사 미타가 특별히 지시한 사항이 적힌 노트를 넘겨주었다. 당직 의사의 허가를 받지 않은 환자의 친지들이 면회하는 것을 막는 일은 성가셨지만 아무튼 일요일은 회진도 없고 진료도 없는 데다 수술 환자들의 수혈도 없어서 편했다. 그 때문에 미타는 항상 미처 끝내지 못한 많은 통계 작업을 일요일 낮 당직자에게 떠맡기곤 했다.

오늘 작업은 누락된 1954년 12월분의 두툼한 환자 진료 차트를 정리하는 일이었다. 조야는 휘파람을 불 때처럼 입술을 둥그렇게 내밀고 진료 차트 뭉치의 모서리를 손가락으로 쑥 훑으며, 모두 몇 장이나 되는지, 수를 놓을 시간이 있을지를 가늠해 보았다. 그때 그녀 옆으로 커다란 그림자가 다가오는 느낌이 들었다. 조야는 놀라는 기색도 없이 고개를 돌려 코스

---

36) 우즈베크 공화국 내 터키계 민족의 자치구.

토글로토프를 보았다. 깨끗하게 면도를 하고 단정하게 머리를 빗어 넘긴 모습이었지만 턱에 난 흉터 때문인지 여전히 악당 같은 분위기를 풍겼다.

"안녕하세요, 조엔카?" 그가 신사처럼 인사를 건넸다.

"안녕하세요?" 그녀는 고개를 끄덕이며 뭔가 마음에 들지 않는 듯 미심쩍은 표정을 지었지만 그런 몸짓은 별 의미 없는 그녀의 습관일 뿐이었다.

그의 흑갈색 눈동자가 그녀를 응시했다.

"내가 부탁한 대로 했겠지요?"

"무슨 부탁이었죠?" 조야가 놀란 표정으로 얼굴을 찡그렸다.(그 표정은 정말 매력적이었다.)

"저런, 내가 제안한 것 잊었어요? 나는 계속 생각하며 기대하고 있었는데."

"『병리 해부학』을 빌려 준 건 분명 기억하고 있는데요."

"그 책은 지금 돌려주죠. 고마웠어요."

"모두 이해했어요?"

"덕분에 나에게 필요한 건 다 알게 되었어요."

"책을 빌려 준 게 실수는 아닌지 모르겠네요." 조야가 진지한 자세로 말했다. "후회가 되기도 해요."

"천만에! 그렇지 않아요, 조엔카!" 그가 손을 저으며 조야의 손을 살짝 스쳤다. "그 반대입니다. 이 책을 읽고 힘을 얻었어요. 책을 빌려 주어 정말 다행이었어요. 그런데……." 그가 조야의 목을 바라보았다. "가운 위쪽 단추 좀 풀어 볼래요?"

"왜 그러세요?" 조야가 깜짝 놀라며(그녀의 이런 모습도 귀여워 보였다.) 물었다. "덥지도 않은데요!"

"그렇지 않아요, 당신 얼굴이 온통 빨개요!"

"하긴 그렇군요." 조야는 천진스레 깔깔거렸다. 그녀는 뛰어서 병동으로 왔을 뿐 아니라 투르군과 장난을 치느라 열이 좀 나서 그렇지 않아도 단추를 풀고 싶던 참이었다. 그녀가 단추를 풀었다.

그러자 회색 바탕의 금빛 무늬 원피스가 반짝였다.

코스토글로토프가 놀란 눈으로 쳐다보며 가만히 속삭였다.

"아! 아주 멋지네요. 고마워요. 나중에 기회가 되면 더 보여주겠어요?"

"당신이 뭘 원하는지 알아야죠."

"나중에 이야기하죠, 알았죠? 오늘은 하루 종일 같이 있을 테니 말이에요."

조야는 인형처럼 눈동자를 빙그르르 돌렸다.

"하지만 당신이 내 일을 좀 도와주었으면 해요. 오늘 할 일이 태산이라 열이 날 지경이라니까요."

"산 사람에게 주삿바늘을 찌르는 일이라면 난 못 해요."

"그게 아니라 통계를 내는 일인데, 할 수 있죠? 쉬운 일 아닌가요?"

"나는 통계학을 아주 좋아합니다. 만약 비밀 내용이 아니라면 도와주죠."

"그럼 좋아요, 아침 식사 후에 오세요." 조야는 그의 도움에 미리 감사를 표하며 미소를 지었다.

아침 식사가 벌써 병동으로 들어가고 있었다.

조야는 지난 금요일 아침 당직을 교대하고 나서 전날 밤에 그와 나눈 대화에 자못 흥미를 느껴 서무과에 가서 그의 진료 차트를 살펴보았다.

그의 정식 이름은 올레크 필리모노비치였다.(발음하기 힘든 그의 부칭은 기이한 성씨와 잘 어울렸지만 이름은 상대적으로 쉬웠다.) 그는 1920년생으로, 믿기지는 않지만 서른네 살이 되도록 한 번도 결혼한 적이 없고, 실제로 우시테레크라는 지역에 주소를 두고 있었다. 보호자는 아무도 없었다.(암 병동에서는 반드시 보호자의 이름을 써야 하는데도 그랬다.) 그는 지질 전문가였고, 현재는 경지 정리 일을 하고 있었다.

이 모든 사실들에도 불구하고 무언가가 분명해지기는커녕 오히려 더 수수께끼처럼 느껴졌다.

오늘 업무 일지에 지시된 바로는 금요일부터 매일 2밀리리터의 시네스트롤 피하 근육 주사를 그에게 놓게 되어 있었다.

이것은 저녁 당직자의 몫이지 그녀의 일은 아니었다. 그러나 조야는 도톰한 입술을 돼지 주둥이처럼 쭉 내밀어 뾰로통한 표정을 지었다.

아침 식사를 마친 코스토글로토프가 『병리 해부학』을 들고 일을 도와주러 왔다. 마침 조야는 하루에 서너 번씩 먹게 되어 있는 약들을 환자들에게 나눠 주느라 병실을 뛰어다니고 있었다.

일이 모두 마무리되고 드디어 그들은 그녀의 책상 앞에 마주 앉을 수 있었다. 조야는 커다란 그래프 용지를 가져와 여러 가지 수치를 그래프에 어떻게, 어디에 그려야 하는지(자신도 어떻게 해야 하는지 곧잘 잊어버렸다.) 설명한 다음 자신도 크고 묵직한 자를 대고 그래프를 그렸다.

조야는 통상 이런 종류의 '조수', 그러니까 젊은 남자나 독신 남성(유부남도 마찬가지였다.)의 진가를 알고 있었다. 그런 종류의 도움은 장난, 농담, 구애, 작업의 실수로 이어지곤 했다. 그러나 조야는 기꺼이 이런 실수를 감수했다. 왜냐하면 아무리 시시한 구애라 할지라도 가장 심오한 보고서보다 재미있기 때문이다. 오늘 당직을 즐겁게 보낼 수 있게 해 주는 그런 장난을 조야가 반대할 이유는 없었다.

게다가 코스토글로토프가 야릇한 시선과 의미심장한 말투를 곧바로 거두고 일을 어떻게 처리해야 하는지 재빨리 이해하고 오히려 그녀에게 설명해 주는 데 적잖이 놀랐다. 그는 진료 차트에 열중해 필요한 것이 무엇인지 일일이 알려 주었고, 그녀는 커다란 보고서에 필요한 그래프를 그려 나갔다. "신경종……." 하며 그가 불러 주었다. "부신종…… 비강육종…… 척수종……." 그러면서 모르는 것이 있으면 물어보기도 했다.

이 기간 동안 어떤 종류의 종양이 발생했는지 먼저 통계를 내고 남자와 여자를 구분한 다음 십 년마다 나이별로 계산해야 했다. 그리고 어떤 치료 방법이 사용되었고, 그 범위가 어느 정도인지도 정리해야 했다. 그러고 나서 모든 결과물을 다섯 가지 결론으로, 즉 완쾌, 호전, 변화 없음, 악화, 사망으로 분류해 기록해야 했다. 조야의 조수는 특히 이 다섯 가지 결론에 관심을 보였다. 그는 완쾌된 경우도 드물었지만 사망한 경우도 많지 않다는 것을 곧바로 알아냈다.

"내가 알기로는 이 병원에서 사망하지 않도록 죽기 직전에 퇴원을 시키던데요." 코스토글로토프가 말했다.

"다른 방법이 없잖아요. 알아서 판단해요, 올레크.(그녀는 도와준 대가로 그를 올레크라고 불러 주었다.) 만약 어떤 환자를 더 이상 도울 방법이 없고 고작 그가 일주일이나 한 달 정도밖에 살 수 없다면 괜히 침대를 차지하고 있을 필요가 없잖아요? 치료를 받아야 할 많은 사람들이 침대가 나기만 기다리고 있는 상황이니까요. 그리고 인큐어러블 환자들은……."

"인…… 뭐라고요?"

"그러니까 치료 불가능한 환자들은…… 나을 희망이 있는 환자들에게 그들의 모습과 이야기가 매우 부정적인 영향을 미치거든요."

올레크는 이렇게 간호사와 책상을 사이에 두고 마주 앉아 있으니 세상의 보편적인 현실과 인식에 한 걸음 다가선 듯한 느낌이 들었다. 여기서 말하는 '아무 도움을 줄 수도 없고 침대만 차지하고, 치료 불가능한' 그 '환자'는 모두 코스토글로토프 자신에게는 해당되지 않았다. 그녀는 그에게, 코스토글로토프에게 그는 죽을 사람이 아니라 치료 가능한 환자라고 여기며 이야기하는 것이 분명했다. 특별한 사유가 없는데도 갑자기 환경이 바뀌면 사람은 어떤 상태에서 다른 상태로 급변하는 법이다. 그것에 대한 뭔가 막연한 생각이 떠올랐지만 지금으로서는 그것을 알 수 없었다.

"그렇군요, 아주 논리적입니다. 하지만 아조프킨을 그렇게 퇴원시킨 것은 문제가 있어요. 어제 내가 있는 자리에서

'tumor cordis'라고 기록하고도 그에게 아무 말이나 설명도 하지 않았죠. 나 자신도 그에게 거짓말을 한 것 같아 양심의 가책을 느껴요."

흉터가 없는 방향으로 고개를 돌린 채 조야를 향해 앉아 있는 그의 얼굴은 전혀 험상궂게 보이지 않았다.

그들은 화기애애하고 다정하게 앉아서 계속 일한 보람으로 점심시간 전에 일을 모두 끝마쳤다.

사실 미타가 지시한 다른 일도 있었다. 종이를 절약하고 병상 일지에 쉽게 붙이기 위해 환자의 체온 기록표 위에 분석 결과를 옮겨 적는 일이었다. 하지만 일요일 하루 동안 이 모든 일을 하는 것은 지나치다는 생각이 들었다. 그래서 조야는 이렇게 말했다.

"자, 다 됐어요. 정말 감사합니다, 올레크 필리모노비치!"

"그럴 필요 없습니다! 처음에 부른 대로 그냥 올레크라고 불러요!"

"점심 식사 하시고 좀 쉬세요."

"내 사전에 쉬는 법이란 없습니다."

"하지만 당신은 환자잖아요."

"조엔카! 정말 이상하지 뭐요! 당신이 당직 근무를 하러 계단을 올라오는 것을 보자마자 금방 몸이 다 나은 것 같으니 말이에요!"

"아, 그래요?" 조야는 그의 의견을 받아들였다. "그럼 다른 일도 해야 하니 회의실로 와 주세요."

그러고는 의사 회의실을 향해 고갯짓을 했다.

하지만 조야는 점심 식사 후에도 환자들에게 약을 나눠 주는 일이 남아 있었고, 커다란 여자 병실에서 급한 볼일도 몇 가지 있었다. 조야는 병실에 만연한 질병과 병약함과는 대조적으로 피부 세포 하나부터 손톱 끝에 이르기까지 자신이 얼마나 완벽하고 건강한지를 새삼스럽게 느꼈다. 그녀는 특히 꼭 끼는 브래지어에 나란히 감싸인 자신의 가슴이 환자의 침대에 몸을 숙일 때면 길게 늘어진다든가 걸음을 빨리 걸을 때면 경쾌하게 흔들리는 느낌이 아주 기분 좋았다.

마침내 일이 마무리되었다. 조야는 청소부에게 출입구 의자에 앉아서 면회인들이 병실에 들어오지 못하게 하고 무슨 일이 생기면 자신을 부르라고 지시했다. 그런 다음 그녀는 바느질감을 들고 회의실로 향했다. 올레크도 뒤따라 들어갔다.

세 개의 창문이 달린 환하고 네모난 방이었다. 별다른 특징이 있는 곳은 아니었지만 회계 부장과 병원장의 기호가 잘 드러나는 방이었다. 두 개의 소파는 접이식이 아니라 보통 관청에서 쓰는 것으로, 등받이가 수직으로 딱딱하게 만들어져 목이 아플 것 같았고, 등받이 위에는 거울이 달려 있었지만 기린이나 볼 수 있을 만큼 높았다. 책상 배치도 틀에 박힌 관청식이었다. 두꺼운 플라스틱 덮개가 덮인 커다란 의장용 책상이 놓여 있고, 그것과 직각으로 기다란 회의용 책상이 놓여 있었다. 길쭉한 회의용 책상에는 사마르칸트식 하늘색 벨벳 커버가 씌워져 있었는데, 이 하늘색이 방 안을 한결 경쾌하게 해 주었다. 그리고 책상과 좀 떨어진 곳에 푹신한 소파가 몇 개 있었다. 그것들 역시 방을 편안하게 느끼게 해 주었다.

벽에 꽂혀 있는 11월 7일자[37]의 《종양학자》를 제외하면 이곳이 병원임을 연상시킬 만한 것은 아무것도 없었다.

조야와 올레크는 방 안에서 빛이 가장 잘 드는 쪽에 놓인 푹신한 소파에 앉았다. 그 옆에 놓인 탁자 위에는 용설란이 핀 화분들이 놓여 있었고, 통유리로 된 가운데 창문 밖으로는 창보다 키가 큰 떡갈나무가 가지를 쭉 뻗고 있었다.

올레크는 등을 길게 펴고 머리와 목은 있는 대로 뒤로 젖혀 앉으며 온몸을 푹신한 소파에 맡겼다.

"아, 이게 무슨 호사람!" 그가 말했다. "이런 호사를 누려 본 게 언제였나…… 한 십오 년은 지난 것 같군."

(이런 소파가 그렇게 마음에 들면 사면 되지 않았을까?)

"그런데 나에게 뭘 원하는 거예요?" 조야는 이곳까지 온 이유가 궁금하다는 듯 고개를 약간 기울이며 의아한 눈빛으로 물었다.

그들이 이 방에 함께 들어와 소파에 앉아 있는 유일한 목적은 대화를 나누기 위해서였다. 이 순간에는 한마디의 말, 사소한 어투, 순간의 시선으로 그들의 대화가 형식적인 것인지, 아니면 본질적인 것인지가 결정되는 것이다. 그녀는 그저 형식적인 이야기나 나누려고 했는데, 이곳으로 들어오면서 뭔가 본질적인 이야기를 하게 될 것 같은 예감이 들었다.

예감은 빗나가지 않았다. 그는 소파에 등을 기대고 머리를 뒤로 젖힌 채 조야의 머리 위쪽에 있는 창문을 바라보며 당당

---

37) 1917년 혁명 기념일.

하게 말했다.

"내가 원하는 건…… 그러니까 금발의 아가씨가…… 내가 사는 개척지로 과연 올 것인지를 알고 싶어요."

그러고는 우두커니 조야를 바라보았다.

조야의 시선이 마주쳤다.

"그곳에서 아가씨를 기다리는 것은 뭘까요?"

그러자 올레크가 크게 한숨을 내쉬었다.

"이미 말한 것 같은데. 좋은 일은 거의 없을 거예요. 수도도 없어요. 다리미는 숯불을 사용하는 구식이고 등은 석유램프를 씁니다. 우기에는 온통 진창이 되고, 건기에는 먼지 구덩이지요. 좋은 옷은 일 년 내내 한 번도 입을 일이 없어요."

그는 그녀가 그곳으로 오겠다는 약속을 하지 못하게 하려는 듯 나쁜 점만 쭉 늘어놓았다. 만약 한 번도 좋은 옷을 입을 일이 없다면 그런 삶이 정말 무슨 의미가 있을까? 그러나 조야는 큰 도시에서 살기가 얼마나 어려운지 알았고, 가능하면 도시에서 살고 싶지 않았다. 하지만 그녀는 지금 그가 사는 마을이 아니라 이 남자에 대해 더 알고 싶었다.

"당신을 그곳에 붙잡아 두는 것은 과연 뭘까요?"

그러자 올레크가 큰 소리로 웃었다.

"뭐긴 뭐예요? 정치국이지요!"

그는 여전히 등받이에 머리를 대고 편안하게 앉아 있었다.

조야는 조금 경계심이 들었다.

"약간 의심이 드는데…… 실례지만 당신은 러시아인…… 인가요?"

"네! 100퍼센트 러시아인입니다! 머리가 검은색이라서 의심스러운가요?"

그러면서 그는 머리카락을 추슬렀다.

조야는 어깨를 으쓱했다.

"그렇다면 왜 당신을……."

올레크가 한숨을 내쉬었다.

"에이! 요즘 젊은이들은 정말 아무것도 모른단 말이야! 하긴 우리도 형법에 대해서는 전혀 몰랐지요. 어떤 조항이 있고 그 기능이 무엇인지 그리고 그것을 어떻게 확대 해석할 수 있는지 말이에요. 그런데 당신은 모든 변방의 중심인 도시에 살면서 강제 이주자와 정치적 추방자 사이의 근본적인 차이도 모르는군요."

"어떤 차이가 있는데요?"

"말하자면 나는 정치적 추방자입니다. 민족 문제[38]가 아니라 개인적으로, 그러니까 올레크 필리모노비치 코스토글로토프라는 개인의 정치적인 문제로 추방당한 것이지요. 이제 이해가 되나요?" 그는 깔깔대고 웃었다. "건전한 시민들 사이에서는 살 수 없는 '명예 시민'인 겁니다."

그러고는 검은 눈동자를 반짝이며 그녀를 바라보았다.

그러나 그녀는 놀라지 않았다. 아니, 조금 놀라기는 했지만 충격받을 정도는 아니었다.

---

38) 소련에서 제2차 세계 대전 동안과 그 후로 유라시아 소수 민족에 대한 강제 이주 정책이 실시되었다.

"그래서 얼마 동안 추방당한 거예요?" 그녀가 목소리를 낮춰 물었다.

"영, 구, 추, 방!" 그가 목청을 높여 천천히 말했다.

그녀의 귀가 울릴 정도였다.

"죽을 때까지?" 그녀는 잘 들리지도 않게 목소리를 낮춰 다시 물었다.

"아니요! 영, 구, 추, 방!" 코스토글로토프가 강경한 어조로 설명했다. "서류에 '영구'라고 쓰여 있었어요. 만약 죽을 때까지만 추방이라면 죽은 후에 관은 그곳을 벗어날 수 있지요. 그러나 '영구' 추방이라면 관도 그곳을 절대 벗어나선 안 된다는 뜻입니다. 설사 태양이 사라진다고 해도 절대 안 되는 것입니다. 영구하다는 것은 그것보다 길다는 뜻이니까요."

그 순간 조야는 가슴이 오그라드는 것 같았다. 얼굴에 난 흉터, 험악한 얼굴, 그 모든 것에 다 이유가 있었던 것이다. 그는 어쩌면 살인자이거나 무서운 사람인지도 모른다. 지금 당장이라도 달려들어 그녀를 목 졸라 죽일지 누가 알겠는가.

그러나 조야는 재빨리 도망치려고 의자를 돌려놓는 일은 하지 않았다. 그저 수틀을 옆으로 내려놓았을 뿐이다.(아직 수를 놓지 않았다.) 긴장하거나 흥분하지도 않고, 여전히 편안한 자세로 소파에 앉아 있는 코스토글로토프를 쳐다보며 오히려 조야가 흥분해서 물었다.

"물론 이야기하기 힘들면 안 해도 돼요. 하지만 괜찮다면 이야기해 주세요. 어쩌다가 그런 무서운 판결을 받은 거예요? 무엇 때문에요?"

코스토글로토프는 자신의 죄를 고백하는데도 전혀 힘들어하는 기색 없이 아무렇지 않게 웃으며 말했다.

"조엔카! 판결 같은 것은 없었어요! 아예 없었어요. 나는 지령에 따라 영구 추방되었어요."

"지령에 따르다니요?"

"그래요, 보통 지령이라고 하지요. 말하자면 송장 같은 것이죠. 기지에 가면 창고에 물건을 넣을 때 자루가 몇 개, 통이 몇 개…… 빈 통이…… 하면서 기록하잖아요?"

조야는 양손으로 얼굴을 감쌌다.

"잠깐만요. 이해가 잘 안 돼요. 그러니까 당신만 그렇게 했다는 거예요, 아니면 모든 사람을 그렇게 한다는 거예요?"

"모든 사람에게 그랬다고는 할 수 없어요. 순수하게 제10항만 적용되는 사람은 추방하지 않아요. 하지만 제11항이 추가되면 추방하는 겁니다."

"제11항이 뭔데요?"

"제11항이라?" 코스토글로토프는 잠깐 생각에 잠겼다. "조엔카! 내가 너무 많은 이야기를 한 것 같군요! 이런 이야기는 하지 않는 게 좋겠어요. 잘못하면 당신까지 의심받을 수 있으니까. 나는 처음에 제10항에 걸려 칠 년 형을 언도받았어요. 분명히 말하지만 보통 팔 년 이하를 언도받은 사람은 아무 죄가 없는 사람들이에요. 결백한 사람들이지요. 하지만 나는 제11항과 연관이 있었어요. 제11항은 도당을 지어 했을 경우죠. 제10항만으로는 형기가 늘지 않지만 우리는 그룹을 지어 했기 때문에 영구 추방되었어요. 다시는 그 장소에 모이지 못하게 하려는 겁니다. 이젠 이해가 돼요?"

그러나 그녀는 아직 이해할 수 없었다.

"그러니까 그것은……." 그녀는 좀 누그러져서 말했다. "그러니까 당신들이 도당을 지었다는 거군요?"

갑자기 코스토글로토프가 큰 소리로 웃었다. 그러다가 갑자기 웃음을 거두고 공격해 왔다.

"아주 적절한 말입니다. 판결을 내린 사람처럼 당신도 '그룹'이라는 말이 성에 차지 않는 모양이군요. 그 사람 역시 우리를 항상 도당이라고 불렀으니까요. 그래요, 우리는 도당이었어요. 대학 1학년인 남녀 학생들의 도당이었지요." 그러면서 그는 그녀를 무섭게 노려보았다. "여기선 담배를 피우면 안 된다는 걸 알지만 그래도 한 대 피워야겠어요, 괜찮죠? 우리는 모여서 여학생 꽁무니를 따라다니기도 하고 춤도 추곤했지요. 그러다가 남학생들은 자연스럽게 정치 이야기도 나누었어요. 그리고 그 사람에…… 대해서도 말이죠. 이해할지 모르지만 우리는 불만이 많았어요. 말하자면 우리는 그 사람을 그렇게 열광적으로 지지하지 않았던 겁니다. 우리 중에 두 친구는 전쟁에 나갔다 돌아왔고, 전쟁 후에는 뭔가 달라지기를 기대하고 있었죠. 그러다가 5월에 치르는 시험 직전에 우리 모두 체포되었어요. 여학생들까지."

조야는 왠지 혼란스러웠다. 그녀는 다시 수틀을 집어 들었다. 그의 이야기는 아주 위험할 수도 있었다. 누구든 입에 올려서도 안 되고 들어서도 안 되는 이야기였다. 귀를 막지 않았다는 것만으로도 죄가 될 수 있었다. 하지만 다른 한편으로는 그들이 어두운 뒷골목으로 사람을 유인해 살해했다거나 하는 이야기가 아니었기 때문에 크게 안심이 되기도 했다.

그녀가 침을 꿀꺽 삼켰다.

"그래도 이해가 안 돼요! 어쨌든…… 당신들이 무슨 일을 저지른 것은 사실 아닌가요?"

"무슨 일을 저지르다니요?" 그는 담배 연기를 들이마셨다가 내뿜었다. 그의 커다란 체구에 비해 담배가 아주 작아 보였다. "내가 이야기했잖아요! 우리는 공부했어요. 학생 연금을 받으면 맥주도 마셨어요. 파티에도 가고. 그랬는데 여학생들도 우리와 함께 잡혀 가서 모두 오 년 형을 받았지요." 그는 그녀를 물끄러미 쳐다보았다. "당신도 한번 상상해 봐요. 갑자기 당신을 2학기 시험 직전에 잡아다가 자루에 처넣으면 어떤 기분이 들겠어요?"

조야는 다시 수틀을 내려놓았다.

그녀는 그에게서 아주 무서운 이야기를 듣게 되리라고 생각했는데, 듣고 보니 아주 순수한 이야기였다.

"하지만 아직 어린 소년들이었는데 왜 그런 일을 했죠?"

"뭐라고요?" 올레크는 이해할 수 없었다.

"그러니까 어떤 불만이 있었다든가…… 아니면 어떤 다른 것을 원했다든가……."

"아! 정말 그렇군요! 정말 그래요!" 올레크는 누그러진 표정으로 웃었다. "나는 그런 생각은 하지도 못했는데 말이에요. 역시 당신은 그 판사라는 사람과 같은 이야기를 하는군요. 그도 똑같이 말했죠. 그건 그렇고, 이 소파는 정말 편하군! 침대에 앉아 있는 것과는 비교가 안 된다니까."

올레크는 가장 편하게 다시 자세를 바로잡아 앉더니, 담배 연기를 들이마시며 커다란 통유리로 된 창문 밖을 바라보았다.

흐릿하던 하늘은 저녁이 가까워 오는데도 어두워지지 않고 여전히 환했다. 유리창 밖의 서쪽 하늘은 구름층이 조금씩 옅어지고 있었다.

조야는 그제야 수틀을 들고 제대로 수를 놓기 시작했다. 흡족한 기분으로 한 땀 한 땀 수를 놓았다. 두 사람은 침묵했다. 올레크는 그녀가 수놓는 모습을 보고서도 예전처럼 칭찬하지 않았다.

"그럼…… 당신의 여자 친구는요? 그곳에 같이 있었나요?" 그녀가 계속 수틀에 고개를 숙이고 물었다.

"그러니까……." 올레크가 뭔가 다른 생각에 잠겨 있었는지 얼른 대답을 하지 않고 한참 주저하다가 말했다.

"그녀는 지금 어디에 있어요?"

"지금? 예니세이 강 근처에 있어요."

"그럼 그녀와 함께 있을 수는 없나요?"

"그럴 생각도 없죠." 그가 냉담하게 말했다.

조야가 그를 바라보았다. 그는 창밖을 보고 있었다. 왜 그가 이곳으로 그녀를 데려와 결혼하지 않는지 궁금했다. "그녀와 같이 살면 안 되나요?" 그녀가 생각에 잠겨 천천히 물었다.

"거주 등록증이 없는 사람은 아마 불가능할 겁니다." 그가 무관심한 듯 말했다. "꼭 그것 때문은 아니에요. 결혼할 이유가 없기 때문이죠."

"혹시 그녀의 사진을 가지고 있어요?"

"사진?" 그가 놀라서 물었다. "죄수가 사진을 갖고 있는 것은 금지되어 있어요. 찢어 버렸어요."

"그럼 그녀는 어떤 모습이었나요?"

올레크는 눈을 가늘게 뜨고 미소를 지었다.

"머리는 어깨까지 늘어뜨렸고, 끝 부분은 살짝 말았어요. 당신처럼 약간 비웃는 듯한 눈매를 가졌지만 그녀는 좀 우울한 편이었죠. 자신의 운명을 예감했던 것은 아니었을까 생각이 들어요."

"수용소에선 함께 있었나요?"

"아니요."

"그럼 언제 헤어지게 되었나요?"

"내가 체포되고 오 분 후에……. 그때가 5월이었는데, 우리는 늦게까지 그녀의 집 뜰에 앉아 있었어요. 어느새 새벽 1시가 넘어 그녀와 작별하고 밖으로 나왔는데, 100미터도 못 가서 붙잡혔어요. 바로 골목 어귀에 자동차가 서 있었더군요."

"그녀는 어떻게 되었어요?"

"다음 날 밤에 잡혀갔죠."

"그 후로 한 번도 못 봤나요?"

"법정에서 한 번 봤어요. 나는 이미 머리를 삭발한 상태였죠. 법정에서는 우리가 상대방에게 불리한 증언을 하기를 기대했지만 우리는 그렇게 하지 않았어요."

그는 담배꽁초를 버릴 만한 곳을 찾지 못해 그것을 빙빙 돌렸다.

"저기, 저쪽에 버리세요." 그녀가 의장석에 놓인 깨끗하게 반짝이는 재떨이를 가리켰다.

서쪽 하늘에 떠 있던 구름이 점점 흩어지는가 싶더니 흐릿하게 황금빛 햇살이 드러났다. 딱딱하게 굳어 있던 그의 얼굴도 그 빛을 받아 약간 부드럽게 보였다.

"지금은 서로 왜……." 조야가 동정 어린 말투로 물었다.

"조야!" 그는 힘주어 소리쳤지만 이내 다른 생각에 잠겼다. "예쁜 아가씨가 수용소에 들어갔을 때 과연 무슨 일을 당하게 될지 한번 상상해 봐요! 그녀를 끌고 가는 나쁜 놈들에게 어디 길바닥 웅덩이 같은 곳에서 용케 강간을 당하지 않았다손 치더라도, 수용소에 가면 얼마든지 그런 일은 벌어집니다. 도착한 첫날 밤이면 어떤 수캐 같은 간수나 조리사 따위의 기생충들 앞에서 발가벗겨진 채 목욕탕으로 끌려가기 마련이죠. 거기서 그녀를 누가 소유할지 결정합니다. 그리고 바로 다음 날 아침이면 제안을 합니다. 모모와 함께 살면 깨끗하고 따뜻한 곳에서 일하게 해 주겠다고. 만약 거절이라도 하면 갖은 학대를 가하는 거죠. 스스로 기어와서 빌 때까지 말이에요." 그리고 그는 눈을 감았다. "그녀는 어쨌든 살아남아 무사히 형기를 마쳤어요. 그녀를 비난할 생각은 없어요. 이해합니다. 하지만 그걸로 끝이에요. 그녀도 이해할 겁니다."

잠시 침묵이 흘렀다. 태양이 완전히 제 모습을 드러내자 온 세상이 어느새 밝고 환하게 빛났다. 공원의 나무들은 빛과 그늘로 선명한 대비를 이루고, 두 사람이 앉아 있는 방 안의 하늘색 탁상보가 어느새 화사하게 빛을 발하더니 조야의 머리카락도 황금빛으로 빛났다.

"……우리 그룹의 한 여자는 자살했고…… 한 사람은 아직 살아 있어요. 남자 셋은 이미 죽었고…… 두 사람은 어떻게 되었는지 몰라요."

올레크는 소파 팔걸이에 몸을 기대고 흔들거리며 나직하게 시를 읊조렸다.

"폭풍이 지나갔네…… 살아남은 이 몇이런가.
수많은 벗들 불러 보아도 아무 대답이 없네."[39]

그러고는 몸을 기울이더니 고개를 떨구고 바닥을 응시했다. 그의 정수리 쪽 머리카락이 사방으로 뻗쳐 헝클어져 있었다. 하루에 두세 번은 머리에 물을 묻혀 추슬러야 할 것 같았다.

그는 말이 없었다. 하지만 그녀가 알고 싶었던 것은 이미 다 들은 셈이었다. 그가 수용소에 갇혔던 것은 살인죄를 지은 때문이 아니라는 것과 그가 결혼하지 않은 이유가 육체적 문제 때문이 아니라는 것 그리고 수년이 지난 후에도 옛 연인에 대한 따뜻한 마음을 간직하고 있는 것을 보면 그는 진실한 감정의 소유자임이 분명했다.

그는 말없이 앉아 있었고, 그녀 역시 아무 말 없이 수틀과 그를 번갈아 쳐다보았다. 그의 얼굴은 호감이 가는 부분이 전혀 없었지만 그렇다고 딱히 어떤 부분이 부족하다는 생각도

---

39) 러시아 시인 세르게이 예세닌(1895~1925)의 시.

들지 않았다. 흉터는 익숙해질 것이다. 할머니는 항상 "너에게 진정으로 필요한 사람은 잘생긴 사람이 아니라 좋은 사람이다."라고 말하곤 했다. 조야는 그와 대화를 나누고 나서 그의 내부에 어떤 강인함과 에너지가 담겨 있음을 확실하게 느꼈다. 동기 남학생들에게서는 발견하지 못한 에너지였다.

수를 놓던 조야는 무언가를 찾는 듯한 올레크의 시선을 느꼈다.

그녀는 힐끗 그를 쳐다보았다.

그녀의 시선을 계속 끌어당기며 그가 감성적인 어조로 시구절을 계속 읊었다.

　　"누구를 부를까? 누구와 나눌까,
　　　살아남은 슬픈 이 기쁨을."

"당신은 벌써 이렇게 나누었잖아요!" 그녀가 그에게 나직하게 말하며 눈과 입술로 미소를 지었다.

조야의 입술은 장밋빛도 아니고 그렇다고 립스틱을 바른 것도 아니었다. 밝게 타오르는 불꽃 같은 진홍빛과 오렌지 빛의 중간쯤 되는 색이었다.

부드럽고 노란 황혼 빛이 병색이 짙은 초췌하고 야윈 얼굴에 생기를 주었다. 이렇게 따뜻한 빛 속에서라면 그는 절대 죽지 않고 살아날 수 있을 것 같았다.

올레크는 갑자기 기타리스트가 슬픈 노래를 부르다가 경쾌한 노래로 바꾸듯이 머리를 흔들었다.

"오, 조엔카! 이렇게 일요일을 보낼 수는 없지요! 이런 하얀 가운은 정말 지겹지 않아요? 간호사 모습이 아닌 도시의 어여쁜 아가씨의 모습을 좀 보여 줘요! 우시테레크에서는 이렇게 예쁜 아가씨를 볼 기회가 없거든요."

"그렇지만 어디서 예쁜 아가씨를 데려올까요?" 조야가 능청을 떨었다.

"잠깐만 가운을 벗어 봐요! 그리고 걸어 봐요!"

그는 소파에서 일어나 그녀에게 그가 가리키는 쪽으로 걸어 보라고 했다.

"하지만 저는 지금 근무 중이거든요." 그녀가 거절했다. "근무 중에 이러면……."

하지만 음울한 이야기를 너무 오래 나눈 탓인지, 아니면 방 안에 비쳐 들어오는 환한 석양빛 때문이었는지 조야는 그렇게 해서 나쁠 것도 없다는 충동에 휩싸였다.

그녀는 수틀을 내던지고 어린아이처럼 소파에서 벌떡 일어나더니 몸을 앞으로 굽히며 얼른 가운의 단추를 풀었다. 그것은 걷는 것이 아니라 금방이라도 뛸 듯한 자세였다.

"이것 좀 잡아당겨 봐요!" 그녀가 한쪽 팔을 마치 남의 팔처럼 내밀며 말했다. 그가 소매를 잡아당겼다. "자, 이것도요!" 그녀는 마치 춤을 추듯이 한 바퀴 빙 돌았다. 그가 다시 나머지 소매를 잡아당기자 그녀의 가운이 그의 무릎 위로 흘러내렸다. 그녀는 마치 인형처럼 몸을 구부렸다 폈다, 팔을 앞으로 쭉 폈다 위로 올렸다 하면서 방 안을 걸었다.

그녀는 몇 발짝을 걷다가 한 번 휙 돌더니 양팔을 벌리고 멈취 섰다.

올레크는 조야의 가운을 껴안듯 가슴에 대고 황홀한 시선으로 그녀를 바라보았다.

"브라보! 정말 멋져요." 그가 나지막이 말했다.

태양 빛을 머금은 저 비밀스러운 우즈베크의 하늘색과 푸른색 탁자보에도 어젯밤의 인식과 통찰의 멜로디가 계속 흐르는 듯 어떤 감정이 솟구쳐 올랐다. 방탕하고 혼란스럽고 승화되지 못한 욕망들이 갑자기 그에게 되살아났다. 지금껏 천년도 넘을 것 같은 혼란스럽고 굴욕적인 삶을 정처 없이 살아온 끝에 이렇게 산뜻한 방에서 푹신한 소파에 앉아 즐길 수 있다는 것은 얼마나 큰 기쁨인가! 더구나 그저 바라보기만 하는 것이 아니라 금방이라도 손에 잡힐 듯 이렇게 가까운 곳에서 조야를 바라볼 수 있다는 것이 얼마나 큰 기쁨인가! 그는 보름 전만 해도 거의 죽어 가지 않았던가!

조야는 다른 비밀이라도 알고 있다는 듯 짐짓 오만하고 능청스러운 표정으로 붉은 입술을 과시하듯 달싹거리며 창문까지 갔다가 다시 반대 방향으로 돌더니 그를 향해 다가와 섰다.

그는 일어서지 않고 계속 앉은 상태로 검은 솔 같은 머리를 들어 그녀를 쳐다보았다.

어떤 징후들(이름을 붙일 수는 없지만 느낄 수는 있는)을 통해 조야의 내면의 힘이 느껴졌다. 물론 책장을 옮길 때 필요한 힘이 아니라 당당히 맞서 싸우기를 요구하는 힘이었다. 그 요구에 기꺼이 응할 수도 있고, 그녀와 견줄 수도 있으리라는 생각이 들자 올레크는 몹시 기뻤다.

회복되어 가는 몸속에서 인생의 모든 정열이 되살아나고 있었던 것이다! 모든 것이 말이다!

"조오야!" 올레크가 노래하듯 길게 말꼬리를 늘이며 말했다. "조오야! 당신 이름이 무슨 뜻인지 아나요?"

"조야! 그건 생명이란 의미예요!" 그녀가 슬로건을 외치듯이 간단명료하게 답했다. 그녀는 이름의 의미를 즐겨 설명하곤 했다. 그녀는 등 뒤의 창턱에 두 팔을 대고 한쪽 발에 체중을 실어 몸을 비스듬히 기울이고 서 있었다. 그는 행복한 미소를 지었다. 그의 눈동자는 온전히 그녀에게 집중했다.

"그럼 동물[40]과는 무슨 연관이 없을까요? 어떤 동물 조상에 끌리지 않나요?"

그의 말에 그녀도 웃음을 터뜨렸다.

"인간은 모두 어느 정도는 동물에 가까워요. 먹을 것을 구하고 아이에게 젖을 물리잖아요. 거기에 뭐 잘못된 것이라도 있나요?"

그녀는 여기서 멈추려 들지 않았다! 그의 집요하고 숨이 막힐 듯한 감탄에 그녀도 흥분했기 때문이다. 토요일이면 춤을 추며 손쉽게 아가씨들을 껴안는 이 도시 젊은이들의 그것과는 어딘가 달랐기 때문이다. 조야는 요즘 유행하는 인도 영화의 음악에 맞춰 춤이라도 추듯 두 팔을 흔들며 소리를 내고 온몸을 흔들었다.

"아바라이야아아, 아바라이야아아!"

---

40) 조야의 'Zo'와 동물학(zoology) 'zo'를 연관 지어 말하는 것이다.

올레크가 갑자기 얼굴을 찡그리며 부탁했다.

"그러지 마요! 그 노래는 그만둬요, 조야!"

그러자 조야는 언제 노래를 부르고 몸을 꼬았느냐는 듯이 곧바로 자세를 반듯하게 했다.

"이 노래는 「방랑자들」에 나오는 거예요." 그녀가 말했다. "안 봤어요?"

"봤어요."

"아주 괜찮은 영화였어요! 나는 두 번이나 봤어요.(그녀는 사실 네 번이나 봤지만 왠지 부끄러워 솔직하게 말할 수 없었다.) 당신은 마음에 안 들었어요? 「방랑자들」에 나오는 주인공들의 운명이 당신 운명과 비슷하지 않아요?"

"전혀 그렇지 않아요." 올레크는 얼굴을 찌푸렸다. 그의 얼굴은 이전의 밝은 표정으로 돌아가지 않았다. 그의 얼굴을 따뜻하게 감싸던 노란 햇살은 어느새 사라져 버렸고, 그는 병든 환자의 모습으로 돌아갔다.

"하지만 그 영화의 주인공 역시 감옥에서 돌아왔잖아요. 그리고 모든 과거가 깨끗이 청산되었고요."

"모두 거짓이에요. 그는 전형적인 악당이고 도둑[41]이에요."

조야는 가운을 달라며 손을 뻗었다.

올레크는 일어나 가운을 바로 펴서 그녀에게 건네주었다.

"당신은 그들을 좋아하지 않는군요." 그녀는 고개를 끄덕

---

41) 러시아어에서 '악당'과 '도둑'은 유사어이다. 여기서 말하는 사람들은 원래 범죄자로, 수용소에서 지하 조직을 만들어 다른 죄수들에게 도둑질을 하거나 폭력을 행사하곤 했다.

여 감사를 표하고 가운 단추를 채웠다.

"나는 그들을 증오합니다." 그녀에게서 얼굴을 돌린 그의 시선은 날카로웠고 턱은 불쾌한 감정을 나타내며 떨고 있었다. "그들은 탐욕스러운 짐승이자 다른 사람에게 기생하며 살아가는 악당이에요. 우리 나라에서는 그들이 갱생했다느니, 그들이 '사회적 동포'라느니 하면서, 삼십 년 동안이나 떠들어 댔지요. 그들의 원칙이란 '너를 ······하진 않아.'라는 것일 뿐이에요. 이것은 그들이 쓰는 은어지만 아주 악랄한 것이죠. 예를 들어 '너를 때리진 않아! 그러니까 너는 가만히 앉아 있어, 네 차례를 기다리란 말이야!' 혹은 '네 이웃의 옷을 벗기는 중이야, 너는 가만히 앉아 있어, 네 차례를 기다리란 말이야.' 같은 것이죠. 놈들은 이미 쓰러진 사람을 짓밟는 짓을 즐기는 자들이죠. 그런데도 낭만적인 망토를 뒤집어쓰고 있는 거예요. 우리는 그자들이 전설을 만들도록 거들어 주고, 영화를 보고 그자들의 노래를 따라 부르고 있어요."

"어떤 전설 말이에요?" 그녀는 무슨 잘못이라도 저지른 표정으로 그를 쳐다보았다.

"수백 년 동안이나 반복해서 이야기를 하고 있어요. 원한다면 전설을 하나 이야기해 주겠어요." 그들은 이제 창문 옆에 나란히 섰다. 올레크는 자신의 이야기와는 상관없이 그녀의 팔꿈치를 세게 잡고 어린 동생에게 하듯 말했다. "그 악당들이 자신을 의로운 도둑으로 위장하기 위해 항상 하는 말이 있지요. '우리는 가난한 사람들한테서는 빼앗지 않는다, 신성한 지팡이를 든 정치범들은 해치지 않는다.' 그러니까 감옥의 빵을 훔치지는 않지만 그 외의 나머지 것들은 모두 훔친다는 뜻이죠. 그러나 1947년에 우리가 있었던 크라스노야르스크 호송 중계 지역의 감옥에는 비버가 한 마리도 없었어요. 말하자면 훔칠 것이 아무것도 없었다는 뜻이죠. 게다가 수감자 가운데 절반은 도둑이었어요. 그들은 배가 고팠어요. 설탕이든 빵이든 닥치는 대로 모두 훔쳐 갔죠. 그 감방의 죄수 구성은 아주 독특했는데, 절반은 도둑이고 절반은 일본 포로에, 러시아인이라고는 정치범 두 사람뿐이었어요. 나와 또 한 사람이 있었는데, 그는 북극을 탐험한 유명한 비행사였어요. 북극해에 있는 섬을 그의 이름을 따서 부를 정도로 유명한 인사였는데, 정작 본인은 감옥에 있었던 것이죠. 도둑놈들은 사흘 동안이나 일본인들과 우리한테서 비양심적으로 모조리 빼앗아 가 버렸어요. 그러자 일본인들이 자기들 말로 작당을 해서 밤에 조용히 일어나 침대 널빤지를 뜯어내서는 '반자이!'[42] 하고 외치면서 덤벼들어 사정없이 그 도둑들을 두들겨 팼어요! 어찌나 지독하게 때리는지 아주 볼만했어요!"

"당신들은요?"

"우릴 때릴 이유는 없었지요. 우리가 그들의 빵을 빼앗은 것도 아니니 말이에요. 우리는 그날 밤 중립을 지키고 있었지만 일본인들의 구타를 두눈으로 지켜봐야 했어요. 그 소동은 아침이 되어서야 가라앉았어요. 우리는 빵과 설탕을 되찾았지요. 그런데 감옥 당국은 이런 지시를 내렸어요. 우리 감방의

42) 일본어로 '만세'라는 뜻.

일본인 절반을 다른 곳으로 옮기고 새로운 도둑놈들을 더 가세시킨 거예요. 그러자 이번에 수적으로도 많아지고 온갖 무기까지 들고 있던 도둑놈들이 일본인들을 쳤어요. 어찌나 비인간적으로 그들을 패는지 나와 비행사는 결국 참지 못하고 일본인 편을 들게 되었죠."

"러시아인에게 대항해서요?"

올레크는 그녀의 팔꿈치를 놓고 몸을 쭉 폈다. 그러고는 턱을 좌우로 흔들었다.

"그런 악당들은 러시아인이 아니라고 생각해요."

그는 손을 들더니 턱에서 뺨 아래를 지나 목까지 이어진 흉터를 지우기라도 하듯 손가락으로 문질렀다.

13
망령도 역시

토요일이 지나고 일요일이 되어도 파벨 니콜라예비치의 종양은 전혀 줄어들거나 사그라들지 않았다. 그는 침대에서 일어나기도 전에 이미 느낄 수 있었다. 꼭두새벽부터 늙은 우즈베크인이 귀에 대고 계속 거북한 기침을 해 대는 바람에 그는 일찍 잠이 깼다.

창밖으로 흐릿하게 날이 밝아 오고 있었다. 어제나 그제나 똑같은 날씨였다. 그런 날씨가 사람의 마음을 더 울적하게 만들었다. 카자흐 출신의 목동은 일찍 일어나 가부좌를 틀고 침대 위에 나무통처럼 조용히 앉아 있었다. 오늘은 진찰도 없고 방사선을 조사받거나 붕대를 교환할 일도 없기 때문에 저녁까지 그렇게 앉아 있어도 누가 뭐라 할 사람이 없었다. 불운한 예프렘은 그의 애도의 대상이 된 톨스토이에 푹 빠져 있었다. 그는 이따금 침대를 삐걱대며 일어나 통로를 걸어 다녔지만 파벨 니콜라예비치나 다른 사람에게 더 이상 시비를 걸지 않아 별 문제 없었다.

오글로예드는 한번 나간 뒤로는 하루 종일 병실에 나타나지 않았다. 교양 있고 호감이 가는 젊은 지리학자는 아무도 방해하는 일 없이 자신의 지리학 책에 몰두했다. 병실의 나머지 환자들도 모두 조용히 앉아 있었다.

파벨 니콜라예비치는 오늘 아내가 면회를 오기로 되어 있어 약간 들떠 있었다. 물론 아내가 실제적으로 어떤 도움을 주지는 않았지만 그가 얼마나 심한 통증에 시달리는지와 주사는 아무 효과도 없고 병실은 불쾌한 사람들로 가득하다는 이야기를 할 수 있다는 것만으로도 위로가 될 것 같았다. 그의 마음을 알아주기만 해도 훨씬 나을 것 같았다. 그리고 아내에게 최근에 새로 나온 책이나 도움이 될 만한 책을 좀 가져다 달라고 부탁해야 할 것 같았다. 그리고 어제처럼 처방을 받아 적으려고 어린 소년에게 연필을 빌리는 우스운 꼴을 당하지 않으려면 만년필도 가져오라고 해야 할 것 같았다. 그리고 가장 중요한 것은 차가, 즉 자작나무 혹을 구해 보라고 말을 전하는 것이었다.

결론을 말하면 완전히 희망을 잃은 것은 아니었다. 병원의 약이 듣지 않는다고 해도 여러 가지 다른 방법이 있었다. 중요한 것은 긍정적인 사고였다.

조금씩, 아주 조금씩이기는 하지만 파벨 니콜라예비치는 이곳 생활에 익숙해지고 있었다. 그는 아침 식사를 마치고, 어제 신문에 난 즈베레프의 예산안에 대한 논설을 계속 읽었다.

바로 그때 오늘자 신문이 배달되었다. 파벨 니콜라예비치는 신문을 건네받은 쫌카에게 당장 신문을 달라고 해서 망데스프랑스 내각이 붕괴되었다는 기사를(협정을 중단하라! 파리 협정 강제 체결 반대한다!) 흡족한 마음으로 읽고 나서, 예렌부르크의 긴 기사를 발견하고 읽었다. 또한 축산 가공품의 대대적 증산에 대한 지난 1월 총회의 결의를 어떻게 구체화할 것인가에 대한 기사도 주의 깊게 읽었다.

파벨 니콜라예비치가 이렇게 시간을 보내는 사이, 청소부가 들어와 그의 아내가 면회를 왔다고 전해 주었다. 보통 와병 환자의 가족들은 병실 면회가 허락되었지만 자신이 와병 환자라는 것을 증명하러 갈 힘도 없었고, 이곳 병실의 죽어 가는 암울한 영혼들로부터 벗어나 자신이 직접 대기실로 가는 편이 낫겠다는 생각이 들었다. 그래서 루사노프는 따뜻한 숄로 목을 감싸고 아래로 내려갔다.

은혼식을 일 년 앞둔 부부임에도 카파가 파벨 니콜라예비치에게 하듯 살가운 아내도 없을 것이다. 실제로 평생 동안 살아오면서 아내만큼 파벨 니콜라예비치와 가까운 사람도 없었고, 기쁨과 슬픔을 함께한 사람도 없었다. 카파는 진정한 친구였고, 열정적이고 영리한 여자였다.(그는 항상 동료들에게 "내 아내가 동사무소라니까!" 하고 자랑하곤 했다.) 파벨 니콜라예비치는 한 번도 그녀를 배신할 이유가 없었고, 그녀도 그를 배신한 적이 없었다. 사회적으로 지위가 높아지면 남편들은 으레 젊었을 때 함께한 아내에게 싫증이 나기 마련이라는데, 그에게는 해당하지 않는 말이었다. 그의 지위는 그들이 결혼할 당시보다 훨씬 높아졌지만(아내는 그 당시 마카로니 공장의 여공이었고, 그는 그 공장의 가루 반죽 부서에서 일을 시작했다. 하지만 결혼 전에 이미 공장 위원으로 승진하여 보안 기술 분야에서 일하게 되었다. 콤소몰에서는 노동조합을 강화하는 일에 매진하였고, 그다음 일 년 동안 공장 9개년 계획 위원장으로 일했다.) 그렇다고 배우자에 대한 애정에 문제가 생기거나 상대에게 불손하게 행동하는 일도 없었다. 명절날 가까운 사람들과 모여 앉아 술이라도 한잔할 때면 루사노프는 자신이 과거 공장에서 일할 때의 이야기를 즐겨 했으며 「볼로차예프카의 나날들」이라든가 「우리는 붉은 기병대」 같은 노래를 부르기도 했다.

체구가 큰 카파가 은여우털 모피를 두르고 대기실에 앉아 있었다. 그녀는 서류 가방 같은 커다란 핸드백과 음식이 들어 있는 식료품 가방을 들고 가장 따뜻한 구석에 있는 의자에 세 사람 자리나 차지하고 앉아 있었다. 그녀는 남편을 보자 일어나서 부드럽고 따뜻한 입술로 입을 맞추고는 그가 추울까 봐 벗어 놓은 외투 위에 그를 앉게 했다.

"여기 편지를 가져왔어요." 그녀가 입술을 실룩이며 말했다. 이렇게 입술을 실룩이는 그녀의 익숙한 모습을 보고 파벨 니콜라예비치는 곧바로 편지가 별로 반가운 내용이 아니라는 것을 알아챘다. 모든 면에서 냉정하고 이성적인 성격이었지만 카파의 여성적 기질은 변하지 않았는데, 좋은 것이든 나쁜 것이든 뭔가 새로운 사실을 알게 되면 참지 못하고 곧바로 털어놓는다는 것이었다.

"좋아, 좋다고……." 파벨 니콜라예비치는 짜증을 부렸다.

"그런데 나를 꼭 이렇게 괴롭혀야 되겠어? 어디 말해 봐요! 그 것이 그렇게 중요한 일이라면 말해 봐요!"

성급하게 말을 내뱉은 카파는 얼른 정신을 차리고 차분하게 이야기를 시작했다.

"아니에요! 아무것도 아니에요!" 그녀가 괜한 말을 했다는 듯 말했다. "그런데 당신은 좀 어때요? 여보, 좀 어때요? 주사를 맞았다는 건 알고 있어요. 지난 금요일과 어제 아침에도 수간호사와 통화를 했으니. 무슨 문제라도 있었다면 내가 바로 달려왔을 거예요. 그런데 모든 것이 잘되고 있다고 하던데, 그래요?"

"주사는 잘 맞았어요." 파벨 니콜라예비치는 자신의 인내력을 자랑이라도 하듯이 당당하게 말했다. "그런데 환경이 문제요, 카펠카! 아주 좋지 않아!" 일단 말을 꺼내자 그는 예프렘과 오글로예드부터 시작해, 그동안 불쾌하고 괴로웠던 모든 일이 한꺼번에 밀려와 두서없이 마구 불평을 쏟아 냈고, 이어서 고통스러운 표정으로 말했다. "화장실이라도 좀 따로 쓰면 좋을 텐데! 화장실은 말도 못할 정도예요! 칸막이도 없어! 다 보인다니까."

(그는 직장에 근무할 때도 일반인들의 출입이 금지된 다른 층 화장실을 사용했다.)

카파는 그가 얼마나 어려운 상황에 놓여 있는지 잘 알았고, 가능하면 그의 이야기를 모두 들어 줘야 한다고 생각했기 때문에 그의 불평을 막기는커녕 오히려 자꾸 이야기를 하도록 유도했다. 온갖 이야기가 터져 나오다가 결국에는 "의사는 도대체 무엇 때문에 월급을 받는 거야?"라는 해결책 없는 말까지 나왔다. 그 외에도 그녀는 주사를 맞을 때 기분이 어땠는지, 맞은 후에는 기분이 어땠는지, 종양의 상태는 어떤지 자세하게 물었다. 그러고는 그의 목을 감싸고 있던 숄을 풀어 종양을 자세히 살펴보더니 자기 눈에는 약간 작아진 것 같다고 말했다.

파벨 니콜라예비치는 종양이 작아지지 않았다는 것은 알았지만 작아졌다는 이야기를 들으니 기분이 나쁘지 않았고, 정말로 작아졌을지도 모른다는 생각마저 들었다.

"어쨌든 더 커지지는 않았지, 그렇죠?"

"전혀 아니에요. 절대 더 커진 건 아니에요!" 카파는 그렇다고 굳게 믿었다.

"더 커지지만 않아도 좋을 텐데!" 파벨 니콜라예비치는 볼멘소리로 애절하게 말했다. "더 이상 커지지만 않아도 괜찮을 텐데! 만약 앞으로 일주일 동안 계속 커진다면 어떻게 되겠어요? 그러다가……."

그는 불행의 구렁텅이 속으로 빠지게 되는 건 아닌가 해서아, 차마 말을 잇지 못했다. 그렇게 되면 얼마나 불행한 일인가, 얼마나 위험한 상황에 놓일 것인가!

"내일 주사를 맞고, 다음에는 수요일에 맞을 거예요. 그런데 혹시 아무 효과가 없으면 어떻게 하지? 어떻게 해야 하지?"

"그땐 모스크바로 가야지!" 카파가 단호하게 말했다. "이렇게 해요. 앞으로 두 번 더 주사를 맞아 보고 효과가 없으면 비행기를 타고 모스크바로 가요. 지난 금요일에 당신이 전화하겠다고 하고선 취소했잖아요. 하지만 나는 센자핀에게 벌써 전화하고 알르이모프에게도 다녀왔어요. 그가 직접 모스크바에 전화해서 알아보니 최근까지만 해도 당신과 같은 병은 모스크바에서만 치료를 했기 때문에 환자들을 모두 모스크바로 보냈대요. 그런데 얼마 전부터는 이 지역에도 전문의들이 많아져 이곳에서 치료를 하게 되었다는군요. 아무튼 의사들이란 하나같이 믿을 수가 없는 사람들이라니까! 아니, 어떻게 살아 있는 사람들을 상대로 자기네들 실적을 왈가왈부하느냐고! 의사들은 정말 마음에 안 들어요!"

"당신 말이 맞아요!" 파벨 니콜라예비치가 괴로운 어조로 동의했다. "그래! 나도 의사들에게 그런 말을 했어요!"

"교사들도 마찬가지로 정말 마음에 안 들어요! 마이카 때문에 얼마나 마음고생을 했는지 몰라요! 라브리크는 또 어떻고요?"

파벨 니콜라예비치가 안경을 닦았다.

"내가 지도원으로 있을 때는 그랬다고 쳐요. 그땐 교사들이 모두 적성 분자들이었고, 우리 편이 아니었으니까. 당시엔 그들을 꼼짝 못하게 하는 일이 시급한 과제였지. 그런데 지금, 지금은 어때요. 그들에게 아무 요구도 할 수가 없게 되지 않았나?"

"네, 그래요. 아무튼 이렇게 해요! 당신이 모스크바로 가는 것은 어렵지 않아요. 절차도 모두 알아보았고, 적당한 이유도 찾을 수 있을 거예요. 알르이모프가 주선해서 괜찮은 병실도 알아 놨어요. 어때요? 이젠 세 번째 주사만 기다리면 되겠죠?"

이런 계획을 듣고 나니 파벨 니콜라예비치는 마음이 조금

안정되었다. 이 구질구질한 구렁텅이에서 점점 다가오는 파멸만 기다리고 있지 않아도 되는 것이다! 루사노프 부부는 평생 동안 아주 적극적이고 진취적인 부류의 사람들이었다. 바로 이러한 적극성이 그들의 정신적 동질성이었다.

바쁜 일이 있는 것도 아니고 병실로 돌아가고 싶지도 않았던 파벨 니콜라예비치는 가능하면 아내와 이렇게 더 오래 함께 있고 싶었다. 하지만 파벨 니콜라예비치는 사람들이 바깥문을 자주 여닫는 바람에 약간 한기를 느꼈다. 그러자 카피톨리나 마트베예브나가 외투 속에 감고 있던 숄을 벗어 그를 감싸 주었다. 옆자리에 앉아 있는 사람들도 말쑥하고 교양 있어 보여서 조금 더 앉아 있어도 될 것 같았다.

부부는 파벨 니콜라예비치의 발병으로 중단된 생활 전반에 관한 이야기를 나누었다. 물론 그들에게 당면한 문제, 즉 그의 병이 최악의 결과로 전개될지도 모른다는 이야기는 애써 피했다. 그들은 최악의 결과를 피하기 위한 어떤 계획도, 어떤 대책도, 어떤 대안도 내놓을 수 없었다. 그것에 대해 어떠한 준비도 할 수 없기 때문에 그런 결과가 있어서는 안 되는 것이었다.(사실 아내는 남편이 사망할 경우, 재산 문제나 아파트 문제에 대해 생각을 좀 하기는 했지만 두 사람 모두 워낙 낙천적인 교육을 받았기 때문에 그런 문제를 미리 검토하거나 쓸데없이 유서 따위를 쓰기보다는 문제를 있는 그대로 내버려 두는 편이 낫다고 생각했다.)

그들은 산업 관리국 직원들의 근황이나 제반 문제, 상황 등에 대한 이야기도 나누었다. 재작년 파벨 니콜라예비치는 공장 특별 위원회에서 산업 관리국으로 자리를 옮겼다.(물론 그는 그 분야의 전문 지식이 없었기에 산업 관리국의 문제를 직접 다루지는 않았고, 그것을 다루는 전문가들인 기술자들과 경제학자들을 관리했다.) 직원들은 모두 루사노프를 좋아했다. 그들이 자신의 건강을 염려하고 있다는 이야기를 들으니 그는 기분이 좋아졌다.

부부는 향후에 받을 연금에 대해서도 이야기를 나누었다. 루사노프는 오랫동안 높은 직위에 합당한 임무를 훌륭하게 해 왔지만 그의 평생 숙원이었던 개인연금을 받기는 어려울 것 같았다. 그리고 총액이나 수령 시기로 따졌을 때 훨씬 유리한 공무원 연금도 불가능할지 몰랐다. 1939년에 체카[43]에 입대하라는 명령에 따르지 않았기 때문이다. 하지만 최근 이 년 동안의 불안정한 정치 상황으로 볼 때 오히려 잘된 일인지도 몰랐다. 연금을 더 받는 것보다 안정적인 것이 더 유리할 수도 있기 때문이다.

그 외에도 부부는 요즘 들어 일반인들이 의복이나 가구, 독립된 아파트 등 풍족한 삶을 누리려는 열망이 훨씬 강해졌다는 이야기도 화제에 올렸다. 그러다가 카피톨리나 마트베예브나는 남편의 병이 완치된다 해도 퇴원하려면 한 달 반이나 두 달 정도는 족히 걸릴 것이므로 그 기간에 집수리를 하면 좋겠다는 이야기를 꺼냈다. 오래전부터 화장실의 하수관 하나도 위치를 바꿔야 했고, 부엌 개수대도 옮겨야 하고 화장실 벽

---

43) 반혁명 사보타주 및 투기 단속 비상 위원회.

은 타일을 새로 붙여야 했으며, 부엌과 남편의 서재는 벽을 새로 칠하고 싶었다.(그녀는 벌써 색깔도 선택해 놓았다.) 색깔은 반드시 금색으로 칠하고 싶었다. 요즘 유행하는 색이었다. 파벨 니콜라예비치는 이 모든 계획을 반대하지는 않았지만 갑자기 불만스러운 생각이 들었다. 통상적으로 수리공들은 국가의 지시에 따라 파견되고, 그에 따른 임금도 국가에서 지불하는데, 이들이 '집주인'에게 사례비를 강요하곤 한다는 점 때문이었다. 요청하는 것이 아니라 강요하곤 했다. 파벨 니콜라예비치가 더 중요하고 안타깝게 생각하는 것은 돈이 아니라(물론 돈이 아까운 것도 사실이다!) 왜 돈을 지불해야 하는가 하는 원칙의 문제였다. 자신은 정해진 임금과 보너스 외에 어떤 추가 임금이나 부수입을 요구해 본 적이 없지 않은가? 그런데 비양심적인 인간들이 왜 부수적인 돈을 요구하는가 말이다. 그것은 원칙의 방기이고, 절대 타협할 수 없는 모든 무정부주의적, 소부르주아적 사고에 대한 굴복인 것이다. 파벨 니콜라예비치는 이런 문제가 나오면 언제나 흥분하기 일쑤였다.

"카파! 그자들은 왜 노동자의 명예 따위는 완전히 무시해 버리는 걸까? 우리가 공장에서 근무할 때는 관리자에게 보너스나 뇌물 등을 요구한 적이 없잖아요? 그런 생각조차도 하지 못했잖아요? 절대로 그들을 타락하게 놔둬선 안 돼요. 이것이 뇌물이 아니고 뭐겠어요?"

카파도 남편과 같은 생각이었지만 만약 그들에게 사례를 하지 않거나 일을 시작할 때나 도중에 술상이라도 봐 주지 않으면 틀림없이 앙갚음을 하느라 어딘가는 일을 부실하게 해 놓기 때문에 결국 자기들만 손해라는 것도 알고 있었다.

"어떤 퇴역 대령이 경험한 일인데, 그가 사례를 하지 않고 끝까지 버티며 '단 한 푼도 더 못 줘!'라고 했더니 글쎄, 인부들이 욕실 하수관에 죽은 쥐를 넣어 놓았더래요. 물이 빠지지도 않고 얼마나 악취가 심했는지 말도 못했다고 해요."

집수리 문제에 대해서는 아무 결론도 내리지 못했다. 인생이란 이렇게 아주 복잡해서 아무리 생각해도 답을 알 수 없는 것이다.

그들은 유라에 대해서도 이야기를 나누었다. 그는 아주 얌전하게 자라서인지 루사노프식의 생활력이 부족했다. 그는 법과 대학을 졸업하고 좋은 직장에도 들어갔지만 사실 적성에는 잘 맞지 않았다. 자신의 입지를 쌓아 간다거나 좋은 연줄을 만드는 일에 무능했다. 지금은 아마 출장 중이겠지만 아무래도 실수를 할 것 같아 파벨 니콜라예비치는 계속 불안했다. 반면에 카피톨리나 마트베예브나는 그의 결혼 문제를 걱정했다. 아버지가 자동차를 마련해 주었으니 독립적으로 살 집도 아버지가 어떻게든 마련해 줄 것이다. 그러나 그 애가 자기 결혼을 문제 없이 할 수 있을지, 무슨 실수라도 하지 않을지 걱정되었다. 그가 워낙 순진하다 보니 어느 여공이라도 만나서 유혹을 당하면 어쩌나? 물론 그런 장소에 갈 일이 없기 때문에 안심되기는 하지만 혹시 출장 중에라도 그런 일이 생기면 어쩌나 걱정이 되었다. 여하튼 한번 잘못된 판단으로 결혼하면 자신의 청춘을 망치는 것은 물론이고 자기 가족들까지 괴롭히게 되는 법이다! 센자핀의 딸이 교육대학의 동급생 남자와 결혼할 뻔했던 일만 해도 그렇다. 그는 시골 출신으로 어머니는 평범한 집단 농장의 농민이었다. 그렇게 되면 센자핀 가족의 아파트와 가구를 사용해야 하고, 더구나 그의 집에는 지체 있는 손님들도 많이 오는데, 갑자기 하얀 머릿수건을 두른 노파가 시어머니라고 식탁에 앉아 있으면 어떻게 될 것인가! 그런 꼴불견이라니……. 다행히 상대 남자를 사회적으로 매장시키고 결국 딸을 구해 냈다.

다행히 아비에타, 그러니까 알라는 전혀 달랐다. 아비에타는 루사노프 가문의 보배였다. 학창 시절에 말썽을 좀 피운 일 말고는 부모를 괴롭게 하거나 걱정을 끼친 일이 없었다. 미인인 데다 영리하고 활달하며 인생을 제대로 알고 행실도 얌전했다. 큰일에서 사소한 일에 이르기까지 하나도 그르치는 법이 없었기 때문에 걱정할 필요도 없고 간섭할 필요도 없었다. 다만 자신의 이름 때문에 부모를 원망하곤 했는데,[44] 그렇게 괴상한 이름은 싫다며 앞으로 그냥 알라로 부르라고 했다. 그러나 주민증에는 아비에타 파블로브나로 기재되었다. 어떻게 보면 예쁜 이름 아닌가. 방학이 끝나 가니 수요일쯤이면 모스크바에서 비행기를 타고 이곳으로 돌아올 테고, 분명 병원으로 아버지를 문병하러 올 것이다.

사실 이름 때문에 괴로워하는 사람은 많다. 인생에서 요구되는 것은 계속 변해 가는데, 이름은 한번 지으면 영원히 바꿀 수가 없기 때문이다. 라브리크만 해도 이름 때문에 불평이 많

---

44) 아비에타는 러시아어로 '비행기'라는 뜻이다.

다. 지금 학교에서는 아무도 라브리크, 라브리크 하면서 놀리지 않지만 올해 주민증을 받으면 뭐라고 쓰여 있을까? 라브렌티 파블로비치라고 쓰여 있을 것이다. 당시에 부모는 스탈린의 불굴의 전우이자 수상이었던 인물의 이름을 따서 부르면 모든 면에서 그를 닮은 사람이 되리라 믿고 그렇게 이름을 지어 주었다. 그러나 이듬해에 '라브렌티 파블로비치'[45]는 입 밖에 내서는 안 되는 위험인물로 낙인찍히게 되었다. 라브리크는 군사 학교에 들어가려고 준비 중인데, 군대에서는 이름과 부칭을 부르지 않아서 그나마 다행이었다.[46]

대놓고 할 말은 아니지만 왜 일을 그 지경으로 만들었던 걸까? 센자핀 가족도 물론 그렇게 생각했겠지만 다른 사람들에게는 함구하지 않았던가. 예를 들어 설사 베리야가 이중인격자이고 부르주아 민족주의자로 권력욕에 사로잡힌 사람이라고 치자. 그를 재판에 회부하고 법에 따라 비밀리에 총살한다고 해도 무방한 일이다. 하지만 그것을 일반 민중들에게 반드시 공표할 필요가 있었을까? 그에 대한 민중들의 신뢰를 꼭 무너뜨릴 필요가 있었을까? 무엇 때문에 괜한 의심을 갖게 한단 말인가? 비공개 문서에는 상세하게 모든 사실을 기록하고,

---

45) 라브렌티 파블로비치는 스탈린의 오른팔이자 잔인한 비밀경찰의 수장이었던 베리야의 이름과 부칭이다. 스탈린 사후인 1953년에 흐루시초프에 의해 총살당했다.
46) 러시아의 성명은 이름, 부칭, 성의 순서로 이루어져 있고, 가까운 사이에서는 이름이나 애칭을, 공식석상에서는 이름과 부칭을, 신분 확인 등에서는 성을 사용한다.

국민들에게는 신문을 통해 심근경색이라고만 발표하면 될 일이다. 그리고 정중하게 장례를 치르면 되지 않았을까.

막내 마이카에 대한 이야기도 했다. 올해 마이카의 성적표에서는 5점이 자취를 감추었고, 우등생 자리도 내주어야 했으며, 게시판에 붙는 모범생 명단에서도 빠졌다. 4점을 받은 과목도 드문 지경이었다. 그런 일은 5학년이 되면서 시작되었다. 1학년부터 4학년까지는 계속 같은 여선생님이 담임을 맡았다. 그녀는 마이카도 잘 알고 부모가 누구인지도 잘 알았으며, 마이카도 항상 우수한 성적을 거두었다. 그런데 올해부터는 스무 명이나 되는 전공 교사들이 일주일에 한 번씩 와서 가르치다 보니 아이들의 얼굴도 잘 모를 지경이었다. 각자 자기 계획에 따라 수업만 진행할 뿐, 어떤 아이에게 어떤 문제가 있고, 아이의 성격이 어떻게 잘못되고 있는지 관심을 가지고 보는 것 같지 않았다. 그러나 카피톨리나 마트베예브나는 그냥 물러설 생각이 없었고, 학부모 위원회를 통해 반드시 학교의 질서를 바로잡을 결심을 했다.

이런저런 문제를 몇 시간째 이야기하다 보니 두 사람은 입이 다 아플 지경이었다. 또 다른 사람이 듣지 않도록 이야기를 하다 보니 답답하기도 했다. 파벨 니콜라예비치는 이유 없이 마음이 허전했고, 그들이 이야기한 모든 사람과 사건이 현실적으로 가슴에 와 닿지도 않았다. 그는 만사가 귀찮아져서 그냥 침대로 돌아가 베개에 종양을 파묻고 눕고만 싶었다.

카피톨리나 마트베예브나의 마음이 무거웠던 것은 가방 속에 넣어 둔 편지 때문이었다. 그것은 K 시에 사는 오빠 미나이가 보낸 것이었는데, 계속 마음에 걸렸다. 루사노프 가족은 전쟁이 터지기 전까지 K 시에서 살았다. 그곳에서 젊은 시절을 보내고, 결혼도 하고, 아이들도 모두 낳았다. 그러다가 전쟁이 나서 이곳으로 피난을 왔고, 그 후로는 이곳에 계속 머물었다. 그곳의 아파트는 카파의 오빠에게 양도했다.

그녀는 남편이 지금 그런 문제까지 신경을 쓸 수 있는 상황이 아니라는 것을 잘 알았지만 편지의 사연이 그냥 듣고 넘길 단순한 소식이 아니었다. 이곳에는 그녀의 속마음을 털어놓을 사람이 전혀 없었다. 그녀는 모든 다른 면에서는 남편을 위하고 보살펴 주었지만 이 문제만큼은 남편의 지원이 필요했다! 그녀는 사실을 혼자 안고 지내기가 무척 힘들었다. 아이들 중에서, 특히 아비에타에게는 모든 이야기를 해 주고 해결책을 강구해 볼 수 있겠지만 유라는 그렇지 않았다. 이 문제는 역시 남편과 의논을 해야 했다.

그런데도 남편은 그녀와 함께 앉아 있는 것을 점점 힘들어해서 정작 중요한 이야기는 할 수가 없었다.

돌아가야 할 시간이 가까워 왔다. 그녀는 음식이 담긴 가방에서 남편에게 줄 음식을 꺼내 보여 주었다. 카파의 외투 소매에 텁수룩하게 달린 털 때문에 끈으로 묶인 가방 입구에 손을 넣고 빼기가 아주 불편했다.

가져온 먹거리를 보던(아직 그의 머릿장에는 먹거리가 많이 남아 있었다.) 파벨 니콜라예비치는 모든 음식과 마실 것보다 더 중요한 것이 문득 떠올랐다. 오늘 가장 먼저 이야기했어야 했던 바로 차가, 자작나무 혹! 그는 갑자기 기운이 나서 차가에 대한 기적 같은 이야기와 편지에 대해서, 그리고 박사(혹시 사기꾼일지도 모르지만)에 대한 이야기를 아내에게 들려준 다음 혹시 러시아에서 차가를 구해 줄 사람이 있는지 찾아보고, 빨리 그에게 편지를 써야 한다고 말했다.

"마침 우리가 살았던 K 시 근처에는 자작나무라면 얼마든지 있었잖아. 미나이 형님이 분명히 찾아 줄 거예요. 지금 당장 형님에게 편지를 써 봐요! 옛날 친구도 찾아서 부탁해 보고! 모든 사람에게 내 상황을 알려요!"

이런! 그가 자청해서 미나이와 K 시에 대한 이야기를 꺼냈다. 카파는 미나이의 편지가 좀 무거운 내용이라 편지를 직접 꺼내지는 못하고 핸드백 고리만 여닫다가 조심스럽게 이야기를 꺼냈다.

"파샤! 당신의 병에 대한 이야기를 K 시에 알리는 것은 생각을 좀 해 봐야겠어요. 오빠가 편지를 보냈는데…… 어쩌면 이게 정확한 것인지는 모르겠지만…… 그곳에 로지체프가…… 나타났다는 거예요. 명예 회복을 했다나 어쨌다나……. 그런데 그런 일이 가능할까요?"

그녀는 '명예 회복'이라는 불쾌한 단어를 말하고는 편지를 꺼내기 위해 고개를 숙여 핸드백 고리를 찾느라 파샤의 얼굴이 새하얗게 질리는 것도 미처 보지 못했다.

"갑자기 왜 그래요?" 카파가 편지를 받고 놀랐을 때보다 더 놀라 소리쳤다. "왜 그래요?"

그는 의자에 등을 기대고는 여자 같은 몸짓으로 아내의 숄을 끌어당겨 몸을 감쌌다.

"어쩌면 사실이 아닐지도 몰라요!" 그녀는 커다란 두 손으로 그의 어깨를 감쌌다. 그녀는 한 손에 핸드백을 들고 있었던 탓에 그의 어깨에 핸드백을 걸어 주는 듯한 모습을 연출했다. "아직은 정확하지 않아요. 오빠가 직접 그를 본 것도 아니니까. 사람들이 말하는 것을 들었다고⋯⋯."

파벨 니콜라예비치의 얼굴은 점차 혈색을 되찾았지만 온몸에 힘이 쭉 빠졌다. 허리며 어깨, 손에도 힘이 하나도 없었다. 한쪽으로 기울어진 목 아래쪽에 달린 종양이 더욱 도드라져 보였다.

"나에게 왜 그런 이야기를 하는 거요?" 그가 힘이 쭉 빠진 서글픈 목소리로 간신히 말을 꺼냈다. "나에게 고통을 더해 주려고 그러는 거야? 고통을 더해 주려고?" 그는 눈물을 흘리지는 않았지만 흐느끼는 사람처럼 머리와 가슴을 떨며 같은 말을 반복했다.

"아! 아니에요, 파셴카! 미안해! 정말 미안해요, 파셴카!" 그녀는 그의 어깨를 감싸며 숱이 많은 갈색 머리를 마구 흔들었다. "하지만 나도 어떻게 해야 할지 모르겠는걸. 그가 이제 와서 오빠의 집을 빼앗지는 않겠죠? 오오, 앞으로 일이 어떻게 될까요? 예전에 그런 경우가 있었다는 것을 당신도 두어 번 들은 기억이 있죠?"

"지금 형님의 집이 대수야? 그깟 저주받을 집인지 뭔지, 가져가게 내버려 둬요." 그가 울먹이며 작은 목소리로 그녀에게 소리쳤다.

"그깟 집이라니? 그러면 오빠는 어떻게 하라는 거예요?"

"당신은 남편 걱정이나 해! 내가 어떻게 될 것 같아? ……편지에 구준에 대한 이야기는 없었고?"

"구준에 대한 이야기는 없었어. 만약 그들이 모두 돌아온다면 어떻게 되는 거죠?"

"내가 어떻게 알겠어!" 남편이 답답하다는 투로 말했다. "아니, 대체 이제 와서 무슨 권리로 그런 자들을 석방시키는 거야? 이렇게 아무렇지도 않게 사람들의 아픈 상처를 건드려도 되는 거야?"

14
심판

루사노프는 아내가 면회를 오면 기운이 날 거라고 기대했는데, 결과가 이렇게 끔찍해지자 차라리 아내가 오지 않는 편이 나을 뻔했다는 생각이 들었다. 그는 심한 오한을 느끼며 난간을 붙잡고 비틀비틀 계단을 올라갔다. 외투를 입은 채로 2층으로 올라가는 것은 금지되어 있었기 때문에 카파는 그를 데려다줄 수 없었다. 게으른 청소부가 그곳을 딱 지키고 서서 막았기 때문에 식료품 가방을 그녀에게 맡기며 파벨 니콜라예비치를 병실까지 바래다 달라고 부탁했을 뿐이다. 루사노프는 입원 첫날 저녁부터 지금 당직자 책상에 앉아 있는 통방울 눈의 간호사 조야가 이유 없이 마음에 들었다. 그런데 그 간호사가 도표 용지를 펼쳐 놓고 머리가 부스스한 오글로예드와 나란히 앉아 환자들은 안중에도 없이 희희낙락하는 것이 보였다. 루사노프는 그녀에게 아스피린을 좀 달라고 했지만 그녀는 아스피린은 저녁에만 주게 되어 있다고 야멸차고 기계적으로 대답했다. 하지만 체온을 재더니 그에게 무슨 약인가를 가져다주었다.

가져온 음식은 모두 제자리에 넣었다. 파벨 니콜라예비치는 바라던 대로 종양을 베개(놀랍게도 이곳 베개는 아주 푹신해서 집에서 가져올 필요가 없었다.)에 파묻고 이불을 머리까지 뒤집어썼다.

그의 머릿속에서는 온갖 생각들이 뒤엉키고 마구 헝클어져서 활활 타오르는데, 정작 온몸은 마약에 취한 것처럼 이상하게 무감각해져 병실에서 다른 사람들이 나누는 잡담도 들리지 않고, 예프렘이 삐걱거리며 통로를 왔다 갔다 해도 전혀 들리지 않았다. 날이 점차 개고 어딘가 다른 건물에 일몰 직전의 햇빛이 살짝 비쳐 드는 것도 그에게는 보이지 않았다. 시간이 흐르는 것도 의식할 수 없었다. 약 기운 때문인지 어지러움을 느낀 그는 잠이 들었다. 잠에서 깨어났을 때는 벌써 전등이 켜져 있었다. 그러나 금방 다시 잠이 들었고, 모두가 조용히 잠든 한밤중에야 잠에서 깨어났다.

영 잠이 올 것 같지 않았다. 지금까지 그에게 드리웠던 행운의 장막은 이제 사라져 버렸다. 공포가 그를 엄습했고, 아래쪽 가슴에는 심한 통증이 느껴졌다.

이런저런 온갖 생각들이 루사노프의 머릿속으로, 온 방 안으로, 한발 더 나아가 모든 어둠의 공간으로 몰려들어 빙빙 돌기 시작했다.

아니, 무슨 생각이 아니라 공포감뿐이었다. 공포감에 온통 휩싸여 있었다. 내일 아침 불쑥 로지체프가 간호사나 청소부의 제지에도 막무가내로 이곳으로 쳐들어와 자신을 때리면 어쩌나 하는 두려움이 생겼다. 지금까지 그는 재판이든, 사회적 비판이든, 굴욕이든 어떤 것도 두려워한 적이 없었지만 두들겨 맞는 것은 아주 무서워했다. 그는 평생에 딱 한 번, 6학년이 끝나 갈 무렵에 맞은 적이 있었다. 학교가 끝난 오후에 교문 밖에서 아이들이 그를 기다리고 있었다. 칼을 들고 있는 아이는 없었지만 사방에서 억센 주먹이 무자비하게 주먹질을 해 대던 때의 공포스러웠던 느낌은 평생 지워지지 않았다.

우리가 누군가를 기억할 때면 그가 이미 오래전에 고인이 되었거나 살아 있다면 노인이 되었을 것이 분명한데도 여전히 마지막으로 보았던 젊은 시절의 모습으로 기억하듯 로지체프 역시 십팔 년이라는 세월이 흘러 이미 폐인이 되었을 것이 분명하고, 귀도 먹고 허리도 꼬부라졌을 텐데도, 루사노프의 기억 속에서 그는 체포되던 그 일요일, 기다란 공동 주택 발코니에서 철 아령을 들어 올리던 당시의 구릿빛의 건장한 모습으로 계속 남아 있었다. 그날 상반신을 그대로 드러낸 그가 루사노프를 불렀다.

"파시카! 이리 와 봐! 이 알통 좀 만져 보게! 괜찮으니까 꽉 잡아 봐! 자, 어떤가! 이것이 바로 새 시대의 새 기술자의 모습 아니겠나? 우리는 에두아르드 흐리스토포로비치 같은 구루병 환자가 아니야. 이렇게 균형 잡힌 사나이가 되어야지. 요즘 자네 좀 약해진 것 같은데, 가죽 문 안에만 처박혀 있으면 몸을 상하게 돼. 우리 공장으로 오게. 모임을 주선해 줄 테니! 어때?

싫은가? ……하하!"

그는 노래를 부르며 껄껄대고 씻으러 갔다.

"대장장이 우리는 마음마저 젊다네."

루사노프는 건장한 그가 당장이라도 주먹을 휘두르며 병실로 쳐들어올 것만 같았다. 그는 계속 이런 망상에서 벗어날 수 없었다.

예전에 그들은 같은 콤소몰 조직의 동료였다. 둘은 공장에서 아파트를 공동으로 배당받았다. 그 후 로지체프는 노동자 예비 학교를 거쳐 대학에 갔고, 루사노프는 조합 일을 하다가 조사과로 옮겼다. 처음에는 부인들만 사이가 좋지 않았는데, 나중에는 그들도 사이가 벌어졌다. 로지체프는 루사노프에게 모욕적인 언사를 자주 했을 뿐만 아니라 평상시에도 제멋대로 굴기 일쑤여서 조직과 대립하게 되었다. 그와 같은 집에 사는 게 점점 견디기 힘들어졌고 장소도 비좁아졌다. 이런저런 일로 서로 반목하게 되자 파벨 니콜라예비치는 그를 상부에 다음과 같은 내용으로 고발했다. 말하자면 로지체프는 루사노프와 사적인 대화를 나누던 중에, 이미 파괴된 산업당 조직[47]의 활동을 긍정적으로 평가하는가 하면 공장에서 유해 분자들을 조직하려 했다는 내용이었다.(그는 직접적으로 그런 표

---

47) 1925년에 결성되었다가 1930년에 반혁명 사보타주 사건으로 체포되고 재판에 회부된 조직.

현을 하지는 않았지만 그의 행동으로 보아 그럴 가능성이 있다고 했다.)

다만 루사노프는 이 일과 관련해 절대로 자기 이름이 거론되지 않게 해 달라고, 법정에 출두하는 일이 없게 해 달라고 몇 번이나 부탁했다. 판사도 루사노프의 이름이 법률상으로 거론될 일은 전혀 없으며, 재판에서 증언할 필요도 없고, 범죄자의 고백만으로 충분하다고 확인해 주었다. 예비 조서에 루사노프의 밀고서를 첨부할 필요조차 없다고 했다. 따라서 형법 제206조에 따라 재판을 받은 피고가 밀고자의 이름을 알 수는 없었을 것이다.

모든 일이 이렇게 순조롭게 진행되던 차에 갑자기 구준이라는 당위원회 서기가 나타났다. 당에서는 그에게 로지체프가 인민의 적이므로 당 조직에서 그를 제거해야 한다는 지령을 하달했다. 그러나 구준은 로지체프가 같은 편이라며, 그에 대한 정확한 증거를 내놓으라고 주장하고 소란을 피우고 다녔다. 그가 끝까지 고집을 피우자 이틀 후 심야에 그를 체포했다. 다음 날 아침, 로지체프와 구준은 반혁명 지하 조직의 일원으로 당에서 제명되었다.

그러나 루사노프가 두려워한 것은 구준을 설득하던 이틀 동안 자료를 제공한 사람이 루사노프라는 사실을 이야기했을 것이 분명하다는 점이었다. 그랬다면 어디에서든 로지체프를 만난 구준이(일단 그들이 같은 사건으로 추방되었기 때문에 결국 한 번은 만났을 것이다.) 로지체프에게 그 사실을 이야기했을 것이 분명하다. 그런 사정으로 루사노프는 그의 갑작스럽고 불길한 귀환을, 절대로 떠올리고 싶지 않은 죽은 자의 부활을 두려워하는 것이다.

물론 로지체프의 아내가 그 사실을 짐작했을지도 모른다. 하지만 아직 그녀가 살아 있을까? 카파의 말로는 로지체프가 체포되면 당연히 그의 아내 카치카 로지체프도 곧바로 추방될 것이며, 그렇게 되면 아파트 전체가 자신들의 차지가 될 것이고, 발코니도 전부 그들이 차지할 수 있을 것이라고 했다.(이제 생각해 보니 가스도 없는 14제곱미터의 작은 방 하나가 그렇게 큰 의미가 있었던 것인지 한심하기 짝이 없었다. 더구나 그때는 아이들도 아직 어릴 때였는데 말이다.) 방 문제는 잘 해결되어 카치카가 다른 곳으로 옮겨 갔다. 그런데 갑자기 그녀가 아이를 가졌다고 했다. 증명해 보라고 요구하자 진단서까지 가져왔다. 임신한 경우에는 법적으로 쫓아낼 수 없게 되어 있었다. 어쩔 수 없이 다음 해 겨울이 되어서야 그녀를 쫓아낼 수 있었다. 그녀가 배가 불러 돌아다니고, 출산을 하고, 규정된 산후 휴가가 끝날 때까지 상당히 오랜 기간을 같은 집에 살면서 참고 견뎌야만 했다. 사실 카파는 공동 부엌에서도 그녀와 한마디도 하지 않았고, 그때 만 다섯 살이었던 아바는 그녀를 보고 재미있다는 듯 놀려 대곤 했다.

등을 기대고 누운 채, 숨 쉬는 소리와 코고는 소리가 가득한 어둠 속에서(대기실의 간호사 책상 위에 켜진 전등이 두 방 사이의 반투명 유리창으로 희미하게 비쳐 들었다.) 그는 완전히 잠이 깬 맑은 정신으로 차근차근 문제를 정리해 보려고 애썼다. 로지체프와 구준의 망령이 왜 그토록 자신을 당황하게 하는 걸까, 그가 밀고한 사람들 중에 다른 누군가가 돌아온다고 해도 똑같이 두려워할 것인가, 노동자들 앞에서 자신을 멍청이라고 불렀을 뿐만 아니라 부르주아 교육을 받은 기술자 에두아르드 흐리스토포로비치(나중에 그는 부르주아의 부활을 열망했다고 인정했다.)나 파벨 니콜라예비치를 비호했던 고위 간부의 연설을 속기하면서 그가 하지 않은 말까지 집어넣는 오류를 범한 속기사, 대적하기 힘들었던 경리(그는 신부의 아들로 밝혀져 즉시 체포되었다.), 옐찬스키 부부 등 어디 그런 사람이 한둘인가?

파벨 니콜라예비치는 그들 중 어느 누구도 겁나지 않았다. 오히려 더 대담하고 공공연하게 그들의 죄상을 밝히고, 두 번이나 법정까지 가서 큰 소리로 증언도 했다. 사실 그 당시에는 그런 이념적인 주장을 부끄러워하리라는 생각을 전혀 못했다! 깨끗하고 쾌적했던 1937년과 1938년 사이에는 사회적인 분위기가 제대로 정화되어 얼마나 숨 쉬기가 편했던가! 모든 사기꾼과 중상 모략자, 자아비판을 일삼던 자들, 혹은 생각이 너무 많던 지식인들이 모두 사라지고 다들 침묵을 지키고 숨을 죽이지 않았던가. 대신 원칙적인 사람들, 끈기 있는 사람들, 충직한 사람들, 즉 루사노프와 그의 동료들이 고개를 높이 들고 당당하게 다니던 시절 아니었던가.

그런데 혼란하고 건전하지 못한 모종의 새로운 시대가 도래한 지금은 왜 예전에 한 최고의 시민다운 행동을 부끄러워하고 심지어는 두려워하며 떨어야 한단 말인가?

정말 어이없는 일이다. 루사노프는 평생 비겁한 행동을 한 적이 없다. 그는 아무것도 두려울 것이 없다! 자신을 특별히 용감하다고 할 수는 없지만 그렇다고 비겁한 행동을 한 적도 없다. 전투에 나갔더라면 겁을 냈으리라는 증거도 없다. 유능한 노동자로 인정받아 전쟁에 나가지 않았을 뿐이다. 폭격이나 화재를 당했다 해도 당황하지 않았을 것이다. K 시가 폭격을 당하기 전에 그곳을 떠나 화재를 겪을 기회가 없었을 뿐이다. 또한 재판을 받은 적도 없고, 법을 두려워한 적도 없다. 한 번도 법을 어긴 적이 없고, 재판관도 항상 그의 편이었기 때문이다. 일반 대중에게 자신이 드러난다 해도 두려울 것이 없다. 대중도 항상 그를 지지해 왔으니까. 루사노프를 비방하는 기사가 지역 신문에 실릴 염려도 없다. 만에 하나 그런 일이 생긴다 해도 알렉산드르 미하일르이치나 닐 프로코피이치가 알아서 막아 줄 것이기 때문이다. 물론 중앙 신문들은 루사노프에게까지 관심을 가질 일이 없을 것이다.

그는 흑해를 횡단할 때도 바다의 깊이에 놀라지 않았다. 혹시 높은 곳이라면 겁이 날지 모른다. 하지만 그는 높은 산이나 암벽을 오를 만큼 멍청이가 아니며, 직업상 높은 다리를 놓으러 갈 일도 없었다.

루사노프는 오랫동안, 그러니까 거의 이십여 년 동안이나 조사과에서 근무했다. 조사과의 일은 각 작업장마다 다른 명칭으로 불리기는 했지만 본질적으로는 똑같은 업무였다. 그런 업무가 얼마나 세심하고 정확해야 하는 일인지는 세상 물정에 어두운 문외한이 아니라면 다 안다. 모든 사람은 살아가는 동안 수없이 많은 신상 조사서를 써야 하고, 모든 신상 조사서에는 우리가 익히 아는 질문 사항들이 있다. 조사서의 한 질문에 대한 한 사람의 답변은 그 사람과 그 지역 조사과를 영원히 연결해 주는 끈이다. 이렇게 해서 수백 개의 끈이 한 인간에게 연결되고, 그것들이 모두 합쳐지면 수천만 개가 될 것이다. 만약 이 끈들이 우리 눈에 보인다면 하늘은 온통 거미줄로 뒤덮일 것이다. 더구나 이 끈들에 탄력성이 있다면 버스든 전차든 사람이든 그 어떤 것도 통행이 불가능해질 것이고, 바람마저도 신문지 조각이나 가을 낙엽을 날리지 못할 것이다. 이것은 눈에 보이지도 않고 구체적인 물질도 아니지만 인간은 항상 이것을 느낄 수 있다. 문제는 투명한 조사서라는 것이 절대 진리라든가 이상이라든가 하는 개념처럼 완벽할 수 없다는 사실이다. 살아 있는 인간이라면 누구든지 무언가 부정적이고 의심스러운 부분이 있기 마련이고, 자세히 들여다보면 모든 사람은 예외 없이 어떤 잘못이든 있기 마련이며, 무엇이든 감춰진 것이 있는 법이다.

사람들은 눈에 보이지 않는 이 끈들을 감지하면 이 끈을 잡아당기고 있는 존재, 아주 복잡한 조사과의 업무를 담당하는 인물에게 자연스럽게 존경심을 가지기 마련이다.

그것을 연주자에 빗대어 말한다면 루사노프는 자신의 특별한 직위 덕분에 실로폰 위의 작은 나무판 중 어떤 것이든 자기가 원하는 음을 골라 자기 마음대로 두들길 수 있었던 것이다. 실로폰의 판들은 모두 나무로 되어 있지만 두들길 때 나는 소리는 모두 다른 법이다.

나무판 중에는 아주 섬세하고 조심스럽게 다루어야 할 것도 있다. 예를 들어 불만이 있다는 것을 누군가에게 전달하거나 경고하고 싶을 때, 혹은 본때를 보여 주고 싶을 때 루사노프는 아주 독특한 인사법을 사용하곤 했다. 상대방이 인사를 할 때(물론 저쪽에서 먼저) 파벨 니콜라예비치는 사무적으로 인사를 하고 웃음을 보이지 않는 방법을 쓴다. 눈썹을 약간 찡그린다거나(그 연출법을 사무실 거울을 보며 연습했다.) 대답을 얼른 하지 않고 있다가(이 사람에게 인사를 할 필요가 있을까, 이 사람에게 그럴 만한 가치가 있을까를 한참 생각하며) 천천히 인사를 하는 것이다.(이때도 고개를 완전히 돌릴지, 반쯤 돌릴지, 아니면 전혀 돌리지 않을지 매번 차이가 있다.) 이렇게 미세하게 차이나는 지연이라도 아주 큰 영향을 미치게 되어 있다. 어정쩡하고 냉담한 인사를 받은 직원은 순간적으로 자신이 무슨 잘못을 한 것은 아닌지 더듬어 보게 된다. 이렇게 의심을 불어넣어 주면 잘못을 저지를지도 모를 직원의 실수를 미연에 방지할 수도 있다. 물론 그런 사실을 파벨 니콜라예비치가 미리 알고 하는 것은 아니지만.

그보다 훨씬 더 강력한 방법은 우연히 상대를 만났을 때(혹은 그에게 전화를 걸거나 특별히 그를 불러들여서 할 수도 있다.) 이렇게 말하는 것이다. "내일 아침 10시에 나한테 들러요." 그러면 상대방이 "왜요? 지금 이야기하면 안 됩니까?" 하고 반드시 묻는다. 왜냐하면 누구든 부르는 이유가 무엇인지 빨리 알고 싶기 마련이고, 만약 좋지 않은 일이라면 되도록 빨리 해명하고 싶기 때문이다. 루사노프는 "지금은 안 됩니다!" 하고 부드럽지만 단호하게 말을 한다. 다른 급한 볼일이 있어 가는 중이라든가, 회의에 참석해야 한다든가 상대방을 안심시킬 수 있는 분명하고 단순한 이유는 절대 말하지 않는다.(바로 그런 측면의 효과를 노린 것이다.) "지금은 안 됩니다."라는 말 속에 심각하고 복잡한 의미를, 꼭 좋은 일만은 아니라는 불안을 심어 주는 것이다. "무슨 용건인데요?"라고 과감히 물어보는 사람도 있고, 원래 눈치가 없어 물어보는 사람도 있다. 그러면 파벨 니콜라예비치는 "내일이면 알게 됩니다!"라고 교묘하게 대답을 피해 간다. 하지만 다음 날 아침 10시까지는 얼마나 긴 시간인가! 그동안에 얼마나 많은 일이 기다리고 있는가! 노동자라면 근무 시간이 끝날 때까지 기다렸다가 집으로 돌아가서 가족들과 대화도 나누고 영화를 보러 간다거나 학부모 모임에 나갈 수도 있을 것이다. 그런 다음에 잠자리에 들 것이고 (누군가는 잠을 자지만 누군가는 잠도 이루지 못하고) 아침이 되어 식사를 마칠 것이다. 이 모든 시간 동안 당사자는 '그가 나를 왜 부르는 걸까?' 하는 생각으로 머릿속이 복잡하고 불안에 떨게 된다. 그동안 본인은 여러 가지 일을 후회하기도 하고, 이런저런 일을 고민하기도 하고, 다음부터는 집회에서 상사에게 맞서지 말아야겠다는 반성을 하기도 한다. 마침내 아침이 되어 출두해 보면 아무 일도 아니고 고작 생년월일을 확인한다든가 증명서의 번호를 확인하는 일에 불과하다.

각 나무판의 소리에 따라 사용법이 달라지는 실로폰처럼 그중에서 가장 매정하고도 신랄한 것은 이렇다. "세르게이 세르게이치(전체 기업의 최고 책임자이자 지역의 최고위직에 있는 사람)께서 모월 모일까지 이 조사서에 모두 기록하라는 명령을 내렸습니다." 그러면서 노동자에게 조사서를 내미는 것이다. 그것은 단순한 조사서가 아니라 루사노프의 서류함에 보관하고 있는 조사서와 이력서 중에서 가장 상세하고 불쾌한, 말하자면 극비 서류와 같은 것이다. 그러나 사실 그 노동자는 극비 사항과는 전혀 관련이 없는 사람일 수도 있다. 정작 세르게이 세르게이치 본인은 전혀 모르는 일이지만 세르게이 세르게이치를 불처럼 무서워하기 때문에 누구도 그것을 확인하러 오는 경우는 없다. 서류를 받아 든 노동자는 겉으로는 아무렇지도 않은 척하지만 실제로 만약 그가 중앙 조사국에 무슨 비밀이라도 감추고 있었다면 내심 불안에 떨게 마련이다. 왜냐하면 이 신상 조사서에는 모든 것을 기록해야 하기 때문이다. 이것은 최고의 신상 조사서였고, 가장 우수한 신상 조사서였다.

루사노프는 바로 이런 종류의 신상 조사서 덕분에 형법 제58조에 의해 체포된 남편과 부인을 몇 쌍 이혼시키는 데 성공했다. 그런 여자들은 자기 이름이 아닌 타인의 이름으로, 다른 지역에서 차입해 소포를 부치거나 소포를 전혀 부치지 않는 방법으로 남편의 흔적을 감추려고 애썼지만 이 신상 조사서는 질문의 울타리가 어찌나 견고한지 더 이상 어떤 것도 감출 수가 없었다. 이 울타리를 뚫고 나갈 유일한 방법은 법적으로 이혼하는 것뿐이었다. 이혼 절차는 아주 간단했다. 법원에서는 죄수에게 이혼 동의를 요청하지도 않았고, 그들에게 이혼이 성립되었다는 사실을 알려 주지도 않았다. 당시 루사노프에게 아주 중요한 일로 간주되었던 것은 아직 완전히 파멸

하지 않은 여성을 이혼시킴으로써 범죄자의 더러운 손에 끌려가 올바른 시민으로서의 삶이 파괴되는 일이 없도록 예방하는 것이었다. 물론 이 조사서는 어디로도 보내지 않는다. 세르게이 세르게이치에게조차 가끔 우스갯소리로 이야기해 줄 뿐이었다.

이렇게 루사노프는 일반적인 공장의 생산 과정과는 동떨어진 독립적이고 비밀스러우며, 약간은 비현실적인 자신의 지위 덕분에 개인의 인생을 결정하는 실질적인 과정을 속속들이 이해할 수 있었으며 그런 사실에 매우 만족했다. 누구에게나 보이는 삶은(생산 공장, 회의, 기업 신문, 지방 위원회의 돌격 작업에 대한 성명, 급료 계산서, 식당, 클럽 등) 진정한 삶이 아니며, 단순한 겉치레에 불과한 것이다. 인간의 실제 운명은 언성을 높일 필요 없이, 편안하고 조용한 사무실에 앉아 있는 지인 두세 사람의 대화나 친밀한 통화를 통해 결정되는 것이다. 또한 진짜 인생은 비밀 서류 속에, 루사노프와 동료들의 서류 가방 깊숙한 곳에 숨어서 말없이 오랫동안 사람의 뒤를 따라다니다가 어느 순간 갑자기 정체를 드러내며 아가리를 벌리고는 희생 제물을 불태운 다음 다시 사라지며 종적을 감추는 것이다. 겉으로 보면 예의 클럽과 식당, 급료 계산서와 기업 신문, 공장 등은 그대로 남아 있지만 공장으로 일하러 나오던 사람 중 누군가가 목이 날아가고 제명되고 추방되어 사라지고 없는 것이다.

루사노프의 업무 공간은 일의 성격에 잘 맞게 설비되어 있었다. 그의 방은 언제나 외부와 단절되어 있었다. 첫 번째 단절은 가죽을 씌우고 번쩍이는 장식 못을 박은 출입문이며, 다음에는 사회가 풍요로워져서 만들었는지 추위를 막기 위해 만든 공간인지 알 수 없는 좁고 어두컴컴한 입구 협실이었다. 이 좁은 공간은 별 의미 없이 만든 쓸모없는 곳으로 보였다. 폭이 1미터도 되지 않아서 방문객이 들어와 첫 번째 문을 닫고 두 번째 문을 열기 직전 일이 초 정도 머무는 곳에 불과했다. 그러나 결정적인 대화가 시작되기 전에 몇 초 동안 방문객은 이 공간에서 순간적인 구속 상태에 놓이게 된다. 어둡고 답답한 이곳에서 방문객은 곧 만날 인물에게 굴욕감을 느낄 수밖에 없게 된다. 설혹 그가 용기 있고 지혜로운 사람이었다 해도 이 협실을 들어서는 순간 그 모든 것을 잃고 마는 것이다.

물론 여러 사람이 함께 파벨 니콜라예비치의 방으로 들어가는 일은 전혀 없었다. 입실하라는 전갈을 미리 받거나 전화로 허락받은 사람만이 개별적으로 한 명씩 들어갈 수 있었다.

이런 설비가 되어 있는 업무 공간과 입실 규정은 루사노프 부류의 사무실에서 심오하고 규칙적인 임무를 수행하는 데 아주 유용했다. 이렇게 마련된 협실이 없었다면 파벨 니콜라예비치도 상당히 일하기 힘들었을 것이다.

현실에서 일어나는 모든 현상의 변증법적 상호 작용에 비추어 보면 파벨 니콜라예비치의 이런 업무 자세가 일상생활에서의 그의 행동에도 영향을 미칠 수밖에 없다는 사실을 부정할 수 없다. 해가 더해 갈수록 루사노프와 카피톨리나 마트베예브나는 열차를 탈 때 일반 칸은 물론이고 지정 좌석제 칸에 타는 것도 견딜 수 없게 되었다. 보통 그런 곳에는 허름한 외투를 걸치고 통이나 장바구니를 든 사람들이 밀려들곤 했기 때문이다. 루사노프 부부는 항상 2인 특실이나 4인 특실이 있는 열차를 타고 여행했다. 물론 호텔도 일반인들과 같이 사용하지 않도록 특실을 확보해 두곤 했다. 루사노프 부부는 휴양지 역시 일반인들이 아무나 들어오는 곳이 아니라 루사노프를 알아보고 그를 존경하며 여러 가지 편의를 제공해 주는 곳이라든가, 일반인들의 출입이 금지된 한적한 모래사장이나 산책로가 있는 곳으로 가곤 했다. 그래서 의사들이 카피톨리나 마트베예브나에게 도보 운동을 처방하자 그런 휴양지 이외에는 걸어 다닐 곳이 전혀 없었다.

루사노프 부부는 인민을 사랑했다. 그들은 위대한 인민, 바로 그 인민에게 봉사해 왔으며, 인민을 위해 기꺼이 희생할 준비가 되어 있었다.

그러나 시간이 흐를수록 그들은 더 이상 이런 인민들을 견딜 수 없게 되었다. 그들은 고집이 세고, 명령에 따르지도 않고, 완강한 데다 끝없이 뭔가를 요구했다.

전차나 무궤도 전차, 버스 등도 루사노프 부부에게 혐오감을 불러일으키기 시작했다. 그곳은 항상 사람들로 붐볐고, 특히 건설 노동자들이나 다른 인부들이 밀고 들어와 코트에 기름을 묻히거나 석회를 문질러 더럽히기 일쑤였고, 정류장은 혼잡하기 이를 데 없었다. 버스 안에서 일어나는 더욱 심각한 일은 아무나 어깨를 툭툭 치는 악습이 아직 남아 있어 버스표를 건네 달라든가 잔돈을 건네 달라며 부탁하는 바람에 까닥 잘못했다간 버스를 타고 가는 내내 그런 일을 해야 할 판이 되는 것이었다. 그러나 직장까지 걸어 다니기에는 거리가 너무 멀고, 체면상 그럴 수도 없었다. 그래서 업무용 자동차를 다른 일에 써야 하거나 수리하게 되면 파벨 니콜라예비치는 점심을 먹으러 집에 가지도 못하고, 몇 시간씩 앉아서 자동차가 오기를 기다리기도 했다. 그 외에 달리 뾰족한 수가 없었다. 특히 걸어서 가다 보면 늘 예기치 않은 일에 부딪히곤 했다. 난폭한 사람들을 만나기도 하고, 거지 같은 차림새를 한 사람을 만날 때도 있었으며, 어느 때는 술에 취한 사람을 마주치기도 했다. 그중에서도 거지 차림새를 한 사람은 아주 위험하기 마련인데, 틀림없이 자기 처지를 비관하며 자신은 아무것도 잃을 것이 없다고 생각하는 사람일 터이기 때문이다. 그렇지 않다면 그렇게 거지처럼 옷을 입고 다니지는 않을 것이다. 물론 경찰이나 법률이 그런 자들로부터 루사노프의 신변을 보호해야 하지만 보호는 항상 한발 늦기 마련이어서, 그런 악한에 대한 처벌은 뒤늦은 감이 있었다.

때문에 천하에 무서울 것이 없는 루사노프였지만 정신이 오락가락하는 술주정뱅이라든가, 더 정확히 말해 언제 자기 얼굴에 주먹을 날릴지 모르는 인간들은 공포의 대상이었다.

로지체프가 돌아왔다는 소식을 듣고 그렇게 놀란 것도 그런 이유 때문이다. 물론 로지체프나 구준은 법적으로 그에게 아무런 이의도 제기하지 못할 것이다. 법적으로 그들은 루사노프에게 어떠한 제소권도 갖고 있지 않았다. 그러나 그들이 아직 건장하고 자신을 한 방 먹이려고 벼르고 있다면 어떻게 한단 말인가?

그러나 냉정하게 생각해 보면 파벨 니콜라예비치가 처음 그 소식을 듣고 그토록 놀랄 이유는 없었다. 로지체프가 돌아왔다는 소식은 헛소문일지도 몰랐다. 그것이 사실이라면 얼마나 좋겠는가. 어쩌면 요즘 떠도는 명예 회복이라는 것도 모두 뜬소문일지 몰랐다. 왜냐하면 파벨 니콜라예비치는 자기가 일하는 분야에서 인생의 큰 변화가 있으리라는 어떤 징후도 감지하지 못했기 때문이다.

만약 로지체프가 실제로 돌아온다고 해도 K 시로 갔으면 갔지 이곳에 올 까닭이 전혀 없었다. 만에 하나 돌아왔다고 해도 K 시에서 다시 추방당하지 않으려면 자숙해야 할 처지이므로 루사노프를 찾는 일 따위는 안중에도 없을 것이다.

더구나 그가 루사노프를 찾으려 애를 쓴다고 해도 이곳을 찾아내기란 쉽지 않을 것이다. 이곳으로 오기 위해서는 사흘 동안 도시를 여덟 곳이나 지나야 한다. 그리고 이곳까지 온다고 해도 일단은 병원이 아니라 집으로 찾아갈 것이다. 그러니 병원에 누워 있는 파벨 니콜라예비치로서는 절대적으로 안전한 상태인 셈이었다.

흐흐, 안전하다니! ……우습군. ……이런 종양을 달고 있으면서 안전하다니…….

사실 그렇게 불안전한 시대가 도래했다면 차라리 죽는 편이 낫지 않을까. 매번 누군가가 복권될 때마다 두려워하느니 차라리 죽는 편이 나을지도 모른다. 이것이 대체 어떻게 된 일인가! 그들을 복권시키다니! 대체 무엇 때문에? 그들은 이미 그곳에 적응하고 순응해서 살아가는데, 도대체 왜 그들을 이곳으로 다시 보내 사람들의 생활에 혼란을 야기한단 말인가?

이런 생각을 하다가 지친 파벨 니콜라예비치는 잘 준비를 했다. 잠을 좀 자 둬야 할 것 같았다.

그러나 그 전에 병원에서 가장 성가시다고 할 수 있는 화장실을 다녀와야 했다.

조심조심 몸을 돌리고 가만가만 몸을 움직여(목에 달린 종양이 쇳덩어리처럼 무겁게 압박해 왔다.) 삐그덕거리는 침대에서 내려와 파자마를 입고 슬리퍼를 신은 다음 안경을 쓰고 조용히 슬리퍼를 끌고 걸어 나갔다.

성격이 완고하고 얼굴빛이 검은 간호사 마리야가 책상에 앉아 밤 근무를 서다가 그의 슬리퍼 끄는 소리를 듣고 재빠르게 뒤를 돌아보았다.

층계 바로 앞 침대에서 팔다리가 긴 그리스 혈통의 새로운 남자 환자가 고통스러운 신음 소리를 내고 있었다. 그는 침대가 작아 드러눕기 힘들었는지 침대 위에 앉아 겁먹은 퀭한 눈으로 파벨 니콜라예비치가 지나가는 것을 쳐다보았다.

계단 중간 층계참에는 머리를 단정히 빗은 작은 사내아이가 누런 얼굴로 높은 등받이에 기댄 채 반쯤 누워 방수 천으로 만든 산소마스크를 쓰고 숨을 쉬고 있었다. 그의 사물함 위에는 오렌지, 비스킷, 캐러멜 등이 놓여 있었고, 요구르트도 있었지만 그 모든 것이 아이에게는 아무 소용 없었다. 아이는 정작 자신에게 필요한 흔하디흔한 신선한 공기마저 폐로 들이쉴 수 없는 상태였다.

아래층 복도에도 환자들의 침대가 여러 개 놓여 있었다. 환자들은 모두 잠이 들어 있었다. 동양인으로 보이는 노파가 베개 위에 머리를 풀어헤치고 고통스럽게 몸부림치고 있었다.

다음으로 그는 작은 방을 지났다. 방에는 작고 지저분한 소파가 하나 놓여 있었는데, 관장이 필요한 사람은 누구든 이곳에 누워야 했다.

파벨 니콜라예비치는 마지막으로 숨을 한 번 크게 들이마시고는 숨을 참으며 화장실로 들어갔다. 칸막이도 없고 변기조차 없는 화장실에 들어오면 그는 자신의 비참한 처지가 한층 더 비참하게 느껴지곤 했다. 청소부가 하루에도 몇 번씩 청소를 했지만 그곳은 청소하기가 무섭게 배설물과 토사물, 핏덩어리와 오물로 더러워지기 마련이었다. 이런 화장실은 문명을 접해 보지 않은 야만인들이나 막다른 골목에 다다른 환자들만 쓸 수 있을 것이다. 어떻게든 원장을 만나서 의사 전용화장실을 쓸 수 있게 해 달라고 요구해야 할 것 같았다.

그러나 이러한 생각도 파벨 니콜라예비치의 막연한 기대에 불과했다.

그는 다시 돌아서서 예의 관장하는 방을 지나고 머리를 풀어헤친 카자흐 노파를 지나 잠이 든 환자들 옆을 지나갔다.

다시 산소 호흡기를 달고 있는 중환자 옆을 지났다.

2층으로 올라오자 그리스인이 그에게 공포에 질린 목소리로 말했다.

"이봐요, 잠깐 말 좀 묻겠어요! 여기 환자들이 모두 치료될까요? 더러는 죽기도 하겠지요?"

루사노프는 그를 힐끗 쳐다보았다. 그 순간 자신이 머리만 따로 돌릴 수 없는 상태가 되었다는 사실, 이제 자신도 예프렘처럼 몸통을 전부 돌리지 않으면 안 된다는 사실을 알아챘다. 목에 달라붙은 공포의 혹이 위쪽 턱과 아래쪽 쇄골을 동시에 짓눌렀다.

그는 서둘러 침대로 갔다.

도대체 지금껏 무슨 생각을 하고 있었단 말인가! 더 이상 누굴 무서워한단 말인가! 누굴 기대한단 말인가?

턱과 쇄골 사이에 있는 바로 그것이 그의 운명이었다.

그것이 그를 심판하는 곳이었다.

이 심판대에는 가족도 업적도 변호인도 존재하지 않았다.

15
각자의 운명

"지금 나이가 어떻게 되세요?"

"스물여섯이야."

"오, 꽤 나이가 많군요!"

"그럼 그쪽은?"

"저는 열여섯……. 열여섯 나이에 다리를 잘라야 하는 심정을 아시겠어요?"

"어디를 잘라야 하지?"

"아마 무릎일 거예요. 보통 무릎 아래를 자르지는 않아요. 예전에 본 적이 있거든요. 조금 여유를 두더라고요. 여기 이렇게……. 그러지 않으면 나머지 부분이 흔들리잖아요."

"의족을 달면 되지. 그럼 공부는 계속할 생각이야?"

"네, 대학에 가고 싶어요."

"어느 학부를 가고 싶은데?"

"어문학부나 역사학부를 생각하고 있어요."

"합격할 것 같아?"

"아마 그럴 거예요. 저는 걱정하지 않아요. 침착한 편이거든요."

"오, 잘됐네. 의족을 달았다고 못 할 일이 뭐가 있겠어? 공부도 하고 직업도 갖게 될 거야. 어쩌면 오히려 끈기가 생길 수도 있어. 학문적으로도 더 많은 성과를 낼 수 있을 테고."

"하지만 나머지 인생은요?"

"학문 말고 뭘 바라는데?"

"그러니까……."

"결혼?"

"네, 그것만이라도……."

"충분히 할 수 있어! 어떤 나무에도 새는 내려앉는 법이야. 어쨌든 양자택일을 해야 하잖아?"

"무슨?"

"다리냐, 목숨이냐?"

"혹시 누가 알아요? 저절로 나을 수도 있잖아요!"

"죠마! 그렇지 않아. '혹시나' 해서 다리를 세울 수는 없어. '혹시나' 해도 '역시나'로 끝나기 마련이야. 이성적으로 생각해야지, 그런 요행을 기대해선 안 돼. 의사들이 네 종양이 뭐라고 했지?"

"'에스에이'라고 했던 것 같아요."

"에스에이? 그렇다면 수술해야 할 거야."

"종양에 대해 잘 알아요?"

"알아. 만약 내가 한쪽 다리를 절단해야 한다면 나는 허락했을 거야. 물론 움직이지 않고 생활하는 것은 나에게는 불가능하지만 말이야. 내가 일하는 곳에서는 자동차가 다니지 않아서 걷거나 말을 타지 않으면 안 되거든."

"그럼 수술하자는 말도 없었다는 거예요?"

"없었어."

"시기를 놓친 건가요?"

"그러니까 뭐라고 해야 하나⋯⋯. 시기를 놓쳤다기보다는⋯⋯ 아니야, 어느 정도는 시기를 놓쳤다고 봐야지. 석 달 전에 진찰받으러 왔어야 했는데 일을 그만둘 수가 없었거든. 걸어 다니고 말을 탔더니 상처가 나고 진물이 나고 고름이 터졌어. 고름이 터지고는 조금 나아졌어. 그래서 다시 일을 하고 싶었어. 그래서 자꾸 다음으로 미루게 되었지. 지금도 어찌나 쑤시는지 바짓가랑이 하나를 잘라 내고 맨살로 앉아 있고 싶어."

"붕대를 감아 주지 않던가요?"

"응."

"한번 봐도 될까요."

"그래."

"오, 이런⋯⋯ 아주 새까맣군요."

"살갗이 원래 검은색이었어. 태어날 때부터 그곳에 커다란 검은 점이 있었거든. 점이 이렇게 변한 거야."

"이건 또 뭐예요? 이것도 그런 거예요?"

"그건 고름이 세 번 터진 흉터야⋯⋯. 어쨌든 좀카! 내가 앓는 종양은 네가 앓는 것과는 전혀 다른 종류야. 내 종양은 흑색종이라는 건데, 아주 빌어먹을 악성 종양이지. 보통 여덟 달이면 나가떨어지는 거야."

"그걸 어떻게 알아요?"

"여기 오기 전에 책에서 봤거든. 책을 읽고 나서 얼마나 놀랐던지. 하지만 문제는 내가 병원에 더 일찍 왔다 해도 수술을 하지는 않았으리라는 점이야. 흑색종은 심한 악성이라서 메스를 갖다 대기만 해도 바로 전이되는 종류거든. 이놈도 나름대로 살려고 발버둥치는 거야, 알겠어? 아무튼 몇 달 동안 방치했더니 이놈이 샅굴 부위로 전이됐어."

"류드밀라 아파나시예브나 선생님은 뭐라고 하셨어요?"

"콜로이드 금을 구해 보겠다고 하시더군. 만약 그것을 구하면 샅굴 부위 쪽으로 전이되는 것을 막을 수 있고, 다리 쪽은 방사선으로 억제하면서 시간을 끌어 보자는 거지."

"그럼 나을 수 있는 거예요?"

"아니야, 좀카! 나는 이미 가망이 없어. 흑색종은 원래 치료가 안 돼. 지금껏 흑색종이 완치된 적은 없어. 나에겐 다리를 잘라 내도 소용없는 일이지. 그렇다고 더 위쪽을 자를 수도 없잖아? 지금 남은 것은 어떻게 하면 시간을 더 벌 수 있을까 하는 것뿐이지. 시간을 얼마나 더 벌 수 있을까, 몇 달이 될지, 몇 년이 될지 누가 알겠어?"

"그러니까…… 뭐예요? 그럼 당신은……."

"맞아, 나는 그렇게 될 거야. 좀카! 나는 이미 그것을 받아들였어. 오래 산다고 해서 더 잘 사는 것은 아니지. 지금 나는 무엇을 할 수 있을까 하는 것밖에 관심이 없어. 이 세상에 뭔가 이루어 놓고 가야 하지 않겠어! 그러려면 삼 년 정도는 필요한데! 만약 삼 년만 나에게 허락된다면 더 이상은 바라지 않을 거야! 물론 삼 년 동안 병원이 아닌 작업 현장에 있다는 것을 전제로 말이야."

그들은 창가에 놓인 바짐 자치르코의 침대 위에서 낮은 소리로 가만가만 이야기를 나누었다. 그들의 이야기는 옆에 있는 예프렘에게만 겨우 들릴 정도였지만 그는 아침부터 아무 감각이 없는 나무토막처럼 누워 천장의 한 점만 응시한 채 꼼짝하지 않고 있었다. 루사노프에게도 이 소리가 들렸는지 그는 자치르코에게 몇 번인가 동정의 눈길을 보냈다.

"무슨 일을 하고 싶은 거예요?" 좀카가 얼굴을 찡그리며 물었다.

"궁금해? 요즘 나는 사회적 이슈가 되고 있는 새로운 학설을 연구 중이야. 모스크바의 대학자들은 아직 인정하지 않지만 지하 수맥의 방사능을 분석해 복합 금속 광맥을 찾아내는 이론이야. 방사능이라는 말 뜻은 알지? 그것에 대해서는 아주 다양한 이론이 있는데, 가만히 앉아서 이러쿵저러쿵해 봐야 아무 쓸모 없는 일이지. 하지만 나는 실제로 내 이론을 증명할 수 있다는 걸 알아. 그 작업을 위해서는 계속 현장을 돌아다니며 지하 수맥을 따라 확실한 광맥을 찾아야 돼. 그것 말고는 방법이 없어. 가능하면 여러 번 확인해야 해. 이 일이 얼마나 어려운지는 알겠지? 예를 들어 진공 펌프가 없어서 원심 펌프를 써야 하는데, 시동을 걸려면 공기를 빨아들여야 할 것 아니야. 그런데 뭘로 공기를 빨아들이겠어? 바로 입으로 할 수밖에! 그러다 보니 방사능이 포함된 물이 마구 쏟아져 나오는데도 어떨결에 그것을 마시게 되는 거야. 키르기스 노동자들은 자기 조상들이 그걸 마시지 않았기 때문에 자기들도 마시지 않는다고 하더군. 그런데 우리 러시아인들은 아무렇지 않게 그냥 마셔. 흑색종을 앓는 내가 방사능을 무서워할 이유가 있겠어? 나에게 딱 맞는 일이지."

"저런, 바보 같으니!" 예프렘이 몸은 돌리지 못한 채로 냉담하고 탁한 목소리로 말했다. 이야기를 듣고 있었던 것이 분명했다. "곧 죽을 사람이 지질학이 다 무슨 소용이야? 그게 자네에게 무슨 의미가 있다는 거야? 그보다는 차라리 사람은 무엇으로 사는지 생각해 보는 편이 더 유익할 거야."

바짐은 다리를 움직일 수는 없었지만 머리는 자유로웠기 때문에 가볍게 목을 돌려 뒤를 보았다. 맑고 검은 그의 눈동자가 빛나고 있었고 부드러운 입술은 약간 떨리는 듯했지만 전혀 기분이 상한 눈치는 아니었다. 그가 대답했다.

"그 문제라면 잘 알고 있어요. 바로 창조입니다! 창조야말로 인간에게 도움을 주지요. 마실 것도 먹을 것도 필요 없을 정도니까요"

그러고는 자신의 말을 상대가 얼마나 이해하는지 살피면서 다면체의 플라스틱 샤프펜을 이 사이에 넣고 탁탁 쳤다.

"자네! 이 책 좀 읽어 보게. 깜짝 놀랄 거야." 포드두예프가 여전히 몸을 움직이지도 자치르코를 쳐다보지도 못한 채 더러운 손톱으로 파란 표지의 책을 톡 쳤다.

"그 책은 벌써 보았어요." 바짐이 대뜸 말했다. "하지만 우리 세대에는 맞지 않아요. 내용이 애매하고 미약해요. 우리식으로는 '더욱더 일하세요.'라고 말하는 것이 맞지요! 물론 사익이 아니라 공익을 위해서요. 그것이 전부예요."

루사노프가 그 말을 듣고 깜짝 놀라 반가운 듯 안경을 반짝이며 큰 소리로 물었다.

"이봐요, 젊은이! 혹시 당원이에요?"

바짐은 주저하지 않고 순진한 표정으로 루사노프 쪽에 눈길을 주었다.

"네." 그가 나직하게 대답했다.

"그럴 줄 알았네!" 루사노프가 반갑게 말하며 손가락을 치켜들었다.

그 모습이 마치 선생님 같았다.

바짐은 좀카의 어깨를 툭 쳤다.

"자! 이제 그만 네 침대로 가. 나도 일을 해야지."

그러고는 작은 글씨와 커다란 느낌표와 물음표로 가득한 『지구 화학적 방법론』이라는 작은 책으로 고개를 숙였다.

그는 손가락으로 검은색 다면체의 샤프를 살짝 흔들면서 책을 읽었다.

그는 마치 어디로 꺼져 버린 듯 책 속으로 완전히 빠져들었다. 하지만 파벨 니콜라예비치는 그에게서 용기를 얻기도 했고 두 번째 주사를 앞두고 좀 더 용기를 북돋을 겸 다시는 예프렘이 성가시게 굴거나 푸념을 늘어놓지 않도록 단도리를 해야겠다고 결심했다. 그래서 건너편에 있는 그를 똑바로 쳐다보며 말을 꺼냈다.

"우리 포드두예프 동무가 좋은 지적을 해 주었어요. 자기 병에 굴복해선 안 됩니다. 그리고 그런 종교 서적 같은 것에 빠져들어서도 안 되지요. 당신이 실제로 돕는 대상은……."

그는 '적들'이라고 말하고 싶었다. 일상생활에서는 항상 적이라고 지칭할 수 있었지만 이곳 병실 침대 위에 앉아 있는 상황에서 누구를 적이라고 해야 할지 알 수 없었다. "좀 더 인생의 심오한 측면을 들여다볼 수 있어야 합니다. 무엇보다 인류의 위대한 공적을 말입니다. 생산적인 측면에서 인간에게 그런 위업을 달성할 수 있도록 한 것이 무엇이었겠습니까? 또 대조국 전쟁을 승리로 이끈 것이 무엇이었을까요? 그뿐 아니라 예를 들어 내전 때는 어땠습니까? 굶주리고 맨발에 입을 옷도 없이, 게다가 무기도 없이……."

오늘 예프렘은 이상하게도 전혀 움직이지 않았다. 침대에서 내려와 통로를 걸어 다니려고도 하지 않았고, 평소에 하던 행동도 거의 하지 않았다. 예전에는 온통 목에 신경을 곤두세우고 어렵사리 머리와 몸통을 움직이곤 했는데, 오늘은 손가락으로 책만 퉁길 뿐 손발을 까딱도 하지 않았다. 그에게 아침을 먹으라고 권하자 "배부르게 못 먹을 바에는 손도 대기 싫군." 하고 대답했다. 그는 아침 식사 시간 전에도, 그 후에도 꼼짝 않고 계속 누워 있었다. 눈을 가끔 깜박거리지 않았더라면 완전히 굳어 버린 것은 아닐까 걱정될 지경이었다.

그러나 눈은 뜨고 있었다.

마침 그는 루사노프 쪽을 향해 눈을 뜨고 있었기 때문에 루사노프를 향해 일부러 몸을 돌릴 필요도 없었다. 천장과 벽을 제외하고 그의 눈에 들어오는 것은 루사노프의 하얀 얼굴뿐이었다.

예프렘은 루사노프가 늘어놓는 장광설을 가만히 듣고 있었다. 그러다 갑자기 입술을 움찔거리며 정확히 알아듣기는 힘들지만 비난 섞인 말을 퍼부었다.

"내전이 대체 어쨌다는 겁니까? 당신이 내전에 나가 싸워 보기라도 했단 말이에요?"

파벨 니콜라예비치가 크게 한숨을 쉬었다.

"포드두예프 동무! 당신이나 나나 그 당시에 전쟁에 참가할 나이는 아니었잖아요."

예프렘이 조롱조로 말했다.

"당신이 왜 전투에 나가지 않았는지 나는 모르지. 나는 전투에 참가했으니까."

"어떻게 전투를 했다는 거요?"

"아주 간단하지." 예프렘이 크게 숨을 내쉬며 천천히 말을 이었다. "연발 단총을 들고 싸웠지. 재미있던걸. 나 혼자만 그랬던 것도 아니야."

"그래서…… 어디서 전투를 했다는 말이에요?"

"이제프스크[48] 근처였지. 헌법 제정 의회[49]를 치러 갔어. 나 혼자 일곱 명이나 쏘아 쓰러뜨렸지. 지금도 생생히 기억나."

그렇다! 지금 생각해도 폭동이 일어났던 그 도시의 거리와

---

48) 우드무르트 자치 공화국의 수도.
49) 러시아 내전 때 볼셰비키에 저항해 잠시 활동했던 반볼셰비키 당.

성인 일곱 명을 어디서 어떻게 죽였는지 모두 기억났다.

안경잡이가 계속 무슨 말인가 지껄여 댔지만 예프렘은 오늘은 귀가 막힌 사람처럼 다른 사람의 이야기에 오래 집중할 수 없었다.

오늘 새벽 잠에서 깨어 머리 위의 하얀 천장 한쪽을 보는 순간, 불현듯 아무 관계도 없고 이미 오래전에 잊어버린 사소한 어떤 사건이 머리에 떠올랐다.

전쟁이 끝난 후 11월의 어느 날이었다. 눈이 내리자마자 녹고 있었고, 참호에서 갓 파낸 따뜻한 흙 위로 내려앉는 눈송이들은 순식간에 녹아 버렸다. 참호는 가스관 부설 작업을 하기 위한 것으로, 1미터 80센티미터 정도 깊이로 파야 했다. 현장을 돌아본 예프렘은 아직도 한참을 더 파야겠다고 생각했다. 그런데 그때 반장이 나타나서는 필요한 만큼 다 팠다고 뻔뻔스럽게 우기는 것이었다. "그렇다면 재 보자고! 나중에 딴소리 마!" 포드두예프는 10센티미터마다 검은색으로 표시되어 있는 50센티미터짜리 측량 막대를 들고 반장과 함께 축축하고 질척한 진흙을 뭉개며 깊이를 재러 참호 속으로 들어갔다. 포드두예프는 장화를 신고 반장은 단화를 신고 있었다. 한 곳을 재 보니 1미터 70센티미터였다. 다른 곳을 더 재 보기로 했다. 그곳은 세 사람이 파고 있었다. 한 사람은 얼굴에 수염을 텁수룩하게 기른 깡마르고 키가 큰 농부였다. 다른 한 사람은 전직 군인으로 아직 군모를 쓰고 있었는데, 별표는 오래전에 떨어져 나가고 없었고, 래커를 칠해 놓은 챙이나 테두리, 띠 부분에도 석회와 진흙이 잔뜩 묻어 있었다. 다른 한 사람은 아직 젊은 사람으로, 학생모와 도회지풍 외투를 입고 있었다.(당시는 의복이 부족한 때였기 때문에 모두들 되는대로 옷을 입었다.) 학생 시절에 입던 옷인지 길이도 짧고 품도 작고 몸에 꼭 끼는 데다 해질 대로 해져서 여기저기 꿰맨 자국이 있었다.(그 외투가 오늘 이상하게 예프렘의 머릿속에 생생하게 떠올랐다.) 축축한 흙이 삽에서 잘 떨어지지 않았지만 농부와 군인은 어떻게든 열심히 위로 흙을 퍼올리며 땅을 팠다. 하지만 나머지 한 명인 청년은 마치 삽에 찔리기라도 한 것처럼 삽을 가슴에 받쳐 놓고 서 있었다. 양손을 소매에 찔러 넣고 삽에 기대어 축 늘어져 있는 모습이 눈에 덮인 하얀 허수아비 같았다. 그들에게는 장갑이 지급되지도 않았고, 장화는 군인만 신고 있었으며, 나머지 둘은 자동차 타이어로 만든 고무신을 신고 있었다. "이런 얼빠진 녀석! 왜 그렇게 서 있어?" 반장이 청년을 보고 소리쳤다. "배식량을 줄여 봐야 알겠어? 빨리 해!" 청년은 숨을 크게 내쉬고는 삽자루에 더 깊숙이 몸을 숙였다. 그러자 반장이 그의 목을 내리치는 것이었다. 그러자 그는 깜짝 놀라 삽을 들고 파기 시작했다.

깊이를 재기 시작했다. 구덩이 양편 가장자리에는 파낸 흙이 쌓여 있어서 측량 막대의 눈금을 정확히 재려면 구덩이 쪽으로 몸을 깊이 숙여야 했다. 군인이 도와주는 척하면서 막대를 살짝 옆으로 기울여 10센티미터 정도 더 늘리려고 했다. 포드두예프는 그에게 욕을 퍼부으며 막대를 반듯하게 세웠다. 그랬더니 분명 1미터 65센티미터였다.

"저…… 감독님!" 군인이 조심스레 부탁했다. "나머지 모자라는 부분은 좀 봐주세요. 더 이상은 무리입니다. 허기져서 힘이 하나도 없어요. 그리고 날씨는 또 어떻습니까."

"그러면 자네들 대신 나보고 벌을 받으라는 이야기야, 뭐야? 어디서 그따위 수작이야! 정해진 기한이 있어. 그리고 밑바닥이 평평해야 한다고. 가운데만 움푹 파이면 안 돼!"

포드두예프가 허리를 펴고 막대를 끌어올린 다음 진흙에서 발을 빼자 세 사람의 얼굴이 그를 쳐다보았다. 새까만 털복숭이 얼굴과 쫓겨난 보르조이종 개 같은 얼굴에 나머지 하나는 아직 수염도 깎아 본 적이 없는 솜털이 보송보송한 얼굴이었다. 위에 서 있는 그를 쳐다보는 세 사람의 시체 같은 얼굴 위로 눈이 내리고 있었다. 젊은이가 입을 실룩거리며 말했다.

"그래! 언젠가 너도 죽을 테지. 이 10센티 같은 자식아!"

그러나 포드두예프는 그들을 영창에 집어넣으라는 명령은 하지 않았다. 하지만 자신이 그들의 잘못을 뒤집어쓰지 않기 위해서 그들의 작업 상황을 정확하게 보고했다. 생각해 보면 그보다 심한 경우도 얼마든지 있었다. 그로부터 십 년이 지난 지금 포드두예프는 이미 오래전에 수용소 일을 그만두었고, 반장도 석방되었다. 가스관 통로도 임시였기 때문에 지금은 가스도 통하지 않을 테고 당시의 가스관도 다른 곳으로 옮겨지고 없을 터였다. 그런데 오늘 새벽 눈을 뜨자마자 귓가에 울리는 첫소리가 바로 그 한마디였다.

"그래! 언젠가 너도 죽을 테지. 이 10센티 같은 자식아!"

예프렘은 그 말을 잊어버리려고 아무리 애를 써도 지워지지 않았다. 예프렘은 왜 더 살고 싶을까? 물론 그 청년도 더 살고 싶었을 것이다. 예프렘이 더 살고 싶은 이유는 무엇일까? 무엇인가를 새롭게 인식하고 이제는 다른 식으로 살아 보고 싶은 것일까? 그런데도 병이란 녀석은 아랑곳하지 않고 자기 계획을 세우고 있을 것이다.

벌써 나흘째 예프렘의 요 밑에서 밤을 지낸 금박 장식이 된 파란 표지의 책이 힌두교도의 노래를 들려주고 있었다. 힌두교도들은 인간이 죽어도 영혼은 계속 살아남아 다른 사람이나 동물에게 옮겨 간다고 믿었다. 그 믿음이 지금 포드두예프의 마음에 절실하게 와 닿았다. 모든 것이 다 사라지지 않고 무엇인가 하나라도 자신의 것이 남겨지기를 원했다. 그것이 무엇이든 하나라도 죽음을 넘어 영원하기를 바랐다.

물론 자신의 영혼이 어떤 돼지의 콧등으로 옮겨 갈 수도 있다고는 믿고 싶지 않았다.

목부터 머리로 끝없이 계속되던 통증이 한순간 갑자기 네 박자로 일정하게 밀려왔다. 그것은 마치 이런 소리를 내는 것 같았다. "예프렘, 포드두예프, 사망, 마침표." "예프렘, 포드두예프, 사망, 마침표."

그것은 계속되었다. 어느새 자신도 모르게 그 말을 따라 하고 있었다. 계속 따라 할수록 죽음이 선고된 예프렘 포드두예프와 본래의 자신이 분리되는 듯했다. 마치 타인의 죽음에 익숙해지듯 자신의 죽음에 익숙해졌던 것이다. 자신이 아닌 예프렘 포드두예프의 죽음에 대해 냉정할 수 있는, 그의 영혼의 어떤 것은 결코 사라지지 않을 것 같았다.

그렇다면 타인인 포드두예프는 어떻게 될까? 그에게 진정

구원은 없는 것일까? 차가를 달여 먹으면 어떻게 될까? 하지만 편지에는 일 년 동안 지속적으로 마셔야 한다고 쓰여 있다. 그러려면 건조된 차가가 33킬로그램 정도, 생것으로는 65킬로그램 정도가 필요하다는 말이다. 소포로는 여덟 꾸러미나 된다. 그리고 차가가 변질되지 않도록 하려면 나무에서 채취한 지 오래되어서는 안 된다. 그러려면 소포를 한꺼번에 부쳐선 안 되고 한 달에 한 번꼴로 부쳐 줘야 한다. 누가 매번을 채취해 때마다 소포로 보내 줄 것인가? 어디서? 러시아에서?

그런 일은 가족이나 할 수 있다.

예프렘은 평생 동안 수많은 사람을 만났지만 가족이라고 할 만한 사람은 아무도 없었다.

그의 첫 아내 아미나라면 채취해서 보내 줄지도 몰랐다. 그녀 외에는 우랄 너머에 부탁할 만한 사람이 아무도 없었다. 하지만 그녀는 "객사나 해, 이 늙은 수캐야!" 하며 답장을 보낼 것이다. 당연한 말이다.

당연하다는 것은 세상 이치가 그렇다는 것이다. 그런데 이 파란 책에 따르면 그것이 당연하지 않다고 한다. 이 책에 따르면 아미나는 그를 남편으로서가 아니라 고통받는 한 인간으로서 가엾게 여겨야 할 뿐만 아니라 사랑해야 한다는 것이다. 그래서 차가를 보내 주는 것이 도리인 것이다.

이 책에서 하는 이야기는 정말 옳은 것이다. 만약 모든 인간이 책에 쓰인 대로 살아가기만 한다면⋯⋯.

그때 사람은 일을 하기 위해 살아간다는 지질학자의 말이 귓가에 울렸다. 그래서 예프렘은 그에게 손톱으로 책을 툭 쳐

보인 것이다.

그런 다음 그는 다시 아무것도 듣지 않고 아무것도 보지 않은 채 자기만의 세계로 빠져들었다. 그러다가 다시 머리에 심한 통증이 시작되었다.

일단 통증이 시작되면 움직이지도 않고, 치료도 받지 않고, 먹지도 않고, 말도 하지 않고, 보지도 않고, 듣지도 않는 것이 속 편하고 기분도 더 나았다.

마치 존재하지 않는 것처럼 말이다.

그런데 누군가가 그의 손과 다리를 흔들었다. 아흐마드잔이었다. 외과에서 나온 간호사가 오래전부터 그의 침대 앞에 서서 붕대를 갈러 가자고 부르는데도 대답이 없자 아흐마드잔이 도와주려고 깨운 것이다.

예프렘은 전혀 필요도 없고 성가시기만 한 일인데도 하는 수 없이 일어나야 했다. 그는 100킬로그램이 넘는 자기 몸뚱이에 일어나야 한다는 의지를 전달하려고 애를 썼다. 다리와 팔과 등을 팽팽하게 긴장시키고, 가만히 있던 살과 뼈에 힘을 줌으로써 관절들이 일정한 작용을 하게 하고, 몸의 무게를 들어 올려 반듯한 기둥을 세운 다음 기둥에 겉옷을 입히고 기둥을 끌고 복도와 계단을 내려가 10미터나 되는 붕대를 풀었다가 다시 감는 헛된 고통을 당하게 해야 하는 것이었다.

붕대 가는 일은 오래 걸릴 뿐만 아니라 통증도 심했고, 이상한 소음이 들리기도 했다. 예브게니야 우스치노브나 외에도 두 명의 외과 의사가 있었는데, 그들은 한 번도 직접 수술을 해 본 적이 없었다. 예브게니야 우스치노브나가 의사들에게 뭔가를 설명하고 보여 주기도 했고 예프렘에게 말을 걸기도 했지만 그는 아무 대답도 하지 않았다.

그는 더 이상 그들에게 해 줄 말이 없었다. 알 수 없는 기이한 소음이 모든 말소리를 덮어 버렸다.

전보다 더 세게 하얀 붕대로 동여매진 그가 병실로 돌아왔다. 붕대에 감긴 목은 그의 머리보다 더 커졌고, 진짜 머리는 정수리 부분만 붕대 바깥으로 삐져나와 있었다.

그때 코스토글로토프와 마주쳤다. 그는 마호르카 담배[50] 쌈지를 들고 걸어가고 있었다.

"그래, 어떻게 됐나?"

예프렘은 그제야 '아, 어떻게 결정을 내렸지?' 하고 생각했다. 붕대를 갈 때는 아무 소리도 들리지 않았는데, 지금은 웬일인지 그의 말이 잘 들렸고, 대답도 분명하게 했다.

"어디서든 목을 매는 건 상관없지만 이 병원에서만은 안 된다고 하더군."

페데라우는 언젠가 자기도 그렇게 될지 모른다고 생각하고 거대한 목을 쳐다보며 물었다.

"그럼 퇴원하는 거예요?"

예프렘은 이 질문에 문득 정신을 차리고 이제는 침대에 다시 누울 수도 없게 되었으며 자신은 원하지 않지만 퇴원 준비를 해야 한다는 것을 깨달았다.

몸이 굽혀지지도 않는데 어떻게 해서라도 평상복으로 갈아

---

50) 가짓과의 1년생 초본의 잎과 줄기로 만든 매운 담배.

입어야 했다.

그런 다음에는 기둥 같은 몸을 끌고 도심의 거리를 걸어야
했다.

무엇 때문에, 누구를 위해 이 모든 괴로움을 겪어야 하는지
기가 막힐 노릇이었다.

코스토글로토프는 동정심이 아니라 전우로서 공감을 표하
며 그를 바라보았다. 이번 총알은 다른 사람을 맞혔지만 다음
은 자기 차례가 될지도 모르는 것이다. 올레크는 예프렘의 과
거 생활이 어떠했는지 알지 못했고, 병동에서 그와 가까이 지
내지도 않았지만 그의 솔직함에 마음이 끌렸고, 그에게 자신
이 살아오는 동안 만난 악질적인 사람들과는 다른 점이 있다
고 생각했다.

"힘을 내요, 예프렘!" 그가 손을 내밀었다.

예프렘은 내민 손을 잡으며 쓴웃음을 지었다.

"태어나 뒹굴거리다 커서는 설쳐 대다 죽는 것, 그것이 인
생이지."

올레크가 돌아서서 담배를 피우러 나가려는 순간 검사실
조수가 신문을 배달해 주려고 문으로 들어서다 가까이에 서
있던 올레크에게 신문을 건네주었다. 코스토글로토프는 그것
을 받아 들고 쫙 폈다. 그것을 본 루사노프가 막 나가려던
조수를 향해 잔뜩 화가 난 목소리로 소리쳤다.

"이봐요! 이봐! 나한테 먼저 신문을 갖다 달라고 요청하지
않았나!"

잔뜩 화가 난 그의 목소리에도 아랑곳하지 않고 코스토글

로토프가 쏘아붙였다.

"뭣 때문에 신문을 당신한테 먼저 갖다 줘야 한다는 거요?"

"뭣 때문이라니? 뭣 때문이라니?" 당황한 파벨 니콜라예비치가 우물쭈물했다. 두말할 필요도 없는 자신의 분명한 권리를 딱히 말로 설명하기가 쉽지 않았다.

그는 다른 사람이 자기보다 먼저 갖 배달된 신문을 더러운 손가락으로 펼치는 것을 보면 일종의 질투심 같은 것을 느꼈다. 병실에서 신문의 내용을 자기보다 잘 이해할 수 있는 사람은 없었기 때문이다. 그는 신문이란 공개적으로 표현하기는 하지만 실제로는 어떤 암시된 교시가 담겨 있는 것이라고 이해했다. 즉 신문은 모든 이야기를 직접적으로 언급하지는 않지만 볼 줄 아는 사람이라면 여러 가지 미세한 징후나 기사의 편집된 부분, 암시되거나 생략된 내용을 통해 최근 정세를 바르게 판단할 수 있게 해 놓은 것이라고 생각했다. 그래서 루사노프는 자신이 가장 먼저 신문을 읽어야 한다고 생각한 것이다.

하지만 그런 이야기를 대놓고 할 수는 없지 않은가! 파벨 니콜라예비치는 그냥 얼버무렸다.

"나는 곧 주사를 맞아야 합니다. 그 전에 한번 훑어보려고 했을 뿐이에요."

"주사요?" 오글로예드가 다소 누그러져서 말했다. "그럼 잠깐만 기다리려요."

그는 최고회의에 대한 기사와 그 기사에 밀려난 다른 뉴스를 대충 훑어보더니 담배나 피우러 나가야겠다고 생각하고 신문을 접어 건네주려고 했다. 그러다가 문득 신문 아래쪽에서 무엇인가를 발견하고는 갑자기 경직된 목소리로 혀로 입천장을 비비듯 길게 말을 내뱉었다.

"재-미-있-군, 재-미-있-어……."

멀리서 들리는 베토벤의 네 개의 운명의 화음이 그의 머릿속에 쿵쿵 울려 퍼졌다. 병실 안의 누구도 그 소리를 듣지 못했을 것이다. 아니, 어쩌면 들리지 않았을 것이다. 그 역시 이 말 외에는 아무 말도 할 수가 없었기 때문이다.

"아니, 무슨 일이 있어요?" 루사노프가 몹시 흥분해서 물었다. "신문 좀 이리 줘요!"

코스토글로토프는 누구에게도 그것을 이야기할 엄두가 나지 않았다. 루사노프에게도 아무런 대꾸를 하지 않았다. 그는 신문을 가지런히 모아서 원래 모습대로 한 번, 또 한 번 접었다. 하지만 모두 여섯 개의 지면이 처음처럼 잘 접히지 않고 약간 부풀려졌다. 그는 루사노프에게(루사노프도 그 쪽으로) 한 발짝 다가가 신문을 건네주었다. 그러고는 병실을 채 나가기도 전에 담배 봉지를 열어 떨리는 손으로 마호르카 담배를 신문지로 말기 시작했다.

파벨 니콜라예비치도 떨리는 손으로 신문을 펼쳐 들었다. 코스토글로토프의 "재미있군."이라는 말이 그의 가슴을 예리하게 파고든 것이다. 오글로예드에게 '재미있는' 일이란 무엇일까?

그는 빠르고 능숙하게 신문의 제목과 최고회의에 대한 기사들을 훑어 나갔다. 그러다가 갑자기, 아주 갑자기…… 어떻게, 아니, 어떻게 이런 일이 있나 하고 자신도 놀랐다.

사정을 잘 모르는 사람에게는 전혀 의미가 없을 수도 있는 작은 활자로 찍힌 글자들이 지면 사이에서 비명을 질러 대고 있었다! 비명을! 있을 수 없는 일이다! 있어서는 안 될 명령이다! 최고 재판 위원들이 모두 경질되었다는 것이다! 소비에트 연합의 최고 재판 위원들이!

어떻게 이럴 수가 있단 말인가! 울리흐의 차석인 마툴레비치가? 데치스토프도? 파블렌코도? 클로포프도? 아니, 클로포프까지도 경질되었다니……. 그렇다면 누가 재판소를 이끌어 간다는 것일까? 전혀 모르는 새로운 이름들인데……. 이십오 년 동안이나 최고 재판소를 이끌어 온 모든 인사들을 한 방에? 모두?

이것은 우연한 사건이 아니다!

이것은 역사의 한 획이다.

파벨 니콜라예비치의 이마에 진땀이 솟았다. 겨우 오늘 새벽녘에야 그동안의 쓸데없는 공포에서 헤어나는가 싶었는데, 이런 일이 일어나다니…….

"주사 맞을 시간입니다."

"뭐라고요?" 그가 정신없이 소리를 질렀다.

간가르트 박사가 주사기를 들고 그의 앞에 서 있었다.

"루사노프 씨! 팔을 걷어올려요. 주사 맞을 시간입니다."

16
난센스

그는 기어가고 있었다. 콘크리트로 만들어진 관인가? 아니다, 그는 어떤 터널 속을 기어가고 있었다. 터널 양옆에는 마감이 덜 된 철근이 삐져나와 하필이면 아픈 오른쪽 목을 이따금 찌르곤 했다. 그는 가슴을 대고 엎드려 기어가고 있었기 때문에 바닥에 더 무겁게 짓눌리는 느낌을 받았다. 원래 몸무게보다 훨씬 더 무겁게 느껴졌고, 익숙하지 않은 그 무게 때문에 심한 압박을 느꼈다. 처음에 그는 콘크리트가 위에서 짓누르는 줄 알았는데, 알고 보니 그의 몸뚱이가 그렇게 무거웠던 것이다. 그는 쇳가루가 담긴 자루를 끌고 가듯 자신의 몸을 질질 끌고 갔다. 이런 무게는 다리가 지탱할 수 없으리라는 생각도 들었지만 일단은 이 통로를 빠져나가 숨을 쉬고 햇빛을 봐야 할 것 같았다. 그런데 통로는 가도 가도 끝이 없었다.

그곳에서 누군가의 목소리가 소리도 없이, 그저 머릿속으로만 옆으로 기어가라고 명령했다. '벽인데 어떻게 그곳으로 가라는 것일까?' 하고 그는 생각했다. 그러나 그 명령이 몸의 무게보다 더 무겁게 느껴졌기 때문에, 왼쪽으로 기어가라는 명령을 거역할 수가 없었다. 그는 끙끙거리며 왼쪽으로 기어갔다. 그런데 신기하게도 좀 전에 앞으로 기어가던 것처럼 길이 생겨났다. 몸은 여전히 무겁고 빛도 없고 출구도 보이지 않았다. 그쪽으로 기어가는 데 겨우 익숙해질 즈음 생생한 목소리가 이제는 오른쪽으로 더 빨리 서두르라는 명령을 내렸다. 오른쪽은 아주 튼튼한 벽이었는데, 간신히 팔꿈치와 무릎으로 기어갈 수 있었다. 목이 무엇인가에 계속 걸리는 것 같았고, 그때마다 통증 때문에 머리까지 아팠다. 살아오면서 이렇게 힘든 일을 겪기는 처음이었다. 그러나 끝까지 가지 못하고 여기서 이렇게 죽는다면 그것처럼 분한 일도 없을 것 같았다.

그런데 갑자기 다리가 아주 가볍게 느껴졌다. 마치 바람이라도 불어넣은 듯 다리가 올라가는데, 머리와 가슴은 여전히 땅에 짓눌려 있었다. 그는 가만히 귀를 기울여 보았지만 아무 소리도 들리지 않았다. 이제는 여기서 벗어날 수도 있겠다고 생각했다. 다리만 밖으로 빠져나가면 뒤로 몸을 빼면서 기어가 밖으로 나갈 수 있을 것 같았다. 그는 정말로 두 팔에 힘을 주고 몸을 뒤로 밀어내며(어디서 그런 힘이 솟았을까?) 다리가 지나간 곳을 따라 구멍을 빠져나갔다. 구멍이 아주 좁은 데다 온몸의 피가 머리로 몰리는 바람에 머리가 터져 죽을 것 같았다. 그러나 그를 누르던 사방의 벽을 팔로 한 번 더 힘껏 밀어

내고 드디어 밖으로 기어 나왔다.

밖으로 나와 보니 어떤 건설 현장 한가운데 있는 토관 위였는데, 아마도 작업 시간이 지난 듯 인부는 한 명도 보이지 않았다. 주변의 땅은 아주 질펙했다. 그가 토관 위에 앉아 쉬고 있는데, 문득 더러운 작업복을 입은 한 처녀가 보였다. 처녀는 머리에 모자도 쓰지 않고, 빗이나 핀도 꽂지 않아 지푸라기 같은 머리카락이 마구 헝클어져 있었다. 그녀는 그를 쳐다보지도 않고 그냥 앉아 있었지만 그가 말을 걸길 기다리는 것 같았다. 처음에는 그녀를 보고 깜짝 놀랐지만 가만히 보니 그쪽이 오히려 더 놀란 것 같았다. 그는 지금 말을 할 경황은 아니었지만 그녀는 분명 그가 말을 걸길 기다리는 것 같았다.

"아가씨, 엄마는 어디 계시지?"

"몰라요." 처녀는 발 아래로 눈을 떨구고 손톱을 물어뜯고 있었다.

"아니, 모르다니?" 그가 화를 내며 물었다. "엄마가 어디 있는지 모르면 되나? 솔직하게 말해야 해요. 모두 사실대로 대로 적어야……. 왜 말을 하지 않는 거죠? 한 번 더 물어보는데, 아가씨 엄마는 어디 계시나?"

"제가 오히려 아저씨에게 물어보고 싶은 말이에요." 처녀가 그를 쳐다보고 말했다.

눈에는 눈물이 어려 있었다. 갑자기 오싹한 기분을 느낀 그는 몇 가지 짐작 가는 데가 있었다. 하나씩 알게 된 것이 아니라 순식간에 모든 것을 알아차린 것이다. 그는 그 처녀가 제

민족의 지도자[51]에 대한 험담을 했다고 투옥된 용접공 그루샤의 딸임을 눈치챘다. 그녀의 딸은 부정확한 신상 조사서를 그에게 제출해 은폐를 시도했고, 그가 부정확한 신상 조사서를 문제 삼아 불러다가 재판에 붙이겠다고 위협하자 음독자살을 했다. 음독자살을 했다고 했는데, 지금 그녀의 머리와 눈동자를 보니 익사한 것으로 보였다. 그제야 그는 그녀가 무슨 생각을 하는지 짐작할 수 있었다. 그렇다면 그는 어떻게 됐단 말인가? 그녀가 물에 빠져 죽었다면 지금 이렇게 그녀와 나란히 앉아 있는 자신 역시 죽었다는 의미 아닌가. 그는 진땀을 흘렸다. 그는 땀을 훔치며 처녀에게 말했다.

"정말 푹푹 찌는군! 혹시 물이 어디에 있는지 아니?"

"저기요." 처녀가 턱으로 한쪽을 가리켰다.

그녀가 가리킨 곳에는 상자 모양의 통 속에 녹색을 띠는 진흙 섞인 빗물이 가득 고여 있었다. 그녀는 분명 이 물을 마시고 죽었을 터인데, 지금 자신에게 이 물을 마시라고 하는 것은 무슨 까닭일까 하고 생각했다. 저 처녀가 그 물을 마시라고 하는 것은 아직 자신이 살아 있다는 뜻 아닐까?

"이봐요……." 그는 처녀를 멀리 쫓아 버리려고 구실을 만들었다. "가서 이곳 현장 감독 좀 불러다 주겠니? 내 장화를 좀 가져다 달라고 해 줘. 이렇게 맨발로 내려갈 수가 없어서 그래."

그녀가 고개를 끄덕이더니 토관에서 훌쩍 뛰어내려 진창을

---

51) 스탈린을 가리킨다.

절벅거리며 걸어갔다. 흔히 건설 현장에서 일하는 여자들은 작업복에 장화를 신고, 헝클어진 머리에 모자는 쓰지 않았다.

그는 목이 너무 말라 통 속의 물이라도 조금 마셔야겠다고 생각했다. 조금 마신다면 별 탈은 없을 것이다. 그는 토관에서 내려왔다가 깜짝 놀랐다. 진창이 전혀 미끄럽지 않았던 것이다. 발밑에 느껴지는 바닥은 무엇 때문인지 땅처럼 단단하지가 않았다. 주변의 풍경도 흐릿하고 먼 곳은 아무것도 보이지 않았다. 그는 그냥 그대로 걸어가려다가 갑자기 중요한 서류를 잊어버렸다는 것을 알고는 소스라쳐 놀랐다. 호주머니를 (동시에 모든 호주머니를) 뒤졌지만 다 찾아보기도 전에 서류를 잃어버렸다는 것을 알아챘다.

그 순간 그는 깜짝 놀라 어쩔 줄을 몰랐다. 지금 이 시기에 일반인들이 보아서는 안 될 서류였기 때문이다. 그에게 좋지 않은 일이 일어날 수도 있었다. 그는 어디서 잊어버렸는지 곧바로 알아냈다. 토관에서 나올 때였다. 그는 다시 그곳으로 돌아갔다. 그러나 그곳을 찾을 수가 없었다. 어디였는지 전혀 분간할 수 없었다. 아예 토관이 보이지 않았다. 대신 인부들이 여기저기 걸어 다니고 있었다. 그렇다면 더 큰 일이다. 저들이 그것을 발견했을지도 모른다!

인부들은 모두 낯선 청년들이었다. 방수 천으로 된 점퍼를 입고 양쪽 어깨에 흙받기를 두른 용접공 청년이 멈춰 서서 그를 쳐다보았다. 저렇게 쳐다보는 이유가 무엇일까? 혹시 그걸 주운 것은 아닐까?

"이봐요, 젊은이! 혹시 성냥 가지고 있어요?" 루사노프가 물었다.

"당신은 담배를 피우지 않을 텐데." 용접공이 대답했다.

(다 알고 있군! 어떻게 알았지?)

"다른 데 쓸데가 있어서 성냥이 필요해요."

"다른 데라니, 그게 뭔데?" 용접공이 뚫어져라 쳐다보았다.

정말로 불쾌한 말대꾸 아닌가! 전형적인 파괴 분자의 말투가 분명하다. 그렇다면 자신을 붙잡아 두고 그사이에 서류를 찾아낼지도 모른다. 성냥은 바로 그 서류를 태우기 위해 필요했다.

청년이 루사노프 앞으로 점점 가까이 다가왔다. 루사노프는 겁을 먹고 몸을 잔뜩 움츠렸다. 그는 루사노프의 눈을 똑바로 쳐다보며 딱딱 떨어지는 말투로 말했다.

"옐찬스카야가 나에게 딸을 부탁한 걸 보면 아마 자기 죄를 인정하고 체포될 것을 예견했던 게 분명해."

루사노프는 몸을 덜덜 떨었다.

"당신이 그걸 어떻게 알지?"

(아마 방금 서류를 주워서 읽은 모양이라고 짐작하면서도 이렇게 물었다. 그의 한 마디 한 마디가 서류에 쓰여 있는 것과 똑같았다!)

그러나 용접공은 아무 대답도 없이 가던 길을 갔다. 루사노프는 그 서류가 어딘가 가까운 곳에 있는 것이 분명하며 가능한 한 빨리 찾아야 한다고 생각했다!

그는 어딘가 벽 사이를 내달리고 골목을 몇 번 돌았다. 마음은 앞으로 달려가는데, 다리는 따라가지 못했다. 다리는 절망적으로 느렸다. 그런데 저쪽에 어떤 서류가 눈에 띄었다! 그는 바로 그것이 자신이 찾는 서류라는 것을 알았다. 그는 그쪽으로 달려가려 했지만 다리가 말을 듣지 않았다. 그는 다급한 마음에 엎드려 팔에 힘을 주고 네 발로 기어 서류가 있는 곳까지 갔다. 누가 먼저 가져가면 안 된다! 가까이, 가까이……. 드디어 그는 서류를 손에 쥐었다! 바로 그것이었다! 손가락에는 찢을 힘도 없었다. 그는 몸으로 서류를 덮친 다음 겨우 한숨을 돌렸다.

그때 누군가 그의 어깨를 툭툭 쳤다. 그는 밑에 깔려 있는 서류를 빼앗기지 않으려고 몸을 돌리지도 않고 그대로 엎드려 있었다. 그런데 손길이 부드러운 것으로 보아 여자가 분명했다. 루사노프는 옐찬스카야라고 짐작했다.

"아저씨!" 그녀가 몸을 구부리고 그의 귀에 대고 물었다. "아저씨! 내 딸은 어디 있어요? 어디로 보냈어요?"

"안전한 곳으로 보냈어요, 옐레나 페도로브나! 걱정 마요!" 그는 고개도 들지 않고 대답했다.

"어딘데요?"

"아동 보호소예요."

"어느 아동 보호소인데요?" 그녀가 집요하게 캐물었다. 목소리가 슬픔에 젖어 있었다.

"미안하지만 말할 수 없어요." 그는 그녀에게 진실을 말하고 싶었지만 그도 몰랐다. 그가 명령을 내리지는 않았지만 벌써 다른 곳으로 보내졌을 터였다.

"내 이름으로 맡겼나요?"

그녀의 목소리가 어깨 너머로 부드럽게 울렸다.

"아니요." 루사노프가 동정 어린 목소리로 말했다. "이름을 바꾸도록 규정되어 있어요. 나도 규정을 어길 수는 없으니까."

그는 누운 채로 자신이 예전에 옐찬스카야 부부를 사랑했다는 것을 회상했다. 그들 부부에게 어떤 악의를 가진 적도 없었다. 다만 옐찬스카야의 늙은 남편을 고발한 것은 추흐넨코가 부탁을 했기 때문이다. 그녀의 남편이 추흐넨코를 일터에서 방해했다는 것이었다. 그녀의 남편을 투옥시킨 후에 그는 진심으로 그녀와 그녀의 딸을 돌보아 주었다. 체포될 것을 예견해 그녀는 루사노프에게 딸을 맡겼다. 그러나 그 후 무슨 이유로 그녀까지 밀고하게 되었는지는 잘 생각나지 않았다.

그가 고개를 들어 그녀를 보려고 얼굴을 돌렸을 때는, 그녀는 흔적도 없이 사라지고 없었다.(사실 그녀는 이미 죽었는데 어떻게 여기에 있겠어?) 그런데 그 순간 갑자기 오른쪽 목에 심한 통증이 느껴졌다. 그래서 목을 똑바로 하고 다시 그대로 누워 있었다. 어쨌든 좀 쉬어야 했다. 지금까지 한 번도 이렇게 극심한 피로를 느낀 적이 없었다. 온몸이 부서지는 것 같았다.

그가 누워 있는 곳은 어떤 탄광의 갱도였다. 그의 눈은 어둠에 익숙해져 있었다. 그가 누워 있는 곳 바로 옆에 석탄 가루가 잔뜩 뒤덮인 전화기가 놓여 있었다. 정말 놀라운 일이었다. 도시에서나 사용하는 전화기가 어떻게 여기에 놓여 있을까? 정말로 전화선이 연결되어 있을까? 그렇다면 마실 물을 좀 가져다 달라고 전화를 할 수도 있지 않을까? 아니다! 아예 병원으로 데려가 달라고 해야겠다.

수화기를 들자 발신음 대신 당당하고 사무적인 목소리가

들려왔다.

"루사노프 동무?"

"네, 그렇습니다." 그는 기운을 차리고 목소리를 가다듬어 대답했다.(이상하게도 그는 곧바로 상대방이 아랫사람이 아니라 상관이라는 것을 알아차렸다.)

"최고 재판소로 출두하시오."

"최고 재판소로요? 네, 알겠습니다! 지금 곧 가겠습니다!" 그러고는 수화기를 내려놓으려다가 문득 뭔가 생각이 나서 물었다. "저, 죄송합니다만…… 어떤 최고 재판소입니까? 예전의 재판소입니까, 아니면 새로운 재판소입니까?"

"새로운 재판소." 상대방이 차갑게 대답했다. "서두르시오." 그러고는 전화를 끊었다.

그는 재판소가 변했다는 사실을 기억해 냈다! 그러고는 괜히 수화기를 들었다고 후회했다. 마틀레비치도 없어졌고…… 클로포프도 없어졌으며…… 맞아, 베리야도 없어졌다! 아니, 어떻게 세상이 이렇게 바뀐단 말인가!

하지만 가야 한다. 스스로 일어나기는 힘들지만 호출을 받았으니 어떻게든 일어나야 한다. 그는 팔다리에 힘을 주며 일어나려고 애를 썼다. 하지만 갓 태어난 송아지처럼 간신히 일어났다가 다시 고꾸라졌다. 그에게 정확한 시간을 말하지는 않았지만 "서두르시오."라고 하지 않았던가. 그는 벽을 짚고 간신히 두 다리로 일어섰다. 그는 계속 벽을 짚어 가며, 힘이 빠져 휘청거리는 다리를 끌며 걷기 시작했다. 오른쪽 목이 쿡쿡 쑤셨다.

걸으면서 그는 생각했다. 설마 나를 재판하려는 것은 아니겠지? 설마 그런 참담한 일이 일어나진 않겠지, 이미 오랜 세월이 흘렀는데 이제 와서 재판이라니? 이걸 어떡하나! 재판소가 바뀌었다니 말도 안 돼! 왠지 예감이 좋지 않아!

그러나 어쩔 도리가 없었다. 최고 재판소는 여전히 존경하지만 이제 자신을 보호해 줄 수 있는 것은 아무것도 없었다. 의연하게 대처해야 한다!

그래, 이렇게 대답하면 될 것이다. "제가 재판을 한 것이 아닙니다! 심리를 한 것도 제가 아닙니다! 저는 그저 혐의 사실을 통보한 것뿐입니다. 만약 공중화장실에서 지도자의 사진이 찢긴 신문지 조각을 발견했다면 저의 의무는 그 조각을 가져와 신고하는 일입니다. 그것을 확인하기 위해 심리를 하는 겁니다! 어쩌면 우연일 수도 있고, 그렇지 않을 수도 있습니다. 저는 단지 시민으로서 당연한 의무를 실천한 것뿐입니다."

그리고 이렇게도 말해야겠다. "그 시기에는 건전한 사회를 만드는 것이 최우선 과제였습니다! 도덕적으로 건전한 사회 말입니다. 그 일은 숙청 없이는 불가능한 일이었습니다. 숙청을 하기 위해서는 밀고자가 필히 있어야 했습니다."

마음속으로 그런 논리를 펼칠수록 그는 지금 당장 그들에게 해명을 하고 싶어 안달이 날 정도로 흥분되었다. 한시라도 빨리 그곳으로 가서 재판이 속히 열리기를 바랄 정도였다. 그러면 그들에게 이렇게 큰소리를 쳐야겠다고 생각했다.

"저 혼자만 그런 일을 한 것이 아닙니다! 왜 저를 심판하는 겁니까? 그런 일을 하지 않은 사람이 누가 있습니까? 만약 그런 일에 가담하지 않았다면 어떻게 자기 자리를 보존할 수 있었겠습니까? 구준도 마찬가지 아닙니까? 자업자득이지요!"

그는 자신이 정말로 그렇게 소리친 줄 알고 깜짝 놀랐지만 소리를 입 밖으로 내지는 않았고, 목에 힘이 좀 들어간 것뿐이었다. 목이 따끔거렸다.

그는 이제 어느 갱도가 아니라 낯선 복도를 걸어가고 있었다. 그때 뒤에서 누군가 그를 불렀다.

"파시카! 당신 어디 아파요? 제대로 걷지를 못하니 말이야."

아무렇지 않게 여기까지 걸어온 것을 보니 아마도 기운을 차린 것 같았다. 누가 부르나 하고 뒤를 돌아보니 청년 돌격대 장교 견장을 단 즈베이네크였다.

"얀? 자네가 어쩐 일이야?" 파벨은 그가 아주 젊어 보이는 것에 놀라 물었다. 물론 얀도 예전에는 젊었지만 이미 세월이 많이 지나지 않았던가?

"어쩐 일은? 자네가 가고 있는 위원회에 가는 길이지."

무슨 위원회라고 했지? 파벨은 잠시 생각에 잠겼다. 자신을 호출한 곳은 어딘가 다른 곳이었던 것 같은데, 어디였는지 잘 생각나지 않았다.

그는 즈베이네크에게 한 발짝 다가가 그와 나란히 힘차고 활기차게 빠른 속도로 걸었다. 자신이 아직 스무 살도 되지 않은 데다 결혼도 하지 않은 젊은 청년처럼 느껴졌다.

두 사람은 커다란 관청 건물 안으로 들어갔다. 그곳에는 수많은 사무용 책상들이 놓여 있고, 인텔리겐치아들이 앉아 있었다. 신부처럼 수염을 기르고 넥타이를 맨 나이 든 회계사들과 해머 금장을 달고 있는 기술자들, 귀부인들로 보이는 중년 여인들, 무릎 위로 올라간 짧은 치마를 입고 화장을 한 젊은 타이피스트들이었다. 그가 즈베이네크와 함께 네 개의 군화 소리를 탁탁 울리며 들어서자 서른 명이나 되는 사람들이 모두 고개를 돌리더니 몇몇은 일어서고 나머지는 앉은 채로 고개를 숙여 인사했다. 그러고는 모두 겁에 질린 얼굴로 그들이 걸어가는 방향을 따라 고개를 돌렸다. 파벨과 얀은 흐뭇했다.

두 사람은 다음 방으로 들어가 위원회의 동지들과 인사를 나누고, 붉은색 덮개가 덮인 책상 앞에 마주 보고 앉았다.

"그럼 시작해 볼까요!" 의장인 베니카가 말했다.

업무가 시작되었다. 가장 먼저 들어온 사람은 용접공인 그루샤 아줌마였다.

"그루샤 아줌마, 여긴 무슨 일이에요?" 베니카가 놀라 물었다. "우리는 지금 기관 요원들의 숙청 작업을 하는 중이에요. 아줌마가 왜 여기에 있어요? 아줌마가 기관 요원이라도 돼요?"

모두들 웃음을 터뜨렸다.

"그건 아니고……." 그루샤 아줌마가 망설이지 않고 말을 이었다. "딸이 하나 있는데, 나이가 돼서 유치원에 넣었으면 하는데?"

"알았어요, 그루샤 아줌마!" 파벨이 소리쳤다. "신청서를 써요! 알아볼게요. 유치원에 넣어 줄 테니 염려 말고요! 그러니 지금은 방해하지 마요. 우리는 지금 인텔리겐치아들을 숙청해야 하거든요!"

그런 다음 물병을 가져다 물을 따르려고 하는데 비어 있었다. 그래서 옆 사람에게 턱으로 가리키며 다른 쪽 끝에 있는 물병을 좀 건네 달라고 했다. 그러나 그 물병도 비어 있었다.

그는 어찌나 갈증이 나는지 목이 바짝바짝 타는 것 같았다.

"물 좀 주세요!" 그가 소리를 질렀다. "물 좀 주세요!"

"잠깐만요." 간가르트 박사가 말했다. "바로 물을 가져오라고 할게요."

루사노프는 눈을 번쩍 떴다. 간가르트 박사가 그의 침대 위에 앉아 있었다.

"내 머릿장 위에 주스가 있어요." 파벨 니콜라예비치가 힘없이 말했다. 몸은 덜덜 떨리고 뼈마디가 쑤시고 머리가 깨질 듯 무거웠다.

"자! 주스를 따라 드릴게요." 간가르트가 얇은 입술로 미소를 지었다. 그녀는 직접 머릿장을 열어 주스 병과 컵을 꺼냈다.

창문은 황혼으로 물들어 있었다.

파벨 니콜라예비치는 간가르트가 주스를 따르는 것을 곁눈으로 힐끗 쳐다보았다. 조금이라도 흘릴까 봐 걱정되었다.

새콤달콤한 주스가 전신으로 스며들었다. 파벨 니콜라예비치는 간가르트의 팔에 살짝 기대어 몸을 일으키고는 주스 한 컵을 모두 마셨다.

"오늘은 기분이 몹시 좋지 않아요." 그가 불평했다.

"아니에요! 오늘은 그럴 리가 없는데." 간가르트가 반박했다. "오늘은 주사 양을 조금 늘렸을 뿐이에요."

루사노프는 새로운 의혹이 생겼다.

"매번 양을 늘리는 겁니까?"

"당분간은 이 정도예요. 익숙해지면 괜찮을 겁니다."

턱 밑에 달린 종양은 여전히 그대로 있었다.

"그런데 최고 재판소는⋯⋯." 그는 말을 꺼내려다가 얼른 입을 다물었다.

무엇이 현실이고 무엇이 꿈인지 잘 분간되지 않았다.

17
부자(附子) 뿌리[52]

베라 코르닐리예브나는 루사노프가 최대치의 주사량을 잘 견디는지 걱정되어 오늘 하루만 해도 벌써 몇 번이나 상태를 살피러 왔고, 근무 시간이 끝난 뒤에도 남아서 한동안 살펴보았다. 만약 예정대로 올림피아다 블라지슬로보브나가 당직을 섰더라면 이렇게까지 자주 와 볼 필요가 없었겠지만 그녀는 어쩔 수 없이 회계 세미나에 불려 갔고, 그녀 대신 오늘 낮에는 투르군이 당직을 서 부주의한 편인 그를 믿을 수가 없었던 것이다.

루사노프는 주사를 맞고 힘들어하기는 했지만 못 견딜 정도는 아니었다. 그는 주사를 맞고 수면제를 먹은 다음 계속 잠들어 있었지만 몸을 심하게 뒤척이고 부들부들 떨며 신음 소리를 냈다. 베라 코르닐리예브나는 그때마다 그를 주의 깊게

---

52) 바꽃의 어린뿌리. 열이 많으며, 맵고 독성이 강한 약재이다.

관찰하고 맥을 짚어 보곤 했다. 그는 다리를 웅크렸다가 다시 펴곤 했다. 얼굴은 벌겋게 달아오르고 땀에 흠뻑 젖었다. 안경을 벗고 베개를 베고 누운 그의 얼굴은 관료 티가 전혀 나지 않았다. 대머리에 듬성듬성 남아 있는 하얀 머리카락이 정수리에 눌러 붙어 있었다.

베라 코르닐리예브나는 병실에 들를 때마다 다른 일도 해야 했다. 병실 고참인 포드두예프가 퇴원을 했기 때문에, 고참이 특별한 직함은 아니지만 그래도 후임을 정해야 했다. 그녀는 루사노프의 침대를 지나 다음 침대 앞에 가서 말했다.

"코스토글로토프 씨! 오늘부터 이 병실의 고참으로 임명합니다."

코스토글로토프는 옷을 입은 채 담요 위에 누워 신문을 읽고 있었다.(간가르트가 두 번째 왔을 때도 여전히 신문을 읽고 있었다.) 간가르트는 그가 늘 하던 대로 독설을 내뱉을 것에 대비하며 사실은 그 일이 아무것도 아니라는 것을 그녀도 알고 있다는 의미로 살짝 미소를 지으며 말했다. 코스토글로토프가 고개를 들어 웃어 보이고는 존경의 표시로 침대에 쭉 뻗고 있던 긴 다리를 얼른 오그렸다. 그는 감사의 표정을 지으면서도 이렇게 말했다.

"베라 코르닐리예브나! 선생님은 내가 도덕적으로 큰 죄를 짓게 하는군요. 모든 관리는 실수를 저지르기 마련이고, 필연적으로 권력욕에 빠질 수밖에 없습니다. 그래서 나는 관리직을 경험해 본 이후 오랜 생각 끝에 앞으로는 절대 그런 일을 맡지 않겠다고 결심했습니다."

"……관직에 있었나요? 고위직이었어요?" 그녀는 자연스럽게 그와 이야기를 나누게 되었다.

"가장 높았던 직위는 소대장 대리였어요. 그러나 실상은 그보다 높았어요. 우리 소대의 소대장은 아주 무식하고 무능해서 교육을 받기 위해 수련회에 소환됐지요. 그 과정이 끝나면 중대장급으로 올라갔을 텐데, 우리 부대로 다시 돌아오지 않았습니다. 그 대신 장교 한 사람이 파견되었지만 그도 임시직이라 얼마 안 되어 정치국으로 옮겨 갔어요. 나는 실제로는 측량 기사였지만 부대원들이 내 말을 잘 들어서 우리 사령관도 나를 반대하지 않았습니다. 그래서 옐츠에서 프랑크푸르트 오데르 강까지 복무했던 이 년 동안 계급은 상사였지만 실제로는 소대장 대리 역할을 했습니다. 우스운 이야기이지만 그 시절이 내 생애 최고의 시간이었지요."

그는 계속 책상다리를 하고 있는 것이 예의가 아니라고 생각했는지 침대 아래로 다리를 내렸다.

"그것 봐요." 간가르트는 상대의 이야기를 들을 때나 자기 이야기를 할 때나 항상 미소를 지었다. "왜 거절하는 거예요? 이것도 좋은 기회가 될 거예요."

"그럴듯한 논리군요! 나에게 좋을 거라니요? 민주주의 원칙은 어디 갔나요? 선생님은 민주주의 원칙을 어기고 있습니다. 병실 환자들이 나를 선택한 것도 아니고, 내 경력도 알지 못하는데……. 참, 선생님도 잘 모르잖아요."

"그럼 이야기해 주세요."

그녀는 처음부터 낮은 목소리로 이야기를 했고, 그도 그녀만 들리도록 목소리를 낮추었다. 루사노프는 잠이 들었고, 자치르코는 책을 읽고 있었으며, 포드두예프의 침대는 이미 비어 있었다. 그들의 이야기를 들을 사람은 거의 없었다.

"이야기가 길어질 텐데 선생님은 계속 서 계시고 나만 앉아 있기가 좀 쑥스럽군요. 숙녀에게 그러면 예의가 아니지요. 그렇다고 내가 군인처럼 차렷 자세로 서 있기도 우습고. 선생님께서 내 침대에 잠깐 앉으시죠."

"지금 가 봐야 하는데……." 그녀는 이렇게 말하면서도 침대에 걸터앉았다.

"베라 코르닐리예브나! 나는 살아오는 동안 민주주의를 너무 신봉해서 고생을 했습니다. 말하자면 군대에서도 민주주의를 실현하기 위해 사사건건 따지곤 했습니다. 덕분에 1939년에 학교로 돌려보내지 않아 계속 일반병으로 남아 있었지요. 1940년에 학교로 돌아갔지만 그곳에서도 윗분에게 대들다가 퇴학을 당했어요. 1941년에야 어떻게 해서 극동 지역에서 하사관 코스를 밟게 되었습니다. 솔직히 말해서 장교가 되지 못한 것이 아주 분통 터졌습니다. 동지들은 모두 장교가 되었거든요. 젊은 시절에는 그것 때문에 마음고생을 했습니다. 하지만 나는 정의가 더 중요하다고 여겼습니다."

"나와 가까웠던 어떤 사람도……." 간가르트가 담요에 눈길을 돌린 채로 말했다. "당신과 같은 운명이었어요. 교양 있는 사람이었는데도 일반병이었지요." 잠시 두 사람의 머리 위로 침묵이 흘렀다. 그녀가 시선을 들며 말했다. "그런데 지금까지도 당신은 그대로군요."

"그 말은 아직도 일반병이라는 겁니까? 아니면 교양이 있다는 겁니까?"

"따지는 성격 말이에요. 예를 들어 당신은 의사들과 면담할 때도 항상 그러잖아요! 특히 나와 이야기할 때는 더 그래요."

그녀는 엄격한 어조로 말했지만 그녀의 모든 말과 행동에는 항상 그렇듯 조화로운 멜로디가 스며 있는 아주 독특한 엄격함이 느껴졌다.

"내가 선생님과 이야기할 때 그랬습니까? 나는 선생님과 이야기할 때 아주 예외적으로 존경심을 갖고 대했다고 생각했는데요. 선생님께서 잘 몰라서 그렇지 내 딴에는 아주 정중하게 이야기했습니다. 처음 이곳에 왔을 때를 생각하고 그러시는 것 같은데, 그날 얼마나 지쳐 있었는지 선생님이 몰라서 그러는 겁니다. 내가 거주하던 곳에서 거의 초주검 상태가 되어 온 것은 알잖아요. 이곳에 도착해 보니 벌써 겨울이 지나고 비가 억수같이 쏟아지고 있었습니다. 내가 있던 곳은 엄동설한이었기 때문에 털 장화을 신고 왔습니다. 외투는 물에 흠뻑 젖어 짜야 할 정도였어요. 털 장화는 역의 사물함에 보관해 두고, 전차를 타고 구시가지로 가려고 했습니다. 군대에서 알고 지내던 졸병 한 사람의 주소를 갖고 있었거든요. 그런데 날은 이미 어두워졌고, 전차 승객들이 모두 말리더군요. '가지 마세요! 당신을 죽이려 들 거예요!' 하면서요. 1953년에 있었던 특별 사면[53] 때 석방된 모든 범죄자들이 아직 붙잡히지 않고 있

---

53) 스탈린의 사망으로 이루어진 석방.

다는 거예요. 졸병이 아직 그곳에 산다는 보장도 없고, 그런 동네가 있다는 것도 모두 모른다고 하더군요. 그래서 호텔을 찾아 나섰습니다. 어느 호텔이나 로비가 아주 정갈해서 더러운 발을 들여 놓기가 부끄러웠어요. 더러는 빈 방이 있었지만 신분증 대신 유형수 증명서를 보여 주었더니 모두들 '안 됩니다!' '안 돼요!' 하고 거부하더군요. 어떻게 할 수가 있어야죠? 죽는 것은 두렵지 않았지만 '내가 왜 객사를 해야 하나?' 하고 억울하다는 생각이 들었습니다. 그래서 다짜고짜 경찰서를 찾아갔어요. '이봐요! 나는 당신들 소속 아닙니까? 잠잘 곳을 마련해 줘요.' 했지요. 그들은 당황하더니 이렇게 말했습니다. '찻집으로 가서 부탁해 봐요. 그곳에서는 신분증을 요구하지 않으니까.' 하지만 아무리 봐도 찻집을 찾을 수가 없어서 다시 기차역으로 갔어요. 하지만 그곳에서 잘 수는 없었어요. 경찰들이 계속 순찰을 돌면서 쫓아냈거든요. 아침이 되어 이 병원 진찰실로 왔지요. 줄을 서 있다가 진찰을 받았어요. 곧바로 입원을 하라고 하더군요. 그래서 전차를 두 번이나 갈아타고 이 도시의 끝에 있는 감독 조사국으로 갔습니다. 모든 소비에트 지역에서 공무원들의 근무 태도가 어떤지는 알죠? 책임자는 자리를 비우고 어떻게 되든 상관하지 않아요. 그리고 그는 유형수에게는 어떤 서류도 발급해 주지 않는다는 겁니다. 그가 올지 어쩔지 알 수도 없다면서요. 그렇다고 그곳에 신분 증명서를 맡겨 놓으면 기차역에 보관해 둔 털 장화를 찾을 수 없겠다는 생각을 했어요. 그래서 다시 전차를 두 번이나 갈아타고 역으로 왔지요. 전차를 한 번 탈 때마다 한 시간 반씩이나 걸려서요."

"하지만 당신의 털 장화를 본 기억이 없는데요. 정말 있었어요?"

"못 봤을 거예요. 기차역에서 어떤 아저씨에게 털 장화를 팔아 버렸으니까요. 이미 이번 겨울은 지나갔고, 다음 겨울에는 살아 있을 거라고 생각하지 않았기 때문입니다. 그리고 다시 감독 조사국으로 갔어요! 전차를 한 번 탈 때마다 10루블이었습니다. 그런 다음 그곳에서 진창길을 1킬로미터나 걸어야 했습니다. 몸이 아파서 간신히 걸어갔어요. 잡동사니가 담긴 배낭까지 메고 있었어요. 우리 지역 감독 조사국에서 내준 허가증을 맡기고 이 병원에서 준 입원 증명서를 보여 주었더니 그제야 요양 허가증을 내주더군요. 그래서 다시 전차를 타고…… 이 병원이 아니라 시내로 갔어요. 공연 포스터를 보고 「잠자는 숲 속의 미녀」를 상연한다는 걸 알았거든요."

"그것 참 대단하군요! 그래서 발레까지 보러 갔다는 거예요? 그런 줄 알았다면 받아 주지 않았을 텐데요! 절대로요!"

"베라 코르닐리예브나! 그것은 기적이었습니다. 죽음을 앞두고 마지막으로 발레를 보는 것 말입니다! 죽을 정도가 아니었다면 영구 추방자 신분인 나는 죽을 때까지 발레라곤 보지 못했을 테니 말입니다. 그런데 이런 빌어먹을! 공연이 벌써 바뀌어 버렸지 뭡니까! 「잠자는 숲 속의 미녀」 대신 「아구이 발르이」[54]가 상연되고 있었어요."

---

54) 스탈린 시대에 작곡된 이탈리아풍의 우즈베크 오페라.

간가르트는 가만히 미소를 지으며 고개를 저었다. 발레와 함께 죽어 가겠다는 계획이 마음에 쏙 들었다.

"이젠 어떻게 해야 하나 하고 생각했습니다. 음악 대학 공연장에서는 피아노과 학생들이 연주회를 하고 있었어요. 하지만 역에서 멀기도 하고 표도 구할 수 없었습니다. 비도 줄기차게 내렸고요! 갈 곳은 이제 한 군데뿐이었어요. 병원에 와서 부탁해 보는 수밖에요. 병원에 왔더니 하는 말이 '침대가 없어요, 이삼 일 더 기다려 주세요!' 하는 겁니다. 환자들도 그러더군요. '우리도 여기서 일주일째 기다리고 있어요.' 그럼 어디서 기다려야 한단 말인가? 어떻게 해야 하나? 만일 그때 수용소에서 배운 민첩함이 없었더라면 그냥 주저앉았을 겁니다. 더구나 그때 선생님은 내 입원 허가증까지 가져가려 했잖아요. 선생님께 왜 그렇게 무례하게 말했는지 이젠 이해하겠지요?"

이제 돌이켜보니 두 사람 모두 당시의 일이 즐거운 추억이었고, 우습게 느껴지기도 했다.

이런 이야기를 가볍게 나누면서 그는 몇 가지 추측을 했다. 만약 그녀가 1946년에 의과 대학을 졸업했다면 지금은 서른한 살을 넘었을 테니 자신과 거의 같은 연배일 것이다. 그렇다면 왜 베라 코르닐리예브나가 스물세 살인 조야보다 젊어 보이는 걸까? 얼굴 때문이 아니라 차분하고 조신한 성격 때문일 것이다. 그렇다면 그녀는 분명……. 사실 주의 깊게 살펴보면 한 가지 사소한 행동만으로도 그런 여성은 어렵지 않게 알 수 있는 법이다. 그런데 간가르트는 결혼도 했다. 그런데 왜…….

반대로 그녀는 그를 보며 왜 그가 처음에 그토록 험상궂고 거칠게 보였을까 하고 놀라고 있었다. 물론 그는 눈빛이 음울하고 표정도 딱딱해 보이지만 지금은 이렇게 정감 있고 유쾌한 눈빛에, 말솜씨도 제법이다. 어쩌면 그는 이 두 가지 특징을 모두 갖고 있어서, 언제 어떤 태도를 보일지 알 수 없는 것이리라.

"발레와 털 장화 이야기는 잘 들었어요." 그녀가 미소를 지었다. "그런데 당신의 장화 말인데요…… 우리 병원 규정에는 어긋난다는 것 알고 있지요?"

그녀가 눈을 흘겼다.

"이런, 또 규정이군요." 코스토글로토프가 얼굴을 찡그렸다. 덩달아 그의 흉터도 일그러졌다. "하지만 산책은 감옥에서도 허용돼요. 산책을 하지 않고는 견딜 수가 없습니다. 아마 병도 낫지 않을 겁니다. 설마 신선한 공기를 마실 권리조차 빼앗으려는 건 아니겠지요?"

실제로 간가르트는 병원 구내의 호젓한 오솔길을 오랫동안 산책하는 그를 자주 보곤 했다. 그는 수효가 모자라서 남자 환자들에게는 지급되지 않는 여성용 가운을 피복 관리원에게 요구해서 입고 다녔는데, 군대용 혁대로 배와 허리 부분을 꽉 조이기는 했지만 걸을 때면 여전히 가운의 아랫단이 펄럭거렸다. 장화를 신고 헝클어진 검은 머리에 모자도 쓰지 않고, 발밑의 자갈들을 내려다보며 성큼성큼 걸어서 정해진 경계 구역까지 걸어갔다가 다시 돌아오곤 했다. 그는 항상 뒷짐을 진 채 혼자 걸었다.

"며칠 안에 니자무친 바흐라모비치의 회진이 있을 겁니다. 만약 그때 장화가 눈에 띈다면 무슨 일이 일어날지는 알지요? 내가 책임 추궁을 당할 거예요."

그녀는 다시 그에게 요구가 아니라 애원을 하듯 부탁했다. 그녀는 환자와 이야기할 때면 한 번도 그런 적이 없었는데, 두 사람 사이에서는 동등한 정도가 아니라 오히려 부탁하는 듯한 톤으로 이야기를 하게 되는 자신이 놀라웠다.

코스토글로토프는 커다란 손으로 그녀의 팔을 툭 치며 안심시켰다.

"베라 코르닐리예브나! 100퍼센트 장담하는데, 절대 들키지 않을 테니 걱정 마요. 현관을 나갈 때도 절대 들키지 않을 겁니다."

"그러다가 길에서 만나면 어떻게 할 거예요?"

"밖에서 만나더라도 내가 그의 병동 환자인지 어떻게 알아보겠어요! 원한다면 장난삼아 익명으로 내가 장화를 갖고 있다고 밀고해 봐요. 청소부 두 명을 데려와 뒤져도 절대 못찾을 테니까요."

"밀고가 무슨 좋은 일이라고 그래요?" 그녀가 또다시 눈을 흘겼다.

그녀의 모습에서 한 가지 아쉬웠던 것은 그녀가 입술에 립스틱을 발랐다는 점이다. 그래서 약간 촌스러워 보이기도 하고 둔해 보여 아쉬운 생각이 들었다.

"베라 코르닐리예브나! 요즘 밀고가 성행하지 않습니까! 그리고 밀고가 적극적으로 받아들여지기도 하고요. 로마인이 말하기를 'testis unus, testis nullus.'라고 했습니다. 증인이 한 사람뿐이면 증인은 없는 것이나 마찬가지라는 뜻입니다. 그런데 어떻게 된 일인지 20세기에 들어서니 한 사람도 많다, 증인은 아예 필요 없다는 식이니까요."

그녀는 눈을 돌렸다. 그 문제에 대해서는 개인적인 의견을 말하기가 곤란했다.

"장화를 대체 어디에 감출 생각이에요?"

"장화요? 감출 곳은 많아요. 시간이 얼마나 있느냐가 문제지요. 불을 안 피우는 벽난로에 던져 놓을 수도 있고, 끈으로 묶어 창밖에 매달아 둘 수도 있어요. 염려하지 마요!"

그녀가 웃음을 터뜨렸다. 그가 정말로 들키지 않고 장화를 감출 수 있을 것 같았다.

"그런데 첫날은 어떻게 그것을 몰래 들여왔어요?"

"아주 간단합니다. 탈의실의 작은 방 문 뒤에 놓아 두었어요. 청소부는 명찰이 붙은 자루에 나머지 물건을 넣어서 중앙 보관소로 가져갔고, 나는 목욕을 마치고 돌아와 장화를 신문지에 싸서 들여왔습니다."

별 시시껄렁한 화제가 계속 이어졌다. 지금은 근무 시간이 지났을 텐데, 그녀가 계속 여기 앉아 있는 이유가 무엇인지 그는 궁금했다. 루사노프는 조용히 자고 있었다. 땀에 흠뻑 젖은 채 잠들어 있었고 토하지도 않았다. 간가르트는 한 번 더 그의 맥박을 짚어 보고 나가려다가 불현듯 무슨 생각이 떠올랐는지 코스토글로토프 쪽으로 고개를 돌렸다.

"그런데 아직 특식은 받지 못했어요?"

"아니, 전혀요." 코스토글로토프는 솔깃해서 대답했다.

"그러면 내일부터 특식이 나갈 거예요. 하루에 달걀 두 개, 우유 두 잔, 버터 50그램이에요."

"그게 정말입니까? 믿기지가 않는데요! 지금껏 살아오면서 한 번도 그렇게 먹어 본 적이 없어요! 하지만 그것이 공평하다는 생각은 드네요, 이번에 입원하면서 유급 휴가 처리를 해 주지 않았으니까요."

"아니, 왜요?"

"이유는 간단해요. 조합에 가입한 지가 여섯 달밖에 안 됐거든요. 그래서 아무 혜택도 못 받았어요."

"저런, 어쩌다 그렇게 되었어요?"

"이런 생활에 요령이 부족해서겠지요. 유형 판결을 받았을 때 재빨리 조합에 가입했어야 했는데 말입니다!"

한편으로는 아주 정확하면서 다른 한편으로는 얼마나 어리숙한 사람인가. 간가르트는 그에게 특식을 제공하기 위해 매우 애를 썼다. 결코 쉬운 일은 아니었다. 어쨌든 그녀는 이제는 가야 할 것 같았다. 가야 한다. 이러다가는 하루 종일이라도 수다를 떨게 될 것 같았다.

그녀가 문 가까이 다가갔을 때 그가 농담조로 소리쳤다.

"잠깐만요! 설마 나에게 병실을 책임지라고 특식을 주는 건 아니죠? 이런, 첫날부터 매수당하다니 고민되는데요!"

간가르트가 병실을 나갔다.

그러나 환자들의 점심 식사가 끝나자 그녀는 루사노프의 용태를 살피기 위해 다시 병실에 들러야 했다. 그때 그녀는 원장의 정기 회진이 바로 내일임을 알게 되었다. 그 때문에 병실에서 할 일이 한 가지 더 생겼다. 머릿장을 점검하는 일이었다. 왜냐하면 니자무친 바흐라모비치는 머릿장에 여분의 음식이 한 조각이라도 들어 있는 것을 아주 싫어했기 때문이다. 원칙적으로 병원에서 제공하는 빵과 설탕 외에는 아무것도 들어 있어서는 안 되었다. 그 외에도 그는 여성으로서도 상상할 수 없을 만큼 세심하게 병실의 위생 상태를 점검하곤 했다.

2층으로 올라간 베라 코르닐리예브나는 고개를 들어 벽 위쪽과 천장까지 자세히 점검했다. 시브가토프의 침대 위 구석진 곳에 거미줄이 보였다.(밖에서 햇빛이 비쳐 들어 더 확연히 보였다.) 간가르트는 청소부를 불렀다. 마침 옐리자베타 아나톨리예브나가 달려왔다. 어떤 이유인지 성가신 일은 모두 그녀 몫이었다. 간가르트는 거미줄을 가리키며 그녀에게 내일 낮에 있을 회진에 대비해 서둘러 깨끗이 청소하라고 지시했다.

옐리자베타 아나톨리예브나가 윗옷에서 안경을 꺼내 쓰며 말했다.

"어이쿠! 정말 거미줄이 있네요. 이걸 어쩌나!" 그녀는 안경을 벗고 사다리와 빗자루를 가지러 갔다. 그녀는 청소할 때는 항상 안경을 벗고 했다.

그다음에는 남자 병실로 들어섰다. 루사노프는 여전히 잠들어 있었다. 그는 땀을 흘렸지만 혈압은 좀 낮아졌다. 때마침 코스토글로토프는 장화를 꺼내 신고 가운을 걸치며 산책을 나서는 참이었다. 베라 코르닐리예브나는 병실의 모든 환자를 향해 내일 중요한 회진이 있으니 자신이 점검하기 전에 각자 미리 머릿장을 청소하라고 통보했다.

"우선 병실 책임자부터 점검하겠어요." 그녀가 말했다.

물론 책임자부터 점검할 필요는 전혀 없었지만 왜 또다시 그쪽으로 다가갔는지는 자신도 알 수 없었다.

베라 코르닐리예브나의 체형은 삼각형 두 개의 꼭지점을 서로 연결해 놓은 것 같았다. 아래쪽 삼각형이 더 넓고, 위쪽 삼각형이 더 작았다. 그녀의 허리는 어찌나 잘록한지 금방이라도 손을 내밀어 잡아 보고 싶을 정도였다. 하지만 코스토글로토프는 전혀 그런 내색을 비치지 않고 기꺼이 머릿장을 열어 보여 주었다.

"자, 보시죠!"

"그럼 좀 볼까요." 그녀가 가까이 다가왔다. 그러자 그는 뒤로 주춤 물러섰다. 그녀는 머릿장 옆의 침대에 걸터앉아 검사를 시작했다.

그녀는 앉고, 그는 뒤에 서 있었다. 그녀의 목덜미가 그대로 보였다. 훤히 드러난 가느다란 목선과 그 가운데에 검은색과 아마 색의 중간 색 머리카락이 요즘 유행과는 상관없이 아무렇게나 틀어 올려져 있었다.

이래서는 안 된다. 흥분된 감정을 빨리 추슬러야 한다. 사랑스러운 여자를 볼 때마다 매번 이렇게 머리가 혼란해지면 안 된다. 그녀는 잠깐 앉아서 이야기를 나누다 가 버리면 그만이지만 그는 계속 그녀 생각에 골몰하게 될 것이다. 그녀에게는 아무 의미도 없을 것이다. 그녀는 일이 끝나고 저녁에 집에 가면 남편의 품에 안길 것 아닌가.

벗어나야 한다! 그러나 이런 것은 다른 여성을 통해서가 아니라면 벗어나기가 쉽지 않다.

그는 계속 선 채로 그녀의 목덜미를 쳐다보았다. 뒷덜미의 가운 옷깃이 약간 들떠서 그 사이로 작고 동그란 뼈가 솟아 있는 것이 보였다. 등뼈의 가장 위쪽 마디였다. 손가락으로 만져 보고 싶은 마음이 간절했다.

"정말 우리 병원에서 이 머릿장처럼 지저분한 경우는 처음이네요." 그러면서 다음과 같이 평가를 내렸다. "빵 조각, 더러운 종이들, 여기는 담배 부스러기, 책, 장갑…… 부끄러운 줄 아세요. 오늘 중으로 모두 치워요."

그런데도 그는 그녀의 목만 쳐다보며 아무 말이 없었다.

그녀가 맨 위쪽 서랍을 열자 여러 잡동사니들 사이에 작은 병이 보였다. 그 속에는 40밀리그램 정도의 갈색 액체가 들어 있었다. 약병은 단단하게 닫혀 있고, 마치 여행용 세트처럼 작은 플라스틱 잔과 스포이드도 함께 들어 있었다.

"이게 뭐예요? 약이죠?"

코스토글로토프는 휴 하고 한숨을 내쉬었다.

"아무것도 아니에요."

"이게 무슨 약이죠? 우리는 이런 약을 준 적이 없는데요."

"개인적으로 갖고 있는 것인데 안 됩니까?"

"이 병원에 있는 동안은 허락 없이 다른 약을 가지고 있으면 안 됩니다!"

"선생님께 이야기하기가 좀 거북한 것이라…… 물집이 생겨서요."

그러나 그녀는 이름도 없고 상표도 없는 약병을 손가락으로 이리저리 돌려 보더니 냄새를 맡기 위해 뚜껑을 열려고 했다. 그러자 코스토글로토프가 막아섰다. 그는 크고 투박한 두 손으로 그녀의 손을 붙잡아 뚜껑을 열지 못하도록 병에서 잡아떼었다.

두 사람의 손과 손은 영원히 연결되고, 계속되는 대화는 끝이 없을 것 같았다.

"조심하세요." 코스토글로토프가 나직한 목소리로 주의를 주었다. "조심해야 합니다. 손가락에 묻으면 안 돼요. 냄새를 맡아서도 안 됩니다."

그러고는 조심스럽게 병을 빼앗았다.

이제는 농담의 경계를 넘어섰다!

"이게 뭐죠?" 간가르트가 눈살을 찌푸렸다. "독약인가요?"

코스토글로토프가 그녀 옆에 털썩 주저앉으며 사무적인 어조로 침착하게 말했다.

"네! 아주 강한 극약입니다. 이식쿨 호수에서 나는 식물의 뿌리지요. 이것은 생것이든 말린 것이든 알콜에 담근 것이든 절대 냄새도 맡아서는 안 됩니다. 그래서 이렇게 마개를 단단히 막아 두었어요. 만약 뿌리를 만진 손을 씻지 않고 그냥 두었다가 모르고 입에 대면 죽을 수도 있습니다."

베라 코르닐리예브나는 깜짝 놀랐다.

"왜 이런 것을 갖고 있죠?"

"아주 곤란한 질문이네요." 코스토글로토프가 중얼거렸다. "이건 비밀입니다. 잘 숨겨 두었어야 했는데……. 나는 그것으로 병을 고치고, 지금도 조금씩 사용하고 있어요."

"그것뿐인가요?" 그녀가 그의 눈을 똑바로 쳐다보며 물었다. 이제 그녀는 그의 시선을 피하려고 하지 않고 의사로서의 자세를 취했다.

그녀는 의사의 눈초리로 그를 바라보았지만 눈빛은 여전히 밝은 커피색을 띠었다.

"그것뿐입니다." 그가 솔직하게 대답했다.

"혹시 만일의 사태를 대비해서…… 준비한 것인가요?" 그녀가 여전히 믿을 수 없다는 투로 말했다.

"정 알고 싶다면 말씀드리지요. 처음 이곳에 왔을 때는 그런 생각도 했습니다. 쓸데없이 고통을 당할 필요는 없으니까요. 그런데 통증이 사라졌어요. 그래서 이제는 극단적인 생각은 하지 않습니다. 지금도 이것을 계속 사용하고 있어요."

"몰래 말이죠? 아무도 안 보는 곳에서요?"

"자유롭게 살 수 없는 사람에게 다른 도리가 있겠습니까? 여기도 저기도 규정, 규정뿐이니 말입니다."

"얼마나 마시고 있나요?"

"단계적으로 마셔야 합니다. 처음엔 한 방울에서 점차 열 방울까지, 그런 다음 다시 열 방울에서 한 방울로, 그다음엔 열흘간 금해야 합니다. 지금이 바로 금지 기간입니다. 솔직히 말해서 방사선 치료만으로 통증이 사라졌다고는 믿지 않습니다. 어쩌면 이 뿌리 덕분일 수도 있다고 생각합니다."

두 사람은 아주 작은 목소리로 이야기를 나누었다.

"뿌리를 무엇에 담근 거예요?"

"보드카에 담갔어요."

"직접 하셨나요?"

"네."

"농도는 어느 정도예요?"

"글쎄요! 어느 정도라고 해야 하나……. 이 뿌리를 한 줌 주면서 3리터 반의 보드카에 담그라고 했습니다. 그래서 하라는 대로 했습니다."

"그럼 뿌리 무게가 어느 정도였나요?"

"무게는 재지도 않았어요. 눈짐작으로 가져왔지요."

"눈짐작으로요? 그런 독성 물질을 말입니까! 이것은 부자 뿌리예요! 그것이 얼마나 위험한 일인지 생각 좀 해 봐요!"

"생각할 것이 뭐 있어요?" 코스토글로토프가 화를 내기 시작했다. "이 세상에 의지할 사람 하나 없이 죽어 간다고 생각해 보십시오. 그런데도 그 빌어먹을 감독 조사국에서는 병가도 내 주지 않습니다. 그런 상황에 '부자 뿌리는 위험하니 안 된다!'라고 할 수 있습니까! 무게를 달 정신이 어디 있습니까! 그 뿌리 한 줌을 얼마나 어렵게 구했는지 아십니까? 허가 없이 유형지를 이탈하면 강제 노동 이십 년입니다! 그런데 나는 갔습니다. 150킬로미터를 걸어갔어요. 산을 헤매고 다녔습니다. 학자 파블로프처럼 수염을 기른 크레몬초프라는 노인을 찾아갔어요. 금세기 초에 그곳으로 이주한 사람들 중 한 분이에요. 대단한 학자였습니다! 자신이 직접 뿌리를 채집해서 복용량을 이야기해 주었어요. 선지자가 자기 고향에서는 환영을 받지 못한다는 말이 있듯이 그 지역 사람들은 그를 비웃었지만 모스크바와 레닌그라드에서는 사람들이 찾아왔어요. 《프라우다》 통신원도 왔으니까요. 통신원도 감탄했다고 하더군요. 그런데 소문으로는 그 노인이 감옥에 갔다는 이야기가 있어요. 어떤 멍청이가 보드카 반 리터에 뿌리를 담가 뚜껑을 연 채로 부엌에 놓아 두었는데, 11월 축일[55]에 그 집에 놀러 온 손님이 보드카가 부족해지자 주인에게 묻지도 않고 그냥 들이마셨다는 거예요. 모두 세 사람이 죽었다네요. 어느 집에서는 어린애가 마신 일도 있었답니다. 그것이 노인의 잘못은 아니잖아요? 분명히 경고를 했으니까요."

코스토글로토프는 해서는 안 되는 말까지 했다는 것을 깨닫고는 입을 다물었다.

간가르트가 흥분해서 말했다.

"바로 그거예요! 극도로 강한 독성 물질을 일반 병실에 두어서는 절대 안 됩니다! 절대로 안 됩니다! 큰일 나요! 그 병을 이리 줘요!"

"안 돼요." 그가 단호하게 거부했다.

"이리 줘요!" 그녀는 눈살을 찌푸리며 병을 꼭 쥐고 있는 그의 손 앞에 자신의 손을 내밀었다.

그 작은 유리병은 노동으로 단련된 그의 강하고 커다란 손가락 사이에 쏙 들어가 보이지도 않았다. 그가 웃었다.

"계속 그러고 있을 수는 없을 거예요."

그녀가 약간 누그러지며 말했다.

---

55) 1917년 11월 7일에 일어난 러시아 볼세비키 혁명을 기념하는 축일.

"당신이 산책 나간 사이에라도 압수할 테니까요."

"아, 미리 이야기를 해 주니 정말 고맙군요. 어디다 감춰 둘 수밖에요."

"끈에 매달아 창문 밖에 달아 놓기라도 할 건가요? 원장님에게 이야기할 수밖에 없겠네요."

"믿기지 않네요. 바로 오늘 밀고가 나쁜 짓이라고 말하지 않았던가요!"

"하지만 다른 방법이 없잖아요!"

"그래서 밀고를 하시겠다? 그래서는 안 되지요. 선생님은 이 물약을 저 루사노프가 마시기라도 할까 봐 겁이 나요? 절대 그럴 일 없습니다. 단단히 싸서 넣어 둘 겁니다. 그리고 이곳을 떠나게 되면 다시 이 뿌리로 치료할 겁니다. 달리 방법이 없잖아요! 물론 선생님은 믿지 않겠죠?"

"절대 믿지 않아요! 사악한 미신입니다. 생사를 두고 장난을 치는 거예요. 나는 임상 시험을 거친 과학적인 보고서만 믿습니다! 그렇게 배웠어요. 그리고 모든 종양학자들이 그렇게 믿고 있어요. 약병을 이리 줘요."

그녀는 어떻게든 그의 손가락을 펴 보려고 애를 썼다.

그는 노기를 띤 밝은 커피색 눈동자를 보며 고집을 피우거나 그녀와 싸우고 싶지 않았다. 이 작은 유리병뿐만 아니라 머릿장 전부라도 기꺼이 내주고 싶은 심정이었다. 그러나 자신의 신념을 포기하기는 쉽지 않았다.

"오, '신성한 과학이여!'" 그가 한숨을 내쉬었다. "만약 과학이 그렇게 절대적인 것이라면 왜 십 년마다 한 번씩 이론이

뒤바뀌는 걸까요? 도대체 무엇을 믿으라는 겁니까? 선생님의 주사를 믿을까요? 자, 봐요! 이번에는 새로운 주사를 왜 또 맞아야 합니까? 그것은 또 무슨 주사약입니까?"

"꼭 필요한 것입니다! 당신 목숨이 달려 있어요! 목숨을 구하는 것이에요!" 그녀는 이 말을 특히 강조해서 말했다. 그녀의 눈에는 강한 믿음이 어려 있었다. "다 나았다고 안심하지 마세요!"

"좀 더 자세히 말해 봐요! 그 주사가 무슨 효과가 있는 겁니까?"

"자세하게 알 필요 없어요! 당신을 완쾌시키고 전이를 막아 줄 주사입니다. 자세하게 이야기해도 무슨 말인지 모를 거예요. 자, 이젠 그 약병을 주세요! 당신이 퇴원할 때 돌려줄 테니까요. 약속해요!"

두 사람은 서로 마주 보았다.

여성용 가운에 별이 달린 허리띠를 두르고 산책 나가는 차림새의 그의 모습은 우스꽝스러웠다.

그녀는 고집이 대단했다! 이따위 약병이 무슨 대수인가, 줘버려도 전혀 아깝지 않다. 집에 돌아가면 열 배도 넘는 양의 부자 뿌리가 있다. 고통은 다른 곳에 있다. 바로 밝은 커피색 눈동자를 가진 이 여인이다. 이렇게 환하게 빛나는 얼굴, 서로 이야기를 나눌 때면 얼마나 설레게 하는가! 하지만 이 여인에게 키스를 할 수는 없으리라. 시골 벽촌으로 돌아가면 이렇게 환하게 빛나는 여인과 나란히 앉아 있었다는 사실과 코스토글로토프의 생명을 구하기 위해 그녀가 무척 애를 썼다는 것이 믿기지도 않을 것이다!

하지만 그의 생명을 구하는 것은 아무리 그녀라도 할 수 없는 일이었다.

"선생님께 드리는 것도 위험합니다. 집에 있는 누군가가 마실지도 모르잖아요." 그가 농담을 했다.

(누가? 누가 집에서 마신다는 건가? 그녀는 혼자 사는데. 하지만 그런 이야기를 지금 한다는 것은 어쩐지 어색하기도 하고 점잖아 보이지도 않았다.)

"좋아요, 그럼 서로 비긴 겁니다. 그냥 버리기로 해요."

그는 웃음을 터뜨렸다. 그는 그녀를 위해 할 수 있는 일이 그것밖에 없다는 것이 안타까웠다.

"알겠습니다. 밖에 나가 버리고 오지요."

그녀의 입술에 바른 립스틱이 여전히 눈에 거슬렸다.

"아니에요! 당신을 믿을 수 없어요. 내가 직접 가서 봐야겠어요."

"아, 좋은 생각이 떠올랐어요! 버릴 필요까진 없잖아요? 그러느니 차라리 선생님이 아무리 애써도 고칠 수 없는 착한 환자에게 줍시다. 혹시 그에게 도움이 될지도 모르니까요."

"누구에게 말인가요?"

코스토글로토프가 턱으로 바짐 자치르코의 침대를 가리키며 더욱 목소리를 낮춰 말했다.

"흑색종이죠?"

"그런 말을 들으니 정말 버려야 한다는 생각이 굳어지네요! 그러다가 정말 누군가를 독살하고 말겠어요! 어떻게 중증 환자에게 맹독을 준다는 생각을 할 수가 있어요? 만약 마셔 버리기라도 하면 어쩔 거예요? 양심의 가책을 느끼지 않겠어요?"

그녀는 어떤 식으로든 그의 이름을 언급하는 것을 피했다. 오랫동안 이야기를 나누면서도 한 번도 그의 이름을 부른 적이 없었다.

"그는 자살할 사람이 아닙니다. 의지가 강한 청년입니다."

"아니, 아니에요! 지금 당장 버리러 가요!"

"오늘 나는 기분이 아주 좋습니다. 알았어요, 같이 갑시다."

두 사람은 침대 사이를 빠져나가 층계를 내려갔다.

"선생님! 춥지 않겠어요?"

"괜찮아요! 속에 스웨터를 입었어요."

그녀는 "속에 스웨터를 입었어요."라고 했다. 왜 그런 이야기를 하는 걸까? 그 말을 들으니 그녀의 스웨터가 어떤 것인지, 무슨 색깔인지 보고 싶어졌다. 하지만 그는 영원히 볼 수 없을 것이다.

두 사람은 현관으로 나갔다. 날이 화창해 완연한 봄 날씨 같았다. 다른 지역에서 온 사람에게 오늘이 2월 7일이라고 하면 믿지 않을 터였다. 태양이 빛나고 있었다. 높이 솟은 포플러나 울타리의 키 작은 관목 모두 아직 싹을 틔우지는 않았지만 잔설은 이미 다 녹고 응달에만 약간 남아 있을 뿐이었다. 나무들 사이로 회갈색을 띤 지난해의 마른 풀들이 누워 있었다. 오솔길이나 보도블록, 자갈과 아스팔트가 아직 축축하고 완전히 마르지 않은 상태였다. 광장에는 사람들이 종횡으로, 대각선을 이루며 활기차게 움직이고 있었다. 의사와 간호사, 청소부, 사무 직원, 외래 환자, 환자의 보호자 들이 왕래하고 있었다. 두 개의 벤치는 이미 누군가가 자리를 차지하고 앉아 있었다. 모든 병동의 덧창이 열려 있었다.

현관 바로 앞에 약을 버릴 수는 없었다.

"자, 저쪽으로 가죠!" 코스토글로토프가 암 병동과 이비인후과 병동 사이에 나 있는 통로를 가리켰다. 그의 산책길 중 하나였다.

두 사람은 자갈길 위를 나란히 걸었다. 스튜어디스 모자처럼 생긴 간가르트의 의사용 모자가 코스토글로토프의 어깨에 닿곤 했다.

그는 살짝 곁눈질을 했다. 그녀는 무슨 중요한 임무라도 수행하러 가는 것처럼 자못 진지했다. 그는 웃음이 나왔다.

"학창 시절 애칭이 뭐였어요?" 그가 불쑥 질문을 던졌다.

그녀는 그를 힐끔 쳐다보았다.

"그게 왜 궁금해요?"

"그냥 물어본 거예요. 재미있잖아요?"

그녀는 말없이 발밑에 깔린 자갈을 꾹꾹 눌러 밟으며 몇 발 자국 걸어갔다. 그는 그녀의 영양같이 가느다란 다리를 익히 알고 있었다. 초주검 상태가 되어 대기실 마룻바닥에 누워 있던 그에게 다가온 그때 처음으로 알게 되었다.

"베가[56]라고 불렸어요." 그녀가 대답했다.

---

56) 직녀성. 거문고자리에서 가장 밝은 별이다.

(이것은 사실이 아니었다. 사실은 조금 달랐다. 그녀를 그렇게 부르기는 했지만 그런 사람은 오직 한 명뿐이었다. 가장 많이 배운 병사였지만 전쟁에서 돌아오지 못한 사람이었다. 무슨 이유 때문인지 갑자기 이 애칭을 다른 남자에게 털어놓은 것이다.)

두 사람은 그늘을 벗어나 병동 사이로 걸어 나갔다. 햇빛이 두 사람의 머리 위로 쏟아졌다. 산들바람도 불어왔다.

"베가? 그 별 이름인가요? 베가라면 눈부시게 빛나는 하얀 별인데."

두 사람은 멈춰 섰다.

"나는 눈부시지 않아요." 그녀가 고개를 까닥했다. "그저 이름이 베라 간가르트일 뿐이에요.

지금까지와는 달리 처음으로 그가 그녀 앞에서 당황했다.

"내가 하고 싶었던 말은 그저……." 그가 변명했다.

"알았어요. 어서 버려요!" 그녀가 명령했다.

그러고는 냉정한 표정을 지었다.

코스토글로토프는 꼭 닫힌 병마개를 돌려서 조심스럽게 연 다음 몸을 구부리고 앉아(장화 위에 치마처럼 보이는 가운을 입은 모습이 아주 우스꽝스러웠다.) 지난 포장 공사 이후에 남아 있는 작은 돌멩이를 치웠다.

"자, 여기 봐요! 안 그러면 또 내 호주머니에 부었다고 억지를 부릴지 모르니까요!" 그가 그녀의 다리 옆에 웅크린 채 힘주어 말했다.

그녀의 다리, 그녀를 처음 만난, 그녀를 처음 본 그때부터 이미 알고 있었던 그녀의 영양 같은 다리.

그는 돌을 치운 검은 땅 위의 움푹 파인 축축한 곳에 탁한 갈색 액체를 쏟았다. 누군가를 죽일 수도, 누군가를 살릴 수도 있는 것이었다.

"돌로 덮어 놓을까요?" 그가 물었다.

그녀는 내려다보면서 미소를 지었다.

이렇게 약을 쏟고 돌로 덮는 게 왠지 아이들 장난 같았다. 아이들의 장난 같기도 했지만 어떻게 보면 맹세를 하는 의식 같기도 했다. 비밀 의식 말이다.

"잘했지요?" 그가 웅크린 몸을 일으키며 말했다.

"잘했어요." 그녀가 미소를 지었다. 하지만 어쩐지 슬퍼 보였다. "이제 산책하세요."

그러고는 병동을 향해 걸어갔다.

그는 그녀의 하얀 등을 바라보았다. 위쪽과 아래쪽 두 개의 삼각형을.

자신에 대한 그녀의 관심에 이토록 흥분되는 이유는 무엇일까? 그는 그녀의 모든 말에 원래보다 큰 의미를 부여하곤 했다. 그녀가 어떤 행동을 하면 벌써 다음을 기대하곤 했다.

베가. 베라 간가르트. 그 애칭은 어쩐지 어색했지만 왜인지를 지금은 알 수 없었다. 그는 그녀의 등을 바라보았다.

"베가! 베에가!" 그는 나직하게 그녀의 이름을 부르며 멀리 그 목소리가 전달되기를 바랐다. "돌아와요, 내 말 들려요? 돌아와요, 어서 돌아서요!"

그러나 전달되지 않았다. 그녀는 돌아보지 않았다.

18
묘지 입구에서

일단 달리기 시작한 자전거 바퀴는 굴러가는 동안은 넘어지지 않지만 멈추는 즉시 넘어지는 법이다. 이처럼 일단 시작된 남녀 사이의 유희도 앞으로 나갈 때만 유지되는 법이다. 만약 어제보다 한 걸음 더 나아가지 못하면 유희는 그것으로 끝나고 마는 것이다.

올레크는 조야가 야간 당직을 서는 화요일 저녁을 몹시 기다렸다. 즐겁고 다채로운 그들의 갖가지 유희의 바퀴는 지난 야근 때나 지난 일요일 낮보다 훨씬 더 앞으로 굴러갈 참이었다. 그는 자신의 가슴속에서 강력한 전진의 원동력을 감지했고, 조야의 영혼 속에서도 그것을 예감했기에 설레는 마음으로 그녀를 기다렸다.

처음에는 그녀가 걸어올 것으로 예상되는 가로수 길을 미리 알아 둔 다음 종이로 만 담배를 두 대나 피우며 병원 뜰에서 그녀를 맞으려고 기다렸다. 그러나 곰곰이 생각해 보니 아무래도 여성용 가운을 입은 자신이 바보처럼 보일 것 같았다. 그녀에게 그런 모습을 보이고 싶지는 않았다. 날은 점점 어두워졌다. 그는 병동으로 돌아가 가운을 벗고, 장화도 벗어 넣어 두고, 파자마 차림으로(물론 그 모습도 우습기는 마찬가지였지만) 계단 밑에 서 있었다. 마구 헝클어졌던 머리도 가능한 한 단정하게 빗어 넘겼다.

조야가 의사 탈의실에서 나왔다. 교대 시간에 늦어 서두르다가 그를 발견하고는 눈썹을 추켜올렸다. 그를 보고 놀란 것이 아니라 당연히 그가 계단 아래서 기다릴 것이라는 사실을 알고 있었다는 표시였다.

그녀가 걸음을 멈추지도 않고 계속 걸어가자 그는 그녀를 놓치지 않으려고 긴 다리로 성큼성큼 계단을 뛰어올라 그녀 옆에서 나란히 걸었다. 그런 동작도 지금 그에게는 전혀 힘들지 않았다.

"무슨 새로운 소식이라도 있나요?" 조야가 바삐 걸으며 마치 부관에게 질문하듯 물었다.

새로운 소식이라면 뭐가 있을까! 최고 재판 위원들이 교체되었다는 소식이 있긴 하지! 그것이야말로 새로운 소식 아닌가. 하지만 그것을 이해하려면 예비 지식을 일 년은 쌓아야 할 것이다. 그리고 조야에게 그런 소식이 무슨 소용이란 말인가.

"당신의 새로운 애칭 말인데…… 당신을 뭐라고 불러야 할지 드디어 생각해 냈어요."

"그래요? 뭐죠?" 이렇게 물으면서도 그녀는 서둘러 계단을 올랐다.

"걸으면서 할 이야기는 아니에요. 아주 중요하니까."

계단을 다 오르자 그는 마지막 계단에서 그녀 뒤로 물러섰다. 그녀의 뒷모습을 눈으로 좇으면서 그는 그녀의 다리가 제법 통통하다는 사실을 발견했다. 하지만 약간 통통한 몸집에는 잘 어울리는 다리였다. 통통한 다리도 특별한 매력이 있구나 하는 생각이 들기도 했다. 하지만 아주 가녀린 다리는 독특한 느낌을 주었다. 베가의 다리처럼.

올레크는 그런 자신에게 놀랐다. 그는 한 번도 여성의 다리에 대해 그런 평가를 해 본 적도 없고, 쳐다본 적도 없었으며, 그런 짓은 천박하다고 생각했다. 이 여자 저 여자 사이를 왔다 갔다 해 본 적도 없었다. 그의 할아버지라면 이런 경우를 한마디로 색골이라고 표현했을 것이다. 하지만 이런 속담도 있다. "밥은 배고플 때 먹고, 사랑은 젊었을 때 해라." 그런데 올레크는 젊은 시절에 그 모든 것을 그냥 지나쳐 버렸다. 가을에 식물들이 지나간 여름을 안타까워하며 땅속에서 마지막 영양분을 서둘러 빨아들이듯, 올레크 역시 잠시 자기 인생의 짧은 회복기이자 이미 인생의 내리막길에서, 바야흐로 내리막길에 들어서서 여자를 원했으며 서둘러 자기 내면으로 빨아들이려는 것이었다. 상대방에게 이런 생각을 드러내 놓고 말할 수는 없었다. 그는 여성의 본성을 다른 사람들보다 훨씬 더 예리하게 감지했다. 그것은 오랫동안 여자를 가까이에서 볼 기회가 없었기 때문이다. 여자의 목소리도 가까이서 들은 적이 없어 그 목소리가 어떤지도 잊어버릴 지경이었다.

조야는 인수인계를 마치자마자 팽이처럼 빠르게 움직였다. 자기 책상과 처치 기록표와 약품장 주변을 분주하게 오갔고, 순식간에 어느 병실 문으로 사라져 버리기도 했다. 정말 팽이처럼 돌았다.

그녀를 계속 지켜보던 올레크는 잠깐 짬이 났을 때를 노려 그쪽으로 다가갔다.

"병원 안에서는 별일 없었나요?" 조야가 부드러운 목소리로 질문을 던지면서도 동시에 전열기에 주사기를 소독하고 앰풀을 잘랐다.

"있었어요! 오늘 병동에서 대단한 일이 있었죠. 니자무친 바흐라모비치의 회진이 있었어요."

"그래요? 내가 없었으니 정말 다행이네요! 그래서 어떻게 되었어요? 당신 장화를 빼앗기기라도 했나요?"

"장화를 빼앗긴 건 아니고, 작은 충돌이 있었죠."

"어떤 일인데요?"

"아주 대단한 회진이었어요. 우리 방으로, 그러니까 우리 병실 안으로 하얀 가운을 입은 사람들이 한꺼번에 열다섯 명이나 들어왔어요. 과장들과 주치의, 수련의 들까지. 한 번도 본 적이 없는 이도 있었어요. 원장은 마치 호랑이처럼 머릿장으로 달려들지 뭐겠어요. 하지만 우리는 미리 정보를 알고 있었죠. 이미 정리정돈을 해 두었기 때문에 먹잇감이 없었지요. 그러자 그가 아주 불만스럽다는 듯 인상을 쓰더군요. 그때 마침 류드밀라 아파나시예브나가 내 진료에 대해 보고하다가 잠깐 실수를 했죠. 내 기록 카드를 읽다가……."

"기록 카드라니요?"

"그러니까 내 진료 차트 말이에요. 처음 진료를 받았던 곳을 언급하다가 어떨결에 내가 카자흐 공화국에서 왔다는 것이 밝혀진 겁니다. 니자무친은 '뭐라고?' 하고 소리를 치더군요. '다른 공화국에서 왔다고? 지금 우리 병동에 병상이 모자란데 다른 공화국에서 온 환자까지 받으면 어떡합니까? 지금 당장 퇴원시켜요!' 하지 뭐겠어요."

"그래서요?" 조야가 긴장해서 물었다.

"그런데 그때 생각지도 않게 류드밀라 아파나시예브나가 병아리를 보호하는 어미 닭처럼 털을 곤두세우고 나를 변호해 주었어요. '이 환자는 대단히 복잡하고 의학적으로 중요한 사례입니다! 치료의 원칙을 세우기 위해서 우리에게 반드시 필요합니다.' 나는 난처한 입장에 놓이게 되었어요. 얼마 전에 그 선생님과 한바탕 싸우고 나서 퇴원하겠다고 하자 선생님이 크게 야단을 치시기까지 했는데, 어제는 나를 변호해 주신 겁니다. 내가 니자무친에게 '네! 당장 그렇게 하겠습니다!'라고 했어야 했는데 말이죠. 그랬더라면 점심때가 되기도 전에 벌써 이곳에서 쫓겨났겠지요! 그랬더라면 당신을 보지도 못했을 테고……."

"그럼 나 때문에 '네! 당장 그렇게 하겠습니다.'라고 못 했단 말이에요?"

"아니면 왜 그랬을 거라고 생각해요?" 코스토글로토프는 목소리를 낮추었다. "나는 당신 주소도 모르는데 퇴원하면 당신을 어떻게 찾아요?"

그러나 그녀는 정신없이 바빴기 때문에 그녀가 이 이야기를 어떻게 받아들였는지 알 수 없었다.

"나는 류드밀라 아파나시예브나의 말에 어떤 태도를 취해야 할지 모르겠더군요." 그가 다시 큰 소리로 말했다. "입 다물고 그냥 멍하니 앉아 있을 수밖에. 그러자 니자무친이 '지금 외래 진찰실에 가 봐요. 우리 공화국 환자 중에서도 이런 사례는 다섯 명도 더 데려올 수 있어요! 퇴원시켜요!' 그때 내가 바보짓을 했어요. 퇴원할 좋은 기회를 놓친 거예요! 류드밀라 아파나시예브나가 가엾게 느껴지더군요. 마치 한 대 얻어맞은 것처럼 멍하니 아무 말도 못 하고 있었거든요. 내가 팔꿈치로 짚고 일어나 헛기침을 한 번 하고 나서 점잖게 물었죠. '저는 개척지에서 온 사람인데, 어떻게 퇴원하라고 하십니까?' 그러자 '아! 개척자군요!' 하고 니자무친이 깜짝 놀라더군요.(개척자를 퇴원시키면 정치적인 문제가 발생할 수 있으니까!) 그러고는 '개척지에서 오신 분이라면 전혀 문제 될 것 없습니다.' 하고는 가 버렸어요."

"기지가 있네요." 조야가 고개를 끄덕였다.

"모두 수용소에서 배운 철면피한 행동 아니겠어요, 조엔카! 나도 예전에는 그런 사람이 아니었는데. 지금 내 성격의 많은 부분은 원래 그랬던 것이 아니고 수용소에서 얻은 것이에요."

"하지만 쾌활한 것은 천성이죠?"

"왜 쾌활한 게 천성이라고 생각하죠? 내가 쾌활한 것은 빼앗기는 데 익숙해졌기 때문이에요. 나는 가족들이 여기 와서 우는 것을 보면 이해할 수가 없어요. 울 필요가 뭐가 있을까? 추방을 당한 것도 아니고, 몰수를 당한 것도 아닌데…….”

“그러면 앞으로 우리 병원에 한 달은 더 있겠네요?”

“넘겨짚진 마요. 아마 두 주는 있을 겁니다. 상황이 어떻게 그렇게 되어 버렸네요. 마치 류드밀라 아파나시예브나에게 잘 견디겠다는 약속을 한 것이나 마찬가지니…….”

조야는 따뜻하게 덥힌 액체를 주사기에 채우고는 급히 어디론가 사라졌다.

오늘 그녀에게는 좀 부담스러운 업무가 있었는데, 어떻게 해야 할지 난감했다. 새로 지시받은 주사를 올레크에게 놓는 일이었다. 아무 곳에나 놓아도 되는 보통 주사지만 지금 두 사람의 관계에서 주사를 놓기란 여의치 않은 일이었다. 당장 두 사람의 모든 유희가 끝장날 수도 있었다. 두 사람의 유희와 관계가 깨지는 것은 올레크만큼이나 조야도 원하지 않았다. 그들은 유희의 자전거를 더 멀리 굴려야 했다. 물론 더 친숙한 사이가 되면 주사를 놓는 것도 가능할지 모르지만.

다시 자리로 돌아온 조야는 아흐마드잔에게 놓을 똑같은 주사를 준비하면서 물었다.

“아 참! 주사는 잘 맞지요? 쓸데없이 고집을 피우거나 하진 않죠?”

코스토글로토프에게 그런 질문을 하다니! 그는 기다리고 있었다는 듯이 장황하게 이야기를 시작했다.

“조엔카! 당신은 평소의 내 신조를 잘 알죠? 나는 가능하면 주사를 맞고 싶지 않아요. 하지만 상대가 누구냐에 따라 다를 수도 있어요. 투르군의 경우는 이야기가 아주 잘되었죠. 그는 평소에 어떻게 하면 장기를 배울 수 있을지 고심했어요. 그래서 협정을 맺었는데 장기에서 내가 이기면 주사를 안 맞아도 되고 그가 이기면 주사를 맞기로 했어요. 그런데 나는 차를 떼고도 쉽게 그를 이기곤 했지요. 하지만 상대가 마리야라면 그런 장난이 통하지 않아요. 무서운 얼굴로 주사기를 든 채 달려들곤 한단 말이죠. 내가 농담을 걸어도 그녀는 '코스토글로토프 씨, 어서 팔을 내밀어요!'라고 말할 뿐이죠. 그녀는 불필요한 말이나 사교적인 말을 하는 법이 없어요."

"아주 싫어하거든요."

"나를?"

"모든 남자를요."

"어쩌면 그 편이 일하기엔 더 좋을 수도 있지요. 이번에 새로 온 간호사도 전혀 대화가 안 되더군요. 올림피아다가 돌아오면 더 심각해질 거요. 그녀는 절대 물러서는 법이 없으니까."

"나도 그럴 거예요!" 2밀리리터의 주사액을 둘로 똑같이 나누면서 조야가 말했다. 하지만 그녀의 목소리에는 여유가 묻어났다.

그러고는 주사를 놓기 위해 사라졌다. 올레크는 다시 책상 옆에 혼자 남았다.

조야가 올레크에게 주사를 놓고 싶지 않은 중요한 이유가 한 가지 더 있었다. 조야는 지난 일요일부터 그 주사에 대해 설명해야 할지를 두고 고민했다.

왜냐하면 그들이 지금까지 농담으로 주고받은 많은 이야기가 갑자기 심각한 방향으로 바뀔 수도 있는 일이기 때문이었다. 충분히 가능한 일이었다. 만약 이번 관계가 예전처럼 벗어던진 옷들을 쓸쓸히 주워 입는 것으로 끝나지 않고 뭔가 지속적인 다른 결말로 이어진다면 조야는 정말로 올레크의 꿀벌이 되겠다고 결심하고 유형지로 그를 따라가는 결정을 내릴지도 모를 일이기 때문이었다.(사실 그의 말마따나 어느 변방에 그녀의 행복이 숨어서 기다리고 있을지 누가 알겠는가?) 만약 그럴 경우 올레크에게 놓는 주사는 그의 문제만이 아니라 그녀의 문제가 될 수도 있었다.

그렇다면 그녀는 반대였다.

"어떻게 할 거예요?" 그녀가 빈 주사기를 들고 돌아와 쾌활한 어조로 물었다. "결심이 섰나요? 코스토글로토프 환자님! 어디에 주사를 놓을까요? 지금 주사를 놓겠습니다!"

그는 말없이 앉아 전혀 환자 같지 않은 눈으로 그녀를 바라보았다. 그는 주사에 관해서는 이미 결론이 났다고 생각하고 전혀 생각지도 않고 있었다.

그는 금방이라도 튀어나올 것 같은 그녀의 눈동자를 가만히 들여다보았다.

"조야! 잠깐 어디로 좀 갑시다." 그가 낮은 목소리로 속삭이듯 말했다.

그의 목소리가 낮을수록 그녀에게는 더 크게 울렸다.

"어디로요?" 그녀가 깜짝 놀라며 웃었다. "시내로 나갈까요?"

"의사 휴게실로 갑시다."

그녀는 계속 그의 집요한 시선을 느끼며 정색하고 말했다.

"안 돼요, 올레크! 일이 많아요."

그러나 그는 못 들은 척했다.

"갑시다!"

"아참, 잠깐만요." 그녀가 갑자기 뭔가를 생각해 냈다. "환자의 산소 주머니에 산소를 넣어야 하는데……." 그녀는 계단 쪽을 턱으로 가리키며 어떤 환자의 이름을 말한 것 같았지만 올레크의 귀에는 들리지 않았다. "그런데 산소통 마개가 너무 꼭 닫혀 있어요. 좀 도와줘요. 저쪽으로 가요."

그녀는 앞장서서 층계참을 내려갔다.

층계참에는 코가 뾰족하고 얼굴이 누렇게 뜬 가엾은 환자가 폐를 암에 거의 잠식당한 채로 누워 있었다. 원래부터 그랬는지, 아니면 병 때문에 그렇게 되었는지 모르지만 그는 아주 왜소했고 상태도 심각해서 회진을 돌 때도 누구 하나 그에게 말을 걸거나 물어보는 일이 없었다. 그는 침대에 기댄 채 산소 마스크를 쓰고 쉭쉭 소리를 내는 가슴으로 겨우 숨을 쉬었다. 그는 원래부터 상태가 좋지 않았지만 오늘은 누가 봐도 상태가 극도로 나빠 보였다. 쓰고 있는 산소마스크의 주머니가 거의 비어 가고 있었고, 그 옆에는 빈 산소 주머니가 하나 더 놓여 있었다.

아주 심각한 상태였던 그는 누가 다가오는지 누가 지나가는지도 전혀 의식하지 못했다.

두 사람은 빈 산소 주머니를 들고 아래로 내려갔다.

"저 환자는 무슨 치료를 받고 있죠?"

"아무것도 하지 않아요. 수술도 할 수 없고, 방사선도 도움이 안 돼요."

"폐 수술을 할 수는 없나요?"

"우리 지역에선 아직 못 해요."

"그럼 그렇게 죽어 가고 있어요?"

그녀가 고개를 끄덕였다.

두 사람은 환자가 죽지 않게 하기 위해 산소 주머니를 손에 들고 있었지만 그에 대해서는 금방 잊어버렸다. 곧 있을 그들의 유희에 대한 기대로 부풀어 있었기 때문이다.

유리문으로 칸막이를 만들어 놓은 복도에 높이 솟아오른 산소통이 놓여 있었다. 바로 옆에는 방사선실로 통하는 복도가 있었다. 그곳은 언젠가 흠뻑 젖은 채 죽어 가던 코스토글로토프를 맨 처음 데려와 눕게 해 준 곳이었다. 그 '언젠가'는 불과 석 주 전이었다.)

복도에 있는 두 번째 전등을 켜지 않으면 산소통이 서 있는 벽의 돌출부는 어두컴컴했다.(그들은 첫 번째 전등만 켰다.)

조야는 산소통보다 작았지만 올레크는 그것보다 컸다.

그녀는 산소통 밸브에 고무 주머니의 밸브를 연결하기 시작했다.

그 뒤에 서 있던 올레크는 그녀의 모자에서 삐져나온 머리카락의 냄새를 맡았다.

"마개가 아주 꼭 닫혀 있어요." 그녀가 불평했다.

그가 손가락으로 마개를 잡고 바로 열었다. 쉬익 소리를 내며 산소가 주머니 속으로 흘러들었다.

그 순간 올레크가 마개를 돌려 열던 손으로 고무 주머니를 잡은 조야의 손목을 잡았다.

그런데도 그녀는 놀라거나 뿌리치려고 하지 않았다. 고무 주머니가 부풀어 가는 것만 쳐다보았다.

그는 손으로 그녀의 손목과 팔꿈치를 부드럽게 쓰다듬고 이어서 어깨를 쓰다듬었다.

서툰 탐색이었지만 그와 그녀에게는 모두 필요한 과정이었다. 지금까지 나누었던 모든 대화를 서로 이해했는지 확인하는 것이었다.

그렇다! 서로 정확하게 이해하고 있었다.

그는 두 손가락으로 그녀의 앞머리를 잡아당겼다. 그녀는 거부하지도 뒷걸음을 치지도 않았다. 가만히 산소 주머니만 지켜보았다.

그러자 그는 그녀의 어깨를 힘껏 끌어당겨 그녀의 입술을 더듬으며 키스를 했다. 그를 향해 얼마나 재잘거리고 또 얼마나 웃어 주던 입술이던가.

조야의 입술은 적극적이지도 않고 나긋나긋하지도 않았다. 그녀의 입술은 긴장해 있었지만 입맞춤을 기대하고 기다리고 있었던 것이 분명했다.

그 순간 모든 것이 분명해졌다. 그 순간까지 그는 입술도 여러 종류가 있고, 입맞춤도 여러 종류가 있으며, 각각의 입맞춤에는 오직 그것만의 의미가 있다는 것을 이해하지 못했을 뿐만 아니라 오랫동안 잊고 있었다.

그러나 한순간에 충동적으로 시작된 입맞춤은 끝날 줄을 몰랐다. 그것은 끝낼 수도 없고, 끝낼 이유도 없는, 오래 지속되는 하나의 결합이었다. 서로의 입술을 부비고 또 부비는 동안 시간이 영원히 멈춰 버린 것 같았다.

이백 년은 지난 것 같은 시간이 흐른 다음 그들의 입술은 드디어 떨어졌다. 올레크는 그제야 겨우 눈을 뜨고 그녀를 바라보며 그녀의 목소리를 들었다.

"왜 키스할 때 눈을 감았어요?"

그 순간 그에게 눈이 달려 있기는 했던가? 그는 거의 의식조차 못 하고 있었다.

"다른 여자를 상상하고 있었던 것은 아니죠?"

그는 자신이 눈을 감고 있었다는 것도 알아채지 못했다.

잠깐 숨을 돌린 두 사람은 저 깊은 물속, 바다 밑바닥에 놓인 진주를 캐려고 잠수하는 사람들처럼 또다시 입술을 포겠다. 그는 이번에는 자신이 눈을 감고 있다는 것을 의식하고 바로 눈을 떴다. 그의 얼굴 가까이에, 믿을 수 없을 만큼 가까운 곳에 그녀의 맹수 같은 두 개의 황갈색 눈동자가 비스듬히 보였다. 그는 한쪽 눈으로 그녀의 한쪽 눈을, 다른 쪽 눈으로는 그녀의 다른 쪽 눈을 동시에 마주 보았다. 조야는 예의 그 긴장감과 기대가 어우러진 입술로 그에게 입을 맞추며 몸을 가만가만 흔들었다. 그녀는 그의 눈 속에서 이러한 영원의 순간이 한 번, 두 번, 세 번 계속 이어지리라는 믿음을 읽어 내려는 듯 똑바로 쳐다보았다.

그때 갑자기 그녀의 시선이 다른 곳으로 향했다. 그러더니 세차게 그의 몸을 밀어내며 소리쳤다.

"산소통 밸브!"

오, 이런, 맙소사! 밸브가! 그가 급히 손을 뻗어 재빨리 밸브를 잠갔다.

하마터면 고무 주머니가 터질 뻔했다!

"키스를 해서 이런 일이 생기는 거 아니에요!" 계속 숨을 몰아쉬던 조야가 한숨을 터뜨리며 말했다. 그녀의 앞머리가 흐트러지고 모자가 흘러 내려와 있었다.

그녀의 말은 사실이었지만 그들은 새삼스럽게 다시 입을 맞추며 서로의 몸을 꼭 껴안았다.

복도는 유리문으로 되어 있었기 때문에 누군가가 지나가다 보았다면 문틈으로 그들의 팔꿈치가 보였을지도 몰랐다. 하지만 그것이 무슨 상관인가.

올레크는 가슴 깊숙이 숨을 다시 들이마시며 그녀의 목을 손으로 받치고 그녀를 바라보며 말했다.

"졸로톤치크[57]! 당신을 졸로톤치크라고 부르겠어!"

그녀는 말장난을 하듯 이름을 되뇌었다.

"졸로톤치크? 폰치크[58]?"

나쁘지 않았다. 그렇게 불러도 상관없을 것 같았다.

"그런데 내가 유형수라는 것이 무섭지 않아요? 범죄자인데?"

"아니요." 그녀는 아무 상관 없다는 듯이 고개를 저었다.

---

57) 작은 금덩어리.
58) 동그란 도넛의 일종.

"내가 늙었는데도?"

"늙다니!"

"내가 환자인데도?"

그녀는 그의 가슴에 얼굴을 묻고 한참을 그렇게 서 있었다.

그가 그녀의 가슴, 무거운 자를 올려놓으면 과연 미끄러져 내릴지 궁금했던 따뜻하고 타원형으로 돌출된 그녀의 가슴과 그녀를 더 가까이, 더 세게 끌어안으며 말했다.

"우시테레크에 정말 오겠어요? 결혼해서…… 그곳에 우리 집도 짓고 말이에요."

그녀는 이것이 바로 꿀벌의 본성에는 존재하지만 그녀에게는 부족했던 견고한 지속성이라는 요소가 아닐까 하고 생각했다. 그녀는 과연 그가 운명의 남자인지 알고 싶어 그의 가슴에 꼭 안겨 온몸으로 그를 느꼈다.

그녀는 발돋움을 하며 그의 목을 팔로 감았다.

"올레크! 당신이 맞는 주사가 무슨 주사인 줄 알아요?"

"무슨 주사죠?" 그가 그녀의 볼을 비볐다.

"이 주사는…… 그러니까 어떻게 설명해야 하나? 전문적인 용어로는 호르몬 요법이라고 하는 거예요. 서로 반대되는 호르몬을 주사하는 것이죠. 여성에게는 남성 호르몬을, 남성에게는 여성 호르몬을……. 전이를 방지하는 데 효과적이라고 해요. 하지만 그런 효과가 문제가 아니라……. 무슨 말인지 이해돼요?"

"뭐라고? 아니, 전혀 안 돼요!" 갑자기 정색을 하며 올레크가 심각한 어조로 또박또박 말했다. 그는 당장 진상을 알아내야겠다고 생각하고, 조야의 팔을 붙잡고 세게 흔들었다. "어서 말해 봐요, 빨리!"

"그러니까 억압하는 거예요. 성적 능력을……. 그래서 어떤 경우에는 반대 성의 2차 성징이 나타나기도 해요. 주사량이 많을 때는 여성에게 수염이 나기도 하지요. 남성의 경우엔 가슴이……."

"잠깐만! 어떻게 그런 일이?" 그제야 무슨 말인지 이해하기 시작한 올레크가 소리쳤다. "그러니까 그 주사가 그렇단 말이죠? 그 주사가 어떤 특정한 증상을 나타낸다는 뜻이죠? 나의 남성적 능력을 아주 없애 버릴 수도 있다는 의미예요?"

"모두 없애는 것은 아니에요. 오랫동안 리비도는 남아 있게 돼요."

"리비도라니, 그게 무슨 말이죠?"

그의 눈을 응시하며 그녀는 흘러내린 자신의 앞머리를 만지작거렸다.

"말하자면 지금 당신이 나에게 느끼는 감정 말이에요. 욕망……."

"그러니까 욕망은 남아 있지만 능력은 없어진다는 말이군. 그렇죠?" 그가 어처구니없다는 듯 그녀를 추궁했다.

"능력이 많이 떨어진다는 거예요. 나중에는 점차 욕망도 사라지게 돼요. 이해했어요?" 그녀는 손가락으로 그의 흉터 자국을 쓰다듬기도 하고, 오늘 깨끗하게 면도한 그의 뺨을 어루만지기도 했다. "그래서 나도 이 주사를 맞지 않기를 바라는 거예요."

"바로 그거야!" 그제야 정신을 차린 그는 자세를 가다듬었다. "바로 그거라고! 어쩐지 이상한 느낌이 들었는데, 그런 계략이 있었군."

그는 타인의 인생을 마음대로 결정하려 드는 의사들을 향해 욕지거리를 퍼부어 주려다가 갑자기 간가르트의 밝고 확신에 찬 얼굴을 떠올렸다. 어제만 해도 그녀는 열렬한 호의를 보이며 그를 향해 "당신의 목숨이 달려 있어요! 목숨을 구하는 것이에요!"라고 하지 않았던가.

베가가 그랬던 것이다! 과연 그녀는 그에게 선을 행한 것일까? 생명을 구하기 위해 거짓말을 하면서 그런 불행으로 자신을 밀어 넣으려고 했다니!

"당신도 나중에 그렇게 될까요?" 그가 조야를 힐끔 쳐다보았다.

아니다, 이것이 그녀와 무슨 상관인가! 그녀는 그와 똑같은 인생관을 가지고 있다. 그것이 없다면 왜 살아야 한단 말인가? 그녀는 탐욕스럽고 불타는 입술 하나만으로도 오늘 그를 카프카스 산맥까지 데려가지 않았던가. 바로 이 자리에 그녀가 서 있고, 그녀의 입술이 있다! 그리고 이 리비도라는 것이 그의 다리에, 그의 허리에 아직 흐르는 동안 입맞춤을 서둘러야 한다!

"……혹시 그 반대로 주사를 놓아 줄 수는 없을까요?"

"그러다간 이 병원에서 쫓겨나요."

"그런 주사가 있긴 해요?"

"같은 주사를 남성과 여성을 바꾸지 않고 놓으면 되지요."

"저어, 졸로톤치크! 어디 다른 곳으로 갑시다."

"우린 벌써 다른 곳으로 왔잖아요. 그리고 이젠 돌아가야 해요."

"의사 회의실로 갑시다!"

"그곳엔 청소부가 있고, 사람들도 들락거려요. 서두르지 마요, 올레크! 안 그러면 우리에게 내일은 없어요."

"'내일'이 무슨 소용이야! 만약 내일 리비도가 사라진다면 어쩌죠? 아니면 반대로 리비도의 존재만으로도 감사해야 하나? 자, 생각 좀 해 봐요! 갈 만한 곳이 있는지 생각해 봐요!"

"올레크! 한 가지는 남겨 두기로 해요, 앞으로……. 그리고 지금은 산소 주머니를 가져가야 해요."

"그렇지! 산소 주머니를 가져가야지. 지금 가져갑시다."

"……"

"……지금 가져가자니까……."

"……"

"가져가자고…… 지금……."

그들은 손을 놓고 축구공처럼 부풀어 오른 산소 주머니를 들고 계단을 올랐다. 걸어가는 두 사람의 움직임이 산소 주머니를 통해 서로에게 전해졌다.

그것으로 두 사람은 손을 잡고 있었다.

환자든 건강한 사람이든 각자 볼일을 보기 위해 밤낮으로 쉴 새 없이 오르내리는 층계참 중간 통로에 놓인 침대 위에 산소 주머니를 단 환자가 앉아 있었다. 기침은 멈추었지만 무릎을 곧추세우고 무릎에 머리를 찧어 대고 있었다. 가르마를 단

정하게 탔던 흔적이 머리에 남아 있었다. 삐쩍 마르고 누렇게
뜬 작은 가슴을 드러낸 그는 이마로 자기 무릎을 쿵쿵 찧으며
무릎이 둥그런 벽이라고 생각하는지도 몰랐다.

그는 아직 살아 있었다. 그러나 주변에는 인기척이라고는
없었다.

올레크의 형제이자 친구인 그는, 모든 이로부터 버림받고
가슴 아파하는 고립무원의 그는 바로 오늘 숨이 넘어갈지도
모를 일이었다. 그의 침대 곁에 앉아서 함께 밤을 새워 준다면
그의 마지막 순간을 좀 더 편하게 보낼 수도 있을 터였다.

그러나 그들은 산소 주머니만 덜렁 그의 앞에 놓고는 그냥
멀어졌다. 죽어 가는 자에게는 마지막 호흡이 될 한 통의 산소
주머니였지만 올레크와 조야에게는 그저 입맞추고 서로를 탐
하며 결합하는 하나의 구실에 지나지 않았던 것이다.

올레크는 마치 끈에 매달린 사람처럼 조야의 뒤를 따라 계
단을 올라갔다. 두 주 전만 해도 같은 처지였고, 여섯 달 후에
같은 처지가 될지도 모를 저 죽어 가는 사람은 안중에도 없이,
그는 온전히 이 처녀, 이 여성, 이 여자에게만 몰입해 어떻게
그녀를 설득해 단둘이 있을 수 있을까 하는 것만 생각했다.

완전히 잊고 있었던 하나의 감각, 그래서 더 놀랍고 감미로
운 감각, 부풀어 오를 정도로 난폭하게 비벼 댄 입술의 감각이
그의 젊은 육체 구석구석으로 퍼져 갔다.

19
광속에 가깝게

　어머니를 엄마라고 부르는 경우는, 특히 남들 앞에서 그렇게 부르는 경우는 흔치 않다. 열다섯 살 이상, 서른 살 이하의 남자들은 보통 엄마라는 호칭을 부끄러워하기 마련이다. 그러나 자치르코 집안의 삼형제인 바짐과 보리스, 유리는 엄마라는 호칭을 부끄러워하지 않았다. 그들은 아버지가 살아 계실 때도 그랬고, 나중에 아버지가 총살당한 뒤에는 더욱 우애가 깊어졌다. 나이 차가 많지 않은 그들은 동갑내기처럼 자랐고, 학교에서든 집에서든 항상 부지런했으며, 길거리를 싸돌아다니거나 과부가 된 엄마를 실망시키는 일은 한 번도 없었다. 엄마는 자식들이 커 가는 모습을 비교해 보기 위해 어린 시절에 찍은 사진 한 장을 기준으로 이 년마다 그들을 사진관에 데려가 사진을 찍곤 했다.(나중에는 자기 사진기로 직접 찍었다.) 그래서 가족 앨범에는 어느 페이지를 펼치든 어머니와 세

아들의 사진만 들어 있었다. 엄마의 머리카락은 금발이었지만 세 아들의 머리카락은 모두 검은색이었다. 옛날에 터키인 포로였다가 자포로지예의 증조모[59]와 결혼한 증조부의 피를 물려받은 것인지도 몰랐다. 잘 모르는 사람이 사진만 보고는 누가 누구인지 알아볼 수 없을 정도로 그들은 서로 비슷했다. 사진마다 아이들은 눈에 띄게 자라고 점점 건장해져서 어느새 엄마의 키를 훌쩍 넘어섰다. 엄마는 점점 늙어 갔지만 가족의 생생한 역사를 자랑하듯 항상 당당한 모습이었다. 그녀는 그 도시에서 꽤 유명한 의사였는데, 많은 칭송을 받았을 뿐만 아니라 꽃다발과 음식도 심심찮게 들어오곤 했다. 그녀가 사회적으로 다른 유익한 일을 하지 않고 세 아들만 키웠다고 해도 여성으로서 충분히 의미 있는 삶을 살았다고 할 수 있을 것이다. 세 아들이 모두 공과 대학에 진학해 첫째는 지질학과를 졸업했고, 둘째는 전기 공학과를 졸업했으며, 셋째는 건축학과 졸업을 앞두고 있었다. 그리고 지금은 셋째만 엄마와 함께 살고 있었다.

그런데 최근까지도 엄마는 바짐의 병에 대해서 몰랐다. 지난 목요일에는 이곳으로 당장 달려올 계획도 했다. 그러다가 토요일에 돈초바로부터 콜로이드 금이 필요하다는 전보를 받고, 일요일에 모스크바로 금을 구하러 간다는 전보를 보냈다. 엄마는 모스크바에서 월요일부터 어제까지, 그리고 오늘도

---

59) 16세기에서 18세기까지 드네프르 강 유역의 자포로지예에 카자흐인들이 살았다.

계속 각 부처의 장관들과 여러 고관들을 찾아다니며 고인이 되신 아버지를 생각해서라도(아버지는 소비에트 정부와는 사이가 틀어진 인텔리였지만 전쟁 중에 빨치산과 연락을 주고받으며 부상당한 아군을 숨겨 주었다는 이유로 독일군에게 총살당했다.) 비축해 둔 콜로이드 금을 아들을 위해 제공해 달라고 요청하고 있을 터였다.

바짐은 멀리 떨어져 있으면서도 엄마가 자신 때문에 그런 수고를 한다는 사실이 창피스럽기도 하고 구차하게 느껴지기도 했다. 그는 도적질을 한다거나 과거의 공적이나 연고를 이용하는 일을 견딜 수 없었다. 심지어는 자신이 입원도 하기 전에 돈초바에게 미리 전보를 쳤다는 사실을 못마땅해할 정도였다. 아무리 그에게 목숨을 구하는 일이 중요하다 해도, 또 그것이 극도로 치명적인 암이라 할지라도 특권을 이용하는 것은 용납할 수 없었던 것이다. 물론 돈초바를 겪어 본 결과 그녀는 엄마의 전보가 아니었다 해도 자신에게 시간과 관심을 아낌없이 보여 주었으리라는 사실을 바로 알게 되었다. 그러나 콜로이드 금에 대한 전보는 굳이 보낼 필요가 없었다고 생각했다.

엄마는 금을 구하면 금을 가지고 당장 이리로 날아올 것이다. 금을 구하지 못한다고 해도 이곳으로 올 것이 분명하다. 그래서 바짐은 엄마에게 편지를 보내 차가에 대한 이야기를 전했다. 효능을 믿어서라기보다는 다른 치료 방법도 있다는 것을 알려 엄마를 안심시키기 위해서였다. 만약 사태가 절망적일 경우, 엄마는 의사로서의 모든 지식과 신념에도 불구하고 이식쿨스치(부자)의 뿌리를 구하기 위해 산속 노인을 찾아 나설 것이 분명했다.(올레크 코스토글로토프가 어제 그를 찾아와 여의사의 눈을 피할 수 없어 양이 얼마 되지 않지만 부자 뿌리 용액을 버리게 되어 미안하다고 위로하며 노인의 주소를 가르쳐 주었다. 그리고 만약 노인이 이미 감옥에 갔다면 자신이 갖고 있는 것을 나누어 주겠다고도 했다.)

엄마는 만약 큰아들이 치명적인 병을 앓고 있다는 것을 알면 살 수 없을 것이다. 엄마는 자신이 할 수 있는 것 이상의 모든 일을 할 것이며 설사 그것이 부질없는 일이라 해도 기꺼이 할 것이다. 갈카라는 여자 친구가 탐험대에 동행하는데도 엄마는 따라가겠다고 할 정도였다. 바짐이 자신의 종양에 대해 찾아보고 들은 단편적인 지식으로 판단하건대 결국은 엄마의 지나친 염려와 과민 때문인 것 같았다. 어린 시절부터 그의 다리에는 커다란 검은색 점이 있었는데, 의사인 엄마는 그 점이 변질될 위험이 있다고 판단했다. 엄마는 항상 이 점을 제거할 기회를 찾고 있었는데, 어느 날 유능한 외과 의사가 있다며 예방 차원에서 수술을 하자고 고집을 피웠다. 그러나 그 수술은 절대 해서는 안 되는 것이었다.

하지만 지금의 병이 엄마 때문에 생겼다고 해도 그는 겉으로든 속으로든 엄마를 절대 비난할 수 없었다. 결과만 가지고 문제를 판단하는 것은 너무 피상적일지도 모른다. 처음의 의도를 기준으로 판단하는 것이 더 인간적일 것이다. 자신의 임무를 완성하지 못하고 의지를 관철시키지도 못했으며, 가능성을 실현시킬 수도 없게 되었다는 사실 때문에 지금 엄마가 잘못했다고 비난하는 것은 잘못된 일이다. 사실 관심이라든가 가능성, 일에 대한 정열도 그가 없었다면 존재하지 않았을 것이고, 엄마가 없었더라면 바짐도 이 세상에 존재하지 않았을 것이기 때문이다.

이가 있는 인간은 씹을 수 있고, 이를 악물기도 하고, 분노로 이를 갈기도 한다. 그런데 이가 없는 식물은 얼마나 평화롭게 살아가고, 평화롭게 죽어 가는가!

물론 바짐은 엄마는 용서할 수 있지만 상황은 용서할 수 없었다! 그는 자기 피부의 1제곱센티미터라도 이 상황에 양보할 수 없었다! 그래서 이를 갈지 않을 수 없는 것이다.

아아! 이 저주받을 병마는 왜 그의 앞길을 막는 걸까! 왜 가장 중요한 시기에 그를 공격한 것일까!

사실 바짐은 어릴 때부터 무엇 때문인지 항상 시간이 촉박하다는 느낌을 받으며 살아왔다. 그는 손님이 오거나 이웃집 아주머니가 찾아와 엄마와 자신만의 시간을 빼앗으며 수다를 떨 때면 왠지 신경이 곤두서곤 했다. 학창 시절이나 대학에 가서도 갖가지 모임, 예를 들어 동원 작업이나 소풍, 파티, 데모 현장 등에서 사람들이 늦게 올 것을 예상해 예정 시간보다 시간을 이르게 정하는 것에 분노하곤 했다. 바짐은 라디오에서 나오는 삼십 분 정도의 뉴스를 듣는 것도 시간이 아까웠다. 중요하고 필요한 뉴스는 오 분 안에 모두 전달할 수 있으며, 나머지는 불필요하다고 생각했기 때문이다. 그 외에도 어느 상점이든 반드시 열 번에 한 번은 할인이나 재고 정리 혹은 파격 할인을 하는 날이 있기 마련인데 그때를 어떻게 알고 맞춰서 오라고 하는지 분통이 터질 노릇이었다. 어쩌다 시골에 가면 평일인데도 동사무소나 우체국 출장소가 닫혀 있는 경우도 있는데, 25킬로미터 밖에서 어떻게 미리 알고 피할 수 있단 말인가.

어쩌면 시간에 대한 욕심은 그의 아버지로부터 물려받은 것인지도 몰랐다. 그의 아버지 역시 빈둥거리는 것을 싫어했다. 그는 아버지가 자신의 앞머리를 빗겨 주며 이렇게 말하던 것을 기억한다. "바짐! 일 분을 소중하게 사용할 줄 모르면 한 시간, 하루 그리고 일생을 허비하게 된다는 점을 명심해라."

아니, 아니다! 이 악령, 시간에 대한 갈증은 아버지에게 물려받은 것이 아니라 아주 어릴 때부터 그에게 내재돼 있었던 것이다. 그는 아이들과 놀다가 조금이라도 지루해지면 친구들을 그냥 문밖에 내버려 두고 곧바로 집으로 돌아오곤 했고, 아이들이 놀리는 것도 전혀 개의치 않았다. 책을 읽다가도 내용이 약간 허술하다 싶으면 바로 던져 버리고 알찬 내용이 담긴 다른 책을 찾곤 했다. 영화의 첫 장면이 어수룩하게 느껴지면(어떤 경우도 영화에 대해 미리 알려 주는 법이 없는데, 고의적으로 그렇게 하는 것이다.) 돈을 아까워하며 자리에서 벌떡 일어나 나가 버렸다. 귀중한 시간을 아껴야 하며, 쓸데없이 머리를 혼란스럽게 할 필요가 없다고 생각했기 때문이다. 특히 그를 피곤하게 하는 것은 몇몇 학교 선생님들이었다. 십 분마다 잔소리를 늘어놓고 수업을 지루하게 하면서도 설명은 제대로 해 주지 못하고, 말꼬리를 질질 끌며 황당무계한 소리를 늘어놓다가 종이 울리면 그제야 숙제를 내 주었다. 선생님들은 그들이 수업 준비를 하는 것보다 학생들이 쉬는 시간에 할 일을 더 치밀하게 계획한다는 것을 전혀 몰랐다.

바짐은 어릴 때부터 몸속에 잠복해 있는 어떤 위험을 자신도 모르게 느꼈던 것이 아닐까? 이 검은색 점이 아무런 죄도 없는 아이를 태어나자마자 공격해 왔으니 말이다! 어린 시절부터 시간을 극도로 아끼고 시간을 절약하는 법을 동생들에게도 전해 주었다는 사실, 학교에 다니기도 전부터 어른들의 책을 읽고 6학년이 되자 집을 온통 화학 도서관으로 만든 사실, 이 모든 사실이 이미 그가 미래의 종양과 싸움을 시작했다는 것을 증명하는 것은 아닐까. 그러나 그 싸움은 적이 어디에 있는지 알 수 없는 암흑의 싸움이었다. 그런데 적은 모든 것을 환히 내다보다가 가장 중요하고 결정적인 순간에 달려들어 그를 공격한 것이다! 그것은 병이 아니라 뱀이었다. 이름도 뱀 같지 않은가. 멜라노블라스토마(흑모 세포종)!

그것이 언제 시작되었는지 바짐은 기억할 수 없었다. 알타이 산맥으로 탐사를 갔을 때였던 것 같다. 처음으로 지금 종양 부위가 곪기 시작하더니 통증이 점점 심해졌고, 나중에는 구멍이 뚫리고 고름이 나오기 시작했다. 그러다가 또다시 곪곤 했는데, 그 부위가 옷에 닿아 거의 걸을 수도 없게 되었다. 그러나 엄마에게 편지를 보내 알리지도 않고 계속 일을 했다. 필요한 자료를 그때 막 수집하기 시작했고, 그것을 반드시 모스크바로 가지고 가야 했기 때문이다.

당시 탐사대는 지하수의 방사능만 탐사했을 뿐, 광맥을 발견하는 데에는 관심이 없었다. 그러나 나이에 맞지 않게 책을 많이 읽고, 특히 대부분의 지질학자들에게 낯설었던 화학 분야에 정통했던 바짐은 그곳에서 광맥을 발견할 새로운 방법이 분명히 있을 것이라고 예감하고 있었다. 탐사대 대장은 그의 이러한 관심을 책망했다. 대장은 지시된 임무만 완수하면 그만이었기 때문이다.

바짐은 모스크바 출장을 허락해 달라고 했지만 대장은 그런 목적의 출장을 허락하지 않았다. 바짐은 할 수 없이 자신의 종양을 사실대로 밝히고 병가를 얻어 이 병원으로 오게 된 것이다. 진찰을 받자마자 병원에서는 한시가 급하다며 그를 입원시켰다. 입원 허가서가 나오자 그는 그것을 받아 들고 모스크바로 날아갔다. 모스크바에서 열리는 어떤 모임에 체레고로드체프가 참석한다는 것을 알고 그를 만나기 위해서였다. 바짐은 그를 한 번도 만난 적이 없었고, 그가 쓴 교과서와 책들만 읽었다. 사람들의 말로는 체레고로드체프는 상대방의 첫마디만 듣고도 그와 이야기할 가치가 있는지 없는지를 판단해 내는가 하면, 대화할 가치가 없다고 판단되면 더 이상 한마디도 듣지 않는다고 했다. 모스크바로 가는 내내 바짐은 첫마디를 어떻게 해야 할지 고민하고 또 고민했다. 그는 마침 휴식 시간이어서 체레고로드체프가 식당으로 들어가려 할 때 그를 소개받았다. 바짐이 고심해서 준비한 첫마디를 건네자 체레고로드체프는 식당으로 향하던 몸을 돌려 그의 팔꿈치를 잡아끌더니 옆으로 데려갔다. 오 분 동안에 모든 이야기를 하기는 아주 어려웠다.(바짐에게는 작열하는 불꽃처럼 느껴졌다.) 상대방의 대답을 고려하거나 자신의 박식함을 충분히 알릴 여유도 없이 일사천리로 이야기해야 하지만 동시에 모든 것을 다 말해 버려서는 안 되며, 중요한 부분은 남겨 두어야 했기 때문이다. 체레고로드체프는 곧바로 바짐에게 이의를 제기했는데, 지하수의 방사능은 부차적 가능성일 뿐 직접적인 증거는 아니기 때문에 그것으로 광맥을 찾는 일은 불가능하다는 의견이었다. 그는 말은 그렇게 했지만 언제든 자기 의견을 바꿀 수 있다는 듯 잠시 바짐의 설명을 기다리다가 그냥 가 버리고 말았다. 거기서 바짐이 알게 된 한 가지 사실은 모든 모스크바 연구소의 연구원들이 바짐이 알타이 산맥에서 혼자 연구한 수준 정도라는 것이었다.

그것은 기대 이상의 발견이었다! 일을 계속할 충분한 가치가 있었던 것이다!

하지만 당장은 병원에 입원해야 했다. 엄마한테도 이야기해야 했다. 그는 노보체르카스로 갈 수도 있었지만 이곳이 알타이 산맥과 가까웠기 때문에 더 마음에 들었다.

그가 모스크바에서 알게 된 것은 지하수와 광맥에 대한 사실만이 아니었다. 그는 흑색종이 불치병이라는 것도 알게 되었다. 드물게는 일 년 정도 생존하기도 하지만 보통은 여덟 달밖에 살 수 없다는 사실이었다.

어찌할 것인가, 이제 광속으로 달려야 하는 그의 몸속의 시간과 질량은 다른 사람들이나 다른 사람들의 몸에서 일어나는 것과는 전혀 다른 차원이 되었다. 시간은 용량이 커지고, 질량은 압축되었다. 다른 사람들의 몇 년이 그에게는 일 주일로 압축되고 다른 사람들의 며칠이 그에게는 일 분으로 압축되어야 했다. 어린 시절부터 항상 바빴던 그는 이제 정말로 서둘러야 했다! 육십 년 정도 조용히 살다 보면 바보라도 박사가 되는 법이다. 그러나 스물일곱 살에 과연 무엇이 될 수 있단 말인가?

스물일곱이라면 레르몬토프[60]가 죽은 나이다. 레르몬토프도 죽고 싶지 않았을 것이다.(바짐은 자신이 어느 정도 레르몬토프를 닮았다고 생각했다. 그리 크지 않은 키, 거무스름한 얼굴색, 늘씬하고 마른 체격, 작은 손. 콧수염만 없었다.) 그러나 그는 우리의 기억 속에 아로새겨져 있지 않은가. 백 년 동안이 아니라 영원히 말이다!

이미 꼬리를 저으며 그와 한 침대에 나란히 누워 있는 번들거리는 검은 몸통의 죽음의 사자, 죽음의 표범을 앞에 두고 바짐은 지적인 인간으로서 어떻게든 그것과 함께 살아갈 공식을 찾아야만 했다. 남아 있는 몇 달을 어떻게 알차게 보낼 것인가, 정말로 몇 달뿐이라면? 자기 삶에 갑작스럽게 나타난 새로운 사실로서의 죽음을 그는 철저하게 분석해야 했다. 분석을 마치자 그는 자신이 이미 죽음에 익숙해지기 시작했고 죽음에 동화되고 있다는 사실을 깨달았다.

가장 잘못된 사고방식은 이미 잃은 것을 새삼스럽게 다시 들추어 내는 것이다. 오래 살 수 있다면 얼마나 행복할까, 어디를 가고 무엇을 할 수 있을까 하는 기대 말이다. 가장 올바

---

[60] 러시아 작가 미하일 레르몬토프(1814~1841)는 스물일곱 살에 사망했다.

른 태도는 누군가는 젊어서 죽게 된다는 통계를 인정하는 것이다. 대신 젊어서 죽은 이는 사람들의 기억 속에 영원히 젊은 모습으로 기억될 것이다. 죽음 직전에 타오르던 불꽃이 영원히 빛날 것이다. 몇 주 동안 바짐이 많은 생각 끝에 얻은 결론은 얼핏 역설적인 것처럼 보이지만 아주 중요한 사실이었다. 재능 있는 사람이 재능 없는 사람보다 죽음을 훨씬 더 쉽게 이해하고 받아들인다는 것이다. 재능 있는 사람은 재능 없는 사람에 비해 죽음으로 인해 훨씬 많은 것을 잃는 법이다! 그래서 재능 없는 사람에게는 그만큼 긴 수명이 필요한 것이다.

물론 지금 우리 세대의 과학이 눈부시게 발전하고 있으니, 앞으로 삼사 년만 기다리면 흑모 세포종 치료 약이 틀림없이 개발될 것이라는 생각이 들어 안타깝기도 했다. 그러나 바짐은 생명을 연장하고 건강을 회복할 수 있다는 공상 따위는 자신을 위해서도 좋지 않으며(그런 망상에 밤 시간을 허비하면 안 된다.) 그러느니 연구에 집중해서 후세 사람들에게 광맥을 찾는 새로운 방법을 남겨 주어야 한다고 생각했다.

그는 이른 죽음의 대가로 그저 평온하게 죽을 수 있기만을 바랐다.

지금껏 스물여섯 해를 살아오면서 그는 지금처럼 유익하게 시간을 보내고, 충만하고 충실하며 조화로운 감정을 가진 적이 없었다. 앞으로 이렇게 몇 달 동안 가장 합리적으로 시간을 보내는 것이 그에게는 가장 중요한 일이었다.

바짐은 일에 대한 이런 열렬한 열정으로 겨드랑이에 책을 끼우고 병동에 들어온 것이다.

그는 병동에서 첫 번째 적은 라디오와 스피커일 것이라고 생각했다. 그래서 바짐은 합법적이든 불법적이든 모든 방법을 동원해 이 적과 싸울 각오를 했다. 우선 옆 사람들을 설득하고, 다음에는 전기줄을 바늘로 찌른다든지 벽에서 스피커를 떼어 낼 생각이었다. 이상하게도 이 나라에는 가는 곳마다 확성기가 있고, 그것이 무슨 문화 보급의 증거나 되는 것처럼 생각하지만 그는 오히려 문화의 후진성을 보여 줄 뿐 아니라 지적인 태만을 부추기는 것이라고 생각했다. 그러나 바짐의 이러한 이야기를 심각하게 듣는 사람은 지금껏 거의 없었다. 물어보지도 않은 정보, 요청하지도 않은 음악을 쉴 새 없이 흘려보내는 일은 시간을 도둑질하고 정신의 산만과 혼돈을 초래하며 주체성 없는 얼빠진 사람들이나 편하게 해 줄 뿐이었다. 오직 바보들만이 그들에게 허락된 영원을 라디오를 듣는 일에 허비할 것이다.

그런데 병실에 들어갔을 때 놀랍고 다행스러웠던 일은 라디오가 없다는 사실이었다! 2층 어디에도 라디오는 보이지 않았다.(그것은 이 병원을 시설이 좀 더 좋은 건물로 이전하기로 했지만 매년 계획이 미뤄졌기 때문이라는 사실이 밝혀졌고, 이전할 병원에는 라디오가 설치될 예정이었다.)

바짐이 걱정한 두 번째 적은 어둠이었다. 저녁 일찍 전등불을 끄고 아침 늦게야 전등불을 켠다는 것과 창문이 멀리 떨어져 있다는 것이었다. 다행히 마음이 너그러운 좀카가 창문 옆의 침대를 양보해 주었기 때문에 바짐은 첫날부터 잘 적응했다. 다른 사람들과 함께 일찍 잠자리에 들었다가 날이 밝자마자 일어나서 가장 조용한 시간에 공부를 시작할 수 있었던 것이다.

세 번째로 예상되는 적은 환자들의 끝없는 잡담이었다. 그러나 막상 와 보니 잡담이 전혀 없지는 않았지만 정숙이라는 관점에서 봤을 때 병실의 구성원은 바짐의 마음에 꼭 들었다.

특히 호감이 가는 사람은 예겐베르지예프였다. 그는 거의 말이 없었고, 두툼한 입술과 뺨을 불룩거리며 모든 사람에게 인자한 미소를 짓곤 했다.

아흐마드잔과 무르살리모프는 괴팍한 데라고는 없는 선량한 사람들이었다. 그들이 우즈베크어로 이야기를 할 때면 바짐에게 조금도 방해가 되지 않도록 조용하고 점잖은 말투로 이야기했다. 무르살리모프는 현자처럼 보였는데, 바짐도 산에서 그런 노인들을 본 적이 있었다. 딱 한 번 그가 아흐마드잔과 서로 의견이 달라서 심하게 언쟁을 한 적이 있었다. 바짐이 궁금해서 통역을 해 달라고 부탁했다. 이야기인즉슨 무르살리모프가 몇 가지 단어를 하나로 결합해 이름으로 사용하는 새로운 작명법을 아주 못마땅해한다는 것이었다. 그는 예언자가 정해 준 이름은 마흔 개뿐이며, 나머지는 모두 올바르지 않은 이름이라고 주장했다고 한다.

아흐마드잔도 방해가 되지 않았다. 그에게 조용히 해 달라고 부탁을 하면 항상 조용히 있었다. 언젠가 바짐이 에벤키족[61]의

---

61) 동부 시베리아의 소수 민족으로, 옛 퉁구스족. 고대의 토테미즘과 샤머니즘 전통을 간직하고 있다.

관습에 대해 이야기를 해 주었더니 그는 매우 충격을 받은 것 같았다. 그는 이틀 동안이나 에벤키족의 이상한 관습에 대해 골똘히 생각하더니 바짐에게 갑자기 질문을 던졌다.

"에벤키족의 복장이 어떤지 이야기해 줄 수 있나?"

그래서 바짐이 대충 이야기를 해 주자 다시 몇 시간 동안 생각에 잠겨 있었다. 그러다가 또다시 다리를 절며 다가와 질문을 던졌다.

"에벤키족의 하루 일과는 어때?"

그러고는 다음 날 아침에 다시 물었다.

"에벤키족의 임무가 무엇인지 말해 주겠나?"

그는 에벤키족이 그냥 아무렇지 않게 살아가고 있다는 사실이 전혀 납득되지 않았다.

아흐마드잔과 장기를 두려고 자주 오는 시브가토프도 조용하고 친절한 사람이었다. 물론 그는 교육받은 사람으로 보이지는 않았지만 쓸데없이 큰 소리로 떠드는 것은 예의에서 벗어나는 일이며, 그래서는 안 된다고 생각하는 것 같았다. 심지어 아흐마드잔과 논쟁을 하더라도 항상 차근차근 풀어 가곤 했다.

"이곳의 포도를 진짜라고 할 수 있나? 멜론도 마찬가지고. 그런 걸 진짜라고 할 수는 없지요."

"그럼 어디서 나는 것이 진짜란 말이에요?" 아흐마드잔이 흥분해서 물었다.

"크리미아지 어디겠어요? 아마 당신이 직접 봤다면……."

좀카 역시 착한 소년이며 허풍선이가 아니라는 것을 바짐은 알고 있었다. 좀카는 깊이 생각하고 공부에도 열심이었다. 사실 그는 뛰어난 재능이 있어 보이지는 않았다. 예상치 못한 이야기라도 들을 때면 얼떨떨한 표정을 짓곤 했던 것이다. 공부를 계속하고 지적인 일에 종사하는 것이 그에게는 어려운 과정일 수도 있지만 이따금 늦되는 아이들 중에서도 괜찮은 인물이 나타나는 법이다.

루사노프 역시 바짐에게 방해가 되지 않았다. 이 사람은 평생 성실하게 살아갈 수는 있겠지만 큰일을 하기는 어려워 보였다. 그의 판단이 근본적으로 잘못된 것은 아니었지만 유창하게 표현하지 못하고, 마치 암기하듯 말하는 태도는 단점이라고 할 수 있었다.

바짐은 코스토글로토프의 첫인상이 썩 좋지 않았다. 아주 과격한 요설가로 보일 정도였다. 하지만 겉으로 그랬을 뿐이고, 그에게는 사실 겸손하고 섬세한 부분이 있었다. 다만 불행으로 점철된 삶을 살다 보니 신경이 예민해졌을 뿐이라는 생각이 들었다. 그가 그런 불행을 겪은 것은 어쩌면 그의 성격 자체가 원래 고지식했던 때문인지도 몰랐다. 다행히 그의 병은 점차 호전되어 갔다. 이제 자신이 원하는 것이 무엇인지 깨닫고 그것에 집중한다면 충분히 새로운 삶을 시작할 수도 있어 보였다. 그의 가장 큰 결점이라면 산만하다는 점이었다. 무작정 병원 구내를 돌아다니기도 하고 갑자기 책에 빠져들기도 했다가 지금은 여자 꽁무니를 따라다니며 시간을 낭비하고 있었다.

그러나 죽음의 문턱에 선 바짐은 여자에게 관심을 가질 여력이 없었다. 같은 탐험대 소속인 여자 친구 갈카가 그와의 결혼을 기다리고 있었지만 이미 자신에게는 그럴 권리도 없고 그녀에게 다가갈 여유도 없었다.

그는 누구에게도 다가갈 수 없었다.

모든 것은 대가를 치러야 하는 법이다. 우리가 어떤 열정에 사로잡히면 나머지 다른 열정은 모두 빛을 잃는 법이니까.

병동에서 바짐의 신경을 건드리는 유일한 사람은 포드두예프였다. 그는 심술궂고 강퍅한 성격의 인물이었는데, 갑자기 마음이 약해져서는 엉뚱한 관념론에 빠졌다. 바짐은 이웃을 사랑하고 화목하게 지내야 한다든가 언제 어디서나 모든 사람을 보살펴 주어야 한다는 얼토당토않은 그의 우화 이야기를 듣고 있자니 견딜 수가 없었고, 극도로 신경에 거슬리기까지 했다. 모든 사람이라니! 형편없이 게으르거나 못된 사기꾼이라도 말인가? 시대에 뒤떨어진 이런 빛바랜 관념은 모든 것을 기꺼이 희생하겠다는 바짐의 총알처럼 튀어 오르는 젊은 의지와 타오르는 열정에 맞지 않았다. 바짐은 기꺼이 희생할 준비가 되어 있었지만 그것은 일상의 사소한 것이 아니라 모든 민중과 전 인류에게 공헌할 위대한 공적을 세우기 위한 것이어야 했다!

그래서 포드두예프가 퇴원하고 백발의 페데라우가 구석 침대에서 자신과 가까운 쪽 침대로 옮겨 오자 겨우 한시름 놓을 수 있었다. 그는 정말 조용한 사람이었다! 그보다 더 조용한 사람은 이 병동에 없을 터였다. 그는 하루 종일 한마디도 하지 않고 우울한 시선으로 누워 있었다. 바짐에게 그는 최고의 이웃이었다. 하지만 그는 금요일, 즉 내일모레 수술하기로 예정되어 있었다.

　그래서 항상 말이 없던 그도 오늘은 병에 대한 이야기를 꺼냈다. 페데라우는 뇌막염을 앓아 거의 죽을 뻔했다는 이야기를 했다.

　"저런! 머리를 어디에 부딪치셨나요?"

　"아니요, 감기를 앓았지. 공장에서 고온에 노출되었던 거야. 공장에서 나를 자동차에 태워 집으로 데려가는데, 머리에 바람이 숭숭 들어왔어. 그런 다음 뇌막염을 앓아 시력을 잃은 거야."

　그는 자신의 가혹한 비극을 이야기하면서도 전혀 흥분하지 않고 미소까지 지으며 담담했다.

　"고온에 노출되었다는 것은 무슨 말입니까?" 바짐은 질문을 하면서도 시간을 아끼려고 책으로 눈을 돌렸다. 하지만 병동에서는 병에 대한 이야기가 나오면 항상 주의 깊게 듣는 사람이 있게 마련이다. 웬일인지 오늘은 풀이 죽어 있던 루사노프가 저쪽에서 쳐다보고 있다는 것을 안 페데라우가 가끔 그쪽으로도 눈길을 주며 말했다.

　"보일러가 고장 나서 까다로운 용접을 해야 했어. 하지만 증기를 다 빼내고 보일러를 식혔다가 원상 복구를 시키려면 꼬박 하루가 걸리는 일이었지. 공장장이 밤늦게 나에게 차를 보내서 한다는 말이 '페데라우! 공장이 가동을 멈추지 않게 하려면 자네가 방호복을 입고 보일러 안으로 들어가서 일을 해 줘야 하는데, 할 수 있겠지?'라고 해서, '뭐, 그렇다면 할 수 없지요! 해 보겠습니다!' 하고 말았어. 사실 전쟁 전, 시간이 촉박했던 시절이라 그렇게 할 수밖에 없었고. 보일러 안으로 들어가 일을 마쳤지. 한 시간 반 정도였던 것 같은데……. 어떻게 거부할 수 있었겠어? 게시판 맨 위쪽에 모범 노동자라고 내 이름이 항상 쓰여 있었거든.”

루사노프는 대견하다는 눈길을 보내며 조용히 귀를 기울이고 있었다.

“당원들이나 할 수 있는 자랑스러운 행동입니다.” 그가 칭찬을 늘어놓았다.

“내가 바로 당원이에요.” 페데라우가 한층 겸손한 미소를 짓고 목소리를 더욱 낮추며 말했다.

“예전에 당원이었다는 뜻 아닙니까?” 루사노프가 정정해 주었다.(저런 인간들은 조금만 칭찬해 주면 바로 기어오르는군.)

“지금도 당원이에요.” 낮은 목소리로 페데라우가 말했다.

평소와 달리 오늘 루사노프는 다른 사람의 입장에 대해 판단하고 논쟁하고 자기 분수를 깨닫게 해 주는 일에 관심을 쏟을 여력이 없었다. 자기 입장이 극히 심각한 상황에 놓여 있었기 때문이다. 하지만 명백한 잘못은 바로잡아야 했다. 그때 지리학자가 밖으로 나갔다. 루사노프는 힘없는 목소리였지만 나직하고 분명한 어조로(사람들이 긴장하고 있어서 전부 들릴 것이라는 사실을 알고) 말했다.

“그럴 리가 없죠. 당신은 독일 출신 아닙니까?”

“그렇죠.” 페데라우가 씁쓸한 표정으로 고개를 끄덕였다.

“그것 봐요. 추방당했을 때 당원증을 압수했을 텐데.”

“압수하지 않았어요.” 페데라우가 고개를 가로저었다.

루사노프는 말하기가 힘들어 얼굴을 찌푸렸다.

"실수로 그랬겠지요. 바빠서 서두르다 보니 미처 압수하지 못했을 겁니다. 자진해서 반납해야죠."

"아니, 그렇지 않아요!" 페데라우는 소심한 성격이었지만 완강하게 버텼다. "벌써 십사 년 동안이나 당원증을 소지하고 있는데, 실수라니! 지역 위원회가 열렸을 때, 우리더러 당원으로 남아 있어 달라며 일반 대중과 우리를 똑같이 취급하지는 않을 것이라고 했어요. 감독 조사국에 어떻게 등록되어 있든지 간에 당비는 계속 지불했고. 물론 당 간부가 되기는 어렵겠지만 평당원으로라도 역할을 다할 작정이에요. 그게 무슨 문제요?"

"글쎄, 잘 모르겠군요." 루사노프가 한숨을 쉬었다. 그는 눈꺼풀이 자꾸 내려앉아 이야기를 계속하기가 힘들었다.

그제께 맞은 두 번째 주사는 전혀 효과가 없었다. 종양은 줄어들지도 더 말랑말랑해지지도 않은 채 쇳덩어리처럼 여전히 턱을 짓눌렀다. 오늘은 힘이 쭉 빠져 지난번처럼 무서운 환영에 시달리면 어쩌나 하는 두려운 마음으로 세 번째 주사를 기다리며 누워 있었다. 세 번째 주사를 맞고 모스크바로 가자고 카파와 약속했지만 파벨 니콜라예비치는 이제 싸울 힘을 모두 상실했다. 그는 이제야 운명이 무슨 의미인지 깨달았다. 약이 듣지 않는다면 세 번째 주사든 열 번째 주사든, 장소가 여기든 모스크바든 종양은 낫지 않을 터였다. 사실 종양이 곧 죽음을 의미하지는 않는다. 종양이 완치되지 않은 채, 그냥 폐인이나 불구자 혹은 병자로 살아갈 수도 있다. 어쨌든 파벨 니콜라예비치는 어제까지만 해도 종양을 죽음과 연결시켜 생각하지는 않았다. 그런데 의학 책을 읽던 오글로예드가 누군가에게 설명하기를 종양이 온몸에 독을 퍼뜨리기 때문에 몸에 그대로 방치해서는 안 된다는 것이었다.

그 이야기에 파벨 니콜라예비치는 몹시 괴로웠고, 이제 죽음에서 벗어날 수 없으리라는 생각이 들었다. 그는 어제 1층에서 어떤 수술 환자를 머리끝에서 발끝까지 하얀 시트로 덮어 놓은 것을 직접 목격했다. 그제야 청소부들끼리 "이 환자도 곧 시트로 덮일 거야."라고 하던 말의 의미를 알게 되었다. 바로 그 뜻이었어! 보통 죽음은 검은 이미지를 갖지만 그것은 죽음의 주변부에 해당하며, 죽음 자체는 하얀색인 것이다.

물론 루사노프도 모든 사람은 죽게 마련이며, 자신도 언젠가 죽는다는 것을 알고 있었다. 그러나 그것은 언젠가 먼 훗날의 이야기이지 지금은 아니었던 것이다! 언젠가 죽는 것은 두렵지 않지만 지금 죽는 것은 두려웠다.

창백하고 싸늘한 죽음이 아무것도 감싸지 않은 빈 시트의 모습으로 슬리퍼를 신고[62], 소리 없이 가만히 그를 향해 다가오고 있었다. 조용히 다가오는 이 죽음을 눈앞에서 보고도 루사노프는 죽음과 싸우기는커녕 아예 죽음에 대한 어떤 생각이나 결정도 할 수 없었고, 아무 말도 할 수 없었다. 워낙 강압적으로 다가온 죽음이라 파벨 니콜라예비치는 그것을 막을 수 있는 어떤 법령이나 훈령도 준비하지 못한 것이다.

그는 자신이 가여웠다. 그토록 의지가 강하고 열정적이며

---

62) 러시아에서는 고인에게 슬리퍼를 신긴다.

아름답기까지 했던 인생이 난데없는 종양의 침입으로 산산이 깨져 버렸다는 사실이 얼마나 가슴 아픈지 이성으로는 도저히 인정할 수 없었다.

그는 자신의 신세가 하도 처량해서 하염없이 눈물을 흘렸다. 낮에는 안경을 쓰거나 콧물감기에 걸린 것처럼 손수건으로 얼굴을 가리고, 밤에는 부끄러운 것도 아랑곳하지 않고 숨을 죽인 채 오랫동안 눈물을 흘렸다. 그는 어린 시절부터 운적이 없었고, 어떻게 우는지도 잊어버렸다. 더구나 좀 더 자라서는 눈물의 효용마저 잊어버렸다. 눈물은 암으로 인해 죽을지도 모른다는 생각과 옛 사건들에 대한 재판, 앞으로 맞을 주사나 악몽에 아무런 도움을 주지 못했다. 그런데 이상하게도 눈물은 그 모든 걱정을 초월해 그를 더 높은 경지로 이끌어 주었다. 마음이 훨씬 더 가벼워지는 느낌이 들었다.

그는 육체적으로도 쇠약해졌다. 식욕도 없어지고 움직임도 현저하게 줄었다. 어찌나 쇠약해졌는지 어떤 쾌감마저 느껴질 정도였다. 아주 씁쓸한 쾌감으로, 얼어 죽어 가는 사람이 느끼는 무력감과 비슷한 것이었다. 주변 사람들이 저지르는 비정상적이거나 부당한 행위를 절대 용서치 않던 그의 시민 의식도 이젠 마비되어 두꺼운 솜이불에 덮여 버린 것 같았다. 어제 회진 때 오글로예드가 원장에게 자신이 개척민이라고 웃으며 거짓말을 했을 때도 그랬다. 파벨 니콜라예비치가 입을 열어 단 두 마디만 했어도 그는 이미 이곳에서 쫓겨났을 것이다.

그런데도 그는 아무 말 없이 잠자코 있었다. 이것은 건전한 시민의 입장에서 보더라도 명예로운 일이 아닌데, 하물며 그의 업무는 거짓을 밝히는 일 아니었던가. 그런데 웬일인지 파벨 니콜라예비치는 아무 말도 하지 않았다. 사실을 밝힐 힘이 없어서도 아니고, 오글로예드의 복수를 두려워한 것도 아니었다. 그는 그냥 아무 말도 하기가 싫었다. 파벨 니콜라예비치는 이 병동에서 일어나는 어떤 일에도 상관하고 싶지 않았다. 심지어는 이런 이상한 생각까지 들었다. 전등불을 못 끄게 하고 제 마음대로 통풍구를 열어젖히는가 하면 아직 아무도 손대지 않은 새 신문을 먼저 읽으려고 달려드는 말 많고 거칠기 짝이 없는 저 인간도 결국 성숙한 한 인간으로서 썩 행복하다고는 할 수 없겠지만 자신의 운명이 있고 자신이 원하는 대로 살아갈 권리가 있는 것 아닐까 하는 생각이었다.

그런데 오글로예드의 한 가지 특이한 사실을 오늘 또 하나 발견했다. 검사실 여직원이 선거인 명부를 작성하러 와서(여기에서도 선거를 준비 중이었다.) 모든 환자에게 신분증을 요구했다. 모두들 신분증이나 집단 농장 농민증을 제시했지만 코스토글로토프에게는 아무것도 없었다. 여직원이 깜짝 놀라며 신분증을 요구했는데, 코스토글로토프는 정치 상식도 모르느냐, 자신은 유형수인데 유형수에도 여러 종류가 있는 법이다, 어디로든 전화해서 알아봐라, 어쨌든 자신도 선거할 권리가 있다, 물론 최악의 경우 투표를 안 해도 상관없다며 소란을 피운 것이다.

옆 침대를 차지하고 있는 저 수상쩍고 뒤틀린 인간은 역시 파벨 니콜라예비치가 짐작한 대로 유형수였던 것이다! 그러나 이제 루사노프는 위험한 환경에 노출되어 있다는 사실에도 공포를 느끼지 않았고, 아예 무감각해져 버렸다. 코스토글로토프도, 페데라우도, 시브가토프도 모두 그냥 내버려 두자. 각자 자기 병을 치료하고 자기 삶을 살게 내버려 두자. 자신이 살아날 수만 있다면 그걸로 족한 것 아닌가.

갑자기 그의 머릿속에 하얀 시트가 머리에 씌워지는 광경이 떠올랐다.

그래! 그들을 살게 하자. 파벨 니콜라예비치도 이제 그들을 심문하거나 조사할 생각이 없어졌다. 그 대신 그들도 자신을 심문해서는 안 된다. 그 누구도 지나간 과거를 들춰내서는 안 된다. 지난 일은 이미 지나간 일 아닌가. 이제 와서 십팔 년 전의 실수를 파헤치는 것은 불합리하지 않은가.

현관 쪽에서 청소부 넬랴의 날카로운 목소리가 들려왔다. 그런 소리를 내는 사람은 넬랴뿐이었다. 그녀의 목소리는 20미터나 떨어져 있어도 들릴 정도였다.

"이봐, 여기 웬 에나멜 구두가 있어?"

다른 여자가 대답하는 것 같았지만 잘 들리지 않았다. 다시 넬랴의 목소리가 들렸다.

"에이, 나도 이런 것 좀 신어 봤으면! 그러면 모두 쳐다보고 웃어 줄 텐데!"

상대 여자가 뭐라고 대답을 하는 것 같았고, 넬랴도 이따금 맞장구를 쳤다.

"오, 맞아! 나도 처음으로 카프론 양말을 신었을 땐 아주 황홀했지. 그런데 세르게이가 성냥을 긋는 바람에 그만 다 타 버렸어, 젠장!"

그러고는 그녀가 걸레를 들고 병실로 들어와 물었다.

"여러분! 어제 대청소를 했다던데, 오늘은 대충 해도 되겠죠? 아 참, 새로운 소식이 있어요!" 그녀는 뭔가 생각난 듯 페데라우의 침대를 가리키며 신바람이 나서 말했다. "여기 있던 환자가 벌써 시트를 뒤집어썼다네요. 배까지 갈랐대요!"

평소에 침착하던 헨리 야코보비치도 기분이 몹시 상해 어깨를 움찔했다.

사람들이 말을 못 알아듣자 그녀가 친절하게 설명까지 덧붙였다.

"그러니까…… 그 곰보 자국 있던 사람 말이에요! 목에 붕대를 감고 있던 사람! 어제 정거장에서 일이 벌어졌대요. 매표소 근처에서 말이에요. 그래서 이리 데려와 배를 갈랐다지 뭐예요."

"오오, 맙소사!" 루사노프가 간신히 말을 내뱉었다. "동무! 왜 그렇게 생각이 없어요? 뭣 때문에 그런 울적한 이야기를 퍼뜨린단 말이에요?"

병실 안이 조용해졌다. 예프렘은 죽음에 대해 많은 이야기를 했고, 이미 비극을 예감하고 있었다. 병실 통로에 서서 사람들을 향해 또박또박 말하던 그의 말이 귓가에 생생하게 남아 있었다.

"우리 운명이 다 그런 것 아니겠어!"

그러나 누구도 예프렘의 최후를 직접 목격하지는 않았기 때문에 그는 떠났지만 그들의 기억 속에는 그가 여전히 살아 있었다. 그러나 이제 사람들은 어쩔 수 없이 그의 죽음을 상상할 수밖에 없었다. 그저께만 하더라도 모두가 밟고 다니던 이 마룻바닥을 똑같이 걸어 다니던 그가 지금은 시체 안치소에, 속이 터진 소시지처럼 복부를 절개한 채 누워 있는 모습 말이다.

"그런 이야기 말고 좀 기분 좋은 소식은 없어요?" 아흐마드잔이 부탁했다.

"물론 있어요, 이야기해 드릴게요. 그런데 큰 소리로 이야기할 내용은 아닌데……."

"괜찮아요, 해 봐요! 어서요!"

"아 참!" 넬랴는 다른 한 가지 사실을 기억해 냈다. "거기, 잘생긴 학생! 방사선실에서 불러요! 바로 자네, 자네 말이야!" 그녀가 바짐을 가리키며 말했다.

바짐은 읽고 있던 책을 창턱에 내려놓았다. 손으로 조심스럽게 아픈 다리를 붙잡아 침대 아래로 내린 다음 다른 쪽 다리를 내렸다. 아픈 다리만 아니었다면 발레라도 추었을 체격의 그는 출구 쪽으로 나갔다.

그는 포드두예프의 이야기를 듣고서도 불쌍하다는 생각이 들지 않았다. 포드두예프는 바로 이 무례한 청소부와 마찬가지로 공공 사회에 유익한 인간이 아니었다. 모름지기 인간의 가치란 그가 얼마나 축적했느냐가 아니라 얼마나 성숙한가에 따라 매길 수 있는 것 아닐까.

이때 검사실 여직원이 신문을 가지고 들어왔다.

그 뒤를 따라 오글로예드가 들어섰다. 그가 곧바로 신문을 낚아챌 것 같았다.

"이리, 이리 줘요!" 파벨 니콜라예비치가 손을 앞으로 내밀며 힘없이 말했다.

그러자 그녀가 루사노프에게 신문을 건네주었다.

미처 안경을 쓰기도 전에 1면에 실린 커다란 사진과 굵은 제목이 눈에 들어왔다. 그는 천천히 상반신을 일으켜 조심스레 안경을 쓰고는 신문을 들여다보았다. 예상대로 최고회의의 회기가 끝났다는 기사와 간부 회의가 열린 곳과 사진이 실려 있었고, 주요 의결 사항도 나와 있었다.

글자가 워낙 커서 중요한 기사를 보려고 지면을 뒤적일 필요도 없고, 작은 글자로 된 기사를 찾아볼 필요도 없었다.

"이게 뭐야? 이게 뭐지?" 깜짝 놀란 파벨 니콜라예비치는 신문 기사에 토를 다는 것이 경우에 어긋난다는 생각은 했지만 자기도 모르게 병실의 다른 사람에게 말을 거는 것도 아니면서 이렇게 소리를 치고 말았다.

1면에 굵직한 활자로 인쇄된 기사는 총리인 말렌코프가 스스로 사직 의사를 밝혔고, 최고회의에서 그것을 만장일치로 수락했다는 내용이었다.

루사노프가 예산 심의만 있을 것이라고 기대했던 최고회의가 이렇게 결론 난 것이다!

루사노프는 순간적으로 온몸에 힘이 쭉 빠져 들고 있던 신문을 떨어뜨렸다. 더 이상 신문을 읽을 힘이 없었다.

도대체 일이 어떻게 되어 가는지 이해할 수 없었다. 모든 사람들이 읽는 신문 기사를 그는 이해할 수 없었던 것이다. 하지만 그는 이것이 심각한, 아주 심각한 문제임은 짐작했다.

깊고 깊은 저 밑바닥 어딘가에서 지층이 흔들리며 그 위치가 아주 조금 바뀌는가 싶었는데, 이로 인해 모든 도시가, 병원이 그리고 파벨 니콜라예비치의 침대까지 흔들리는 사태가 벌어진 것이다.

그런데도 병실과 마룻바닥이 어떻게 흔들리는지 알지 못하는 여의사 간가르트는 깨끗한 흰 가운을 걸치고, 손에는 주사기를 든 채 부드러운 미소를 머금고 그를 향해 다가왔다.

"자, 주사 맞으셔야죠!" 그녀가 상냥하게 말을 건넸다.

그러자 코스토글로토프가 루사노프의 발치에서 얼른 신문을 주워 들어 기사를 읽기 시작했다.

그는 신문을 다 읽더니 벌떡 일어섰다. 가만히 앉아 있을 수가 없는 모양이었다.

물론 그도 기사의 내용을 충분히 이해하기는 어려웠을 것이다.

그러나 만일 그저께 최고 재판 위원이 모두 경질되고 오늘 총리가 경질되었다면 이것은 역사의 한 획을 그은 것이다!

어쨌든 역사가 나쁜 쪽으로 흘러가리라고는 생각할 수도 없고 믿을 수도 없었다.

그저께만 하더라도 들뜬 마음을 간신히 억누르며 섣불리 믿지 말자, 기대를 갖지 말자고 다짐까지 했었다!

그러나 이틀이 지난 지금, 지난번과 똑같이 베토벤의 네 개의 운명의 화음이 진동판 위를 울리듯 하늘 위로 울려 퍼졌다.

그러나 환자들은 아무것도 듣지 못한 채 침대 위에 조용히 누워 있었다!

그리고 베라 간가르트는 조용히 정맥에 엠비퀸 주사를 놓았다.

올레크는 벌떡 일어나 산책을 하러 나갔다.

드넓은 공간으로!

20
아름다운 곳에 대한 추억

그는 오래전부터 안 된다고, 믿어서는 안 된다고 생각했다! 경솔하게 좋아해서도 안 된다고 생각했다!

갓 들어온 죄수들은 형기가 시작되고 처음 몇 년 동안은 소지품을 들고 감방에서 나오라는 명령이 떨어질 때면 혹시 풀려나는 것은 아닐까, 특사가 있을 것이라는 소문이 들릴 때면 천사의 나팔 소리라도 들려오지 않을까 기대하곤 했다. 하지만 감방 밖으로 불러낸 이유는 무슨 되먹지도 않은 서류를 읽어 주고 그들을 한 층 아래, 더 어둡고 숨 막히는 다른 감방에 처넣으려는 것이었다. 특사는 전승 기념일에서 혁명 기념일로, 혁명 기념일에서 최고회의 개최일로 계속 연기되다가 어느 순간 흐지부지 없어져 버렸다. 어쩌다가 특사가 이뤄지는 경우도 있었지만 진짜 전투에 참가했거나 고통을 당했던 사람이 아니라 도둑놈들이나 사기꾼, 탈주병이 특사 대상이 되곤 했다.

우리에게 기쁨을 느끼게 하려고 자연이 만들어 준 심장 세포는 이제 아무 쓸모도 없이 죽어 가고 있었다. 심장의 한 부분을 차지하고 있던 믿음은 해가 갈수록 점차 줄어들다가 완전히 쪼그라져 버렸다.

지금까지 석방에 대한 믿음과 기대로 수없이 부풀어 오르고 짐을 꾸린 것도 한두 번이 아니었다. 그러다 결국 그가 돌아갈 곳은 오직 한 곳, 아름다운 자신의 유형지, 그리운 우시테레크뿐이라는 생각이 들었다! 그렇다, 그리운 곳이다! 얼마나 놀라운 일인가? 올레크가 적응할 능력도 없고, 적응하고 싶지도 않은 이 복잡한 세계, 이 거대한 도시, 이 병원에서 지금 돌이켜 보니 그래도 가장 그리운 곳은 자신의 유형지였던 것이다.

우시테레크는 '세 그루의 포플러 나무'라는 의미였다. 그 지명은 멀리 10킬로미터나 떨어진 초원 지대에서도 보이는 오래된 세 그루의 포플러 나무 때문에 붙여졌다. 나란히 서 있던 세 그루의 나무는 보통 포플러 나무처럼 쭉 뻗지 않고 약간 휘어져 있었다. 나무들의 수령은 아마 사백 년을 족히 넘었을 터였다. 나무들은 높이 자라다가 어느 순간 더 이상 위로 뻗지 못하고 옆으로 뻗어 큰 수로 위로 기다란 그림자를 드리웠다. 마을에는 그 외에도 오래된 나무가 많았지만 1931년에 부조노프스키[63]인이 카자흐를 침입했을 때 나무들을 모두 베어 버렸다고 했다. 그 후로는 식수가 잘되지 않았다. 소년단원들이

---

63) 중앙아시아에 있는 러시아 공화국의 도시 이름.

나무를 심어 놓으면 양들이 싹을 모조리 따 먹어 버리곤 했다. 미국 단풍나무들만 지구 위원회 앞의 대로 위에 뿌리를 내렸을 뿐이다.

우리가 사랑하는 땅이란 어떤 곳을 말하는 걸까? 눈에 보이고 귀에 들리는 것도 전혀 의식하지 못하던 갓난아기 시절에 응애응애 하고 울면서 기어 다녔던 곳일까? 아니면 처음으로 "자! 이제 석방이오! 감시병은 없으니 가시오! 혼자 가도 좋소!"라는 말을 들었던 장소일까?

자기 마음대로 걸어도 좋다고 허락된 곳! "침구를 챙겨서 떠나시오!"라는 말을 들었던 곳 말이다.

그렇게 절반만 자유를 허락받은 첫날 밤이 왔다. 감독 조사국의 감시를 받는 동안은 마을로 들어가는 것이 금지되었지만 내무부의 지역 지부가 있는 마당의 건초 창고에서 자는 것은 허용되었다. 창고 안에서는 말들이 꼼짝도 않고 밤새 조용히 건초를 씹었다. 이제껏 그보다 더 달콤한 소리를 들은 적이 있었을까!

그날 올레크는 밤늦도록 잠을 이루지 못했다. 마당의 단단한 땅이 달빛으로 하얗게 빛났다. 그는 홀린 듯이 비틀거리며 마당을 서성댔다. 감시탑은 어디에도 보이지 않았고, 감시하는 사람도 없었다. 마당의 울퉁불퉁한 곳에 걸려 넘어지면서도 행복하기 그지없었다. 머리를 뒤로 한껏 젖히고 하얀 하늘을 바라보며 정신없이 돌아다녔다. 마치 어딘가를 서둘러 가는 것처럼, 내일이면 저 멀리 떨어진 벽촌이 아닌 드넓은 승리의 세계로 나아가기라도 할 것처럼 말이다. 이른 봄 남쪽 지방의 따뜻한 대기는 몹시 소란스러웠다. 밤새 어느 큰 도시의 역에서 기적 소리가 번갈아 울리듯 마을 곳곳의 우리나 울타리에서 낙타와 당나귀 들이 정열적으로 짝을 찾아, 생의 영속성을 확인하기 위해 우렁차고 고집스러운 나팔을 불어 댔다. 짝을 찾는 그 열정적인 포효는 올레크의 가슴속에서 분출되어 나오는 어떤 것과 자연스럽게 뒤섞여 다가왔다.

그 밤을 보냈던 곳보다 더 그리운 땅이 있을까?

그동안 수없이 배신을 당하며 살아온 그였지만 그날 밤만은 다시 새로운 희망과 믿음을 갖게 되지 않았던가.

비록 그곳에서도 사람들은 물 때문에 삽을 들고 싸우기도 하고, 다리가 잘리기도 했지만 수용소 생활 이후 유형지에서의 생활은 혹독하다고 할 만한 것이 없었다. 유형지는 훨씬 자유롭고 편했으며, 변화가 있었다. 물론 그 속에도 고통은 있었고 땅에 뿌리를 내리고 줄기를 뻗는 일은 쉽지 않았다. 혹시라도 감독관의 비위를 건드리면 150킬로미터나 멀리 떨어진 깊숙한 황무지로 쫓겨나기 십상이었다. 어디든 밤을 지내려면 진흙과 짚으로 인 오두막이라도 집주인에게 방세를 내야 했는데, 수중에 돈이라곤 한 푼도 없었다. 매일 먹을 빵이나 식료품도 사야 했다. 그래서 서둘러 일을 찾았지만 칠 년이나 탄광에서 곡괭이를 휘두른 뒤라 삽을 들고 살수부 일을 하러 가기는 싫었다. 물론 그 마을에는 흙집과 채소밭, 심지어는 암소까지 소유한 과부들이 많아서 홀몸이 된 유형수를 남편으로 맞아들이려는 여자도 많았지만 여자에게 빌붙어 살기에는 아직 젊었다. 어쨌든 인생이 끝난 것이 아니라 이제 막 시작되었으니까.

예전에 수용소에 있던 죄수들은 바깥세상에는 남자들의 수가 절대적으로 부족해서 감시병만 없으면 아무 여자라도 골라잡아 즐길 수 있을 거라 생각했다. 고독한 여자들이 아무 조건 없이 남자들을 애타게 찾아다닐 거라고 생각했던 것이다. 그러나 그 마을에는 아이들도 많았고, 여자들은 살아가는 데 전혀 부족함이 없어 과부든 처녀든 죄수들이 기대한 것처럼 일이 그렇게 쉽게 풀리지 않았고, 반드시 정식으로 결혼해 마을에 집을 짓고 살기를 바랐다. 우시테레크 마을의 풍습은 아직 19세기 그대로였던 것이다.

올레크를 감시하던 감시병은 이미 없었지만 그는 아직도 가시 철조망에 둘러싸여 있을 때와 마찬가지로 여자가 없었다. 짙은 화장을 한 검은 머리의 그리스 여자들이나 부지런한 금발의 독일 여자들이 있었는데도 말이다.

그를 추방할 때 보낸 송장에는 영구 추방이라고 명기되어 있었기 때문에, 올레크는 액면 그대로 영구적이라고 생각해서 다른 것은 전혀 생각하지 못했다. 게다가 그곳에서 결혼한다는 것도 어쩐지 내키지 않았다. 베리야의 공허한 우상이 쇳소리를 내며 넘어지자 사람들은 대대적인 변화가 있을 것이라고 기대했지만 변화는 느리고 눈에 띄지 않았다. 한동안 올레크는 크라스노야르스크[64]로 유형 갔던 옛 여자 친구를 찾아 편지를 주고받기도 했다. 또 한때는 레닌그라드에 사는 예전

64) 시베리아 예니세이 강 하류에 면한 숲 지대.

에 알던 여자에게 편지를 써서 그녀가 그곳에 와 주기를 고대하며 몇 달씩이나 가슴에 품고 다닌 적도 있었다.(하지만 어느 누가 레닌그라드의 집을 버리고 그 벽촌으로 그를 찾아오겠는가?) 그러다가 종양이 자라고 계속 이어지는 통증으로 모든 것이 무너져 버렸다. 여자도 그저 좋은 사람일 뿐 그 이상의 매력은 조금도 느낄 수가 없게 되었다.

요즘은 문학 작품에까지 등장하게 되어(좋아하는 지역이 아니고, 원했던 사람이 아닐 수도 있지만) 모두들 유형지가 아주 가혹한 곳이라고 알고 있지만 올레크의 경험상 그곳에는 사실 어느 정도 자유로운 면도 있었다. 온갖 의심과 의무에서 벗어나게 해 준다는 점이 그랬다. 사람을 불행하게 하는 것은 유형을 당했다는 사실이 아니라 더러운 형법 제39조[65]에 의해 범죄자로 규정된 신분증을 받는 것이었다. 그런 사람은 끊임없이 자신의 과오를 후회하며 살아야 했고 어디에 살든 어디를 가든 일을 찾으려고 해도 모든 곳에서 쫓겨났다. 그러나 유형수는 유형지에 있을 권리는 있었다. 본인이 이곳으로 오겠다고 한 것도 아니기 때문에 아무도 유형지에서 그를 쫓아낼 수 없었던 것이다! 상관이 본인 대신 생각해 주기 때문에 더 나은 장소를 찾아 방황할 필요가 없고, 더 나은 전략을 구상하느라 안달할 필요도 없었다. 자신이 가야 할 유일한 길을 가고 있다는 것을 알고 있었기 때문에 아무것도 두려울 것이 없었다.

---

65) 수용소를 나온 뒤 취업과 거주를 제한하는 규정.

그런데 병이 회복되기 시작하는 지금 또다시 복잡하게 얽히는 세상사를 직면하고 보니 올레크는 우시테레크처럼 행복한 곳이 있어 다행이라는 생각까지 들었다. 그곳은 스스로 생각할 필요가 없고, 모든 것이 확실하며, 그를 한 사람의 완전한 시민으로 대우해 주는 곳이었기 때문에 그곳으로 가는 건 마치 집으로 돌아가는 것 같은 느낌이 들었던 것이다. 그는 마치 혈연관계라도 되는 것처럼 마음이 끌리는 그곳을 기꺼이 우리 마을이라고 부르게 된 것이다.

우시테레크에서 지낸 일 년 중 4분의 3 정도는 앓고 있었기 때문에 사실 그는 그곳의 자연과 주민들의 생활을 자세히 살펴보거나 즐길 시간이 거의 없었다. 환자에게 초원 지대는 먼지가 너무 심했고, 태양은 너무 뜨거웠으며, 채소밭은 바짝 타고, 벽돌 반죽을 나르기에는 버거웠다.

그러나 지금, 봄날 밤 울어 대던 그 나귀들처럼 그의 몸속에서 새로운 생명이 용솟음치는 순간 올레크는 나무와 사람들과 갖가지 색과 석조 건물로 가득 찬 병원 구내의 오솔길을 오가며 우시테레크의 소박하고 절제된 모습을 감동적으로 그려 보는 것이었다. 그 소박한 세계가 올레크에게는 정말로 소중했다. 왜냐하면 그곳은 자신이 죽을 때까지 영원히 자신의 것이지만 지금 이곳은 일시적으로 빌린 세계였기 때문이다.

초원의 쥬산이 머리에 떠올랐다. 쌉싸름한 그 향기가 어찌나 그리운지! 가시투성이 잔탁도 떠올랐다. 물론 그것보다 가시가 더 많은 것은 진길이었다. 그것은 울타리를 따라 뻗어 올랐고, 5월이면 라일락 꽃 같은 향기를 내뿜는 보랏빛 꽃을 피웠다. 그리고 의식을 마비시키는 지두 나무[66], 그것은 마치 욕망을 억제하지 못한 여인이 향수를 마구 뿌려 댄 것처럼 아주 강한 향기를 뿜어냈다.

놀라운 일 아닌가. 러시아의 숲과 초원, 조용하고 호젓한 중부 러시아의 자연에 영적으로 동화된 러시아인이 어느 날 강제로 고향에서 쫓겨나 그곳으로 영구 추방되어, 어느 때는 너무 덥고, 어느 때는 너무 세찬 바람이 불고, 어쩌다 안개라도 끼는 날에야 겨우 한숨을 돌리고, 비 내리는 날이 명절날이 되는 척박하고 광막한 곳에 정이 들어 이제는 그곳에서 죽을 때까지 살겠다고 마음을 먹었으니 말이다. 더구나 아직 그들의 언어도 모르는 상태에서 사르임베토프, 텔레게노프, 마우케에프, 스코코프 형제들 같은 젊은 친구들에게 친근한 감정을 갖게 되었으니 말이다. 그들의 권위 의식에서 종종 위선이 엿보이고 고대의 조상을 무조건 숭배하는 문화가 엿보이기도 했지만 그들은 본질적으로 순수한 민족이며, 언제나 진심은 진심으로, 호의는 호의로 갚을 줄 아는 사람들이라는 것을 알게 되었다.

올레크는 서른네 살이었다. 모든 대학은 서른다섯 살이 넘으면 입학이 허락되지 않았다. 그는 이제 교육받을 기회도 완전히 상실했다. 일이 그렇게 된 이상 어쩔 도리가 없었다. 다행히 그는 얼마 전에 벽돌 제조공에서 경지 정리 기사의 조수

---

66) '쥬산'은 향쑥과의 식물, '잔탁'은 가시가 많은 낙타초, '진길'은 러시아 소금나무, '지두 나무'는 야생 올리브 나무를 가리킨다.

로 진급했다.(조야에게 경지 정리 기사라고 거짓말을 했지만 사실은 350루블의 월급을 받는 조수에 불과했다.) 그의 상관은 지방 경지 정리 기사인데, 수준기도 제대로 다루지 못해 올레크는 마음껏 실력을 발휘할 수 있었다. 하지만 할 일은 거의 없었다. 집단 농장에 배분된 토지의 영구 이용권(이것 역시 영구였다.)에 관한 모든 규정하에서는 이따금 주택 지구를 더 늘려야 할 필요 때문에 집단 농장의 토지 어디쯤인가를 잘라 내는 일감이 가끔 들어올 뿐이었다. 등을 대면 토지의 약간의 경사까지 알아내는 관개 용수 관리자와 그를 비교할 수나 있을까! 물론 시간이 흐르면 분명 자신도 더 잘하게 될 터였다. 그런 생각을 하다 보니 갑자기 우시테레크에 대한 그리운 감정이 복받쳐 올라 하루빨리 완치되어 그곳으로 돌아가고 싶은 생각이 굴뚝같았고, 아예 지금 그냥 돌아가 버릴까 하는 생각까지 들었다.

보통 유형지라면 원한을 갖고 저주하고 증오하게 되는 곳 아닐까? 그런데 아니었다. 남들은 비웃을지도 모르지만 올레크는 미소가 떠오르는 하나의 에피소드로 느껴지는 것이었다. 예를 들어 학교에 새로 부임한 교장 아벤 베르제노프는 사브라소프[67]의 「갈가마귀」를 벽에서 떼어 내 벽장에 처박아 버렸다.(화폭에 교회가 그려진 것을 보고 종교를 선전한다고 생각한 것이다.) 활달한 러시아 여성인 지역 보건 주임이 연단에서 지역 지식인을 대표해 연설하면서, 그 밑에서는 프랑스산 축면

---

67) 러시아 풍경화가 알렉세이 사브라소프(1830~1897).

사를, 지역 상점에 아직 입고되지 않은 상품이라면서 시골 여자들에게 두 배나 높은 값으로 강매하는 일도 있었다. 먼지를 일으키며 달리는 구급차는 환자를 태우는 대신 지구 위원회 위원의 필요에 따라 승용차로 둔갑해 간부들의 아파트에 밀가루나 버터를 실어 나르기도 했다. 또 소매상인 오렘바예프가 상품을 '도매'로만 팔기도 했다. 그의 가게에는 상품이 전혀 없고, 지붕 위에는 팔아 치운 상품의 빈 상자들만 산더미처럼 쌓여 있었다. 그는 판매 계획을 초과 달성했다고 표창까지 받았지만 상점 문 옆에서 항상 졸고 있었다. 그는 무게를 달고 상품을 분배하고 포장하는 일을 귀찮아했다. 그는 우선 지역 유지들에게 물품을 보급한 다음 자신이 합당하다고 판단한 몇 사람들을 선택해서 살짝 이렇게 권하곤 했다. "마카로니 한 상자 사요. 대신 통째로 사야 합니다." "설탕 한 포대 사요. 대신 통째로만 팝니다." 상자나 포대는 창고에서 직접 구매자의 집으로 배달되었고, 팔린 물품은 소매 거래 장부에 올라가곤 했다. 그 외에도 지역 위원회 제3서기가 중등학교 졸업 자격 시험을 마지막으로 치르게 되었지만 수학 문제를 하나도 풀지 못해 한밤중에 살그머니 유형수인 교사를 찾아가 고급 아스트라한[68]을 선물한 일도 있었다.

이런 것들이 모두 재미있다고 느낀 것은 야만적인 수용소 생활을 경험한 이후였기 때문이리라. 수용소를 나온 이후로는 모든 것이 유치하고 하찮게 느껴진 것이다.

---

[68] 러시아 서남부 아스트라한 지방에서 나는 새끼 양의 털가죽.

해질 무렵 하얀 셔츠(이미 깃이 다 닳아 떨어진 유일한 셔츠였으니, 바지나 구두는 더 물어볼 필요가 없는 상태였다.)를 입고 마을의 대로를 걷는 것은 얼마나 상쾌했던가! "새로운 대작 예술 영화……"라는 포스터가 붙어 있던 갈대로 지붕을 인 클럽 옆에서는 백치 바샤가 영화관으로 손님을 끌어들이고 있었지. 급히 2루블을 주고 가장 싼 맨 앞자리의 표를 사서 젊은이들과 함께 앉아 영화도 봤었지. 한 달에 한 번씩은 2루블 50코페이카를 주고 찻집에도 갔고, 체첸인 운전사들과 어울려 맥주 한 잔씩 마시는 호사도 누렸지.

특히 올레크가 유형지에서 항상 즐겁게, 웃음을 잃지 않고 생활할 수 있도록 해 준 이들은 카드민 부부였는데, 산부인과 의사인 니콜라이 이바노비치와 부인 옐레나 알렉산드로브나였다. 카드민 부부는 유형지에서 어떤 일을 겪든 이렇게 말하곤 했다.

"얼마나 좋아요! 예전보다 얼마나 좋아졌는지 몰라요! 이렇게 멋진 곳에 오게 되어 얼마나 다행인지 몰라요!"

흰 빵 한 덩어리만 구해도 더할 나위 없이 기뻐했다! 클럽에서 좋은 영화가 상영되는 날이면 얼마나 기뻤는지 모른다! 두 권짜리 파우스토프스키[69]의 책이 서점에 들어온 것도 정말 기쁜 일이었다! 치과 의사가 그 지역으로 오게 되어 치아를 해 넣을 수 있게 된 것 역시 기쁜 일이었다! 같은 유형수 신분인

---

69) 러시아 작가 콘스탄틴 파우스토프스키(1892~1968). 사회주의 리얼리즘 원칙을 거부하고 문학의 순수한 예술성을 지향했다.

여자 산부인과 의사 한 명을 더 보내 준다고 하니 그것도 얼마나 기쁜 일인가! 그렇게 되면 여의사에게 불법적인 낙태 수술을 하게 하고 니콜라이 이바노비치는 일반 진료를 하면 되니 말이다. 물론 수입은 덜 들어오겠지만 대신 한가로워지니 얼마나 좋은 일인가. 오렌지색, 장미색, 선홍색, 진홍색으로 빛나는 초원의 노을은 또 얼마나 황홀한 광경인가! 반듯하고 늘씬한 니콜라이 이바노비치는 통통하고 병약한 옐레나 알렉산드로브나의 손을 잡고 사뭇 진지한 모습으로 멀리 동구 밖까지 걸어 나가 황홀한 노을을 감상하곤 했다.

그들의 삶이 기쁨으로 만발한 꽃다발로 바뀌기 시작한 것은 그들이 텃밭이 딸린 허름한 오두막을 샀을 때였다. 그곳은 두 사람의 마지막 피난처이자 영원한 안식처 그리고 죽음을 맞을 땅이었다.(그들은 서로 같은 날 죽기로 결심했다. 한 사람이 죽으면 남은 사람도 같이 죽기로 했다. 살아남아야 할 이유가 없던 것이다.) 가구라고는 하나도 없었던 그들은 같은 유형수 신분이었던 홈라토비치 노인에게 벽 한쪽 구석에 직육면체 모양으로 벽돌을 쌓아 올려 달라고 했다. 이것이 부부의 침대였는데, 아주 널찍하고 편안했다! 그것도 얼마나 기쁜 일이었는지 모른다! 널따란 자루에 짚을 넣어 매트도 만들었다. 그다음에는 홈라토비치에게 둥근 탁자도 주문했다. 홈라토비치는 처음에 그들이 무엇을 원하는지 이해하지 못했다. 그는 칠십 평생을 살아오면서 둥근 탁자라고는 한 번도 본 적이 없었던 것이다. 둥근 것이 왜 필요할까? "아니, 꼭 둥근 것이 필요합니다!" 니콜라이 이바노비치는 희고 부드러운 산부인과 의사의 손으로 탁자 도면을 그려 주었다. "꼭 이렇게 둥글게 해 주세요!"라고 했다. 그런 다음에는 보통 함석으로 만든 것이 아니라 유리로, 더구나 긴 다리가 달리고 심지는 일곱 가닥이 아니라 열 가닥으로 된, 이중 유리막이 있는 석유램프를 구하려고 수소문을 했다. 우시테레크에는 그런 것이 없었기 때문에 한참이 지나서야 어떤 착한 사람이 멀리서 구해다 주었다. 그래서 둥근 탁자 위에 램프를 세우고 직접 만든 램프 갓도 씌웠다. 1954년 수도에서는 사람들이 너도나도 커다란 거실용 스탠드를 사용하고 벌써 수소 폭탄도 만들 때였는데, 그곳 우시테레크에서는 직접 만든 둥근 탁자 위에 램프를 세워 놓자 진흙 움막이 지난 세기의 호사스러운 응접실로 변했다. 얼마나 그럴싸했는지! 그들 셋이 탁자 둘레에 앉자 옐레나 알렉산드로브나가 감격에 겨워 이렇게 말했다.

"오, 올레크! 이곳에 사는 게 얼마나 좋은지 몰라요! 내 평생 어린 시절을 빼고 이렇게 행복한 순간이 없었답니다!"

왜냐하면 (그녀의 말이 옳다!) 인간의 행복이란 생활 수준에 따른 것이 아니라 마음과 마음의 관계, 삶에 대한 우리의 관점에 달려 있기 때문이다. 마음이든 관점이든, 모두 우리에게 달려 있으며, 누구든 행복을 원하기만 하면 아무도 방해할 수 없는 것이다.

전쟁이 일어나기 전까지 그들은 모스크바 근교에서 그녀의 시어머니와 함께 살았다. 시어머니는 사소한 일까지 물고 늘어지는 고집 센 성격이었고, 아들은 어머니에 대한 효심이 깊었기 때문에 이미 독립된 삶을 살아야 할 중년의 나이로 한 번

이혼한 경험도 있었던 옐레나 알렉산드로브나는 항상 압박감에 시달렸다. 그녀는 당시를 자기 인생의 '중세기'라고 불렀다. 그 가정에 신선한 공기를 불어넣기 위해서는 커다란 불행이 반드시 필요했던 셈이다.

그 불행의 단초는 시어머니 본인이었다. 처음 전쟁이 터졌을 때 신분증도 없는 한 남자가 찾아와 숨겨 달라고 부탁했다. 일반적인 기독교 신앙을 가지고 가족에게 엄격했던 그녀는 아들 부부에게 한마디 상의도 하지 않고 탈주병을 숨겨 주었다. 탈주병은 이틀 밤을 숨어 지낸 후 나갔다가 붙잡혀 심문을 받자 자신을 숨겨 준 집을 자백하고 말았다. 이미 여든 살이 넘은 시어머니를 어떻게 할 수 없었던 당국은 대신 쉰 살이 된 아들과 마흔 살이 된 며느리를 체포했다. 그 탈주병이 친척이었는지도 조사했다. 그가 만약 친척이었다면 정상 참작이 될 수도 있었다. 친척을 숨겨 주는 것은 지독한 이기심에서 나온 행동일 뿐이라고 충분히 납득되고 용서받을 수 있었다. 그러나 탈주병이 전혀 모르는 사람이고, 그저 지나가는 사람이었기 때문에 그들은 탈주병을 단순히 방조한 것이 아니라 의도적으로 붉은 군대에 해를 끼친 조국의 적으로 간주되었고, 십년 형을 받았다. 전쟁이 끝나자 탈주병은 1945년 스탈린 대특사 때 석방되었다.(후세 역사가들은 왜 탈주병들이 가장 먼저 무제한으로 석방되었는지 이해할 수 없어 골머리를 썩일 것이다.) 그는 어느 집에 숨어 있었는지, 자신을 숨겨 준 사람들이 어떻게 되었는지는 까맣게 잊었을 것이다. 카드민 부부는 그때의 특사와는 아무 상관이 없었다. 그들은 탈주병이 아니라 적으로 간주되었기 때문이다. 십 년 형을 마친 후에도 그들은 집으로 돌아가지 못했다. 그들이 단독으로 죄를 범한 것이 아니라 그룹으로, 조직적으로 범죄 행위를 했다는 이유에서였다. 남편과 부인이 말이다! 그들에게는 영구 추방이 내려졌다. 이 처분을 예견한 부부는 같은 유형지로 보내 달라고 청원서를 냈다. 그 청원은 누구도 반대할 이유가 딱히 없었고 법적으로도 문제가 되지 않았지만 결국 남편은 카자흐스탄 남쪽으로, 부인은 크라스노야르스크의 변방으로 보내졌다. 그들을 같은 조직으로 보고 떼어 놓으려고 했던 것일까? 그것은 그들을 벌주기 위해 악의적으로 그런 것이 아니라, 단지 내무부의 직원 중에 부인과 남편을 같이 있게 해야 한다는 사실을 참작해 줄 사람이 없었기 때문이었다. 그래서 그들은 헤어지게 되었다. 얼마 안 있으면 쉰 살이 되는 아내는 손과 발에 종양이 생겼는데도 불구하고 벌목장 외에는 아무것도 없는, 수용소와 거의 유사한 타이가[70] 지대로 보내졌다.(그런데 그녀는 지금도 그곳의 풍경이 아름다웠다고 회상하곤 했다!) 일 년 동안 그들이 계속 모스크바에 탄원서를 내자 드디어 특별 감시병이 와서 옐레나 알렉산드로브나를 우시테레크까지 호송해 왔다.

그러니 두 사람에게 이보다 더 기쁜 일이 어디에 있겠는가! 어떻게 우시테레크를 사랑하지 않을 수 있으며 그들의 진흙 오두막을 사랑하지 않을 수 있겠는가! 그들에게 더 이상 어떤 행복이 필요했을까?

---

70) 황량한 북극해와 스텝 지역 사이에 있는 침엽수림.

영구 추방? 그것이 영구 추방이라면 그렇게 살게 하라! 만약 영원이라는 시간이 있다면 우시테레크의 기후를 마음껏 연구할 수 있으리라! 니콜라이 이바노비치는 온도계를 세 개나 걸어 놓고 우량계를 설치했으며, 풍력에 관해 문의하려고 국립 기상 관측소에서 일하는 10학년 학생인 인나 슈트롬에게 자주 들르곤 했다. 기상 관측소에서 어떤 식으로 기록하든 간에 니콜라이 이바노비치는 그 나름대로 세밀한 기상 일지를 기록했다. 아직 어린아이였을 때부터 그는 통신 기술자였던 아버지로부터 근면성과 정확성과 엄격한 규율을 물려받았다. 심지어 아는 체를 잘했던 코롤렌코[71]까지도 (니콜라이 이바노비치가 인용하기를) "사물의 질서는 우리 영혼의 안정을 지켜 준다."라고 했다는 것이다. 의사 카드민이 좋아하는 또 하나의 격언은 "모든 사물은 자기 자리를 안다."라는 것이었다. 모든 사물이 자기 자리를 알고 있으므로 인간이 그것을 방해해서는 안 된다는 것이다.

긴 겨울밤에 니콜라이 이바노비치가 즐겨 하는 소일거리는 제본 작업이었다. 그는 다 닳아서 너덜거리는 폐기 직전의 책들을 다듬어 단정한 형태로 만드는 일을 좋아했다. 제본용 프레스와 예리한 제단기를 어디서 구했는지 우시테레크에 그것까지 갖추어 놓을 정도였다.

카드민 부부는 오두막을 사고부터 매달 매우 절약했고, 헌

---

71) 러시아 작가 블라디미르 코롤렌코(1853~1921). 『민중에의 헌신』이라는 책으로 인텔리들에게 사랑받았다.

옷만 입었으며, 전지를 넣는 라디오를 사기 위해 돈을 모았다. 또한 잡화상을 하는 쿠르드인에게 혹시 전지가 들어오면 꼭 보관하고 있다가 자기들에게 달라고 했다. 전지는 항상 있는 것이 아니라 불규칙하게 입고되었기 때문이다. 그뿐 아니라 내무부에서 그 모든 계획을 BBC 방송을 듣기 위한 것으로 의심할지도 모른다는 유형수들의 라디오 수신기에 대한 무언의 공포를 극복해야만 했다. 드디어 공포도 극복하고 전지도 손에 넣어 라디오의 스위치를 올렸다. 전지식 라디오라서 음악이 깨끗하게 들렸고, 그 음악은 유형수의 귀에 천상의 음악처럼 들렸다. 푸치니, 시벨리우스, 보르트냔스키[72] 등 방송 프로에서 선택된 음악이 카드민 부부의 오두막집에서 흘러나왔다. 이렇게 라디오가 그들의 세계를 충만하게 채우고도 남아 더 이상 바깥 세계로부터 필요한 것도 없고 밖으로 버릴 것도 없었다.

그러나 봄이 오자 밤에 라디오를 들을 시간이 줄어들고 밭일이 많아졌다. 니콜라이 이바노비치는 얼마 안 되는 채소밭을 여러 방법으로 이용하고 정성을 기울여 가꿨다. 그것은 노년의 볼콘스키[73] 공작의 영지 '민둥산'과 그의 건축가에 비견될 만했다. 그는 나이가 예순이 되었지만 병원에서는 아주 활력 있고 보통 사람의 한 배 반을 일했고, 밤에라도 출산이 있으면 언제든지 달려갔다. 그는 마을을 다닐 때도 걸어 다니는

---

72) 러시아 작곡가 드미트리 보르트냔스키(1751~1825).
73) 레프 톨스토이의 『전쟁과 평화』에 나오는 인물.

법 없이 흰 수염도 전혀 개의치 않고 옐레나 알렉산드로브나가 방수포로 만들어 준 웃옷을 걸치고 깃을 휘날리며 뛰어다녔다. 다만 삽을 쓰는 일에는 힘이 부쳐 아침에 삼십 분 일하고 나면 숨이 차기 시작했다. 물론 팔이나 심장은 쇠약해졌지만 그의 앞날에 대한 계획은 정연하고 이상적이었다. 그는 뒤쪽 경계를 따라 두 그루의 나무를 심은 것 외에는 아직 아무것도 없는 채소밭으로 올레크를 데리고 가서 이렇게 자랑을 늘어놓기도 했다.

"저기 보게, 올레크! 이 땅 전체에 농장이 들어설 거야. 왼쪽으로는 장차 살구나무 세 그루가 자라게 될 거야. 벌써 심어 놓았거든. 오른쪽으로는 포도 넝쿨이 늘어질 거야. 틀림없이 뿌리가 잘 내릴 테지. 마지막으로 정자를 세울 거야! 우시테레크에서는 한 번도 본 적이 없는 그럴듯한 정자 말이야! 정자의 초석은 벌써 놓았어. 이것이 벽돌로 만든 둥근 벤치라고.(홈라토비치가 역시 '왜 반원형으로 만들어야 하지요?' 하고 물었던.) 그리고 여기 장대들을 보게. 이것들을 타고 홉이 뻗어 올라갈 거야. 그 옆으로 나란히 담배 잎들이 향기를 뿜어 댈 거고. 낮이면 정자에서 더위를 피하고, 밤이면 사모바르에 물을 끓여 차를 마시겠지. 언제든지 와도 좋아!"(사모바르는 아직 마련하지 못했다.)

장차 그곳에서 무엇이 자라날지는 알 수 없었지만 분명한 사실은 없는 것도 많았다는 것이다. 감자, 양배추, 오이, 토마토, 호박 등등. 물론 그것들은 인근 농가에는 있었다. "뭐, 그런 것들은 사면 되지 않겠나!" 카드민 부부가 대꾸했다. 우시테레크로 이주한 사람들은 경제관념이 투철해서 모두 집에서 소나 돼지, 양, 닭을 길렀다. 카드민 부부는 동물을 전혀 기르지 않는 것은 아니었지만 그들의 농장은 아주 비현실적이어서 개와 고양이밖에 없었다. 카드민 부부는 이렇게 생각했다. 우유와 고기는 시장에서 사 올 수 있지만 충성스러운 개는 어디서도 구할 수 없다. 곰처럼 커다란 덩치에 귀가 축 늘어진 검은색과 갈색 얼룩이 있는 주크나 몸집이 작고 하얀 몸에 귀만 까맣고 민첩하며 교활하기까지 한 토비크가 과연 돈 때문이라면 주인을 보고 이렇게 반갑게 뛰어올지 의문이었다!

요즘 우리는 동물에 대한 사랑을 하찮게 여기고, 고양이에 대한 애정을 비웃기까지 한다. 그러나 동물에 대한 사랑을 잃고 나면 그다음에는 사람에 대한 애정도 잃게 될지 모를 일이다!

카드민 부부는 동물들의 외양이 아니라 각각의 개성을 보고 사랑했다. 이 부부가 보여 주는 정신적인 특성은 전혀 훈련받지 않은 그들의 동물에게 직접 전해졌다. 동물들은 카드민 부부가 하는 이야기를 매우 존중하며 오랫동안 경청하곤 했다. 동물들은 주인과 이웃 주민들 사이의 교제를 매우 소중하게 생각했고, 어디든 당당하게 따라다녔다. 토비크는 방 안에 누워 있다가(그들은 방 안으로 동물들이 들어오는 것을 막지 않았다.) 여주인 옐레나 알렉산드로브나가 외투를 입고 가방을 들기라도 하면 주인이 외출한다는 것을 바로 알아채고 마당으로 잽싸게 달려 나가 주크를 찾아 두 마리가 같이 방 안으로 들어왔다. 아마도 개들 사이에서 통하는 언어로 산책할 것이라는 사실을 알렸는지 주크는 몹시 흥분해서 같이 나갈 채비를 했다.

주크는 시간을 잘 파악했다. 그는 카드민 부부를 회관에 있는 영화관에 데려다 주고 나서 회관 앞에 누워 있지 않고 자리를 떴다가 영화가 끝날 시간이 되면 반드시 돌아오곤 했다. 언젠가는 아주 짧은 영화라 빨리 끝난 적이 있었는데, 그때 늦게 돌아온 주크는 분해서 어쩔 줄 모르다가 나중에는 펄쩍펄쩍 뛰기까지 했다!

개들이 절대로 따라가지 않는 곳도 있었는데, 니콜라이 이바노비치의 일터였다. 아마도 예의에 어긋난다고 생각하는 것 같았다. 저녁참에 의사가 빠른 걸음으로 대문을 나서면 어떤 심리적인 흥분 상태로 정확하게 그것을 알아채곤 했다. 그가 산모를 보러 가는지(그럴 때는 따라가지 않았다.) 아니면 수영을 하러 가는지 알아채고 따라나설지 말지를 결정했다. 수영을 하러 가는 곳은 추 강이었는데, 약 5킬로미터 떨어진 곳에 있었다. 마을 사람들이나 유형수들, 젊은이들, 중년의 어른들은 너무 멀어서 수영을 매일 하러 가지 않았다. 오직 어린아이들과 카드민 박사가 개들과 함께 수영을 하러 다녔다. 개들로서는 별로 만족스럽지 않은 유일한 산책이었다. 초원 위의 길은 가시 돋힌 풀들이 자라나 매우 거칠었다. 주크는 발바닥에 상처가 나고, 토비크는 한 번 물에 빠질 뻔한 적이 있어 그다음부터는 물에 들어가기를 몹시 무서워했다. 그러나 자신들의 임무를 무엇보다 중요하게 생각하던 개들은 항상 의사를 따라다녔다. 강까지 300미터 남은 지점에 이르면 토비크는 미안해하며 귀와 꼬리를 축 늘어뜨리고 자신을 데려가지 않도록 뒷걸음질 쳤다. 주크는 낭떠러지 끝까지 가서 동상처럼 커다란 자기 몸을 누이고는 위에서 수영하는 것을 지켜보았다.

토비크는 카드민 부부 집에 자주 놀러 오는 올레크를 배웅하는 일에까지 의무감을 느꼈다.(방문 횟수가 하도 잦았던 탓에 급기야 정치국 관리의 의심을 사 그들은 각자 불려 가 심문을 당하기도 했다. "당신들은 왜 그렇게 가깝게 지내죠? 공통된 관심사가 무엇입니까? 그리고 무슨 이야기를 나눕니까?") 주크는 올레크를 바래다주지 않을 때도 있었지만 토비크는 아무리 궂은 날씨에도 바래다주는 의무를 저버리지 않았다. 비라도 내리는 날에는 길이 진창이 되어 발바닥이 젖고 추워서 가기 싫어하며 앞발과 뒷발로 버티다가도 결국은 따라나섰다! 게다가 토비크는 카드민 부부와 올레크 사이의 배달부 역할도 했다. 올레크에게 그날 좋은 영화가 상영된다거나 좋은 음악이 방송된다든가 식품점이나 백화점에 좋은 물건이 나왔다는 이야기를 전해 주고 싶을 때면 메모지를 묶은 헝겊 목도리를 토비크의 목에 걸어 주고 손가락으로 올레크의 집 방향을 가리키며 "올레크의 집으로 가!"라고 명령하면 토비크는 날씨를 개의치 않고 가는 다리로 고분고분 종종걸음을 놓아 올레크가 집으로 돌아올 때까지 대문 앞에서 그를 기다리곤 했다. 가장 놀라운 것은 아무도 그런 것을 가르치거나 훈련시키지 않았는데 처음부터 모든 것을 이해하고 그렇게 행동했다는 것이다.(물론 그의 이런 의지를 강화시키기 위해서 우편물을 배달할 때마다 물질적인 보상을 해 주었다.)

주크는 몸집이나 생김새가 독일산 셰퍼드종이 분명한데, 셰퍼드종의 특성인 경계심이나 사나움이 전혀 없고 크고 힘 센 동물들의 공통점인 선한 성품을 가졌다. 그는 벌써 나이가 많고 여러 주인을 거쳤지만 카드민 부부를 선택한 것은 바로 그 녀석이었다. 그 전에는 선술집 주인(찻집 관리인)이 길렀다. 그를 빈 그릇이 들어 있는 상자 옆에 쇠사슬로 묶어 두었다가 가끔 재미로 사슬을 풀어 주고 다른 집 개들을 쫓게 했다. 주 크는 맹렬하게 싸웠고, 주변의 허약하고 누런 개들에게 공포 의 대상이 되었다. 그러던 어느 날 주크는 카드민 부부의 집 근처에서 교미를 했고, 그들의 뜰에서 어떤 정신적 유대감을 느꼈는지 그 집으로 달려들곤 했다. 먹이를 준 것도 아니었 다. 얼마 후 선술집 주인이 다른 곳으로 이사를 가게 되어, 주 크는 그의 유형수 여자 친구인 예밀리야에게 맡겨졌다. 그녀 가 주크를 아주 잘 먹였는데도 주크는 여전히 카드민 부부의 집으로 달려오곤 했다. 예밀리야는 카드민 부부에게 화가 나 서 주크를 데려간 다음 쇠사슬로 묶어 놓았는데 줄을 끊고 다 시 달려왔다. 그러자 예밀리야는 이번에는 주크를 자동차 타 이어에 매어 놓았다. 어느 날 주크는 뜰에 매여 있다가 우연 히 옐레나 알렉산드로브나가 애써 외면한 채 길을 가고 있는 것을 보았다. 그 순간 주크는 흥분해서 씩씩거리며 수레를 끄 는 말처럼 목에 연결된 타이어를 100미터나 끌고 오다가 털 썩 쓰러지고 말았다. 그 후로 예밀리야는 주크를 포기했다. 새로운 주인에게 온 주크는 선을 가장 중요한 행동 양식으로 받아들였다. 길거리의 개들은 더 이상 그를 겁내지 않았고, 주크는 지나가는 사람들에게 알랑거리지는 않았지만 순하게 행동했다.

그런데 우시테레크에는 동물에게 총질하는 것을 취미로 삼는 사람들이 있었다. 좋은 사냥감을 얻지 못한 날이면 술을 마시고 거리를 쏘다니며 개들을 쏘아 대곤 했다. 주크도 두 번이나 총격을 받았다. 그 후로는 총구멍뿐만 아니라 카메라의 렌즈까지 무서워하고 심지어는 사진도 찍으려 하지 않았다.

카드민 부부의 집에는 고양이들도 있었다. 이 고양이들은 어리광이 심하고 예민한 데다 음악을 좋아했다. 병원 구내의 가로수 길을 산책하면서 올레크의 머리에 떠오른 것은 다름 아닌 주크였다. 이따금 선량하기 그지없는 주크의 커다란 머리가 길거리가 아닌 그의 오두막 집 창문에 불쑥 나타나곤 했다. 주크는 창틀에 앞발을 대고 사람처럼 안을 들여다보았다. 그 곁에서 토비크가 깡충거리며 뛰는 사이 니콜라이 이바노비치가 문턱을 넘어 들어서곤 했다.

올레크는 이제 자신의 운명에 전적으로 만족했으며, 유형 생활을 기꺼이 받아들인다는 사실에 스스로도 놀라고 있었다. 지금 그가 신에게 갈구할 것은 오직 건강뿐, 다른 기적은 아무것도 원하지 않았다.

카드민 부부처럼 사는 것, 자신에게 주어진 것을 기뻐하는 것! 작은 것에 만족하며 사는 것이 현자의 삶 아닐까.

낙관론자란 어떤 사람일까? 온 나라가 비참한 지경에 빠져 있고, 어딜 가나 고통뿐인데도 우리는 그래도 괜찮다고, 우리는 행운아라고 말하는 사람일 것이다. 그리고 우리가 가진 것, 아직 잃지 않은 것에 행복해할 수 있는 사람이다. 어떤 사람이 비관론자인가? 우리 나라는 어디든지 좋은 곳뿐이고 모든 것이 훌륭하다고, 다만 우연히 나만 상황이 나쁠 뿐이라고 말하는 사람일 것이다.

지금은 어떻게든 치료를 그만 받아야 한다! 방사선 요법이나 호르몬 요법 등으로 병신이 되기 전에 이 협공으로부터 도망쳐야 한다. 어떻게든 리비도를 보존해야 한다. 바라는 것은 그뿐이다! 왜냐하면 그마저 없다면, 그마저 없다면…….

그리고 우시테레크로 돌아가야 한다. 더 이상 떠돌아다니지 않을 것이다! 결혼을 하자!

조야가 그곳으로 가려고 하지는 않을 것이다. 만약 간다고 해도 일 년 반이나 지나야 한다. 또다시 기다려야 한다, 기다려야 한다. 아니, 평생을 기다리기만 할 것인가!

크사나와 결혼해도 괜찮을 것이다. 얼마나 살림을 잘하는지 모른다! 어깨에 수건을 걸치고 접시를 닦는 모습을 보면 그야말로 여왕처럼 보이지 않는가! 눈을 떼기 어려울 정도다. 그녀와 살면 편안하게 살 수 있을 것이다. 집도 짓고 아이들도 자라겠지.

인나 슈트롬과 결혼해도 되겠지. 아직 열여덟 살밖에 안 됐다는 것이 좀 꺼림칙하지만 그래서 더 매력적이지 않은가! 게다가 그녀의 미소는 백치 같고 맹목적이며, 내성적이면서도 도발적이다. 그것이 오히려 매력적이지 않은가.

그 어떤 불꽃이나 베토벤의 화음도 믿지 말자! 그것은 모두 무지갯빛 거품에 불과하다. 마음을 다잡고 믿지 말자! 더 이상 미래도, 더 좋은 것도 기대하지 말자!

지금 있는 그대로를 기뻐하자!

이렇게 영원히 계속된다 해도.

21
망령이 사라지다

병원 출입문 앞에서 올레크는 그녀와 마주쳤다. 그는 그녀가 들어오도록 문을 열어 주며 옆으로 비켜섰다. 옆으로 비켜서지 않았더라면 고개를 숙이고 헐레벌떡 들어오는 그녀와 거의 부딪칠 뻔했다.

그는 재빨리 그녀를 훑어보았다. 초콜릿색 머리카락 위에는 머리가 바람에 날리지 않게 하늘색 베레모를 썼고 독특한 디자인의 외투를 입고 있었는데, 길고 이상한 스카프 같은 것이 깃에 끼워져 있었다.

그녀가 루사노프의 딸이라는 것을 알았더라면 그는 병실로 돌아갔을 것이다. 그러나 그 사실을 몰랐던 그는 자주 걷던 산책길을 따라 걸어 나갔다.

아비에타는 어렵지 않게 2층으로 올라가도 된다는 허락을 받았다. 그녀의 아버지가 몹시 쇠약해진 데다 오늘은 면회일인 목요일이었기 때문이다. 그녀는 외투를 벗었다. 보라색 스웨터 위에는 소매가 꽉 끼는 조금 작아 보이는 하얀 카디건을 걸치고 있었다.

어제 세 번째 주사를 맞은 후 파벨 니콜라예비치는 극도로 무기력해져 어지간한 일이 아니면 아예 이불을 걷고 일어나려고 하지도 않았다. 그는 몸을 움직이지도 않고 안경도 쓰지도 않았으며 사람들과 말도 하지 않았다. 평소의 의지는 사라지고, 이제 그는 자신을 병에 맡겨 버렸다. 종양은 처음에는 초조의 대상이었다가 다음에는 공포의 대상이 되고, 마지막에는 주도권을 획득하여 이제는 그가 아닌 종양이 앞날을 결정하게 되었다.

파벨 니콜라예비치는 아비에타가 모스크바에서 비행기를 탔다는 것을 알았기 때문에 오늘 아침 내내 딸을 기다렸다. 그는 늘 그랬던 것처럼 기쁜 마음으로 딸을 기다렸지만 오늘은 약간 두렵기도 했다. 카파는 딸에게 미나이나 로지체프, 구준에 대해 모두 사실대로 이야기하겠다고 결론을 내렸다. 지금까지는 딸이 그 사실을 알아야 할 이유가 전혀 없었지만 이제는 그녀의 지혜와 충고가 필요한 시점이었기 때문이다. 아비에타는 어려서부터 아주 영리한 아이였기 때문에 언제 어디서나 무슨 일이든 부모보다 부족한 점이 없을 정도였지만 그녀가 이 사실을 어떻게 받아들일지, 잘 생각해 보지도 않고 비난하지는 않을지 걱정되기도 했다.

아비에타는 한 손에는 무거운 가방을 들고 다른 손으로는 어깨에 걸친 카디건을 여민 채, 바람을 가르며 병실로 당차게 들어섰다. 젊고 생기 넘치는 그녀의 얼굴이 환하게 빛났다. 중증 환자의 침대로 다가올 때 흔히 보이는 근심 어린 얼굴과는 달랐다. 파벨 니콜라예비치도 딸의 얼굴에서 그런 모습을 봤다면 마음이 아팠을 것이다.

"아빠! 좀 어때요?" 그녀는 활기차게 인사를 건네며 그의 침대 위에 앉아 면도를 하지 않은 양 뺨에 거리낌 없이 자연스레 입을 맞추었다. "오늘은 기분이 어때요? 자, 어서 자세하게 이야기해 줘요! 어서요!"

그녀의 환한 표정과 요청에 파벨 니콜라예비치는 조금이나마 힘을 얻어 기운을 차렸다.

"음, 뭐라고 해야 하나?" 그는 자신에게 설명하듯 힘없이 말했다. "아직은 종양이 작아진 것 같지 않구나. 하지만 고개를 움직일 때 좀 편해진 것 같기도 하다. 정말 조금 편해진 것 같아. 압박감이 덜한 것 같기도 하고."

딸은 더 이상 묻지 않고 조심스럽게 아버지의 옷깃을 열고 속을 들여다보았다. 마치 매일 진찰하는 의사가 종양의 크기를 비교하면서 살펴보는 것 같았다.

"뭐, 특별히 걱정할 필요는 없을 것 같아요!" 그녀가 진단을 내렸다. "림프샘이 조금 부은 것뿐이에요. 엄마가 큰일 난 것처럼 편지를 써서 깜짝 놀랐어요. 봐요, 목이 좀 자유로워진 것 같다고 했잖아요. 주사 효과가 있나 봐요. 앞으로 더 작아질 거예요. 지금의 절반쯤으로 더 작아지면 목에 부담도 되지 않고, 퇴원도 할 수 있을 거예요."

"맞아, 그럴 거야." 파벨 니콜라예비치는 한숨을 쉬었다.

"절반으로 줄어든다면 생활하는 데 별 어려움은 없을 거야."

"그러면 집에서 치료를 할 수도 있어요!"

"집에서도 주사를 맞을 수 있을까?"

"왜 안 되겠어요? 이곳 의료진과 가까이 지내고 친해져요. 그러면 집에서도 주사를 맞을 수 있을 거예요. 그 문제는 나중에 더 생각해 봐요!"

파벨 니콜라예비치는 기분이 좋아졌다. 집에서 주사를 맞도록 허락해 줄지 어쩔지는 이미 문제가 아니었고, 딸의 주저 없는 결단력이 그는 자랑스러웠다. 아비에타가 그를 향해 몸을 기울이고 있어서 그는 안경을 쓰지 않고도 딸의 솔직하고 진지하며 꾸밈없는 얼굴을 잘 볼 수 있었다. 조금이라도 잘못된 것을 발견하면 금방 콧망울을 움찔거리고 눈썹을 찌푸리는 생기 발랄한 얼굴이었다. 누구였더라? 고리키가 이런 말을 했던 것 같다. "자식이 부모보다 나을 것이 없다면 자식을 낳는 일도 헛되고, 부모의 삶도 헛된 것이다." 그러니 파벨 니콜라예비치의 인생은 헛되지 않은 셈이다.

어쨌든 그는 딸이 그 사실을 이미 알고 있는지, 그리고 뭐라고 이야기할지 몰라 불안했다.

그러나 딸은 그 이야기를 좀체 꺼내려고 하지 않고, 치료에 대한 문제나 의사에 대해서 물었고 머릿장을 살펴보고는 그가 무엇을 먹었는지, 음식이 상한 것은 없는지 살펴본 후에 새것으로 바꾸어 놓기도 했다.

"강장에 도움되라고 포도주를 좀 가져왔어요. 한 잔씩 마셔요. 연어알도 가져왔어요. 좋아했잖아요? 모스크바산 오렌지도 좀 가져왔어요."

"그래, 잘했다."

그러는 사이 그녀는 병실과 환자들을 둘러보고는 이곳이 그다지 좋은 곳은 아니지만 그래도 가능한 한 유쾌한 기분을 유지하라는 의미로 살짝 이마를 찌푸렸다.

아무도 그들의 이야기에 관심을 보이지 않았지만 그녀는 어쨌든 아버지에게 얼굴을 바짝 대고 아무도 듣지 않도록 나직하게 말했다.

"그런데 아빠, 큰일이에요!" 아비에타는 곧바로 본론으로 들어갔다. "모스크바에서는 모르는 사람이 없을 정도로 소문이 자자해요. 예전 재판에 대한 대대적인 재심이 시작되었대요."

"대대적으로!"

"말 그대로예요. 요즘 무슨 전염병처럼 그것이 퍼지고 있어요. 완전히 뒤집어졌어요! 마치 역사의 수레바퀴가 뒤로 굴러가고 있는 것 같아요! 도대체 누가 그런 일을 할 수 있을까요? 그리고 감히 누가 그런 일을 벌이는 걸까요! 예전 재판이 옳든 그르든 한번 재판을 받고 유형당한 사람들을 도대체 무엇 때문에 다시 사회로 돌려보낸다는 걸까요? 이제 와서 옛날 생활로 다시 돌아가는 것은 누구에게도 도움이 안 되는 고통스러운 일인데 말이에요. 본인들에게도 고통스러운 일이잖아요! 이미 상당수의 사람들이 죽었는데, 무엇 때문에 그들의 망령을 불러내려고 하는지 모르겠어요! 친척들에게 공연한 희망이나 복수심을 불러일으켜서 어쩌자는 건지⋯⋯. 더구나 '명예 회복'이라는 것이 또 무슨 의미가 있을까요? 그들이 전혀 죄가 없었다는 말일까요! 사소하기는 하지만 거기엔 분명 무슨 문제가 있었을 것 아니에요."

오, 얼마나 영리한가! 얼마나 이치에 딱 맞는 말인가! 아직 본론에 들어가지도 않았지만 파벨 니콜라예비치는 딸의 이야기에서 자신을 지지한다는 사실을 알 수 있었다. 알라는 절대로 아버지를 멀리하지 않으리라는 것도 알 수 있다.

"그래, 너는 복권된 유형수를 직접 본 적이 있니? 모스크바에도 돌아온 사람이 있어?"

"네, 모스크바에도 있어요! 실제로 그래요. 그들은 지금 모스크바에서 열렬히 환영받고 있어요. 그래서 모스크바에서는 말도 안 되는 일들이 벌어지고 있다니까요! 생각해 봐요. 아무 일 없이 평화롭게 살아가던 사람이 갑자기 그곳으로 불려 가기도 해요. 법정에서 대질 심문을 받는다는 거예요. 상상이 가요?"

파벨 니콜라예비치는 갑자기 얼굴이 창백해졌다. 알라는 그것을 알아차렸지만 그녀는 원래 일단 이야기를 꺼내면 끝을 보는 성격이라 이야기를 계속했다.

"……그리고 이십 년 전에 했던 이야기를 다시 증언해 보라고 했다는 거예요, 상상이 돼요? 그런 것을 기억하고 있을 사람이 어디 있겠어요? 그것이 누구에게 도움이 된다고요? 만약 그토록 중요한 일이라면 명예 회복을 시키면 되지 대질 심문을 할 필요가 뭐가 있겠어요! 사람들이 얼마나 심리적 압박감을 느끼겠어요! 그 사람은 나중에 집으로 돌아와 목을 매려고 했다잖아요!"

파벨 니콜라예비치는 식은땀을 흘렸다. 로지체프나 옐찬스키 부부, 혹은 다른 누군가와 법정에서 대질 심문을 받는다는 것은 생각도 못 한 일이었다!

"그렇다면 그 바보 같은 사람들은 왜 자기가 하지도 않은 일을 했다고 자백했을까요. 안 했다고 하면 됐을 것 아니에요!" 사고가 유연한 알라는 여러 측면에서 문제를 바라보았다. "아무튼 당시에 일을 하던 사람들의 입장은 고려하지 않고, 어떻게 이런 황당한 일을 벌이고 있는지 모르겠어요. 그 사람들 입장도 생각해 줘야 하지 않을까요! 이런 급박한 변화를 그들이 어떻게 견딜 수 있겠어요!"

"엄마가 혹시 너에게 그 이야기를 했니?"

"네, 아빠! 엄마가 이야기해 줬어요. 아빠는 그런 일로 전혀 걱정할 필요가 없어요!" 그녀는 손에 힘을 꽉 주고 아버지의 양어깨를 잡았다. "내 생각을 말해 줄까요? 자진해서 정보를 제공한 사람이 진보적이고 의식 있는 사람이라고 생각해요! 그런 사람이야말로 사회를 위한 올바른 의식을 가진 사람이라고 생각해요. 인민은 그런 사람을 높이 평가하고 수용할 거예요. 몇몇 경우에는 인간이기 때문에 실수할 수도 있다고 봐요. 아무 일도 하지 않는 사람만이 실수를 하지 않는 법이니까요. 그런 사람은 자신의 계급적 본능에만 충실한 사람이에요. 계급적 본능은 결코 곤경에 빠지는 일이 없으니까요."

"그래, 고맙구나! 알라, 고마워!" 파벨 니콜라예비치는 목으로 울음이 와락 솟구쳐 오르는 것 같았다. 죄의식을 면한 기쁨의 울음이었다. "네 말이 맞아. 인민은 높이 평가하고 수용할 것이라는 이야기 말이다."

다만 인민을 어딘가 저 하층에서 찾으려고 하는 요즘의 좋지 않은 풍습이 문제일 뿐이다.

땀으로 축축해진 손으로 그는 딸의 손을 쓰다듬었다.

"젊은 세대가 우리를 비판하지 않고 이해해 준다는 것은 아주 중요한 일이다. 그래, 너는 어떻게 생각하는지 말해 주렴. 그러니까 법률적으로, 아직도 우리를…… 그러니까 나를…… 위증으로…… 뭐랄까…… 끌어들인다든가……."

"생각해 봐요." 알라가 아주 당당하게 반박했다. "마침 모스크바에서 그런 종류의 위증에 대해서 이야기하는 것을 들은 적이 있어요. 그때 변호사가 말하기를 위증죄는 아무리 길어야 이 년 형이고 그 후로도 벌써 두 번이나 특사가 있었다고 해요. 그러니까 이런 경우에 누가 누구를 위증죄로 고소하는 일은 불가능하대요! 로지체프도 더 이상 어떻게 할 도리가 없을 거예요. 확실해요!"

파벨 니콜라예비치는 그 순간 종양의 통증도 느끼지 못할 정도였다.

"오, 내 딸이 이렇게 똑똑하다니!" 그는 안도의 기쁨을 느끼며 말했다. "너는 정말 모르는 것이 없구나! 어디서든 항상 배우는 것이 있으니 말이다. 네가 얼마나 힘이 되는지 모르겠다!"

그러고는 감개무량한 듯 두 손으로 딸의 손을 잡아 입을 맞추었다. 파벨 니콜라예비치는 사심이 없는 사람이었다. 자신보다 항상 자식을 먼저 생각했다. 그는 스스로 자신이 충성심과 정확성, 인내심 외에 특별히 뛰어난 점이 없다고 생각했다. 그러나 딸은 그의 서광이었고, 그는 그 빛에 마음이 따스해지곤 했다.

줄곧 어깨 위에 걸친 작은 카디건을 붙잡고 있기가 불편했는지 알라는 웃으며 카디건을 벗어 아버지의 체온표가 붙어 있는 침대 등받이 위에 올려놓았다. 그 시간에는 의사나 간호사도 들어올 일이 없었다.

알라는 보라색 스웨터를 입고 있었다. 아버지가 한 번도 본 적이 없는 새 옷이었다. 양 소매 끝에서 팔과 가슴으로 흰색 지그재그 무늬가 그려져 있었다. 경쾌해 보이는 재그재그 무늬는 알라의 활달함과 잘 어울렸다.

아버지는 알라가 옷을 사는 데 돈을 쓰는 것을 한 번도 나무란 적이 없었다. 알라는 수공예품이나 외제 물건도 아낌없이 사곤 했으며, 항상 자신만만하고 대담하게 옷을 차려입고 다녔다. 그 덕분에 그녀는 자신의 명석함에 어울리는 눈부신 외적 매력을 발산했다.

"그런데 말이야……." 아버지가 작은 소리로 물었다. "내가 지난번에 알아보라고 했던 것 말인데, 아주 이상한 표현 말이다. 연설이나 기사에 요즘 많이 나오는 그…… 개인 숭배라는 단어 말인데…… 그 말이 정말……."

파벨 니콜라예비치는 숨이 막혀 더 이상 말을 잇지 못했다.

"네, 아빠! 정말 그런 것 같아요. 작가 대회의 발표문에도 그 말이 몇 번 언급되었어요. 아무도 직접 언급하진 않았지만 모두들 알고 있는 듯했어요."

"그렇다면 그건 분명한 모독 아니냐! ……어떻게 그런 일이 있을 수 있지?"

"부끄럽고 치욕적인 일이에요! 어떤 사람이 한번 그 말을 내뱉고 나니 계속 퍼진 거죠. 물론 누군가는 '개인 숭배'라고 하지만 또 누군가는 '위대한 계승자'라고 말하기도 해요. 그러니까 이쪽이든 저쪽이든 그냥 피하는 것이 좋아요. 원칙적으로 유연하게 생각할 필요가 있어요. 시대의 요구에 부합하면 되는 것이죠. 아빠를 화나게 하고 싶진 않지만 원하든 원하지 않든 우리는 시대에 맞춰 살아가야 해요! 모스크바에서 그런 경험을 많이 했어요! 작가들과도 많은 교류를 했는데, 이 년 동안 작가들도 새롭게 변화하기가 쉽지 않았던 것 같아요. 아주 복잡해요! 하지만 작가들은 경험도 많고 아는 것도 많아서 배울 것이 많았어요!"

아비에타가 앞에 앉아서 빠르고 거침없는 말투로 과거의 어두운 망령을 쫓아내고 미래의 장밋빛 전망을 보여 준 십오 분 동안 파벨 니콜라예비치는 눈에 띄게 기운을 회복했고, 지금은 그 지겨운 종양 이야기를 입에 올리기도 싫었고, 다른 병원으로 옮기는 문제도 모두 쓸데없는 일로 생각되었다. 오직 딸의 명쾌한 이야기를 계속 들으며, 딸이 발산해 내는 상쾌한 기운을 호흡하고 싶을 뿐이었다.

"그렇구나. 이야기를 좀 더 해 주렴. 모스크바에서는 무슨 일이 있었는지 이야기해 보렴. 그리고 여행은 어땠니?" 그가 부탁했다.

"아휴!" 알라는 마치 말이 파리를 쫓듯 고개를 흔들었다.

"모스크바에 대해서는 말로 어떻게 전달할 수가 없어요. 살아 보는 수밖에 없어요! 모스크바는 완전히 별천지예요! 모스크바에 도착하자마자 갑자기 오십 년은 앞으로 나간 것 같았어요! 우선 모스크바에서는 모두들 텔레비전을 봐요."

"여기도 곧 그렇게 되지 않겠니?"

"곧 그렇게 되겠지요! 하지만 모스크바에서 볼 수 있는 프로그램을 볼 수 없다면 텔레비전이 무슨 소용이겠어요! 바로 웰스[74]의 세계 같다니까요. 가만히 앉아서 텔레비전을 보고 있으니 말이죠! 더 간단하게 말하면 그곳에 가서 느낀 것인데 우리의 생활 방식은 앞으로 대대적으로 변할 거예요! 냉장고나 세탁기가 문제가 아니라 훨씬 더 큰 변화가 올 거예요. 여기저기 건물마다 유리문이 수도 없이 많아요. 호텔 탁자도 미국식으로 아주 낮았어요. 처음엔 탁자에 어떻게 앉아야 할지도 모르겠더라고요. 전등 갓도 우리 집에 있는 것처럼 천으로 된 것은 이제 구식이에요. 그곳에 있는 것들은 모두 유리로 되어 있다니까요! 그리고 침대도 등받이가 있는 것은 구식이고 그냥 낮고 폭이 넓은 소파나 긴 의자처럼 생겼어요. 방 구조도 전혀 새로운 형태예요. 생활 양식이 전체적으로 바뀌고 있어요. 아빠는 상상도 못 할 거예요. 엄마와 벌써 의논했는데, 우리 집도 대대적으로 바꾸기로 했어요. 이곳에서는 구입할 수 없는 것이 많아서 모스크바에서 사 와야 해요. 물론 비난을 받

---

74) 영국의 문명 비평가이자 과학 소설 『타임머신』의 작가 허버트 조지 웰스(1866~1946).

을 만한 좋지 않은 유행도 있어요. 덥수룩한 머리 모양 같은 것이 그런데, 마치 아침에 일어나서 그대로 나온 듯한 헝클어진 머리를 하고 다닌다니까요."

"그것들은 모두 서구에서 온 것들이야! 우리를 타락시키려는 것이다."

"맞아요. 그런데 그런 풍조가 금방 우리 문화에 반영되었어요. 시(詩)에도 말이에요."

아비에타는 사적인 이야기에서 일반적인 이야기로 화제가 바뀌자 어느새 점점 목소리가 커져서 그녀의 목소리가 온 병실에 들리게 되었다. 그러나 다른 사람들과 다르게 좀카는 하던 공부도 그만두고 계속 수술대로 불러 대는 다리의 통증도 잊은 듯 두 귀를 바짝 세우고 아비에타의 이야기를 듣고 있었다. 나머지 환자들은 관심을 보이지 않거나 자리를 비웠고, 바짐 자치르코만이 이따금 책에서 눈을 들어 아비에타의 등을 바라보곤 했다. 견고한 교량처럼 미끈하게 곡선을 그리며 꼭 끼는 새 스웨터로 몸을 감싼 그녀의 등은 적포도주색을 띠었고, 한쪽 어깨만이 어딘가 열어 놓은 창문에 반사된 햇빛을 받아 농염한 심홍색으로 빛났다.

"너의 이야기를 듣고 싶구나!" 아버지가 재촉했다.

"알았어요, 아빠. 이번 여행은 아주 성공적이었어요. 출판사에서 내 시집을 출판하기로 약속했어요! 물론 내년에 나올 계획이지만요. 더 빨리 나오기는 힘들대요. 그것도 빨리 나오는 거라고 했어요!"

"오, 그게 정말이니? 정말이냐, 알라? 정말로 일 년 후에 네

시집을 받아 볼 수 있는 거야?"

오늘 그의 딸은 기쁜 소식만 전해 주었다. 그는 딸이 모스크바로 시 원고를 들고 갔다는 것은 알았지만 타이핑된 원고가 정말로 '알라 루사노프'라는 이름을 달고 이렇게 빨리 시집으로 출판될 줄은 몰랐다.

"어떻게 일이 그렇게 잘 풀린 거야?"

알라는 스스로 대견하다는 듯 만족스러운 미소를 지었다.

"하긴 원고를 들고 출판사로 찾아가 시를 보여 준들 누가 상대나 해 주겠어요? 하지만 안나 예브게니예브나가 M과 S를 소개해 준 덕분이에요. 그들에게 시를 두세 편 읽어 주었더니 마음에 든다고 했어요. 그러고 나서 누군가에게 전화를 걸어 주고, 또 누군가에게 소개장도 써 주어 일이 아주 쉽게 성사되었어요."

"정말 잘됐구나!" 파벨 니콜라예비치의 얼굴이 환해졌다. 그는 서둘러 서랍장에서 안경을 찾아 쓰고는 당장이라도 그 귀중한 시집을 읽을 기세였다.

좀카는 살아오면서 지금껏 살아 있는 시인, 그것도 여류 시인은 한 번도 본 적이 없었다. 그의 입이 딱 벌어졌다.

"그래서 시인들의 생활을 잘 살펴볼 수 있었어요. 그들은 서로 정말 가깝게 지내고 있어요! 상을 받은 시인들도 서로 존댓말을 쓰지 않고 이름을 불렀어요. 거만하게 굴지 않고 솔직했어요. 우리는 작가들이란 저기 구름 뒤에 앉은, 이마가 창백하고 가까이하기 힘든 존재라고 생각하기 쉽잖아요! 그런데 전혀 그렇지 않았어요. 즐겁게 생활하고 솔직하게 살아요. 한

데 어울려 먹고 마시기를 즐기고, 드라이브도 좋아해요. 서로 장난을 치기도 해요! 얼마나 유쾌한지 몰라요! 정말 즐겁게 살고 있구나 하는 생각이 들었어요. 그러다가 작품을 구상하고 두세 달 시골 농장에 틀어박혀 있으면 작품이 완성되지요! 나도 작가 동맹에 가입하기 위해 모든 노력을 할 거예요!"

"그러면 전공과 관련된 일은 하지 않을 계획이니?" 파벨 니콜라예비치는 약간 걱정이 되었다.

"아빠!" 아비에타가 목소리를 낮춰 말했다. "신문 기자의 삶이 어떤지 알아요? 노예나 마찬가지예요. 하라는 대로 해야 하고, 아무 항의도 못 해요. 고작 하는 일이 이런저런 유명 인사들과 인터뷰하는 것뿐이라니까요. 작가와는 비교도 할 수 없어요!"

"알라! 그래도 나는 걱정이 되는데……. 그러다가 잘 안 되면 어떡하지?"

"안 될 것이 뭐가 있어요? 아빠는 정말 뭘 잘 몰라요. 고리키가 말했어요. 누구라도 작가가 될 수 있다고요! 노력해서 안 되는 일은 없어요! 최악의 경우에는 아동 문학가라도 될 수 있고요."

"그러면 정말 좋겠구나." 파벨 니콜라예비치는 신중하게 말했다. "그렇게 되면 정말 좋은 일이지. 물론 도덕적으로 건전한 사고를 가진 사람들이 문학계를 이끌어 가는 것은 중요한 문제야."

"내 성은 예쁘니까 따로 필명을 쓰진 않을 거예요. 그리고 내 외모도 문학을 하는 데 어울리잖아요!"

그러나 딸이 뭔가를 고려하지 않고 충동적으로 결정한 탓에 아직 어떤 위험 요소가 있을 수도 있었다.

"하지만 만약…… 비평가가 혹평을 하면 어떻게 될지 생각해 봤니? 그렇게 되면 우리 나라에서는 전 사회에서 비판을 받게 되니까 아주 위험한 일이다!"

그러나 딸은 초콜릿색 머리채를 뒤로 흔들며 의기양양하게 미래를 바라보았다.

"내가 심각하게 혹평을 받을 일은 없을 거예요. 왜냐하면 사상적으로 일탈되는 일은 하지 않을 테니까요! 예술적인 측면에서 비평하는 것이야 어쩔 수 없지요. 하지만 살아가면서 자주 부딪히게 되는 변화들을 놓쳐서는 안 돼요. 예를 들어 전에는 '갈등이 있어서는 안 된다.'라고 했지요! 그런데 지금은 '무갈등 이론의 오류'를 말하잖아요. 더구나 어떤 부류는 과거의 사고방식으로, 다른 부류는 새로운 사고방식으로 말한다면 무언가가 변화하고 있는 것이 분명해요. 그러나 그러한 과정 없이 갑자기 모든 사람이 일시에 새로운 생각을 이야기하면 변화되었다는 것을 느낄 수가 없어요. 그때 정신을 바짝 차려야지요! 가장 중요한 것은 예리하고 민첩하게 시대의 분위기에 대처해야 한다는 거예요. 그러면 비평가에게 당할 일이 없어요! 참, 아빠가 책을 갖다 달라고 하셨죠? 여기 가지고 왔어요. 지금 기회에 읽지 않으면 언제 읽겠어요?"

그녀는 가방에서 책을 꺼내기 시작했다.

"자, 여기 있어요. 『벌써 아침이다』, 『지상 위의 빛』, 『세계의 노동자들』, 『꽃피는 산』……."

"잠깐만……『꽃피는 산』은 벌써 읽은 것 같은데……."

"아빠가 읽은 것은 『꽃피는 땅』이고, 이 책은 『꽃피는 산』이에요. 『청춘은 우리와 함께』도 있어요. 이 책은 꼭 읽어 보셔야 해요. 이 책부터 읽으세요. 제목만 봐도 기운이 나지요? 아빠에게 도움이 될 것 같아서 특별히 고른 거예요."

"그거 좋구나." 파벨 니콜라예비치가 말했다. "그런데 좀 슬픈 책은 없니?"

"슬픈 내용이요? 없어요, 아빠. 내 생각엔 아빠 기분이 그런데……."

"이 책들은 모두 나도 아는 것들이야." 파벨 니콜라예비치는 책 더미를 두 손가락으로 퉁겼다. "뭐 좀 다른 것을 찾아봐라. 알았니?"

그녀는 벌써 떠날 채비를 차렸다.

그런데 그때 계속되는 다리의 통증 때문인지, 아니면 멋진 시인 아가씨에게 말을 거는 것이 수줍었던 때문인지 자기 침대에서 오랫동안 안절부절못하며 얼굴을 찡그리고 있던 좀카가 마침내 용기를 내서 말을 걸어왔다. 잔기침까지 하면서 쉰 목소리로 물었다.

"저, 잠깐 물어보고 싶은 것이 있는데요. 문학에서 성실성을 요구하는 것에 대해 어떻게 생각하시나요?"

"네? 뭐라고요?" 아비에타는 씩씩하게 뒤를 돌아보며 여유 있는 미소를 지어 보였다. 쉰 듯한 목소리에 좀카의 소심함이 묻어났기 때문이었다. "이곳에서도 성실성의 문제가 나오는군요? 바로 이 성실성 때문에 잡지사의 편집부 전체가 쫓겨난 일도 있는데[75], 그 이야기를 여기에서도 듣다니 놀랍네요!"

아비에타는 명민해 보이지도, 세련되어 보이지도 않는 좀카의 얼굴을 쳐다보았다. 그녀는 시간이 없었지만 그렇다고이 소년의 잘못된 관념을 내버려 두어서는 안 된다는 생각이들었다.

"이봐요! 잘 들어요!" 그녀는 강하고 단호한 어조로 마치연단 위에 선 사람처럼 말했다. "성실성이 문학의 가장 중요한 규범이 될 수는 없어요. 잘못된 사상을 가졌거나 우리와는 다른 상황에서 성실성은 작품에 더욱 좋지 못한 영향을 끼칠 뿐입니다. 이 경우 성실성은 해로운 것입니다! 주관적인 성실성은 삶을 진실하게 보여 주는 데 방해가 되죠. 이 변증법을이해할 수 있겠어요?"

좀카는 이해할 수 없다는 듯 이마를 찌푸렸다.

"잘 모르겠어요." 그가 말했다.

"좋아요, 좀 더 설명해 줄게요." 아비에타가 두 팔을 벌리자하얀색 지그재그 무늬가 번개처럼 한쪽 소매에서 가슴을 지나 다른 쪽 소매로 지나갔다. "어두운 현실을 있는 그대로 취해서 묘사하는 것처럼 쉬운 일은 없어요. 하지만 좀 더 깊게파헤쳐서 우리 눈에 보이지 않는 미래의 싹을 보여 주어야 합니다."

"싹은……."

---

75) 1954년 1월, 문예지 《신세계》에 실린 포메란체프의 논문 「문학의 성실성」이 공산당 기관지에 의해 '주관주의'로 몰려 편집진이 모두 물러났다.

"뭐라고 했죠?"

"싹은 스스로 자라게 내버려 두어야죠." 좀카가 얼른 말했다. "만약 싹들을 파헤쳐 놓으면 자랄 수 없게 됩니다."

"네, 맞아요. 하지만 지금 우리는 농사일에 대해서 말하는 것이 아니에요! 인민들에게 진실을 이야기한다는 건 나쁜 것을 이야기하거나 결함을 들추자는 것이 아니에요. 바람직한 것에 대해 자연스럽게 이야기할 수도 있어요. 그것이 더 좋아질 수 있도록 하는 것이죠! 일명 '엄숙한 진실'이라는 위선적인 요구가 어디서 나왔을까요? 갑자기 왜 진실이 엄숙해졌느냔 말이지요. 왜 진실이 환하고 매력적이고 낙관적이 되지 못하느냐는 겁니다! 우리 러시아의 모든 문학은 유쾌해야 합니다! 사람들은 자신들의 삶을 비참하게 묘사하면 화가 나는 법이죠. 그들의 삶을 아름답게 묘사해 주어야 좋아합니다."

"그 의견에는 대체로 찬성해요." 등 뒤에서 맑고 경쾌한 목소리가 들렸다. "사실 사람들을 우울하게 할 필요가 어디 있겠어요?"

아비에타는 어떤 경우에도 자기 편을 들어 주기를 기대하지는 않았다. 그러나 이상하게도 누군가가 어떤 이야기를 하면 결국 자신에게 유리한 이야기가 된다는 것을 알았다. 그녀는 햇빛에 반사된 하얀 지그재그 무늬를 반짝이며 창 쪽으로 몸을 돌렸다. 그녀 또래의 총명해 보이는 청년이 다면체의 검은색 샤프 끝으로 앞니를 톡톡 치고 있었다.

"그런데 문학은 왜 필요한가요?" 그는 알라에게인지 좀카에게인지 분명치 않게 생각에 잠긴 채 말했다. "문학이란 우리의 기분이 좋지 않을 때 우리를 즐겁게 해 주기 위해서 필요한 것이지요."

"문학은 인생의 스승이지요." 자신이 말한 것을 부끄러워하며 좀카가 기어드는 목소리로 말했다.

바짐이 고개를 빳빳이 들고 고개를 저으며 말했다.

"인생의 스승이라? 우리는 문학 없이도 잘 살아가는데, 그렇지 않나?"

그와 알라는 재빨리 시선을 주고받았다. 그 시선을 통해서 서로의 유사점을 발견했다. 그들은 나이도 비슷하고 외모로 봐도 서로 호감을 가질 만했다. 그러나 서로 자신이 정한 인생의 길이 너무 확고했기 때문에, 그 찰나의 시선에서 감히 모험의 단초를 찾아내기에는 역부족이었다.

"일반적으로 문학의 역할을 과장하고 있어요." 바짐이 자신의 의견을 피력했다. "별 가치도 없는 책들이 인기를 끌기도 하거든요. 예를 들어 『가르강튀아와 팡타그뤼엘』이 그렇지요. 읽기 전에는 무슨 대단한 책이려니 하지만 읽어 보면 추잡한 책이에요. 시간만 낭비했어요."

"원래 현대 작품에는 에로틱한 측면이 있어요. 그것이 꼭 필요 없는 것은 아니지요." 아비에타가 격하게 반박했다. "진보적인 사상과 결부되어 효과가 날 수도 있어요."

"불필요합니다." 바짐이 강한 어조로 반박했다. "활자는 성욕을 자극하려고 있는 것이 아니니까요. 홍분제는 약국에 가면 있어요."

그는 그러고는 더 이상 보라색 스웨터를 처다보지도, 그녀의 반론을 기다리지도 않고 보고 있던 책으로 눈을 돌렸다.

아비에타는 이런 상황이 언제나 괴로웠다. 사람의 생각이 옳으냐, 그르냐의 두 부류로 확실하게 나뉘지 않고 불확실한 의미를 띠며 갈피를 잡을 수 없게 되는, 그러니까 지금처럼 이 청년이 자기 편인지 아닌지를 분명히 알 수 없고, 계속 논쟁을 할지 그만둘지를 알 수도 없는 상황 말이다.

그녀는 논쟁은 그만두기로 작정하고 좀카를 향해 잘라 말했다.

"학생! 아무튼 분명한 것은 지금 있는 것을 묘사하는 것은 존재하지 않는 것을 묘사하는 것보다 훨씬 쉽다는 것이에요. 하지만 분명 미래에는 존재하게 되리라는 것을 알아 둬요. 오늘 우리가 쉽게 볼 수 있는 것이 꼭 진실이라고는 할 수 없어요. 진실이라는 것은 반드시 그래야 하는 것, 내일 이루어질 것이라는 사실을 기억해요. 작가가 묘사해야 할 것은 바로 우리의 위대한 '내일'이라는 것을 알아 둬요."

"그럼 내일은 무엇을 묘사해야 할까요?" 이해하지 못한 소년이 물었다.

"내일? 내일은 모레를 묘사하면 되지요."

그녀는 자리에서 일어나 통로로 내려섰다. 강단 있고 균형 잡히고 건강한 루사노프가의 일원이었다. 파벨 니콜라예비치는 좀카에게 행한 딸의 연설을 만족스럽게 들었다.

아버지의 볼에 키스한 알라는 활짝 편 손을 씩씩하게 들어올렸다.

"아빠, 반드시 병과 싸워서 이겨 내요, 싸워야 해요! 종양은 떼어 버려요. 그리고 아무것도 걱정할 것 없어요! 모든 것이 잘 될 거예요!"

(2권에서 계속)

세계문학전집 337

암 병동 1

1판 1쇄 펴냄   2015년 9월 11일
1판 8쇄 펴냄   2023년 3월 14일

지은이   알렉산드르 솔제니친
옮긴이   이영의
발행인   박근섭, 박상준
펴낸곳   (주)민음사

출판등록   1966. 5. 19. (제 16-490호)
서울특별시 강남구 도산대로1길 62(신사동) 강남출판문화센터 5층 (우편번호 06027)
대표전화 02-515-2000   팩시밀리 02-515-2007
www.minumsa.com

한국어 판 ⓒ (주)민음사, 2015. Printed in Seoul, Korea

ISBN 978-89-374-6337-2 04800
ISBN 978-89-374-6000-5 (세트)

세계문학전집 목록

세계문학전집은 계속 간행됩니다.